Peter Prange

DER KINDER PAPST

Roman

Piper München Zürich

Mehr über unsere Autoren und Bücher:
www.piper.de

Von Peter Prange liegen bei Piper vor:
Himmelsdiebe
Platz da, ich lebe! (Hrg.)
Der Kinderpapst

MIX
Papier aus verantwortungsvollen Quellen
FSC® C014496

Ungekürzte Taschenbuchausgabe
Dezember 2013
© 2012 Piper Verlag GmbH, München,
erschienen im Verlagsprogramm Pendo
Umschlaggestaltung: Mediabureau Di Stefano, Berlin
Umschlagmotiv: Ocean Photography/veer, Joe Cicak/iStockphoto und akg-images
Satz: Satz für Satz. Barbara Reischmann, Leutkirch
Gesetzt aus der Stempel Garamond
Papier: Pamo Super von Arctic Paper Mochenwangen GmbH, Deutschland
Druck und Bindung: GGP Media GmbH, Pößneck
Printed in Germany   ISBN 978-3-492-30251-7

Für Roman Hocke,

*der als Kind tatsächlich Papst werden wollte –
und es irgendwie auch geworden ist.*

»Deus caritas est.«

Papst Benedikt XVI.

PROLOG

CONGREGATIO
1981

Mit geschlossenem Mund gähnend, schielte ich auf meine Armbanduhr, in der Hoffnung, dass die Zeit dadurch ein bisschen schneller verging.

Es war ein drückend warmer Julitag des Jahres 1981. Seit den frühen Morgenstunden tagte die päpstliche Kongregation für Selig- und Heiligsprechungen in einem Verwaltungsgebäude des apostolischen Palasts. Dreißig Kardinäle, Erzbischöfe und Bischöfe hatten sich versammelt, um sich durch ein Gebirge von Anträgen zu arbeiten, das scheinbar niemals schrumpfen wollte. Während ich meine Blicke an den schmucklosen Wänden des Konferenzraums entlang schweifen ließ, damit mir die Augen nicht zufielen, oder die Fliegen auf den Kuchenstücken zählte, die brave Nonnen Seiner Heiligkeit uns zur Stärkung aufgetischt hatten, folgte ich mit halbem Ohr der Verlesung der Fälle, über die wir zu beratschlagen hatten. Die Sitzungen der Kongregation für Selig- und Heiligsprechungen, an denen ich als Prokurator des Heiligen Stuhls und Lizentiat des kanonischen Rechts regelmäßig teilzunehmen hatte, waren für mich ein Beweis, dass der Teufel seine Opfer nicht nur körperlich durch Feuer und Schwefel quält, sondern mehr noch durch das Folterinstrument des Geistes – die Langeweile. Wie oft hatte ich das alles schon gehört, diese immer und immer wieder gleichen Geschichten, aus denen ein lächerlicher, unaufgeklärter, längst überholter Kinderglaube sprach: hier eine Bilokation, dort eine Wunderheilung, als würde es auf der Welt von Heiligen und Märtyrern nur so wimmeln. Dabei war mir in all den Jahren meiner Tätigkeit kein einziges wirkliches Wunder untergekommen, trotz mannigfach erfolgter Selig- und Heiligsprechungen, ohne die offenbar die katholische Geistlichkeit immer noch nicht auskommen zu können glaubte.

Wann würde meine Kirche endlich die Kraft finden, auf diesen Mummenschanz zu verzichten?

Da wurden plötzlich die Stimmen am Tisch lauter.

»Dieser Papst soll seliggesprochen werden? Ein Mann, der sich der Hurerei, des Mordes und sogar der Zauberei schuldig gemacht hat?«

»Ja, ich bitte den Heiligen Stuhl, offiziell zu erklären, dass Benedikt IX., *vulgo* Teofilo di Tusculo, in die himmlische Glorie eingegangen ist und öffentliche Verehrung verdient.«

»Das ist unerhört! Da können wir ja gleich Satan selbst seligsprechen!«

Als hätte der Heilige Geist einen Funken in meiner Seele entfacht, erwachte ich aus meinem Dämmerzustand. Hatte ich richtig gehört? War wirklich von Benedikt IX. die Rede? Ich wusste nicht viel von diesem Papst, kaum mehr, als dass er im 11. Jahrhundert gelebt hatte und bereits im Knabenalter auf den Stuhl Petri gelangt sein sollte. Doch das wenige, was von ihm überliefert war, sprach ganz und gar nicht dafür, ihn der Schar der Seligen zuzuordnen. Dieser unwürdige Stellvertreter Christi stand vielmehr im Ruf, so lasterhaft wie Caligula und so lüstern wie ein türkischer Sultan gewesen zu sein: ein der Hölle entwichener Dämon, der sich die Tiara aufgesetzt hatte, um als Papst verkleidet den Mächten des Bösen zum Triumph zu verhelfen.

Paul Mortimer, ein Bischof aus Chicago von nicht mal vierzig Jahren, sprang mit dem Eifer der Jugend von seinem Platz auf, um lautstark gegen den Vorschlag zu protestieren: »Zwei Voraussetzungen sind zur Seligsprechung unabdingbar – erstens der Ruf der Heiligkeit der in Frage stehenden Person, zweitens der Nachweis eines Wunders. Was, frage ich

Sie, soll am Leben dieses liederlichen Papstes heiligmäßig gewesen sein?«

Jiao Xing, der taiwanesische Kurienkardinal, der diesen überaus merkwürdigen Antrag auf Eröffnung eines apostolischen Prozesses gestellt hatte, setzte mit feinem Lächeln und leiser, singender Stimme zur Gegenrede an: »Ich verstehe Ihre Bedenken durchaus, Bischof Mortimer. Doch hat der Kirchenvater Augustinus uns nicht gelehrt, nur wer den Stachel der Sünde in seinem Fleische spüre und der Versuchung dennoch widerstehe, der könne der Seligkeit teilhaftig werden? Ja, Benedikt IX. kannte die Sünde, vielleicht inniger und schmerzlicher als alle anderen Päpste und Heilige vor oder nach ihm, vielleicht hat er zeitweilig sogar mit dem Bösen selbst im Bunde gestanden – aber ist die Rückkehr eines Menschen zu Gott nicht umso höher einzuschätzen, je tiefer er zuvor gefallen ist?«

Ein Raunen ging durch den Saal, und einige Mitglieder der Kongregation wiegten nachdenklich die Köpfe.

»Außerdem«, fügte Kardinal Xing hinzu, um die Keimlinge der Zustimmung mit einem weiteren Argument zu kräftigen, »ist es denn unseres Amtes, nach äußerem Augenschein das Leben eines Menschen zu beurteilen? Sollten wir uns nicht vielmehr bemühen, seine Taten auch als Manifestationen der göttlichen Vorsehung zu begreifen? Vergessen wir nicht: Selbst der Verräter Judas Ischarioth hat zum Erlösungswerk des Heilands beigetragen!«

Das Raunen schwoll abermals an, und manches Haupt, das sich eben noch unschlüssig gewiegt hatte, nickte. Die älteren Brüder erinnerten sich vermutlich wie ich jenes spektakulären Falles, über den zu verhandeln vor über zwanzig Jahren ein Franziskanerpater deutscher Herkunft die Kongregation aufgefordert hatte: die Seligsprechung des Apostels, durch den Jesus Christus in die Hände seiner Häscher gefallen war.

Ich selber ertappte mich dabei, wie ich die Worte murmelte, mit denen damals der Postulator seinen Antrag begründet hatte: »Ohne Judas kein Kreuz, ohne das Kreuz keine Erfüllung des Heilsplans ...«

Doch Bischof Mortimer gab sich so schnell nicht geschlagen. »Und das Wunder, das Benedikt IX. gewirkt haben soll?«

»Sie haben alles Recht, diese Frage zu stellen«, räumte Jiao Xing mit der gebotenen Ernsthaftigkeit ein. »Wir haben in diesem Fall tatsächlich weder Zeugnis von einer Bilokation noch von einer Spontanheilung. Dennoch zögere ich nicht, von einem Wunder zu sprechen – dem vielleicht größten Wunder überhaupt.«

»Aber was soll dieses Wunder sein?« Bischof Mortimers Stimme schnappte vor Erregung fast über.

Statt einer Antwort gab Kardinal Xing einem Schweizer Gardisten ein Zeichen. Eine Tür ging auf, und herein kam ein Bibliothekar mit einem Rollwagen voller versiegelter Akten.

»Dieses Konvolut«, erklärte Kardinal Xing, »ist bei Inventarisierungsarbeiten im Geheimarchiv des Vatikans unserem neuseeländischen Freund Professor Goalman in die Hände gefallen. Es enthält die Antwort auf die Frage Bischof Mortimers.« Kardinal Xing machte eine Pause und blickte mit seinen kleinen, intelligenten Augen in die Runde. »Wer von Ihnen ist bereit, nach den Bestimmungen von Paragraf 1999 bis 2141 des *Codex Iuris Cononici* aus diesen Akten einen Auszug herzustellen, damit die Kardinalreferenten Seiner Heiligkeit entscheiden können, ob die Eröffnung eines apostolischen Prozesses zur Seligsprechung von Papst Benedikt IX. angezeigt erscheint oder ob wir besser daran tun, ein solches Verfahren für nichtig zu erklären?«

Neugierig geworden, schaute ich auf das Konvolut uralter, verstaubter Dokumente, die seit fast einem Jahrtausend wohl keine menschliche Hand mehr berührt hatte: Zeugnisse eines längst erloschenen Lebens – im ewigen Ringen zwischen Gut und Böse, Licht und Finsternis, Erlösung und Verdammnis.

Welche Wahrheit würden sie zutage fördern?

Ohne die Folgen meines Tuns zu bedenken, hob ich die Hand.

»Monsignore Silvretta?« Alle Augen richteten sich überrascht auf mich, als der Vorsitzende, Kardinalpräfekt Contadini, meinen Namen nannte. Schließlich stand ich im Ruf, ein entschiedener Gegner jedweden Wunderglaubens zu sein. »Dann möchte ich Sie bitten, sich hier in unserem Beisein von der Unverletztheit der Siegel zu überzeugen.«

Während der Bibliothekar sich mit dem Rollwagen näherte, fügte ich mich mit einem Seufzer in mein selbstgewirktes Schicksal und tat, wie mir geheißen.

Cum deo ...

Noch am selben Abend trafen die Unterlagen in meiner Privatwohnung ein, und ich machte mich an die Arbeit ...

ERSTES BUCH

VOM HIMMEL
1021–1037

ERSTES KAPITEL: 1021–33

GOTTESZEICHEN

1

Noch war alles still an diesem herbstlich kühlen Morgen. Nur heiliges Schweigen erfüllte die Welt, während über der Burg Tuskulum, dem mächtigsten Kastell in den Albaner Bergen südlich von Rom, allmählich die Sonne aufging, um mit ihren wärmenden Strahlen den Tau von den Blättern der Bäume und den Zinnen der Türme zu trocknen.

Da gellte ein Schrei in der lautlosen Stille, und schwarze Vögel flatterten kreischend in den blassblauen Himmel auf, als wollten sie dem Drama von Leben und Tod entfliehen, das sich hinter den Mauern der Burg vollzog. Denn dort, im Innern der jahrhundertealten Festung, die sich inmitten schwarzgrün bewachsener Wälder auf einer einsamen Anhöhe erhob, lag im zerwühlten Bett ihrer Kemenate Contessa Ermilina, Gräfin von Tuskulum, seit einem Tag und einer Nacht in den Wehen.

»Heißes Wasser! Und bring mir die Zange!«

Wie aus weiter Ferne drangen die Anweisungen der Hebamme an Ermilinas Ohr, als würde der Schmerz, der in immer neuen Wellen von ihrem Leib Besitz ergriff, ihre Sinne betäuben, während sie den Blick Hilfe suchend auf das Lamm Gottes richtete, dessen Bildnis zum Schutz vor dem Kindbetttod ihr gegenüber an der Wand angebracht worden war. Drei Söhne hatte sie bereits geboren, und sie hätte nie gedacht, noch einmal niederzukommen. Sie war mit ihren sechsunddreißig Jahren doch viel zu alt, um von einem Mann zu empfangen, seit einer Ewigkeit hatte sie keine Blutung mehr gehabt. Aber der Einsiedler Giovanni Graziano, ein heiligmäßiger Mann, der einsam in den Wäldern hauste und ihr die Beichte abnahm, hatte ihr das Wunder gedeutet: Ihre Schwangerschaft sei ein Zeichen Gottes, wie es einst die Schwangerschaft der Stammesmutter Sarah gewesen sei, Abrahams Frau. Ihr Kind sei darum ein besonderes Kind, es sei Gottes Wille und Beschluss, dass sie es zur Welt bringe – *ad maiorem dei gloriam*.

»Ich kriege den Kopf nicht zu fassen! Es liegt verkehrt rum im Bauch!«

Wieder krampfte sich Ermilinas Leib zusammen, in einer Woge aus Schmerz, als wolle er das fremde, kostbare Wesen, das im Dunkel ihrer Gedärme nistete, wie ein Katapult aus sich heraus schleudern. Doch wieder staute sich die Woge an einer unsichtbaren Wand, türmte der Schmerz sich in ihrem Innern auf, um sich in einer Sturzflut zu brechen und durch die Adern bis in die letzte Faser ihres Körpers zu strömen. Würde sie diese Geburt überleben?

Die Hebamme schob ihre Oberschenkel noch weiter auseinander und drückte mit beiden Händen gegen ihren Unterbauch. »Es muss zurück, damit ich es drehen kann!«

Ermilina spürte, es war ein Kampf zwischen ihr und dem Kind. Noch halb gefangen in ihrem Leib, halb schon bei den Engeln, flüsterte sie die Namen aller Schutzpatrone, die sie kannte, griff nach dem Gürtel, den Giovanni Graziano ihr geschenkt hatte, den Gürtel der Heiligen Elisabeth, der ihr die Geburt erleichtern sollte, und hielt ihn mit ihrer ganzen Kraft. *Gott liebt dieses Kind ... Es soll dermaleinst sein Werkzeug sein ... Es ist von der Vorsehung auserwählt ...* Wie Traumfetzen schossen die Worte des Einsiedlers ihr durch den Kopf, Botschaften aus einer anderen Welt, aus denen sie Kraft schöpfen konnte, während das neue Leben in ihr das alte Leben schröpfte und verzehrte.

Was hatte Gott mit diesem Kind vor, dass er ihr ein solches Martyrium auferlegte?

Durch einen roten Schleier sah Ermilina, wie die Hebamme nach der Spritze griff, die bereits mit Weihwasser gefüllt war, damit ihr Kind noch im Mutterleib getauft werden konnte, falls es zu sterben drohte. Voller Entsetzen formte Ermilina ihre Lippen zum Gebet.

»Ich flehe dich an, Herr ... Nimm mein Leben im Tausch für mein Kind ...«

Auf einmal war es so still, dass sie ihren eigenen Atem hörte. Erschöpft schloss sie die Augen, und für einen wunderbaren Moment schien jeder Schmerz erloschen. Hatte der Herr ihr Gebet erhört und nahm ihr Opfer an? Obwohl sie am ganzen Leib schweißnass war, fror und zitterte sie so sehr, dass die Adlersteine in der Amulettkapsel, die die Hebamme ihr ans Handgelenk gebunden hatte, um ihre Schmerzen zu lindern, leise klapperten und ihre Zähne wie im Schüttelfrost aufeinander schlugen.

»Wenn das Kind überlebt – wie soll es heißen?«

Ermilina schlug noch einmal die Augen auf und sah in das fragende Gesicht der Hebamme. Unter Aufbietung ihrer letzten Willenskraft unterdrückte sie das Schlagen ihrer Zähne, um Antwort zu geben.

»Teofilo ...«, flüsterte sie. »Der, den Gott lieb hat ...«

»Und wenn es ein Mädchen ist?«

Ermilina schüttelte den Kopf. »Es ist ein Junge ... Ich weiß es ... Und er soll Teofilo heißen ...«

Mit dem Namen ihres Sohnes auf den Lippen, den Blick auf das Lamm Gottes gerichtet, schwanden ihr die Sinne, und sie sank in Ohnmacht.

2

»Wie kann das sein, dass Wein sich in Blut verwandelt?«, wollte Teofilo wissen. »Und warum wird plötzlich Brot, das wir zur Suppe essen, zum Leib Christi?«

»Das ist das Geheimnis des Glaubens«, erwiderte Giovanni Graziano. »Deinen Tod, oh Herr, verkünden wir, und deine Auferstehung preisen wir. Bis du wiederkommst in Herrlichkeit.«

»Ich weiß, das sagt auch Don Abbondio in der heiligen Messe. Aber könnt Ihr mir nicht zeigen, wie es *passiert*? Ich würde es so gerne *sehen*!«

Giovanni Graziano blickte ihn streng an. »Hast du das Beispiel des heiligen Thomas vergessen?«

Teofilo senkte beschämt den Kopf. Er wusste, warum sein Taufpate ihm die Frage stellte. »Ihr meint – wegen der Wundmale?«

»Richtig«, nickte Giovanni Graziano. »Der heilige Thomas wollte auch nicht glauben, dass der Herr ans Kreuz geschlagen und wiederauferstanden war. Bis er mit eigenen Augen die Wundmale sah und sie mit eigener Hand tastete. Was also lernen wir daraus?«

Teofilo brauchte nicht lange nachzudenken, um Antwort zu geben. »Dass wir nicht nur glauben sollen, was wir sehen, sondern vor allem das, was Jesus Christus sagt.«

»Siehst du?« Sein Pate strich ihm über das Haar. »Wie alt bist du jetzt, mein Sohn?«

»Sechs Jahre, ehrwürdiger Vater.«

»Meinst du nicht, dass du deinen Wissensdurst dann noch ein wenig bezähmen solltest? Die heilige Wandlung ist schließlich das erhabenste Wunder, das Gott für uns gewirkt hat.«

Wie jeden Samstag war Teofilo mit seinen Brüdern am frühen Morgen zu Giovanni Grazianos Einsiedelei gewandert. Schon Tage im Voraus fieberte er diesem allwöchentlichen Ereignis entgegen – so begierig war er auf die Unterweisung im Glauben durch seinen Taufpaten, der mit der hageren Gestalt, dem weißen, schulterlangen Haar und den pechschwarzen Augen aussah wie Johannes der Täufer auf dem Altarbild der Burgkapelle. Ihn liebte und bewunderte Teofilo mehr als seinen eigenen Vater, den mächtigen Grafen von Tuskulum, für den er eher Respekt, vor allem aber Furcht empfand. Obwohl Giovanni Graziano weder lesen noch schreiben konnte, stand er im Ruf, ein wahrer Mann Gottes zu sein – eine Lilie unter Dornen. Angeblich hatte Gott sich ihm bereits in seiner Jugend zu erkennen gegeben, als er ihm befohlen hatte, sein Elternhaus zu verlassen, um dem Beispiel Jesu Christi zu folgen und als Eremit der Welt für immer zu entsagen. Graziano hatte die Einsiedelei, die aus einem einzigen ummauerten Raum bestand, auf Gottes Geheiß am Ende eines Weges errichtet, auf dem angeblich Flaschen und Räder bergaufwärts rollten, weshalb Gläubige aus Rom und ganz Latium an diese Stätte pilgerten. Hier lebte Giovanni Graziano in vollkommener Einsamkeit und ernährte sich allein von den Früchten und Pflanzen, die im Walde wuchsen: von Sauerampfer, Pilzen und Beeren sowie von den Broten, die hin und wieder fromme Pilger vor der Tür der Einsiedelei ablegten. Seit seiner Taufe, so hatte man Teofilo gesagt, habe sein Pate diesen Ort nicht mehr verlassen. Weil ein jeder, der sich in die Welt hinaus begebe, sich unweigerlich in Sünde und Schuld verstricke.

»Ich habe auch eine Frage, ehrwürdiger Vater.«

Gregorio, Teofilos zehn Jahre älterer Bruder, ein kraftstrotzender junger Mann mit rotblonden Locken und schon sprießendem Bart, der mit bloßen Zähnen Walnüsse knacken und auf Kommando furzen konnte, hatte den Finger gehoben, um sich bemerkbar zu machen.

»Nun, was möchtest du wissen?«, fragte Giovanni Graziano.

»Warum bringt eine schwarze Katze Unglück?«

»Darauf gibt es keine Antwort, mein Sohn.«

»Warum nicht?«, erwiderte Gregorio beleidigt. »Wenn Teofilo etwas fragt, habt Ihr immer eine Antwort.«

»Weil Angst vor schwarzen Katzen Aberglaube ist.«

»Aberglaube? Das kann nicht sein! Das weiß doch jeder, dass eine schwarze Katze Unglück bringt. Oder?«

Um Zustimmung heischend, drehte Gregorio sich zu seinen Brüdern herum: Ottaviano, der mit seiner feinen, hellen Haut und dem schmächtigen Körper zwar aussah wie ein Mädchen, doch mehr essen konnte als zwei erwachsene Männer zusammen, sowie Pietro, der immer so müde war, als hätte er die ganze Nacht nicht geschlafen, und nur aufzuwachen schien, wenn ihn die Pickel juckten, die seit ein paar Monaten auf seinem Gesicht blühten.

»Natürlich bringt eine schwarze Katze Unglück«, erklärte Pietro gähnend. »Genauso, wie wenn im Wald der Kuckuck schreit.«

»Unser Jagdaufseher hat mal gehört, wie der Kuckuck fünfmal schrie«, bestätigte Ottaviano eifrig nickend. »Jetzt weiß er, dass er in fünf Jahren sterben muss.«

»Hab ich's nicht gesagt?«, fragte Gregorio triumphierend.

Doch Giovanni Graziano schüttelte den Kopf. »Es ist Aberglaube«, wiederholte er. »Eine schwarze Katze kann höchstens dann Unglück bringen, wenn ein Dämon in sie gefahren ist. Alles andere ist Ketzerei. Und wenn du weiter so gottlose Dinge behauptest, musst du zur Strafe den Rest des Tages schweigen.«

Gregorio biss sich auf die Lippen, um dann an seinem Daumennagel zu knabbern wie ein Kaninchen an einer Mohrrübe. Das tat er immer, wenn er nicht mehr weiter wusste. Teofilo platzte fast vor Stolz. Seine Brüder waren so viel älter als er, doch er war tausendmal klüger als sie!

Plötzlich kam ihm ein Gedanke.

»Wenn Angst vor schwarzen Katzen Aberglaube ist – ist dann die heilige Wandlung nicht auch Aberglaube?«

Giovanni Graziano schlug erschrocken ein Kreuzzeichen. »Willst du dich versündigen?«

»Ich kann es einfach nicht begreifen!«

»Du sollst nicht begreifen – du sollst glauben, hörst du?

Glauben! Wie oft soll ich dir das noch sagen? Oder hast du schon wieder die Lektion vergessen, die ich dir erteilt habe?«

»Nein, ehrwürdiger Vater«, erwiderte Teofilo leise. »Natürlich nicht.«

Wie konnte er auch? Es war im letzten Sommer gewesen, bei der Unterweisung vor Christi Himmelfahrt. Teofilo hatte nicht glauben wollen, dass ein Mensch, und Jesus war doch ein Mensch, in den Himmel aufsteigen konnte wie ein Vogel – Jesus hatte doch keine Flügel! Da hatte der Einsiedler ihn zu der Straße geführt, die von Nemi zu der Klause führte, hatte eine mit Wasser gefüllte Schweinsblase auf den Boden gelegt, und Teofilo hatte mit eigenen Augen gesehen, was sein Verstand nicht hatte fassen können: Die Schweinsblase war tatsächlich bergauf gerollt, obwohl das doch gar nicht möglich war! Damals hatte er sich vorgenommen, nie wieder Fragen zu stellen, die sein Lehrer nicht hören wollte. Doch seine Zunge gehorchte ihm einfach nicht.

»Aber ... aber«, stammelte er, »wenn die heilige Wandlung kein Aberglaube ist – was ist sie dann? Zauberei?«

Giovanni Grazianos schwarze Augen glühten wie zwei Kohlestücke. »Drei Tugenden hat uns Jesus Christus durch sein Beispiel gelehrt: Armut, Keuschheit und Gehorsam. Ihnen sollen wir folgen. Ihr Gegenteil aber, Prasserei, Wollust und Hochmut, führen uns ins Verderben. Hüte dich also vor solchen Fragen, mein Sohn! Dahinter lauert die Superbia, die Sünde des Hochmuts, die Sünde wider den Heiligen Geist.«

Noch während der Eremit sprach, öffnete sich die Tür, und Teofilos Mutter betrat die Einsiedelei.

»Wie könnt Ihr von Hochmut sprechen, ehrwürdiger Vater?«, fragte Ermilina, nachdem sie ihren Beichtvater ehrfürchtig begrüßt hatte. »Habt Ihr nicht selber gesagt, dass dieser Knabe ein besonderes Kind ist? Ein Erwählter des dreifaltigen Gottes?«

Der Eremit hob seine knochigen Hände, als wolle er böse Geister abwehren. »Erwähltheit und Verdammnis liegen oft nur einen Schritt auseinander. Die Seele des Menschen ist aus Dunkelheit und Licht geschaffen. Wehe, wenn die Dunkelheit das Licht erstickt!«

Teofilo lief ein Schauer über den Rücken. Er wusste, Licht und Dunkelheit – das waren Gott und der Teufel, die miteinander rangen, überall, im Himmel und auf Erden.

Auch in seiner Seele?

Mit einem zärtlichen Lächeln reichte seine Mutter ihm sein Wams. »Zieh dich an, mein Junge. Du wirst mit mir und deinem Vater nach Rom reisen.«

»Nach Rom?«

»Ja, zur Krönung des neuen Kaisers. Dein Onkel Romano, Seine Heiligkeit Papst Johannes, hat uns eingeladen!«

»Und ich?«, fragte Gregorio. »Darf ich etwa nicht mit?«

»Du bleibst hier, genauso wie deine anderen Brüder. Ihr müsst noch viel lernen.«

»Das ist ungerecht!«, protestierte Gregorio. »Ich bin der Erstgeborene, nicht dieser Hosenscheißer!«

Seine Mutter verpasste ihm eine Ohrfeige. »Ja, du bist der Erstgeborene – aber nur vor deinem leiblichen Vater. Nicht vor Gott, unser aller Vater und Herr im Himmel!« Während Gregorio sich die Wange rieb, wandte sie sich wieder zu Teofilo, und ihre Stimme wurde ganz weich. »Bist du so weit? Dann verabschiede dich von deinem Paten.«

Teofilo verbeugte sich vor dem Eremiten, dann kniete er auf dem gestampften Lehmboden vor dem Marienbild nieder, das als einziger Schmuck die Klause zierte, und wie jedes Mal, wenn er die Einsiedelei betrat oder verließ, küsste er darauf das Jesuskind, dessen Antlitz ihn ein kleines bisschen an sein eigenes Spiegelbild erinnerte.

»Gelobt sei Jesus Christus.«

»In Ewigkeit amen.«

Als seine Mutter ihn an die Hand nahm, war es, als würde sein Schutzengel ihn an die Hand nehmen, um ihn vor allem Bösen zu bewahren. Teofilo empfand die Berührung wie einen Segen. Solange seine Mutter ihn führte, das war für ihn so sicher wie der Sonnenaufgang jeden Morgen, solange konnte ihm nichts auf der Welt widerfahren.

Im Hinausgehen warf er Gregorio einen triumphierenden Blick zu.

Die Augen seines Bruders funkelten vor Wut. Doch als er das Gesicht seiner Mutter sah, traute er sich nicht, noch etwas zu sagen.

3

»Jetzt hör auf zu zappeln und halt endlich still!«

Um sich zu beruhigen, stellte Chiara sich vor, ein Baum zu sein. Wie angewurzelt hob sie die Arme über den Kopf, holte einmal tief Luft und hielt den Atem an, damit sie sich kein noch so kleines bisschen mehr bewegte, als die Zofe ihr das seidene Unterkleid überstreifte, das an ihrer nackten Haut entlang glitt, als würde jemand sie streicheln. Sie war so aufgeregt, dass sie die ganze Nacht nicht hatte schlafen können, und beim Frühstück hatte sie keine zwei Löffel Brei herunter bekommen. Erst gestern Abend hatte ihr Vater gesagt, dass sie ihn zur Krönung des Kaisers nach Rom begleiten durfte. In den Petersdom, in die Kirche des Papstes!

»Was meinst du, ob ich wohl das einzige Mädchen bin?«

»Ich glaube schon«, erwiderte Anna. »Dein Vater hat gesagt, dass jeder Edelmann nur seinen ältesten Sohn mitbringen darf. Nicht mal die Herzöge bringen ihre Töchter mit. Nur der Conte di Sasso!«

»Da werden die anderen aber Augen machen!« Mit Annas Hilfe zwängte Chiara sich in das eng anliegende Oberkleid, eine Tunika aus grünem Damast, die sie selber genäht und mit Perlen bestickt hatte. »Ob mein Vater wohl lieber einen Sohn gehabt hätte als nur ein Mädchen?«, fragte sie.

»Wie kommst du denn darauf? Ich habe noch keinen Mann gesehen, der seine Tochter so lieb hat wie dein Vater! Oder kennst du vielleicht noch einen Vater, der jeden Abend mit seiner Tochter Trictrac spielt?«

Anna bückte sich und verflocht die kleinen bunten Bänder an ihrem Kleid mit den Ärmeln der Tunika. Dabei kitzelten die Bänder Chiara an der Schulter, und weil sie es nicht ausstehen konnte, wenn etwas sie nur auf einer Seite juckte oder drückte oder sonst wie störte, kratzte sie sich nicht nur die linke, sondern auch die rechte Schulter.

»Wenn deine Mutter nur heute bei uns sein könnte«, sagte Anna. »Sie wäre so stolz auf dich.«

Bei den Worten ihrer Zofe senkte sich ein feiner grauer Schleier auf Chiaras Seele. Sie hatte ihre Mutter nie kennen gelernt – so lange sie zurückdenken konnte, war immer nur Anna da gewesen. Ihre Mutter, das wusste sie von ihrem Vater, war bei der Geburt eines Sohnes gestorben, der tot zur Welt gekommen war. Chiara war damals noch keine zwei Jahre alt gewesen und hatte keine Erinnerung an sie. Es gab nur ein Bild von ihr, das aber nicht fertig geworden war – weil es eine Sünde sei, Bilder von einer sterblichen Frau zu malen, hatte der Maler sich geweigert, es fertig zu stellen. Jetzt hing es, versteckt vor den Blicken Fremder, im Kabinett ihres Vaters, und zeigte eine wunderschöne Frau mit herrlichen blonden Locken und einem halben Gesicht. Chiara hatte einmal gesehen, wie ihr Vater vor dem Bild saß und weinte. Seitdem mochte sie das Kabinett nicht mehr betreten.

»Nicht traurig sein«, sagte Anna. »Ich bin sicher, sie schaut gerade vom Himmel auf dich herab.«

»Glaubst du wirklich?«

»Ganz bestimmt!«

Die Vorstellung reichte, damit der graue Schleier wieder verschwand.

»Darf ich heute meine zweifarbigen Strümpfe anziehen?«

»So eitel kenne ich dich ja gar nicht«, lachte Anna. »Eitel bist du doch sonst nur, wenn es um deine Haare geht!« Sie schaute Chiara an. »Willst du vielleicht dem Kaiser gefallen? Oder gibt es sonst einen Grund?«

Chiara spürte, wie sie unter Annas Blicken rot wurde, und hätte am liebsten geschwiegen. Aber das hatte keinen Zweck. Denn Anna war mit ihren sechzehn Jahren nicht nur viel älter und erfahrener als sie und wusste in solchen Sachen Bescheid, sie kannte sie auch so in- und auswendig, dass sie sowieso alles erriet, was in ihr vorging. Anna wusste sogar, dass sie niemals ihre blonden Locken mit einem Schleier oder Tuch bedecken würde, nicht mal als erwachsene Frau!

»Vielleicht«, sagte Chiara leise, »ist mein Bräutigam ja auch da.«

»Ach Gottchen, du bist ja richtig verliebt!«, rief Anna. »Komm her, mein Schatz, damit ich dein Haar bürsten kann!«

4

Es war der höchste Festtag im Kirchenjahr, der heilige Ostersonntag, als König Konrad mit seinem Gefolge in den Petersdom einzog, um sich zum neuen römischen Kaiser krönen zu lassen, zum Augustus und Imperator Romanum, dem mächtigsten Herrscher der Welt. Schon seit dem frühen Morgen harrte Teofilo an der Seite seiner Mutter in der düsteren Basilika aus, die ihm mit ihrer drückenden Gewölbedecke und den schmalen Fensterschlitzen, durch die kaum Tageslicht ins Innere drang, so unheimlich war wie das Verlies in der Burg seines Vaters. Während die gleichförmigen Gesänge eines Chores von den kalten und feuchten Wänden widerhallten, drängte das Volk sich bis in die hintersten Nischen und Ecken des Gotteshauses. Teofilo stellte sich auf die Zehenspitzen und verrenkte sich den Hals, um zwischen all den Rücken und Schultern und Köpfen der Erwachsenen überhaupt etwas zu sehen. In dem spärlichen Licht erkannte er einen großen, bärtigen Mann, in einem goldenen Gewand voller Perlen und Juwelen. Das musste der König sein! Ernste, in Brokat gekleidete Männer schritten an seiner Seite, einer trug ihm das blanke Schwert auf einem Samtkissen voraus, andere streuten Geldmünzen links und rechts des Weges, den Könige, Herzöge und Grafen säumten, Kardinäle, Bischöfe und Äbte, Ritter und Milizen und Knappen. Gemeinsam bildeten sie eine Gasse in Richtung eines kreisrunden, dem Boden eingefügten Steins, wo die wichtigsten römischen Edelleute versammelt waren, um den König und Papst zu empfangen, mit Alberico an der Spitze, Teofilos Vater und Bruder des Papstes, ein gewaltiger, breitschultriger Mann mit einem Gesicht wie aus Fels gehauen und rotblondem Bart: der erste Konsul von Rom, neben dessen imposanter Erscheinung die Oberhäupter der anderen Familien, die Sabiner und Crescentier und Oktavianer und Stephanier, wie Gefolgsleute niederen Ranges wirkten.

Eine Fanfare ertönte, und die Gesänge verstummten. Mit der Krone Karls des Großen in den Händen trat Papst Johannes XIX., unter dessen Tiara Teofilo das vertraute Gesicht seines Onkels Romano erkannte, auf den König zu.

»Nimm das Zeichen des Ruhmes, das Diadem des Königtums, die Krone des Reiches, im Namen des Vaters und des Sohnes und des Heiligen Geistes!«

Wie auf ein unsichtbares Kommando sanken all die mächtigen und wichtigen Männer vor Teofilos Onkel zu Boden: die Könige und Herzöge und Grafen, die Kardinäle, Bischöfe und Äbte, die Ritter und Milizen und Knappen – ja, sogar Konrad selbst, der neue Kaiser, beugte vor seinem Onkel das Knie, um dessen Fuß zu küssen. Teofilo sah es und konnte es nicht glauben.

»Ist der Papst mächtiger als der Kaiser?«, flüsterte er voller Andacht.

Seine Mutter nickte. »Ja, der Papst ist der mächtigste Mensch auf Erden. Weil er der Stellvertreter Gottes ist.«

Teofilo schauderte. Für einen Moment gab er sich der berauschenden Vorstellung hin, selber einmal solche Macht zu besitzen. Was für ein herrliches, wunderbares Gefühl musste es sein, so hoch erhaben über allen anderen Menschen zu stehen! Doch diese Vorstellung währte nur einen Wimpernschlag. Denn plötzlich durchströmte ihn ein anderes, ganz sanftes, unendlich beglückendes Gefühl, ein Gefühl, wie wenn man morgens fröstelnd im Bett die Augen aufschlägt und die Sonne scheint einem wärmend ins Gesicht. Ein Mädchen, so alt wie er selbst, ein blond gelockter Engel mit einer Haut wie Alabaster und zartrosa Lippen, gewandet in eine grüne, perlenbesetzte Tunika, stand ihm genau gegenüber, zwischen zwei Säulen, und sah ihn mit ihren himmelblauen Augen unverwandt an: seine Cousine Chiara, das Mädchen, das er laut Beschluss ihrer beider Väter dermaleinst heiraten sollte ... Im selben Moment fing Teofilos Herz an zu schlagen, als galoppierte ein Pferd in seiner Brust. Chiara war das einzige Mädchen, das sich traute, die Haare offen zu tragen, und bei ihrer ersten und einzigen Begegnung hatten unter dem Saum ihrer Tunika zwei verschiedenfarbige Strümpfe hervorgelugt, die ihm den Atem geraubt und ihn bis in seine Träume verfolgt hatten. Ob sie die Strümpfe heute wohl wieder trug?

»Chiara ...«, flüsterte er.

Als würde sie seine Gedanken erraten, schlug sie die Augen nieder. Doch wie sie das tat und dabei rot wurde und an ihrem blonden Engelshaar zupfte, war so unglaublich schön, dass er nur noch den einen Wunsch verspürte, zu ihr zu laufen und sie in den Arm zu nehmen. Herrgott, warum dauerte im Leben immer alles so fürchterlich lange? Ein Jahr musste er noch warten, bis seine Ausbildung als Page begann. Aber erst wenn er zum Knappen ernannt worden war, war er ein richtiger Mann, den ein so überirdisches Wesen wie Chiara überhaupt beachten würde ...

»Wie alt muss man sein, damit man heiraten kann?«

Teofilo hatte gar nicht gemerkt, dass er die Frage tatsächlich ausgesprochen hatte. Irritiert drehte seine Mutter sich zu ihm herum.

»Pssst, mein Liebling«, erwiderte sie. »Dein Leben liegt in Gottes Hand. Er wird uns zeigen, was sein Wille ist. Und wer weiß, vielleicht will er ja gar nicht, dass du ...«

Bevor sie den Satz zu Ende gesprochen hatte, schlugen die

Glocken der Basilika zu einem machtvollen Festgeläut an, und ein Jubel aus tausend Kehlen erschallte und füllte das dunkle Gewölbe.

»Leben und Sieg dem Kaiser! Dem Beschützer des Imperiums!«

Während das Volk den neuen Herrscher pries, in allen Sprachen, die seit dem Turmbau zu Babel von Menschen gesprochen wurden, erhob Konrad sich von den Knien, und der Jubel wurde zum Orkan. Mit ernstem Lächeln winkte der neu gekrönte Kaiser seinen Untertanen zu – da brach, nicht weit von Teofilo entfernt, ein Tumult los, in den Reihen junger Adliger, die sich gegenseitig aus dem Weg drängten, um dem Herrscher möglichst nah zu sein, genau zwischen den zwei Säulen, zwischen denen Teofilo eben noch Chiara gesichtet hatte.

Ihm stockte der Atem. Wo war sie geblieben?

Anstelle seiner Cousine sah er nur ein wüstes Knäuel wild aufeinander einschlagender Männer. Fäuste sausten durch die Luft, Schwerter zuckten aus den Scheiden, und plötzlich, inmitten des schlimmsten Getümmels, eine grüne Tunika, die kleine, zarte, zerbrechliche Gestalt eines Mädchens, zwei zappelnde Beine, in unterschiedlichen Strümpfen – der eine rot, der andere gold ...

»Chiara!«

5

Chiara wollte schreien, doch während sie versuchte, auf allen Vieren kriechend dem Getümmel zu entkommen, traf ein Stiefel sie mit solcher Macht in den Rippen, dass ihr kein Ton über die Lippen kam. Nach Luft schnappend, hielt sie sich die schmerzende Seite. Wohin sie schaute, über ihr, neben ihr, vor ihr, hinter hier: überall war sie von Männern umzingelt, die doppelt so groß waren wie sie und übereinander her fielen –

ein einziges Ringen und Hauen, Stoßen und Quetschen. Ein Mann flog rückwärts in ihre Richtung, und prallte mit dumpfem Schlag neben ihr auf.

Wie sollte sie hier nur herauskommen?

Plötzlich tat sich eine Lücke vor ihr auf, und sie schaffte es, bis zu einer Säule vorzudringen. Die Rippen taten ihr so weh, dass sie kaum atmen konnte. Voller Angst schaute sie sich in dem düsteren Gotteshaus um. Wo war ihr Vater? Die Wachen des Papstes hatten sie daran gehindert, ihn zur Mitte der Basilika zu begleiten, wo die Oberhäupter der Adelsfamilien den Kaiser und den Papst empfingen, sodass er sie in der Obhut irgendeines Fremden unweit des Portals zurückgelassen hatte, bei einem Sabiner, der sich aber, als der Streit losgebrochen war, sogleich in den Kampf geworfen und sie vergessen hatte. In ihrer Verzweiflung schickte sie ein Stoßgebet zum Himmel: »Heilige Maria, Mutter Gottes, bitte für uns Sünder. Jetzt und in der Stunde unseres Todes …«

»Chiara!«

Als sie aus ihrer Deckung lugte, um zu schauen, wer ihren Namen gerufen hatte, traf sie ein Ellbogen an der Schulter, und sie taumelte zurück gegen die Säule.

»Chiara! Hier! Hier bin ich!«

Endlich sah sie sein Gesicht.

»Teofilo!«

Noch während sie seinen Namen rief, duckte er sich und schlüpfte zwischen einer Horde prügelnder Männer hindurch in ihre Richtung.

»Bleib, wo du bist! Ich hole dich!«

Flink wie ein Wiesel wich er den Schlägen und Tritten aus und nutzte jede Lücke, um in ihre Nähe zu kommen. Bald war er nur noch eine Körperlänge entfernt, und sie konnte fast schon seine ausgestreckte Hand ergreifen, da packte ihn ein schwarz gewandeter Riese wie einen Welpen im Nacken und warf ihn beiseite. Teofilo stieß einen so lauten Schrei aus, dass für einen Moment alles erstarrte, seine Augen glänzten, als wäre ein Dämon in ihn gefahren. Wie ein tollwütiger

Hund stürzte er sich auf den schwarzen Riesen und biss ihm ins Gesicht.

»Los, Chiara! Lauf!«

Für einen Wimpernschlag war der Weg frei. Doch es war, als hätte sie Blei in den Schuhen.

»Ich ... ich kann nicht ...«

»Du musst!«

Bevor sie sich's versah, war Teofilo bei ihr, nahm ihre Hand und riss sie mit sich fort – zum Kirchentor, in Richtung Licht, ins Freie ...

6

Warm schien die Oktobersonne von dem dunkelblauen Herbsthimmel herab, und in der Ferne, unterhalb des Felsvorsprungs, der aus Schwindel erregender Höhe senkrecht in die Tiefe fiel, glitzerten die Strahlen wie goldene Brokatfäden auf der gekräuselten Oberfläche eines Sees, von dem es hieß, er könne Wunder wirken.

»Was meinst du mit Überraschung?«, fragte Chiara.

»Nicht hier. Erst wenn wir da sind«, erwiderte Teofilo.

Er versuchte, mit so tiefer Stimme wie ein Mann zu sprechen – oder wie Domenico, der Sohn des Crescentiergrafen, der Chiara zu ihrem zwölften Geburtstag eine Kette aus bunten Holzperlen geschenkt hatte. Zwar hatte seine Braut die Kette nie getragen, aber konnte man wissen, was so ein Mädchen insgeheim tat? Vielleicht trug sie die Kette ja in der Nacht, wenn sie im Bett lag, und dachte dabei an Domenico ... Unter Chiaras Tunika zeichneten sich schon zwei zarte, alle Glückseligkeit versprechende Wölbungen ab, und er selber war noch nicht mal im Stimmbruch, geschweige dass endlich sein Bart anfing zu sprießen, obwohl er in einem Alter war, in dem seine älteren Brüder schon zu Knappen ernannt worden waren! Was für eine Ungerechtigkeit!

Ob sie sein Geschenk, das ihm in der Tasche brannte wie ein Stück Kohle, wohl tragen würde?

Der Anblick ihres offenen Haars, das ihr in Locken auf die Schultern fiel, machte ihn ganz verrückt. Ungeduldig griff er nach ihrer Hand, und gemeinsam überquerten sie die Lichtung, die den Felsvorsprung mit dem dahinter liegenden Wald verband, und verschwanden in ihrem Geheimversteck, einer Dickichthöhle so groß wie eine Kapelle inmitten einer verwachsenen Brombeerhecke, in der nichts als die sonnendurchtränkte Stille des Altweibersommers sie umfing. Seit der Kaiserkrönung vor sechs Jahren verbrachten sie jede freie Stunde zusammen, die Teofilo sich aus seinem Pagendienst am Hofe seines Vaters davonstehlen konnte, und mindestens einmal in der Woche trafen sie sich an diesem geheimen Ort, den niemand außer ihnen kannte, um ganz allein zusammen zu sein. Im hintersten Winkel ihrer Höhle, wo die süßesten Brombeeren wuchsen, hatten sie sich ein Lager aus alten Kissen und Decken eingerichtet. Hier verbrachten sie ganze Nachmittage damit, Seite an Seite auf den Bäuchen liegend mit den Zähnen die Früchte von den Zweigen zu pflücken, bis sie glaubten zu platzen, oder sie schauten zwischen den struppigen Dornenzweigen hindurch auf den See hinaus, um wortlos schweigend von den Wundern zu träumen, die vielleicht eines Tages für sie aus den fernen glitzernden Fluten aufsteigen würden.

»Und jetzt die Überraschung«, sagte Teofilo. Er griff in seine Tasche, nahm Chiaras Hand und steckte ihr einen Ring an den Finger, dessen in Gold eingefasster Stein lauter rote Funken sprühte. »Der ist für dich.«

»Für mich? Wirklich?«

Chiara streckte die gespreizten Finger von sich und betrachtete ungläubig den Ring. Dabei schienen ihre Augen mit dem Edelstein um die Wette zu funkeln. Zumindest kam es Teofilo so vor. Doch plötzlich erlosch das Leuchten in ihrem Gesicht, und mit ernster Miene blickte sie ihn an.

»Woher hast du den Ring?«, wollte sie wissen.

»Das ist doch egal.«

»Ist es gar nicht! Hast du ihn etwa geklaut?«

»Nein«, rief Teofilo. »Nur geliehen! Aus der Schatulle meiner Mutter.«

»Ohne sie zu fragen?«

Teofilo empfand ihre Blicke wie Nadelstiche und schlug die Augen nieder.

»Ich dachte«, flüsterte er so leise, dass er seine eigene Stimme kaum hörte, »wir brauchen doch einen Ring. Ich meine – zur Verlobung.«

Einen endlos langen Augenblick schwebte das Wort zwischen ihnen in der Stille. Teofilo wagte kaum, Chiara anzusehen. Er hatte seinen ganzen Mut zusammengenommen, um dieses eine Wort zu sagen. Wenn Chiara ihm jetzt den Ring zurückgab, würde er sich von dem Felsen in den Abgrund stürzen – vor ihren Augen.

»Teofilo?«

»Ja?«

Voller Angst, dass sie den Ring von ihrem Finger streifte, hob er seinen Blick. Chiara war so rot im Gesicht, als wäre sie den ganzen Weg von der Burg bis hierher gerannt. War sie so wütend auf ihn? Teofilo machte sich auf das Schlimmste gefasst. Doch dann geschah etwas, was er sich so oft schon vorgestellt hatte, wenn er abends im Bett lag und an sie dachte, doch wovon er nie im Leben geglaubt hätte, dass es einmal Wirklichkeit werden würde: Statt ihm den Ring zurückzugeben, beugte Chiara sich vor und gab ihm einen Kuss – mitten auf den Mund!

»Danke«, flüsterte sie.

Teofilo war unfähig, etwas zu erwidern. Der Kuss auf seinen Lippen schmeckte noch süßer als die süßeste Brombeere. Zum Glück übernahm Chiara auch weiter das Reden.

»Ich ... ich habe eine Frage.«

Teofilo räusperte sich. »Was denn?«

»Aber nur, wenn du mir versprichst, mich nicht auszulachen.« Sie schien genauso verlegen wie er.

»Versprochen!«

Sie holte tief Luft, dann sagte sie: »Weißt du eigentlich, was Männer und Frauen miteinander tun, wenn sie verheiratet sind?«

»Um Gottes willen! Wie kommst du denn darauf?«

»In zwei Jahren werden wir heiraten, und da will ich endlich wissen, was wir dann …« Sie machte eine Pause und schaute ihn an. »Du weißt es also auch nicht, oder?«

Teofilo musste schlucken. Natürlich wusste er die Antwort, seine älteren Brüder hatten es ihm erklärt, als sie dabei zugesehen hatten, wie der Hengst ihres Vaters eine Stute besprang. Aber das konnte er Chiara unmöglich sagen.

Plötzlich fiel Teofilo ein Satz ein, von dem er nicht wusste, woher er stammte, doch der alles in sich schloss, was er mit der Vorstellung von Hochzeit und Heirat und Ehe verband.

»Ich glaube, sie zeigen sich den Himmel.«

»Den Himmel?«, wiederholte Chiara staunend. »Wie soll das gehen?«

Ein Schmetterling tanzte vor ihrem Gesicht, aufgeregt flatternd stand er für einen Moment in der Luft und setzte sich dann auf ihr Knie, das nackt unter ihrer Tunika hervorschaute.

Teofilo spürte, wie ihm der Mund austrocknete, die Augen wie gebannt auf den Schmetterling gerichtet, der da auf dieser nackten Haut saß. Jetzt konnte kein Wort der Welt ihm weiter helfen – viel zu stark war das Gefühl, das ihn überkam.

»Was … was hast du?«, fragte Chiara.

Am ganzen Leib zitternd, starrte Teofilo auf den Schmetterling. Und obwohl er wusste, dass es etwas Verbotenes war, berührte er Chiaras Knie und schob seine Hand unter den Saum ihres Gewands.

7

Chiara hielt den Atem an, als sie die Hand auf ihrem nackten Schenkel spürte. Was war das für eine Gänsehaut, die plötzlich an ihren Beinen hinaufkroch, immer höher und höher, ein gleichzeitig fürchterliches und ganz wunderbares Gefühl? Teofilo zog ein Gesicht, als würde er beten. Seine großen grünen Augen, die manchmal so spöttisch und hochmütig blickten, verloren sich in ihren Anblick, und sein Mund mit den vollen Lippen stand einen Spalt weit auf. Eine schwarzbraune Locke fiel ihm in die Stirn und warf einen Schatten auf seine olivfarbene Haut. Ohne die Augen von ihr zu lassen, blies er die Locke aus seinem Gesicht, während er mit erstarrter Miene der Bewegung seiner eigenen Hand folgte. Wusste er vielleicht selber nicht, wohin sie wanderte? Das unheimliche Gefühl drang jetzt bis in Chiaras Schoß und breitete sich von dort in ihrem ganzen Körper aus. Kein einziger Laut war zu hören, nur ein leises Knacken der Zweige.

»Was ... was tust du da?«

Teofilo warf die Locken aus der Stirn und schaute sie mit seinen grünen Augen an. Als sie den Glanz darin sah, erschrak sie. Diesen Glanz hatte sie schon einmal gesehen, damals, in der Basilika, bei der Kaiserkrönung, als er den schwarzen Ritter angesprungen hatte.

»Du ... du machst mir Angst ...«

Ihre beiden Schultern juckten gleichzeitig, aber bevor sie sich kratzen konnte, knackte und krachte es in den Zweigen, lautes Gejohle ertönte, und ein Dutzend Jungen brach in ihr Versteck ein, wie eine Horde Buschräuber. Chiara kannte die meisten Gesichter, die Angreifer waren nur ein paar Jahre älter als sie und gehörten zu den Crescentiern und Sabinern, zweier mit den Tuskulanern rivalisierenden Adelsfamilien. Wie von einer Tarantel gestochen, schoss Teofilo in die Höhe.

»Packt ihn!«, rief Ugolino, der Sohn des Sabinergrafen, der die Horde anführte.

Teofilo schlug um sich und trat nach allem, was sich bewegte, aber es waren zu viele. Die Angreifer warfen sich über ihn, drehten ihm die Arme auf den Rücken und zerrten ihn durch das Dornengestrüpp hinaus auf die Lichtung, um ihn dort an einen Baum zu binden, direkt über dem Abgrund. Eilig folgte Chiara ihnen nach.

»Zieht ihm die Hose runter!«, befahl Ugolino, als sie aus der Hecke gestolpert kam.

»Ich warne euch!«, rief Teofilo, den zwei seiner Gegner an den Armen hielten, während zwei andere den Strick festzurrten. »Wenn ihr das tut, dann ...«

»Was dann?«, fragte Ugolino höhnisch.

Mit der einen Hand setzte er ein Messer an Teofilos Kehle, als wolle er ihn rasieren, während er mit der anderen Hand an seiner Hose nestelte.

»Hör auf, das reicht jetzt!«

Domenico, der Sohn des Crecentiergrafen, der Chiara die bunte Holzkette geschenkt hatte, die sie niemals trug, trat Ugolino entgegen und wollte ihm das Messer wegnehmen, obwohl der Sabiner einen Kopf größer war und doppelt so stark. Doch Ugolino dachte gar nicht daran, der Aufforderung nachzukommen.

»Aufhören? Jetzt fängt der Spaß doch erst an!«

Er stieß Domenico einfach beiseite, und bevor jemand ihn daran hindern konnte, schlitzte er den Hosenbund seines Opfers auf.

Plötzlich war Teofilo nackt.

»Na, hast du deinen Liebsten so schon mal gesehen?«

Chiara wusste nicht, wohin sie blicken sollte. Sie wollte davonlaufen, aber zwei aus Ugolinos Bande hielten sie fest und zwangen sie, alles mit anzuschauen. Gefangen in seinen Fesseln, zitterte Teofilo am ganzen Leib. Erst jetzt bemerkte Chiara, dass ihr Freund von den Dornen zerkratzt war. An den Armen, am Hals, im Gesicht – überall quoll Blut aus den

Ritzen seiner Haut. Ugolino richtete die Spitze seines Messers auf Teofilo und fuhr damit an seinem Bauch entlang, ganz langsam und genüsslich.

»Na, du Winzling, sollen wir dir die Eier abschneiden?«

Während die Klinge gefährlich in der Sonne blinkte, näherte sich Hufgetrappel. Chiara fuhr herum. Aus dem Wald drang das Geräusch von splitterndem Geäst, als bräche eine Wildsau aus dem Unterholz hervor. Im nächsten Moment galoppierte ein Reiter auf die Lichtung.

»Gregorio!« Teofilo hatte seinen Bruder erkannt. »Hierher!«, rief er. »Hier bin ich!«

Gregorio parierte sein Pferd und trieb es in die Richtung des Baums, an dem Teofilo angebunden war. Unsicher ließ Ugolino sein Messer sinken. Gregorio war nicht nur mehrere Jahre älter, sondern galt auch als der stärkste junge Ritter weit und breit.

Chiara atmete auf. Doch als Gregorio sah, was los war, grinste er über das ganze Gesicht.

»Hat dir jemand die Hose geklaut, Bruderherz?« Mit gespieltem Bedauern schüttelte er den Kopf. »Tss, tss, tss. Das wird deiner Mutter aber gar nicht gefallen. Ihr kleiner Liebling splitternackt im Wald.«

»Los, Gregorio, hilf mir! Die wollen mich kastrieren!«

Sein Bruder zuckte nur mit der Schulter. »Was geht mich euer Kinderkram an?« Er wendete sein Pferd und schnalzte mit der Zunge.

»Bitte! Lass mich nicht im Stich!«

»Was ist denn heute los mit dir?«, fragte Gregorio über die Schulter. »Du bist doch sonst immer so stark! Zumindest mit deiner Klappe!«

Er nahm die Zügel auf, um davonzureiten. In diesem Moment war es um Teofilos Beherrschung geschehen. Obwohl er die Zähne so fest zusammenpresste, wie er nur konnte, und kein einziger Laut über seine Lippen drang, spritzten ihm die Tränen aus den Augen. Während die anderen in lautes Triumphgeheul ausbrachen, riss Chiara sich von Ugolino los und bedeckte Teofilos Blöße mit seinem zerschlitzten Oberkleid.

»Wie rührend!«, lachte Gregorio. »Als ob es da was zu verstecken gäbe!«

Er gab seinem Wallach schon die Sporen, als er noch einmal stutzte. Während sein Pferd nervös auf der Stelle tänzelte, beugte er sich aus dem Sattel und griff nach Chiaras Hand.

»Was ist denn das für ein Ring?«, fragte er. »Den kenne ich doch!«

Chiara fühlte sich, als habe man sie beim Stehlen erwischt. Was würde passieren, wenn Gregorio erfuhr, woher sie den Ring hatte? Gregorio war dafür bekannt, dass er vor nichts zurückschreckte. Auch nicht bei Mädchen. Angeblich hatte er die Tochter eines Ritters, die sich nicht von ihm hatte küssen lassen wollen, zu den abscheulichsten Dingen gezwungen …

Während er sie misstrauisch musterte, schlug in der Ferne eine dunkle Glocke an. Im selben Moment verstummte das Gejohle, und alle schauten in die Richtung, aus der das Geläut kam.

Ugolino wurde blass. Das war die Totenglocke der Sabiner.

Gregorio grinste über das ganze Gesicht. »Sieht so aus, als wäre dein Alter gestorben, Ugolino«, sagte er. »Dann bist du ja wohl jetzt der neue Graf! Schön für uns! Das wird vieles leichter machen.«

Er hatte noch nicht ausgesprochen, da ertönte eine zweite, ebenso dunkle Glocke, doch aus der entgegengesetzten Richtung – aus Richtung Süden, wo die Burg der Tuskulaner sich erhob.

8

Obwohl erst Oktober war, fror Ermilina in der dunklen, kaltfeuchten Halle der Burg so sehr, dass sie am liebsten ein Feuer in dem mannshohen Kamin angezündet hätte. Doch abgesehen davon, dass ihr Gatte, solange draußen noch ein einziges Blatt an den Bäumen hing, kaum Brennholz zum Heizen freigeben würde, sondern höchstens getrockneten Pferdemist, war jetzt keine Zeit zum Feuermachen. Petrus da Silva Candida, der Kanzler des Vatikans, war vor wenigen Stunden aus Rom mit einer Nachricht herbeigeeilt, wie sie schlechter nicht sein konnte: Papst Johannes XIX., Ermilinas Schwager und Bruder ihres Mannes, war im Alter von nur achtundvierzig Jahren an der Schwindsucht gestorben. Wahrscheinlich herrschte in den päpstlichen Privatgemächern dieselbe ungesunde feuchte Kälte wie in den unbeheizten, nach Blut und Hundedreck stinkenden Wohnräumen der Tuskulanerburg.

»Und wie soll es nun weitergehen?«, fragte Petrus da Silva.

Ermilina zog sich fröstelnd den Schal um die Schulter. Der Kanzler war ein junger Kardinal von gerade dreißig Jahren, eine überaus elegante Erscheinung mit seiner hoch gewachsenen Gestalt, dem makellos rasierten Gesicht und dem pechschwarzen, mit Öl geglätteten Haar. Eine etwas *zu* elegante Erscheinung, nach Ermilinas Geschmack. Obwohl sie den Eindruck hatte, dass Petrus da Silva allein dem Wohl der heiligen katholischen Kirche zu dienen trachtete, ihr auch nichts von einer Konkubine, mit der fast alle Vertreter der Geistlichkeit schamlos das Gelöbnis der Ehelosigkeit brachen, zu Ohren gekommen war, traute sie diesem aalglatten Menschen nicht über den Weg. Erstens war der Kanzler zu eitel für einen wahren Gottesmann – angeblich trug er eine mit Schwanenhaut gefütterte Soutane –, und zweitens hatte Ermilina ihn noch kein einziges Mal lächeln oder gar lachen sehen. Nie verzog Petrus da Silva das Gesicht, nie verlor er die Beherrschung, und sein Mienenspiel war so reglos und unergründlich wie seine grauen Augen. Vielleicht, damit niemand seine faulen braunen Zähne sah? Um seinen Mundgeruch zu bekämpfen, kaute er fortwährend Pfefferminze.

»Lasst Euch was einfallen«, polterte Alberico, während er mit seinem steifen Bein, das er seit einem Reitunfall nicht mehr beugen konnte, durch die mit Jagdtrophäen geschmückte Halle humpelte. »Hauptsache, wir behalten die Papstwürde in der Familie. Die weltliche und geistliche Macht gehören zusammen! Mein Amt als Roms erster Konsul ist ohne die Cathedra einen Scheißdreck wert!«

»Aber wer könnte die Nachfolge Eures Bruders antreten?«, erwiderte Petrus da Silva, der bei dem Fluch einmal kurz zusammengezuckt war.

»Meint Ihr, ich könnte zaubern?«, fragte Alberico zurück. »Wie Ihr wisst, habe ich bereits zwei Brüder auf den Stuhl Petri gesetzt – nicht nur Johannes, auch seinen Vorgänger Benedikt. Woher soll ich einen dritten Bruder nehmen?« Alberico blieb am Kamin vor dem ausgestopften Bären stehen, den er vor Jahren selber erlegt hatte, und strich sich mit der mächtigen Hand über die Halbglatze, die von einem bis auf die Schulter wallenden Lockenkranz umstanden war. »Himmelherrgottsakrament – dass die es auch so verdammt eilig hatten mit dem Sterben. Als hätten sie es gar nicht erwarten können, in den Himmel zu kommen. Dabei haben sie an den Unsinn doch gar nicht geglaubt!«

Ermilina war sicher, dass die letzte Bemerkung ihres Mannes den Kanzler genauso verletzt haben musste wie sie selbst. Doch statt aufzubegehren, fuhr Petrus da Silva in dem Gespräch fort, als habe er die Worte nicht gehört.

»Um ganz offen zu sein, Euer Gnaden, dachte ich weniger an einen weiteren Bruder als an einen Eurer Söhne. Vor allem an Euren Erstgeborenen, Gregorio. Wenn ich recht unterrichtet bin, kommt er bald in sein einundzwanzigstes Jahr und ist damit durchaus in einem Alter, in dem man seine Wahl in Betracht ziehen könnte.«

Alberico schüttelte den Kopf, als habe man ihm eine verdorbene Speise vorgesetzt. »Gregorio kommt nicht in Frage«, erklärte er. »Er wird für andere Aufgaben gebraucht – er soll später als Präfekt von Rom das Stadtregiment kommandieren. Außerdem, für ein geistiges Amt ist er so wenig geeignet wie der Igel zum Arschwisch.« Alberico drehte sich zu Petrus da Silva herum. Wie immer, wenn er über einen schwierigen Sachverhalt nachdachte, kniff er dabei mit offenem Mund sein linkes Auge zu. »Und was wäre, wenn ich mich selber zum Nachfolger meiner Brüder wählen ließe? Ich meine, wenn ich der Ehe entsage, und irgendein Bischof weiht mich zum Priester?«

»Was ... was wollt Ihr damit sagen? Ihr wollt Euch selber zum Papst erheben?« Ermilina, die das Gespräch der Männer bislang schweigend verfolgt hatte, schnappte nach Luft. Auch wenn ihr Mann sie seit Jahren nicht mehr beschlief – eine Ehe war eine Ehe. »Das ist gotteslästerlich!«, rief sie. »Ihr seid ein verheirateter Mann! Und was Gott verbunden hat, das darf der Mensch nicht scheiden! – Jetzt sagt Ihr doch auch was, Eminenz!«

Der Kanzler hob nur interessiert die Brauen. »Was für eine sinnreiche Idee, Euer Gnaden. Ein solcher Fall ist meines Wissens zwar noch nie vorgekommen, doch andererseits – wenn es unserer geliebten Kirche dient?« Nachdenklich rieb er sich sein glatt rasiertes Kinn. »Man müsste die Kirchenväter studieren, Augustinus, den heiligen Hieronymus. Auf jeden Fall sollten wir den Gedanken verfolgen. Vielleicht lässt sich ja ein Weg finden.«

9

Nackt, wie seine Mutter ihn vor über sechzig Jahren geboren hatte, stieg Giovanni Graziano in das eisig kalte Wasser des Bergbachs, der sich an einer Felswand unweit seiner Klause zu einem kleinen Becken staute, watete mit seinen bloßen Füßen über den glitschigen Grund, bis er die tiefste Stelle erreichte, und ging dann in die Hocke, damit das Wasser über seinem Kopf zusammenschlug.

»Die Welt vergeht mit ihrer Lust.« Mit dem Vers des Johannesbriefs auf den Lippen tauchte er unter.

Trotz seines hohen Alters, und obwohl er jeden Abend vor dem Schlafengehen Gott um Beistand gegen die Sünde bat, war er am Morgen mit einem Samenerguss aufgewacht. Was nötigte ihn, sich immer noch mit solchen Pollutionen zu beflecken? Wollte Gott ihn auf diese Weise an die Sündhaftigkeit seines Fleisches erinnern? Um ihn vor der schlimmsten aller Sünden zu bewahren, der Sünde der Superbia, der Sünde des Hochmuts wider den Heiligen Geist? Am ganzen Körper zitternd tauchte er aus dem kalten Wasser wieder auf.

»Denn alles, was in der Welt ist, des Fleisches Lust und der Augen Lust, ist nicht vom Vater, sondern von der Welt.«

Gereinigt an Leib und Seele, stieg Graziano aus dem Bad und streifte sich seine leinene Kutte über, um zu seiner Klause zurückzukehren. Auch wenn die Lust des Fleisches ihn nächtens immer noch heimsuchte – gegen die Lust der Augen war er gefeit. Seit vielen Jahren schon konnte er die Farben, mit denen die Welt die Menschen verführte, so wenig unterscheiden wie ein Maulwurf. Was anderen bunt und verlockend erschien, war für ihn nur ein einziges Grau in Grau – eine Schwäche der Sinne, für die er seinem Herrgott täglich dankte.

»Ehrwürdiger Vater!«

Giovanni Graziano war so tief in seine Gedanken versunken, dass er die Frau, die vor der Einsiedelei auf ihn wartete, gar nicht bemerkt hatte.

»Contessa Ermilina! Was führt Euch zu mir?«

»Die Sorge um meinen Mann.«

»Grämt Ihr Euch, dass er nicht mehr das Bett mit Euch teilt? Ich habe Euch schon wiederholt gesagt – dazu habt Ihr keinen Grund. Ihr habt Eurem Gatten vier Söhne geboren. Der Herr hat Eure Ehe reichlich gesegnet.«

»Ach, wenn es nur das wäre. Aber es ist viel schlimmer.«

»Dann spannt mich nicht auf die Folter.«

»Mein Mann will sich von mir trennen – um sich zum Papst erheben zu lassen!«

»Was sagt Ihr da?«

Giovanni Graziano schaute sie ungläubig an. Er hatte dieser kleinen, gottesfürchtigen Frau, die ihm kaum bis zur Brust reichte, doch die über eine Kraft des Glaubens und des Willens verfügte, die einem Kirchenfürsten zur Ehre gereicht hätte, schon die Beichte abgenommen, als sie noch eine der schönsten Frauen Roms gewesen war. Während ihre Schönheit verblüht, ihr einst tiefschwarzes Haar ergraut und ihr Gesicht verwelkt war, hatte sie ihm all ihre Nöte anvertraut, Woche für Woche, Monat für Monat, Jahr für Jahr. Doch das einzige Laster, dessen er sie für schuldig befand, war ihre Vorliebe für Süßigkeiten. Was musste diese Frau unter einem so frevelhaften Ansinnen wie dem ihres Mannes leiden!

»Gehen wir in meine Klause, um miteinander zu beten«, sagte Giovanni Graziano. »Nur im Gebet macht die Seele Fortschritte auf dem Weg der Erkenntnis und lernt die Geheimnisse der Vorsehung begreifen.«

Sie betraten die Einsiedelei und knieten gemeinsam vor dem Bildnis der Madonna nieder.

»Gegrüßet seist du, Maria, voll der Gnaden. Der Herr ist mit dir …«

Wie immer, wenn Giovanni Graziano sich in Zwiesprache mit der Muttergottes versenkte, war es, als würden seine Gedanken Flügel bekommen, und die Beweggründe, die Alberico dazu trieben, nach der Tiara zu greifen, traten ihm bald so klar vor Augen, als schaue er aus den lichten Höhen des

Geistes auf den Schmutz dieser Welt herab. Der Tuskulaner war so sehr von der Macht besessen, dass er dafür bereit war, das Wertvollste zu opfern, das er besaß: seine unsterbliche Seele.

»Du bist gebenedeit unter den Weibern, und gebenedeit ist die Frucht deines Leibes ...«

Während Giovanni Graziano die geliebten Worte sprach, empfahl er Alberico der himmlischen Fürsorge. Wie konnte ein Mann, der eine so fromme und gottesfürchtige Frau zum Weibe hatte, den falschen Verlockungen der Welt so abgrundtief verfallen?

»Seht Ihr auch, was ich sehe, ehrwürdiger Vater?«, fragte plötzlich Ermilina an seiner Seite.

Giovanni Graziano unterbrach sein Gebet und drehte sich zu ihr herum.

»Das Bild«, flüsterte sie. »Seht doch – das Bild!«

Er richtete seinen Blick wieder auf das Gemälde. Tatsächlich, jetzt sah er, was die Contessa meinte. Das Antlitz der Jungfrau schien zu leuchten, so hell und licht, als strahle die Sonne selbst daraus hervor, und obwohl seine Augen doch stumpf und blöd waren für die Farben der Welt, erröteten ihre Wangen.

»Wie kann das sein?«

»Gott hat sich uns offenbart«, flüsterte Ermilina.

Giovanni Graziano schaute sie verständnislos an. Das Licht, das er sah, war womöglich nur ein Spiel der Sonnenstrahlen mit den Schatten, die sie warfen. Wie sollte er das mit seinen trüben Augen unterscheiden?

»Das Jesuskind«, sagte sie. »Strengt Eure Sinne an.«

Er starrte auf das Bild. »Ich ... ich kann nichts erkennen.«

Wie ein junges Mädchen sprang Ermilina auf und zeigte auf das Gesicht. »Diese Stirn, dieser Mund, diese Wangen – was für eine unglaubliche Ähnlichkeit!«

Giovanni Graziano runzelte die Brauen, und seine Augen verengten sich zu zwei Schlitzen, um den undeutlichen Nebel zu durchdringen.

Endlich erhellte ihn der Funke des Begreifens.

»Ihr habt Recht«, bestätigte er. »Es ... es sind *seine* Züge.«

Im Gesicht des Knaben, den die Jungfrau auf dem Arm hielt, schaute Giovanni Graziano das Wunder. Jesus Christus, Teofilo – ihre Gesichter waren einander so ähnlich wie Zwillinge ... Tränen füllten seine alten Augen, und es ergriff ihn ein Hochgefühl, wie er es seit dem Tag nicht mehr empfunden hatte, als der Herr sich ihm zum ersten Mal zeigte, um ihn auf den Pfad des Heils zu führen.

»Das Zeichen, auf das wir so lange gewartet haben.«

»Ja, das Zeichen«, wiederholte Ermilina und bekreuzigte sich. »Gelobt sei der dreifaltige Gott.«

10

»Ein Kind auf dem Papstthron?«

Schallendes Gelächter ertönte in der Stephanierburg, in deren holzgetäfeltem Rittersaal sich auf Einladung Girardo di Sassos die Oberhäupter der römischen Adelsfamilien versammelt hatten, um über die Nachfolge des verstorbenen Papstes zu verhandeln. Irritiert blickten die Männer sich an. Wollte Alberico di Tusculo sich über sie lustig machen?

»Ich habe noch nie in meinem Leben etwas ernster gemeint!«

Wie um seine Worte zu bekräftigen, nahm Alberico einen Schluck Wein aus seinem Becher und wischte sich mit dem Handrücken über Lippen und Bart. Als Ermilina ihm von der angeblichen Erscheinung berichtet hatte, war er so wütend geworden, dass er sie am liebsten verprügelt hätte. Hatte er eine verzückte Nonne zur Frau, die sich von den Hirngespinsten eines verrückten Einsiedlers anstecken ließ? Doch dann hatte er erkannt, was für einen wunderbaren Fingerzeig ihr Unsinn enthielt. Ja, das war die Lösung seines Problems!

»Ich bitte um Ruhe!«

Der Burgherr stand auf, um sich Gehör zu verschaffen. Alberico wusste, jetzt würde sich entscheiden, ob sein Vorstoß Erfolg haben würde oder nicht. Er hatte Girardo di Sasso um Vermittlung gebeten, weil dieser nicht nur mit den Tuskulanern mehrfach verschwistert und verschwägert war, sondern aufgrund seines stets um Versöhnung bemühten Wesens sowie der allseitig verästelten Verwandtschaft seiner Familie mit den meisten anderen Adelsfamilien der Stadt als ein Mann des Ausgleichs galt, der trotz seiner seltsamen Vorliebe für das Bibelstudium und einer auffallenden Schreckhaftigkeit ein hohes Maß an Achtung im römischen Adel genoss.

»Auch wenn ich die Einwände verstehe«, sagte Girardo mit leiser Stimme, »möchte ich zu bedenken geben, dass ein Knabe auf dem Stuhl Petri für uns alle von großem Vorteil sein kann.«

»Da sind wir aber gespannt!«

»Dann erlaubt mir, meinen Standpunkt zu erläutern.«

Unbeeindruckt von den skeptischen Blicken, strich Girardo über seinen Ziegenbart und schaute so lange in die Runde, bis alle Köpfe auf ihn gerichtet waren. Alberico war es ein Rätsel, welchen Respekt dieser kleine, leicht vornüber gebeugte Mann, der in seinem Leben keine einzige Frau vergewaltigt hatte und mit seiner Tochter irgendwelche Brettspiele mit französischem Namen spielte, dieser Versammlung kampferprobter Edelleute abnötigte.

»Die Sache ist ganz einfach«, erklärte Girardo schließlich. »Je stärker das Gewicht des Papstes, desto geringer das Gewicht des Adels. Je schwächer aber der Papst, umso ruhiger und ungestörter können wir unsere Geschäfte untereinander regeln.«

Ein nachdenkliches Raunen ging durch den Saal. Die Proteste verstummten, hier und da wurde sogar Beifall laut.

»Gar kein so dummer Gedanke.«

»Stimmt! Lieber ein braves Jüngelchen auf dem Thron als irgendein Quertreiber!«

»Wie der Herr uns gelehrt hat: Lasset die Kindlein zu mir kommen ...«

Ein paar Männer lachten. Doch als Girardo Platz genommen hatte, setzte bald ein heftiges Geschacher ein, und der Streit um den vorgeschlagenen Kandidaten für die Cathedra löste sich auf in Streitigkeiten um die Bedingungen seiner Wahl. Alberico entspannte sich. Auch wenn sein Vorstoß, den Stuhl Petri ein drittes Mal durch ein Mitglied seiner Familie zu besetzen, keine Begeisterung auslöste, war letztlich alles eine Frage des Preises – auch das höchste Amt der katholischen Kirche. Um möglichst viele Stimmen auf seinen Sohn zu vereinen, versprach er also den anderen Familien großzügig Pfründe und Ämter aus dem Bestand all jener Bistümer und Pfarreien, die seine Brüder während ihrer Pontifikate dem Besitz des Vatikans einverleibt hatten. Die meisten Familien ließen sich ohne größere Umstände auf den Handel ein. Nicht mal die Crescentier, die seit Generationen mit den Tuskulanern um die Vorherrschaft in Rom stritten, schlossen Teofilos Wahl kategorisch aus. Nur bei den Sabinern biss Alberico auf Granit. Ihr Wortführer Severo, der in Begleitung seines ältesten Sohnes Ugolino erschienen war, wollte nichts von dem Vorschlag wissen.

»Zwei Tuskulaner-Päpste hat Rom bereits akzeptiert. Es ist Zeit für einen Wechsel!«

»Und an welche Familie denkt Ihr dabei?«, fragte Alberico. »Vielleicht an Eure eigene?«

»Warum nicht? Die Sabiner haben Jahre lang Zurückhaltung bewiesen.«

»Das war auch der einzige Gefallen, den die Sabiner der Stadt tun konnten.«

Als er Severos Gesicht sah, hätte Alberico sich am liebsten die Zunge abgebissen. Er hatte sich geschworen, vorsichtig zu Werke zu gehen – und dann eine solche Unbeherrschtheit ... Wütend stand Severo auf und verließ mit seinem Sohn den Saal. In der Tür drehte er sich noch einmal um.

»Ich werde dem Kaiser berichten, was hier vorgeht! Wenn Konrad erfährt, dass Ihr Euren Sohn durch Bestechung ins Amt gebracht habt, wird er ihn zum Teufel jagen!«

Während die Schritte der beiden verhallten, spürte Alberico, wie die Gicht in seinen linken Fuß einfuhr. Obwohl der plötzliche Schmerz ihm fast die Sinne raubte, unterdrückte er einen Fluch und rang sich ein Lächeln ab, um sich an die Crescentier zu wenden. Nach seinem Fehler hing jetzt alles von ihnen ab. Wenn die Crescentier sich jetzt auch noch seinem Plan widersetzten, war die Sache verloren.

»Im Fall der Wahl meines Sohnes sollt Ihr das Bistum Viterbo bekommen, eine der einträglichsten Pfründe von Latium, wie Ihr wisst.«

»Das wird nicht reichen«, erwiderte Alessandro, der Wortführer der Familie. »Schließlich geht es um unser Seelenheil. Wer ein kirchliches Amt durch Geld erwirbt, begeht eine schwere Sünde. Auch Simon Magus glaubte einst, für Geld die Gabe Gottes erlangen zu können, bevor ihn die ewige Verdammnis ereilte.«

Dabei grinste er so unverschämt, dass Alberico ihm am liebsten ins Gesicht geschlagen hätte. Natürlich wusste Alessandro ganz genau, dass die Entscheidung seiner Familie nun den Ausschlag gab.

»Was kann ich tun, um die Sorge um Euer Seelenheil zu zerstreuen?«

»Zusätzlich zum Bistum Viterbo verlange ich für meine Familie das Amt des Stadtpräfekten von Rom sowie das Rektorat der Sabina. Und eintausend Pfund in Silber.«

»Eintausend Pfund?«

Alberico holte tief Luft. Wenn er die Forderung erfüllte, war seine Familie ruiniert – der Betrag überschritt die Möglichkeiten der Tuskulaner bei Weitem. Doch sollte er darum auf die Cathedra verzichten? Nur wenn es ihm gelang, die weltliche und geistliche Macht aufs Neue zu bündeln, war die Vorherrschaft der Tuskulaner für eine weitere Generation gesichert. Es war eine Wahl zwischen Sumpffieber und Schüttelfrost. Entweder verlor seine Familie ihre Macht – oder aber ihr Vermögen.

»Ich möchte einen Vorschlag machen!« Bonifacio di Canossa, der einflussreiche Markgraf von Tuscien, ein gedrungener Mann mit kurzem Hals und pockennarbigem Gesicht, der eigens zur Papstwahl nach Rom gereist war, meldete sich zu Wort.

Girardo nickte. »Bitte sprecht.«

Bonifacio blickte erst auf Alberico, dann auf Alessandro. »Hier geht es nicht nur um Geld, sondern noch mehr um die Stadt Rom und das Wohl ganz Italiens«, sagte er. »Wir sollten deshalb die Wahl des Papstes nutzen, um die alte Feindschaft zwischen den Tuskulanern und den Crescentiern aufzuheben und stattdessen ein neues Bündnis zu knüpfen, zur Einigung der Römer und Italiener gegen die Übermacht des fremden Kaisers.«

»Ein löblicher Vorschlag«, sagte Girardo. »Aber wie soll ein solches Bündnis herbeigeführt werden?«

Bonifacio wartete, bis ihm die Aufmerksamkeit aller Anwesenden galt. »Am besten durch eine Verschmelzung der beiden Familien«, erklärte er, »am besten durch eine Eheschließung.« Mit einem Rucken seines geschorenen Kopfes wandte er sich an Alessandro. »Soweit ich weiß, ist Euer Sohn Domenico im heiratsfähigen Alter.« Dann drehte er sich mit demselben Rucken zu Albericos Seite. »Und Eure Gemahlin hat Euch doch sicher eine Tochter geboren, nicht wahr?«

11

Waren die Verhandlungen gescheitert?

Seit über einer Stunde wartete Gregorio mit seiner Mutter im Burghof auf das Ergebnis der Beratung. Ermilina hatte es vor Aufregung um das Schicksal ihres jüngsten Sohnes nicht zu Hause ausgehalten und Gregorio befohlen, sie zur Burg Girardo di Sassos zu begleiten, damit sie vor Ort war, wenn die Versammlung sich auflöste und nicht die Qual der Ungewissheit ertragen musste, bis ihr Mann nach Hause kam. Während um sie herum eine Magd gackernde Hühner fütterte, zwei Knechte quiekende Schweine in die Suhle trieben und die Knappen verrostete Rüstungen polierten, schielte sie immer wieder zu den Fenstern des Rittersaals hinauf, von denen lautes Stimmengewirr ins Freie drang. Offenbar gab es Streit. Gregorio registrierte es mit Genugtuung. Während seine Mutter zu Gott gebetet hatte, dass die Römer Teofilo zum Papst wählten, hatte er das Bett seines Bruders mit dem Fell einer schwarzen Katze bestrichen, damit ihr Wunsch nicht in Erfüllung ging.

»Ich glaube, Eure Gebete wurden nicht erhört«, frohlockte er, als der Sabiner Severo und sein Sohn Ugolino mit grimmigen Gesichtern aus der Burg marschiert kamen und ohne Gruß ihre Pferde bestiegen, um im Galopp davonzureiten. »Das habt Ihr jetzt davon! Ihr hättet mich vorschlagen sollen statt diesen dämlichen Hosenscheißer!«

Gab es endlich mal Gerechtigkeit? Solange Gregorio zurückdenken konnte, hatten seine Eltern ihm Teofilo vorgezogen. Dabei war er nicht nur der Erstgeborene, der seinem Vater zum Verwechseln ähnlich sah, sondern er versuchte auch in allem, was er tat, sich und der Welt zu beweisen, wer der wahre und wirkliche Sohn des Tuskulanergrafen war. Gregorio konnte eine Wildsau mit bloßen Händen erlegen, er traf mit der Armbrust aus dreihundert Schritt Entfernung einen Spatzen und hatte schon ein Dutzend Mädchen vergewaltigt!

Aber was immer er tat, es war zu wenig. Denn seine Mutter hatte es sich in den Kopf gesetzt, dass ihr jüngster Sohn, nur weil sie bei seiner Geburt fast verreckt wäre, ein Erwählter Gottes sei. Darum sollte Teofilo nun in den Vatikan einziehen, während er, Gregorio, mit dem Kommando des Stadtregiments abgespeist wurde. Was für eine Demütigung! Der Gedanke daran machte ihn so wütend, dass er seine Fingernägel runterkaute bis aufs Blut.

»Sogar die Stallburschen haben mich gefragt, warum Teofilo und nicht ich.«

»Dann sag den Stallburschen, weil dein Vater und ich es so entschieden haben. Auf Gottes Geheiß.«

»Auf Gottes Geheiß? Dass ich nicht lache!« Gregorio lutschte das Blut ab, das unter seinem zerrissenen Daumennagel hervorquoll, und schaute seine Mutter von der Seite an. »Wisst Ihr eigentlich, dass Euer kleiner Liebling ein gottverdammter Dieb ist?«

»Was redest du da?«

»Ja, da staunt Ihr! Teofilo hat Euch einen Ring gestohlen. Und ihn Chiara di Sasso geschenkt! Ich habe es selber gesehen.«

Gregorio hatte sich schon lange darauf gefreut, seiner Mutter im passenden Moment die Wahrheit ins Gesicht zu sagen. Doch Ermilina erwiderte nur voller Verachtung seinen Blick.

»Schämst du dich eigentlich nicht?«, fragte sie. »Deinen Bruder zu verpetzen wie ein Kind?«

Sie hatte noch nicht ausgesprochen, da hatte sie das Interesse an ihm auch schon wieder verloren. Ihr Mann kam in den Hof. Ohne auf die Kuhfladen zu achten, in die sie mit ihren edlen Hirschlederschuhen trat, eilte sie ihm entgegen.

»Haben wir es geschafft?«

Alberico schüttelte den Kopf. »Warum habt Ihr uns keine Tochter geboren?«, fragte er. »Hätten wir eine Tochter, würden die Crescentier uns unterstützen. Sie wären bereit, ihren Sohn mit einer Tuskulanerin zu verheiraten. Dann wären die beiden Familien ...«

»Ihr meint – ein Ehebündnis?«, fiel sie ihm ins Wort. Während Gregorio versuchte zu begreifen, wovon die Rede war, drehte seine Mutter sich zu ihm herum. »Wem, sagst du, hat Teofilo meinen Ring geschenkt?«

»Chiara di Sasso«, erwiderte Gregorio verwirrt. »Wollt Ihr Teofilo doch bestrafen?«

Seine Mutter tätschelte seine Wange. »Wie gut, dass du die Augen aufgehalten hast«, sagte sie. »Chiara di Sasso …« Während sie den Namen leise wiederholte, zog sie ein Gesicht wie sonst nur, wenn sie mit dem Einsiedler betete. »Das ist ein Zeichen des Himmels!«

12

»Nein!«, flüsterte Teofilo und spürte, wie ihm die Tränen kamen. »Bitte nicht!«

»Bitte nicht?« Wie ein Riese trat sein Vater vor ihn und verdeckte mit seinem mächtigen Leib das Fenster, ein dunkles Wolkengebirge, das sich vor den Himmel schob. »Habe ich richtig gehört? Du widersetzt dich meinem Befehl?«

»Bitte«, wiederholte Teofilo. »Ich will nicht Papst werden. Ich … ich bin ja noch nicht mal gefirmt.«

»Scheiß auf die Firmung! Die nötige Ohrfeige verpasse ich dir selbst! Ganz ohne Bischof! Und zwar jetzt gleich!«

Er holte aus, um seine Drohung wahr zu machen, aber Teofilos Mutter trat dazwischen.

»Nicht, Herr!« Sie nahm ihren Sohn an die Hand und setzte sich mit ihm auf die Kaminbank. »Warum widersprichst du deinem Vater?«, fragte sie. »Er verlangt doch nur, dass du Gottes Willen tust.«

Wie immer, wenn seine Mutter seine Hand hielt, hatte Teofilo das Gefühl, dass alles wieder gut würde und ihm nichts passieren konnte. »Ich will ja Gottes Willen tun«, sagte er leise. »Aber, aber …«

»Aber was?«

»Er soll *meinen* Willen tun!«, knurrte sein Vater. »Himmelherrgottsakrament! Womit habe ich einen solchen Sohn verdient? Jeder andere an seiner Stelle würde platzen vor Stolz!«

Mit seinem steifen Bein humpelte Alberico durch die Halle. Ermilina sprang auf und eilte ihm nach, um ihm einen Becher Wein einzuschenken. Teofilo spürte erneut die Tränen aufsteigen, und er musste seine ganze Willenskraft anstrengen, um sie zu unterdrücken.

Wieder rückte sein Vater ihm auf den Leib. »Warum zum Teufel tust du nicht, was man dir sagt? Sogar der Kaiser hat deiner Ernennung zugestimmt!« Er beugte sich zu ihm herab und umfasste sein Kinn. »Los! Schau mich an, wenn du mir Antwort gibst! Und fang ja nicht an zu heulen, sonst …«

Als Teofilo den Kopf hob, war das Gesicht seines Vaters so nah, dass er seinen Weinatem roch, und aus den Höhlen der großen, dunkelroten Nase sah er ein paar struppige graue Haare ragen, an denen ein Tropfen getrockneter Schleim klebte. Im selben Moment war es um seine Beherrschung geschehen. Sein Kinn bebte, die Zähne schlugen aufeinander, und obwohl er sich mit aller Macht dagegen sträubte, schossen die Tränen ihm aus den Augen. Widerstand war zwecklos, er spürte nur noch Ohnmacht und Schmach. Genauso wie damals, als er vor Chiaras Augen in Tränen ausgebrochen war, über dem Abgrund, gefesselt an einen Baum und mit Ugolinos Messer am Bauch.

»Was bist du nur für eine Memme! Zu heulen wie ein Mädchen!«

Voller Verachtung wandte sein Vater sich ab. Während er nach dem Becher griff, den seine Frau ihm reichte, sah Teofilo auf einmal einen Schmetterling, der sich in das düstere Gemäuer verirrt hatte. Wie auf einer sonnigen Lichtung flatterte er durch die Halle.

»Es … es ist doch nur, weil ein Papst nicht heiraten kann«, stammelte er. »Und ich *will* heiraten, Chiara, meine Cousine. Sie … sie ist doch meine Braut!«

Er zog den Nasenrotz hoch und wischte sich die Tränen ab. Das Gesicht seines Vaters verdüsterte sich noch mehr. Gleich würde er explodieren! Dann aber, Teofilo duckte sich schon, um den Schlägen auszuweichen, hellte sich seine Miene auf, so plötzlich und unvermittelt wie der Himmel im April, wenn der Wind die Wolken auseinandertreibt.

»Jetzt begreife ich!« Lachend hob sein Vater den Becher und prostete ihm zu. »Du glaubst wohl, du müsstest auf Weiber verzichten, wenn sie dir die Tiara aufsetzen? Keine Angst, mein Junge, das brauchst du nicht. Du sollst keine dicken Eier kriegen, auch nicht als Papst. Das verspreche ich dir! Und wenn ich dir selber Weiber anschleppen muss ...«

»Wie könnt Ihr nur so reden?«, herrschte seine Frau ihn an. »Es geht um das heiligste Amt auf Erden! Und um die Bestimmung Eures Sohnes!«

»Ich ... ich will doch nur tun, was Ihr immer wolltet«, stammelte Teofilo, der überhaupt nichts mehr verstand. »Ritter werden und Chiara heiraten. Warum wollt Ihr mir das jetzt verbieten?«

Während sein Vater immer noch lachend den Becher austrank, strich seine Mutter ihm über das Haar. »Niemand will dir etwas verbieten«, sagte sie. »Du darfst frei wählen. Aber bevor du eine falsche Entscheidung triffst und dich womöglich gegen die Vorsehung versündigst, solltest du deinen Taufpaten um Rat bitten.«

13

»Viele sind berufen, doch nur wenige sind auserwählt«, sagte Giovanni Graziano.

»Was heißt das – auserwählt?«, wollte Teofilo wissen.

»Erinnerst du dich an das Gleichnis vom Sämann?«, fragte sein Taufpate zurück. »Ohne Zahl sind die Körner, die der Sämann auswirft. Manche Körner verkümmern auf steinigem

Grund, andere werden im Lehm zertreten. Aber nur das eine Korn, das auf fruchtbaren Boden fällt, wird aufgehen und zu einem blühenden Strauch heranwachsen. Weil Gott dieses Korn dazu auserwählt hat.«

»Wie aber kann man den Unterschied erkennen?«, fragte Teofilo. »Ich meine – bei den Menschen?«

»Durch Zeichen, mein Sohn. Wer Augen hat zu sehen, und Ohren hat zu hören, der weiß sie zu deuten.«

»Das verstehe ich nicht. Wenn mein Bruder behauptet, eine schwarze Katze bringt Unglück, sagt Ihr, das ist Aberglaube.«

»Das ist es auch.«

»Wie wollt Ihr dann wissen, wenn es kein Aberglaube ist?«

»Die Zeichen, die Gott uns gibt, sind viel erhabener als alle Zeichen, mit denen die Dämonen uns ihre Irrbilder vorgaukeln. Doch am allererhabensten sind jene Zeichen, mit denen der Herr uns seinen Willen kundtut, welcher seiner Söhne ihn auf Erden vertreten soll.«

Der Eremit faltete seine knochigen Hände und richtete den Blick in die Höhe, als würde er dort, zwischen den verrußten Deckenbalken der Einsiedelei, solche Zeichen sehen, *geheime* Zeichen, die Teofilo verborgen waren. Während er im Kreis wandelte und sein schlohweißes Haar ihm auf den Rücken wallte, sprach er von Sonnenstrahlen, die ein neugeborenes Kind bei seiner Ankunft auf der Welt in jenem Moment begrüßt hatten, als es gerade zum ersten Mal die Augen aufschlug ... Von ausgetrockneten Brunnen, die bei der Geburt eines anderen Kindes wieder angefangen hatten zu fließen, ohne dass zuvor Regen vom Himmel gefallen war ... Von Blitz und Donner, die auf ein Haus niedergefahren waren und alles Leben unter dem Dach vernichtet, ein kleines, hilfloses Kind darin aber verschont hatten ...

Teofilo lauschte seinem Paten mit offenem Mund. »Und welches Zeichen hat Gott Euch wegen mir gesandt?«

Graziano zeigte auf das Bild, das als einziger Schmuck die Wände seiner Klause zierte.

»Du weißt doch, dass meine Augen zu schwach sind, um

noch Farben zu unterscheiden. Doch als ich die Jungfrau um Erleuchtung bat, wer deinem Onkel als Papst nachfolgen soll, färbten sich ihre Wangen rot, und das Kind auf ihrem Arm nahm deine Züge an.«

Teofilo schaute seinen Paten ungläubig an. »Aber ... das ist ja ein Wunder ...«

Giovanni Graziano nickte. »Ja, genau so ein Wunder, wie wenn eine Schweinsblase auf dem Weg zu meiner Klause bergauf rollt.«

Teofilo war so verwirrt, dass er nicht mehr wusste, was er denken sollte. Bis zum Tod seines Onkels hatte ihm sein Leben so klar und deutlich vor Augen gestanden, als verliefe es auf der Sonnenbahn. Er hatte nicht nur von seiner Mutter Lesen und Schreiben gelernt, als Einziger unter seinen Brüdern, er hatte auch, wie jeder Nachgeborene einer großen und bedeutenden Adelsfamilie, die Erziehung genossen, die jeder künftige Edelmann durchlief. Er hatte gelernt zu reiten und Hunde abzurichten, mit der Meute und mit dem Falken zu jagen; er konnte mit Schwert, Axt und Lanze kämpfen; er wusste, wie man erlegtes Wild ausweidete, und beherrschte die Regeln des Schachspiels; er konnte ringen und schwimmen, ging mit Pfeil und Bogen ebenso sicher um wie mit der Armbrust und war außerdem in den höfischen Sitten ausgebildet, sodass er bei Tisch sich zierlich zu benehmen wusste. Dies alles hatte er erlernt, um dermaleinst zum Ritter geschlagen zu werden und einen eigenen Hausstand zu gründen, zusammen mit seiner Frau, zusammen mit Chiara di Sasso, der er als Kind schon versprochen worden war. Sollte dies alles nun nicht mehr gelten?

»Du bist das Samenkorn, mein Sohn. Das eine Korn unter Tausenden und Abertausenden, das weder zertreten werden soll noch verkümmern, sondern aufgehen, um zu einem herrlichen Strauch heranzuwachsen.«

Teofilo spürte, wie die Reden seines Taufpaten nicht nur seinen Stolz weckten, sondern noch andere Gefühle, die er gar nicht benennen konnte, Gefühle, wie er sie bei der Krönungsfeier im Petersdom empfunden hatte, angesichts der Macht, die der Papst über all die anderen Menschen besaß, über die Könige und Grafen und Herzöge und sogar über den Kaiser.

Was war ein Ritter des Kaisers gegen den Kaiser der Kirche?

Als würde der Einsiedler spüren, was in Teofilo vorging, ergriff er seine Hände. »Willst du dich einem solchen Ruf verweigern, mein Sohn? Dem Ruf, Gottes Stellvertreter auf Erden zu sein?«

»Gottes Stellvertreter auf Erden ...« Während Teofilo die Worte voller Andacht wiederholte, erwuchs vor seinem Bewusstsein die Ahnung ihrer Bedeutung wie ein machtvolles Gebirge, das sich im Schein der Morgensonne aus einem Nebelfeld erhebt.

»Vater unser, der du bist im Himmel«, betete sein Taufpate. »Geheiligt werde dein Name, dein Reich komme, dein Wille geschehe, wie im Himmel also auch auf Erden ...«

Nie zuvor hatte Teofilo den Sinn des Gebets so tief empfunden wie in diesem Augenblick. Wie im Himmel, also auch auf Erden ... Hatte seine Mutter Recht? Hatte Gott ihn wirklich und wahrhaftig auserwählt?

Laut fragte er: »Wenn ich Papst bin, kann ich dann zaubern?«

14

Chiara wusste, dass sie nicht durfte, was sie gerade tat – ihr Vater hatte es ihr streng verboten. Aber als Francesca, die Nichte ihrer Zofe, ihr vorgeschlagen hatte, zusammen mit ihr zum See zu gehen und sie zu der Stelle zu führen, wo die Bauern und Tagelöhner aus dem Dorf in manchen Nächten Essen ins Wasser warfen, um Geister anzulocken, die angeblich Wünsche erfüllten, hatte sie der Versuchung nicht widerstehen können.

War es möglich, dass es solche Geister wirklich gab?

Statt Bettdecken für die Aussteuer mit ihren Initialen zu besticken, wie Anna ihr nach dem Mittagessen aufgetragen hatte, hatte sie sich also heimlich davongeschlichen, um sich mit Francesca zu treffen, die mit einem Kanten Brot bereits am Dorfausgang auf sie wartete.

»Weißt du schon, was du dir wünschst, wenn ein Wassergeist auftaucht?«, fragte Francesca, während sie beide einen zugewachsenen Trampelpfad zum See hinuntergingen.

Chiara hatte die Antwort längst parat, aber sie konnte sie ihrer Freundin unmöglich verraten, ohne rot dabei zu werden. Zum Glück erreichten sie schon das Ufer, und Francesca gab ihr ein Stück Brot.

»Muss man etwas dazu sagen?«

»Nein, du brauchst es einfach nur ins Wasser zu werfen. Dann kommen sie von ganz allein.«

»Hast du schon einen gesehen?«

»Ich nicht, aber mein ältester Bruder.«

Chiara warf ihr Stück Brot in den See und schloss die Augen. Dabei dachte sie ganz fest an ihren größten Wunsch: dass sie eines Morgens aufwachte, und der Tag ihrer Hochzeit war da, ihrer Hochzeit mit Teofilo … Doch als sie die Augen aufschlug, rührte sich nichts. Blank wie ein Spiegel lag der See vor ihnen.

»Vielleicht hätten wir besser Kuchen nehmen sollen.«

»Warum?«, fragte Francesca. »Schmeckt Kuchen so viel besser als Brot?«

»Natürlich! Weißt du das denn nicht?«

»Woher soll ich das wissen? Ich habe noch nie welchen gegessen.« Ein bisschen sah sie aus, als würde sie sich schämen. Aber nur ganz kurz. »Pssst!«, machte sie plötzlich. »Da ist was!«

Chiara schaute in die Richtung, in die Francesca zeigte. Tatsächlich, vor ihr kräuselte sich das Wasser, ganz nah bei der Brotrinde, die sie in den See geworfen hatte. Ein dunkel gefleckter Schatten glitt unter der Oberfläche darauf zu, dann schnappte ein Maul auf, und die Rinde war verschwunden.

»Hast du dir was gewünscht?«, fragte Francesca aufgeregt.

»Weshalb?«, erwiderte Chiara. »Das war doch nur ein Fisch!«

»Von wegen! Das war ein Wassergeist! Ich hab ihn genau gesehen! – So ein Mist, jetzt müssen wir es noch mal probieren.« Sie teilte den letzten Rest von ihrem Brot, gab ein Stück Chiara und warf das andere ins Wasser.

»Hab ich mir's doch gedacht! Da steckt ihr also!«

Chiara fuhr herum. Vor ihr stand Anna, ganz rot im Gesicht. Nur die Warze an ihrem Kinn war weiß.

»Komm sofort mit! Dein Vater sucht dich überall!« Sie packte Chiara an der Hand und zog sie vom Ufer fort. »Und du«, rief sie über die Schulter ihrer Nichte zu, »mach, dass du nach Hause kommst! Wir sprechen uns noch!«

Während Chiara ihrer Zofe den Trampelpfad hinauf folgte, überkam sie ein mulmiges Gefühl. Würde ihr Vater sie bestrafen? Ihr Tag war streng geregelt. Gleich nach der Morgenandacht hatte sie Unterricht in Lesen und Schreiben, der bis zum Mittagessen dauerte, und am Nachmittag musste sie bis zur Vesper an ihrer Aussteuer arbeiten, bevor es Abendbrot gab und sie mit ihrem Vater Trictrac spielte. Sie hoffte, dass sie mit einer Ermahnung davonkommen würde, ihr Vater hatte sie noch nie geschlagen – Stubenarrest war die schlimmste Strafe, die sie je bekommen hatte. Francesca dagegen musste sich bestimmt auf eine Tracht Prügel gefasst machen. Wenn sie noch nicht mal wusste, wie Kuchen schmeckte, mussten ihre Eltern furchtbar grausam sein.

»Zu meinem Namenstag backe ich einen Honigkuchen und lade Francesca ein«, sagte sie.

»Wer weiß, ob du an deinem Namenstag überhaupt noch hier bist«, erwiderte Anna.

»Nicht hier? Wo denn sonst?«

»Frag die Wassergeister! Vielleicht wissen die es ja!«

War das einer von Annas Witzen? Oder wollte sie damit etwas andeuten, wovon Chiara noch nichts wusste? Dass vielleicht Teofilo und sie schon ganz bald ... Der Gedanke war so schön, dass sie sich nicht traute, ihn zu Ende zu denken.

»Jetzt sag schon! Was sollen die Wassergeister wissen?«

»Wart's ab!«

Auf der Burg wurde Chiara schon erwartet. Aber die Wassergeister hatten nichts damit zu tun. Mit einer unfertigen Bettdecke in der Hand stand ihr Vater auf der Schwelle des Nähzimmers und schaute sie vorwurfsvoll an. Kein Wunder, Chiara war mit der Arbeit an ihrer Aussteuer gehörig in Verzug.

»Na endlich«, sagte er. »Ich muss mit dir sprechen.«

Seine Stimme klang so ernst, dass ihr das Herz in die Hose rutschte. Wenn ihr Vater wusste, wo sie mit Francesca gewesen war, würde es nicht bei einer Ermahnung bleiben. Dann bekam sie Stubenarrest. Mindestens.

»Ich hab doch nur wissen wollen, ob es wirklich so was gibt«, sagte sie leise.

»Ob es was gibt?«.

»Wassergeister.«

»Davon will ich jetzt gar nichts hören.« Mit zärtlichem Lächeln nahm ihr Vater sie in den Arm. »Meine große kleine Tochter«, sagte er und drückte sie an sich. »Ich habe eine wunderbare Nachricht für dich.«

15

Während auf den Straßen und Plätzen Roms die Menschen auf die Proklamation des neuen Papstes warteten, stand Teofilo einsam und verlassen inmitten einer Schar purpurrot gewandeter Greise. Ein Kardinal, den er noch nie im Leben gesehen hatte, ein uralter Mann mit einem Gesicht, das nur aus Falten bestand und dessen Hals wie bei einem Truthahn vom Kinn herabhing, trat auf ihn zu.

»Seid Ihr bereit, das Amt anzunehmen?«

Teofilo schluckte. Dreimal, so hatte man ihm gesagt, würde die Frage an ihn gerichtet, und zweimal solle er sie verneinen, bevor er sie bejahte, damit die Versammlung der Kardinäle ihn zum Papst ernennen konnte – so verlange es das Ritual. Er nahm seinen ganzen Mut zusammen, um die Antwort zu geben, die der Kanzler Petrus da Silva ihm noch am Morgen eingetrichtert hatte. Doch sein Mund war vollkommen ausgetrocknet, und so brachte er nur ein klägliches Kopfschütteln zustande.

»Seid Ihr bereit, das Amt anzunehmen?«, fragte der Truthahn zum zweiten Mal.

Wieder verneinte Teofilo stumm. In der Einsiedelei, fernab der Welt, hatte sein Taufpate ihn auf die Thronbesteigung vorbereitet – so gut die wenige Zeit es erlaubt hatte. Von der Priesterweihe über seine Erhebung zum Bischof und Kardinal bis zum heutigen Tag, an dem er vor Gott aufs Neue geboren werden sollte, waren nicht mal drei Monate vergangen. Und je näher dieser Tag herangerückt war, umso größer war die Angst geworden, was mit ihm geschehen würde.

»Seid Ihr bereit, das Amt anzunehmen?«, fragte der Truthahn zum dritten Mal.

Alles in Teofilo schrie nein, nein, nein! Wenn er doch nur davonlaufen könnte. Aber sein Vater hatte ihm gedroht, ihn mit eigenen Händen zu erwürgen, wenn er nicht gehorchte.

»Ja«, flüsterte er also und nickte. »Ich ... ich bin bereit.«

»Dann lüftet Euer Gewand und setzt Euch auf diesen Stuhl.«

Der Truthahn zeigte auf ein Gestell, das wie ein Abort aussah, mit einem kreisrunden Loch in der Mitte. Kaum hatte Teofilo darauf Platz genommen, bückte sich ein junger Kaplan vor ihm zu Boden, griff unter den Stuhl und sein Hemd und betastete seinen nackt herabhängenden Hodensack. Voller Entsetzen spürte er, wie sich bei der Berührung durch die fremde Hand sein Glied aufrichtete, begleitet von einem bedrohlichen, unheimlichen Gefühl, einer Mischung aus Ohnmacht und Lust. Während sein Glied immer weiter anwuchs, versuchte er, das Gefühl zu unterdrücken, aber etwas anderes in ihm war stärker als seine Willenskraft. Hoffentlich hörte das auf, bevor er das Gestell verlassen musste!

»*Testiculos habet*«, bestätigte der Kaplan. »*Deo gratias.*«

»*Dominum papam sanctus Petrus elegit*«, seufzte der Truthahn. »Der Herr hat Euch zu Petri Nachfolger erwählt, Eminenz. Erhebt Euch.«

Nie hatte Teofilo größere Scham empfunden, nicht mal, als Ugolino ihn vor Chiaras Augen entblößt und gedemütigt hatte. Am liebsten wäre er im Boden versunken.

»Bitte steht auf!«, wiederholte der Truthahn.

Endlich gab die fremde Macht in ihm nach, und sein Glied schrumpfte. Teofilo schickte ein Dankgebet zum Himmel und wartete, bis der Kaplan sich entfernte. Dann bedeckte er seine Blöße und gehorchte.

»Mit welchem Namen wollt Ihr gerufen werden?«

»Be... Be... Benedikt ...«, stammelte er. »Benedikt IX.«

Der Name kam ihm so fremd und falsch und bedrohlich vor. Es war, als würde er mit dem Namenskleid in ein teures und prachtvolles Gewand schlüpfen, das ihm viel zu groß war, weil es einem anderen gehörte, einem viel bedeutenderen Menschen als ihm. Sein Vater hatte den Namen für ihn ausgewählt – eine Ehrbezeugung vor seinem Onkel und Vorvorgänger im Amt, Benedikt VIII., der nicht nur das Wohl der Kirche gemehrt hatte, sondern auch das Wohl seiner tuskulanischen Familie.

Wurde das jetzt etwa auch von ihm erwartet? Wie sollte er das jemals schaffen?

»Bitte folgt mir nach.«

Der Truthahn trat beiseite, und Petrus da Silva führte Teofilo in einen kleinen, mit roter Farbe ausgekleideten Raum, in dem drei weiße Soutanen unterschiedlicher Größen sowie eine mit Gold bestickte Stola bereitlagen. Teofilo wusste, dieser Raum wurde der »Saal der Tränen« genannt, weil sich hier die neuen Päpste von ihrem alten Leben verabschiedeten. Doch er selber war so verängstigt und durcheinander und gleichzeitig so leer, dass er nicht mal weinen konnte. Keine einzige Träne quoll aus seinen Augen. Als wäre es gar nicht er selbst, der den Raum betrat, sondern ein Fremder.

»Eigentlich kleidet der Papst sich hier allein an«, erklärte Petrus da Silva. »Aber wenn Ihr wollt, bin ich Euch gern behilflich.«

Ohne eine Antwort abzuwarten, nahm der Kanzler die kleinste der drei Soutanen, wie sie Teofilos Körpergröße am ehesten entsprach, und reichte sie ihm. Mit Bewegungen, die nicht seinem Willen entsprangen, wechselte Teofilo das Gewand. In der Soutane verlor er sich wie in einem Zelt. Damit der Stoff ihm nicht über die Schultern rutschte, legte Petrus da Silva ihm die Stola um und befestigte diese am Rand des Überkleids. Dann kniete er vor ihm nieder.

»Ewige Heiligkeit!«

Die Worte erreichten Teofilos Ohren, doch sie drangen nicht in ihn ein. Wie in einem Traum nahm er den Kreuzstab, den Petrus da Silva ihm reichte und der fast doppelt so hoch war wie er selbst, und folgte dem Kanzler in seinen viel zu langen, über den Boden schleifenden Gewändern zurück in den Saal, wo die Kardinäle einer nach dem anderen das Knie vor ihm beugten, um sich dann zu einem Zug zu vereinen, der ihn zur Sakristei und von dort aus weiter in die leere, düstere Basilika geleitete. Vom Mittelschiff aus erblickte Teofilo durch die geöffneten Flügel des Portals eine riesige Menschenmenge, die sich draußen auf dem Vorplatz versammelt hatte: unzählige Augenpaare, die begierig darauf warteten, ihn zu sehen.

Ihm wurden die Knie so weich, dass er sich an seinem Stab festhalten musste. Wie sollte er vor so viele fremde Menschen treten? All die komplizierten Worte und Formeln, die er seit Tagen versucht hatte auswendig zu lernen, schwirrten ihm durch den Kopf, ohne Ordnung und ohne Sinn. Keinen Ton würde er über die Lippen bringen.

»Bitte, lasst mich gehen«, flüsterte er.

»Noch nicht.« Petrus da Silva hielt ihn am Arm zurück. Während Teofilo an seiner Seite im Dunkel des Gotteshauses verharrte, trat der Truthahn hinaus auf die Treppe. »Erst nach Eurer Proklamation.«

Während Teofilo die Ausdünstungen fauler Zähne im Atem des Kanzlers roch, vermischt mit dem Geruch zerkauter Pfefferminze, verebbte draußen der Lärm, und für einen Augenblick war es so still, dass man sogar die Spatzen zwitschern hörte.

16

»*Habemus papam!*«, rief Kardinal Pisano, der Zeremonienmeister des apostolischen Palasts, mit brüchiger Stimme in die Stille hinein. »Ich verkünde euch große Freude. Wir haben einen Papst, Seine Eminenz, den hochwürdigsten Herrn Teofilo, der Heiligen Römischen Kirche Kardinal di Tusculo, welcher sich den Namen Benedikt IX. gegeben hat.«

Tosender Jubel brandete auf, und Scharen von Spatzen flatterten über dem Petersplatz in den Himmel empor. Ermilina, die seit dem frühen Morgen mit ihrem Mann und ihren Söhnen auf die Proklamation gewartet hatte, schlug das Zeichen des Kreuzes. Die Prophezeiung ihres Beichtvaters hatte sich erfüllt: Ihr jüngster Sohn, ihr kleiner Teofilo, für dessen Leben sie bereit gewesen war, ihr eigenes Leben zu opfern – er war wirklich und wahrhaftig ein Erwählter! Zwölf Jahre nach seiner Geburt hatte Gott ihre Opferbereitschaft endlich belohnt und ihn zu seinem Stellvertreter berufen, auf dass er die Christenheit regiere ... Was für ein übergroßes, unfassbares Glück! Sie stellte sich auf die Zehenspitzen, um einen Blick auf ihren Letztgeborenen zu erhaschen. Doch alles, was sie zu sehen bekam, war die Silhouette eines in prächtige Kleider gewandeten Kindes, das sich wie ein Schemen im Dunkel der Basilika verlor, inmitten einer Schar von Greisen.

»Verfluchter kleiner Hosenscheißer!«, knurrte Gregorio an ihrer Seite.

»Halt's Maul, Idiot«, wies sein Vater ihn zurecht. »Du solltest dich lieber freuen. Dank dem kleinen Hosenscheißer ist unsere Vormacht auf Jahrzehnte gesichert. Bis dein Bruder stirbt, kommt keine römische Familie den Tuskulanern gleich.«

Gregorio zog ein Gesicht, als würde sein Vater ihm einen Dolch ins Herz bohren, und in seinen Augen standen Tränen. Der Anblick tat Ermilina in der Seele weh. Sie wusste ja, welche Demütigung Teofilos Ernennung für ihren Ältesten bedeuten musste. Seit er sprechen und laufen konnte, hatte Gregorio versucht, es seinem Vater recht zu machen, doch was immer er tat, es war zu wenig. Er war ein guter Jäger und Reiter, und vielleicht würde er auch ein tapferer Kämpfer und Soldat sein, sollte es je dazu kommen, dass er die Ehre der Tuskulaner im Krieg verteidigen musste. Aber seine Gaben reichten nicht aus, um anderen, höheren Anforderungen zu genügen, so wenig wie die Gaben seiner Brüder Ottaviano und Pietro, die der Schöpfer genauso wenig bedacht hatte wie ihn, die sich aber ohne Murren in das Schicksal fügten, das die Vorhersehung ihnen beschieden hatte.

Ja, viele sind berufen, doch nur wenige sind auserwählt ...

Die Worte des Heilands halfen Ermilina, ihr Mitleid zu unterdrücken. Nicht aus freien Stücken hatte sie Teofilo vor seinen Brüdern bevorzugt, sondern um Gottes Willen zu tun. Sie litt doch selber am meisten unter der Härte, mit denen sie ihren anderen Söhnen begegnen musste. Doch der Herr hatte nun mal all seine Gnade über ihren Letztgeborenen ausgegossen, und deshalb war es ihre Pflicht, diesem einen ihrer Söhne all die Liebe und Unterstützung angedeihen zu lassen, zu der sie fähig war. Warum sonst war es ihre Bestimmung gewesen, Teofilos Gesicht im Antlitz des Jesuskindes zu erkennen?

»Heil Euch, Benedikt!«, rief Alberico und forderte mit rudernden Armbewegungen die Umstehenden auf, es ihm gleich zu tun.

»Heil Euch, Benedikt!«, riefen auch Ottaviano und Pietro, zusammen mit immer mehr Menschen.

Nur Gregorio kaute an seinen Nägeln.

»Muss ich dich erst in den Arsch treten?«, fragte sein Vater.
»Heil Euch, Benedikt!«

Ermilina nickte ihrem Ältesten aufmunternd zu.

»Heil Euch, Benedikt«, presste Gregorio zwischen den Lippen hervor. Und während auch er den Ruf wiederholte, stimmte der ganze Platz in den Lobpreis des neuen Papstes ein, ein Chor aus vielen Tausend Stimmen. »Heil Euch, Benedikt!«

17

Teofilo hörte die Rufe, wie eine Woge brauste der Lärm ihm entgegen und schwappte über ihm zusammen, als wolle er ihn fortspülen. Vor Angst wurde ihm ganz flau im Magen. Konnte es wirklich sein, dass dieser Jubel ihm galt? Die Leute mussten verrückt geworden sein – er war doch weder ein König noch ein Kaiser oder auch nur ein Graf. Gottes Stellvertreter auf Erden … Säuerlicher Speichel sammelte sich in seinem Mund, und sein Magen zog sich zusammen. Nie zuvor im Leben hatte er sich so klein und erbärmlich gefühlt.

»Ihr müsst Euch Eurem Volk zeigen!«, raunte der Kanzler.

»Nein«, stammelte Teofilo, »das … das kann ich nicht. Bitte!«

Er zitterte am ganzen Körper. Doch Petrus da Silva kannte keine Gnade, mit sanftem Druck schob der Kanzler ihn zum Portal. Teofilo war viel zu schwach, um sich zu wehren. In seiner Verzweiflung klammerte er sich an den übergroßen Kreuzstab und trat hinaus ins Freie, wo ihn der Kardinal mit dem Putenhals erwartete, die Tiara zwischen den greisen Händen. Teofilo senkte sein Haupt. Als er die schwere Krone auf seinem Kopf spürte, glaubte er, sein Hals würde unter der Last abknicken.

»*Habemus papam! Habemus papam!*«

Eine Fanfare ertönte, und die Menschen auf dem Platz knieten nieder – eine einzige, machtvolle, vieltausendköpfige Woge der Verehrung.

In diesem Moment erwachte Teofilo aus seiner Angst, und die Augen liefen ihm über. Die ganze Stadt, der ganze Erdkreis schien zusammengekommen zu sein, um ihm zu huldigen. Nicht nur einfache, in Sackleinen gekleidete Menschen sanken vor ihm in den Staub, Bauern und Handwerker und Händler, auch hohe und höchste Würdenträger, in prachtvollen, kostbaren Gewändern, taten es ihnen gleich, Herzöge und Grafen, Ritter und Knappen: Dieselben Männer, die bei der Kaiserkrönung vor seinem Onkel niedergesunken waren, beugten nun vor ihm das Knie.

Plötzlich fiel alle Angst von ihm ab, und unbändiger Stolz erfüllte seine Brust. Ohne das Gewicht seiner Krone mehr zu spüren, hob er den Kopf, um über den Platz zu schauen. Die Mitglieder sämtlicher römischer Adelsfamilien: die Sabiner, die Oktavianer, die Stephanier, sogar die Crescentier – sie alle jubelten ihm zu.

Als hätte er einen Becher Wein getrunken, schien sich für einen Moment der Platz vor ihm zu drehen. Hatten die Worte seiner Mutter sich tatsächlich erfüllt? War er von nun an der mächtigste Mensch der Welt?

»Dein Wille geschehe«, betete er leise, »wie im Himmel, also auch auf Erden.«

Wie von einer höheren Macht beseelt, ohne dass Petrus da Silva ihn nötigen musste, breitete Teofilo die Arme aus, um den Segen zu spenden. Ja, er war bereit, das Amt anzunehmen, für das die Vorsehung ihn bestimmt hatte, und seines Amtes war es, dem Willen des himmlischen Vaters zu gehorchen, jetzt und immerdar. Und als hätte der Heilige Geist seine Zunge gelöst, kamen all die vertrackten Worte und Formeln, die der Kanzler bis zur Verzweiflung mit ihm geübt hatte, ohne dass er imstande gewesen wäre, sie einmal fehlerfrei aufzusagen, ganz von allein über die Lippen.

»Die Heiligen Apostel Petrus und Paulus, auf deren Machtfülle und Autorität wir vertrauen, sie selbst mögen beim Herrn für uns Fürsprache halten.«

»Amen!«, hallte der ganze Platz zurück.

»Aufgrund der Fürsprache und Verdienste der seligen, allzeit jungfräulichen Mutter Maria, des heiligen Erzengels Michael, des heiligen Johannes des Täufers sowie der heiligen Apostel und aller Heiligen, erbarme sich euer der allmächtige Gott. Vergebe Er euch alle Sünden und führe Er euch durch Jesus Christus zum ewigen Leben.«

»Amen!«

»Und der Segen des allmächtigen Gottes, des Vaters und des Sohnes und des Heiligen Geistes, komme auf euch herab und bleibe bei euch alle Zeit.«

»Amen!«

Mit jedem Amen, das Teofilo entgegenscholl, vermehrte sich der Rausch, der von ihm Besitz ergriffen hatte. Konnte es herrlichere Freuden geben als den Jubel, den solche Verehrung in ihm entfachte? Er war Petrus, der Nachfolger Jesu Christi und Stellvertreter Gottes auf Erden! Und er würde alles tun, damit sein Wille geschah ...

»... wie im Himmel, also auch auf Erden ...«

Der Applaus war noch nicht verhallt, da fiel sein Blick auf ein ernstes Augenpaar. Nur wenige Schritte von ihm entfernt entdeckte er seine Cousine, Chiara di Sasso, das Mädchen, das ihm als Ehefrau versprochen worden war. Die hellblauen Augen unverwandt auf ihn gerichtet, kniete sie an der Seite ihres Mannes, an der Seite Domenicos, des ältesten Sohns der Crescentier, den sie vor wenigen Wochen geehelicht hatte. Ihr blondes Haar war unter einem Kopftuch versteckt, nicht mal die Spitze einer Locke lugte darunter hervor.

»Habemus papam! Habemus papam!«

Plötzlich verspürte Teofilo inmitten all der Menschen eine so entsetzliche Einsamkeit, als hätte man ihn mutterseelenallein in den Wäldern ausgesetzt, irgendwo in den Albaner Bergen, wohin kein anderer Mensch jemals mehr gelangte. Und während der riesige Platz erneut von seinem Lobpreis widerhallte, schmeckte er auf den Lippen das Salz der Tränen, die ihm aus den Augen rannen.

Vorbei war der Jubel, vorbei der Rausch. Voller Angst vor einem Schicksal, das größer war als er selbst, ließ er die Arme sinken, um seine Hände zum Gebet zu falten und Gott um Hilfe zu bitten.

ZWEITES KAPITEL: 1036–37

WUNDERGLAUBE

1

Von der Burgkapelle schlug die Glocke zwölf Mal an.

»Schon Mitternacht«, sagte Domenico. »Möchtet Ihr denn heute gar nicht schlafen?«

»Noch nicht«, erwiderte Chiara und zupfte an dem Kopftuch, das ihr Haar bedeckte. »Ich bin noch nicht müde.«

»Aber wir haben doch schon vier Partien gespielt.«

»Und alle vier habt Ihr gewonnen. Ich gehe erst ins Bett, wenn ich einmal gewonnen habe. Mindestens.«

Drei Jahre war Chiara inzwischen verheiratet und lebte mit Domenico zusammen in der Burg, die sein Vater für sie beide hatte bauen lassen, und fast jeden Abend spielte sie nach dem Nachtmahl mit ihrem Mann eine Partie Trictrac, so wie früher mit ihrem Vater. Doch das war nicht dasselbe. Mit ihrem Vater hatte sie gespielt, weil sie den Wettkampf liebte, das Fiebern um jeden Punkt auf dem Würfel, um jedes Vorrücken auf dem Spielbrett, um jeden eroberten Stein, und sie war so ehrgeizig gewesen, dass eine Niederlage sie manchmal rasend gemacht hatte. Aber jetzt …? Obwohl sie Domenico haushoch überlegen war und ihn nach Belieben schlagen konnte, ließ sie ihn immer wieder gewinnen, nur um die Abende in die Länge zu ziehen. Bis zu ihrer ersten Blutung hatte ihr Mann sie nicht angerührt, doch seitdem sie vor einem Jahr, kurz nach ihrem vierzehnten Geburtstag, zur Frau geworden war und mit der Regelmäßigkeit des Mondes nun ihre Tage bekam, vollzog Domenico mit ihr die Ehe in der Hoffnung, einen Stammhalter zu zeugen. Und jedes Mal litt sie solche Schmerzen, dass sie am nächsten Morgen kaum gehen konnte und ihre Angst von Mal zu Mal größer wurde.

Warum tat es nur immer so weh? Ihre Cousinen und Freundinnen hatten sie bei ihrer Hochzeit um ihren Mann beneidet, der, um sie heiraten zu können, angeblich sogar auf die schöne und reiche Sabinerin Isabella verzichtet hatte, das begehrteste Mädchen Roms, das ihm seit Jahren versprochen gewesen war.

»Woran denkt Ihr gerade?«

Domenico hatte seine Hand auf ihren Arm gelegt und schaute sie an. Mit seinem welligen, dunkelblonden Haar, den leuchtenden braunen Augen in dem fein geschnittenen Gesicht, das zu keiner Lüge fähig war, sowie der schlanken, zierlichen Gestalt sah er trotz seiner fast zwanzig Jahre immer noch aus wie ein großer Junge.

»Ach nichts«, sagte sie. »Ich habe nur überlegt, wie ich es anstellen kann, Euch zu besiegen.«

»Wenn Ihr gewinnen wollt, solltet Ihr besser spielen als träumen. Ihr seid am Zug.«

»Natürlich!«, sagte sie und würfelte.

»Oh, eine Glücksdrei«, rief er mit gespieltem Entsetzen. »Jetzt wird es ernst!«

Chiara schaute auf den Würfel. Jede Punktzahl hatte eine bestimmte Bedeutung, und eine Drei bedeutete die göttliche Dreifaltigkeit – der Spieler, der das Glück hatte, sie zu würfeln, durfte dreimal ziehen. Fast widerwillig setzte sie ihren Stein. Ach, hätte sie nur im wirklichen Leben solches Glück ... Sie hatte doch alles getan, was Gott und ihr Vater von ihr verlangt hatten, auch wenn ihr Herz daran fast zerbrochen war. Sie hatte auf Teofilo verzichtet, obwohl sie seine Frau werden wollte, solange sie zurückdenken konnte, und einen anderen geheiratet, weil angeblich nur durch ihre Ehe der Friede unter den römischen Familien gerettet werden konnte ...

»Himmel und Erde«, sagte Domenico. »Eine Zwei.«

Ohne den Spielverlauf wirklich zu verfolgen, schaute Chiara zu, wie er mit seinem Stein zwei Felder vorrückte. Was kümmerte es sie, wer gewann? In dem einen großen Spiel, in dem es wirklich darauf ankam, hatte sie längst verloren, am Tag ihrer Hochzeit ... Alle Adelsleute der Stadt und der Campagna waren der Einladung ihres Vaters gefolgt, Hunderte von Menschen, die kaum in den Burghof gepasst hatten, waren gekommen, um mit ihnen zu feiern, eine ganze Woche lang hatte das Fest gedauert. Doch als Chiara durch das Spalier der Gäste hindurch vor den Traualtar getreten war, an der Hand ihres Vaters, hatte sie sich gefühlt, als würde sie ihr eigentliches, wirkliches Leben, das die Vorsehung für sie bestimmt hatte, für immer verlassen, um in ein fremdes, falsches Leben einzutreten, in dem sie selber stets nur ein Gast sein würde.

»Eine Fünf! Jetzt geht es aber in Riesenschritten voran!«

Chiara hatte gar nicht gemerkt, dass sie schon wieder gewürfelt hatte. Die fünf Sinne: Hören, sehen, riechen, schmecken ... Und fühlen ... Wenn sie wenigstens ein Kind bekommen würde, vielleicht würde dann alles richtig und gut ... Sie warf einen Blick auf das Spielbrett und erschrak: Der Sieg war ihr nicht mehr zu nehmen. Alle Steine waren gesetzt, sie hatte freie Wahl, welchen sie ziehen wollte, und der erste ihrer Steine war genau fünf Felder vom Ziel entfernt ... Verstohlen hob sie den Blick. Konnte sie ihren Sieg noch verhindern, indem sie einen falschen Stein nahm, ohne dass Domenico es merkte? Nein, als sie sein Lächeln sah, begriff sie, dass sie den Zeitpunkt verpasst hatte, um ihren Mann noch einmal gewinnen zu lassen.

»Ich gebe mich geschlagen, Ihr habt mich besiegt.« Mit einem Seufzer, der seine ganze Liebe ausdrückte, stand Domenico vom Spieltisch auf und reichte ihr die Hand. »Komm, mein Schatz, gehen wir ins Bett.«

2

»*Verbum incarnatum*«, rief Kardinal Pisano, der Zeremonienmeister des Lateranpalasts. »Das Fleisch gewordene Wort, Seine Heiligkeit Papst Benedikt, der neunte dieses Namens!«

Mit einer einfachen Mönchskutte bekleidet, betrat Teofilo den Saal, in dem das Konsistorium tagte, die Versammlung der sieben suburbikarischen Bischöfe Roms, die ihn beriet und alle wichtigen Entscheidungen traf, die er im Namen Gottes und der heiligen katholischen Kirche treffen musste. Dutzende von Malen hatte er dieser Versammlung schon vorgesessen, hatte auf Vorschlag seines Kanzlers Pietro da Silva Kardinäle ernannt und ihnen Biretts auf die Köpfe gesetzt, ohne sich an den Beratungen selber zu beteiligen, da diese meist Fragen betrafen, die er nicht begriff und die fast immer in ein Geschacher um Gelder oder Ämter mündeten. Heute aber, so hatte er beschlossen, würde er nicht nur irgendwelche Rituale erfüllen, die man ihm vorgab, heute würde er von sich aus das Wort ergreifen, zum ersten Mal, um endlich von seinem Amt jenen Gebrauch zu machen, den Gott von ihm verlangte.

Während er den Saal durchschritt, sah er die irritierten Gesichter der Greise. Offenbar nahmen sie Anstoß an seinem schlichten Gewand, das er für diese Sitzung gewählt hatte, als würden sie ahnen, dass er mit der sackleinenen Kutte bereits ein Zeichen setzen wollte. Obwohl er sich vorgenommen hatte, sich nicht einschüchtern zu lassen, fühlte er sich angesichts der vielen purpurfarbenen Roben wie Moses, der sein Volk Israel durch die Fluten des Roten Meeres führen sollte, und die Zuversicht, mit der er diesen Tag begonnen hatte, schwand dahin, zusammen mit seinem Mut.

Würde das Meer ihn verschlingen?

Drei Jahre lang hatte er geschwiegen, verunsichert von den alten, mächtigen Männern, die nicht den Willen Gottes betrieben, sondern die Interessen ihrer Familien, verunsichert aber auch von seiner eigenen Ungewissheit, warum und wozu die Vorsehung ihn in dieses Amt gehoben hatte. Ohne Fragen zu stellen, hatte er darum Ja und Amen zu den Beschlüssen der Versammlung gesagt und sie mit seiner Unterschrift besiegelt. Seit dem letzten Pfingstfest jedoch glaubte er zu wissen, was seine Bestimmung war, und es wäre eine schwere Sünde, mit diesem Wissen weiter zu schweigen.

Nur – war seine Kraft so groß wie sein Wille, um seine Bestimmung zu erfüllen?

Während Teofilo auf seinem gold gestrichenen Thron Platz nahm, spürte er die geschnitzten Verzierungen der Armlehnen, die runden, glatt polierten Knaufabschlüsse unter seinen Händen, die weich gepolsterte Sitzfläche, in der er zu versinken drohte, die steile Rückenlehne, die ihn trotz der schwellenden Kissen zu einer aufrechten Haltung zwang. Er hasste diesen Stuhl, auf den man ihn gesetzt hatte, vom ersten Tage an, weil er für ihn sein ganzes Glück geopfert hatte. Chiara... Kein Tag verging, an dem er nicht an sie dachte. Und keine Nacht, da er nicht ihr Bild vor sich sah und sich nach ihr verzehrte, in geheimer, schmerzlicher Lust.

»Das Konsistorium ist vollständig versammelt«, sagte Kardinal Pisano. »Wir bitten Eure Heiligkeit, die Sitzung zu eröffnen und sodann Bischof Settembrini die Kardinalswürde durch die Verleihung des Biretts...«

»Später!«, unterbrach ihn Teofilo.

»Später?« Pisano ruckte mit dem Kopf, um zu widersprechen. Doch als er Teofilos Gesicht sah, fügte er sich. »Gewiss, Ewige Heiligkeit.« Mit unwilliger Miene winkte er den Diakon, der das Birett für den neuen Kardinal schon bereithielt, zurück und setzte sich auf seinen Stuhl.

Teofilo räusperte sich. Seine Stunde war gekommen. Um mit der Macht, die der verhasste Stuhl ihm verlieh, dafür zu sorgen, dass Gottes Wille geschah – nicht nur im Himmel, sondern auch auf Erden.

»Wir denken«, sagte er, »dass unser einfaches Gewand einige von Euch verwundert. Wir wollen Euch deshalb erklären, warum wir die Mönchskutte tragen statt des gewohnten Ornats.«

Er machte eine Pause, um seine Gedanken zu ordnen. Die ersten Sätze hatte er auswendig gelernt, um nicht ins Stocken zu geraten, und sorgsam darauf geachtet, dass er von seiner Person nur im *Pluralis majestatis* sprach, um seine Würde und Autorität zu bestärken. Aber wie sollte er seine Rede weiterführen?

Statt sich den Kopf zu zerbrechen, beschloss er, auf die Hilfe des Heiligen Geists zu vertrauen.

»Es war Pfingsten, in St. Peter«, sagte er, »am Ende des Hochamts. Ich wollte – ich meine, *wir* wollten – das Volk Gottes segnen. Aber als ich mich vom Altar abwandte, erschrak ich. Sah so das Volk Gottes aus? Was ich sah, waren Bischöfe und Kardinäle, die mit Gold und Silber behangen waren wie Fürsten und Könige. Manche von ihnen waren in Begleitung von Frauen – ja, ein paar hatten sogar ihre Kinder dabei, die sie gemeinsam mit diesen Frauen zeugten. Sagt, meine Brüder, ist das die Kirche, die Gott uns befohlen hat?«

Tatsächlich, es war heraus! Erleichtert schaute Teofilo in die Runde. Doch die Kardinäle erwiderten seinen Blick, als wäre er nicht ganz bei Troste.

»Habt Ihr nicht verstanden, was ich meine?«, fragte er unsicher.

Die meisten der Greise schüttelten die Köpfe.

»Vielleicht könntet Ihr Euch ein wenig genauer ausdrücken, Ewige Heiligkeit?«, bat sein Kanzler, Petrus da Silva.

»Ich … ich weiß nicht, wie wir es sagen sollen, Eminenz. Ich meine nur, als ich ein Kind war, da hatte ich einen Lehrer, einen sehr weisen Mann, vielleicht habt Ihr schon mal von ihm gehört? Giovanni Graziano ist sein Name.«

Kardinal Giampini, ein rotgesichtiger Mensch mit kleinen Schweinsaugen und wulstigen Lippen, der im Konsistorium das Wort der Sabiner führte, rümpfte die Nase. »Ihr meint den Eremiten, der über dem Nemi-See haust und nackt in den Wäldern herumspringt?«

»Er badet im kalten Wasser eines Bergbachs, um sein Fleisch abzutöten«, erwiderte Teofilo. »Ein heiligmäßiger Mann. Schon in jungen Jahren hat er seine Familie und allen Besitz aufgegeben, um dem Beispiel des Herrn zu folgen und der Welt zu entsagen. Drei Tugenden hat er meine Brüder und mich gelehrt: Armut, Keuschheit und Gehorsam.«

»Die drei Weisungen Jesu Christi aus dem Johannes-Evangelium«, sagte Kardinal Pisano, dessen Truthahnfalten bereits dunkelrot anliefen, mit mühsamer Beherrschung. »Wir danken Ewiger Heiligkeit für die Erinnerung. Doch jetzt sollten wir endlich …«

»Nein«, schnitt Teofilo ihm zum zweiten Mal das Wort ab. »Ich – ich meine, *wir* –, wir wollen nicht nur an die Tugenden des Herrn erinnern, wir möchten, das heißt: wir *verlangen*, dass die Priester und Bischöfe und Kardinäle der heiligen Kirche Gottes, dass sie alle und ohne Ausnahme nach diesen Tugenden leben, um ein Beispiel zu geben, wie einst Jesus Christus, statt zu prassen und zu völlen und zu huren, wie viele es offenbar tun. Weil Prasserei und Wollust uns ins Verderben führen, genauso wie der Hochmut, das Gegenteil des Gehorsams …«

»Aber das *ist* doch bereits Hochmut!«, protestierte Kardinal Baldessarini, ein hagerer Mann mit hohlen Wangen, der sich sonst nur zu Wort meldete, wenn es um die Verteidigung seiner Familie und deren Besitztümer ging. »Leben, wie der Herr einst lebte? Das kann und darf nur der Herr selbst! Jeder Versuch, es ihm gleichzutun, ist sündige Anmaßung. Außerdem, wie stellt Ihr Euch das vor? Sollen wir in Sack und Asche wandeln? Ihr vergesst, was wir unseren Familien schuldig sind.«

Teofilo hatte mit solchem Widerspruch gerechnet und sich darum gründlich auf die heutige Sitzung vorbereitet. »›Wenn jemand zu mir kommt‹«, zitierte er das Lukas-Evangelium, »›und nicht Vater und Mutter, Frau und Kinder, Brüder und Schwestern, ja sogar sein Leben gering achtet, dann kann er nicht mein Jünger sein.‹«

»Wir kennen die Heilige Schrift so gut wie Ihr«, fauchte Kardinal Giampini. »Aber solche Sätze darf man doch nicht wörtlich nehmen.«

»Nein, gewiss nicht!«, pflichtete Kardinal Baldessarini ihm heftig nickend bei. »Wir haben schließlich alle Frauen und Kinder. Sollen wir die verstoßen? Das wäre eine üble Verletzung der Nächstenliebe!«

Er war so erregt, dass Funken aus seinen Augen sprühten. Teofilo hielt seinen Blick nicht aus und senkte den Kopf. Aber er war darum noch lange nicht bereit, nachzugeben.

»Mein Onkel und Vorgänger im Amt, Papst Benedikt VIII., hat auf der Synode von Pavia angeordnet, dass kein Priester oder Bischof oder Kardinal mehr heiraten darf. ›Um des Himmelreichs willen.‹«

»›Wer das erfassen kann, der erfasse es‹«, lachte Kardinal Giampino in Fortführung derselben Bibelstelle, »doch verzeiht, Ewige Heiligkeit, Ihr habt es bekanntlich selber nicht erfasst. Das pfeifen doch die Spatzen von den Dächern, dass Ihr Chiara di Sasso heiraten wolltet. Schon als halbwüchsiger Page wart Ihr in ihren blonden Lockenkopf vernarrt. Wenn ich mich recht erinnere, hat mein Neffe Ugolino Euch mal mit ihr erwischt.«

»Was hat Ugolino Euch erzählt?« Teofilo spürte, wie ihm die Schamesröte ins Gesicht schoss.

Giampini weidete sich an seinem Anblick. »Genug, um zu wissen, warum Ihr jetzt das hohe Lied der Keuschheit singt. Weil es Euch selber so sauer fiel, auf die Vergnügungen des Leibes zu verzichten, Heiliger Vater. Aber warum macht Ihr's nicht wie jeder Dorfpriester oder Bischof? Haltet Euch eine Konkubine!«

»Vergesst nicht, mit wem Ihr redet!«, herrschte Kardinal Pisano ihn an. »Ihr redet mit Seiner Heiligkeit, dem Papst.«

»Ach was«, entgegnete der Sabiner. »Ich rede mit Teofilo di Tusculo, den gerade der Hafer sticht! Aber machen wir uns nichts vor. Jedem hier ist klar, woher der Wind weht. Das alles hat sich doch nicht dieses Kind da ausgedacht, sondern sein

Vater, Alberico. Der alte Fuchs will, dass wir auf Frauen und Söhne verzichten. Damit wir nichts vererben können und alles, was uns und unseren Familien gehört, in den Besitz der Kirche gelangt – also in den Besitz der Tuskulaner.«

»Sehr richtig«, meinte Kardinal Baldessarini. »Der Heilige Geist könnte nicht wahrer reden. Den Tuskulanern geht es nur um die Vorrechte ihrer Familie, die nun schon den dritten Papst auf den Thron gebracht hat.«

Beifälliges Raunen wurde laut.

»Wahr gesprochen, Eminenz!«

»Die Tuskulaner wollen sich noch mehr unter den Nagel reißen, als sie sowieso schon haben.«

Teofilo schnappte nach Luft. »Habt Ihr nicht gehört, was ich gesagt habe?«

»Und ob wir das gehört haben!«

»Mehr als uns lieb ist!«

»Aber wie könnt Ihr dann glauben, ich wollte den Besitz meiner Familie mehren? Wir sollen leben wie Jesus, das ist unser Auftrag, und Jesus lebte in Armut. Weil Armut Gott gefällt, Reichtum aber in die Knechtschaft des Teufels führt! So steht es in der Bibel. ›Eher geht ein Kamel durch ein Nadelöhr, als dass ein Reicher in das Reich Gottes eingeht!‹«

»Wollt Ihr damit sagen, Euer Vater – nicht der im Himmel, sondern der in der Tuskulanerburg – ist ein Kamel?«, fragte Kardinal Baldessarini mit schmallippigem Lächeln.

Schallendes Gelächter antwortete ihm.

»Schluss jetzt!«, rief der Zeremonienmeister, das Gesicht puterrot, in den Lärm hinein. »Das Birett für Kardinal Settembrini. Seine Eminenz hat lange genug gewartet.« Auf ein Zeichen trat der Diakon vor den Genannten, um ihm die rote Kopfbedeckung zu überreichen.

»Ich … wir … ich will aber noch etwas sagen«, stammelte Teofilo.

»Ja was denn noch, Herr im Himmel?«, fragte Kardinal Pisano.

»Nicht nur Armut und Keuschheit sind die Tugenden, nach

denen wir leben sollen, sondern auch der Gehorsam. Jesus war seinem Vater gehorsam, bis zum Tod am Kreuz. Und so wie er sollen auch wir seinem Willen gehorchen. Um in Armut und Keuschheit zu leben.«

»Das wird ja immer schöner«, rief Kardinal Baldessarini. »Sollen wir uns jetzt auch noch ans Kreuz nageln lassen?«

»Aber nur, wenn Seine Heiligkeit uns bleibende Wundmale verspricht!«, brüllte Kardinal Giampini und klopfte sich vor Vergnügen auf den Schenkel.

Teofilo war zu keiner Entgegnung fähig. Alles, was er sagte, wurde ihm im Mund herumgedreht, und je länger er sprach, umso wirrer wurde seine Rede. Wortlos blickte er in die Gesichter der Kardinäle, lauter lachende, feixende Gesichter, manche mit Tränen in den Augen, aufgerissene Münder mit langen gelben Zähnen wie von Raubtieren, dazwischen ein Truthahn mit roten, hin und her schlackernden Hautlappen unter dem Kinn ... Wut stieg in ihm auf, wie damals in St. Peter, bei der Krönungsfeier des Kaisers. Was fiel diesen Menschen ein, ihn auszulachen? Er war Petrus, der Stellvertreter Christi und schon fast fünfzehn Jahre alt! Erster Flaum stand auf seiner Oberlippe, und beim Reden überschlug sich manchmal seine Stimme, als wäre er im Stimmbruch.

»Erlaubt mir eine Bemerkung, Ewige Heiligkeit«, ergriff Petrus da Silva das Wort. »Armut, Keuschheit und Gehorsam sind die Weisungen des Herrn, gewiss, und jeder, der sich an diese Tugenden hält, führt ein heiligmäßiges Leben. Doch wir müssen auch bedenken, dass Jesus Christus seine Weisungen nicht an alle seine Nachfolger gerichtet hat. Sie gelten nur für wenige Auserwählte, diejenigen unter seinen Jüngern also, die kraft der himmlischen Gnade imstande sind, seinem Beispiel wirklich und wahrhaftig zu folgen.«

Teofilo wusste, der Kanzler wollte die Gemüter beruhigen, um den Streit zu schlichten. Doch er selber wurde durch die Belehrung nur noch wütender, als er ohnehin schon war. Seit Wochen hatte er auf diesen Tag hingefiebert, um endlich sein Amt so zu gebrauchen, wie es Gottes Wille war, auf dass die

Gebote Jesu Christi zur Richtschnur wurden für alle seine Diener. Armut, Keuschheit und Gehorsam statt Prasserei, Wollust und Hochmut – einfacher und klarer konnte keine Weisung sein! Aber was in der Einsiedelei seines Taufpaten so einfach und klar gewesen war, schien hier plötzlich so unauflösbar und verwickelt wie ein verknotetes Fangnetz, in dem noch die lebenden Fische zappelten.

»Dann schreiten wir nun zur Ehrung von Kardinal Settembrini«, erklärte der Zeremonienmeister.

»Ja, kommen wir endlich zum Geschäft!«, pflichtete Kardinal Baldessarini ihm bei.

Als wäre Teofilo gar nicht da, ging ein lautstarkes Geschacher los um Pfründe und Ämter, die die Mitglieder des Konsistoriums von ihrem neuen Mitbruder verlangten oder erwarteten. Teofilo konnte es nicht fassen. Was für ein widerliches Schauspiel! Wie sie da feilschten in ihren hermelinbesetzten Seidenroben! Ein Geschacher so schlimm wie einst das Geschacher der Viehhändler im Tempel von Jerusalem, bevor Jesus sie vertrieben hatte, samt ihren Rindern und Schafen, mit einer Geißel aus Stricken.

»Macht nicht das Haus meines Vaters zu einer Markthalle!«, schrie Teofilo mit überschnappender Stimme in den Lärm hinein.

Plötzlich war es still im Saal, und alle Köpfe drehten sich zu ihm um.

»Habt Ihr etwas gesagt, Heiliger Vater?«, fragte Kardinal Giampini mit einem Grinsen.

»Schämt Euch!«, erwiderte Teofilo, zitternd am ganzen Leib. »Jesus predigt uns Armut, und Ihr … Ihr … Ihr …« Er brachte den Satz nicht zu Ende. »Ich wollte, mein Taufpate wäre hier und könnte Euch sehen …«

»Giovanni Graziano?« Voller Verachtung verzog der Sabiner das Gesicht. »Lasst uns doch mit dem Idioten in Ruhe!«

Das war zu viel! Noch während Giampini sich abwandte, sprang Teofilo vom Thron, riss den Gürtel von seiner Kutte und stürzte sich auf den Kardinal.

»Raus! Raus aus meinem Tempel!«

Im selben Moment fuhr Giampini herum und packte ihn am Handgelenk. Teofilo schrie vor Schmerz laut auf, aber der Sabiner ließ nicht los. Sein mächtiger Brustkorb wogte, seine Faust ging in die Höhe, und für einen Wimpernschlag glaubte Teofilo, der alte Mann wolle ihn erschlagen. Doch bevor die Faust auf ihn niederfuhr, verengten sich Giampinos Augen, und statt ihn zu schlagen, wandte der Kardinal sich an den Kanzler.

»Bringt den Bengel raus, Eminenz. Damit wir endlich arbeiten können.«

»Bravo!«, rief Baldessarini und klatschte in die Hände. »Bravo, bravissimo!«

Giampini stieß Teofilo so heftig von sich, dass er stürzte. Am Boden liegend, rieb er sich das schmerzende Handgelenk. Er hatte auf die Hilfe des Heiligen Geists vertraut, doch der hatte ihn allein gelassen. Und während er da lag wie ein Hund, dem man einen Tritt gegeben hatte, brandete ein Applaus auf, der lauter in seinem Kopf dröhnte als der Jubel des Volkes am Tag seiner Thronbesteigung.

3

Giovanni Graziano flüsterte ein Ave Maria, um seine Seele gegen die Gefahren zu wappnen, die überall in den lärmenden Gassen und Straßen Roms auf ihn lauerten, während er in Richtung Vatikan eilte. Wohl wissend, dass jeder, der sich in die Welt hinausbegibt, sich unweigerlich in Sünde und Schuld verstrickt, hatte er seit der Geburt Teofilo di Tusculos seine Einsiedelei nicht mehr verlassen und auch nicht die Absicht gehabt, dies je wieder zu tun. Doch was ist der Mensch, dass er Pläne macht? Am Vortag hatte ihn ein Ruf ereilt, dem er sich nicht verschließen durfte: Contessa Ermilina, die Mutter seines Taufpaten und Schützlings, brauchte seine Hilfe, um ihren Sohn, Papst Benedikt IX., auf den rechten Weg zurück zu führen, bevor dieser und sein Amt ewigen Schaden erlitten und Teofilo womöglich der göttlichen Verdammnis anheim fiel.

Als Giovanni Graziano die von Menschen überquellende Tiberbrücke überquerte, um auf der anderen Seite des Flusses den vatikanischen Palästen entgegenzustreben, lobte er einmal mehr die Blödheit seiner Augen, die von den grellen Bildern der Wirklichkeit nur graue Schemen in sein Inneres ließen. Doch auch das wenige, das er sah, war schlimm genug, um sein Urteil über die Welt zu bestätigen. Die Verhältnisse in der Stadt waren noch ärger, als er sie in Erinnerung hatte. War Rom ihm in jener Zeit, da er in der falschen Geborgenheit seiner reichbegüterten Familie gelebt hatte, wie ein verwahrloster Tempel erschienen, in dem sich Sünde und Laster hatten ausbreiten können, weil der Hausherr in Schlaf gefallen war, so schien ihm das geschändete Heiligtum nun völlig verlassen und frechen Götzen preisgegeben, die himmlische Gerechtigkeit und irdische Nächstenliebe gleichermaßen verspotteten. Wie ungleich waren die Gaben des Herrn unter den Menschen verteilt – ein Frevel, der zum Himmel schrie! Während reiche Edelleute mit Schmuck und Pelzen protzten, um schamlos ihren Überfluss zur Schau zu stellen, flehten in Lumpen gehüllte Bettler um klägliche Almosen. Mütter mit weinenden Kindern auf den Armen, in Kleidern, die keine zwei Eier wert waren, verkauften ihre Haarspangen und Halsbänder, um ihre Not leidenden Bälger zu füttern. Einst stolze Handwerker und Kaufleute, die an Wertsachen kein Stück Brot mehr bei sich trugen, dienten sich katzbuckelnd als Lastenträger an, halbnackte Bürgertöchter boten ihre Körper um Pfennige zur Stillung fleischlicher Begierden feil, und ein halbwüchsiger Gerbergeselle fiel auf offener Straße über einen Greis her, um ihm mit braunen Händen einen angebissenen Apfel vom Mund weg zu rauben, ohne dass zwei Soldaten des Stadtregiments, die nur einen Steinwurf entfernt patrouillierten, sich zum Eingreifen genötigt sahen.

Giovanni Graziano vermehrte das Tempo seiner Schritte und seinen Eifer im Gebet. Dies alles, so war ihm durch Berichte frommer Pilger in der Einsamkeit seines Waldes zu Ohren gekommen, sei das Ergebnis von Benedikts Pontifikat. Seit Teofilo auf den Stuhl Petri gelangt war, litt das Volk nicht nur unter einem geheimnisvollen Viehsterben, dessen Entstehung niemand zu erklären vermochte, sondern mehr noch unter den immer höheren Abgaben, die im Namen des neuen Papstes erhoben wurden. Überall herrschte Hungersnot, Fleisch und Milch waren so unerschwinglich teuer, dass nicht mal schwangere Frauen in ihren Genuss kamen, und in manchen Kirchengemeinden hatte die Armut ein so übergroßes Ausmaß angenommen, dass die Priester keinen Messwein mehr hatten, um das heilige Sakrament der Wandlung zu feiern.

Bohrende Zweifel regten sich darum in Giovanni Grazianos Brust. Hatte er die Zeichen falsch gedeutet? War es ein Fehler gewesen, Teofilo di Tusculo die Tiara auf sein kindliches Haupt zu setzen?

4

»Hic est enim Calix Sanguinis mei, novi et aeterni testamenti: mysterium fidei: qui pro vobis et pro multis effundetur in remissionem peccatorum.« In gespannter Erwartung sprach Teofilo die Konsekrationsworte der Wandlung, die heiligsten und wirkungsmächtigsten Worte des katholischen Glaubens, und führte mit einer Zange die gläserne, mit rotem Wein gefüllte Phiole über die Flamme einer armdicken Osterkerze. »Das ist der Kelch meines Blutes, des Neuen und ewigen Bundes, Geheimnis des Glaubens, das für euch und für alle vergossen wird zur Vergebung der Sünden.«

Mit leisem Blubbern warf der Wein in dem Glaskolben Blasen. Vorsichtig bewegte Teofilo die Zange über dem Feuer hin und her, um die Zähigkeit der sich allmählich eindickenden

Flüssigkeit zu prüfen. Sollte das Experiment endlich gelingen? Nachdem er mit seinem Versuch, das Konsistorium zur Umkehr zu bewegen, so kläglich gescheitert war, hatte er in den Kellern des Lateranpalasts ein Laboratorium eingerichtet, in dem er bei Tag und Nacht daran arbeitete, das Geheimnis der Wandlung zu ergründen. Wenn der Heilige Geist ihn im Streit mit seinen Kardinälen im Stich gelassen hatte, war es vielleicht gar nicht Gottes Wille, dass er durch Ausübung irdischer Herrschaft sein Amt erfüllte. Vielleicht war es ja seine Bestimmung, sich den Mysterien des Glaubens zu widmen und Antwort auf jene Fragen zu finden, die er schon seinem Lehrer und Paten in den Tagen seiner Kindheit gestellt hatte? Wenn Gott jedem seiner Priester die Macht gab, das Wunder der Wandlung zu wirken, dann musste er seinem ersten und obersten Diener doch offenbaren, wie dieses Wunder geschah! Wozu hatte er sonst das Opfer seiner Liebe verlangt?

»Wenn Eure Heiligkeit dies bitte unterschreiben würden?«

Der Odem von faulen Zähnen und frisch zerkautem Pfefferminz wehte Teofilo an, als Petrus da Silva ihm eine Urkunde vorlegte. Ohne die Phiole aus den Augen zu lassen, nahm er einen Gänsekiel und setzte seinen Namenszug unter das Schreiben.

»Wollt Ihr nicht wissen, worum es geht?«, fragte der Kanzler. »Eine Armenspeisung. Um Schaden von unserer geliebten Kirche abzuwenden. Das Volk murrt, das Viehsterben und die Hungersnot ...«

»Wie oft soll ich Euch noch sagen, dass Ihr mich mit Fragen der Regierung in Ruhe lassen sollt?«, fiel Teofilo ihm ins Wort. »Wir haben andere Sorgen!«

»Meint Ihr Euer Experiment?«, erwiderte der Kanzler. »Oder meint Ihr Euren Gast?«

»Welchen Gast?«

Petrus da Silva zögerte, als habe er Angst, sich die Zunge zu verbrennen. »Ich habe gehört, Contessa Ermilina habe Euren Taufpaten in den Palast gerufen«, sagte er schließlich.

»Giovanni Graziano? Davon ist uns nichts bekannt.«

Teofilo wunderte sich, wie selbstverständlich ihm inzwischen der *Pluralis majestatis* über die Lippen kam, wenn er von seiner eigenen Person sprach. War das nur die Gewohnheit? Oder versteckte er sich hinter dem Schutz dieser Würde, weil er sich vor einem Wiedersehen mit seinem Paten fürchtete? Die Nachricht des Kanzlers rief gemischte Gefühle in ihm hervor. Einerseits sehnte er Giovanni Graziano herbei wie keinen zweiten Menschen. Wenn ihm jemand helfen konnte, in das Mysterium des Glaubens einzudringen, dann dieser heiligmäßige Mann. Doch andererseits – wie würde das Urteil seines Paten über ihn lauten?

»Wenn ich mir einen Rat erlauben darf«, sagte Petrus da Silva. »Ihr tätet gut daran, ihn nicht zu empfangen. Solche frommen Gottesmänner sind zwar ein Segen für den Glauben – aber ihre Kenntnisse in irdischen Dingen? Meistens stiften sie mehr Verwirrung als Ordnung. Und wie Ihr ja wisst, türmen sich die Probleme!«

»Gar nichts weiß ich«, erwiderte Teofilo, um sich sogleich zu korrigieren. »Gar nichts wissen *wir* – wollten wir sagen.«

Verärgert wandte er sich wieder seinem Experiment zu. Was sollte das scheinheilige Getue? Der Kanzler wusste doch, wie seine Antwort auf Hungersnot und Viehsterben lautete: Armut, Keuschheit und Gehorsam. Aber davon wollten Petrus da Silva und die Kardinäle ja nichts wissen und taten, was sie wollten, egal ob er als Papst irgendwelche Urkunden unterschrieb oder nicht. Sie hatten ihn ja nur zum Papst erhoben, weil er bei seiner Wahl noch ein Kind gewesen war – das hatte er zur Genüge begriffen.

»Hic est enim Calix Sanguinis mei.«

Abermals murmelte er die heiligen Worte, mit der ganzen Inbrunst seines Glaubens, und leerte die Phiole in eine Schale. Er brauchte ein Zeichen, um nicht verrückt zu werden! Ein Zeichen, dass Gott an seiner Seite war!

Ungeduldig wartete er, dass die Flüssigkeit abkühlte.

»Mysterium fidei: qui pro vobis et pro multis effundetur in remissionem peccatorum.«

Mit zitternder Hand tauchte er einen Finger in die Schale. Als er ihn in den Mund steckte, um den Geschmack zu prüfen, schaute Petrus da Silva ihn mit einem Anflug von Spott in seinen grauen Augen an.

»Darf ich Eurer Heiligkeit gratulieren?«

Statt einer Antwort warf Teofilo die Phiole gegen die Wand, wo sie in tausend Stücke zerbrach. Solange er zurückdenken konnte, hatte seine Mutter behauptet, er sei von Gott auserwählt, und auch sein Pate hatte ihn darin bestärkt. Warum blieb ihm dann das Wunder versagt? Er hatte Gott wieder und wieder um einen Beweis gebeten, doch Gott verharrte reglos im Dunkel seines Schweigens. Wütend blickte Teofilo auf den Wein, der in zähen, dunkelroten Schlieren an der Wand herunterrann, sich aber um nichts in der Welt in Blut verwandeln wollte. Was für ein elender Betrug! Noch nie hatte Teofilo sich so ohnmächtig gefühlt wie in diesem angeblich allmächtigen Amt. Er griff nach einer angebrochenen Flasche Wein. Hatte er dafür auf alles verzichtet, wonach er sich sehnte? Auf Chiara? Auf die Liebe? Auf das Leben mit einer Frau, nach der sein Herz sich verzehrte? Nur um in der Einsamkeit seines verfluchten Amtes diese Verzweiflung zu erleiden?

»Ewige Heiligkeit!«

Während er den Wein an die Lippen setzte, betrat ein Kaplan den Raum.

»Besuch für Ewige Heiligkeit.«

Teofilo stellte die Flasche ab. »Giovanni Graziano?«

Unwillkürlich machte er einen Schritt in Richtung Tür, doch Petrus da Silva hielt ihn zurück.

»Solltet Ihr diesen Mann nicht lieber fortschicken?«

Teofilo war einen Moment unsicher, ob er seinen Paten wirklich empfangen wollte. Aber dann siegte die Hoffnung über den Zweifel. Vielleicht konnte Giovanni Graziano ihm ja helfen, Antwort auf seine Fragen zu finden und die Not seines

Herzens zu lösen. Mit einem Ruck machte er sich von seinem Kanzler frei.

»Sagt ihm, wir lassen bitten!«

Widerwillig wies Petrus da Silva den Kaplan an, den Besuch hereinzuführen. Doch kein alter, weißhaariger Mann erschien in der Tür, sondern eine junge, wunderschöne Frau in prachtvollen Kleidern, die Teofilo noch nie gesehen hatte, zusammen mit Conte Bonifacio, dem neuen Verbündeten seines Vaters.

»Die Dame hat um eine Audienz gebeten«, erklärte Bonifacio.

Während die Fremde vor ihm niedersank, warf Teofilo seinem Kanzler einen fragenden Blick zu. Aber Petrus da Silva schien genauso ahnungslos wie er selbst.

»Ich glaube, wir sollten die zwei nicht stören«, sagte Bonifacio und führte den Kanzler hinaus.

Die Tür schnappte ins Schloss, und Teofilo blieb allein mit der Frau zurück.

»Was ... was ist Euer Begehren?«, stammelte er, halb sprachlos angesichts ihrer überwältigenden Schönheit.

Mit einem Lächeln, wie es nur Engeln oder Teufeln eigen ist, antwortete die Fremde: »Wenn Ewige Heiligkeit erlauben, möchte ich Ewiger Heiligkeit den Himmel zeigen ...«

5

»Ich liebe dich, mein Schatz, ich liebe dich ...«

Noch im Halbschlaf hörte Chiara die Worte ihres Mannes, ganz nah an ihrem Ohr, seinen keuchenden Atem, die Leidenschaft, mit der er sie begehrte. Blinzelnd schlug sie die Augen auf. Durch das Fenster drangen die ersten Strahlen der Morgensonne in ihre Schlafkammer. Obwohl sie noch nicht richtig wach war und Angst vor den Schmerzen hatte, die sie erwarteten, breitete Chiara die Arme für ihn aus, wie es ihre

Pflicht als gehorsame Ehefrau war. Als Domenico in sie eindrang, spürte sie, wie ihr Schoß ihn mit ungewollter Lust umfing, und ein Seufzer entrang sich ihrer Brust. Doch während ihr Leib sich nach etwas sehnte, was sie selber nicht benennen konnte, blieb ihr Herz reglos und kalt. Als würde jemand in ihrem Innern an einem unsichtbaren Tor anklopfen, hinter dem ein Glück verborgen lag, zu dem es keinen Schlüssel gab. Während ihr Leib sich mit ihrem Mann vereinte, fühlte sie sich ihm so fern und fremd, dass sie froh war, nicht in sein Gesicht sehen zu müssen. Den Blick zur Decke der Schlafkammer gerichtet, ertrug sie seine Liebkosungen wie die Last seines Körpers, in der Hoffnung, dass seine Begierde bald verebbte und seine Umarmung ihr nicht allzu große Schmerzen bereiten würde.

»Ich wollte, ich könnte dir sagen, wie glücklich du mich machst«, flüsterte Domenico, als er endlich zur Ruhe gelangte.

»Es freut mich, wenn Ihr mit Eurer Frau zufrieden seid«, entgegnete Chiara.

Um seinen Blicken auszuweichen, drehte sie den Kopf zur Seite. Nicht mal sein zärtliches Du vermochte sie zu erwidern, so wenig wie seinen Blick. Zum Glück begann bald die Fastenzeit. Dann war sie für vierzig Tage ihrer Pflicht enthoben.

»Warte, ich habe eine Überraschung für dich.«

Domenico sprang nackt aus dem Bett und öffnete den Deckel einer Truhe. Chiara verhüllte mit einer seidenen Decke ihren Körper.

»Eine Überraschung?«

»Allerdings!« Domenico nahm eine Pergamentrolle aus der Truhe. Als er sah, dass sie sich bedeckt hatte, streifte er ein Hemd über, bevor er wieder an ihr Bett trat. »Rückt Ihr ein wenig zur Seite?« Er setzte sich zu ihr und breitete die Rolle aus. »Der Bauplan für eine Lustvilla in Rom. Damit Ihr nicht auf dem Land versauern müsst.«

Chiara richtete sich auf den Ellbogen auf. Die Zeichnung zeigte ein herrschaftliches Stadthaus mit Erkern, Türmen und Balkonen, und an der Fassade zählte sie über zwei Dutzend großrahmiger Fenster. In dem Gebäude würde es so hell sein wie auf einer Lichtung.

»Nun, was sagt Ihr dazu?«

Gerührt durch seinen Liebesbeweis, erwiderte sie seinen Blick. Nichts wünschte er sich sehnlicher, als die Liebe zurückzubekommen, die er ihr in solchem Übermaß schenkte. Warum war sie nicht fähig, sie ihm zu geben? Nicht einmal jetzt, da er diese herrliche Villa für sie bauen wollte? Beschämt schlug sie die Augen nieder.

»Können wir uns ein solches Haus überhaupt leisten?«, fragte sie. »Das Viehsterben hat doch auch unsere Herde erfasst.«

»Macht Euch keine Sorge, wir werden schon nicht verhungern.«

»Wir nicht, aber die Bauern wissen kaum noch, wovon sie leben sollen. Annas Familie hat gestern die letzte Kuh verloren, und ihre Nichte Francesca ist schwanger und braucht dringend Milch und Fleisch.«

»Schwanger?«, fragte Domenico. »Hat sie wenigstens einen Mann?«

»Nein«, erwiderte Chiara, »ein Tagelöhner aus der Sabina hat ihr das Kind gemacht. Jetzt liegt sie im Fieber, und das bisschen Essen, das ihre Familie noch hat, werfen ihre Brüder in den See, um die Wassergeister anzulocken.« Sie machte eine Pause und blickte Domenico an. »Ist es richtig, in solchen Zeiten eine Lustvilla zu bauen?«

6

In stummer Wut meißelte Gregorio einen Mauerstein aus den in Jahrhunderten verfestigten Fugen, sodass der Schweiß ihm in Strömen vom Leibe rann. Sein Vater hatte ihn in die Ruine am Fuße des Burgbergs geschickt, damit er in den Überresten eines alten, halb verfallenen Amphitheaters, das ein Spinner namens Cicero dort mitten im Wald vor einer Ewigkeit erbaut hatte, mit seinen Knappen Steine für die Verteidigungsmauer brach, mit der die Tuskulanerburg befestigt werden sollte.

Fluchend wischte er sich den Staub von der Stirn. Wem hatte er die Plackerei mal wieder zu verdanken? Seinem Scheißbruder natürlich! Um bei der Papstwahl vor drei Jahren die nötigen Stimmen auf Teofilo zu vereinen, hatte Alberico das Vermögen der Familie vollständig verbraucht und sich darüber hinaus so sehr verschuldet, dass kein Geld für Handwerker und Arbeiter mehr da war und der erstgeborene Sohn des Grafen von Tuskulum jetzt im Steinbruch schuften musste wie ein gottverdammter Tagelöhner.

»Entschuldigung, Euer Gnaden. Conte Alberico will Euch sprechen.«

Gregorio ließ den Hammer sinken und drehte sich um. Vor ihm stand ein Page seines Vaters.

»Wo finde ich den Grafen?«

Der Page deutete auf die Rückseite der Burg, wo sich in luftiger Höhe der Erker mit der Latrine befand. Gregorio verdrehte die Augen. Ein durchreisender Wundarzt hatte seinem Vater weisgemacht, dass die Gicht, die ihm seit einiger Zeit höllische Schmerzen bereitete, von einer Vergiftung seiner Gedärme herrühre. Seitdem verbrachte Alberico jede freie Minute auf dem Abort, um die Ursache seines Leidens auszuscheiden.

»Ihr habt mich rufen lassen?«

Sein Vater empfing ihn mit heruntergelassenen Hosen auf seinem neuen Lieblingsplatz.

»Wir brauchen Geld«, stöhnte er und presste dabei mit solcher Macht, dass sein halbkahler Schädel dunkelrot anlief.

»Das ist ja nichts Neues«, erwiderte Gregorio. »Wenn Ihr damals *mich* gefragt hättet ...«

»Dich hat aber keiner gefragt!«

Sein Vater sah aus, als würde er jeden Moment platzen. Sein Gesicht blähte sich wie eine Schweinsblase, in die man Wasser pumpte. Doch plötzlich stieß er einen Seufzer aus, als würde er im Schoß einer Frau zur höchsten Glückseligkeit gelangen, und im nächsten Moment hörte Gregorio, wie das Resultat seiner Anstrengung an der Burgmauer hinunter in den Abgrund klatschte.

»Glotz nicht so dämlich! Ich habe eine Möglichkeit gefunden, Geld aufzutreiben.«

»Da bin ich aber gespannt!«

»Da bin ich aber gespannt!«, äffte sein Vater ihn nach. »Statt überheblich zu tun, solltest du vielleicht mal dein Spatzenhirn anstrengen, um mich zu unterstützen. Aber den Tag werde ich wohl nicht mehr erleben. Mein Gott, was soll nur werden, wenn ich mal tot bin.«

»Verzeiht, ich wollte nicht Euren Unmut ...«

»Halts Maul und hör zu!« Alberico nahm ein Büschel Baumwolle und lüftete das Gesäß. Während er sich den Hintern abwischte, erklärte er: »Morgen reitest du nach Rom und stattest der Münze einen Besuch ab.«

»Der Münze des Vatikans? Wozu?«

»Befiehl dem Münzmeister im Namen Seiner Heiligkeit des Papstes, er soll der Legierung für die Pfennige in Zukunft weniger Silber beimischen.« Wie immer, wenn Alberico nachdachte, kniff er sein linkes Auge zu. »Er soll den Anteil an Silber um ein Fünftel vermindern. Bei dem, was wir so sparen, kommen im Laufe der Zeit ein paar hübsche Barren zusammen.«

»Aber ... aber das ist Falschmünzerei!«, entfuhr es Gregorio.

»Ja und? Der Papst hat die Münzhoheit. Und der Papst ist mein Sohn.«

»Wer bei Falschmünzerei erwischt wird, dem wird der rechte Arm abgehackt!«

Gregorio war so aufgebracht, dass sein Magen wie Feuer brannte und die Säure ihm den Schlund hinauf bis in den Rachen stieg. Doch sein Vater blickte ihn nur voller Verachtung an.

»Was bist du doch für ein Hosenscheißer! Und so was will mal erster Konsul von Rom werden!«

Gregorio riss sich mit den Zähnen den halben Daumennagel ab. Immer war er der Idiot! Immer musste er ausbaden, was andere verbockten! Manchmal wusste er nicht, wen er mehr dafür hasste: seinen Bruder, wegen dem er zeit seines Lebens gedemütigt wurde, oder seinen Vater, der ihm nicht die Luft zum Atmen ließ.

»Hör auf, an deinen Nägeln zu knabbern wie ein Karnickel! Das ist würdelos!« Sein Vater erhob sich von dem Abort und warf die gebrauchte Baumwolle in das Sitzloch. »Du kannst dich entscheiden. Entweder, du parierst oder du verbringst den Rest deiner Tage im Steinbruch. Dein Bruder Pietro ist alt genug, um an deiner Stelle das Stadtregiment zu übernehmen, und Ottaviano würde einen prächtigen Konsul abgeben.«

Gregorio schlug die Augen nieder.

»Ich werde tun, wie Ihr mir aufgetragen habt.«

Alberico spuckte in die Hände und zog sich die Hose hoch. »Na also!«

Mit den Zähnen knirschend wandte Gregorio sich ab. Wieder einmal hatte er klein beigegeben, wie so oft in seinem Leben. Aber irgendwann würde das Rad sich drehen, zu seinen Gunsten.

Irgendwann ...

7

»Macht Euch keine Sorge«, sagte Domenico, »wir können uns die Villa leisten, und wenn unser ganzes Vieh eingeht. Wir sind reich! Papst Benedikt sei Dank!«

»Was hat Teofilo damit zu tun?« Chiara stutzte. Dann begriff sie. »Soll das heißen, Eure Familie hat Geld für seine Wahl bekommen?«

»Natürlich, wie alle anderen Familien auch!«, erklärte ihr Mann. »Schließlich haben die Tuskulaner zum dritten Mal einen der Ihren auf den Thron gesetzt.« Er beugte sich wieder über die Pläne, um ihr die Aufteilung des Hauses zu zeigen. »Mein Baumeister hat an alles gedacht. Auch an das Gesinde. Unsere Leute sollen es gut haben, und wenn Ihr wollt, könnt Ihr zusätzlich zu Eurer Zofe auch Francesca in Dienst nehmen.«

»Obwohl sie ein Kind bekommt?«

»Warum nicht? So ein großes Haus macht viel Arbeit, da können wir zwei Hände mehr gut gebrauchen. Außerdem, wenn wir vielleicht bald selber ...« Er verstummte und wurde rot. »Ich meine, dann wäre schon ein anderes Kind da, zum Spielen.«

Chiara wusste, was er meinte, aber sie brachte keinen Ton heraus. Was sollte sie darauf auch antworten?

Vorsichtig beäugte er sie von der Seite. »Ich kann Euch gar nicht sagen, wie sehr ich mir ein Kind von Euch wünsche – am liebsten einen ganzen Stall voll.«

Obwohl er immer noch verlegen war, tastete er nach ihren Brüsten. Unwillkürlich zog sie die Decke noch höher.

»Aber wir haben doch gerade erst ...«

»Keine Angst«, lachte er. »Ich wollte nur wissen, ob sie vielleicht schon wehtun. Weil, das ist das sicherste Zeichen, oder wenn Ihr Euch plötzlich vor irgendwelchen Gerüchen ekelt ...« Ein freches Grinsen ging über sein Gesicht. »Wisst Ihr, womit Ihr mir die größte Freude machen würdet? Wenn Ihr morgens aufwacht und Euch ohne Grund so übel ist, dass Ihr Euch übergeben müsst!«

Chiara spürte, dass ihr die Tränen kamen. Mit jedem Wort, mit jedem Blick bewies er ihr, wie verliebt er in sie war – und sie ... Es hieß, wenn eine Frau kein Kind bekam, sei das eine Strafe Gottes.

Damit er nicht sah, dass sie weinen musste, wandte sie ihm den Rücken zu und verließ das Bett.

»Wohin wollt Ihr?«

Ohne eine Antwort zu geben, verschwand sie in die angrenzende Kleiderkammer. Während sie den Lavendelduft einatmete, den die frisch gewaschene Wäsche verströmte, fiel ihr Blick auf die Kleidertruhe. Diese Truhe barg ihren wertvollsten Schatz. Obwohl sie wusste, dass es ihr jedes Mal das Herz zerriss, wenn sie der Versuchung erlag, öffnete sie den Deckel. Sie konnte nicht anders, sie musste es tun ... Unter einem Wäschestapel holte sie eine Schatulle hervor, zu der nur sie einen Schlüssel besaß. Leise schnappte das Schloss auf. Im Innern funkelte auf schwarzem Samt ein Ring mit einem roten Rubin. »Der ist für dich«, hatte Teofilo gesagt, als er ihn ihr geschenkt hatte. »Wir brauchen doch einen Ring – zur Verlobung.« Chiara steckte ihn sich an den Finger und küsste den Edelstein. Wie glücklich war sie damals gewesen. Und jetzt?

»Oh, ich wusste nicht, dass Ihr hier seid!«

Anna stand in der Tür, mit frisch gewaschenen Hemden über dem Arm. Als sie Chiara sah, wollte sie kehrtmachen.

»Bitte bleib.«

Chiara schaute erst auf ihre Zofe, dann auf ihre Hand. Tausend rote Funken sprühte der Rubin. Noch einmal küsste sie den Stein. Dann überwand sie sich und streifte den Ring vom Finger.

»Der ist für dich«, sagte sie und reichte ihn ihrer Zofe.

»Für mich?«, rief Anna. »Bei meiner Seele! Das kann ich nicht annehmen!!«

»Doch, ich möchte es so.« Mit einer Entschiedenheit, die keinen Widerspruch zuließ, drückte Chiara ihr den Ring in die Hand. »Dafür können deine Leute Vieh kaufen. Und Arznei für Francesca. Damit sie ein gesundes Kind zur Welt bringt.«

8

Ermilina eilte den Korridor des Lateranpalasts entlang. Wo steckte ihr Sohn? Sie hatte in den päpstlichen Privatgemächern nach Teofilo gesucht, um ihn auf den Besuch seines Taufpaten vorzubereiten. Giovanni Graziano hatte ihr versprochen, ihrem Sohn ins Gewissen zu reden. Seit der Schmach, die ihm die Kardinäle zugefügt hatten, war er wie verwandelt. Er kapselte sich vor ihr ab wie eine Auster, wich all ihren Fragen aus, zweifelte an seiner Bestimmung und manchmal sogar an der Wirklichkeit Gottes. Nun hatte ein Sekretär ihr gesagt, der Papst sei wie vom Erdboden verschwunden. Ermilina konnte sich schon denken, wo er steckte. Bestimmt hatte er sich wieder in sein Laboratorium verkrochen ... Widerwillig beschritt sie die Treppe, die in das Untergeschoss führte. Sie mochte die Experimente nicht, die Teofilo in den Katakomben seines Palasts betrieb. Der Papst sollte Gottes Wort *erfüllen*, nicht Gottes Wort auf die Probe stellen.

Ohne anzuklopfen, öffnete sie die Tür.

»Das Blut Christi?«, fragte eine Frauenstimme. »Und ich dachte schon, Ihr wolltet mit diesen Apparaten Gold herstellen.«

Ermilina machte unwillkürlich einen Schritt zurück. Durch den Türspalt sah sie eine widerlich herausgeputzte Frau, die ihrem Sohn schöne Augen machte. Was hatte das zu bedeuten? Das Weibsstück trug ihr pechschwarzes Haar offen und unbedeckt, sodass es sich bis auf die nackten Schultern lockte, und der Ausschnitt ihres Kleides erlaubte Blicke, die jedem frommen Christenmenschen die Schamesröte ins Gesicht treiben mussten.

»Das ist ja unglaublich, was so ein Papst alles kann!«, säuselte die Fremde. »Aber wenn Ihr Wein in Blut verwandelt – meint Ihr nicht, dass Ihr dann auch Eisen in Gold verwandeln könnt?«

Ermilina begriff: Das Weibsstück hatte ihr Mann herbeigeschafft! Der Junge brauche eine Frau, hatte Alberico erst gestern wieder gesagt – zu dicke Eier, das sei Teofilos ganzes Unglück ... Jetzt kraulte das Luder ihren Sohn am Kinn und leckte sich dabei so schamlos über die Lippen, dass es Ermilina fröstelte. Warum jagte Teofilo die Hure nicht davon? Stattdessen starrte er sie an, als hätte sie ihn verhext. In seinen Augen flackerte die Geilheit des Teufels, und sein Gesicht war eine lüstern grinsende Fratze.

Ermilina straffte das Dreieckstuch um ihre Schultern und räusperte sich. Doch in dem Moment, als sie das Laboratorium betreten wollte, um dem Spuk ein Ende zu machen, drang vom Treppenaufgang eine vertraute Stimme an ihr Ohr.

»Ich verlange Papst Benedikt zu sehen! Die Mutter Seiner Heiligkeit hat mich rufen lassen!«

Gott sei Dank, Giovanni Graziano war gekommen! Ermilina machte auf dem Absatz kehrt, um ihn zu empfangen. Aber sie hatte noch nicht die Treppe erreicht, da hörte sie, wie jemand ihn aufhielt.

»Ich bedaure, ehrwürdiger Vater. Offenbar hat man Euch falsche Nachricht gegeben. Der Papst ist nicht in der Stadt. Er weilt auf der Burg seiner Familie.«

Zwei Stufen auf einmal nehmend, eilte Ermilina zum Erdgeschoss hinauf. Doch als sie den Korridor betrat, war der Einsiedler bereits fort. Auf dem Gang stand nur ein kleiner Monsignore. Bei ihrem Anblick erschrak er.

»Warum habt Ihr so dreist gelogen?«, stellte Ermilina ihn zur Rede. »Wollt Ihr verhindern, dass der Heilige Vater mit seinem Taufpaten spricht?«

Bevor der Monsignore antworten konnte, trat ein Mann zu ihnen, dessen pockennarbiges Gesicht Ermilina schon oft auf der Tuskulanerburg, aber noch nie im Vatikan gesehen hatte: Bonifacio di Canossa, der Markgraf von Tuscien.

»Eine Anweisung Eures Gemahls«, erklärte er mit einer Verbeugung. »Conte Alberico meint, Giovanni Graziano möge lieber in seiner Klause für die Erlösung der Seelen beten als sich in unsere Dinge einzumischen.«

9

Der ganze Raum war erfüllt vom süßen Duft der Sünde.

Teofilo verbot seinen Augen, die Fremde anzuschauen, doch seine Augen verweigerten ihm den Gehorsam. Ganz von allein wanderten sie immer wieder zu den Versuchungen zurück, von denen er sich verzweifelt loszureißen suchte, weil er doch ewige Keuschheit geschworen hatte: Diese schwarzen Blicke, die ihm ein unbekanntes, verbotenes Paradies verhießen ... Diese vollen, blutroten Lippen, in deren dunkelfeuchtem Spalt er die Spitze einer Zunge ahnte ... Diese weißen, quellenden Brüste, die sich ihm darboten wie zwei pralle, überreife Früchte, nach denen er nur zu greifen brauchte, um sich an ihnen zu laben ...

»Seid Ihr schon mal im Himmel gewesen?«, flüsterte sie.

Teofilo schluckte und schüttelte stumm den Kopf.

»Aber Ihr seid doch der Papst. Ihr müsst doch wissen, wie es im Himmel ist ...«

Sie nahm seine Hand, führte sie an ihr Gesicht, und während sie ihren Blick unverwandt auf ihn gerichtet hielt, benetzte sie mit der Zunge ihre Lippen, steckte sich seinen Zeigefinger in den Mund und begann daran zu saugen. Die Geste war von solcher Schamlosigkeit, dass Teofilo ein Schauer über den Rücken lief. Warum hatte Gott ein solches Weib zu ihm gelassen? Um ihn und seine Keuschheit zu prüfen? Er spürte, wie gegen seinen Willen die Sehnsucht seines Leibes schwoll und wuchs, diese unheimliche Macht, die ihn manchmal des Nachts auf so lustvolle Weise übermannte, dieses beseligende Gefühl vollkommenen Ausgeliefertseins. Er konnte nicht länger widerstehen, hatte nur noch den einen Wunsch, dass diese fremde Frau sich seiner bemächtigte. Und während sie weiter an seinem Finger leckte und saugte, nahm er ihre Hand und führte sie zum Zentrum seines Sehnens ...

»Was haben wir denn da?« Ohne die Augen von ihm zu

lassen, tastete sie sich voran. »Ist das vielleicht der Schlüssel zum Paradies? Dann wollen wir mal sehen, ob er passt.«

Mit einem Lächeln, zu dem kein Engel fähig war, schürzte sie ihre Röcke. Eine weiße, nackte Wade blitzte auf, dann ein weißer, nackter Schenkel – Fleisch, das nach seinem Fleisch gierte ... Teofilo wusste nicht mehr, was er tat, er folgte nur noch dem Lächeln dieser Frau, die sich jetzt mit geschickten Fingern an seiner Dalmatika zu schaffen machte.

Auf einmal pulsierte seine bloße Lust in ihrer Hand.

»Der kann es ja kaum noch erwarten.«

Wie eine Verschwörerin zwinkerte sie ihm zu. Mit einem Seufzer schloss Teofilo die Augen, um nur noch seine Lust in ihrer Hand zu spüren.

War das der Himmel?

Da sah er plötzlich einen Schmetterling – aufgeregt flatternd tanzte er vor Chiaras Gesicht ...

Entsetzt riss er die Augen auf. Vor ihm stand eine fremde Frau, die sich an seinem Körper zu schaffen machte wie eine Hure. Mit beiden Händen stieß er sie von sich.

»Was ist denn plötzlich mit Euch?«, fragte sie, als er ihr entglitt. »Habt Ihr Angst, der liebe Gott schaut uns zu?«

Er sah die Schminke auf ihren Wangen, das Rot ihrer Lippen, das so falsch war wie die Wollust in ihren Augen. Er schlug die Hände vors Gesicht und wandte sich ab.

»Bitte ... bitte, lasst mich allein ...«

10

Die Abtei von Grottaferrata, ein Kloster von ausreichender Größe, um einigen Hundert Mönchen und Nonnen Behausung zu geben, erhob sich auf einem Hügel, von dem aus man über die Albaner Berge bis nach Rom blicken konnte. Fromme Ordensmänner aus Kalabrien hatten erst vor wenigen Jahren die Gottesburg im Schweiße ihres Angesichts errichtet, auf einem Gelände inmitten der Wälder, das die Grafen von Tuskulum ihnen zu diesem Zweck als Schenkung überlassen hatten.

War Chiara darum hierhergekommen? Um auf diese Weise dem Mann, den sie liebte und dem ihr Herz gehörte, nahe zu sein?

Als sie den Kreuzgang betrat, tauchte sie die Hände in das Becken eines Wandbrunnens, um sich von der Reise zu erfrischen. Dabei las sie die Worte, die über dem Brunnen geschrieben standen: *Mögest du nicht nur deine Hände, sondern auch deine Seele von allem Schmutz befreien.* Hatte der unbekannte Mönch, der diese Worte einst ersonnen hatte, geahnt, welche Seelenpein Menschen an diesen Ort trieb? Chiara trocknete sich die Hände und trat in die Kapelle, wo sie vor dem Bildnis des Heiligen Nilus niederkniete, dem verstorbenen Gründer der Abtei. Ja, sie wollte ihre Seele reinigen, von allem Verbotenen, das sie befleckte.

»Allmächtiger Gott, Heiliger Geist, Jesus Christus, der du für uns am Kreuz gestorben bist, gib mir die Kraft, meinem guten Mann eine gute Frau zu sein ...«

Das leise Knarren einer Tür unterbrach ihr Gebet. Im rötlichen Schein des Ewigen Lichts erkannte Chiara einen Mönch, einen untersetzten, rundlichen Mann mittleren Alters mit kreisrund geschorener Tonsur: Pater Bartolomeo – der Abt des Klosters. Mit kleinen, federnden Schritten trat er aus der Sakristei und schlug vor dem Altar ein flüchtiges Kreuzzeichen. Noch während er die Hände in den Ärmeln seiner Kutte wieder verschwinden ließ, wandte er dem Allerheiligsten den Rücken zu, um sich Chiara mit schräg geneigtem Kopf zu nähern.

»Was bedrückt Euch, meine Tochter?«, fragte er sie, als könne er in ihre Seele schauen. »Ihr braucht Euch nicht vor mir zu schämen«, fügte er mit einem milden Lächeln in dem wohl genährten, glatt rasierten Gesicht hinzu. »Wenn Gott mich in diesem Augenblick zu Euch schickt, da Ihr ihm Euer Leid anvertraut, wird er sich schon etwas dabei gedacht haben.«

Dabei blickte er sie mit seinen hellen, wasserblauen Augen so freundlich an, dass Chiara gar nichts anderes übrig blieb, als sich ihm zu offenbaren.

»Ich ... ich liebe einen Mann«, brachte sie hervor, »mehr als ich darf ...«

»Ich fürchte, das ist kaum möglich«, entgegnete Bartolomeo weiterhin lächelnd. »*Deus caritas est* – Gott ist die Liebe. Solange Ihr liebt, wird Gott an Euch sein Wohlgefallen haben.«

»Aber der Mann, den ich liebe – ist nicht mein Mann.«

Das Lächeln verschwand von den Lippen des Abtes, und seine Miene wurde ernst. »Die wahre Liebe ist stets gut und gottgefällig, weil sie Ausfluss der Gottesliebe ist. Was uns verwirrt, ist nicht der Begriff, sondern das Wort. Nicht alles, was wir Liebe nennen, ist die Liebe, die Gott meint.« Er spitzte die Lippen, als würde er gerade eine Speise probieren, über die er noch kein Urteil fällen konnte. »Habt Ihr mit dem Mann, von dem Ihr sprecht, die Ehe gebrochen?«

Chiara schüttelte den Kopf. »Nein, ehrwürdiger Vater. Wenn Ihr die fleischliche Umarmung meint, so bin ich meinem Mann stets treu gewesen. Aber«, sagte sie nach einer Pause, »bricht eine Frau nicht auch dann die Ehe, wenn ihre Gedanken einem anderen Mann gehören als demjenigen, dem sie vor Gott anvertraut wurde und dem beizuwohnen ihre Pflicht ist?«

»Das ist eine schwierige Frage«, entgegnete Bartolomeo. »Wie Ihr wisst, können wir nicht nur mit unseren Taten sündigen, sondern auch in unseren Worten und Gedanken. Aber sagt mir – wer ist dieser Mann, der Eure Gedanken beherrscht? Ist er wie Ihr verheiratet?«

Abermals schüttelte Chiara den Kopf. »Nein, er ... er ist an keine Frau gebunden. Weil – dieser Mann ... er darf keine Frau lieben.«

Abt Bartolomeo begriff. »Dann ist er also ein Diener Gottes?«

»Ja, ehrwürdiger Vater«, sagte sie leise.

»Kenne ich ihn?«

»Jeder Römer kennt ihn.«

»Wollt Ihr ihn mir nennen?«

Chiara zögerte. Auch wenn Abt Bartolomeo noch so sanftmütig ihren bangen Blick erwiderte – wenn sie ihm die Wahrheit sagte, musste er sie verdammen. Kein Ehebruch konnte schlimmer sein als ihrer, den sie in Gedanken schon so oft begangen hatte. Doch durfte sie darum schweigen? Alles in ihrem Herzen drängte danach, ihre Nöte einem anderen Menschen anzuvertrauen.

»Sein Name ist Teofilo«, flüsterte sie. »Teofilo di Tusculo.«

»Verstehe ich Euch recht?«, erwiderte Bartolomeo so laut, dass die ganze Kirche davon widerhallte. »Ihr sprecht von Benedikt IX., Seiner Heiligkeit dem Papst?«

Statt einer Antwort senkte Chiara den Kopf. Der Abt holte tief Luft, und eine lange Weile hörte sie nur seinen Atem.

»Dann weiß ich nur einen Rat«, sagte er schließlich. »Ihr müsst Euch Gottes Führung anvertrauen und ihn darum bitten, dass er Euch gnädig leitet.«

Chiara hob den Blick. »Aber wenn Beten nicht hilft?«

»Habt Ihr so wenig Vertrauen in Gott?«, fragte er mit strenger Miene.

»Nein, ehrwürdiger Vater. Aber ich habe Angst vor mir selbst. Weil ich weiß, wie schwach und wankelmütig ich bin.«

Bartolomeo fand zu seinem Lächeln zurück »Wenn Ihr dies begriffen habt, meine Tochter, seid Ihr trotz Eurer Jugend bereits auf dem rechten Weg. Und sollte die Versuchung Euch überkommen«, fügte er hinzu, »ein Mittel hilft immer – gleichgültig, wie groß Eure Not auch sein mag.«

»Sagt Ihr mir, wie dieses Mittel heißt?«

»Arbeit«, erklärte er.

»Arbeit?«, wiederholte sie verwundert. »Aber ... ich bin eine Edelfrau, und es ziemt sich doch nicht, wenn eine Edelfrau ...«

»Was sich ziemt, sagt Euch am besten Euer Gewissen«, unterbrach er sie sanft. »Arbeit hilft jedem Menschen, mit seinem Schicksal fertigzuwerden. Sie versöhnt uns nicht nur mit uns selbst, sie versöhnt uns auch mit Gott. Was soll daran schlecht sein?«

Chiara atmete auf. Sie hatte nur wenige Worte mit dem Abt getauscht, und doch fühlte sie sich nach dem kurzen Gespräch so frei und froh wie schon lange nicht mehr. Bartolomeo hatte in ihr Herz geschaut und sie trotzdem nicht verdammt. Hatte sie einen Freund in der Not gefunden?

»Ich danke Euch, ehrwürdiger Vater«, flüsterte sie und erhob sich.

»Der Herr sei mit dir«, sagte er.

»Und mit deinem Geiste.«

Sie wollte seine Hand ergreifen, um sich von ihm zu verabschieden – da schrak sie zusammen.

Aus dem Schatten einer Säule trat eine Gestalt hervor. Wie ein unheimlicher Schemen erkannte sie im Gegenlicht das Gesicht.

Domenico.

11

Auf dem Heimweg wünschte Chiara sich, ihr Mann hätte ihr keinen eigenen Karren geschenkt, um ihr das unbequeme Reisen zu Pferde zu ersparen. Sie wäre lieber geritten, wie andere Frauen es auch taten. Dann wäre sie jetzt nicht gezwungen, an seiner Seite zu sitzen und bei jedem Blick zusammenzuzucken. Wenn Domenico gehört hatte, was sie Abt Bartolomeo anvertraut hatte – nicht auszudenken! Seit sie verheiratet waren, wurde er von einer Eifersucht geplagt, die stärker war als er. Zwar hatte er noch nie einen Verdacht geäußert, geschweige denn ihr Vorwürfe gemacht, doch immer, wenn sie in die Nähe anderer Männer kam, und sei es in der Kirche bei der Messe, spürte sie, wie er sie mit ängstlichen Blicken verfolgte. Dabei bekam sie jedes Mal ein schlechtes Gewissen. Sie wusste ja, was ihn quälte: Sie hatte unter ihrem Kopfkissen eines Morgens einen vertrockneten, in Myrtenblätter gewickelten Apfel gefunden, und auf ihre Frage nach seiner Herkunft hatte Anna ihr erklärt, dass dies ein Liebesapfel sei, ein Zauber, mit dem vergeblich liebende Männer manchmal versuchten, das Herz ihrer Angebeteten zu gewinnen.

»Wart Ihr schon lange in der Kapelle?«, fragte Chiara.

»Keine Sorge, ich habe Euer Gespräch nicht belauscht«, erwiderte Domenico. »Was denkt Ihr von mir? Eure Zofe hatte mir gesagt, dass Ihr nach Grottaferrata fahren wolltet.«

»Und da habt Ihr Euch gleich auf den Weg gemacht?«

»Was ist daran verwunderlich?« Er nahm ihr Kinn in die Hand, sodass sie ihn anschauen musste. »Habt Ihr eigentlich eine Ahnung, wie sehr ich Euch liebe?«, fragte er mit einer Stimme, aus der unendliche Trauer sprach. »Ich habe mich so sehr nach Euch gesehnt, dass ich es einfach nicht aushielt. Weil ich nur glücklich sein kann, wenn ich bei Euch bin.«

Chiara biss sich auf die Lippe. Sie sah, wie sehr er litt, und wünschte sich, sie könnte ihm helfen. Doch sagte er auch die Wahrheit? Wie um seine Worte zu bekräftigen, nahm er ihre Hand und drückte sie mit solcher Innigkeit, dass sie sich für ihre eigenen Gedanken schämte. Nein, sie hatte kein Recht, an seinen Worten zu zweifeln – in den Jahren ihrer Ehe hatte Domenico sie kein einziges Mal belogen.

Trotzdem war sie erleichtert, als sich vor ihr die Türme der Crescentierburg aus den Wäldern erhoben. Bald war es dunkel, und sie würden Trictrac spielen.

Sie passierten gerade einen Weiler, in dem ein paar Tagelöhner und unfreie Bauern hausten, als Domenico auf einmal ihre Hand losließ, um sich zu bekreuzigen.

»Ich glaube, da ist jemand gestorben«, sagte er und wies mit dem Kinn auf eine ärmliche Kate am Waldrand, in der soeben ein Priester mit zwei Messdienern verschwand.

Chiara kannte das Haus – darin wohnten Annas Leute!

»Anhalten!«, rief sie.

Noch bevor die Pferde stillstanden, sprang sie aus dem

Karren und eilte in das Haus. In dem düsteren Raum, wo es nach kaltem Rauch roch und in dem man kaum etwas erkennen konnte, war ein Dutzend Menschen versammelt, die leise Gebete flüsterten. Irgendwo klingelte ein Glöckchen.

Plötzlich schrak Chiara zusammen.

Auf einem Strohlager sah sie in der Dunkelheit den leblosen Körper einer Frau: Francesca, die Nichte ihrer Zofe, mit der sie als Kind die Geister im See beschworen hatte. Das Gesicht ihrer einstigen Freundin war unendlich alt und so bleich wie das Hemd, das schweißnass an ihrem aufgewölbten Leib klebte. Ihr zur Seite am Boden kniete Anna. Als ihre Zofe sie sah, schüttelte sie stumm den Kopf.

Don Abbondio, der Dorfpfarrer, hob den Weihwassersprengel. »Der Herr sei deiner Seele gnädig!«, sagte er und segnete Francesca. Dann trat er beiseite, um einer Hebamme Platz zu machen. Mit einem Messer in der Hand beugte sie sich über das Lager.

»Was um Himmels willen hat sie vor?«

»Sie schneidet ihr das Kind aus dem Leib«, sagte Anna leise. »Damit Don Abbondio es taufen kann. Sonst kommt es in die Hölle.«

»Aber was ist, wenn Francesca noch lebt? Wollt ihr sie umbringen? Seht doch – sie atmet!«

Ganz deutlich konnte Chiara erkennen, wie der aufgewölbte Bauch sich hob und senkte.

»Hört sofort damit auf!«

Sie stürzte sich auf die Hebamme, um ihr das Messer aus der Hand zu reißen. Doch Francescas Brüder hielten sie zurück.

»Anna!«, rief Chiara. »Was hockst du da und schaust?«

Ihre Zofe rührte sich nicht. »Francesca muss sowieso sterben«, sagte sie. »Die Seele des Kindes ist wichtiger. Gott hat so entschieden.«

»Bist du wahnsinnig?«

Während Anna ihr den Rücken zukehrte, packten die zwei Männer sie und zerrten sie zur Tür.

»Bitte, geht jetzt«, sagte der Ältere. »Das ist nichts für Euch.«

»Lasst mich los! Ihr sollt mich loslassen!«

Chiara schlug um sich und trat mit den Beinen, doch Francescas Brüder waren viel zu stark. Während die zwei sie hinausschleiften, stimmte Don Abbondio das Vaterunser an, und alle fielen in das Gebet ein.

Als Chiara ins Freie stolperte, gellte in ihrem Rücken ein Schrei, den sie niemals vergessen würde.

12

Gnadenlos pochte der Schmerz in Petrus da Silvas Schädel: ein eiternder Zahn, dessen Wüten ihn in der Nacht aus tiefem Schlaf gerissen hatte, um ihn nun von Stunde zu Stunde mehr zu zermürben. Am liebsten hätte er sich mit Branntwein betäubt und in einem verdunkelten Zimmer darauf gewartet, dass der Schmerz ihn aus seiner pochenden Umklammerung ließ. Doch das verbot ihm die Pflicht. Er hatte die erstgeborenen Söhne zweier mächtiger Familien in den Vatikan gerufen, den Crescentier Domenico sowie den Tuskulaner Gregorio, um zusammen mit ihnen Maßnahmen zu erörtern, die zur Wiederherstellung der Ordnung und des Gleichgewichts der Kräfte im Kirchenstaat erforderlich waren. Was bedeutete im Vergleich dazu ein eiternder Zahn?

»Die Lage in der Stadt gibt Anlass zu großer Sorge«, erklärte er. »Greise und Kinder verhungern, Bürger werden ausgeraubt, Frauen vergewaltigt, am helllichten Tag und auf offener Straße. Sogar in die Kirchen wird eingebrochen, um heiliges Gerät zu stehlen.«

»Im Volk geht das Gerücht, der Papst sei ein Zauberer«, sagte Domenico. »Es heißt, Benedikt experimentiere mit Messwein, um auf künstliche Weise das Blut Christi herzustellen. Manche behaupten sogar, dass er damit Gottes Zorn auf die Stadt herabzieht. Zum Beweis führen sie das Viehsterben an. Es habe im selben Monat begonnen, in dem Teofilo di Tusculo den Thron bestieg.«

»Wer sagt so etwas?«, wollte Petrus wissen.

»Ugolino, der Sabiner«, erwiderte Domenico. »Er hat in der Laterna Rossa, einem Hurenhaus in Santa Maria della Rotanda, Gerüchte aufgeschnappt, die er in der ganzen Stadt herumerzählt. Angeblich prahlt eine Hure damit, dass Conte Alberico sie in den Vatikan geschleust habe, um den Papst zu beglücken. Jetzt schwört sie bei allen Heiligen, dass Benedikt im Keller seines Palasts Teufelszeug treibt. Das will sie mit eigenen Augen gesehen haben.«

»Mein Bruder war schon immer verrückt«, lachte Gregorio. »Da spendiert man ihm eine Hure – und was tut er? Anstatt sie zu ficken, zelebriert er mit ihr die heilige Wandlung.« Er kniff das linke Auge zu, genauso wie sein Vater, wenn er nachdachte. »Wenn man mich fragt«, sagte er dann, »ich wüsste ein viel interessanteres Experiment. Wie verwandelt man eine Jungfrau in eine ehrwürdige Mutter?« Er war von seinem eigenen Witz so begeistert, dass er laut losprustete.

»Ich weiß nicht, was es da zu lachen gibt«, erwiderte Petrus. »Solche Dinge können einen Volksaufstand hervorrufen.«

»Allerdings«, pflichtete Domenico ihm bei. »Die Sabiner warten nur auf einen Anlass, um loszuschlagen. Und was dann die anderen Familien tun, ist mehr als ungewiss.«

Petrus hielt sich einen Zinnbecher an die pochende Wange. Doch die Berührung vermehrte nur seinen Schmerz. Er schloss kurz die Augen und holte tief Luft.

»Ihr solltet versuchen, auf Euren Bruder einzuwirken«, wandte er sich dann an Gregorio. »Seine Heiligkeit ist fast noch ein Kind, er braucht Eure Hilfe.«

»Das hättet Ihr Euch früher überlegen sollen!«, protestierte Gregorio. »Es war ein Fehler, Teofilo an meiner Stelle auf den Thron zu setzen. Aber Ihr wart ja alle wie verhext. Nur weil dieser Trottel von Einsiedler …« Statt den Satz zu

Ende zu sprechen, knabberte er an seinem Daumennagel. »Einen Teufel werde ich tun, ihm jetzt aus der Patsche zu helfen. Teofilo ist der Papst, nicht ich! Ich bin es leid, immer wieder meinen Kopf für Dinge hinzuhalten, die dieser kleine Wichtigtuer verbockt.«

»Ihr sprecht von Seiner Heiligkeit, dem Papst!«

»Ich spreche von meinem gottverdammten Bruder! – Verflucht noch mal, wollt Ihr uns eigentlich verdursten lassen?« Gregorio hob seinen leeren Becher in die Höhe.

Petrus gab den Dienern ein Zeichen. Während einer von ihnen herbeieilte, um Wein einzuschenken, ergriff Domenico wieder das Wort.

»Sorgt wenigstens dafür, dass die Falschmünzerei aufhört. Je weniger das Geld wert ist, desto teurer werden Fleisch und Milch.«

»Falschmünzerei?«, fragte Gregorio. »Ich weiß gar nicht, wovon Ihr sprecht!«

Die plötzliche Angst in seinem Gesicht sprach seinen Worten Hohn. Der Schreck war ihm so in die Glieder gefahren, dass er ganz bleich wurde. Obwohl er mit beiden Händen den Becher beim Trinken umfasste, konnte er ein Zittern nicht verbergen.

»Ich bin derselben Meinung«, erklärte Petrus da Silva. »Immer wieder haben Päpste in der Vergangenheit die Münzhoheit missbraucht, um sich zu bereichern. Das mag in guten Zeiten angehen, doch jetzt? Haltet Euch zurück! Wir dürfen dem Volk keinen Vorwand geben. Der Verdacht der Zauberei in Verbindung mit einer Hungersnot …«

»Ja, ja!«, fiel Gregorio ihm ins Wort. »Jetzt könnt Ihr alle schlau reden. Aber Ihr musstet ja unbedingt Teofilo zum Papst wählen! Ihr habt Euch die Suppe selber eingebrockt – ja, auch du«, fuhr er Domenico an, als der etwas einwenden wollte. »Wenn du nicht Chiara di Sasso geheiratet hättest …«

»Was hat meine Frau mit dem Papst zu tun?«

»Ach, leckt mich doch alle am Arsch!«

Gregorio stürzte den Wein hinunter und knallte den Becher auf den Tisch. Die Erschütterung löste eine neue Schmerzwelle in Petrus da Silvas Schädel aus. Für einen Moment wurde ihm schwarz vor Augen, und er war unfähig zu sprechen. Zum Glück sprang Domenico für ihn ein. Obwohl auch er jetzt sichtlich erregt war, beherrschte er sich. Statt Gregorio ein weiteres Mal zu reizen, schenkte er ihm nach.

»Ich denke, wir sollten zu einem Entschluss gelangen«, sagte er. »In unserem gemeinsamen Interesse.« Dabei schaute er erst Gregorio, dann den Kanzler an.

Petrus wartete, bis der Schmerz ein wenig nachließ. »Ich schlage zwei Maßnahmen vor«, sagte er schließlich. »Erstens, das Stadtregiment patrouilliert ab sofort bei Tag und bei Nacht – in sämtlichen Straßen und Gassen, in allen Vierteln und auch in den Vororten. Wir müssen die Autorität wiederherstellen. Dabei werden die Männer angewiesen, rücksichtslos von ihren Waffen Gebrauch zu machen, wann immer dies nötig ist. Das wird Eure Aufgabe sein, edler Herr Gregorio. Seid Ihr dazu bereit?«

Der Tuskulaner grinste. »Es wird mir ein Vergnügen sein.«

Petrus da Silva registrierte die Zustimmung mit Erleichterung. »Zweitens«, fuhr er fort, »wollen wir die Gemüter mit einer päpstlichen Fürbittmesse beruhigen. Der kommende Aposteltag scheint mir dazu bestens geeignet. Wollt Ihr, edler Herr Domenico, dafür Sorge tragen, dass alle Adelsfamilien an der Feier teilnehmen? Damit wir gemeinsam für das römische Volk beten können?«

Der Crescentier nickte.

»Sehr schön.« Petrus da Silva hob die Hand zum Segen. »Gehet hin in Frieden.«

Seite an Seite knieten Gregorio und Domenico vor ihm nieder.

»Dank sei Gott dem Herrn.«

13

Teofilo streifte sich die Alba über, ein bis zu den Füßen reichendes Unterkleid aus weißer Seide, das ein Kaplan für ihn bereitgelegt hatte, zusammen mit den anderen Gewändern seines Ornats. Welches Teil kam als Nächstes? Erst die rote Dalmatika und dann die weiße Tunicella? Oder umgekehrt?

Ratlos blickte er auf all die Umhänge und Tücher und Gürtel, die vor ihm ausgebreitet waren. Würde er sich ihre Reihenfolge und Namen je merken? Petrus da Silva hatte eine Audienz anberaumt – Pilger aus irgendeinem fernen Land, dessen Sprache Teofilo nicht sprach, aus Frankreich oder England, hatten um den Segen des Heiligen Vaters gebeten. Obwohl inzwischen vier Jahre seit seiner Erhebung vergangen waren, konnte er immer noch nicht glauben, dass Menschen Hunderte von Meilen pilgerten, quer durch Europa und über die Alpen, nur um ihn zu sehen.

Vom Glockenturm der Basilika schlug es zur vollen Stunde. Teofilo entschied sich für die rote Dalmatika. Als er den Umhang ergriff, wehte ihn ein Duft an, der ihn gleichermaßen abstieß und betörte. In den Falten des schweren, kostbaren Stoffes hing noch der Duft der Sünde – in diesem Gewand hatte er die Frau empfangen, die sein Vater ihm geschickt hatte. Er schloss die Augen und versenkte sein Gesicht in dem Stoff. Tief sog er den süßlichen Duft ein. Die Fremde hatte ihm den Himmel zeigen wollen – warum war er ihr nicht gefolgt? Nur aus Angst vor der Sünde? Bei der Erinnerung spürte er wieder dieses schmerzlich schöne Sehnen in seinen Lenden, dieses wollüstige Bedürfnis, sich ganz und gar auszuliefern, ein Bedürfnis, das umso größer und stärker wurde, je mehr er sich dagegen wehrte ...

»Ewige Heiligkeit?«

Als hätte ihn jemand bei etwas Verbotenem erwischt, ließ Teofilo die Dalmatika fahren. Vor ihm stand sein Taufpate Giovanni Graziano.

»Ehrwürdiger Vater? Ich ... ich hatte gar nicht gewusst, dass Ihr ...«

»Pssst.« Der Einsiedler legte einen Finger auf die welken Lippen. »Eure Mutter hat mir Einlass verschafft, hinter dem Rücken derer, die Euch von mir fernzuhalten trachten.«

Er umarmte ihn, um ihn mit dem Bruderkuss zu begrüßen.

»Du weißt, warum ich gekommen bin?«, fragte er dann in strengem Ton.

Teofilo nickte.

»Du musst endlich Besitz von deinem Amt ergreifen! Dich zu Gottes Werkzeug machen, um dem Bösen Einhalt zu gebieten!«

Beschämt senkte Teofilo den Blick. Er wusste, er hatte seinen Paten enttäuscht. Nichts, rein gar nichts hatte er bewirkt, seit er den Thron bestiegen hatte.

»Ich habe keine Macht, um mich gegen die Kardinäle und Prälaten und Bischöfe zu wehren«, sagte er. »Sie machen, was sie wollen. Vor allem Petrus da Silva, der Kanzler. Niemand wagt, ihm zu widersprechen. Und dann sind da noch mein Vater und seine Verbündeten ... Und unsere Feinde ... Ich kann sie kaum auseinanderhalten. Jeder will etwas anderes von mir. Dabei bin ich doch nur ...«

Giovanni Graziano schüttelte sein schlohweißes Haupt.

»Nein, mein Sohn«, sagte er, »du irrst, wenn du glaubst, du hättest keine Macht. Das Gegenteil ist wahr! Du wirst getragen von der Allmacht Gottes. Weil du sein Stellvertreter bist.«

Teofilo hörte die Worte, doch sie klangen in seinen Ohren so hohl und leer wie eine Handvoll tauber Nüsse.

»Manchmal glaube ich«, sagte er leise, »Gott hat ganz vergessen, dass es mich überhaupt gibt. Immer wieder bete ich zu ihm und flehe ihn an, mir ein Zeichen zu schicken. Aber er gibt mir keine Antwort und lässt mich allein.« Er zögerte, bevor er weitersprach. »Warum darf ich nicht leben wie andere Männer in meinem Alter? Mit einer Frau und Kindern? Warum durfte ich nicht ...«

Er brachte es nicht über sich, den Namen auszusprechen. Immer noch hing der Duft der anderen im Raum.

»Chiara di Sasso heiraten?«, ergänzte Graziano den Satz an seiner Stelle.

Teofilo schwieg.

Sein Taufpate nickte. »Du denkst immer noch an sie, nicht wahr?«

»Ja«, flüsterte Teofilo. »Bei Tag und bei Nacht. Wenn ich einschlafe, sehe ich ihr Gesicht vor mir, und wenn ich aufwache auch. Aber sobald ich die Augen öffne, ist sie fort, und ich …«

Seine Stimme erstickte.

»Ich weiß, wie sehr du leidest«, sagte Giovanni Graziano. »Ich selber habe Ähnliches in meiner Jugend erfahren, bevor Gott mir den Weg gewiesen hat. Auch in meinem Leben gab es damals eine Frau, und ich dachte, ich könnte nicht ohne sie leben. Aber glaub mir, mein Sohn, du hast keinen Grund, kleinmütig zu sein. Wen Gott prüft, den liebt er.«

»Ich brauche ein Zeichen, ehrwürdiger Vater! Damit ich wenigstens weiß, dass mein Verzicht nicht umsonst ist!«

»Nichts, was Gott uns auferlegt, ist umsonst.« Giovanni Graziano legte seine knochige Hand auf Teofilos Schulter. »Gott lässt keines seiner Kinder in der Wüste verdursten. Er wird dir ein Zeichen senden. So wie er mir ein Zeichen gesandt hat.«

Unsicher hob Teofilo den Blick. »Wann, ehrwürdiger Vater? Wann?«

»Vielleicht schon bald, mein Sohn«, erwiderte sein Pate. »Es heißt, dass du am Aposteltag eine Fürbittmesse lesen wirst, zur Rettung des hungernden Volkes. Zwar werde ich nicht zugegen sein. Aber in meiner Klause werde ich zu den Aposteln Petrus und Paulus darum beten, dass sie sich an ihrem Segenstag für dich bei unserem Herrn verwenden.«

14

Mit dünnem Klang schlug die Glocke der Dorfkirche an.

»Wollt Ihr das Kind noch im Tod von seiner Mutter trennen?«, fragte Chiara.

»Das Kind ist nicht getauft«, erwiderte Don Abbondio. »Es darf nicht in geweihter Erde ruhen.«

»Habt Ihr denn gar kein Herz?«

»Ich gehorche den Gesetzen Gottes. Und die verbieten mir, ein ungetauftes Kind in seinem Acker zu begraben.«

Die kleine Trauergemeinde war schon in der Kirche versammelt, als Chiara noch auf dem Vorplatz mit dem Pfarrer um die Beisetzung des Kindes stritt. Es wäre ein Junge gewesen. Bei dem Versuch der Hebamme, Francescas Bauch mit einem Messer zu öffnen, war nicht nur die Mutter verblutet, sondern auch ihre Leibesfrucht. Anna hatte unter Tränen von dem Gemetzel berichtet, das im Haus ihrer Leute stattgefunden hatte, um die Seele des ungeborenen Kindes zu retten. Weil es aber tot zur Welt gekommen war, hatte Don Abbondio es nicht mehr taufen und von der Erbsünde befreien können. Darum weigerte er sich jetzt, den Leichnam in der Kirche an der Seite seiner Mutter aufzubahren. Chiara hatte das kleine, leblose Bündel mit Gewalt dem Küster entrissen, der schon auf dem Weg gewesen war, es irgendwo im Wald zu verscharren, ohne Segen und Kreuz.

»Das ist für Euch«, sagte sie und gab dem Pfarrer eine Münze. Jeder in der Gemeinde wusste, dass Don Abbondio eine Menge Mäuler zu stopfen hatte. Seine Magd hatte fünf Kinder von ihm.

Unschlüssig schielte er auf das Geld in seiner Hand. »Verlangt Ihr, dass ich dafür meine Augen vor der Sünde verschließe?«

»Ich gehe voraus und sorge dafür, dass Eure Augen keinen Schaden nehmen.«

Mit Francescas totem Sohn auf dem Arm, betrat Chiara die

Kirche. Die Trauernden hielten in ihren Gebeten inne und drehten verstört die Köpfe herum. Ohne sich um die Blicke zu kümmern, beugte Chiara sich über das Totenbrett und bettete den Leichnam des Kindes an die Seite seiner Mutter. Als sie die zwei Leiber mit dem Grabtuch bedeckte, damit Don Abbondio keinen Anstoß nahm, war es, als würde ein Lächeln über Francescas bleiches, wächsernes Gesicht huschen.

»Danke«, flüsterte Anna. »Das werde ich Euch nie vergessen.«

Chiara erwiderte den Druck ihrer Hand. Ein Messdiener klingelte, und aus der Sakristei trat der Pfarrer hervor, um mit der Begräbnisfeier zu beginnen. Während er an die Auferstehung der Toten erinnerte sowie an die fortdauernde Gemeinschaft der lebenden und verstorbenen Christgläubigen, flatterte eine Schwarzdrossel in den Altarraum. Sie kreiste einmal über dem Totenbrett, dann hockte sie sich auf den Altar und putzte sich mit ihrem gelben Schnabel das Gefieder, bis die Totengräber kamen und die Gemeinde die Kirche verließ. Die Drossel begleitete den Zug hinaus auf den Friedhof, und erst als das Grabtuch mit den zwei Leichnamen in die Gruft hinabgelassen wurde, setzte sie sich auf einen Zweig.

»Der ewige und barmherzige Gott wolle dich durch seine Engel geleiten in das Reich, da seine Auserwählten ihn ewiglich preisen.«

Als der Pfarrer den Segen sprach, begann die Drossel zu singen. Chiara musste weinen. Doch weshalb? Weil sie beim Gesang des Vogels an Francesca und ihr Kind dachte, deren Seelen jetzt in den Himmel aufstiegen? Oder weil sie immer noch eine Liebe in ihrem Herzen spürte, die zu ersticken Gott ihr befohlen hatte?

Plötzlich schämte sie sich für die Gefühle, die sie am Grab einer Mutter und eines Kindes empfand, das dermaleinst mit ihrem eigenen Kind hatte spielen sollen. Mit beiden Armen verscheuchte sie die Drossel. Während der Vogel im Himmel verschwand, trat sie an das Grab, griff in die frische Erde, die dort aufgehäuft war, und warf eine Handvoll in die Gruft.

»Dein Wille geschehe«, flüsterte Chiara, »wie im Himmel so auf Erden.«

Während sie den Erdwurf zweimal wiederholte, betete sie zu Gott, dass er ihr ein Kind schenken möge. Als Zeichen, dass sie zu ihrem Mann gehörte und ihre Zweifel ein Ende hatten.

15

Ganz Rom strömte am Aposteltag des Jahres 1037 zum Hochamt in den Petersdom, um an der Fürbittmesse teilzunehmen, mit der Papst Benedikt nach langer, langer Zeit des Elends und der Not das Schicksal der Stadt wenden würde. Das jedenfalls hatten die Priester von den Kanzeln der Kirchen verkündet, auf Anweisung Petrus da Silvas. In freudig gespannter Erwartung fieberten nun die Römer der Messe wie ihrer Erlösung entgegen. Nur einige Kleingläubige meinten auf dem Weg zum Gotteshaus Anzeichen drohenden Unheils zu erkennen: schlaflose Nachtvögel, die sich wundersamerweise mit dunklen Schwingen in den blauen Himmel erhoben, aufgeregt wiehernde Pferde, die vor unsichtbaren Hindernissen scheuten, oder herrenlose Hunde, die wie bei einem aufziehenden Gewitter die Bäume anjaulten, als drohe von irgendwoher eine Gefahr, die nur ihnen spürbar war, den Menschen aber verborgen.

Woher rührte die Unruhe der vernunftlosen Viecher? War die Ursache etwa der Mond, der bei helllichtem Tage seine Bahn von Westen nach Osten zog? Oder war es die Erregung unter den Menschen, die sich auf die Tiere übertrug?

In riesigen Trauben drängten die Gläubigen sich auf dem Vorplatz der Basilika, vor deren Portal Soldaten des Stadtregiments unter Aufsicht ihres Kommandanten Gregorio di Tusculo alle männlichen Besucher des Hochamtes aufforderten, ihre Schwerter und Dolche abzugeben. Die meisten Edelmänner kamen dem Befehl zur Entwaffnung nur unter Protest nach. Ihr Unmut freilich war der Beweis, wie dringend erforderlich die Maßnahme war, um die Sicherheit in dem Gotteshaus während der Messfeier zu gewährleisten und den Papst vor Angriffen zu schützen.

Die Tiara auf dem Kopf, ganz in Weiß, der Farbe des Lichts, gewandet, thronte Teofilo auf der Cathedra. Selten hatte er sich so unwohl gefühlt wie in dieser Stunde, für die ihm sein Taufpate ein Zeichen Gottes verheißen hatte. Seine Samtstrümpfe, die mit Bändern an den Waden befestigt waren, rutschten immer tiefer auf die mit Edelsteinen und Perlen verzierten Lederhalbschuhe herab und juckten dabei so fürchterlich, dass er fast verrückt wurde, doch er durfte sich nicht bücken, um sich zu kratzen. Während er unruhig an der Manipel zupfte, einem schmalen Ziertuch, das ihn an die Mühe und den Schweiß des Priesteramtes gemahnte, spürte er wie Nadelstiche all die Blicke, die in der übervollen Basilika auf ihn gerichtet waren. Blicke von Kardinälen, Bischöfen und Priestern ... Von Herzögen und Grafen, von Rittern und Knappen ... Vor allem aber Blicke von hungernden, abgemagerten Männern und Frauen, Kindern und Greisen, die ihre ganze Zuversicht und Hoffnung in einen einzigen Menschen setzten – in ihn, Papst Benedikt IX., Pontifex maximus und Stellvertreter Gottes auf Erden.

»*Kyrie eleison!*«

»*Christe eleision!*«

Als Teofolio sich von seinem Thron erhob, um die Fürbitten anzustimmen, überfiel ihn eine Angst, die größer war als alle Zuversicht und Hoffnung. Wie sollte er erfüllen, was von ihm erwartet wurde? Wie all das Unheil beenden, das von der Stadt Besitz ergriffen hatte und ihre Bewohner bedrohte? Die Hungersnot und das Viehsterben, das Rauben und Plündern, das Morden und Vergewaltigen? Wenn wenigstens sein Taufpate da gewesen wäre! Aber Giovanni Graziano war wieder in seine Einsiedelei zurückgekehrt, und auch Chiara suchte Teofilo in der dunklen Basilika vergebens. Er sah nur ihren

Mann Domenico, der zwischen den Patriziern der Messe beiwohnte, Seite an Seite mit dem Grafen von Tuskulum und dessen Söhnen.

Einsam und verloren, strengte Teofilo seinen ganzen Willen an, um den Bittgesang ohne Zittern in der Stimme hinter sich zu bringen.

»Herr, erbarme dich unser!«

Aus tausend Kehlen fiel das Volk in die Fürbitte ein: ein Chor der Verzweiflung und des Leidens, in der Hoffnung auf ein Wunder.

»Christus, erbarme dich unser!«

Teofilo trat an den Altar, um die heilige Wandlung zu feiern. In seiner Ohnmacht sandte er ein Stoßgebet zum Himmel. Nur wenn es ihm gelang, das Brot in den Leib Christi, den Wein in das Blut Jesu zu verwandeln, würde Gott ganz und gar gegenwärtig sein, und das Erlösungswerk, das all die Menschen sich von ihrem Papst erhofften, konnte geschehen.

Während die Schar der Gläubigen niederkniete, griff er mit beiden Händen nach dem Brot und hob es in die Höhe.

»*Hoc est enim corpus meum*. Dies ist mein Leib, der für euch hingegeben wird.«

Als er den Kelch nahm, um auch den Wein zu wandeln, in des gekreuzigten Heilands heiliges Blut, schloss Teofilo die Augen.

Würde Gott ihm hier und jetzt das Zeichen geben, das sein Pate ihm verheißen hatte?

16

Gottes Gegenwart erfüllte die Basilika, als Teofilo den Kelch in die Höhe hob. Während Messdiener zur Wandlung ihre Schellen klingeln ließen, faltete Ermilina die Hände, beseelt von der Weihe des Augenblicks.

»*Hic est enim Calix Sanguinis mei, novi et aeterni testa-*

menti: mysterium fidei: qui pro vobis et pro multis effundetur in remissionem peccatorum«, sprach Teofilo. »Das ist der Kelch meines Blutes, des Neuen und ewigen Bundes, Geheimnis des Glaubens, das für euch und für alle vergossen wird zur Vergebung der Sünden.«

Während er den Kelch mit beiden Händen den Gläubigen entgegenstreckte, um ihnen das Blut Christi zu zeigen, strebten seine Worte wie die Flamme einer Kerze zum Himmel hinauf.

Da gellte ein Schrei durch das Gotteshaus.

»Nieder mit dem Papst! Nieder mit dem Zauberer!«

Vor Schreck ließ Benedikt den Kelch fallen. Während der blutrote Wein sich über den Boden ergoss, brach aus der Schar der Patrizier ein Dutzend Männer hervor, angeführt von Ugolino, dem Sabiner, und stürmte in den Altarraum.

»Nieder mit dem Papst! Nieder mit dem Zauberer!«

Voller Entsetzen sah Ermilina, wie die Männer sich auf ihren Sohn stürzten. Mit Gürteln und Stricken fielen sie über ihn her, von allen Seiten, immer mehr: Sabiner und Stephanier, Oktavianer und Crescentier – sogar Bonifacio, der Markgraf von Tuscien, war in der Horde.

»Nieder mit dem Papst! Nieder mit dem Zauberer!«

Ermilina hielt es nicht an ihrem Platz. Auch ihr Mann war aufgesprungen, genauso wie Gregorio, zu dritt versuchten sie, durch das Gewühl zu dringen, um Teofilo zu helfen. Doch es war unmöglich, ihn auch nur zu berühren. Die ganze Kirche war in Aufruhr, rund um den Altar tobte der Kampf, mit bloßen Fäusten schlugen die Männer aufeinander ein. Ermilina konnte weder Freund noch Feind unterscheiden, so wenig wie Täter und Opfer.

Wo um Himmels willen war ihr Sohn?

Für einen Moment sah sie sein Gesicht, verzerrt von Todesangst, inmitten wütender Angreifer, die mit hundert Armen versuchten, Stricke und Gürtel um seinen Hals zu schlingen.

Plötzlich blitzte ein Messer zwischen den Leibern auf, dann ein Schrei, wie von einem Tier auf der Schlachtbank.

Ermilina stockte das Blut in den Adern.

»Herr, erbarme dich!«

Noch während sie die Worte hervorstieß, geschah etwas, das kein Auge je gesehen hatte. Wie bei einem Gewitter verdunkelte sich das Innere des Gotteshauses, und im nächsten Moment war die Basilika in ein unheimliches, safrangelbes Licht getaucht.

Die Männer, die eben noch übereinander hergefallen waren, verharrten in der Bewegung. Während sie die Arme sinken ließen, verebbte der Lärm, und in der Totenstille starrten alle, ob Freund oder Feind, zur Quelle dieses seltsam gelben Lichts, mit bleichen Gesichtern, gebannt von dem Wunder, das durch das Fenster sichtbar wurde.

Als wäre der Tag des jüngsten Gerichts angebrochen, war die Sonne vom Himmel verschwunden. Stattdessen stand eine schwarze, runde Scheibe am Firmament, umstrahlt von einem Kranz überhellen, gleißenden Lichts, in dem das Auge zu erblinden drohte.

DRITTES KAPITEL: 1037

OHNMACHT

1

Auch in den Bergen südlich von Rom hatte man die merkwürdige Himmelsverfinsterung beobachtet, als sich plötzlich am helllichten Tag der Mond wie eine schwarze Scheibe vor die Sonne geschoben hatte. Doch niemand hatte das Zeichen zu deuten gewusst.

Hatte es überhaupt etwas zu bedeuten?

Jetzt flutete das Licht wieder auf die Erde herab, als wäre nichts geschehen. Die Pferde und Kühe, die am Morgen von einer merkwürdigen Unruhe befallen waren, grasten zufrieden wie immer auf den Weiden, die Hunde jagten die Katzen auf die Bäume, wie sie es überall auf der Welt taten, und die Nachtvögel waren in den Wäldern verschwunden.

Nur das harmlose Zwitschern der Singvögel erfüllte die Luft dieses Frühsommertags, als Chiara zur Mittagszeit mit Annas Hilfe im Hof der Crescentierburg Essen an die Armen ausgab. Nach Francescas Tod hatte sie Domenico um Erlaubnis gebeten, Armenspeisungen abzuhalten. Seitdem kamen jeden Sonntag Hunderte von Menschen aus den umliegenden Kirchen nach der Messfeier auf die Burg, um sich um einen mannshohen Kessel zu scharen, den Chiara eigens zu diesem Zweck hatte schmieden lassen. Wenigstens in ihrer Grundherrschaft sollte niemand mehr an Hunger sterben.

»Möchtest du ein oder zwei Kellen?«, fragte sie einen barfüßigen Jungen, der nur ein zerrissenes Hemd am Leib trug und kaum bis zur halben Höhe des Kessels reichte.

»Bitte zwei«, flüsterte er und streckte ihr mit beiden Händen seinen Holzteller entgegen.

»Kommt gar nicht in Frage!«, erwiderte Chiara mit gespielter Strenge. »Du bekommst nämlich drei!«

Sie tauchte den Schöpflöffel tief in die Suppe, um möglichst viel Fleisch und Gemüse herauszufischen, und füllte seinen Teller.

»Ist das wirklich alles für mich?« Der Junge konnte sein Glück kaum fassen. Mit ungläubigen Augen schaute er sie an, als wäre sie eine Fee.

»Nur für dich«, bestätigte sie. »Und vergiss nicht, Brot für die Woche mitzunehmen.«

Über das ganze Gesicht strahlend, stopfte er sich einen Laib unter sein Hemd, und als hätte er Angst, dass ihm jemand etwas wegessen könnte, verschwand er mit der Suppe und dem Brot in den hintersten Winkel des Hofes. Während Chiara die nächsten Teller füllte, beobachtete sie aus der Ferne, wie er gierig seine Suppe löffelte und dabei immer wieder mit dankbar leuchtenden Augen zu ihr herüberschaute. Selten hatte sie sich so nützlich gefühlt – fast war sie glücklich.

»Bist du vielleicht in Hoffnung?«, fragte Anna.

»Wie kommst du denn darauf?«

»Na, so wie du dich um die Kinder kümmerst. Das gibt's oft bei schwangeren Frauen.«

»Dann weißt du mehr als ich.«

Chiara schüttelte mit einem verlegenen Lachen den Kopf. Sollte sie Anna sagen, dass ihre Regel seit Wochen überfällig war? Wenn es stimmte, was sie von anderen Frauen wusste, müsste sie eigentlich schwanger sein. Aber sie traute sich nicht, sich zu freuen – ihr war weder übel, noch schmerzten ihre Brüste. Außerdem war es nicht das erste Mal, dass ihre Tage ausblieben und sie glaubte, Gott habe ihr Gebet erhört und sie ein Kind von ihrem Mann empfangen. Doch jedes Mal hatte wieder irgendwann das Monatsblut ihr Unterkleid befleckt und die Enttäuschung war umso schlimmer gewesen, je größer ihre Hoffnung gewesen war. Nein, sie wollte erst darüber reden und sich freuen, wenn sie wirklich sicher war.

»Hast du vielleicht selber ein Geheimnis, das du mir verraten willst?«, fragte sie, als sie Annas schiefes Grinsen sah. »Dann heraus damit!«

»Was für ein Geheimnis?« Anna versuchte, ein möglichst gleichgültiges Gesicht zu ziehen. Aber sie wurde nur noch röter, und das Grinsen, das um ihre Lippen zuckte, reichte plötzlich von einem Ohrläppchen zum anderen. »Ich habe einen Mann kennen gelernt«, sagte sie. »Er arbeitet in der Münze des Vatikans.«

»Ein Römer?«

»Der Bruder einer Schwägerin. Er war auf Francescas Beerdigung. Du müsstest ihn eigentlich gesehen haben.«

Chiara erinnerte sich dunkel an einen kräftigen Mann mit eckigem Gesicht und Stoppelbart.

»Und«, fragte sie, »bist du in ihn verliebt?«

Bevor Anna antworten konnte, kam ein Reiter in den Hof galoppiert. Er trieb sein Pferd so rücksichtslos in die Menge, dass die Leute links und rechts zur Seite springen mussten, um nicht unter die Hufe zu kommen.

»Ein Attentat im Petersdom! Ein Attentat auf den Papst!«

Chiara ließ die Schöpfkelle sinken und starrte den Reiter an, genauso wie Anna und die Leute in der Schlange, die auf ihre Suppe warteten. Auf einmal begann sie so sehr zu zittern, dass sie die Kelle aus der Hand legen musste.

»Hat … der Papst überlebt?«, fragte sie.

»Das konnte in Rom niemand sagen«, erwiderte der Reiter. »Es heißt nur, es hat einen Toten gegeben.«

2

Ja, es hatte einen Toten im Petersdom gegeben. Soldaten der päpstlichen Armee hatten die Leiche nach Trastevere gebracht, ins Stadthaus der Tuskulaner, das Alberico vor den Toren Roms, jenseits des Tibers, errichtet hatte, um seine Familie vor Angriffen feindlicher Banden zu schützen, wenn sie die Sicherheit ihrer Burg in den Bergen verließen und sich in die Stadt wagten. In der Eingangshalle des Hauses lag nun die Leiche aufgebahrt. Doch der Tote, an dessen Bahre Ermilina saß, war nicht Teofilo, ihr päpstlicher Sohn, sondern ihr vor Jahren angetrauter Ehemann – Alberico selbst.

»Wer hat das getan?«, fragte sie Gregorio, der mit ihr die Totenwache hielt.

Statt ihr zu antworten, nagte ihr Erstgeborener an den Fingernägeln und blickte mit leeren Augen auf die Leiche seines Vaters.

»Aber du *musst* doch gesehen haben, wie es passiert ist!«

»Warum zum Teufel *muss* ich das?«, brauste er auf. »Ihr wart doch auch dabei! Genauso wie ich!«

»Ich konnte nichts sehen. Es waren so viele Menschen um euch herum! Aber du – du warst bei ihm, als es geschah! Direkt an seiner Seite!«

»Ach was! Einen Scheißdreck war ich!«

»Warum kannst du dich nicht erinnern? Ich habe ganz genau gesehen, wie du und dein Vater ...«

»Was habt Ihr gesehen?« Gregorio sprang auf, sein Gesicht war eine angstverzerrte Fratze. »Ihr habt eben doch gesagt, Ihr hättet gar nichts gesehen. Wie könnt Ihr jetzt plötzlich behaupten, Ihr hättet ...«

Ohne den Satz zu vollenden, fing er an, in der Halle auf und ab zu marschieren und betete dabei mit leiser Stimme ein Vaterunser. Seit dem Aufstand in der Basilika war ein halber Tag vergangen, und seitdem hatte Ermilina immer wieder ihren Sohn gefragt, wie es zu dem Mord an ihrem Mann gekommen war. Doch Gregorio war unfähig, den Hergang der Dinge zu schildern. Er war so durcheinander, als hätte der Anschlag ihm selber gegolten. Mit fahrigen Bewegungen und flackernden Blicken stammelte er nur unsinniges Zeug.

»Das war ein Zeichen ...«, sagte er plötzlich. »Ein Zeichen Gottes ...«

»Was war ein Zeichen?«, wollte Ermilina wissen. »Wovon redest du?«

»Die Sonnenfinsternis! Gott wollte mich warnen ... Aber zu spät ... Zu spät! Zu spät! Zu spät!«

Er schlug die Hände vors Gesicht und fing wieder an zu beten. Ermilina zog ihren Schal um die Schulter und blickte auf die Leiche ihres Mannes. Bleich und wächsern starrte Alberico gegen die Decke, als könne er noch im Tod durch die dünnen, blaurot geäderten Lider sehen. Das Blut war aus seinem früher so roten Gesicht gewichen, und die Wangen seines großen, quadratischen Schädels waren eingefallen. Wo war seine Kraft geblieben? Wo sein Wille? Wo seine Befehlsgewalt? Alles, was ihn im Leben ausgemacht hatte, war in einem einzigen Augenblick erloschen. Mit einem Seufzer strich Ermilina ihm über die kahle Stirn und ordnete die Locken seines Haarkranzes. Hatte er seinen Frieden mit Gott gefunden? Bei dem Gedanken an sein Seelenheil zog sich ihr Herz zusammen. Alberico hatte zwar jeden Sonntag die Messe besucht und auch die Fasten eingehalten. Aber würde das reichen, um dem Fegefeuer zu entrinnen? Um ihn mit Gott zu versöhnen, hatte sie ihm die großen, schweren Hände, die einst manches Genick gebrochen hatten, vor der Brust gefaltet, über dem Blutfleck auf seiner Tunika.

Sie wollte gerade für ihn beten, da ging die Tür auf, und herein trat Petrus da Silva.

»Entschuldigt, dass ich so spät komme«, sagte er, nachdem er vor dem Toten niedergekniet war. »Aber ich war bis jetzt in der Basilika.«

»Habt Ihr den Mörder meines Mannes gefunden?«, fragte Ermilina.

Petrus schüttelte den Kopf. »Noch nicht, Herrin. Aber ich habe alles in die Wege geleitet, um die Wahrheit herauszufinden. Eure Söhne Ottaviano und Pietro befragen sämtliche Zeugen.« Er wandte sich an Gregorio, der mit dem Rücken zu ihnen am Fenster stand. »Es wäre von Vorteil, wenn auch Ihr Euch an der Untersuchung beteiligen würdet, Euer Gnaden. Als Kommandant des Stadtregiments …«

»Seid Ihr verrückt geworden?« Gregorio fuhr herum. »Ich habe damit nichts zu tun!« Er wandte sich vom Fenster ab und eilte zur Tür.

»Wohin willst du?«, rief Ermilina.

»Weg! Ich halte das nicht aus!«

Ohne eine Erklärung stürmte er aus dem Haus. Die Tür knallte zu, dann war Ermilina mit dem Kanzler allein.

»Und Teofilo?«, fragte sie. »Habt Ihr wenigstens meinen Sohn gefunden?«

Abermals schüttelte Petrus da Silva den Kopf. »Tut mir leid, Herrin. Seine Heiligkeit ist spurlos verschwunden. Aber macht Euch keine Sorgen«, fügte er rasch hinzu. »Ich bin sicher, Seiner Heiligkeit ist nichts geschehen.«

Ermilina spürte, wie die Angst ihr die Kehle zuschnürte, und Tränen erstickten ihre Stimme.

»Wo um Himmels willen kann er nur sein?«

3

In gestrecktem Galopp jagte Teofilo durch den Wald. Der Wind trieb ihm Tränen in die Augen und nahm ihm die Sicht, während ihm immer wieder Zweige ins Gesicht peitschten. Doch er war taub für den Schmerz und ritt weiter, immer weiter, die Via Appia entlang in Richtung Süden. Den Kopf an den Hals seines Pferdes geduckt, hatte er nur einen Gedanken: Fort! So weit wie möglich fort von Rom!

Meile um Meile galoppierte er die stetig steigende Straße

hinauf, immer tiefer hinein in die Berge, vorbei an Dutzenden von Dörfern und Weilern. Erst als Ariccia hinter ihm lag, ein Marktflecken hoch über dem Tal, parierte er durch. Der Wallach pumpte in den Flanken, in weißen Flocken stob ihm der Schaum vom Maul, und glänzender Schweiß bedeckte sein Fell, als wäre er aus dem Wasser gezogen. Während das Pferd nervös auf der Stelle tänzelte, fasste Teofilo sich an die Kehle. Noch immer spürte er die Stricke und Gürtel, mit denen man versucht hatte, ihn zu erdrosseln.

Erschöpft schloss er die Augen. Sofort war alles wieder da. Das Getümmel in der Kirche … Die hasserfüllten Gesichter … Die wütenden Rufe und Schreie: *Nieder mit dem Papst! Nieder mit dem Zauberer!* … Und dann sein Vater, der plötzlich vor ihm zu Boden gesunken war … Nur die Sonnenfinsternis hatte Teofilo gerettet. Beim Anblick des Unheil bringenden Zeichens war seinen Widersachern der Schreck so in die Glieder gefahren, dass sie für einen Moment wie gelähmt gewesen waren und er hatte fliehen können.

Teofilo klopfte den Hals seines Pferdes. Er hatte es einem halbwüchsigen Knappen entrissen, der mit dem Tier seines Herrn vor der Basilika auf das Ende der Messe gewartet hatte.

Mit dem Absatz trieb Teofilo den Wallach an einen Bach und ließ ihm die Zügel lang, damit er saufen konnte. Erst jetzt, da er ein wenig zur Ruhe kam, spürte er die schmerzenden Striemen im Gesicht, und seine Waden, die statt von ledernen Reitstiefeln nur von verrutschenden Samtstrümpfen gegen das Riemenzeug geschützt waren, brannten wie Feuer. Er beugte sich im Sattel herab und betastete seine Schenkel. Die Haut war an mehreren Stellen bis aufs blanke Fleisch durchgescheuert.

Er biss die Zähne zusammen und richtete sich wieder in den Steigbügeln auf. Als er im Bach sein Gesicht sah, erschrak er. Seine Stirn, die Wangen – alles war verschmiert von seinem Blut.

Im selben Moment kehrte die Angst zurück. Wo sollte er sich verstecken? Durch das Laub der Bäume spähte er ins Tal, um zu schauen, ob er verfolgt wurde. Gegen die tief stehende Abendsonne beschattete er mit der Hand die Augen. Doch außer einem Bauern, der auf einem Esel die Straße herauf gezockelt kam, konnte er niemanden entdecken.

Sollte er es wagen, nach Hause zu reiten? In der Ferne sah Teofilo die Tuskulanerburg. Wie eine Festung erhob sie sich über dem Wald. Aber sein Vater war tot, und vielleicht hatten sie Gregorio auch erwischt … Nein, er konnte es nicht riskieren – die Gefahr war zu groß. Womöglich hatten sich seine Feinde schon in der Burg verschanzt und warteten nur darauf, dass er ihnen in die Falle ging. Um auch ihn zu erledigen.

Ein kühler Abendwind strich über das Land. Teofilo fröstelte. In einer Stunde würde es dunkel sein, und er konnte nicht mehr weiterreiten. Wo sollte er die Nacht verbringen? Nur ein Ort fiel ihm ein, wo er sich sicher fühlen konnte.

Er nahm die Zügel wieder auf und wendete sein Pferd.

4

»Benedikt ist nichts passiert!«, beteuerte Domenico. »Ich habe mit eigenen Augen gesehen, wie er geflohen ist. Er ist auf ein Pferd gesprungen und davongaloppiert.«

»Was für ein Pferd? Woher hatte Teofilo ein Pferd?«

»Wie soll ich das wissen? Auf jeden Fall habt Ihr keinen Grund, Euch Sorgen zu machen.«

Chiara hörte seine Worte – doch konnte sie ihm glauben? Seit seiner Rückkehr aus Rom versuchte ihr Mann, sie zu beruhigen, und schwor alle Eide, dass Teofilo den Angreifern entkommen sei, unverletzt. Aber was immer Domenico sagte, ein Verdacht blieb: ein schlimmer, fürchterlicher Verdacht, der sich wie Wundbrand in ihre Seele gefressen hatte.

»Wart Ihr an dem Attentat beteiligt?«

»Nein«, sagte Domenico. »Ich habe damit nichts zu tun –

mein Ehrenwort! Wie könnt Ihr nur auf so einen Gedanken kommen!« Er nahm ihre Hand und zog sie zu sich. »Warum glaubt Ihr mir nicht? Habe ich Euch je belogen?«

Sie spürte den Druck seiner Hand. Nein, er hatte sie noch nie belogen, ihr immer die Wahrheit gesagt. Aber hätte sie je gedacht, dass er mit einem vertrockneten Apfel versuchen würde, ihr Herz zu erobern? Und trotzdem hatte er es getan. Auch hatte sie vor ein paar Wochen eine Alraune in seinem Wams entdeckt, und Anna hatte ihn einmal dabei beobachtet, wie er gedörrtes und pulverisiertes Taubenherz in Chiaras Brei gemischt hatte – ein Zaubermittel eifersüchtiger Männer, die ihre Frauen daran hindern wollten, einen anderen Mann zu lieben. Wenn Domenico nun glaubte, dass es einen anderen Mann gab, den sie liebte, auch wenn sie selbst ihn gar nicht lieben wollte, ja, sie ihn sich täglich von Neuem aus dem Herzen riss – war seine Angst, sie zu verlieren, nicht Grund genug, sie zu belügen? Und sich den Verschwörern anzuschließen? Und Dinge zu tun, die sie ihm sonst niemals zugetraut hätte? Sie war so aufgewühlt, dass ihr vor Aufregung ganz übel wurde.

»Habt Ihr mich damals belauscht?«, fragte sie.

»Ich ... ich weiß nicht, wovon Ihr sprecht ...«, stammelte er.

»Wisst Ihr das wirklich nicht?« Sie schaute ihn an. »Mein Gespräch mit Abt Bartolomeo. In Grottaferrata.«

Statt einer Antwort senkte Domenico den Blick.

Chiara nickte. »Dann habt Ihr es also getan.«

»Was getan?«

»Mich belauscht. Und Euch dann den Verschwörern angeschlossen.«

»Den Verschwörern? Nein, wie kommt Ihr darauf?«

»Weil Ihr mir nicht in die Augen schauen könnt!«

»Wie könnt Ihr so etwas behaupten? Natürlich kann ich Euch in die Augen schauen!«.

»Dann tut es!«

Chiara wartete, dass er den Kopf hob Sie wünschte sich ja nichts mehr, als dass sie sich irrte!

»Bitte Domenico«, flüsterte sie. »Bitte schau mich an.« Um ihre Worte zu verstärken, drückte sie seine Hand. »Bitte!«

Endlich hob er den Kopf. Aber als ihre Blicke sich trafen, schoss ihm das Blut ins Gesicht und er lief dunkelrot an, wie sie selbst früher als Kind, wenn sie bei etwas Verbotenem erwischt worden war. Nur dass Domenico kein Kind mehr war, sondern ein Mann von zwanzig Jahren, und es jetzt um Leben und Tod ging.

»Also doch ...« Maßlos enttäuscht, ließ sie seine Hand los. »Das ... das hätte ich nie von Euch gedacht ...«

»Du irrst dich!«, rief er. »Es ... es war alles ganz anders! Ich habe dir die Wahrheit gesagt. Ich meine ... was die Verschwörung angeht. Damit habe ich nicht das Geringste zu tun. Absolut nichts! Wirklich nicht!«

Erneut griff er nach ihrer Hand, aber sie wich vor ihm zurück, als hätte er ein ansteckendes Fieber. Während ihr so übel wurde, dass sie sich fast übergeben musste, machte Domenico immer wieder den Mund auf, um etwas zu sagen, räusperte sich, setzte noch einmal an, doch ohne auch nur einen einzigen Ton hervorzubringen.

»Habt Ihr ein so schlechtes Gewissen, dass Ihr nicht reden könnt?«, fragte sie.

»Nein«, sagte er. »Das heißt, ja.« Wieder machte er eine Pause, dann gab er sich einen Ruck. »Also gut, ich gebe es zu – ja, ich habe dich in Grottaferrata belauscht, und du hast allen Grund, mich dafür zu verachten. Trotzdem«, fügte er hinzu, als sie etwas erwidern wollte, »ich war an dem Anschlag nicht beteiligt. Das musst du mir glauben! Ugolino hat den Aufstand angezettelt! Weil die Sabiner den Papst ablösen wollen. Aber sie haben Benedikt nicht erwischt, nur Alberico. Obwohl ...« Wieder unterbrach er sich, unschlüssig, ob er weitersprechen sollte.

»Obwohl was?«, fragte Chiara.

»Ich ... ich bin nicht sicher, ob es wirklich Ugolino war. Es gab nur einen Mann in der Basilika, der bewaffnet war, und das war ...« Er verstummte erneut.

»Warum schweigst du, statt den Namen zu nennen?«, fragte

Chiara verzweifelt. »Weil du Angst hast, deiner ersten Lüge eine zweite hinzufügen?«

Sie hoffte, dass er endlich etwas sagte, ihr den Namen des Mörders und der Verschwörer nannte, um sie von ihrem fürchterlichen Verdacht zu befreien. Doch statt zu reden, schwieg er weiter, als ob ihm die Worte im Hals stecken bleiben würden.

Plötzlich spürte sie, wie sich in ihre Enttäuschung Wut mischte, und ihr rebellierender Magen drehte sich vor Widerwillen um. Wie hatte sie nur wünschen können, von diesem Mann ein Kind zu bekommen?

»Was verschweigt Ihr mir?«, fragte sie.

Wieder senkte Domenico den Blick. »Nur ein Verdacht«, sagte er. »Und vielleicht sollte ich gar nicht mit Euch darüber reden, solange ich nicht wirklich …«

Während er sprach, sah Chiara plötzlich das Blut an seiner Tunika, eine dunkelrote Spur am rechten Ärmel.

Entsetzt starrte sie auf den Fleck.

»Spart Euch Eure Lügen!«, zischte sie. »Ihr steckt mit ihnen unter einer Decke!« Voller Verachtung schaute sie ihn an. »Wie viel haben die Sabiner Euch dafür gegeben? So viel, wie man braucht, um eine Lustvilla zu bauen?«

5

Eine sternenklare Nacht tauchte den Wald in silbriges Licht, als Teofilo endlich die Straße erreichte, auf der die Räder und Flaschen bergauf rollten. Während er sein Pferd am langen Zügel gehen ließ, schaute er zur Kuppe hinauf, ob irgendwo zwischen den Bäumen ein Licht flackerte. Er wollte bei seinem Taufpaten Giovanni Graziano unterschlüpfen, zumindest für diese Nacht, um dann in Erfahrung zu bringen, ob er nach Rom zurückkehren konnte, ohne um sein Leben fürchten zu müssen.

Plötzlich schnaubte sein Pferd, und der Geruch von Rauch stieg Teofilo in die Nase. Im nächsten Moment erblickte er die schwarzen Umrisse der Einsiedelei, die sich wie das schartige Gebiss eines Riesen vor dem dunkelblauen Nachthimmel abhoben. Durch ein Mauerloch drang schwacher Lichtschein nach draußen. Bei dem Anblick fiel alle Angst von ihm ab.

Mit schmerzenden Gliedern stieg er aus dem Sattel und band seinen Wallach an einem Baum fest. Doch als er sich der Klause näherte, hörte er leises Stimmengemurmel. Sein Pate war nicht allein. Teofilo hielt den Atem an.

Wer war außer Giovanni Graziano noch in der Einsiedelei? Ein Freund oder Feind?

Vorsichtig, um keine Geräusche zu machen, schlich Teofilo im Schatten des Gemäuers zur Tür. Er hatte sie fast erreicht, da knackte unter seinem Fuß ein Zweig.

»Was war das?«, fragte jemand im Innern.

Teofilo erkannte die Stimme. Sie gehörte Gregorio – seinem Bruder.

»Keine Angst«, hörte er Giovanni Graziano antworten. »Das war nur ein Tier. Das Wild kommt manchmal nachts bis ans Haus.«

Erleichtert wollte Teofilo die Tür öffnen. Aber als er durch den Spalt seinen Bruder sah, stutzte er. Gregorio kniete vor dem Einsiedler auf dem Boden, die Hände zum Gebet gefaltet.

Was hatte das zu bedeuten? Nahm Giovanni Graziano ihm die Beichte ab?

Teofilo wusste selber nicht, warum. Aber statt einzutreten, zog er geräuschlos die Tür wieder zu und lugte durch das Mauerloch. Gregorio war in einem schlimmen Zustand. Er schien von einer panischen Angst besessen, sein Gesicht war kreidebleich, seine Stimme überschlug sich beim Sprechen, und immer wieder schaute er links und rechts über die Schulter, als wähne er irgendwo einen Meuchelmörder, der jeden Moment über ihn herfallen konnte. Dabei redete er so laut, dass Teofilo die meisten Worte und Sätze verstehen konnte.

»Die Sonnenfinsternis war ein Zeichen. Gott wollte mich warnen. Aber zu spät!«

»Willst du nur darum die Beichte ablegen?«, erwiderte Giovanni Graziano. »Aus Angst vor deiner Strafe?«

»Ihr müsst mich freisprechen, ehrwürdiger Vater!«

»Nur wenn du dich der Welt offenbarst.«

»Niemals!« Plötzlich zückte Gregorio ein Messer und setzte es dem Einsiedler an die Kehle. »Falls Ihr mich verratet – ich warne Euch! Wenn ich zur Hölle fahre, nehme ich Euch mit!«

»Du brauchst mir nicht zu drohen«, erwiderte der Eremit ruhig und gelassen. »Ich werde dich nicht verraten, das Beichtgeheimnis verbietet es mir. Aber keine Macht der Welt kann mich zwingen, dir die Absolution zu erteilen, bevor du deine Schuld vor einem irdischen Gericht gestanden hast.«

Teofilo spürte, wie ihm das Blut in den Adern gefror, und trat von der Tür zurück.

Hatte sein eigener Bruder ihm nach dem Leben getrachtet?

6

Domenico schaute verwundert auf das zweigezinkte Essbesteck, das der Diener ihm vorlegte. Die Gabel bei Tisch galt als ein Werkzeug des Teufels – schließlich hatte Jesus Christus mit den Fingern gegessen. Doch Petrus da Silva, der für seine ausgefallenen Tischmanieren ebenso berühmt war wie für seine erlesenen Weine, hatte sich über dieses allgemeine Urteil hinweggesetzt und das neuartige Tischwerkzeug, das angeblich die byzantinische Gemahlin eines venezianischen Dogen nach Italien gebracht hatte, als erster Römer in seinem Haushalt eingeführt.

»Probiert es nur aus«, forderte er Domenico auf. »Ihr werdet sehen – damit isst es sich wesentlich eleganter.«

»Wenn Ihr erlaubt, werde ich den nächsten Gang überspringen.«

Der Diener lüftete den Deckel einer Schüssel, und in heißen Schwaden stieg der Geruch von Fisch auf. Domenico musste an sich halten, um sich seinen Widerwillen nicht anmerken zu lassen – solange er zurückdenken konnte, ekelte er sich vor Fisch. Warum musste Petrus da Silva ihn auch bei Tisch empfangen statt in der Kanzlei? Das Gespräch fiel ihm ohnehin schwer genug, er hatte in seinem Leben noch nie einen Menschen denunziert. Doch es war die einzige Möglichkeit, seiner Frau zu beweisen, dass er nicht an dem Anschlag der Römer auf den Papst beteiligt gewesen war.

»Ich habe das Messer in Gregorios Hand gesehen«, sagte er so unvermittelt, dass Petrus da Silva die Stirn runzelte.

»Welches Messer?«

»Bei dem Aufstand in der Basilika. Gregorio hatte als Einziger ein Messer dabei, alle anderen Männer waren von den Soldaten des Stadtregiments entwaffnet worden.«

»Ja und?«

»Alberico wurde erstochen!«

»Was wollt Ihr damit sagen? Dass Gregorio seinen eigenen Vater …?«

Der Kanzler sprach die Frage nicht aus. Doch um seine grauen Augen, die sonst so reglos blickten, als habe er weder Seele noch Herz, zuckte es in auffälliger Weise, während er die mundgerechten Stücke, die der Vorschneider ihm auf das Essbrett gab, mit einer Gabel aufspießte und in zierlicher Weise zum Mund führte. Sorgfältig kaute er den Fisch, dann nahm er einen Schluck von dem schweren sizilianischen Wein, den er hatte einschenken lassen, und betupfte seinen Mund mit einem weißen Leinentuch.

»Sagt keinem Menschen, was Ihr mir gesagt habt«, entschied er schließlich.

Domenico schluckte. Das war die letzte Auskunft, die er sich erhofft hatte. Nur wenn er öffentlich bezeugte, was er in der Basilika gesehen hatte, konnte er verhindern, dass Chiara ihn für einen feigen Meuchelmörder hielt.

Petrus da Silva sah seine Enttäuschung. »Roms Schicksal steht auf dem Spiel«, erklärte er. »Wenn ruchbar wird, was Ihr mir anvertraut habt, gerät der ganze komplizierte Mechanismus der Macht in dieser Stadt aus dem Gleichgewicht.«

»Aber wenn es doch die Wahrheit ist!«, protestierte Domenico.

Der Kanzler schüttelte den Kopf. »Die Wahrheit ist, was der heiligen katholischen Kirche nützt.«

Domenico wartete auf eine Erläuterung, was der rätselhafte Satz bedeutete. Doch statt ihm Auskunft zu geben, schloss Petrus da Silva die Augen und stützte mit beiden Händen Schläfen und Stirn, als trüge er an einer allzu schweren Gedankenlast. Für einen Moment wirkte er wie ein Märtyrer. Aber nur für einen Moment. Dann hob er wieder den Kopf, seine Züge strafften sich, und er schaute Domenico entschlossen ins Gesicht.

»Ich danke Euch für Euer Kommen, und ich bin sehr froh, dass Ihr Euch mir anvertraut habt. Damit habt Ihr der Kirche einen großen Dienst erwiesen.«

»Der Kirche?«, fragte Domenico.

»Ja«, bestätigte der Kanzler. »Vorausgesetzt, Ihr seid bereit, vor Gericht auszusagen. Wollt Ihr das tun?«

»Gewiss«, sagte Domenico. »Und es wäre mir eine große Freude, weil …« Er brach den Satz ab, bevor er seinen wahren Beweggrund verriet. »Aber«, fügte er hinzu, »ich … ich dachte, ich sollte schweigen. Das habt Ihr eben noch gesagt …«

»Wir haben es uns anders überlegt«, sagte Petrus da Silva. »Ihr habt Recht – die Wahrheit soll ans Licht. Allerdings«, fuhr er mit erhobener Stimme fort, »muss ich Euch darauf hinweisen, dass Ihr nur aussagen dürft, was Ihr wirklich gesehen oder gehört habt und reinen Gewissens vor Gott bezeugen könnt.«

»Nämlich?«

»Dass der Sabiner Ugolino zu dem Aufstand aufgerufen hat«, erklärte der Kanzler.

»Und der Mord an Alberico? Was ist damit? Das Messer, das Gregorio trug?«

»Gregorio?«, erwiderte Petrus da Silva mit erhobenen Brauen. »Seid Ihr wirklich sicher, dass *er* das Messer führte? Warum? Wozu? Um seinen Vater umzubringen? Das gibt doch keinen Sinn!«

Domenico schwieg.

»Seht Ihr?«, fuhr er fort. »Dafür habt Ihr keine Erklärung.«

»Aber ich habe doch mit eigenen Augen …«

»Gar nichts habt Ihr!«, fiel Petrus ihm ins Wort. »Ihr wart verwirrt! Die Sonnenfinsternis täuschte Eure Sinne, außerdem ging alles so schnell. Mann, begreift doch! Ugolino hat den Aufstand angeführt! Er und niemand sonst ist der Mörder!«

»Das ist nicht wahr!«

»Gut, wenn Ihr so sicher seid – könnt Ihr dann, wenn man Euch vor Gericht befragt, vor Gott beschwören, dass es nicht so war?«

»Was ist das für eine Frage?« Domenico war empört. »Wie soll ich beschwören, was ich NICHT gesehen habe? Ich kann doch nur bezeugen, was geschehen IST …«

»Richtig«, bestätigte der Kanzler. »Und was Ihr bezeugen könnt, ist, dass Ugolino einen Aufstand angezettelt hat, um den Papst zu stürzen und die Macht der Tuskulaner zu brechen.« Er griff zu der abgelegten Gabel und spießte ein weiteres Stück Fisch auf. »Glaubt Ihr an die Unsterblichkeit der Seele?«, fragte er, ohne die Gabel zum Mund zu führen.

»Ja, gewiss, Eminenz«, antwortete Domenico, überrascht von dem Themenwechsel.

»Und an die ewige Verdammnis?«

»Wie könnte ich daran zweifeln! Aber warum fragt Ihr?«

»Weil ich Euch Gelegenheit geben möchte, Eure unsterbliche Seele vor der ewigen Verdammnis zu retten.«

»Das verstehe ich nicht.«

»Dann will ich es Euch erklären.« Das Gesicht des Kanzlers verfinsterte sich. »Ich will, dass Ihr Klage erhebt. Gegen Ugolino. Wegen Mordes an dem Grafen von Tuskulum.«

»Seid Ihr von Sinnen?«, rief Domenico. »Warum sollte ich das tun?«

»Ich sagte es bereits: um Eure Seele zu retten. Weil, wenn Ihr Euch weigert, der heiligen Kirche den Dienst zu erweisen, den ich von Euch verlange, werde ich Euch exkommunizieren lassen. Dann scheidet Ihr nicht nur aus der Gemeinschaft der Gläubigen aus, sondern seid für immer von Gott getrennt.«

»Macht Ihr Witze, Eminenz?«

Domenico schaute in das glatte Gesicht des Kanzlers. Doch nichts darin gab Anlass, an der Ernsthaftigkeit seiner Worte zu zweifeln.

»Trinkt noch einen Schluck«, sagte Petrus da Silva und schenkte ihm eigenhändig nach.

Domenico rührte den Becher nicht an.

»Ich begreife«, sagte er. »Ihr wollt Ugolino umbringen lassen, um die päpstliche Macht zu erhalten. Und ich soll Euch dabei helfen.«

Petrus da Silva nickte. »Der Heilige Geist hat Benedikt auf die Cathedra berufen. Also müssen wir als seine Diener alles dafür tun, dass sein Wille geschehe.«

»Das ist Erpressung!«

»Nur zu Eurem Wohle!«

»Dass ich nicht lache!«

»Bedenkt, es geht um Euer Seelenheil!«

»Aber wenn ich Anklage erhebe, und der Angeklagte wird freigesprochen, fällt das Urteil auf mich zurück und die Strafe wird an mir vollstreckt.«

»Wir alle sind in Gottes Hand«, bestätigte Petrus da Silva. »Aber macht Euch keine Sorge. Der Richter, der den Prozess führt, wird gewiss nicht an der Stichhaltigkeit Eurer Klage zweifeln. Außerdem, der drakonische Rechtsbrauch, den Kläger im Falle einer gescheiterten Beweisführung anstelle des Angeklagten zu bestrafen, ist kein zwingender Rechtsgrundsatz. Er *kann* in Anwendung gebracht werden, *muss* aber nicht.«

Domenico griff nach dem Becher. Er wollte einen Schluck trinken, um seiner Erregung Herr zu werden. Doch seine Hand zitterte so stark, dass er den Becher nicht heben konnte, ohne den Wein zu verschütten.

»Verstehe ich Euch recht?«, fragte er. »Wenn ich Euer Spiel nicht mitspiele, werdet Ihr mich vernichten?«

»Ich selber hätte es nicht präziser formulieren können.«

Domenico nahm mit beiden Händen den Becher und stürzte ihn hinunter.

»Nein«, sagte er dann. »Ich werde Euch den Gefallen nicht tun. Und wenn ich dafür ewig in der Hölle leiden muss.«

Über das Gesicht des Kanzlers huschte ein Lächeln. »Ihr seid ein mutiger Mann«, sagte er, »Und um ehrlich zu sein, ich hatte nichts anderes von Euch erwartet.« Das Lächeln verschwand so schnell von seinen Lippen, wie es gekommen war. »Dann bleibt mir wohl nichts anderes übrig, als zum letzten Mittel zu greifen, um Euch zur Vernunft zu bringen.«

»Ich wüsste nicht, womit Ihr mir noch drohen könnt«, erwiderte Domenico und stand auf. »Sucht Euch für Eure Drecksarbeit jemand anders.« Ohne Gruß wandte er sich zur Tür.

»Ganz wie Ihr wollt«, sagte Petrus da Silva. »Aber – was ist mit Eurer Frau?«

»Chiara?« Domenico drehte sich noch einmal um. »Was ... was hat sie damit zu tun?«

»Haltet Ihr mich wirklich für so einfältig?«, fragte der Kanzler. »Ich weiß genau, warum Ihr heute zu mir gekommen seid. Ihr wolltet mit Eurer Klage gegen Gregorio Eurer Frau Eure Unschuld beweisen. Doch niemand ist unschuldig, die Erbsünde lastet auf uns allen, und wenn Ihr jetzt geht, war Euer Versuch vergeblich.« Ohne den Blick von Domenico abzuwenden, führte er seine Gabel zum Mund. »Sagt selbst: Soll die edle Herrin Chiara wirklich ihr ganzes Leben lang glauben, Ihr wäret Teil der Verschwörung gewesen? Der Verschwörung gegen den Mann, den sie so viel mehr liebt als Euch?«

7

Lautes Vogelgezwitscher weckte Teofilo aus unruhigem Schlaf. Er war durch einen dunklen Wald geirrt, rennend um sein Leben. Sein Bruder und eine Horde Verfolger schnappten mit hundert Händen nach seiner Kehle und versuchten, ihn im Laufen zu erdrosseln, während er strauchelnd und stolpernd immer tiefer in ein Unterholz hineingeriet, aus dem es scheinbar kein Entrinnen gab.

Mit geschlossenen Augen lag er da und versuchte, sich zu erinnern. Nur quälend langsam befreiten sich seine Gedanken von dem Albtraum der Nacht und fanden allmählich zurück ins Bewusstsein. Seine Glieder schmerzten, als hätte er Stunden im Sattel verbracht, und der Boden unter ihm fühlte sich an wie nackte Erde.

Warum lag er nicht in seinem Bett?

Als er die Augen aufschlug, sah er im hellen Licht des Morgens über sich eine Kuppel aus Zweigen: die Dornenhecke, in deren Schutz er die Nacht verbracht hatte. Plötzlich fiel ihm alles wieder ein. Und er begriff, dass die Wirklichkeit viel schlimmer war als sein Traum.

In der Ferne schlug eine Glocke. Teofilo richtete sich auf. Mit dem Schlag dieser Glocke hatte sein Unglück begonnen. Damals hatte sie vom Tod seines Onkels gekündet, seines Vorgängers auf dem Papstthron, Johannes XIX. ... Jetzt galt die Glocke seinem Vater.

Was sollte er tun? An wen sich wenden?

In seiner Verzweiflung faltete er die Hände, um zu beten.

»Gütiger Gott, Jesus Christus, allmächtiger Vater, Herr im Himmel und Heiland, ich flehe dich an, steh mir bei in meiner Not...«

Während er die hilflosen Worte stammelte, hörte er plötzlich Geräusche. Sein Pferd, das er hinter der Hecke angebunden hatte, schnaubte und stampfte mit den Hufen.

Voller Angst hielt er den Atem an.

Was war das?

Hatten sie ihn gefunden?

Draußen näherten sich leise Schritte.

»Teofilo – bist du hier?«

Er glaubte, die Stimme zu erkennen, doch er konnte es nicht glauben.

Hatte Gott ihm einen Engel geschickt? Oder lauerten da draußen irgendwelche Teufel und Dämonen, die ihm eine Wirklichkeit vorgaukelten, die es gar nicht gab?

Leise, um sich nicht zu verraten, stand er vom Boden auf und bewegte sich zum Ausgang der Dornenhöhle.

Mit pochendem Herzen schob er ein paar Zweige zur Seite und schaute hinaus.

Zuerst sah er nur ihr offenes Haar.

Träumte er noch? Oder sah er wirklich in dieses Engelsgesicht?

8

Die Totenglocke dröhnte so laut in Gregorios Schädel, dass er Angst hatte, verrückt zu werden. Wenn nur endlich jemand den verfluchten Sarg schließen würde! Während die Bauern und Pächter der Grafschaft in die Burgkapelle strömten, um von Alberico Abschied zu nehmen, hatte er das Gefühl, dass sein Vater noch mit toten Augen jede seiner Bewegungen verfolgte – ja, er bildete sich sogar ein, die Stimme des Alten zu hören.

Was bist du doch für ein Hosenscheißer! Und so was will der erste Konsul von Rom werden ...

Gregorio starrte auf das wächserne Gesicht.

»Was kann ich nur tun, damit Ihr mir verzeiht?«

Sorg dafür, dass mir das gottverdammte Fegefeuer erspart bleibt!

»Wie soll ich das machen?«

Was weiß ich, du Idiot? Frag deinen Bruder! Der ist schließlich Papst!

»Teofilo ist verschwunden ... Keiner weiß, wo er steckt ...«

»Mit wem redest du?«, fragte seine Mutter, die zusammen mit Petrus da Silva die Beileidsbekundungen der Trauergäste entgegennahm.

»Ich ... ich habe nur gebetet«, erwiderte Gregorio und nickte einem alten Tagelöhner zu, der sich vor dem Toten bekreuzigte. Als er den Greis mit dem schlohweißen Haar sah, kam ihm ein fürchterlicher Gedanke. »Wisst Ihr, ob Giovanni Graziano wohl auch zur Beerdigung kommt?«

»Ich wollte, er täte es«, seufzte seine Mutter. »Aber er hat ausrichten lassen, dass er in seiner Einsiedelei für die Seele deines Vaters beten will.«

»Seid Ihr ganz sicher?«

Statt ihm zu antworten, drückte Ermilina dem Tagelöhner eine Münze in die Hand, um ihm für sein Kommen zu danken. Gregorio war erleichtert, aber nur für einen Moment. Die Welt konnte er vielleicht täuschen – aber Gott? Über ihm schwebte eine viel größere, viel schlimmere Gefahr als die Entdeckung seines Verbrechens durch den Einsiedler! Sein Beichtvater hatte ihm die Absolution verweigert ... Ohne Absolution würde die Sünde auf ihm lasten bis zum Jüngsten Tag, und wenn der Allmächtige Gericht hielt über ihn, würde er für immer in der Hölle brennen!

Die Angst fuhr in ihn ein wie der Leibhaftige, und er begann am ganzen Leib zu zittern.

»Jetzt reiß dich zusammen!«, zischte seine Mutter. »Du bist das Oberhaupt der Familie! Wir dürfen uns keine Blöße geben. Die Herrschaft deines Bruders steht auf dem Spiel!«

Noch während sie sprach, breitete sich in der Kapelle Unruhe aus. Ein junger Edelmann betrat das kleine Gotteshaus: Domenico.

Gregorio wich einen Schritt zurück.

Der Crescentier war in dem Getümmel gewesen, ganz dicht bei seinem Vater ...

War dies der Moment der Wahrheit?

»Ich bin gekommen, um mit Euch für den Toten zu beten«, sagte Domenico.

»Wenn Ihr reinen Gewissens seid«, erwiderte Ermilina, »sollt Ihr willkommen sein.«

»Seid versichert, dass ich den Tod Eures Gemahls zutiefst bedaure, und wenn Ihr meine Hilfe braucht, den Mörder zu finden ...«

Gregorio brach der Schweiß aus. Galten ihm diese Worte? Während Domenico vor dem Sarg seines Vaters niederkniete und ein stummes Gebet sprach, überschlugen sich seine Gedanken.

»Wo ist Seine Heiligkeit?«, fragte der Crescentier, nachdem er sich erhoben hatte, und schaute sich um. »Ich möchte Seiner Heiligkeit gern meine Ehrerbietung erweisen, als Zeichen der Verbundenheit unserer Familien.«

Gregorio wusste nicht, wohin mit seinen Blicken. Auch seine Mutter schien keine Antwort zu wissen.

Zum Glück kam Petrus da Silva ihnen zu Hilfe. »Der Heilige Vater nimmt an keiner Beisetzung teil. Weil sonst seine Kinder daran erinnert würden, dass auch der Papst sterblich ist. Und das würde sie in tiefe Verzweiflung stürzen.«

9

»Chiara – du?«

Sie erschrak fast zu Tode, als sie Teofilo plötzlich zwischen den Dornenzweigen sah.

»Mein Gott, was haben sie mit dir gemacht?«

Sein Gesicht war aufgequollen und voller geplatzter Wunden – wie der heilige Stephanus nach der Steinigung. Doch sie hatte ihn gefunden! Er lebte! Das war wichtiger als alles andere.

Ohne auf die Dornen zu achten, bückte sie sich, um zu ihm in die Höhle zu gelangen.

»Dem Himmel sei Dank«, flüsterte sie, als sie endlich bei ihm war. »Die Wassergeister haben uns geholfen ...«

Sie streckte den Arm nach ihm aus, um ihn zu berühren. Sie musste ihn spüren, sich vergewissern, dass er es wirklich war! Teofilo und kein Gespenst!

»Die Wassergeister?«, fragte er.

»Das kannst du nicht verstehen. Francesca und ich, wir waren noch Kinder. Wir haben Brot in den See geworfen, und ich habe mir damals so sehr gewünscht, dass du und ich ...«

Plötzlich fiel ihr ein, wer er war, ihre linke Schulter juckte, dann ihre rechte, und sie ließ den Arm sinken.

»Ihr ... Ihr braucht dringend einen Wundarzt, Ewige Heiligkeit.«

»Warum nennst du mich so?«, erwiderte er. »Ich hasse diesen Namen.«

»Wie soll ich Euch dann nennen?«

»Hast du vergessen, wie ich heiße? Eben hast du mich doch noch mit meinem richtigen Namen gerufen.« Er versuchte zu lächeln. Aber mit den Schwellungen im Gesicht wurde nur eine Grimasse daraus. »Woher hast du gewusst, dass ich hier bin?«

»Könnt Ihr ... kannst du dir das nicht denken?«

Chiara spürte, wie sie rot wurde, und senkte den Blick. Mitten in der Nacht war sie aus dem Schlaf geschreckt. Sie hatte von Teofilo geträumt – sie waren zusammen gewesen, in ihrem Versteck. Die Sonne hatte warm und hell vom Himmel geschienen und bunte Schatten in der Hecke geworfen, während er ihr Knie gestreichelt hatte, in lautloser Andacht, genauso wie früher, ihr Knie und ihren Schenkel, und sie hatte nur den einen Wunsch, dass er sie berührte, nicht nur an dem einen Schenkel, auch an dem anderen, und ein Sehnen in der Mitte ihres Körpers erfasste sie, dass es kaum noch auszuhalten war ... Im selben Moment hatte sie gewusst, wo er sein musste. Es gab nur diesen einen Ort. Und statt mit Domenico zur Tuskulanerburg zu fahren, um Conte Alberico zu Grabe zu tragen, hatte sie sich im Morgengrauen auf den Weg gemacht, um Teofilo zu suchen.

»Doch«, sagte er, so leise, dass sie ihn kaum hörte.

Als sie den Blick hob, sah sie, dass die Erinnerung ihn genauso verlegen machte wie sie. Seine olivfarbene Haut war noch dunkler als sonst, und er war nicht imstande, ihren Blick zu erwidern, sondern starrte auf die Spitzen seiner Schuhe, auf die seine Strümpfe herabgerutscht waren. Dachte er dasselbe wie sie? Seine rechte Augenbraue war aufgeplatzt, genauso wie seine Oberlippe. Doch so geschunden sein Aussehen war: Unter all den Striemen und Schwellungen und Blutkrusten sah sie sein Gesicht, sah sie die grünen Augen, die sich kaum trauten, sie anzuschauen, sah sie Teofilo, den Menschen, den sie so lange vermisst hatte, mit einer Sehnsucht, die sie sich selber nie gewagt hatte einzugestehen.

»Ich bin so froh, dass du lebst. Ich hatte solche Angst um dich ...«

»Du ... du hattest Angst – um mich?«

Als brauche er eine Bestätigung für ihre Worte, nahm er ihre Hand. Chiara fühlte seine Haut, die Wärme, die darunter pulsierte, den zarten Druck seiner Finger. Die eine Berührung reichte, dass sie kaum noch atmen konnte. Nichts war mehr wie zuvor. Alles, was ihr Leben gewesen war, war auf einmal eine Lüge, ohne jede Gültigkeit. Es gab nur sie beide auf der Welt, und sie hatte nur einen einzigen Wunsch: dass er sie wieder so streicheln würde wie damals.

Zärtlich flüsterte sie seinen Namen.

»Teofilo ...«

»Chiara ...«

Er streifte mit seinem Mund ihre Wange. Sie spürte seinen Atem auf ihrer Haut, wie eine zärtliche Liebkosung streichelte er sie. Und obwohl sie wusste, was jetzt geschehen würde, obwohl sie wusste, dass es nicht geschehen durfte, schloss sie die Augen, um zuzulassen, was geschehen musste.

10

»Wir dürfen jetzt keinen Fehler machen«, sagte Petrus da Silva, »wir müssen alles tun, damit Eure Tat nicht ruchbar wird!«

»Meine Tat? Welche Tat?«, fragte Gregorio.

»Wollt Ihr wirklich, dass ich sie beim Namen nenne?«

Unwillkürlich fuhr Gregorio mit der Hand zum Mund, doch er beherrschte sich. Während er beide Arme unter die Achseln klemmte, um nicht an den Nägeln zu kauen, beobachtete er aus den Augenwinkeln den Kanzler, der am Kamin saß und einen Schluck Wein trank. Petrus da Silva hatte nach der Beerdigung gewartet, bis die Trauergesellschaft sich aufgelöst und auch die Burgherrin sich zur Nacht zurückgezogen hatte und er als Einziger in der Halle übrig geblieben war. Jetzt wusste Gregorio, warum. Während er versuchte, sich seine Bestürzung nicht anmerken zu lassen, gingen ihm tausend Fragen gleichzeitig durch den Kopf. Was wusste der Kanzler? Hatte ihn jemand verraten? Oder hatte Petrus da Silva mit eigenen Augen gesehen, was in der Basilika geschehen war?

In der verzweifelten Hoffnung, dass alles nur ein Missverständnis war, machte Gregorio einen letzten Versuch: »Ich weiß wirklich nicht, wovon Ihr sprecht, Eminenz.«

Petrus da Silva hob nur eine Augenbraue. »Gebt Euch keine Mühe«, sagte er. »Es gibt einen Zeugen – Domenico. Ein Wort von mir, und er wird vor Gericht aussagen. Und dann …«

Schlimmer als jede Drohung schwebten die unausgesprochenen Worte im Raum. Unfähig, den kalten Blick des Kanzlers länger zu ertragen, griff Gregorio in einen Korb mit Haselnüssen, den der ausgestopfte Bär zwischen seinen Tatzen hielt, und knackte mit den Zähnen eine Nuss. Die verfluchte Sonnenfinsternis! Einen Moment früher, und er wäre gewarnt gewesen … Während er die Nussschalen in den Kamin spuckte, erschien ihm plötzlich im Gesicht des Bären das Gesicht seines Vaters.

Was bist du doch für ein Hosenscheißer! Und so was will erster Konsul von Rom werden ...

Im selben Moment war es um seine Beherrschung geschehen.

»Ich ... ich wollte es nicht tun«, stammelte er. »Ich wollte nur meinen Bruder beschützen. Das müsst Ihr mir glauben! Doch dann hatte ich plötzlich das Messer in der Hand ... Ich weiß nicht, wie es geschah ... Es ist einfach über mich gekommen, ganz von allein ... Endlich konnte ich mich rächen ... Für all die Demütigungen, ein Leben lang ...«

Mitten im Satz wurde ihm bewusst, was er redete, und er biss sich auf die Zunge. War er verrückt geworden, ein solches Geständnis abzulegen?

Petrus da Silva schaute ihn voller Verachtung an. »Ihr seid ein Schwein, Euer Gnaden, und außerdem ein Idiot. Aber macht Euch keine Sorgen, die heilige Kirche braucht Euch.«

»Was zum Teufel fällt Euch ein?«, zischte Gregorio. »Ihr sprecht mit dem Grafen von Tuskulum!«

»Ich weiß«, erwiderte der Kanzler. »Vor allem aber seid Ihr der Bruder des Papstes. Und deshalb bin ich Euer Freund und werde Euch helfen.«

»Indem Ihr mich beleidigt?«

Petrus da Silva schüttelte den Kopf. »Indem ich Euch vor Euren eigenen Taten schütze«, sagte er. »Die Stadt ist in einem gefährlichen Schwebezustand. Die Sabiner warten nur darauf, dass Ihr Euch eine Blöße gebt, um die Macht zu übernehmen. Es geht um die Einheit und den Bestand der Kirche! Wenn ans Licht kommt, was Ihr getan habt, wird das die Partei des Papstes spalten. Eure Familie muss Geschlossenheit zeigen, Stärke. Statt Euch selbst zu zerfleischen, solltet Ihr die Gelegenheit nützen, um die Sabiner zu schwächen.« Er hielt einen Augenblick inne, dann fügte er hinzu: »Und ich weiß auch schon, wie. Wir werden der Hydra einen ihrer Köpfe abschlagen.«

»Hydra?«, fragte Gregorio. »Was ist das?«

»Ein andermal«, erwiderte der Kanzler. »Doch wenn ich

Euch helfen soll, müsst Ihr mir auch helfen. Seid Ihr dazu bereit?«

Gregorio schöpfte Hoffnung. »Sagt mir, was ich tun soll.«

»Wir brauchen Seine Heiligkeit in der Stadt«, erklärte Petrus da Silva. »Es wird einen Prozess geben, bei dem Papst Benedikt zugegen sein muss. Damit Rom weiß, wer die Macht innehat.« Wieder hob er eine Braue, und seine Stimme wurde so kalt und schneidend wie sein Blick. »Also schafft Euren Bruder herbei! So schnell Ihr nur könnt! Sonst gibt es eine Katastrophe!«

11

Teofilo war im Himmel. Die Cherubine und Seraphine jubilierten, und alle Glocken des Paradieses läuteten, während er mit Chiara im Kuss verschmolz.

»Und jetzt?«, fragte sie, als ihre Lippen sich irgendwann voneinander lösten.

Die Sonne warf tanzende Schatten auf ihr Gesicht. Teofilo konnte nicht erkennen, ob das Zucken um ihren Mund ein glückliches Lächeln war oder Ausdruck von Angst. Doch Angst oder Glück – kam es darauf an? Er sah nur ihre blauen Augen, die in seine Seele schauten, ihr blondes Engelshaar, das in der Sonne glänzte.

»Ich liebe dich, Chiara ... Ich liebe dich! Seit ich dich kenne ...«

»Pssst«, machte sie und legte einen Finger auf seine Lippen. »Du darfst so was nicht sagen ...«

»Warum nicht? Wenn es doch so ist!«

»Wenn was ist?«

»Dass ich dich liebe, Herrgott noch mal! Daran kann mich niemand hindern. Außer einem einzigen Menschen ...«

»Wer?«, fragte sie ängstlich.

»Du selbst«, sagte er. »Nur wenn du mir sagst, dass du mich

nicht liebst, höre ich auf, dich zu lieben. Oder werde es wenigstens versuchen.«

»Ach, wie kannst du so was nur denken? Du weißt doch, dass ich dich genauso liebe wie du mich ...«

Eine lange Weile sahen sie sich schweigend an, die Blicke ineinander versenkt, ohne zu wissen, wer und wo sie waren. Teofilo musste schlucken. Würde er sich je an diesen Augen sattsehen können? An diesen Lippen? An diesem Lächeln? Er beugte sich vor, und wieder verschmolzen ihre Münder, öffneten sich ihre Lippen, suchten sich ihre Zungen, ganz von allein, als könne man gar nichts anderes tun, als sich zu küssen, mit diesem wunderbaren Kribbeln im Magen, im Bauch, in der Brust.

Plötzlich bellten irgendwo Hunde, und gleich darauf wurde Pferdegetrappel laut. Erschrocken fuhren sie auseinander. Während die Geräusche näher kamen, wagten sie kaum zu atmen. Leise löste Teofilo sich aus der Umarmung und kroch zum Ausgang der Höhle.

Als er hinaussah, zog er scharf die Luft ein. Gut einen Steinwurf entfernt, unweit des Felsvorsprungs, der sich über dem Tal erhob, sah er einen Trupp Reiter, mit Gregorio an der Spitze.

»Ich glaube, sie suchen uns«, flüsterte er.

»Und was sollen wir jetzt tun?«, fragte Chiara, genauso leise.

»Wir müssen fliehen!«

»Bist du verrückt? Wo sollen wir denn hin?«

»Was weiß ich? Nach Frankreich, Sizilien, Afrika – egal! Hauptsache, wir sind zusammen!«

»Aber wie soll das gehen?«

»Wir schlagen uns nach Neapel durch. Da kennt uns keiner. Ich heure auf einem Schiff als Matrose an, und du ...«

»Hast du vergessen, wer du bist? Du bist der Papst!«

Teofilo drehte sich zu ihr um. »Nein, das bin ich nicht. Ich will nicht mehr, ich will dein Mann sein. Wenn sie mich damals nicht gezwungen hätten, diesen verfluchten Thron zu besteigen, wären wir schon seit zwei Jahren ein Paar. Mit vierzehn sollten wir heiraten! Das hatten sie uns versprochen!«

»Ja, das hatten sie. Aber jetzt ist es doch so, wie es ist. Und darum musst du wieder zurück nach Rom, und ich zu meinem Mann ...«

»Zurück zu deinem Mann?«, fragte Teofilo entgeistert. »Warum bist du dann überhaupt gekommen?«

»Weil ich es nicht ausgehalten habe! Diese Ungewissheit, ob du noch am Leben bist. Ich hatte solche Angst, als ich hörte, was im Dom passiert war. Und da wusste ich, wie sehr ... wie sehr ich dich liebe.«

»Ach, Chiara, ich ... bin so glücklich, und dass du das sagst ...« Er nahm ihre Hand und drückte sie. »Wir gehören zusammen, mein Engel! Das ist das Einzige, worauf es ankommt! Und wenn wir bis ans Ende der Welt fliehen müssen. – Aber sieh nur, ich glaube, sie geben die Suche auf.«

Er schob ein paar Zweige beiseite, damit sie besser sehen konnten. Tatsächlich, ihre Verfolger hatten sich am Waldrand wieder versammelt, Gregorio hob den Arm und brüllte ein Kommando, dann galoppierte er sein Pferd an, und die Männer zogen ab.

»Gott sei Dank!«

Als der letzte Reiter zwischen den Bäumen verschwunden war, führte Teofilo Chiaras Hand an die Lippen.

»Siehst du? Sie haben uns nicht gefunden. Das ist der Beweis.«

»Beweis wofür?«

»Dass die Vorsehung es so will.«

»Dass die Vorsehung was will?«

»Dass wir uns lieben. Jetzt und für immer.«

»Glaubst du das wirklich?«

»Ja, Chiara. Und ich glaube es nicht nur – ich weiß es.«

Er verstummte. Kein Wort der Welt konnte sagen, was er empfand. Aber gab es etwas Schöneres als dieses Schweigen, während sie einander an den Händen hielten und sie einander anschauten und ihre Herzen miteinander um die Wette schlugen? Kaum wagte Teofilo zu atmen.

»Ach, mein Liebster …«

Plötzlich schlang sie die Arme um ihn, und abermals versanken sie in einem Kuss. Mit einem Schaudern schloss er die Augen. Ohne dass er etwas dafür konnte, glitt seine Hand unter den Saum ihrer Tunika, er streichelte ihr Knie, ihren Schenkel. Der tiefe Seufzer, mit dem sie die Berührung erwiderte, verstärkte sein Begehren noch mehr. Alles war so wunderwunderschön … Und doch war nichts genug. In der Ahnung eines Glücks, das er noch nie genossen hatte, doch nach dem er sich stärker sehnte als nach allem anderen auf der Welt, streifte er einen Ärmel von ihrer Schulter. Zwei kleine, feste Pfirsiche sprangen ihm entgegen, mit einer so zarten Haut, dass er sie einfach küssen musste. Er vergrub sein Gesicht an ihrer Brust, liebkoste mit den Lippen ihre duftende Haut, streifte über die Knospen, die sich ihm entgegenreckten …

Und endlich, endlich wusste er, wonach er sich sehnte, mit Leib und Seele, seit er etwas empfand, sein ganzes Leben lang … Noch einmal umkreiste er mit der Zunge die zwei süßen Früchte, dann nahm er eine der Spitzen zwischen die Lippen, und während er mit beiden Händen ihren Po umschloss, biss er zärtlich in ihre Brust.

Mit einem Schrei fuhr Chiara in die Höhe. Ihr Gesicht war kreidebleich.

»Was ist?«, fragte Teofilo. »Hab ich dir wehgetan?«

Als hätte sie Angst, dass er sie berührte, bedeckte sie ihre Blöße. »Mir ist auf einmal ganz übel«, sagte sie und hielt sich die Hand vor den Mund. »Was … was riecht hier so ekelhaft?«

Teofilo hatte keine Ahnung, wovon sie sprach. Aufgeregt schnupperte er in der Luft, schaute sich in allen Richtungen um, aber er konnte die Quelle ihrer Übelkeit nirgendwo entdecken.

»Vielleicht der Bärlapp da hinten?«, fragte er unsicher.

Statt einer Antwort gab Chiara nur ein Röcheln von sich.

Was um Himmels willen war in sie gefahren?

Den Rücken zu ihm gekehrt, hockte sie auf allen Vieren am Boden und übergab sich.

12

»Chiara?«, rief Domenico und klopfte an die Tür ihrer Kammer.

Von innen kam keine Antwort.

Er versuchte es noch einmal.

»Chiara?«

Als er wieder nichts hörte, rüttelte er am Riegel. Doch die Tür war verschlossen.

Domenico ballte die Fäuste. Warum tat sie das? Glaubte sie noch immer, er wäre einer der Attentäter gewesen? Herrgott – nur um ihr zu beweisen, dass er nichts damit zu tun hatte, war er doch zur Tuskulanerburg geritten und hatte an Albericos Beerdigung teilgenommen – das wusste sie doch!

Wäre er nur zu Hause geblieben …

»Haben Euer Gnaden nach mir gerufen?«

Domenico drehte sich um. Auf dem Treppenabsatz stand Anna, die Zofe seiner Frau.

»Wo ist die Herrin?«, fragte er.

»Ich weiß nicht, Euer Gnaden. Ich glaube, sie wollte Beeren sammeln.«

»Beeren sammeln? Draußen ist es längst dunkel!«

»Vielleicht ist sie in der Kapelle beim Gebet?«

»Gut, ich schaue gleich nach«, sagte er und wandte sich zum Gehen.

»Ach, da fällt mir ein«, verbesserte sich Anna, »ich glaube, die Herrin ist doch nicht in der Kapelle. Sie ist wahrscheinlich …«

Mitten im Satz verstummte sie.

»Was ist die Herrin wahrscheinlich?«, wollte Domenico wissen.

Anna wich seinem Blick aus. Doch ihr Gesicht sagte alles.

»Oh Gott, oh Gott!«, rief sie und machte auf dem Absatz kehrt. »Ich muss in die Küche. Der Braten!«

Während sie mit geschürzten Röcken die Treppe hinuntereilte, starrte Domenico auf die verschlossene Tür. War Chiara in ihrer Kammer, oder ...

Plötzlich überkam ihn eine dunkle Ahnung. Niemand, weder Gregorio noch Contessa Ermilina oder Petrus da Silva, hatte ihm eine vernünftige Antwort auf die Frage gegeben, warum der Papst nicht an der Beerdigung seines Vaters teilgenommen hatte. Jetzt ahnte er den Grund.

Bevor er einen weiteren Gedanken fassen konnte, warf er sich mit der Schulter gegen die Tür. Schon beim ersten Versuch gab das Schloss nach und die Tür flog auf.

Die Kammer war leer.

Als Domenico das zerwühlte Bett sah, wurde seine dunkle Ahnung zur Gewissheit.

Chiara hatte ihn verlassen ...

Für Teofilo di Tusculo ...

Weil sie ihn liebte ...

13

Chiara kniete am Rand des Baches, in dem sie ihr Gesicht gewaschen hatte, und sah in ihr Spiegelbild. Sie wusste, was sie sagen musste, es gab nur diesen einen Satz. Aber sie brachte ihn nicht über die Lippen.

»Was ist mit dir?«, fragte Teofilo »Bitte, mach den Mund auf! Sag endlich, was du hast! Bist du krank?«

Chiara glitt mit der Hand durchs Wasser und zerteilte ihr Gesicht.

»Ich ... ich kann nicht bei dir bleiben«, flüsterte sie.

»Was sagst du da?«

Sie sah Teofilo im Bach. Das Entsetzen in seinem Gesicht war mehr, als sie ertragen konnte. Vor Schmerz zog sich ihr Herz zusammen, in einem Krampf, der ihren ganzen Körper erfasste. Sie wusste, wenn sie es jetzt nicht sagte, würde sie es nie schaffen, und dann …

»Ich … bekomme ein Kind«, sagte sie.

»Ein Kind?«

»Ja. Von Domenico. Von meinem Mann.«

Chiara hoffte, dass Teofilo irgendetwas sagen würde, irgendein Wort, das ihr half. Aber stattdessen wandte er sich von ihr ab. Während er schweigend auf und ab ging, starrte sie in den Bach. Plötzlich kam ihr alles so unwirklich vor, ihr Gesicht im Wasser, diese junge, hilflose Frau, die sie da sah, ein kleines, verzweifeltes Mädchen, das ein Kind bekam, während all diese fürchterlichen Dinge durch ihren Kopf gingen. Es war ein so herrlicher, wunderschöner Tag. Die Sonne schien durch das Laub der Bäume, die Vögel zwitscherten in den Kronen, und das glitzernde Wasser, das ihre Hand umspielte, war so sauber und klar, dass sie jeden einzelnen Stein auf dem Grund sehen konnte. Doch die Trauer, die von ihr Besitz ergriffen hatte, war stärker. Noch nie im Leben war ihr so elend zumute gewesen wie in diesem Augenblick. Denn noch nie in ihrem Leben hatte sie sich dem Glück so nahe gefühlt. Nur um begreifen zu müssen, dass das Glück ihr für immer unerreichbar bleiben würde.

Irgendwann blieb Teofilo stehen.

»Ich will nicht mehr ohne dich leben«, sagte er. »Und du willst das auch nicht.«

»Wie kannst du das behaupten?«, erwiderte sie leise.

»Ganz einfach – weil du mich gesucht hast. Sonst wärst du doch nicht hier!«

»Aber als ich dich gesucht habe, wollte ich doch nur wissen, dass du lebst. Ich hatte solche Angst! Außerdem … ich wusste da doch noch gar nicht, dass ich … dass ich …« Sie sprach den Satz nicht zu Ende.

»… dass du ein Kind bekommst? Meinst du das?« Er reichte ihr beide Hände, um ihr aufzuhelfen. »Ich werde für uns sorgen, auch für dein Kind. Als wäre es mein eigenes. Wenn wir verheiratet wären, hätten wir ja auch schon Kinder.«

Eine Locke war ihm in die Stirn gefallen, und aus seinen Augen sprach so viel Liebe, dass Chiara fast verrückt wurde. Alles in ihr schrie danach, ihn in den Arm zu nehmen, ihn zu küssen, mit ihm zusammen zu sein, für immer und ewig.

Sie schloss die Augen und schüttelte den Kopf.

»Warum nicht, Chiara? Warum?«

Er packte sie an den Schultern und schüttelte sie. Doch sie hielt die Augen weiter fest geschlossen und würde sie immer geschlossen halten, egal, wie sehr er sie schüttelte. Es war gut, wenn er ihr wehtat. Der Schmerz lenkte sie ab.

»Sag, dass du mich nicht liebst!«, verlangte er. »Nur wenn du das sagst, lasse ich dich in Ruhe.«

Sie hob den Blick und sah ihn an. Tränen rannen über seine Wangen, und es brach ihr das Herz, dass sie sie nicht trocknen, dass sie ihn nicht trösten durfte. Sie durfte nur sagen, was sie nicht sagen wollte, weil es eine Lüge war. Aber es war das, was sie sagen musste.

»Am Grab von Francesca und ihrem toten Jungen habe ich zu Gott gebetet, dass er mir ein Kind schenkt. Als Zeichen, dass ich zu meinem Mann gehöre. Jetzt hat Gott mein Gebet erhört.« Sie unterbrach sich, weil ihre Stimme erstickte. Und während sich ihr Unterleib zusammenkrampfte, überwand sie sich ein letztes Mal: »Kann er deutlicher zu einem Menschen sprechen, als er zu mir gesprochen hat?«

Teofilo stöhnte laut auf. In seinen Augen standen Tränen.

»Was wirst du jetzt tun?«, fragte er. »Kehrst du zurück zu deinem Mann?«

Chiara hatte so oft das Gleichnis aus der Bibel gehört, von dem schmalen, steilen Pfad, und dem breiten, ebenen Weg … Aber was nützte ihr das? Jetzt stand sie selbst an einer solchen Scheide, die über ihr ganzes künftiges Leben entschied, und sie wusste nicht, welchen Weg sie wählen sollte …

Plötzlich zog sich ihr Unterleib in einem Krampf zusammen, als wühlte die Hand eines Riesen in ihr, und etwas Warmes rann an ihrem Schenkel herab.

»Chiara!«, hörte sie Teofilos Stimme. »Um Himmels willen!«

Sie wollte etwas sagen. Doch bevor sie einen Ton hervorbringen konnte, wurde ihr schwarz vor Augen, und sie sank zu Boden.

14

»*Ave Maria, gratia plena, dominus tecum, benedicta tu in mulieribus...*«

Gregorio kniete vor dem Altar der Burgkapelle und betete – seine Lippen waren schon ganz fusselig von den vielen Pater Nosters und Ave Marias. Sein Vater hatte ihm den Auftrag dazu gegeben, zur Rettung seiner Seele vor dem Fegefeuer. Immer wieder erschien ihm Albericos Geist. Er suchte ihn nachts im Schlaf heim, bei Tage tauchte er plötzlich am Esstisch auf oder trat aus einer Kammer hervor – ja sogar auf der Latrine war er seinem Sohn erschienen. Und immer schien er so wirklich und wahrhaftig wie im Leben: ein übermächtiger, zorniger Mann, der ihn in Angst und Schrecken versetzte.

»*... et benedictus fructus ventris tui, Iesus...*«

Gregorio machte eine Pause, um Atem zu schöpfen, bevor er den nächsten Vers sprach, da hallten in seinem Rücken Schritte.

»Wo ist Euer Bruder?«

Gregorio drehte sich um. Vor ihm stand Domenico.

»Wo Euer Bruder ist, habe ich gefragt! Ich muss mit ihm sprechen!«

Gregorio war so überrascht, dass ihm nichts Besseres einfiel, als Petrus da Silvas Lüge zu wiederholen.

»Mein Bruder, ich meine der Papst, ist in Rom.«

»Ich glaube Euch kein Wort! Wo hat er sich versteckt?«

Domenico war fast einen ganzen Kopf kleiner als Gregorio, und wahrscheinlich würde ein einziger Faustschlag genügen, um ihn außer Gefecht zu setzen. Trotzdem hatte Gregorio Angst. Domenico war außer dem Kanzler der einzige Zeuge, der von seinem Geheimnis wusste. Wollte er ihn erpressen?

»Wie ... kommt Ihr darauf, dass Teofilo, dass Seine Heiligkeit sich versteckt hat? Außerdem, was wollt Ihr überhaupt ...«

»Wo ist Euer Bruder«, wiederholte Domenico, der nicht die geringste Angst zu haben schien, und rückte ihm noch näher auf den Leib. »Seid gewarnt ... Ich weiß mehr über Euch, als Euch lieb ist.«

Gregorio hatte es gewusst. Jetzt gab es keinen anderen Ausweg mehr als die Wahrheit.

»Ich weiß nicht, wo mein Bruder ist«, gestand er. »Ich wollte, ich wüsste es. Ich suche ihn selber ... für einen Prozess ... Fragt den Kanzler! Er wird es bezeugen!«

Gregorio hob die Hand zum Schwur, als plötzlich ein Mönch in die Kapelle kam. Seiner Kutte und der Tonsur nach gehörte er zum Kloster von Grottaferrata.

»Gelobt sei Jesus Christus!«, wandte er sich an Domenico, ohne Gregorio zu beachten. »Endlich habe ich Euch gefunden.«

»Was wollt Ihr von mir?«, fragte Domenico. »Ich kenne Euch nicht.«

»Abt Bartolomeo schickt mich. Wegen Eurer Gemahlin ...«

»Chiara?« Domenico wurde blass. »Um Himmels willen! Los, sprecht! Was ist mir ihr?«

»Beeilt Euch!«, erwiderte der Mönch. »Ihr müsst mit mir kommen! Jetzt gleich!«

15

Wie ein angeschossenes Tier, in dessen Leib ein Pfeil stak, ohne es zu töten, irrte Teofilo durch den Wald. Er hörte seine Schritte, seinen Atem, sein pochendes Herz. Doch wo saß der Pfeil, der ihn getroffen hatte? Er spürte weder die Wunde noch den Schmerz, als wäre ihm alles Fühlen abhanden gekommen. Nur Chiaras Umarmung spürte er, das Salz ihrer Tränen auf seinen Lippen.

»Adieu«, hatte sie gesagt, und ihn ein letztes Mal geküsst.

Adieu – weiter nichts.

Teofilo merkte erst jetzt, wohin es ihn getrieben hatte. Ohne zu wissen wie, war er wieder zu der Dornenhecke zurückgekehrt. Warum? Was wollte er hier? Nachdem Chiara ihn verlassen hatte, war der Ort nur dazu da, dass er sein Unglück doppelt und dreifach empfand.

Hatte er gerade deshalb hierher zurückkehren müssen?

In der Ferne glitzerte der See. *Ich glaube, die Wassergeister haben uns geholfen ...* Er hatte gar nicht gewusst, wovon sie sprach, doch jetzt begriff er, was sie meinte. Während er wieder ihre Stimme zu hören glaubte, wanderten seine Blicke in die Schwindel erregende Tiefe, die sich unterhalb des Felsvorsprungs zu seinen Füßen auftat.

Adieu ...

Teofilo schloss die Augen, um ihr Gesicht zu sehen, ihr verzweifeltes Lächeln, die Tränen auf ihren Wangen, bevor sie zu Boden gesunken war, das Blut an ihren Beinen ... Wie lange war das her? Drei Stunden? Drei Tage? ... Er hatte sie auf seinen Armen nach Grottaferrata getragen. Hätte er sie doch nur bis ans Ende der Welt tragen dürfen ... Beim Abschied an der Klosterpforte hatte sie ihn noch einmal angelächelt. Jetzt war er allein, Chiara für immer hinter den kalten dicken Mauern verschwunden.

Was hatte er verbrochen, dass Gott ihn so quälte?

Als er die Augen aufschlug, blickte er in den Abgrund, und

plötzlich spürte er ein Ziehen in den Lenden, ein seltsam schmerzliches Sehnen, das ihn hinabzog in die Tiefe, wie in Chiaras Armen, so nah vor der Erfüllung.

Ein Schritt, und alles wäre vorbei ...

Ein Schmetterling flatterte durch die Luft, ein gelber Zitronenfalter, direkt vor seinem Gesicht, tanzte über dem Abgrund, bunt und unbekümmert, um sich irgendwo im Himmel zu verlieren.

»Warum? Warum?«

Teofilo schlug seinen Kopf gegen einen Baumstamm, wieder und wieder. Er wollte, dass es wehtat, wollte den Schmerz seines Körpers spüren, das war sein einziges Bedürfnis, um nicht länger den anderen Schmerz zu spüren, den Schmerz, der ihm das Herz zerriss, den Schmerz seiner Liebe ...

»Warum? Warum?«

Irgendwann war die Taubheit da. Während er nur noch fühlte, dass er nichts mehr fühlte, hörte er eine Stimme, die er seit ewigen Zeiten kannte und die ihn doch wie aus einer anderen Welt erreichte.

»Teofilo? ...Teofilo! ...«

Unwillkürlich drehte er sich um. Vor ihm schnaubte ein schweißbedecktes Pferd und stampfte mit den Hufen.

»Endlich, da bist du ja«, sagte sein Bruder Gregorio und sprang aus dem Sattel. »Komm. Ich bringe dich zurück.«

Als hätte er keinen Willen mehr, folgte Teofilo ihm nach.

16

Die Krankenstation von Grottaferrata, das so genannte Infirmarium, war ein durch zwei Säulenreihen unterteilter Saal, in dem rechts unter dem Bildnis des Schutzheiligen Lazarus die Betten der Männer und links unter dem Bildnis Maria Magdalenas die Betten der Frauen aufgeschlagen waren. Schwarz verschleierte Nonnen huschten geräuschlos zwischen beiden Bereichen hin und her, sorgten für die Lagerung ihrer Schutzbefohlenen, wuschen und badeten und fütterten sie, gaben ihnen zu trinken oder linderten allzu hitziges Fieber mit kühlenden Umschlägen. Doch so sehr sie sich bemühten, die Heilkräfte der Natur zu unterstützen: Die eigentliche Gesundung der Kranken lag in Gottes Hand. Allein der himmlische Vater entschied, wer zum Leben ausersehen war und wer zum Tod.

Welches Schicksal war Chiara beschieden?

Als sie aufwachte, saß Abt Bartolomeo an ihrem Bett. Im selben Moment holte die Erinnerung sie ein. Der Abschied von Teofilo, die Verzweiflung in seinem Gesicht, als sie ihm zum letzten Mal Adieu sagte, und dann ... Wieder spürte sie das warme, klebrige Blut an ihren Schenkeln, und mit dem Blut ihre ganze Verzweiflung. Sie hatte alles hergegeben, was ihr Glück ausmachte, den höchsten Preis bezahlt, ihr Herz für ihre Pflicht geopfert, aus Gottesfurcht und Gehorsam. Doch es war umsonst gewesen. Sie hatte ihr Kind verloren.

»Warum hat Gott das gewollt?«

Der Mönch erwiderte mit seinen hellen, blauen Augen ihren Blick. »Gott hat das nicht gewollt«, sagte er. »Doch er musste dich strafen. Weil du das Kind, mit dem er deine Ehe segnete, in deinem Herzen nicht angenommen hast. Darum hat er es dir genommen, bevor es dir wirklich gehörte.«

»Aber ich habe doch kehrtgemacht. Obwohl es das Schlimmste und Schwerste war, was ich je getan habe.« Sie musste weinen, aber sie hatte keine Tränen mehr.

Der Mönch strich sich nachdenklich über sein Kinn. »Die Sünde ist nicht die böse Tat, sondern die böse Absicht. Der freie Wille, der uns ermöglicht, uns gegen Gottes Willen zu entscheiden. Er bringt das Verderben in unsere Seele, die sich den Leib durch unsere Taten zu ihrem Werkzeug macht.«

Während er sprach, wanderte sein Blick von Chiara zum Nachbarbett, wo zwei Schwestern die nackte Leiche einer Frau in ein Leinentuch einnähten, um sie zur Beisetzung vorzubereiten.

»Sie war nur wenige Jahre älter als Ihr«, sagte Abt Bartolomeo leise. »Eine Mutter von vier Kindern. Sie hat ihren Mann mit einem Seifensieder betrogen. Der Schlagfluss hat sie aus dem Leben gerissen.«

Chiara verstand, was er ihr sagen wollte, und schaute ihn voller Entsetzen an.

»Bin ich eine Verfluchte, ehrwürdiger Vater?«

Der Mönch schüttelte den Kopf. »*Deus caritas est*«, erwiderte er. »Gott ist die Liebe, er wird Euch verzeihen. Aber nur«, fügte er hinzu, »wenn Ihr Eure Schuld einseht und tätige Reue zeigt. Nicht allein mit Worten – mit *Taten* müsst Ihr dem Herrn beweisen, dass Ihr die Versuchung in Euch überwunden habt.«

»Wie, ehrwürdiger Vater?«, fragte sie. »Was muss ich tun, um Gott zu beweisen, dass ich ihm folgen will?«

Statt einer Antwort verließ Abt Bartolomeo ihr Bett und öffnete eine Tür. Chiara richtete sich auf den Ellbogen auf.

Vor ihr stand Domenico.

Mit einem Seufzer sank sie zurück auf ihr Kissen und wandte den Kopf zur Seite.

»Was verlangt Ihr von mir?«, flüsterte sie. »Er war doch dabei, bei dem Anschlag in der Kirche. Er ist einer von den Verschwörern. Ich habe doch das Blut an seinem Gewand gesehen.«

Abt Bartolomeos Stimme wurde streng. »Du sollst kein falsches Zeugnis reden wider deinen Nächsten!«, sagte er. »Euer Mann liebt Euch. Geht mit ihm zurück nach Hause.«

17

Die Laterna Rossa war ein Lokal, das Gregorio di Tusculo besuchte, wann immer er sich in Rom aufhielt. In der berüchtigten Taverne im Schatten des Pantheons, die des Nachts mit rotem Lichtschein den Besuchern die Richtung wies, gab es die hübschesten Mädchen der Stadt, die für einen Kupferlappen einem Mann den Himmel auf Erden zeigten und manchmal das Fegefeuer dazu. Hier war ein Mann ein Mann, der mit den Zähnen Nüsse knacken und auf Kommando furzen konnte. Und das konnte niemand besser als Gregorio di Tusculo.

Doch in dieser Nacht durfte er nicht mal daran denken, den Fuß über die Schwelle des Hurenhauses zu setzen. Stattdessen wartete er seit Stunden im Sattel seines Pferdes draußen in der Dunkelheit, zusammen mit seinen Brüdern, um in Petrus da Silvas Auftrag Ugolino aufzulauern, dem Sohn des Sabinergrafen. Der Kanzler hatte ihm erklärt, was eine Hydra war, und wenn Gregorio dabei helfen konnte, dem Ungeheuer einen Kopf abzuschlagen, war er mit Freuden dazu bereit. Vielleicht hörte sein Vater dann endlich auf, ihm als Geist zu erscheinen. Jedes Mal, wenn Gregorio den Geist seines Vaters sah, erschrak er sich fast zu Tode. Weil der Anblick ihn daran erinnerte, welcher Fluch auf seiner Seele lastete, solange ihm kein Priester die Absolution erteilte, um ihn vor Gott von seinen Sünden freizusprechen.

Ob sein Vater sich wohl bei den Heiligen und Erzengeln für ihn verwandte, wenn es ihm gelang, den Auftrag Petrus da Silvas zu erfüllen?

»Ich glaube, da kommt jemand.«

Gregorio schaute in die Richtung, in die sein Bruder Ottaviano wies. Dreimal hatte die Glocke von Santa Maria della Rotonda schon zur vollen Stunde geschlagen, doch jedes Mal, wenn sich etwas regte, war es falscher Alarm gewesen. Teufel noch mal, wie viele rohe Eier hatte Ugolino zum Frühstück geschlürft, dass er immer noch bei Kräften war? Gregorios jüngerer Bruder Pietro war schon im Sattel seines Pferdes eingeschlafen.

»Los, wach auf!«

Gregorio stieß Pietro in die Seite, ohne die Taverne aus den Augen zu lassen. Knarrend öffnete sich die Tür. Mit dem Lichtschein drang aus dem Innern lautes Lachen und Grölen hinaus in die Nacht.

»Endlich!«, zischte Ottaviano, der mit seinem Pferd am nächsten zu dem geduckten Gebäude stand. »Das ist er!«

Gregorio verengte die Augen, um besser zu sehen. Im rötlichen Licht der Laterne erschien eine Gestalt, die er erkannte, ohne ihr Gesicht zu sehen. Ugolino und er hatten es vor Jahren einmal zu zweit einer kleinen Brünetten besorgt. Im selben Moment schoss ihm das Leben in die Lenden, so heftig wie die Lust zum Töten.

»Wartet! Noch nicht!«

Er gab seinen Brüdern ein Zeichen, in Deckung zu bleiben. Er wollte erst sicher sein, dass Ugolino keine Begleiter hatte. Lautlos zog er sein Schwert aus der Scheide. Erst als er sah, dass Ugolino allein die Taverne verließ, hob er den Arm und zeigte mit der Klinge auf den Sabiner.

»Jetzt!«, sagte er und gab seinem Pferd die Sporen.

18

Der Prozess gegen den Sohn des Sabinergrafen fand in der Engelsburg statt, einem gewaltigen Koloss aus Stein und Marmor, der sich am Ufer des Tibers erhob – der sicherste Ort in ganz Rom. Hier, hinter den mächtigen Mauern der kreisrunden Festung, die vor einer Ewigkeit als Mausoleum erbaut worden war, hatte Benedikt sich nach seiner Rückkehr in die Stadt mit seinem Gefolge verschanzt, wie in früheren Zeiten Dutzende anderer Päpste vor ihm, die den Zorn des Volkes hatten fürchten müssen.

Am frühen Morgen betrat Domenico die Burg. Die ganze Nacht hatte er kein Auge zugetan. Auf dem Weg zum Cortile, in dem die Verhandlung geführt wurde, fühlte er sich mit jedem Schritt elender, als wäre er selber der Angeklagte, über den man heute das Urteil fällen würde, nur mit dem Unterschied, dass er noch gar kein Verbrechen begangen hatte, sondern erst hier vor Gericht zum Verbrecher werden würde. Bis zuletzt hatte er gehofft, dass der Kelch an ihm vorüberging. Doch der Kanzler hatte ihn durch zwei bewaffnete Soldaten zur Engelsburg schaffen lassen, damit er sich seiner Befragung zu dem Aufstand im Petersdom nicht entziehen konnte.

»Wer hat Alberico, den Grafen von Tuskulum, während der Fürbittmesse am Aposteltag des Jahres 1037 ermordet?«

Domenico traute seinen Augen nicht. Am Richtertisch saß, angetan mit der Robe des ersten Konsuls von Rom, Gregorio, während sein Bruder, Papst Benedikt, ihm gegenüber thronte: die weltliche und geistliche Macht der Tuskulaner.

»Habt Ihr die Frage nicht gehört?«, wiederholte Gregorio. »Tragt Eure Anklage vor!«

Domenico spürte, wie sich ihm die Kehle zuschnürte. Er hatte gewusst, dass Petrus da Silva nicht das Verfahren führen konnte – kein kirchlicher Richter durfte Blut vergießen. Doch nie und nimmer hätte er gedacht, dass der Mörder selbst über den Fall zu Gericht sitzen würde. Plötzlich begriff er, warum der Kanzler ihm versichert hatte, dass die Stichhaltigkeit seiner Klage nicht in Frage gestellt werden würde.

Während Domenico nach Worten rang, erhob Petrus da Silva sich an Benedikts Seite.

»Erlaubt Ihr, dass ich für Euch die Fragen stelle?«, wandte er sich an Gregorio.

Ohne dessen Antwort abzuwarten, trat er auf Domenico zu. Im selben Augenblick drehte Ugolino sich auf der Anklagebank um: zwei Augen voller Angst. Domenico wandte den Kopf beiseite, um den Blick nicht erwidern zu müssen.

»Wer hat den Aufstand im Dom angezettelt?«, wollte Petrus da Silva wissen.

Domenico schaute in das weiße, makellos rasierte Gesicht des Kanzlers. Der Moment der Entscheidung war gekommen. Die Worte, die er nun sagte, würden über das Leben des Angeklagten entscheiden. Und über sein eigenes.

»Wer hat den Aufstand angezettelt?«, fragte der Kanzler noch einmal.

Domenico musste sich zwingen, die wenigen Worte aus sich herauszupressen.

»Der Angeklagte«, sagte er leise.

»Lauter!«

»Der Angeklagte«, bestätigte er noch einmal.

»Nennt seinen Namen.«

»Ugolino.«

»Der Sohn des Sabinergrafen Severo?«

Domenico bejahte.

»Mit welchen Worten hat er den Aufstand geschürt?«

»Nieder mit dem Papst«, sagte er. »Nieder mit dem Zauberer.«

»Und das Messer?«, fragte der Kanzler weiter. »Habt Ihr gesehen, wer das Messer führte, mit dem Alberico erstochen wurde?«

Domenico zögerte. Was er bis jetzt ausgesagt hatte, war nichts als die Wahrheit, auf die er jeden Eid schwören konnte, vor seinem Gewissen und vor Gott. Doch mit der letzten Frage änderte sich alles ... Panisch wanderte sein Blick zwischen dem Angeklagten und dem wahren Mörder hin und her. Ugolino starrte ihn mit großen Augen an, das Gesicht kreidebleich. Doch auch Gregorio hatte Angst. Schweißperlen standen auf der Stirn, und er kaute unablässig an den Nägeln.

»In wessen Hand habt Ihr das Messer gesehen?«, insistierte Petrus da Silva.

Domenico war unfähig zu sprechen. Was immer er sagte, es gab keine richtige Antwort. Entweder Ugolino oder er – einer von ihnen würde für die Tat büßen, die Gregorio begangen hatte.

In seiner Verzweiflung schloss er die Augen. Was nützten

all die klugen und frommen Lehren, die man ihm beigebracht hatte, angesichts dieser Entscheidung? Kein Philosoph, kein Kirchenvater konnte ihm die Antwort abnehmen.

Entweder Ugolino oder er ...

Als er die Augen aufschlug, sah er Teofilo. Stumm wie eine Puppe saß er in seinen prachtvollen Gewändern auf dem Thron, die fleischigen Lippen einen Spalt weit geöffnet, wie zu einem spöttischen Lächeln.

Diese Lippen hatte Chiara geküsst!

Wie Säure schoss die Eifersucht Domenico ins Blut und überschwemmte seinen ganzen Leib.

Petrus da Silva zeigte auf den Angeklagten. »Hat dieser Mann das Messer geführt?«, fragte er. »Ja oder nein?«

Die Wahrheit würgte in Domenicos Kehle wie eine unverdaute Speise.

»Ja«, flüsterte er und nickte. Lieber wollte er in der Hölle büßen, als die Vorstellung ertragen, dass Chiara ihn für einen feigen Verschwörer hielt.

Gregorio klopfte mit seinem Richterstab auf den Boden. »Damit ist der Täter überführt!«

»Nein!«, rief Ugolino und sprang von der Anklagebank auf. »Setzt Euch!«

Mit einer Kopfbewegung wies der Kanzler die Wachsoldaten an, Ugolino an seinen Platz zurückzubringen. Während die Posten ihn abführten, drehte dieser sich zu Domenico herum. »Warum lügst du? Du weißt doch, dass ich es nicht war! Sag die Wahrheit! Bei deiner Seele und allen Heiligen!«

Domenico sah die Todesangst in seinem Gesicht. Noch konnte er seine Aussage widerrufen und den Namen des wahren Mörders nennen.

Aber wenn er das tat – wie konnte er Chiara dann je von seiner Unschuld überzeugen?

Petrus da Silva hob nur eine Braue. »Wollt Ihr Euren Worten noch etwas hinzufügen?«, fragte er. »Wenn ja, bedenkt die Folgen. Sagt Ihr etwas, wodurch der Angeklagte die Freiheit erlangt, wird das Urteil an Euch selbst vollstreckt.«

Die grauen Augen des Kanzlers strahlten eine solche Kälte aus, dass Domenico fröstelte. Nichts in dem ebenmäßigen Gesicht ließ auf eine innere Regung schließen. *Die Wahrheit ist, was der heiligen katholischen Kirche nützt ...* Nein, dieser Mann, der keinerlei Rücksicht auf sich selbst nahm, würde auch keine Rücksicht auf irgendeinen anderen Menschen nehmen, wenn die Interessen der Kirche auf dem Spiel standen. Domenico glaubte wieder die Ausdünstungen des Fisches zu riechen, den Petrus da Silva in seiner Gegenwart verspeist hatte, und der Magen zog sich ihm zusammen. In einer Mischung aus Angst und Scham und Ekel vor sich selbst würgte er die Wahrheit hinunter.

Der Kanzler wartete noch eine kurze Weile. Dann wandte er sich an den Richter: »Wenn Euer Gnaden das Urteil sprechen wollen?«

19

Der Rauch des Scheiterhaufens, der seit dem Morgengrauen im Cortile loderte, leckte an den Mauern der Engelsburg, kräuselte sich unter den Erkern und Loggien und stieg an der Fassade hinauf zu den Fenstern der päpstlichen Wohnung, in der Teofilo mit seiner Mutter beim Frühstück saß. Obwohl Ermilina ihm seine Lieblingsspeise hatte auftragen lassen, honiggesüßten Hirsebrei mit Datteln, hatte er noch keinen einzigen Löffel gegessen.

Ein Schrei, wie wenn ein Tier geschlachtet wird, gellte vom Hof empor.

»Der Herr sei seiner armen Seele gnädig«, sagte Ermilina und bekreuzigte sich.

Teofilo hörte die Todesschreie, die kaum gedämpft durch die Fensterscheiben zu ihm drangen, und starrte auf den Brei in seiner Schüssel. Wie sollte er einen Bissen herunter kriegen, wenn im Cortile der Mörder seines Vaters hingerichtet wurde?

»Erbarmen!«

Mit beiden Händen hielt Teofilo sich die Ohren zu. Sein Bruder hatte das Urteil gesprochen und den Richterstab über den Sohn des Sabinergrafen gebrochen. Aber war Ugolino wirklich der Mörder? Teofilo beschwor ihre Kindheit herauf, wie Ugolino ihm die Hose vom Leib gerissen hatte, vor Chiaras Augen, stellte sich vor, wie der Sabiner mit einem Messer auf seinen Vater einstach, erinnerte sich an Pietro da Silvas Worte, dass die Verschwörer es in Wirklichkeit auf ihn, den Papst, abgesehen hatten ... Doch die Schreie hörten und hörten nicht auf.

»Gnade, Benedikt! Gnade!«

Teofilo sprang auf und öffnete ein Fenster. Heiß schlugen die Flammen ihm entgegen, eine lodernde Hölle, in der er nichts erkennen konnte.

Plötzlich sah er den Verurteilten. Noch nie hatte er solche Qual im Gesicht eines Menschen gesehen.

»Ugolino!«

Inmitten der Flammen hob der Sabiner den Kopf, und für einen Moment trafen sich ihre Blicke. Die Erkenntnis fuhr Teofilo wie ein Blitz in die Glieder: Nein, das war nicht der Mörder. Sein Bruder hatte den Anschlag angezettelt, er hatte in der Beichte ja seinen Plan gestanden, Teofilo umzubringen – nur die Sonnenfinsternis hatte dafür gesorgt, dass das Attentat missglückt und ihr beider Vater an Teofilos Stelle umgekommen war. Wenn es einen Schuldigen gab, der hätte verurteilt werden müssen, dann Gregorio.

»Aufhören!«, rief Teofilo. »Lasst ihn frei!«

Er rief so laut, wie er nur konnte. Doch der Scharfrichter und seine Knechte hörten ihn nicht, zu laut war das Prasseln und Knallen der Feuersbrunst. Aufgestützt auf ihre Schürhaken, ließen sie einen Krug Wein kreisen und wischten sich den Schweiß aus ihren rußgefärbten Gesichtern – zufriedene Männer nach getaner Arbeit. Nur Ugolinos Lippen bewegten sich, hilflos und stumm.

»Bindet den Mann los! Sofort!«

Teofilo beugte sich aus dem Fenster, winkte und ruderte mit den Armen, um sich bemerkbar zu machen. Aber zu spät! Schon schlugen die Flammen über dem Sabiner zusammen.

»Schau nicht hin. Gott hat es so gewollt.«

Seine Mutter zog ihn vom Fenster fort. Teofilo ließ es geschehen.

»Das ist unsere Schuld …«, flüsterte er.

»Unsere Schuld?«, fragte sie. »Ach, mein armer kleiner Liebling. Du hast keine Schuld. Du hast nur getan, was du tun musstest. Weil Gott es so wollte.«

Teofilo blickte sie mit großen Augen an. »Versteht Ihr denn nicht? *Wir* haben ihn umgebracht! Gott hat nichts damit zu tun!«

Er riss sich von seiner Mutter los und stieß sie mit beiden Händen von sich. Während sie zurücktaumelte, trat er gegen einen Schemel, mit solcher Wucht, dass er gegen die Wand flog, nahm eine Vase und warf sie zu Boden. Der Anblick der Scherben tat ihm gut. Aber nur für einen Atemzug. Dann brach er in Tränen aus und schlug die Hände vors Gesicht.

»Warum habt Ihr mich in dieses Amt gezwungen?«

Seine Mutter antwortete nicht. Nur unheilvolles Schweigen füllte den Raum. Auch Ugolinos Schreie waren verstummt.

War es endlich vorbei?

Teofilo nahm die Hände vom Gesicht.

»Iss deinen Brei«, sagte seine Mutter leise. »Die Datteln sind aus Sizilien. Sie schmecken köstlich.«

Er schüttelte den Kopf. »Ich kann hier nicht mehr leben. Ich hasse diese Stadt. Ich muss weg! Für immer!«

»Aber das geht nicht. Du bist der Papst!«

»Wer zum Teufel sagt das? Ich bin kein Papst! Ich bin es nie gewesen! Und will es niemals sein!«

»Mein armer, armer Junge.« Seine Mutter legte den Arm um ihn und strich ihm über das Haar. »Ich weiß, wie sehr du leidest. Aber nimm Vernunft an. Es gibt nur eine Möglichkeit, dass ein Papst Rom verlässt – durch seinen Tod.« Sie nahm seine Hand und drückte sie so fest, dass es wehtat. »Du darfst nicht aufgeben! Hörst du? Das ist eine Prüfung! Der Herr hat dich auserwählt – als seinen Stellvertreter!«

»Hört endlich auf damit! Solange ich denken kann, behauptet Ihr das. Aber ich bin kein Erwählter! Gott hat nichts mit mir im Sinn! Ich bin Gott egal! Er weiß ja gar nicht, dass es mich gibt!«

»Bist du wahnsinnig, so zu sprechen? Dein Pate, Giovanni Graziano – er hat die Zeichen gedeutet!«

»Und das Attentat? War das kein Zeichen? Nicht mal in meiner eigenen Kirche bin ich sicher. Wie ein Verbrecher muss ich mich in dieser Burg verstecken, weil unsere Feinde ...«

Mitten im Satz brach Teofilo ab. Ein Kurier hatte den Raum betreten und sank vor ihm auf die Knie.

»Was willst du?«, fragte Ermilina den Mann.

»Der Kaiser hat die Alpen überquert und zieht mit seinem Heer nach Süden«, antwortete er. »Konrad verlangt den Heiligen Vater zu sehen. Er erwartet Seine Heiligkeit in Cremona.«

ZWEITES BUCH

DURCH DIE WELT
1037

VIERTES KAPITEL: 1037-39

ERMÄCHTIGUNG

1

Die stolze Stadt Cremona in der norditalienischen Lombardei war viel zu klein, um die übergroße Menschenmenge zu fassen, die herbeigeströmt war, um dem Einzug des Kaisers beizuwohnen. Auch Teofilo, der nur mit seinem Kanzler Petrus da Silva sowie ein paar Dutzend Soldaten und Dienern angereist und darum schon einige Tage vor dem Herrscher eingetroffen war, erwartete voller Anspannung Konrads Ankunft, und als die Glocken der Kirchen endlich anfingen zu läuten, war es fast wie eine Erlösung. Aufgeregt trat er ans Fenster des Kastells, das die Stadtoberen ihm zur Verfügung gestellt hatten, und schaute hinaus auf die Straße. Da – da kam er geritten, der Mann, der ihn herbeigerufen hatte! Ein bärtiger Hüne, der aussah, als wäre er mit dem Schwert in der Hand geboren, mit wallendem, rotbraunem Haar, das bis auf die Schultern seines glänzenden Kettenhemds herabfiel ... Im Sattel eines schwarzen, mit viel Silbergeschirr gezäumten Hengstes zog er an der Spitze eines schier unüberschaubaren Heeres von Rittern und Knappen und Bediensteten zum Flussufer des Po, wo zu seinem Empfang eigens Zelte und sogar ganze Häuser errichtet worden waren, und winkte den jubelnden Menschen zu, die sich am Straßenrand die Hälse verdrehten, um einen Blick auf ihren Kaiser zu erhaschen, oder in Trauben auf den Mauern und in den Baumkronen hingen. Täglich, so hieß es, waren achthundert Stück Vieh – Schafe und Schweine, Rinder und Ferkel, Hühner und Gänse und Enten – sowie je zehn Fuder Wein und Bier nötig, um den riesigen Tross zu beköstigen, mit dem Konrad aus dem Norden über die Alpen gekommen war.

Mit bangem Herzen sah Teofilo der Begegnung entgegen. Was würde dieser Mann, der römische Imperator und mächtigste Herrscher der Welt, von ihm wollen?

Während er wie gebannt auf den nicht enden wollenden Zug der in kostbare Gewänder gekleideten Reiter blickte, versuchte Petrus da Silva ihn ins Bild der Ereignisse zu setzen, die nach Auffassung des Kanzlers der wahre und eigentliche Grund für das vom Kaiser gewünschte Treffen waren: Von dem Aufstand der Vasallen in der Lombardei und ihrer Hauptstadt ... Von ihrer Empörung gegen die Tyrannei des übermächtigen Erzbischofs Eriberto von Mailand, der ihnen angeblich die Sicherung ihrer Besitztümer verweigerte ... Von den Machtkämpfen weltlicher und geistlicher Potentaten, die vom Kaiser irgendwelche Rechte einforderten, um Unabhängigkeit von der Macht des tyrannischen Kirchenfürsten zu erlangen ...

»Und was habe ich mit alledem zu tun?«, fragte Teofilo mit leiser Stimme.

»Das werden wir in Kürze erfahren«, erklärte der Kanzler. »Aber nun muss ich Euch allein lassen, ewige Heiligkeit, um eine wichtige Frage, die Eure Ehre betrifft, mit Konrads Truchsess zu klären. Wer empfängt wen – der Kaiser den Papst, oder der Papst den Kaiser?«

2

Die Burg, die der Crescentiergraf seinem Sohn Domenico und dessen Frau als eheliche Heimstatt errichtet hatte, erhob sich auf einem Felsen, der auf drei Seiten senkrecht in die Tiefe fiel und nur von Süden her über einen schmalen Pfad, der kaum einem Ochsenkarren Platz bot, zugänglich war. Doch noch nie hatte Chiara diese Burg, in der sie inzwischen seit vier Jahren lebte, als so abweisend und feindlich empfunden wie an diesem Morgen, da zwei Mönche von Grottaferrata sie auf einem Esel hierher begleiteten, damit sie wieder zu ihrem Ehemann fand. Sie hatte die Rückkehr so lange wie möglich hinausgezögert, über einen Monat, und Domenico hatte sie kein einziges Mal gedrängt. Doch bei der Beichte letzten Samstag hatte Abt Bartolomeo ihr ins Gewissen geredet.

»Der Herr kann sich nicht um alles kümmern«, hatte er gesagt. »Manchmal braucht er auch unsere Hilfe. Vor allem, wenn es um unser Seelenheil geht.«

Am äußeren Burgtor verabschiedete Chiara sich von den Mönchen. Während sie mit schweren Beinen den Burgweg hinaufstieg, hörte sie die vertrauten, alltäglichen Geräusche, mit denen sie hier so oft aufgewacht und eingeschlafen war: das Blöken der Schafe, das Bellen der Hunde, das Wiehern der Pferde, das Hämmern der Schmiede und Sägen der Zimmerleute. Und doch war ihr zumute, als hörte sie all diese Geräusche zum ersten Mal, so fremd waren sie ihr geworden.

»Chiara! Was für eine Überraschung!« Mit hochrotem Gesicht kam Anna aus der Küche in den Hof gelaufen, um sie zu empfangen. »Aber warum hast du uns keine Nachricht geschickt? Wenn der Herr gewusst hätte, dass du heute kommst, wäre er doch nie und nimmer in die Stadt geritten.«

»Domenico ist in Rom?«, fragte Chiara, beinahe erleichtert.

»Ja, zu irgendeiner Versammlung der Patrizier. Und mir hättest du auch Bescheid sagen können. Jetzt habe ich gar nichts vorbereitet. Noch nicht mal das Bett ist gemacht!«

Chiara war so froh, ihre Zofe zu sehen, dass sie ihr um den Hals fiel und sie mit beiden Armen an sich drückte. Anna war der einzige Mensch, den sie jetzt um sich haben wollte. Anna kannte sie, seit sie ein Kind war. Anna hatte immer zu ihr gehalten. Wenn Anna da war, konnte ihr nichts Schlimmes passieren.

»Aber Kindchen!« Ihre Zofe wurde noch ein bisschen röter im Gesicht und machte sich von der Umarmung frei. »Was sollen denn die Leute denken?«

Tatsächlich hatte der Schmied, der vor dem Stall gerade ein Pferd beschlug, den Hammer sinken lassen und glotzte neugierig zu ihnen herüber. Anna wandte sich ab und ging voraus ins Wohngebäude. Chiara folgte ihr nach, vorbei an der Kapelle und die enge Treppe hinauf zur Schlafkammer, wo Anna sich sogleich daranmachte, das Bett herzurichten und die Pelzkissen und daunengefütterten Steppdecken mit frisch gewaschenen Leinentüchern zu beziehen. Obwohl sie so viel Zeit auf der Krankenstation des Klosters verbracht hatte, fühlte sie sich immer noch unendlich schwach und leer. Nicht von der Fehlgeburt, sondern von der Traurigkeit, die seit dem Abschied von Teofilo wie eine schwarze Krake in ihrer Seele hauste.

»Wie soll ich das nur schaffen?«, flüsterte sie und starrte auf das Ehebett.

»Wenn man Blut verloren hat, muss man tüchtig essen, vor allem Fleisch und Wurst.« Ohne ihre Arbeit zu unterbrechen, schaute Anna über die Schulter. Als sie Chiaras Gesicht sah, begriff sie. »Vielleicht wäre es besser, wenn du und der Herr erst mal getrennte Schlafkammern beziehen würden? Ich meine, bis du wirklich wieder gesund bist?«

Chiaras linke Schulter juckte, und während sie beide Schultern kratzte, hatte sie für einen Moment das Gefühl, dass wirklich nichts und niemand ihr etwas anhaben konnte, wenn Anna bei ihr war. Aber dann musste sie wieder an Domenico denken.

»Und mein Mann?«, fragte sie. »Was glaubst du, wird er dazu sagen?«

»Die Gesundheit geht vor«, entschied Anna. »Außerdem ist der Herr ja noch in der Stadt. Und später sehen wir weiter.«

3

»Jeder Römer, dem das Wohl unserer Bürgerschaft am Herzen liegt, muss diesen Brief unterschreiben!«

»Von welchem Wohl sprecht Ihr? Dem Wohl Roms? Oder dem Wohl Eurer Familie?«

»Vom Wohl Roms und *aller* Familien!«

Ein Streit war unter den römischen Edelmännern entbrannt, als ginge es um die Ernennung eines neuen Papstes. Bis auf Gregorio di Tusculo, den ersten Konsul, und seine Brüder hatten sich alle Vertreter der herrschenden Familien bereits vor der eigentlichen Versammlung getroffen, um über einen Brief an den Kaiser abzustimmen, den der Sabinergraf Severo, der Vater des von Papst Benedikt verurteilten und durch das Feuer hingerichteten Ugolino, verfasst hatte. Darin führte Severo all die Missstände und Verbrechen auf, für die der Tuskulanerpapst und seine Regierung verantwortlich waren, und appellierte an den Kaiser, den Pontifex mit sofortiger Wirkung seines Amtes zu entheben, um wieder für Recht und Ordnung in der Heiligen Stadt zu sorgen.

»Wir haben einen Papst auf den Thron gesetzt, der mit dem Teufel im Bund steht! Benedikt versündigt sich an den Sakramenten! Wegen ihm leidet das Volk Hunger! Er hat mit seiner Zauberei das Viehsterben über die Stadt gebracht! Die Sonnenfinsternis war der Beweis! Und er hat meinen Sohn ermordet!«

Domenico verfolgte die Debatte, ohne das Wort zu ergreifen. Er war mit seinem Schwiegervater Girardo di Sasso gekommen, doch nachdem dessen Vorschlag, mit den Tuskulanern zu verhandeln, statt den Kaiser um Hilfe zu rufen, bei der Mehrheit auf Ablehnung gestoßen war, hatte Chiaras Vater die Versammlung vorzeitig verlassen.

»Und Ihr? Was ist mit Euch?«

Unsicher blickte Domenico auf den Brief, den Severo ihm unter die Nase hielt. Wusste der Sabiner, dass er vor Gericht gelogen hatte? Zwar hatte Ugolino den Aufstand angeführt, und vielleicht war es ja wirklich seine Absicht gewesen, Benedikt zu ermorden, und Alberico war ihm im Tumult nur durch ein Missgeschick zum Opfer gefallen ... Doch so sehr Domenico versuchte, sein Gewissen zu beruhigen – die Anklage, zu der Petrus da Silva ihn gezwungen hatte, verfolgte ihn bis in die Träume und er wachte in manchen Nächten schweißgebadet in seinem Bett auf, gepeinigt von der Angst vor Gottes Strafe ebenso wie vor der Rache der Sabiner. Doch was würde passieren, wenn er sich der Opposition anschloss und den Brief an den Kaiser unterschrieb? Würde er damit nicht in Chiaras Augen ihren Verdacht bestätigen, dass er trotz allem an dem Attentat beteiligt gewesen war?

»Nun, worauf wartet Ihr?«

Während Severo auf eine Entscheidung drängte, weil jeden Moment die Tuskulaner auftauchen konnten, entdeckte Domenico in dem Brief eine merkwürdige Zeile. Darin war von einer Frau die Rede, vom Verdacht eines Ehebruchs – mit dem Papst ...

War damit Chiara gemeint, *seine* Frau?

Bei der Vorstellung packte Domenico die Eifersucht, und Bilder, die stärker waren als sein Gewissen und seine Angst, zuckten wie Blitze durch seinen Kopf. Bilder von nackten, ineinander verschlungenen Leibern.

»Nein«, sagte er. »Ich kann das nicht unterschreiben.«

Severo trat noch näher zu ihm heran. »Durch Eure Klage habe ich meinen Sohn verloren«, erklärte er. »Wenn Ihr diesen Brief unterschreibt, bin ich bereit, weiter mit Euch in Frieden zu leben. Um der alten Freundschaft unserer Familien willen, und um Schaden von der Stadt Rom abzuwenden. Wenn Ihr aber Eure Unterschrift verweigert, müssen wir glauben, dass Ihr ein Verbündeter der Tuskulaner seid und vor Gericht gelogen habt. Um meinen Sohn ans Messer zu liefern. Dann sind wir Feinde. Also rate ich Euch – unterschreibt!«

Domenico sah die roten Äderchen in den Augen des Sabiners, roch seinen Knoblauchatem. Doch er rührte sich nicht.

»Also Feinde!«, sagte Severo, als Domenico schwieg. Ohne den Blick von ihm zu wenden, reichte er den Brief einem Kurier. »Bring dieses Schreiben nach Cremona, zum Kaiser! So schnell du kannst! Und wenn du ein Dutzend Pferde zu Tode reitest!«

4

Petrus da Silva hatte sich in den Verhandlungen mit dem kaiserlichen Truchsess durchgesetzt: Nicht der Kaiser empfing den Papst im Dom von Cremona, sondern der Papst den Kaiser. Während Teofilo mit feuchten Händen die Armlehnen des Throns umspannte, der im Altarraum für ihn aufgestellt worden war, zog Konrad an der Spitze seiner Berater in das Gotteshaus ein. Teofilo fühlte sich wie in einem Traum. Als würde ein Dämon ihm die Sinne verwirren und falsche Bilder vorgaukeln, sah er, wie der Kaiser vor ihm auf die Knie sank und das bekrönte Haupt beugte.

»Ewige Heiligkeit.«

Teofilo war für einen Moment außerstande, etwas zu erwidern. Vor wenigen Tagen noch hatte er in Rom um sein Leben bangen und sich in die Engelsburg verkriechen müssen wie ein Strauchdieb auf der Flucht – und jetzt diese Ehrbezeugung des mächtigsten Herrschers auf Erden? Er musste seine ganze Willenskraft aufbieten, um dem Kaiser den päpstlichen Ring hinzuhalten und die wenigen Worte zu stammeln, die Petrus da Silva ihm eingetrichtert hatte.

»Wir sind glücklich, Euch zu sehen. Hattet Ihr eine gute Reise?«

Statt sich mit Förmlichkeiten aufzuhalten, kam Konrad gleich zur Sache. »Ich brauche Eure Hilfe, Heiligkeit«, erklärte er, noch bevor er sich erhoben hatte.

»Ihr? Unsere Hilfe?«, fragte Teofilo irritiert.

»Ja, Ewige Heiligkeit. Ich möchte Euch bitten, Erzbischof

Eribertos Absetzung und Exkommunikation sowie die Einsetzung des Propstes Ambrosius zum neuen Metropoliten von Mailand zu bestätigen.«

Teofilo hatte keine Ahnung, wovon die Rede war. Er warf seinem Kanzler einen Hilfe suchenden Blick zu.

»Ihr meint – veranlassen?«, fragte Petrus da Silva den Kaiser.

Konrad schüttelte den Kopf. »Nein, bestätigen. Was es zu veranlassen gab, wurde bereits veranlasst. Durch mich.«

Teofilo atmete auf – offenbar sollte er nur etwas unterschreiben, was bereits entschieden war. Umso mehr überraschte ihn die ungewohnte Heftigkeit, mit der sein Kanzler auf das Ansinnen des Kaisers reagierte.

»Wollt Ihr etwa sagen, Ihr habt Eriberto eigenmächtig abgesetzt?«

»Allerdings«, erwiderte Konrad »Es wurde höchste Zeit, den Bischof von Mailand in die Schranken zu weisen. Dieser aufgeblasene Pfau hat nicht nur die Rechte seiner Vasallen missachtet, sondern auch die Pflichten, die er gegenüber dem Kaiser und dem Reich hat. Ich habe es mehrmals im Guten probiert. Aber statt zu gehorchen, hat Eriberto sich durch Flucht einer Maßregelung entzogen. Also habe ich ihn abgesetzt, *in absentia*, es gab keine andere Wahl.«

»Das ist ungeheuerlich!«, protestierte Petrus da Silva. »Nur der Papst kann einen Bischof seines Amtes entheben! Die Ehre Seiner Heiligkeit steht auf dem Spiel! Wollt Ihr einen Krieg provozieren?«

Konrad hob beschwichtigend die Hände. »Regt Euch nicht auf. Es liegt uns fern, die Ehre Ewiger Heiligkeit zu verletzen, im Gegenteil. Es soll nicht der Schaden Ewiger Heiligkeit sein, wenn Ewige Heiligkeit tut, was ich von Ewiger Heiligkeit verlange.«

Der Kaiser schnippte mit dem Finger, und einer seiner Gefolgsleute reichte ihm einen Brief. Teofilo streckte die Hand aus, um das Schreiben entgegenzunehmen, aber Konrad dachte gar nicht daran, es ihm auszuhändigen. Als wäre Teofilo Luft, wandte er sich wieder an den Kanzler.

»In diesem Brief«, sagte er und schlug auf die Pergamentrolle in seiner Hand, »bitten mich die Vertreter der Stadt Rom um die Einsetzung eines neuen Papstes. Und sie nennen auch die Gründe. Das Volk leidet Hunger. Die Tuskulaner quetschen die Leute aus, dass ihnen das Blut unter den Nägeln hervorspritzt. Auch gibt es Gerüchte, dass der Papst ein Zauberer ist, der sich mit dunklen Mächten verbündet hat. Und dann die willkürliche und unrechtmäßige Hinrichtung eines jungen Edelmannes durch den Bruder des Papsts. Wie war noch sein Name? Schließlich ist da noch von einer Frau die Rede, fast könnte man meinen, sie sei die Buhle des Papstes ...«

»Verleumdungen, Übertreibungen«, entgegnete Petrus da Silva. »Ein Viehsterben ist der Grund für die Hungersnot – der Heilige Vater versucht nur, in das Mysterium der Sakramente einzudringen. Seine Heiligkeit ist jung und wissbegierig und außerdem von vorbildlicher Keuschheit. Und was die Strafe an dem Sabiner Ugolino angeht, so ist sie zu Recht erfolgt. Ich selber habe den Prozess vorbereitet und begleitet.«

»Verleumdungen? Gerüchte?« Konrad hatte für den Kanzler nur ein höhnisches Lächeln übrig. »Euer sogenannter Papst wackelt wie ein Milchzahn, wenn ich mich gegen ihn erkläre.«

»Mäßigt Eure Worte! Ihr redet von Seiner Heiligkeit.«

»Seine Heiligkeit soll sich hüten! Die Forderung wurde von nahezu allen römischen Familien unterzeichnet.«

»Ich verlange den Brief zu sehen!«

»Bitte sehr!«

Während Petrus da Silva zu lesen begann, musterte Teofilo verstohlen den Kaiser. Konrad hatte eine Stirn wie ein Wehrturm, und obwohl er mit seinen Schlupflidern fast ein wenig schläfrig wirkte, entging seinen lauernden Augen keine Regung. Mit einem zufriedenen Lächeln registrierte er, wie Petrus da Silva einmal tief Luft holte. Aber einen Wimpernschlag später hatte der Kanzler die kleine Regung bereits überwunden. Seine Miene straffte sich, und er zeigte wieder sein vertrautes, undurchdringliches Gesicht.

»Ihr braucht den Papst mehr, als der Papst Euch, Majestät«, erklärte er, nachdem er den Brief zu Ende gelesen hatte. »Ohne seine Legitimation ...«

Konrad zückte sein Schwert. »Meine Legitimation ist das!«

»Ein Wort des Papstes ist mächtiger als jeder Stahl!«, erwiderte Petrus da Silva, ohne mit der Wimper zu zucken.

Konrad lachte einmal kurz auf. »Das Wort eines Kindes? Das Milchgesicht ist ja kaum aus dem Stimmbruch!«

»Der Papst ist der Papst, gleichgültig, wie alt er ist. Er ist Gottes Stellvertreter. Die ganze katholische Christenheit wird sich von Euch abwenden, wenn Ihr ohne Beschluss und Segen Seiner Heiligkeit einen Bischof absetzt. Aber das wisst Ihr so gut wie ich, sonst hättet Ihr nicht das Knie vor diesem *Kind* gebeugt.«

Es entstand ein kurzes Schweigen. Konrad schaute auf sein Schwert und fuhr nachdenklich mit der Hand an der Klinge entlang, als wolle er ihre Schärfe prüfen. Teofilo schwirrte der Kopf von all den Dingen, die ihn betrafen und von denen er doch so gut wie kein Wort verstand.

»Außerdem«, fuhr sein Kanzler an den Kaiser gewandt fort, »wollt Ihr etwa, dass die falschen Kräfte die Oberhand gewinnen? Wenn sich die Sabiner mit den Oktavianern und Crescentiern und noch ein paar anderen Familien verbünden, habt Ihr in Rom ausgespielt, und damit in ganz Italien. Nur die Tuskulaner können Euch die Unterstützung garantieren, die Ihr in der Stadt des Papstes braucht. Seit Generationen vertreten sie die Sache des Kaisers.«

Konrad zögerte, dann steckte er sein Schwert zurück in die Scheide. »Ihr seid ein ebenbürtiger Gegner«, sagte er mit einem Lachen. »Nun gut, Eminenz, ich mache Euch einen Vorschlag, der alle Seiten zufrieden stellen wird. Sobald ich meine Angelegenheiten hier erledigt habe, breche ich mit meinem Heer nach Apulien auf, um ein paar Gebietsstreitigkeiten zu klären. Wenn Seine Heiligkeit Eribertos Absetzung ausspricht, bin ich im Gegenzug bereit, Seine Heiligkeit nach

Rom zu begleiten und wieder auf den Thron zu setzen. Was haltet Ihr von dem Geschäft?«

»Welche Garantien bietet Ihr?«, fragte Petrus da Silva zurück.

»Ich werde so lange in Rom bleiben, bis der Papst wieder fest im Sattel sitzt«, erklärte Konrad. Dann wandte er sich an Teofilo, zum ersten Mal seit der Begrüßung. »Was meint Ihr, Heiligkeit – könntet Ihr Euch unter diesen Voraussetzungen durchringen, meine Wünsche zu erfüllen?«

Teofilo zuckte zusammen, so überraschend traf ihn die Frage. Doch bevor er sich seine Antwort überlegen konnte, kam ihm diese ganz von allein über die Lippen. »Ich will nicht zurück nach Rom!«, rief er so laut, dass er selber erschrak.

»Höre ich richtig?«, fragte Konrad den Kanzler. »Will der Bengel mich zum Narren halten?«

»Gott bewahre!«, erwiderte Petrus da Silva. »Was Seine Heiligkeit zum Ausdruck bringen möchte, ist nur – wir müssen über Euren Vorschlag nachdenken.«

5

Domenico spießte ein Stück Dorade von seinem Essbrett auf, und während er den Fisch hinunterwürgte, bemühte er sich tapfer, sich seinen Ekel nicht anmerken zu lassen. Chiara sah es mit einer Mischung aus Rührung und schlechtem Gewissen. Seit einer Woche war ihr Mann aus Rom zurück, und weil ihr Magen so empfindlich geworden war, dass sie am Abend kein Fleisch mehr vertrug, weder gekocht noch gesotten oder gebraten, hatte Domenico in der Küche angeordnet, dass es zum Nachtmahl künftig nur noch Fisch geben dürfe. Chiara hatte protestiert, er solle nicht um ihretwillen auf seinen Braten verzichten. Doch er hatte sich geweigert, seine alten Essgewohnheiten beizubehalten, trotz seines Widerwillens gegen alles Meeresgetier, und darauf bestanden, nur noch solche Speisen zu sich zu nehmen, die man auch Chiara servierte.

Gab es eine traurigere Möglichkeit für einen Mann, einer Frau seine Liebe zu beweisen?

»Ich bin müde«, sagte Chiara. »Ich glaube, ich möchte schlafen.«

»Und unsere Partie Trictrac?«, fragte er.

»Ach, Trictrac«, seufzte sie. »Nun gut, wenn Ihr es wünscht – natürlich.«

»Nein, nein! Ihr habt gesagt, Ihr seid müde, also sollt Ihr schlafen. Keine Widerrede!«

Obwohl ihm die Enttäuschung anzusehen war, erhob er sich von seinem Platz. Während eine Magd den Tisch abräumte, begleitete er Chiara die Treppe hinauf zu den Schlafgemächern. Ihr wäre es lieber gewesen, er wäre zurückgeblieben, um allein eine Partie gegen sich selber zu spielen, wie er es manchmal des Abends tat. Aber sie wollte ihn nicht zurückweisen, es hätte ihn zu sehr verletzt. Er litt schon genug darunter, dass sie immer noch in getrennten Räumen schliefen. Die unregelmäßigen Blutungen, die auch nach ihrer Rückkehr aus Grottaferrata nicht abgeklungen waren, hatten den nötigen Vorwand geliefert: Wenn ein Mann einer Frau beiwohnte, die vom Blut gezeichnet war, bestand die Gefahr, ein wasserköpfiges oder blödsinniges Kind zu zeugen. So predigten es jedenfalls die Priester von den Kanzeln.

Vor Chiaras Kammer blieb Domenico stehen. Als sie eintreten wollte, griff er nach ihrem Arm.

»Das Blut an meinem Gewand, nach dem Attentat – ich weiß, was Ihr deshalb denkt. Aber Ihr irrt Euch.«

Mit der Türklinke in der Hand, schaute Chiara ihn an. Sollte sie ihm glauben? Sie war von der Beteiligung ihres Mannes an dem Überfall auf Teofilo so fest überzeugt gewesen, dass sie ihm am liebsten ins Gesicht gespuckt hätte. Jetzt war ihre Gewissheit dahin, seine Klage gegen Ugolino war ja der unumstößliche Beweis, dass er nicht zu den Verschwörern gehörte.

Hatte sie ihn vielleicht nur deshalb verachtet, weil sie selber ein schlechtes Gewissen hatte und ihn verachten *wollte*?

Obwohl es ihm offenbar schwerfiel, hielt Domenico ihrem Blick stand.

»Warum habt Ihr mir nicht gesagt, dass Ugolino das Messer gehörte?«, fragte sie.

»Weil ich mir selber nicht sicher war«, entgegnete er.

»Und trotzdem habt Ihr Ugolino bezichtigt? Aber dann habt Ihr ja vor Gericht …«

»Ich wurde erpresst«, fiel er ihr ins Wort. »Ich konnte ja nur bezeugen, was ich gesehen hatte. Und wenn sie Ugolino freigesprochen hätten, hätten sie mich an seiner Stelle hingerichtet. Das hat Petrus da Silva mir unumwunden erklärt.«

»Dann sagt mir eins: Hat Ugolino den Mord begangen?«

Domenico zögerte.

»Bitte, ich muss es wissen.«

»Ich … ich weiß es nicht«, sagte er schließlich.

Chiara war so enttäuscht, dass auch sie eine Weile schwieg.

»Könnt Ihr mir wenigstens sagen, ob ihm das Messer gehörte, mit dem Alberico erstochen wurde? Damit ich irgendetwas habe, um Euch zu vertrauen?«

Domenico schüttelte den Kopf. »Nein, nicht einmal das kann ich sagen.«

»Warum nicht? Weil Ihr es nicht wisst?«

»Nein. Das ist nicht der Grund. Sondern … sondern …«

»Sondern was?«

»Um Eurer Sicherheit willen.«

»Um meiner Sicherheit willen?«

»Ja«, bestätigte er. »Wenn Ihr die Wahrheit wisst, kann das für Euch gefährlich werden. Und das will ich nicht riskieren. Die Vorstellung, dass Euch durch meine Schuld etwas passieren könnte …«

Er spürte ihre Verunsicherung und nahm ihre Hand.

»Glaubt mir, ich liebe Euch, mehr als mich selbst, und wenn Ihr mir die Möglichkeit gebt, werde ich alles versuchen, um Euch glücklich zu machen.«

Chiara wusste nicht mehr, was sie denken sollte. Abt Bartolomeo hatte ihrem Mann Glauben geschenkt und ihr versichert, dass sie Domenico vertrauen könne ... Aber woher wollte der Mönch das wissen? Selbst vor Gericht hatte Domenico nicht die Wahrheit gesagt, das hatte er ihr ja gerade selber gestanden ... Als sie die Augen schloss, sah sie in ihrem Innern ein anderes Gesicht: Teofilo. Im selben Moment spürte sie wieder die schwarze Krake, die von ihrer Seele Besitz ergriffen hatte.

Warum war es nur so schwer, herauszufinden, was die Wahrheit war und was Lüge?

»Bitte schaut mich an«, sagte Domenico, als würde er ihre Gedanken erraten.

Chiara hob den Blick.

»Die Sabiner haben den Kaiser aufgefordert, den Papst abzusetzen. Ich ... ich habe den Brief nicht unterschrieben – wegen Euch ...«

»Das habt Ihr getan?«

»Ja, Chiara.« Domenico nickte. Und als er die Erleichterung in ihrem Gesicht sah, fügte er hinzu: »Ich habe beschlossen, auf die Lustvilla zu verzichten. Ich wollte Euch eine Freude mit dem Haus machen, weil ich dachte, Ihr würdet lieber in der Stadt leben als hier in den Bergen. Aber ich glaube, ich weiß jetzt etwas Besseres.« Er machte eine Pause. Dann sagte er: »Über das Geld, das ich für den Bau vorgesehen hatte, sollt Ihr frei verfügen. Für Armenspeisungen, für die Pflege von Kranken – was immer Ihr wollt.«

Chiara spürte, wie ihr die Tränen kamen. »Ich weiß Eure Großzügigkeit zu schätzen«, sagte sie. »Wirklich. Aber – bitte drängt mich nicht, gebt mir noch ein wenig Zeit.«

Sie gab ihm einen Kuss auf die Wange, und bevor er etwas einwenden konnte, verschwand sie in ihrer Kammer.

Allein.

6

Lautes Hundegebell vermischte sich mit den Hetzrufen der Treiber, die in den nebelverhangenen Sümpfen am Ufer des Po alles Wild aufscheuchten, das sich in Büschen oder Erdhöhlen oder Nestern versteckte. Schon im frühen Morgengrauen hatte die kaiserlich-päpstliche Jagdgesellschaft Cremona verlassen, eine ganze Armee bewaffneter Männer, um in der Stille des neuen Tages über die Flusslandschaft hereinzubrechen, und hatte inzwischen eine Strecke von über tausend Stück Wild erlegt: Rehe und Hirsche, Rebhühner und Enten, Hasen und Füchse.

An der Seite des Kaisers, der einen Jagdfalken auf dem Arm trug, stieß Teofilo immer weiter in die Sümpfe vor. Er hatte sich schon lange nicht mehr so sehr auf einen Tag gefreut wie an diesem Morgen – die Jagd verband ihn mit einem Leben, das er für immer verloren geglaubt hatte. Dafür hatte er sich sogar über den Willen seines Kanzlers hinweggesetzt. Jedem Geistlichen, so hatte Petrus da Silva ihn ermahnt, sei die Jagd strengstens verboten, und das gelte in ganz besonderem Maß für den Papst. Doch der Kaiser hatte sich nicht um das Verbot geschert und Teofilo vor Anbruch des Tages wecken lassen, um sich mit ihm auf den Weg zu machen, bevor der Kanzler aufwachte.

»Pssst ... Da drüben!«

Konrads Vorstehhund zeigte einen Fasan an. Während der Kaiser die Haube vom Kopf seines Falken nahm und den Jagdvogel zum Steigen in die Luft warf, sah Teofilo einen Hasen, der kaum einen Steinwurf vor ihnen verharrte. Den Blick auf das Tier gerichtet, spannte er seinen Bogen. Doch bevor er den Pfeil abschießen konnte, hielt Konrad ihn mit energischem Griff zurück.

»Ich habe es langsam satt, dass Euer Kanzler die Verhandlungen immer weiter hinauszögert.«

Der Hase erwachte aus seiner Erstarrung und suchte in langen Sätzen das Weite. Teofilo ließ Pfeil und Bogen sinken.

»Ich ... ich habe damit nichts zu tun.«

»Das ist ein Fehler. Ihr solltet wissen, was Euer Kanzler in Eurem Namen tut. Petrus da Silva stellt täglich neue Forderungen, damit Eure Heiligkeit meine Maßnahmen gegen den Mailänder Bischof absegnet. Forderungen nach Geld, nach Lehen und Pfründen. Offenbar will er die Gelegenheit nutzen, um Eure Schulden zu bezahlen, die Eure Wahl verursacht hat.«

»Warum tut Ihr nicht einfach, was Ihr für richtig haltet?«, erwiderte Teofilo unsicher, während der Falke über ihnen in der Luft auf seine Beute wartete. »Schließlich seid Ihr der Kaiser.«

Mit einer Handbewegung befahl Konrad seinem Hund, den Fasan aufzuscheuchen. Der Hund gab Laut, und der Vogel flatterte auf. Im selben Moment stürzte der Falke wie ein Stein vom Himmel, mit dicht am Körper angelegten Flügeln, und als er fast den Erdboden streifte, öffnete er seine Schwingen und schlug mit den Krallen im Flug den Fasan.

»Ich will offen zu Euch sein«, erklärte Konrad, »Petrus da Silva hat Recht – ich brauche Euch, nur Ihr könnt Bischof Eriberto absetzen.« Während Teofilo sich über die Offenheit des Kaisers wunderte, landete der Falke auf Konrads Arm, zusammen mit der noch lebenden Beute. »Und auch darin hat Euer Kanzler Recht«, fuhr der Kaiser fort und drehte dem Fasan die Gurgel um, »das Bündnis der Tuskulaner und des Kaisers ist unverzichtbar für das gesamte Römische Reich.«

Er warf das tote Beutetier einem Jagdhelfer zu und belohnte seinen Falken mit einem Stück rohem Fleisch. Dann streckte er Teofilo die Hand hin.

»Schließen wir einen Pakt!«

Teofilo zögerte. »Ohne meinen Kanzler kann ich keine Entscheidung treffen.«

»Papperlapapp«, erwiderte der Kaiser. »Ihr seid der Papst – Ihr allein entscheidet!«

Teofilo fragte sich, ob Konrad sich über ihn lustig machte. Doch kein noch so kleines Lächeln im Gesicht des Herrschers wies darauf hin, im Gegenteil. So unwohl Teofilo bei der Vorstellung zumute war, eine Entscheidung ohne seinen Kanzler zu fällen, fühlte er sich gleichzeitig so geschmeichelt, dass er ein Grinsen unterdrücken musste. Kein Zweifel: Der Kaiser buhlte um seine Gunst – der Kaiser um *seine* Gunst!

»Warum wollt Ihr nicht zurück nach Rom?«, fragte Konrad plötzlich.

Teofilo spürte, wie er rot wurde. »Wie ... wie kommt Ihr darauf?«

»Im Brief der Sabiner war die Rede von einer Frau«, sagte Konrad. »Man unterstellt Euch, Ihr hättet mit ihr die Ehe gebrochen.« Behutsam, fast zärtlich strich er seinem Falken über das Gefieder und setzte ihm wieder die Haube auf den Kopf. »Ist diese Frau der Grund, warum Ihr nicht in Eure Stadt zurückkehren wollt?«

Teofilo schaute den Kaiser an. Durfte er sich diesem Mann anvertrauen? Manchmal hatte er das Gefühl, er würde platzen, weil es niemanden gab, mit dem er über all die Dinge sprechen konnte, mit denen er nicht fertigwurde – Petrus da Silva und seine Mutter würden ihn eher einsperren als ihm helfen. Als Konrad ihm nun mit ernster Miene zunickte, gewann das Bedürfnis, jemandem seine Not mitzuteilen, in Teofilo die Oberhand über die Angst, sich preiszugeben, und ohne weiter nachzudenken, öffnete er sein Herz. Alles, wovon seine Seele überquoll, erzählte er dem Kaiser: von Chiara di Sasso, der Frau, der er seit seiner Kindheit versprochen war ... Von ihrer Liebe, die sie schon so viele Jahren verband ... Von dem Tag, da sie auseinandergerissen worden waren ... Wie er gegen seinen Willen zum Papst erhoben worden war, und Chiara den Crescentier Domenico hatte heiraten müssen, für den Frieden zwischen den verfeindeten römischen Adelsfamilien ...

Ohne ihn zu unterbrechen, hörte Konrad seine Geschichte an. Erst als Teofilo verstummte, räusperte Konrad sich.

»Ich glaube, ich weiß eine Lösung«, erklärte er.

»Wirklich?«, platzte es aus Teofilo hervor.

Konrad nickte. »Wenn der Papst und der Kaiser sich verbünden, ist alles möglich.« Abermals reichte er ihm die Hand. »Wenn ich Euch den Himmel auf Erden beschere – seid Ihr dann bereit, mir dermaleinst ein Plätzchen im Himmel zu sichern?«

Das Gesicht des Kaisers strahlte eine solche Zuversicht aus, dass Teofilo nicht länger zögerte und in die dargebotene Hand einschlug.

7

Chiara stand am Fenster des Turmzimmers, eine vergessene Stickerei in der Hand, und blickte hinunter in den Burghof, wo in den langen Schatten des ausklingenden Tages der Feierabend anbrach. Zwei Mägde fütterten die Hühner und Gänse, die Stellmacher und Schmiede und Wagner räumten ihr Werkzeug zusammen und brachten es in die Geräteschuppen, und die Knechte trieben das Vieh zur Nacht in den Stall. Nur Domenico, ihr Mann, war noch mit Arbeit beschäftigt, zusammen mit einem Tischler. Einen Bauplan in der Hand, verglich er die Zeichnung mit einem hölzernen Modell, das wie ein kleines Haus aussah, und gab irgendwelche Anweisungen.

Hatte er es sich anders überlegt und doch beschlossen, die Stadtvilla zu bauen?

Chiara wollte sich gerade abwenden, um ihre Stickerei wiederaufzunehmen, da läutete die Glocke der Burgkapelle zum Angelus. *Der Engel des Herrn brachte Maria die Botschaft, und sie empfing vom Heiligen Geist ...* Als sie das Kreuzzeichen schlug und die vertrauten Worte murmelte, hielt unten im Hof auch Domenico in seiner Arbeit inne, um sich zu bekreuzigen und den Angelus zu beten. Das kleine Ritual, mit dem sie getrennt voneinander, doch gleichzeitig in ein und demselben Augenblick den herannahenden Abend heiligten, berührte Chiara in der Seele.

War Domenico vielleicht doch der Mann, den Gott für sie bestimmt hatte?

»Er hat mich gefragt, ob ich seine Frau werden will!«

In der Tür stand Anna, das Gesicht strahlend vor Glück.

»Wer hat dich was gefragt?«, erwiderte Chiara zerstreut. »Wovon redest du?«

»Von Antonio. Ich habe dir doch von ihm erzählt! Er will mich heiraten!«

Anna hatte ihr aschblondes Haar zu zwei Zöpfen geflochten, und ihre Augen leuchteten, als stünde sie bereits vor dem Traualtar. Chiara beneidete sie. War es wirklich so einfach, glücklich zu sein? Ihre ausladenden Hüften waren wie geschaffen, ein Kind nach dem andern zu gebären, und ihr voller Busen würde so viel Milch hergeben, dass sie damit zwei Säuglinge gleichzeitig nähren konnte.

»Bist du sicher, dass er der Richtige ist?«

»Und ob ich das bin!«

Chiara wollte etwas sagen, aber sie konnte es nicht. Die unerschütterliche Gewissheit ihrer Zofe war zu viel für sie. Sie wandte sich ab und begann hemmungslos zu schluchzen.

»Um Himmels willen!«, rief Anna. »Was hast du?«

Statt zu antworten, schüttelte Chiara den Kopf und nahm ihre Zofe in den Arm, um sie an sich zu drücken, so fest sie nur konnte.

»Ich wünsche dir alles Glück der Welt.«

»Aber deshalb musst du doch nicht weinen.«

»Ach Anna. Du weißt ja nicht, wie das ist, wenn man ...«

Mit einem Schluchzer riss Chiara sich von ihrer Zofe los und wandte sich wieder zum Fenster.

Doch Domenico war verschwunden.

8

Die Tische bogen sich unter den Schüsseln und Platten, die die Köche zu den Klängen von Mandolinen und Flöten und Fiedeln in den Prunksaal des Lateranpalastes trugen, wo Seine Heiligkeit, Papst Benedikt IX., sowie der Kaiser des Römischen Reiches gemeinsam einem Festmahl vorsaßen, das nahezu alle Edelleute der Stadt und der Campagna versammelte. Um seine Verbundenheit mit dem rechtmäßigen, von Gott und der Kirche eingesetzten Pontifex vor aller Welt zu bekunden, war Konrad Seite an Seite mit Teofilo in Rom eingeritten, an der Spitze seines tausendköpfigen Heeres, sodass niemand es gewagt hatte, seine Stimme gegen Benedikts Rückkehr auf den Thron zu erheben.

Während nun die Vertreter der Adelsfamilien in einem endlosen Zug an dem Doppelthron der beiden Potentaten vorbeidefilierten, um ihren Treueschwur in Gegenwart des päpstlichen Herrschers zu erneuern, wurden die herrlichsten Speisen serviert. Und als ein halbes Dutzend Diener ein Gestell präsentierte, auf dem eine mannshohe Pastete prangte, die bekrönt war von einem mit Biberschwänzen und Bärenschinken garnierten Schwanenbraten, überkam Teofilo zum ersten Mal seit seiner Inthronisation das Gefühl, ein größerer und bedeutenderer Mensch zu sein, als er zuvor gewesen war.

»Aaaaaahhhhh!«

Unter dem Beifall der Gäste platzte die Pastete auf, und heraus flatterte eine Schar zwitschernder Vögel. Im nächsten Moment sprang ein Zwerg aus dem riesigen Backwerk hervor. Mit einem Trummscheit unter dem Arm verbeugte er sich, um sodann mit einem Bogen der Darmsaite seinem Instrument so laut knatternde Töne zu entlocken, als litte ein Regiment Soldaten an Blähungen. Dazu zog er ein Gesicht, als wäre er selber der Hauptleidtragende.

»Ich glaube, Eure Herrschaft ist für die nächste Zeit gesichert«, sagte Konrad, während der ganze Saal brüllte vor Lachen. »Nun, seid Ihr zufrieden mit unserem Geschäft?«

Noch bevor Konrad die letzten Worte sprach, erblickte Teofilo plötzlich Chiara. Am untersten Ende der Tafel, in der Nähe des Ausgangs, als wolle sie sich verstecken, saß sie Seite an Seite mit ihrem Mann. Als ihre Blicke sich trafen, senkte sie den Kopf. Doch nur für einen Moment, der kaum einen Wimpernschlag dauerte, dann schaute sie wieder zu ihm hin.

»Ist sie das?«, fragte Konrad.

Teofilo war ebenso verlegen wie stolz. Wie wunderschön Chiara war … Sie hatte ihr Haar unter einem Kopftuch versteckt, wie eine Nonne, doch das machte sie fast noch anmutiger. Und obwohl sie so weit von ihm entfernt saß, dass er nicht mehr von ihr erkennen konnte als ihre grüne Tunika, glaubte er das Blau ihrer Augen zu sehen, die zwei Grübchen auf ihren Wangen, das Lächeln ihrer zartrosa Lippen … Ob sie unter ihrem Kleid wohl wieder zwei verschiedenfarbige Strümpfe trug?

»Bei Gott, die ist aller männlicher Mühen wert.« Konrad blickte lachend auf die Wölbung, die sich unter Teofilos Ornat abzeichnete. »Und wie verliebt sie in Euch ist! Der arme Ehemann!«

Teofilo fiel in sein Lachen ein, er konnte nicht anders, sein Stolz war größer als seine Scham. Doch als Chiara ihm plötzlich den Rücken zukehrte, wurde er ernst.

»Wann beruft Ihr die Synode ein?«, fragte er. »Ich kann es nicht länger erwarten, dass sie meine Frau wird. Auch muss ich fürchten, dass Petrus da Silva etwas unternimmt, um mich daran zu hindern. Er will von dem Plan nichts wissen und hat sich darum sogar geweigert, mich heute zu begleiten.«

Der Kaiser hob seinen Becher und prostete ihm zu. »Vertraut auf mein Wort«, sagte er. »Geschäft ist Geschäft. Sobald ich in Apulien für Ordnung gesorgt habe, werde ich alle Hindernisse beseitigen, die Euerm Glück im Wege stehen.«

9

»Darf ich vorlegen?«

Chiara nickte, und der Vorschneider füllte ihren goldenen Teller mit einer weiteren Portion Fleisch und Pastete. Ohne wahrzunehmen, was sie sah, blickte sie auf die mundgerechten Stücke, während irgendwo im Saal der Zwerg auf dem Trummscheit unaufhörlich seine Knatterlaute produzierte.

»Habt Ihr wirklich solchen Hunger?«, fragte Domenico.

»Wie bitte?«

»Gerade hat der Vorschneider Euch zum sechsten Mal hintereinander gefragt, ob er Euch vorlegen soll, und Ihr habt schon wieder genickt, statt ihn daran zu hindern, Euren Teller weiter aufzufüllen.«

»Sechs Mal hintereinander?«, wiederholte Chiara, ohne mit ihren Worten irgendeinen Sinn zu verbinden, und zupfte an ihrem Kopftuch.

Erst jetzt wurde sie gewahr, welche Unmengen Fleisch und Pastete sich vor ihr türmten. Dabei war sie unfähig, auch nur einen einzigen Bissen zu sich zu nehmen. Sie schaute ja nur auf ihren Teller, um nicht Teofilos Blicke erwidern zu müssen. Er wirkte so fröhlich und ausgelassen an der Seite des Kaisers – die zwei lachten die ganze Zeit und schienen sich köstlich zu amüsieren. Wie konnte er nur so glücklich sein, während sie selber vor Kummer verging? Hatte er denn alles vergessen? Nein, sie hätte nicht hierherkommen dürfen, jeder Augenblick war eine Pein. Denn ihn zu sehen und ihn doch nicht in die Arme schließen zu dürfen, war noch schlimmer, als zu Hause zu sitzen und allein um ihn zu weinen, wie sie es fast jede Nacht tat, wenn Domenico an ihrer Seite schlief. Ja, sie hatte gut daran getan, ihr Haar zu bedecken.

»Chiara, wo seid Ihr?«

»Was habt Ihr gesagt?«

»Ihr habt Euch so viel vorlegen lassen, dass Ihr einen zweiten Teller braucht. Dabei habt Ihr gar nichts angerührt, weder vom Fleisch noch von der Pastete. Die Leute schauen schon.« Domenico spießte ein Stück von seinem Teller auf. »Schwanenbraten – wenigstens davon solltet Ihr probieren.«

Sie rang sich ein Lächeln ab und griff nach ihrem Messer. Wenn Domenico ihr zuliebe jeden Abend Fisch hinunterwürgte, war sie ihm den kleinen Gefallen wohl schuldig. Doch als sie ein Stück Braten zum Mund führte, war ihr, als würde jemand ihre Kehle zudrücken. Nein, es ging nicht, der kleinste Bissen würde ihr im Hals steckenbleiben. Während sie ihr Messer wieder sinken ließ, erhoben sich paarweise ihre Tischnachbarn, um den Potentaten ihre Aufwartung zu machen.

Chiara erschrak. Mussten die Frauen ihre Männer etwa zum Thron begleiten?

»Ich möchte nach Hause«, erklärte sie. »Jetzt gleich!«

»Das geht nicht«, erwiderte Domenico. »Ich muss meinen Treueschwur erneuern.«

»Bitte! Lasst uns gehen!«

»Unmöglich!« Er legte seine Hand auf ihren Arm. »Keine Sorge, es ist gleich vorbei. Und wenn wir es hinter uns haben, wartet zu Hause eine Überraschung auf Euch.«

Noch während er sprach, stand er auf und reichte ihr seinen Arm. Um irgendeinen Halt zu haben, hakte sie sich bei ihm unter, und bevor sie wirklich begriff, was mit ihr geschah, stand sie vor Teofilo. Sie sah weder seine Tiara noch seinen weißen Mantel oder die roten Pantoffeln, nicht den Kreuzstab und nicht den Thron. Nur sein Gesicht sah sie …

Mit einem Knicks sank sie zu Boden. Im selben Moment hörte sie seine Stimme.

»Bitte steht auf!«

Chiara hob den Kopf und sah vor sich seine ausgestreckte Hand. Sie war ihr so vertraut, dass sie durch den weißen Handschuh hindurch jeden seiner Finger zu sehen glaubte. Die Finger, die sie einst so zärtlich gestreichelt hatten …

»Ewige Heiligkeit …«

Noch während sie nach der Hand griff, um seinen Ring zu küssen, half Teofilo ihr vom Boden auf.

»Ich sollte vor *dir* niederknien statt du vor mir«, flüsterte er ihr ins Ohr. »Ach, Chiara ... Du kannst dir nicht vorstellen, wie sehr ich dich vermisse.«

Für einen Moment streiften seine Lippen ihre Wange. Die kleine Berührung reichte, dass sie am ganzen Körper eine Gänsehaut bekam. Wie sollte sie diesen Augenblick überleben? Sein Gesicht war so nah, dass sie ihn hätte küssen können. Und doch war er so unerreichbar fern, als lebe er in einem anderen Land.

»Teofilo ...«

Plötzlich war sie mit ihm allein im Saal. Während das Trummscheit knatterte, als würde der Teufel Hochzeit feiern, ertrank sie in seinem Blick, in seinen grünen lächelnden Augen.

Mein Gott, wie sehr fehlte er ihr!

»Ich gelobe, Euch zu gehorchen und zu folgen, was immer Ihr befehlt. Als Euer treuer Untertan.«

Domenicos Stimme holte sie in die Wirklichkeit zurück. Ohne dass sie es gemerkt hatte, war ihr Mann an ihre Seite getreten, um vor dem Papst seinen Eid zu leisten.

Das war mehr, als sie verkraften konnte.

»Ewige Heiligkeit ...«

Wieder sank sie in einem Knicks zu Boden. Wie sollte das nur enden? Während Domenico ihr seinen Arm reichte, um sie an ihren Platz zurückzuführen, hob Teofilo seine behandschuhte Hand.

»Gehet hin in Frieden«, sagten seine Lippen.

Chiara hörte die Worte nicht, sie hörte nur, was sein Herz zu ihr sagte, in einer Sprache, die allein sie und er verstanden.

Noch immer schaute er sie an, mit seinen großen grünen lächelnden Augen, als sie sich rückwärts schreitend vom Thron entfernte. Sie wusste, es war verrückt, was sie verband – aber war ein solcher Augenblick, und wenn es der letzte war, den sie mit ihm tauschte, nicht alle Qualen wert, die sie für ihn erlitten hatte? Sie hatte nur einen Wunsch: dass er die roten und goldenen Strümpfe sah, die sie für ihn angezogen hatte.

Erst als sie ihren Platz erreichte, spürte Chiara in ihrer Hand Teofilos Brief. Sie hatte gar nicht gemerkt, wie er ihn ihr zugesteckt hatte.

10

Ermilina wusste, es war Sünde, am Freitag Süßigkeiten zu naschen, noch dazu in der Stunde, in welcher der Gottessohn ans Kreuz geschlagen worden war. Doch sie war so über alle Maßen glücklich, dass sie der Versuchung nicht widerstehen konnte. Während sie den Ornat ihres Sohnes sorgfältig auf Flecken und Beschädigungen überprüfte – eine Aufgabe, die niemand außer ihr im päpstlichen Haushalt verrichten durfte –, nahm sie also noch eine der köstlichen sizilianischen Datteln, die sie über alles liebte und von denen sie in ihrem Nähkästchen stets einen kleinen Vorrat versteckt hielt. Das Wunder, das sie in so vielen Gebeten herbeigefleht hatte, war geschehen: Gott hatte den Kaiser über die Alpen geschickt, um Teofilo wieder in sein Amt einzusetzen! Alle römischen Familien, sogar die Sabiner, hatten ihm erneut die Treue geschworen!

»Ich muss mit Euch sprechen.«

Ermilina schaute von ihrer Arbeit auf. In der Tür stand Petrus da Silva, der Kanzler ihres Sohnes.

»Ich habe Euch gar nicht anklopfen hören!«

»Euer Sohn hat uns alle an der Nase herumgeführt!«, stieß Petrus da Silva hervor, während er mit einer Heftigkeit, die Ermilina nicht an ihm kannte, die Tür hinter sich schloss. »Ich wollte mit dem Kaiser verhandeln, um Geld und Pfründe und Lehen, zur Tilgung unserer Schulden, als Gegenleistung für die Exkommunikation des Mailänder Bischofs. Aber dieser Grünschnabel, dieses dumme, einfältige Kind…«

»Ihr sprecht von Seiner Heiligkeit dem Papst!«, fiel sie ihm ins Wort. »Was werft Ihr ihm vor?«

»Er hat auf alles verzichtet und Eriberto exkommuniziert, wie der Kaiser es gewünscht hat, ohne irgendeinen Vorteil für die Kirche daraus zu ziehen. Nur weil Konrad ihm versprochen hat, ihn bei der Abschaffung des Zölibats zu unterstützen!«

Ermilina verstand kein Wort. »Mein Sohn will den Zölibat abschaffen? Zu welchem Zweck sollte er das tun?«

»Um Chiara di Sasso zu heiraten!«

»Aber die ist doch verheiratet! Gott sei Dank!«

»Nur weil sie vor einem Priester diesem Crescentier das Jawort gegeben hat?« Petrus da Silva schnaubte durch die Nase. »Wenn der Zölibat erst abgeschafft ist, bedarf es nur noch der Annullierung ihrer Ehe, und der Weg ist frei für die Hochzeit des Papstes mit Girardos Tochter.«

Erst jetzt sah Ermelina den Fleck auf Teofilos Alba. Ein Fleck von der Art, wie sie ihn von allen ihren Söhnen kannte.

»Und der Kaiser hat wirklich versprochen, diesen gotteslästerlichen Plan zu unterstützen?« Eilig legte sie die Alba beiseite, damit der Kanzler nichts sah.

»Ich bin mir nicht sicher«, erwiderte Petrus da Silva, »ob Konrad es tatsächlich ernst meint. Aber sein Versprechen hat immerhin gereicht, um Euren Sohn die Interessen der Kirche und Eurer Familie in Cremona schändlich verraten zu lassen.«

»Und was jetzt?«

Petrus da Silva zögerte »Wenn eine Frau ins Spiel kommt«, sagte er und strich sich über das rasierte Kinn, »verwirren sich die Dinge und geraten außer Kontrolle. Das dürfen wir nicht dulden.«

Ermilina fröstelte. Sie hatte diesen aalglatten, eitlen Kardinal, der niemanden in sein Herz schauen ließ, nie wirklich leiden können. Aber hatte sie sich vielleicht in ihm geirrt? Das sonst so blasse Gesicht des Kanzlers wies rote Flecken auf, offenbar war er genauso entsetzt über Teofilos Pläne wie sie. Warum? Weil er um seinen Einfluss auf den Papst fürchtete?

Oder weil auch er von der Überzeugung geleitet wurde, dass es Teofilos Bestimmung war, allein und ungeteilt für Gott zu leben, so wie einst Jesus Christus?

Ermilina reichte Petrus da Silva die Hand. »Wollen wir Freunde sein, Eminenz?«

»Es wäre mir eine Ehre«, erwiderte der Kanzler mit einer Verbeugung. »Und seid versichert, edle Herrin – ich werde alles tun, was in meiner Macht steht, um die Synode zu verhindern.«

11

... wenn Du Mühe hast, meine Schrift zu entziffern, wundere Dich nicht. Während ich Dir diese Zeilen schreibe, zittert meine Hand so sehr, dass ich kaum die Feder zu führen vermag. Doch keine Angst, sie zittert nicht, weil ich krank bin oder Fieber habe, sondern vor Freude! Vor lauter Freude, mein geliebtes Herz! ...

Den ganzen Weg von Rom bis in die Berge hatte Chiara warten müssen, um endlich den Brief zu lesen, den Teofilo ihr zugesteckt hatte. Was bei allen Heiligen war geschehen, dass er ihr heimlich schrieb? Noch nie war ihr die Strecke so endlos lang vorgekommen, dabei hatte der Wagenlenker die Pferde unaufhörlich angetrieben und in Ariccia sogar das Gespann gewechselt. In ihrer Aufregung hatte Chiara kein einziges Schlagloch gespürt und voller Ungeduld nur jede Wegmarke herbeigesehnt, die sie ihrem Ziel näherbrachte. Während Domenico die ganze Fahrt über Andeutungen von einer Überraschung machte, die zu Hause auf sie warten würde, hatte sie immer wieder verstohlen nach ihrem Ärmel getastet, um sich zu vergewissern, dass der Brief tatsächlich dort steckte und sie nicht nur geträumt hatte. Und kaum hatten sie die Burg erreicht, war sie von dem Karren gesprungen und hatte sich in ihre Kammer geflüchtet, um allein und ungestört mit Teofilos Worten zu sein.

... Ja, Chiara, es gibt eine Möglichkeit, wie wir zusammen leben können. Der Kaiser hat mir seine Hilfe versprochen, und so Gott will und Du es über Dich bringst, Domenico zu verlassen, sind wir schon bald vereint ...

Mit einem Seufzer streifte sie sich das Kopftuch vom Haar. Obwohl sie nicht alles verstand, was Teofilo schrieb, berührte sie die sehnsuchtsvolle Hoffnung, die aus jeder seiner Zeilen sprach, wie eine unfassbare, übermächtige Versuchung. Sollte es wirklich möglich sein? Sie und Teofilo ... für immer ein Paar? Es würde die schlimmste Sünde sein, die sie je begangen hatte, und vielleicht würde sie dafür in der Hölle büßen müssen. Aber es war das Schönste, was sie sich vorstellen konnte, und ja! ja! ja! – sie wollte diese Sünde begehen, mit jeder Faser ihres Leibs!

»Chiara?«

Es klopfte an der Tür. Eilig ließ sie den Brief im Ärmel ihres Gewands verschwinden.

»Herein!«

Domenico trat in die Kammer. »Ich wollte nur schauen, wo Ihr bleibt«, sagte er. »Anna trägt schon das Essen auf. Außerdem ...« Er machte eine Pause und sah sie voller Erwartung an. »Ich war so neugierig, ob Euch meine Überraschung gefällt.«

»Überraschung?«

»Ja, habt Ihr denn keine Augen im Kopf?«

Erst jetzt erblickte Chiara das kleine hölzerne Modell, das der Tischler nach Domenicos Anweisungen angefertigt hatte. Obwohl es mitten im Raum stand, hatte sie es nicht gesehen.

»Ist das ... die Lustvilla?«, fragte sie unsicher.

Domenico schüttelte den Kopf. »Nein, das ist das Armenhaus, das wir in Rom bauen werden. Ich weiß doch, wie sehr Euch die Not der Menschen am Herzen liegt.« Er machte einen Schritt auf sie zu und berührte ihren Arm. »Ich bin so stolz, dass ich eine solche Frau habe wie Euch.«

Chiara wusste nicht, was sie erwidern sollte. Womit hatte eine Frau wie sie einen solchen Mann verdient?

»Danke«, sagte sie leise. »Ihr seid so freundlich zu mir.«

»Unsinn!«, erwiderte er. »Ihr könnt mir keine größere Freude machen, als wenn ich Euch eine Freude machen darf.« Er hob ihr Kinn und schaute sie an. »Habt Ihr Euch denn gefreut?«

»Ja, natürlich«, sagte sie. »Es ist nur ...«

Sein zärtlicher Blick erfüllte sie mit solcher Scham, dass sie den Satz nicht zu Ende brachte. Spürte er denn nicht, wie unaufrichtig, wie verlogen sie war? Jeden Vorwurf hätte sie besser ertragen können als diese bedingungslose Liebe, mit der er sie umhegte.

Als würde er spüren, was in ihr vorging, ließ er sie los.

»Hab keine Angst«, sagte er leise. »Ich werde dich nicht drängen. Ich werde auf dich warten.«

Bevor sie ihm antworten konnte, verließ er ihre Kammer. Sie hob das Kopftuch auf, das zu Boden gefallen war, und während sie wieder ihr Haar bedeckte, spürte sie, wie ihr die Tränen kamen. Warum konnte sie ihren Mann nicht so lieben, wie er sie liebte? Er war doch der beste Mann, den eine Frau sich nur wünschen konnte!

War sie ein schlechter Mensch?

12

Teofilo stand auf dem Balkon des päpstlichen Palastes, um dem Kaiser zum Abschied die Ehre zu erweisen. Soweit das Auge reichte, quollen die Straßen und Gassen über von Konrads Fußvolk und Reitern, dem riesigen, tausendköpfigen Heer, mit dem er nach Apulien aufbrach, um in Salerno einen Aufstand niederzuschlagen, den dort ein unzufriedener Bruder des regierenden Fürsten angezettelt hatte. Teofilo konnte es gar nicht erwarten, dass der kaiserliche Tross sich endlich in Marsch setzte. Gleich nach seiner Rückkehr aus dem Süden, so hatte Konrad ihm versprochen, würde er die Synode einberufen, die nötig war, um die Priester der katholischen Kirche, einschließlich des Papstes, von ihrem Gelübde der Ehelosigkeit zu entbinden.

Warum hatte Chiara noch nicht auf seinen Brief geantwortet?

Endlich stieg Konrad in den Sattel seines Rappen und gab seinem Heer das Zeichen zum Aufbruch. Teofilo nickte noch einmal seinem neuen Verbündeten zu, dann verließ er den Balkon und kehrte in seine Privatgemächer zurück.

Dort wurde er von seiner Mutter erwartet.

»Du kannst den Zölibat nicht aufheben!«, erklärte sie.

»Ich ... ich weiß nicht, wovon Ihr sprecht«, erwiderte Teofilo.

»Lüg mich nicht an!« Mit besorgter Miene tätschelte sie seine Wange. »Oh, du dummer Junge. Hast du etwa geglaubt, so etwas bleibt geheim?«

»Aber ...«

»Nichts aber! Hast du das sechste Gebot vergessen? *Du sollst nicht ehebrechen!*«

»Welche Ehe meint Ihr? Ich bin nicht verheiratet.«

»Und Chiara di Sasso? Ist die auch nicht verheiratet? Du verstößt nicht nur gegen das sechste, sondern auch gegen das neunte Gebot: *Du sollst nicht begehren deines Nächsten Weib!*« Sie fasste ihn bei den Schultern. »Willst du dich um dein Seelenheil bringen? Für immer in der Hölle büßen? Wegen eines Frauenzimmers? Du bist der Papst!«

»Ich habe dieses Amt nie gewollt!«

»Du nicht – aber Gott! Und er wird dich strafen, wenn du dich ihm widersetzt und dich mit diesem Weib versündigst.«

Seine Mutter sprach mit solcher Entschiedenheit, dass Teofilo verstummte. Es hatte keinen Sinn zu leugnen – sie wusste Bescheid. Während er versuchte, ihrem Blick standzuhalten, ließ sie seine Schulter los und fasste sich an die Brust, das Gesicht von Schmerzen verzerrt.

»Was hab Ihr? Ist Euch nicht gut?«

Teofilo wusste, seine Mutter hatte ein schwaches Herz. Jede Aufregung war Gift für sie, und nichts regte sie mehr auf als die Sorge um ihn. Plötzlich wurde er gewahr, wie alt sie schon war, sah ihr schütteres, graues Haar, den welken Mund, die zerknitterte Haut – Spuren eines langen, mühevollen Lebens, in dem sie sich für ihn verzehrt hatte.

»Siehst du endlich ein, dass ich Recht habe?«, fragte sie leise.

Teofilo wollte sie in den Arm nehmen, sie an sich drücken und küssen. Doch stattdessen schüttelte er den Kopf.

»Mein Entschluss steht fest«, sagte er. »Chiara ist mir wichtiger als jedes Gesetz und jedes Gebot.«

»Hat dich dieses Weib verhext?« Seine Mutter nahm seinen Kopf zwischen die Hände, wie sie es früher getan hatte, wenn sie ihm ins Gewissen sprach. »Begreif doch, mein Junge! Den Zölibat kannst du vielleicht mit Konrads Hilfe aufheben, aber nicht Chiaras Ehe!«

»Ihr irrt Euch.« Teofilo fasste ihre Handgelenke, um sich von ihr zu befreien. »Ich habe die Kirchenväter studiert. Um eine Ehe aufzuheben, muss nur festgestellt werden, dass sie nicht vollzogen wurde.«

»Aber das ist eine Lüge! Diese Ehe *wurde* vollzogen! Jedermann in Rom weiß, dass Chiara di Sasso ...«

»Eine Fehlgeburt!«, fiel Teofilo ihr ins Wort. »Außerdem – woher wollt Ihr eigentlich wissen, dass Domenico der Vater des Kindes war?«

13

Der klösterliche Friede von Grottaferrata umfing Chiara wie ein schützender Mantel, als sie vor dem Altar der Abteikirche niederkniete und das Kreuzzeichen schlug. Ach, warum hatte ihr Vater ihr nur das Lesen und Schreiben beigebracht? Sonst wäre ihr Teofilos Nachricht erspart geblieben. Doch jetzt hatten sich seine Worte in ihre Seele gebrannt und konnten nicht mehr darin ausgelöscht werden ... Was sollte sie tun? Ein Dutzend Mal hatte sie versucht, ihm einen Antwortbrief zu schreiben, aber jedes Mal, wenn sie zur Feder griff, versagte ihr die Sprache. Alles in ihr, was lebte und fühlte und liebte, schrie danach, der Versuchung nachzugeben ... Und alles in ihr, was ehrsam und vernünftig und sittsam war, verbot ihr, der Sehnsucht ihres Herzens zu folgen.

Durfte sie überhaupt in Erwägung ziehen, Domenico zu verlassen, um mit Teofilo zu leben? Oder war allein der Gedanke daran schon eine Sünde, die mit ewiger Verdammnis bestraft wurde?

»Was Gott vereint hat, darf der Mensch nicht scheiden«, erklärte Abt Bartolomeo, nachdem sie die Beichte abgelegt hatte.

Sein mildes Gesicht nahm einen so strengen Ausdruck an, dass Chiara erschrak. Sie hatte so sehr gehofft, dass dieser Mann, der doch in die Herzen der Menschen blicken konnte und ihre Not sah, ihr einen Ausweg weisen würde. Doch Bartolomeo wiederholte nur, was ihr Gewissen ihr täglich und stündlich selber sagte.

»Habt Ihr noch etwas auf der Seele?«, fragte der Abt. »Dann sprecht es aus, damit der Stachel des Zweifels nicht länger an Euch nagt.«

Chiara senkte den Blick, beschämt über eine Frage, von der sie fürchtete, dass der Teufel sie ihr eingegeben hatte. Aber sie hatte keine andere Wahl, sie musste sie ihrem Beichtvater stellen. Sonst würde sie vielleicht ein Leben lang ein Glück beweinen, das sie zurückgewiesen hatte, obwohl es ihr beschieden war.

»Und die Totgeburt?«, fragte sie so leise, dass sie kaum ihre eigene Stimme hörte. »War das nicht ein Zeichen, dass meine Ehe ...?«

»Nein!«, erklärte Bartolomeo, bevor sie den Satz zu Ende sprechen konnte. »Ihr habt kein totes Kind geboren, damit Ihr nun an Eurer Ehe zweifelt. Gott wollte Euch mit dem tot geborenen Kind vielmehr für Eure Verfehlung strafen. Habe ich Euch das nicht schon einmal gesagt?«

Ja, das hatte er. *Weil du das Kind in deinem Herzen nicht gewollt hast, hat Gott es dir genommen, bevor es dir wirklich gehörte ...* Die Worte hallten in ihr nach, als hätte jemand eine Tür ins Schloss geworfen. Die Tür, hinter der ihr Glück verborgen lag.

»Und was soll ich jetzt tun, ehrwürdiger Vater?«

»Euren Mann lieben und ehren, bis dass der Tod Euch scheidet«, entschied der Abt. »Und alles tun, um ein Kind zu bekommen.«

Chiara hob den Blick. »Meint Ihr – beten?«

»Das auch, meine Tochter.« Mit einem Lächeln kehrte die Milde wieder in Bartolomeos Gesicht zurück. »Aber vergesst über das Beten nicht die Erfordernisse der Natur. Seid Ihr dazu bereit?«

Chiara zögerte, einen langen, schmerzlichen Augenblick. Dann nickte sie, um sich in ihr Schicksal zu fügen. »Ja, ehrwürdiger Vater.«

Ihr Beichtvater legte seine Hand auf ihren Scheitel. »So will ich Euch in Gottes Namen vergeben«, sagte er dann und bezeichnete mit dem Daumen ein Kreuz auf ihrer Stirn. »Gehet hin in Frieden.«

»Dank sei Gott, dem Herrn.«

14

Petrus da Silva war jede Form von Unordnung verhasst, doch im Vatikan herrschte seit der Abreise des Kaisers ein Durcheinander wie in der Sakristei eines betrunkenen Dorfpfarrers. Den ganzen Tag lang hatte er schwierigste Verhandlungen geführt, mit Vertretern aller Familien Roms und der Campagna, um das empfindliche Gleichgewicht der Kräfte vor einer Erschütterung zu schützen, die nicht nur der heiligen Stadt, sondern auch der heiligen katholischen Kirche allergrößten Schaden zufügen konnte. Und warum? Weil dieser liebestolle Jüngling, der so wenig Herrschaft über seine Gefühle hatte wie ein ralliger Kater, es sich in den Kopf gesetzt hatte, Chiara di Sasso zu ehelichen!

Mit einem Seufzer trat Petrus an sein Pult. Er hatte Teofilos Wahl in der Hoffnung betrieben, mit einem Kind auf dem Thron ungestört das Wohl seiner geliebten Kirche wahren und mehren zu können, statt Rücksicht nehmen zu müssen auf die selbstsüchtigen Interessen eines Papstes, der sein Amt zum Vorteil seiner Familie missbrauchte. Doch wenn er gewusst hätte, welche Geister er damit heraufbeschwor – lieber hätte er einen muselmanischen Eunuchen oder einen gottlosen, aber berechenbaren Buschräuber zum Stellvertreter Christi erkoren als Teofilo di Tusculo.

Hatte er dafür einen unschuldigen Menschen hinrichten lassen und seine Seele der Gefahr ewiger Verdammnis ausgesetzt?

Wie ein Mühlstein lastete das Bewusstsein seiner Schuld auf ihm. Er hatte Ugolino weder leichtfertig noch reinen Gewissens geopfert, er hatte dieses Kreuz nur auf sich genommen, um die Kirche und das Gottesvolk vor dem Chaos zu bewahren, das im Falle von Benedikts Entmachtung gedroht hätte. Nie war ihm ein Entschluss schwerer gefallen als dieser, den er hatte fassen müssen, als Domenico ihm seine Beobachtungen in der Basilika eröffnet hatte, und er hatte alle Widerstände in seiner Seele überwunden, um der Vernunft zu gehorchen. Sollte diese seine Schuld, die größte Sünde, die er jemals auf sich geladen hatte, umsonst gewesen sein?

Müde und erschöpft rieb Petrus da Silva sich die Augen. In Stunden wie dieser fühlte er sich so einsam wie Adam, bevor Gott ihm Eva zur Seite gegeben hatte. Wie sehr sehnte er sich nach der Liebe einer Frau, die seine Sorgen teilte, um ihn aus der Einsamkeit zu befreien, die sein Amt ihm auferlegte und die schwerer zu ertragen war, als die Enthaltsamkeit des Fleisches. Aber nein, er durfte solche Gemeinschaft nicht haben, seine Braut war die Kirche, ihr zu dienen, hatte er sein Leben geweiht.

Um den fauligen Geschmack im Mund fortzuspülen, der ihn ärger plagte als die Schmerzen seines eiternden Zahnes, trank Petrus einen Schluck Wasser. Während er ein Blättchen Pfefferminz kaute, nahm er das Schreiben zur Hand, das er am Vormittag aufgesetzt hatte, um es im Namen der römischen Edelleute an den Kaiser zu senden.

Konnte er damit verhindern, dass Teofilos Raserei über Vernunft und Maß triumphierte?

Während er noch einmal Wort für Wort den Text durchging, öffnete ein Diener die Tür.

»Eminenz, der Heilige Vater.«

Bevor Petrus da Silva niedersinken konnte, stand Benedikt vor ihm.

»Habt Ihr die Kardinäle unterrichtet, dass der Kaiser eine Synode einberufen wird?«, fragte er, ohne ihm die Hand zum Kuss entgegenzustrecken.

»Ich muss Euch enttäuschen, Ewige Heiligkeit«, erwiderte Petrus. »Weder habe ich die Kardinäle bis jetzt unterrichtet, noch gedenke ich, es je zu tun. Im Gegenteil. Ich habe sichergestellt, dass die Synode nicht stattfinden wird.«

»*Was* habt Ihr?«

»Wenn Ihr den Pfad der Tugend verlasst, Ewige Heiligkeit, ist es meine Pflicht, Euch auf diesen Pfad zurückzuführen.« Er nahm das vorbereitete Schreiben von seinem Pult. »Ein Sendbrief an den Kaiser. Darin kündigen die Edelleute der

Stadt Rom Konrad die Gefolgschaft für den Fall, dass er eine Synode zur Abschaffung des Zölibats einberuft.«

»Das wagt Ihr, mir ins Gesicht zu sagen?«

»Ein Gebot der Vernunft und des Glaubens«, erklärte Petrus. »Weder die Kirche noch die Heilige Stadt darf von einem Papst regiert werden, der in Sünde lebt.«

Für einen Moment sah Benedikt aus, als wolle er sich auf ihn werfen. Doch plötzlich straffte er sich und schaute seinem Kanzler fest in die Augen. Mit einem Anflug von Bestürzung erkannte Petrus, wie sehr Teofilo sich gewandelt hatte. Nein, das war kein liebestoller Jüngling mehr, kein hilfloser Sklave seiner Gefühle. Der Jüngling war zum Mann gereift.

»Ihr verweigert mir den Gehorsam?«, fragte Benedikt.

»Nun, dann werde ich mir den nötigen Respekt verschaffen.«

Ohne eine Erwiderung abzuwarten, wandte er sich ab und verließ die Kanzlei.

Petrus nickte. Ab heute gab es eine neue Größe im römischen Machtgefüge. Denn wer Herrschaft über sich selbst hatte, der hatte auch das Zeug, Herrschaft über andere Menschen zu gewinnen.

15

Mit Ehrfurcht gebietender Strenge blickten die Gesichter der Heiligen und Kirchenväter von den Wänden auf den Besucher herab, der den Audienzsaal des Papstes betrat, und sogar Teofilo selbst, der doch jede Woche hier die Kurienkardinäle empfing, verspürte noch immer ein leichtes Schaudern, wenn er unter den prüfenden, an das Jüngste Gericht gemahnenden Blicken auf seinem Thron Platz nahm. Falls es einen Ort gab, an dem ein Mensch sich seiner Schuld und Verderbnis innewurde, dann dieser!

Aus eben diesem Grund hatte er den Audienzsaal für die anstehende Unterredung gewählt. Der Saal flößte jedermann

Respekt ein – hoffentlich würde er auch bei dem Mann, den Teofilo heute zu sich gerufen hatte, seine Wirkung nicht verfehlen. Im Streit mit seinem Kanzler hatte er begriffen, dass es nicht reichte, den Kaiser an seiner Seite zu wissen, um seinen Willen durchzusetzen. Er brauchte auch einen Verbündeten in der Stadt, sonst war er Petrus da Silva auf Gedeih und Verderb ausgeliefert. Doch als Kandidat, der über genügend Macht verfügte, um die Autorität des Papstes in der Patrizierschaft zu garantieren, war ihm nur ein Mann eingefallen: ein Mann, der ihn seit seiner Kindheit beneidete und ihn darum hasste wie kein zweiter.

»Der Konsul von Rom!«

Zwei Gardisten öffneten die Flügeltür, und herein trat Gregorio. Bei seinem Anblick musste Teofilo tief Luft holen. Es war, als betrete sein eigener Vater den Raum: die kraftstrotzende Erscheinung, das wettergegerbte Gesicht, der wallende Bart – sogar die künstliche Stirnglatze, die sein Bruder sich seit einiger Zeit scheren ließ, um die Ähnlichkeit mit seinem Erzeuger noch zu unterstreichen, erinnerte an den toten Grafen von Tuskulum.

Für einen Moment sank Teofilos Mut. Konnte er diesen Kampf überhaupt gewinnen? Er wusste, es gab nur einen Weg, um es herauszufinden.

»Warst du an dem Anschlag im Petersdom beteiligt?«, fragte er, ohne sich mit Vorreden aufzuhalten.

Sein Bruder zuckte zusammen. »Bist du wahnsinnig?«, erwiderte er. »Natürlich nicht! Wie ... wie kannst du nur so etwas ...«

»Wolltest du mich töten?«, fiel Teofilo ihm ins Wort. »Um an meine Stelle zu treten?«

»An DEINE Stelle?«

»An wessen Stelle sonst?« Teofilo ließ sich nicht beirren. »Ich habe deine Beichte gehört, in der Einsiedelei.«

Gregorio wurde blass. »Was hast du gehört?«

»Genug, um zu wissen, dass du mich ermorden wolltest«, erklärte Teofilo.

»Das ist nicht wahr! Ich wollte dich nicht ermorden! Das schwöre ich bei Gott!«

»Hör auf zu lügen! Nur der Anschlag auf unseren Vater hat mich gerettet.«

Gregorio kaute an seinen Nägeln, als würde er verhungern, und der Ausdruck in seinem Gesicht wechselte von blöder Fassungslosigkeit zu blankem Entsetzen. Teofilo entspannte sich. Kein Zweifel, er hatte ins Blaue gezielt, doch ins Schwarze getroffen.

»Das ... das kannst du nicht beweisen«, stammelte Gregorio.

»Und ob ich das kann«, erwiderte Teofilo. »Ich brauche nur Giovanni Graziano zu befragen.«

»Der darf nichts verraten. Das Beichtgeheimnis ...«

»Mag sein. Aber was ist mit Gott? Glaubst du, du kannst ihn ebenso betrügen wie mich?«

»Gott?«, wiederholte Gregorio.

»Ja, Gott«, bestätigte Teofilo. »Egal, was du vor mir und der Welt behauptest: Ihm bleibt nichts verborgen. Und er wird jeden strafen, der seine Gebote verletzt.«

Gregorio wollte etwas sagen, doch sein Mund blieb stumm. Mit aufgerissenen Augen starrte er Teofilo an. Wortlos nach Luft schnappend, ruderte er mit den Armen, pumpte sich auf, sein Brustkasten wogte, auch sein Schädel schwoll an und wurde rot. Da zerfiel plötzlich sein Gesicht, sein Minenspiel wurde zum Blitzgewitter, und während er unverständliche Laute brabbelte, schlug er das Kreuzzeichen und warf sich zu Boden.

»Vergib mir!«, rief er und umfasste mit beiden Händen Teofilos Pantoffeln. »Beim Andenken unseres Vaters! Ich bin dein Bruder!«

»Das heißt – du bereust?«

»Ich muss von Sinnen gewesen sein und bin zu jeder Buße bereit! Du musst mir vergeben! Ich flehe dich an! Du bist der Papst! Ich will nicht in der Hölle brennen! Wenn du mir vergibst, vergibt mir auch Gott.«

Unsicher schaute Teofilo auf Gregorio herab. War das tatsächlich die Wirkung seiner Worte? Er konnte es kaum glauben. Sein Bruder zitterte am ganzen Leib, als hätte er die Fallsucht, und sein Blick flackerte vor Angst.

Teofilo beschloss, die Gunst der Stunde zu nutzen, und holte aus dem Ärmel seiner Alba das Schreiben hervor, das er für diese Begegnung aufgesetzt hatte: »Steh auf«, sagte er und streckte ihm das Pergament entgegen.

»Was ... was ist das?«, stammelte Gregorio und lugte in die Höhe.

»Dein Geständnis«, erklärte Teofilo. »Darin bekennst du dich zu der Absicht, deinen päpstlichen Bruder umzubringen. Ich will, dass du das unterschreibst.«

»Wes ... weshalb soll ich das tun?«

»Damit ich mir Deiner sicher sein kann. Für immer.«

»Das ist Erpressung!«

»Mir ist es gleich, wie du das nennst.« Teofilo hielt ihm das Pergament unter die Nase. »Sobald du unterschrieben hast, vergebe ich dir deine Sünden.«

Gregorio kniff sein linkes Auge zusammen. »Und wenn ich mich weigere?«

»Dann verweigere ich dir die Absolution, und du wirst für alle Zeit in der Hölle schmoren.«

Eine schwarze Katze huschte durch den Raum und sprang auf eine Fensterbank. Gregorio starrte sie an wie zuvor seinen Bruder.

»Erst muss das verdammte Vieh weg!«, zischte er.

Teofilo gab einem Gardisten ein Zeichen, und während die Katze hinausgetragen wurde, stand sein Bruder auf und nahm endlich das Schreiben.

»Wirst du mir wirklich vergeben, wenn ich tue, was du willst?«, fragte er mit erstickter Stimme.

»Ja. Wenn du unterschreibst, spreche ich dich von allen deinen Sünden frei. Im Namen des dreifaltigen Gottes.«

Gregorio zögerte noch immer. »Von allen meinen Sünden?«, wiederholte er dann. »Wirklich ALLEN?«

Teofilo nickte.

»Also gut.« Sein Bruder zog ein Gesicht, als würde eine Zentnerlast von seinen Schultern fallen. »Gib her!«, sagte er zu dem Pagen, der schon eine Gänsefeder für ihn bereithielt.

Mit angehaltenem Atem sah Teofilo zu, wie Gregorio mit ungelenker Hand seinen Namen unter das Geständnis setzte, das einzige Wort, das sein Bruder schreiben konnte. Was für ein berauschendes Gefühl! Noch nie hatte er seine Macht so sehr empfunden wie in diesem Moment. Als hätten die Heiligen und Kirchenväter an den Wänden ihn endlich für würdig befunden, sein Amt anzutreten.

»*In deo te absolvo*«, sagte er, als Gregorio ihm das unterschriebene Pergament zurückgab.

»Und damit du siehst, dass nicht nur Gott dir verzeiht, sondern auch ich, werde ich dich zum Patronus erheben, zum Schutzherrn Roms. Als sichtbares Zeichen, dass wir Seite an Seite stehen. Die Vereinigung der weltlichen und geistlichen Macht. Wie unser Vater es gewollt hat.«

Sein Bruder kniete vor ihm nieder und küsste seinen Ring. »Ich danke Euch, Heiliger Vater.«

»Bedank dich nicht mit Worten, sondern mit Taten«, erwiderte Teofilo. »Ich habe einen Auftrag für dich.«

»Welchen?«

»Du musst eine Botschaft überbringen, ohne dass Petrus da Silva davon erfährt.«

»Wer ist der Empfänger?«

»Der Kaiser«, antwortete Teofilo. »Richte ihm aus, unsere Synode soll in Neapel stattfinden. Rom ist eine Schlangengrube, und ich habe Sorge, dass hier ...«

»Aber der Kaiser ist in Apulien, und dort herrscht das Sumpffieber! Kann nicht jemand anders ...?«

»Nein«, entschied Teofilo. »Du bist der einzige Mensch, dem ich traue. Gott wird dich schützen!«

Er hob seine Rechte zum Segen. Gregorio blickte auf sein Geständnis in Teofilos Hand und beugte sein Haupt.

»Ihr seid der Papst«, sagte er. »Ich werde tun, was Ihr befehlt.«

16

»Ich liebe dich«, flüsterte Domenico. »Ich liebe dich ...«

Sein Haar klebte in Strähnen an seiner Stirn, und in seinem Oberlippenbart perlten kleine Schweißtropfen, während er wieder und wieder in Chiaras Schoß drang und ihr dabei mit rauer Stimme seine Liebe beteuerte. Wie sehr wünschte sie sich, seine Gefühle zu erwidern. Doch sie konnte ihr Herz nicht täuschen. Statt Lust empfand sie nur Schmerz, und ihr Leib empfing seine Liebkosungen so reglos, als wäre er ein Stück Holz. Hoffentlich war es bald vorbei.

»Ja, ich liebe dich ...«

Mit einem Seufzer erstarb Domenico in ihren Armen. Chiara drehte sich zur Seite. Früher hatte er manchmal gefragt, ob auch sie die Umarmung genossen habe, doch zum Glück hatte er das aufgegeben – sie war eine so schlechte Lügnerin, dass sie jedes Mal rot geworden war. Ohne sich zu rühren, wartete sie ab, dass er das Bett verließ und seine Kleider anzog.

»Ich gebe in der Küche Bescheid, dass wir frühstücken wollen«, sagte er.

»Das ist lieb«, erwiderte sie. »Aber fangt schon ohne mich an. Ich brauche noch eine Weile.«

Als sie allein war, wartete sie, bis die Schmerzen in ihrem Unterleib abgeklungen waren. Dann ging sie in den Nebenraum, wo Anna ein Bad für sie vorbereitet hatte. Während sie ihr Bettkleid abstreifte, kam ihre Zofe herein und reichte ihr einen Brief.

»Der wurde gestern Abend abgegeben. Heimlich, für dich. Ich musste schwören, ihn keinem anderen Menschen zu zeigen.«

Chiara blickte auf das Siegel. Als sie die Inschrift sah, fing sie an zu zittern. Es war das Siegel des Papstes.

»Ich sorge schon mal dafür, dass der Herr nicht verhungert.«

Kaum war Anna verschwunden, begann Chiara zu lesen.

... Du hast meinen Brief nicht beantwortet. Aber glaubst Du, Dein Schweigen könnte unser Schicksal ändern? Wir sind füreinander bestimmt, und darum mache ich mich jetzt auf den Weg nach Süden, auch ohne eine Antwort von Dir, doch in der Hoffnung und Gewissheit, dass unsere Liebe stärker ist als alle Zweifel.

Chiara spürte, wie ihr Herz vor Aufregung klopfte. Teofilo hatte den Mut, all die Dinge auszusprechen, die sie kaum zu denken wagte ... Eilig las sie weiter, als könnten sonst die Zeilen vor ihren Augen sich auflösen wie ein schöner Traum. Aber nein, das war kein Traum! Sein Bruder, so schrieb er, sei bereits in Apulien beim Kaiser, und sobald Konrad seinen Feldzug gewonnen habe und die Ordnung in Salerno wiederhergestellt sei, würde er in Neapel eine Synode einberufen, um den Zölibat aufzuheben ...

... Wenn ich zurück bin, musst du deine Ehe mit Domenico auflösen. Ich weiß, Chiara, das wird nicht leicht für Dich sein. Damit der Spruch ergehen kann, musst Du vor einem Kirchengericht beeiden, dass das Kind, das Du verloren hast, nicht von Deinem Mann war ...

Erschrocken ließ Chiara den Brief sinken. Was verlangte Teofilo von ihr? Sollte alles, was sie sich wünschte und wonach sie sich sehnte, auf einer Lüge gründen? Einer Lüge um ihr tot geborenes Kind? Bei dem Gedanken senkte sich ein grauer, schmutziger Schleier über ihr Glück ... Doch bevor die Zweifel sie hindern konnten, griff sie wieder zu dem Brief, um weiterzulesen, all die wunderbaren Zeilen, in denen Teofilo ihre Zukunft beschrieb, ihr gemeinsames Leben, in dem es keine Trennung mehr gab, keine Grenze zwischen ihm und ihr ...

… Dann sind wir endlich vereint, für immer zusammen, Du und ich, und es gibt nichts mehr auf der Welt als uns beide und unsere Liebe … Ja, mein Engel, unser Glück ist zum Greifen nah …

Bei den letzten Worten lief ein Schauer über ihren nackten Leib, und eine Woge erfasste sie, die stärker war als sie, während in ihrem Innern sich jene Tür öffnete, die ihr in Domenicos Armen stets verschlossen blieb. Sie presste den Brief an ihre Lippen und küsste Teofilos Namen.

Wäre es nicht die größte Sünde überhaupt, größer noch als Ehebruch und Verrat, ein solches Glück auszuschlagen, wenn Gott bereit war, es ihr und dem Papst zu schenken?

17

»Ich verbiete dir diese Reise!«, erklärte Ermilina. »Ein für alle Mal! Sie bedeutet dein Unglück!«

»Ihr könnt mir gar nichts verbieten«, erwiderte Teofilo und fuhr fort, seinen Mantelsack zu packen. »Solange ich lebe, habt Ihr mir Vorschriften gemacht und mich gezwungen, Dinge zu tun, die mir verhasst waren, ohne je danach zu fragen, wie ich eigentlich leben möchte. Und wenn ich jetzt endlich das tun kann, was ich schon immer wollte, dann …«

»Dann was?«, unterbrach ihn seine Mutter. »Kein Mensch hat dich je zu etwas gezwungen, alles war Gottes Entscheidung! Gott hat dich zu seinem Stellvertreter bestimmt! Niemand sonst! Und wenn du jetzt versuchst, seine heiligsten Gesetze zu brechen, nur weil der Kaiser dein Komplize ist …« Sie wandte sich an den Kanzler, der sie begleitet hatte. »Herr im Himmel, so sagt Ihr doch auch mal was!«

»Ihr kennt meine Meinung«, antwortete Petrus da Silva. »Und Seine Heiligkeit auch. Ich kann nur hoffen, dass Konrad meine Depesche rechtzeitig erhält.«

»Ihr habt dem Kaiser geschrieben?« Teofilo fuhr herum. »Hinter meinem Rücken?«

»Ich habe Euch schon einmal gesagt, Ewige Heiligkeit: Wenn Ihr den Pfad der Tugend verlasst, ist es meine Pflicht, Euch auf diesen Pfad zurückzuführen.«

»Einen Teufel werdet Ihr tun! Ich bin der Papst, und mein Wille ist Gesetz!« Wütend warf er den Mantelsack zu Boden und packte Petrus da Silva an der Soutane. »Wenn Ihr es wagt, Euch meinen Anordnungen zu widersetzen, wird der Konsul von Rom und mit ihm das Stadtregiment dafür sorgen, dass mein Wille geschieht. Habt Ihr mich verstanden?« Sie standen Gesicht an Gesicht, so nah, dass Teofilo den fauligen Atem des Kanzlers roch. »Bestellt in meinem Namen ein Kirchengericht«, sagte er und ließ Petrus da Silva los. »Sobald ich aus Neapel zurück bin, soll Chiaras Ehe aufgelöst werden. Diese Ehe wurde nie vollzogen.«

»Und das Kind, das sie tot zur Welt gebracht hat?«

Teofilo zuckte mit den Schultern. »Das hat nicht Domenico gezeugt, sondern ... sondern – ich selbst bin der Vater.«

»Bist du vollkommen verrückt geworden?« Seine Mutter war entsetzt. »Wie viele Sünden willst du noch auf dich laden für dieses Weib?« Sie fasste ihn an den Schultern und schüttelte ihn. »Noch nie hat ein Papst sich so an seinem Amt vergangen wie du. Ich flehe dich an, mein Junge, Gott wird dich fürchterlich ...« Mitten im Satz verstummte sie und griff an ihre Brust.

»Was ... was habt Ihr?«, fragte Teofilo.

»Es ist schon gut ...« Seine Mutter setzte sich auf einen Stuhl. »Es ist gleich vorbei.«

»Euer Herz? Dann solltet Ihr Euch hinlegen. Oder ...« Ein böser Gedanke kam ihm, als er ihr verzerrtes Gesicht sah. »Oder wollt Ihr mich erpressen? Dann sage ich Euch eins: Und wenn ich selber daran verrecke – ich werde Chiara di Sasso heiraten!«

Bei seinen Worten wurde ihr Gesicht zur Grimasse. Teofilo wandte den Kopf ab.

Nein, es gab kein Zurück! Zum ersten Mal hatte er sein Schicksal in die Hand genommen, und er war nicht bereit, es so kurz vor dem Ziel wieder loszulassen.

Ein Diener öffnete die Tür.

»Was fällt dir ein, hier hereinzuplatzen?«

Bevor der Diener antworten konnte, betrat Gregorio den Raum, verschwitzt und verdreckt. Offenbar war er gerade erst vom Pferd gestiegen.

»Ewige Heiligkeit!«

»Was – du bist schon wieder zurück?«

»Der Kaiser hat Apulien verlassen.«

»So schnell? Hat er den Aufstand niedergeschlagen?« Plötzlich überkam Teofilo eine unheilvolle Ahnung. »Oder ... oder ist etwas passiert?«

»Das Sumpffieber«, erwiderte Gregorio. »Es hat in Konrads Heer schlimmer gewütet als der Feind, seine Männer sind gestorben wie die Fliegen.« Er machte eine Pause. Dann sagte er: »Der Kaiser ist mit dem Rest seiner Armee Hals über Kopf geflohen. Er hat Apulien auf einem Schiff verlassen. In Richtung Frankreich.«

Als er zu Ende gesprochen hatte, war es so still, dass man von draußen die Rufe der Straßenhändler hören konnte.

»Und die Synode?«, fragte Teofilo.

Gregorio schüttelte den Kopf. »Konrad reist über Marseille nach Hause, ohne noch mal nach Italien zurückzukehren. Er glaubt, das Fieber war ein Zeichen, eine Warnung. Er hat die Synode abgesagt.«

Teofilo spürte, wie etwas in ihm zusammenbrach, ganz leise und ohne dass es schmerzte, ein paar Risse nur in seiner Seele, die aber lautlos alles zum Einsturz brachten, was schön und groß und gut in ihm war.

»Gelobt sei Jesus Christus!«, sagte seine Mutter und schlug das Kreuzzeichen.

»In Ewigkeit, Amen!«, fügte Petrus da Silva hinzu.

18

»Hört ihr nicht das Zischeln der Schlange?«, fragte Don Abbondio von der Kanzel der Dorfkirche herab. »Sie lauert überall. Nicht nur in den Höhlen des Lasters, in den Weinschenken und Hurenhäusern, nein, auch in unseren Herzen ...«

Chiara stand in der ersten Reihe des kleinen Gotteshauses, doch in Gedanken war sie so weit fort, dass sie von der Predigt kaum ein Wort mitbekam. Domenico war früh am Morgen in die Stadt aufgebrochen, zusammen mit ihrem Vater – wegen irgendeines Geschäfts, das die zwei erledigen wollten. Ihr Mann hatte ihr erzählt, worum es bei dem Geschäft ging, aber sie hatte das meiste schon wieder vergessen. Wie sie fast alles in letzter Zeit vergaß. Seit sie Teofilos Brief gelesen hatte, war sie zu keinem vernünftigen Gedanken mehr fähig. Sie konnte nur noch an die wunderbaren Worte denken, die er ihr geschrieben hatte.

»Don Abbondio muss es ja wissen«, flüsterte Anna mit einem Grinsen. »Seine Magd hat fünf Bälger, und alle stammen vom lieben Gott ...«

Ach ja, die vielen Kinder im Pfarrhaus – das ganze Dorf zerriss sich darüber das Maul.

»Der alte Heuchler ...«

Chiara versuchte zu lächeln, doch als sie Annas Blick sah, wurde sie rot. War sie nicht genauso verlogen wie Don Abbondio? Nicht mal ihrer Zofe und Freundin, die seit so vielen Jahren über sie wachte und alles von ihr wusste, hatte sie sich anvertraut ... Dass sie gewillt war, ihr Eheversprechen zu brechen ... Um Domenico zu verlassen und mit dem Mann zu leben, den sie wirklich liebte ...

»Ja, die Schlange lauert sogar im Schoß der heiligen Kirche«, wetterte Don Abbondio weiter. »Unwürdige Diener Gottes haben den Kaiser aufgefordert, sie vom Gelübde der Keuschheit zu befreien, um ohne Scham und Schande ihre Buhlen zu begatten. Aber der Herr hat die Schlange zertreten. Er hat den

Frevlern eine Seuche geschickt und den Kaiser in die Flucht gejagt.«

Anna fasste nach Chiaras Arm. »Hast du das gehört?«

»Wie bitte? Was meinst du?«

»Der Kaiser hat Italien verlassen! Es gibt keine Synode …«

Chiara erwachte aus ihren Gedanken. »Was weißt *du* von der Synode?«

»Glaubst du, ich wüsste nicht Bescheid?« Anna schüttelte den Kopf. »Du hast noch nie etwas vor mir geheim halten können. Schon als Kind nicht. Vor allem nicht, wenn du glücklich oder unglücklich bist.« Sie drückte ihren Arm. »Es tut mir so leid für dich.«

Chiara brauchte eine Weile, um zu begreifen, was die Nachricht, die der Pfarrer verkündet hatte, bedeutete. Teofilos Plan war gescheitert, und er und sie, sie würden niemals … Tränen quollen aus ihren Augen, und während sie an ihren Wangen herunterrannen, übermannte sie die Verzweiflung.

»Ja, das ist sein Wille und Gesetz!«, rief Don Abbondio. »Nur einem Herrn sollen seine Jünger dienen, dem allmächtigen Gott, Schöpfer des Himmels und der Erde, wie einst die Apostel Jesu Christi, die ihre Familien aufgaben, um dem Gottessohn zu folgen …«

Unwillkürlich hob Chiara den Blick. Durch den Schleier ihrer Tränen sah sie den Priester. Er schaute ihr direkt ins Gesicht, als sollten die Worte, die er von der Kanzel schleuderte, nur ihr allein gelten … So musste Eva sich gefühlt haben, als sie im Paradies von der verbotenen Frucht gekostet hatte und Gott nach ihr rief … Plötzlich fühlte sie sich nackt und bloß, und während der Pfarrer weitere Worte in ihre Richtung schleuderte, hatte sie nur noch das Bedürfnis, unsichtbar zu sein.

»Wehe den Sündern und ihren Buhlen, die dem Laster frönen! Im Feuer werden sie büßen, von Ewigkeit zu Ewigkeit!«

Auf dem Absatz machte Chiara kehrt.

»Wo willst du hin?«, fragte Anna.

»Ich halte es nicht länger aus!«

Chiara zwängte sich durch die Reihen, und ohne auf die verwunderten Blicke der Bauern und Tagelöhner zu achten, die mit ihren Familien die kleine Kirche füllten, stolperte sie hinaus.

19

Vom Glockenturm läutete es zum Angelus. Chiara verließ wie jeden Abend ihre Zelle, um zusammen mit den Nonnen und Mönchen von Grottaferrata das Gebet zu verrichten, mit dem die Ordensgemeinschaft den Tag beschloss. Doch für sie bedeutete der Angelus mehr als ein Gebet. Nur wenn sie betete, durfte sie sprechen, nur im Gebet ihre Seele von den quälenden Nöten und Ängsten entlasten, die sie bei Tag und Nacht bedrückten, ansonsten war ihr Mund versiegelt. Denn auf Abt Bartolomeos Geheiß hatte sie ein Gelübde abgelegt: Sie wollte so lange auf alles weltliche Reden verzichten, bis ihre Seele geheilt war von den Einflüsterungen des Verlangens, die ihr Herz vergiftet hatten, und sie wieder frei war für ein Leben nach Gottes Willen und Gesetz.

War Domenico überhaupt bereit, sie wieder aufzunehmen? Oder würde er sie verstoßen, nach allem, was geschehen war?

Zwei Wochen hatte sie ihren Mann nicht gesehen. Durch Anna hatte sie ihm ausrichten lassen, dass sie im Kloster Gott um ein Kind bitten wolle. Das war die Wahrheit und doch eine Lüge. Denn vor allem wollte sie einer Welt entkommen, in der jede Hoffnung scheinbar immer tiefer ins Verderben führte.

War das der Plan der Schöpfung? Dass alles Glück sich nur um den Preis eines viel größeren Unglücks erwerben ließ?

Aus Angst vor Teofilo, aus Angst vor ihren eigenen Gefühlen, war sie nach Grottaferrata geflohen, gleich nach der Messe und Don Abbondios Predigt, ohne noch einmal zu ihrem Mann zurückzukehren. Sie hatte in den Abgrund ihrer Wünsche und Sehnsüchte geschaut, und wenn es einen Ort gab, um von diesem Taumel zu genesen und die Kraft zu finden, Domenico je die Frau zu sein, die er verdiente, dann hinter den Mauern der Abtei, wo sie nun Gott dafür dankte, dass er sie vor der schlimmsten Sünde ihres Lebens und der sicheren Verdammnis bewahrt hatte.

Ja, Gott hatte sie von der Versuchung erlöst, im allerletzten Augenblick, bevor sie ihr erlegen war. Aber würde er ihr auch verzeihen?

Während sie sich schweigend in die Schar der Brüder und Schwestern einreihte, die mit gefalteten Händen und gesenkten Köpfen aus den verschiedenen Zellentrakten zu der Abteikirche strebten, beschloss sie, nach dem gemeinsamen Gebet eine Kerze vor dem Marienaltar anzuzünden. Vielleicht würde Gott sie eines Tages erhören und in ihrem Herzen endlich ein Licht entfachen, das allein für Domenico brannte.

Sie überquerte gerade den Eingangshof, da ließ ein lautes Klopfen an der Pforte sie zusammenfahren.

»Öffnet das Tor!«

Chiara erstarrte. Die Stimme gehörte dem Mann, den sie liebte und den sie niemals wiedersehen durfte.

»Aufmachen! AUF-MA-CHEN!«

Wieder hämmerte es gegen das Tor. Chiara hielt sich die Ohren zu. Sie wollte in die Kirche fliehen, in den Schutz ihres Glaubens, doch sie konnte es nicht. Unfähig, sich zu rühren, sah sie, wie der Kustos die Pforte öffnete.

»Chiara!«

Im selben Moment, in dem sie ihren Namen hörte, erblickte sie ihn, kaum einen Steinwurf entfernt. Er stieß den Kustos beiseite und lief auf sie zu.

»Teofilo …«

Dann stand er vor ihr, und die Liebe schoss ihr mit solcher Macht in die Glieder, dass sie zurücktaumelte. Nur Gott konnte ihr jetzt helfen. Sie faltete die Hände, um zu beten.

»Und führe uns nicht in Versuchung, sondern erlöse uns von dem Übel …«

Sie legte die ganze Inbrunst ihres Glaubens in das Gebet. Doch die Worte waren zu schwach.

»Endlich habe ich dich gefunden«, sagte Teofilo. »Mein Engel, mein Leben ...«

Sein Gesicht war so nah, dass sie am ganzen Leib zu zittern anfing. Er war doch alles, wonach sie sich sehnte. Was konnte sie noch verlieren, wenn sie diesen Mann verlor?

»Hör auf, mich zu quälen.«

»Nur wenn du sagst, dass du mich nicht liebst.«

Chiara öffnete den Mund, um die Worte zu sagen, die alles beenden würden. Aber die Lüge blieb ihr im Hals stecken.

»Siehst du?« Er nahm ihre Hand und presste sie an sich. »Auch wenn wir nicht heiraten können, wir werden einen Weg finden. Unsere Liebe ist stärker als ...«

»Nein«, rief sie, »ich liebe dich nicht!« Wie ein Dämon entwich der Schrei ihrer Brust.

»Was ... was sagst du da?«

»Ich ... ich liebe dich nicht«, flüsterte sie.

»Nein, das ist nicht wahr! Du lügst! Ich sehe es an deinen Augen!« Er fasste sie an den Schultern und schüttelte sie.

Chiara hatte nicht die Kraft, die Worte ein drittes Mal zu wiederholen. Ihre Kraft reichte nur noch für ihr Gebet.

»Und erlöse uns von dem Übel ...«

Mit ungläubigen Augen starrte er sie an. »Übel?«

Eine endlose Weile schwebte das Wort über ihnen. Plötzlich verhärtete sich Teofilos Gesicht. Alle Liebe, alle Hingabe, alle Zärtlichkeit verschwanden aus seinem Blick, um einem Glanz darin zu weichen, der Chiara schon als Kind geängstigt hatte.

»Nein, ich liebe dich nicht ...«, sagte sie ein drittes Mal. »Und ich werde dich niemals lieben, weil ich dich nicht lieben darf.«

Mit einem Ruck riss sie sich von ihm los. Ohne ihn noch einmal anzuschauen, machte sie kehrt und lief, so schnell sie konnte, davon, zurück in den Schutz ihrer Zelle.

Irgendwo krähte ein Hahn.

FÜNFTES KAPITEL: 1044

SUPERBIA

1

»Schaff Geld herbei!«

»Die Kassen sind leer. Ich weiß nicht, wovon wir unsere Schulden bezahlen sollen, und du verlangst von mir ...«

»Hörst du schlecht? DU SOLLST GELD HERBEISCHAFFEN!«

Wütend warf Teofilo seinen Becher gegen die Wand. Das Jubiläum seiner Thronbesteigung stand vor der Tür, und sein Bruder wagte es, ihm ins Gesicht zu sagen, dass kein Geld da war? Er musste sich beherrschen, um ihn nicht aus dem Saal zu prügeln. Geld war das Einzige, was ihn am Leben hielt. Er brauchte es wie die Luft zum Atmen ... Um sich zu berauschen ... Um zu vergessen ... Um nicht verrückt zu werden ... Rot wie Blut rann der Wein an der weiß gekalkten Wand herunter. Gregorio beeilte sich, ihm einen neuen Becher einzuschenken.

»Ich brauche keinen Wein«, schnaubte Teofilo und riss ihm den Becher aus der Hand. »Ich brauche Geld!«

Ohne einmal abzusetzen, schüttete er den Wein in sich hinein. Warum hatte sich alles gegen ihn verschworen? Fünf Jahre war es her, dass der Kaiser ihn verraten und sein Leben zerstört hatte. Seitdem hatte er keinen glücklichen Tag mehr erlebt, keinen einzigen verfluchten glücklichen Augenblick ... Aber bei Gott, der Verräter war bestraft worden – das Sumpffieber hatte Konrad übers Meer und über Land verfolgt, und kaum war er in seiner Heimat angekommen, war er jämmerlich krepiert.

»Lass dir was einfallen, verdammt noch mal!«

Gregorio hob ratlos die Arme. »Wir quetschen aus den Bauern und Vasallen heraus, was nur herauszuquetschen geht.«

»Und die Pfründe von Aquileja? Die haben wir doch erst neulich unserem Besitz einverleibt. Was ist damit?«

»Die Erträge reichen hinten und vorne nicht, um die Löcher zu stopfen. Nur Tropfen auf dem heißen Stein.«

»Irgendwelche Bischöfe, die wir wegen irgendwelcher Verbrechen bestrafen können?«

»Daran herrscht kein Mangel. Aber jeder Bischof, der es wagt, sich über das Gesetz des Papstes zu erheben, hat eine eigene Armee. Und der Zustand unseres Heeres ...«

»Zum Teufel noch mal! Wofür habe ich dich zum Patronus gemacht? Damit du mir jeden Tag vorjammerst, dass wir am Ende sind?« Teofilo stieß einen Rülpser aus. »Ja, mein Bester, dann bleibt wohl nichts anderes übrig, als dass du mal wieder der Münze einen Besuch abstattest. Die einzig wahre Wandlung! Die Wandlung von Kupfer in Silber, für die Schatztruhe des Papstes!«

Gregorio schüttelte den Kopf. »Ich weiß nicht, wie weit wir das noch treiben können«, sagte er. »Wenn das rauskommt und wir auffliegen, ich weiß nicht, was dann ...«

»Ich weiß nicht, ich weiß nicht, ich weiß nicht!«, äffte Teofilo ihn nach. »Ist das deine ganze Weisheit? Dass du *nichts* weißt?« Gregorio duckte sich, als befürchte er einen weiteren Wurf mit dem Becher, aber Teofilo lachte ihn nur aus. »Jetzt hör auf, dir in die Hose zu scheißen. Du handelst im Auftrag des Heiligen Vaters! Wovor hast du also Angst?« Er prostete Greogorio zu. »Und zieh nicht so ein dämliches Gesicht, Bruderherz. Lass uns mal wieder in die Laterna Rossa gehen. Dann kommst du auf andere Gedanken. Ich habe gehört, da gibt es seit Kurzem so eine kleine Rothaarige ...«

2

Bis zum Pantheon, dem düsteren Kuppelbau, in dem vor tausend Jahren, als noch Jupiter die Welt regierte, die Römer ihre heidnischen Götter versammelt hatten, standen die Menschen vor dem Armenhaus an, das Domenico in der Gemeinde Santa Maria della Rotonda hatte bauen lassen: ausgemergelte, in Lumpen gekleidete Gestalten, von denen die meisten seit Tagen nichts Richtiges mehr zu essen bekommen hatten. Während sie mit ihren Holzlöffeln und Tellern klapperten, starrten sie blassgesichtig auf den kupfernen Kessel, aus dem Chiara und Anna den Haferbrei schöpften, die Augen in den eingefallenen Gesichtern geweitet von Hunger und Angst, dass selbst dieser riesige Kessel zu klein sein könnte, um alle Wartenden satt zu machen.

»Wie sollen wir die vielen Mäuler nur stopfen?«, fragte Anna. »Es werden jeden Tag mehr. Was meinst du – ob der Papst eigentlich weiß, was in seiner Stadt passiert?«

Chiara wischte sich mit dem Handrücken eine Strähne aus der Stirn, die sich aus ihrer Frisur gelöst hatte, und versteckte sie wieder unter ihrem Kopftuch. Obwohl sie das Armenhaus seit fast fünf Jahren betrieb, erfüllte sie der Anblick der hungernden Menschen noch immer mit derselben Wut und Scham wie am ersten Tag.

»Natürlich weiß der Papst, was in seiner Stadt passiert!«, sagte sie und klatschte eine Kelle Brei auf einen hingestreckten Holzteller. »Er braucht ja nur aus dem Fenster zu schauen. Noch nie hat es in Rom so viele Bettler gegeben.«

»Vielleicht solltest du mal mit ihm reden«, erwiderte Anna. »Vielleicht kannst du ihn ja …«

»Ich?«, rief Chiara. »Nein, ich will diesen Menschen nicht wieder sehen. Niemals! Ich könnte in seiner Gegenwart nicht mal atmen. Er ist … er ist …« Sie hatte keine Worte dafür, was Teofilo war. »Das einzige, was ich tun kann, ist, das Elend, das er und seine Brüder anrichten, ein bisschen zu lindern.«

»Aber es ist unmöglich, so viele Leute zu füttern! Dafür brauchen wir Geld! Viel mehr, als wir haben!«

»Das weiß ich auch. Aber woher nehmen und nicht stehlen? Ach, manchmal wünschte ich, es würde die Wassergeister wirklich geben, und man bräuchte nur ein bisschen Brot in den See zu werfen, und schon würde alles in Erfüllung gehen, was man sich erhofft.«

»Hoffen und Wünschen helfen uns nicht weiter.« Anna kratzte mit ihrer Kelle die letzten Reste Brei aus dem Kessel. »Wenn wir kein Geld haben, müssen wir welches verdienen.«

»Geld verdienen? Wie soll das gehen?«

»So kann nur jemand reden, der nie für sein Brot gearbeitet hat«, sagte Anna. Während sich ihr drei Dutzend Holzteller gleichzeitig entgegenstreckten und sie darauf möglichst gerecht den übrigen Brei verteilte, dachte sie laut nach. »Was wir bräuchten, wäre irgendein Geschäft ... Um Handel zu treiben. Damit aus Geld mehr Geld wird. Und wir mit dem Gewinn noch mehr Leute versorgen können ...«

Verwundert schaute Chiara sie an. Anna hatte manchmal wirklich seltsame Einfälle. Geschäfte machen? Um Geld zu verdienen? Sie war die Frau eines Edelmanns, nicht die eines Krämers! Doch andererseits ... Vielleicht wäre das tatsächlich eine Möglichkeit. Am Ende des Monats würden die Bauern aus der Grafschaft ihres Mannes den Zehnten abliefern, und wenn sie Domenico darum bitten würde – vielleicht wäre er ja bereit, ihr ein kleines Kapital zur Verfügung zu stellen.

»Hast du eine Idee, womit wir handeln könnten?«, fragte sie.

Anna zuckte die Schulter. »Vielleicht mit Schaffellen? Wenn wir in der ganzen Grafschaft Felle aufkaufen und einfärben lassen und dann in die Stadt bringen und sie hier auf dem Markt ...«

Chiara schüttelte den Kopf. »Ich glaube nicht, dass wir damit reich werden. Wolle gibt's mehr als genug, und auf dem Markt von Albano türmen sich die Felle. Wir müssten etwas Besonderes haben, etwas, das es nicht überall zu kaufen gibt.«

Sie dachte nach. »Wie wär's mit Gewürzen? Pfeffer oder Ingwer oder Safran? Mein Vater kennt einen Mann, der hat ein einziges Schiff ausgerüstet und damit ein solches Vermögen verdient, dass er sich ein neues Kastell bauen konnte. Von nur einer Ladung Pfeffer.«

»Aber was, wenn das Schiff in einen Sturm gerät und untergeht?«, entgegnete Anna. »Dann hast du alles auf einen Schlag verloren. Und selbst, wenn die Sache gut geht und das Schiff heil zurückkehrt – so eine Reise kann Jahre dauern, und vielleicht ist das Geld am Ende viel weniger wert als vorher.«

»Wie kann Geld weniger wert werden?«, fragte Chiara. »Ein Soldo ist ein Soldo, und sein Wert ist immer derselbe.«

»Hast du nicht gehört, was die Leute reden? Keiner will die neuen Soldi haben. Manche Krämer weigern sich sogar, sie anzunehmen.« Anna beugte sich zu ihr, um ihr den Rest ins Ohr zu flüstern. »Du weisst doch, Antonio arbeitet in der Münze, und er hat mir von Dingen erzählt, wenn die wahr sind, dann ...«

Bevor sie ausholen konnte, wurden draußen Gesänge laut, in einer Sprache, die Chiara noch nie gehört hatte, mit kehligen, dumpfen Lauten, die irgendwie bedrohlich klangen und gleichzeitig so schön, dass sie eine Gänsehaut bekam. Sie eilte an die Tür und schaute hinaus. Hinter einem hünenhaften Priester, der ein mannsgroßes Kreuz mit dem blutenden Heiland vor seiner Brust gestemmt hielt, trottete eine Prozession die Gasse hinauf – lauter große, breitschultrige Männer mit weizenblonden Haaren und rötlichen Bärten.

»Was für seltsame Leute«, sagte Chiara. »Sind das Franken?«

»Ich glaube ja«, bestätigte Anna. »Oder Sachsen. Die ganze Stadt wimmelt von ihnen, Pilger zum Jubiläum des Papstes. Ihr neuer König, Heinrich, soll ein sehr frommer Mann sein.«

»Der Sohn von Kaiser Konrad? Ist der auch in der Stadt?«

»Nein. Aber seit Heinrich regiert, kommen seine Landsleute in Scharen nach Rom. Sie glauben, wenn sie hierherpilgern und der Papst ein Fürsprachegebet spricht, können alle, die zur selben Zeit in der Stadt sind, so viel sündigen, wie sie wollen, und dürfen trotzdem in den Himmel. Angeblich gibt's für ein solches Papstgebet vierzig Tage Ablass auf alle Sündenstrafen. Aber nur, wenn man hier ein Kruzifix weihen lässt und mit nach Hause bringt.«

»Vierzig Tage?«, wiederholte Chiara und schüttelte den Kopf. »Für ein Gebet des Papstes und ein geweihtes Kreuz? Die sind verrückt, die Franken!«

»Warum? Wenn man nach Santiago in Spanien pilgert, zum Grab des Apostels Jakobus, gibt's noch mehr Ablass. Ich habe gehört, da wird das Fegefeuer gleich um hundert Tage verkürzt. Deshalb kommen Menschen aus der ganzen Welt da hin, so viele, dass der Erzbischof dort extra eine Kirche für die Pilger bauen will. Das behauptet jedenfalls Giulia!«

»Giulia? Wer ist das?«

»Die Witwe des Gewürzhändlers, an der Piazza in Agone, der letzten Winter an der Schwindsucht gestorben ist. Obwohl die manchmal viel erzählt, wenn der Tag lang ist.«

Während Anna redete, schaute Chiara der Prozession hinterher, die sich am Ende der Gasse verlor.

Plötzlich hatte sie eine Idee. »Und alle kaufen Kruzifixe?«, fragte sie.

»Alle«, sagte Anna. »Ohne Ausnahme.«

Chiara rückte ihr Kopftuch zurecht. »Ich glaube, jetzt weiß ich, womit wir Geld verdienen können!«

3

Gregorio fühlte sich, als hätte er ein Fass Gerbsäure gesoffen, so sauer stieß ihm der Magen auf, während er auf den Meister der vatikanischen Münze einsprach. In der Nacht war ihm wieder einmal sein Vater erschienen, diesmal im Gewand eines Bettelmönchs, und hatte ihm befohlen, sich dem Willen seines Bruders zu widersetzen. Aber verflucht, der Alte hatte im Jenseits leicht reden! Solange Teofilo im Besitz seines Geständnisses war, hatte er keine andere Wahl, als sich dem Willen seines Bruders zu unterwerfen, und wenn Teofilo ihm befahl, dass der Silbergehalt der Soldi abermals vermindert werden sollte, um die Kasse des Papstes für das Thronjubiläum zu füllen, blieb ihm nichts übrig, als dafür zu sorgen, dass es so geschah.

»Kupfer und Silbergehalt der Münzen müssen im Verhältnis zwölf zu zehn stehen«, erklärte der Meister. »Darauf habe ich einen Eid geschworen.«

»Den hast du schon öfter gebrochen, als du zählen kannst!«, erwiderte Gregorio. »Einmal mehr oder weniger – was kommt es darauf an?«

»Der Krug geht zum Brunnen, bis er bricht! Wir haben das Verhältnis beinahe halbiert. Wenn jemand die Münzen prüft, wird man mir die Hand abhacken.«

»Wäre dir der Kopf lieber?«

Gregorio packte ihn an seinem Lederwams und schaute ihm in die Augen. Doch der Meister zuckte nicht mit der Wimper.

»Wollt Ihr mir drohen, Herr?«

»Ich warne dich! Ich mache keine leeren Worte! Wenn du nicht spurst …«

»Was dann? Ich werde dem Richter sagen, was Ihr befohlen habt …«

»Um dich einen Kopf kürzer zu machen, brauche ich keinen Richter! Ich bin der Kommandant des Stadtregiments. Ein Wort von mir, und meine Leute statten dir einen Besuch ab. Und dann …« Statt den Satz zu Ende zu sprechen, machte Gregorio eine Schnittbewegung vor seiner Gurgel.

Endlich begann der Blick des sturen Kerls zu flattern.

»Na, hast du es dir anders überlegt?«

Der Meister nickte. »Ist gut, Herr. Ich werde tun, was Ihr sagt.«

»Aber wehe, du versuchst, mich zu verarschen.«

»Nein, Herr. Ihr könnt auf mich zählen.«

»Na endlich!«

Gregorio ließ ihn los. Diesmal hatte es noch mal geklappt, aber wie oft noch?

Er wandte sich ab, um die Werkstatt zu verlassen. Doch er war noch nicht bei der Tür, da wurden hinter ihm Stimmen laut.

»Ohne mich! Und wenn der Papst selber den Befehl gibt!«

Auf dem Absatz fuhr Gregorio herum. Am Prägestock hatte sich ein Arbeiter vor dem Meister aufgebaut, ein gedrungener, vierschrötiger Mann mit kahlem Schädel und eckigem Gesicht – die Widerspenstigkeit in Person.

In ein paar Sätzen war Gregorio bei ihm.

»Du wagst es?«, fuhr er ihn an und zückte sein Messer. »Entweder, du tust was man dir sagt, oder …«

»Oder was?«, erwiderte der Kerl, ohne mit der Wimper zu zucken.

Statt einer Antwort stach Gregorio zu. Doch der Mann duckte sich zur Seite, packte ihn am Handgelenk und riss ihm den Arm herum. Gregorio durchfuhr ein solcher Schmerz, dass er die Faust öffnete und sein Messer zu Boden fiel.

»Macht Eure Betrügereien alleine«, sagte der Arbeiter und stieß Gregorio von sich.

Ohne ein weiteres Wort warf er seine Schürze in die Ecke und verließ die Werkstatt.

Greogio rieb sich das schmerzende Handgelenk. Warum zum Teufel hatte er nicht Teofilo statt seinen Vater umgebracht?

4

Domenico platzte vor Stolz fast die Brust, während sein Fuchswallach übermütig schnaubend auf der Stelle tänzelte. Am liebsten hätte er jedem Bauern, der seinen Weg kreuzte, von den Großtaten seiner Frau erzählt! Chiaras Idee hatte sich zu einem so glänzenden Geschäft entwickelt, dass er auf seinem Grund zwei Dutzend Bäume hatte schlagen lassen, um das nötige Material zu beschaffen. Noch im Wald hatten seine Männer die Stämme in Blöcke zersägt und auf ein Fuhrwerk verladen, das nun, gezogen von einem Vierergespann, in Richtung Stadt rumpelte, damit dort das Holz unter Chiaras Aufsicht verarbeitet werden konnte.

Während Domenico seinen Wallach nur mit Mühe daran hindern konnte, anzugaloppieren, sah er in der Ferne den Zaubersee glitzern. Nie hatte er die Wassergeister beschworen, und doch schien die Erfüllung seiner Träume zum Greifen nahe. Hatte seine Geduld den Ausschlag gegeben? Oder hatte am Ende doch der Liebesapfel seine Wirkung getan? Chiara war wie verwandelt. Wenn er früher das Bett mit ihr teilte, hatte sie vor Schmerz das Gesicht verzogen oder wie tot in seinen Armen gelegen. Jetzt schien sie manchmal selber Freude zu empfinden, wenn er sie nach der abendlichen Partie Trictrac auf ihre Kammer begleitete. Würde sie, nach langer Zeit des Wartens, nun wirklich und wahrhaftig seine Frau, die ihn liebte und das Leben mit ihm teilte, wie sie es einst einander versprochen hatten? Vielleicht fehlte ja nur noch ein Kind, um ihr Glück vollkommen zu machen – Chiara war zweimal in Hoffnung gewesen, aber zweimal hatte sie ihre Leibesfrucht verloren.

»Schaut, Herr, dort drüben!« Der Wagenlenker hielt das Fuhrwerk an und deutete mit dem Kopf ins Tal.

Domenico richtete sich in den Steigbügeln auf und hielt sich die Hand über die Augen, um gegen die Sonne besser zu sehen.

»Um Himmels willen!«

In einer Senke, wo sich die Straße in zwei Richtungen gabelte, brannte ein Bauernhof. Alle drei Gebäude, sowohl das Wohnhaus als auch die Scheune und der Stall, standen in Flammen! Im selben Moment roch Domenico den Rauch, und er gab seinem Pferd die Sporen.

Als er in die Nähe des Hofes gelangte, erblickte er Reiter: Soldaten der päpstlichen Armee, die eine Kuh und ein paar

Schafe vor sich hertrieben. Bei seinem Anblick suchten sie das Weite. Domenico gab seinem Wallach die Sporen, um sie zu verfolgen. Aber dann sah er, dass die Türen und Fenster des Hauses mit Brettern vernagelt waren. Er parierte sein Pferd mit einem so heftigen Ruck an der Kandare, dass der Wallach sich auf der Hinterhand aufbäumte. Die Soldaten hatten nicht nur die Bauersleute geplündert, sondern ihre Opfer auch noch in dem brennenden Haus eingesperrt!

Domenico sprang aus dem Sattel und eilte über den Hof.

»Hilfe! Hilfe!«

Von drinnen hörte er die verzweifelten Schreie der Eingeschlossenen. Heißer, beißender Rauch brannte in seinen Augen. Was sollte er tun? Wenn er mit seinem Schwert die Tür aufbrach, mussten seine Kleider Feuer fangen und er würde verbrennen.

In panischer Angst wieherte sein Pferd.

»Hilfe! Hört uns denn keiner?«

Domenico schaute sich um. Sollte er tatenlos Zeuge sein, wie die Menschen in dem Haus krepierten? Während der Wallach mit aufgestelltem Schweif und lose schlagenden Bügeln davongaloppierte, schrien die Eingeschlossen weiter um Hilfe und schlugen mit den Fäusten gegen die Bretter.

»Ist da jemand? Hilfe!«

Ohne länger zu zögern, zog Domenico sein Schwert aus der Scheide und sprengte mit der Klinge die Bretter von der Tür. Zwei lebende Fackeln, ein Mann und eine Frau, stürzten durch die Öffnung ins Freie. Ihre Kleider brannten lichterloh.

Domenico riss sich den Umhang von den Schultern, um die Flammen zu ersticken.

»Ist noch jemand im Haus?«

»Unser Jüngster«, sagte die Frau.

»Er ist eingeklemmt«, fügte ihr Mann hinzu. »Alle anderen sind auf dem Wochenmarkt.«

Domenico dachte kurz nach. »Könnt ihr nasse Decken besorgen!«, fragte er.

»Nein. Alle Decken die wir haben, sind im Stall.«

»Dann nehmt die Reste eurer Kleider. Los, beeilt euch!«

Er lief zur Tränke und sprang in das Wasser. Während die beiden Bauersleute sich auszogen, eilte er zurück zum Haus. Drinnen war es so heiß, dass er kaum Luft bekam. Vor lauter Rauch konnte er zuerst gar nichts erkennen. Hustend und tastend stolperte er über irgendwelche Gegenstände, bis er plötzlich eine leise wimmernde Stimme hörte.

»Hier ... Hier bin ich ...«

Domenico drehte sich um. Unter einem herabgestürzten Balken entdeckte er den Jungen. Er lag mit Armen und Beinen strampelnd am Boden, der Balken saß ihm im Genick, sodass er weder vor noch zurück konnte. Zum Glück hatten seine Kleider noch kein Feuer gefangen. Aber die Flammen kamen immer näher.

»Warte! Ich hole dich raus!«

»Schnell ... Bitte ... Ich kann nicht mehr ...«

Vor Angst und Schmerz sprangen dem Jungen fast die Augen aus den Höhlen. Domenico warf sein Schwert fort, und mit beiden Händen versuchte er, den Balken in die Höhe zu stemmen. Doch vergebens. Die Last, die auf dem Balken ruhte, war zu schwer.

»Hier! Unsere Kleider!«

Domenico blickte über die Schulter. Der Mann und die Frau waren bis auf ein paar Lumpen nackt.

»Wirf die nassen Sachen über ihn«, rief er der Frau zu. »Und du«, forderte er den Mann auf, »hilf mir, den Balken anzuheben.«

Zusammen packten sie an.

»Hau – ruck!«

Endlich! Der Balken bewegte sich, und die Schulter des Jungen kam einen winzigen Spalt frei.

»Versuch, ihn rauszuziehen!«

Während Domenico und der Mann den Balken noch weiter in die Höhe stemmten, fasste die Frau nach den Händen ihres Sohnes.

»Warte! Gleich haben wir's geschafft!«

Der Junge machte sich ganz schmal, wie eine Katze, und während seine Mutter an seinen Händen zog, stemmte er sich mit den Füßen irgendwo ab und rückte Handbreit für Handbreit unter dem Balken vor.

»Noch einmal! Hau – ruck!«

Der Oberkörper des Jungen war schon ganz frei, da hörte Domenico plötzlich ein lautes Knirschen und Knarren über sich.

»Das Dach!«, schrie die Frau. »Das Dach stürzt ein!«

Domenico schaute in die Höhe. Zwischen dem Rauch und den Flammen sah er durch einen gezackten Riss hindurch den weiten blauten Himmel.

5

»Wo bleibt nur der Herr?«, fragte Anna. »Den Leuten geht bald die Arbeit aus.«

»Ich weiß auch nicht«, sagte Chiara. »Eigentlich müsste er längst da sein. Ich mache mir langsam Sorgen.«

»Keine Angst«, erwiderte Anna, »Dem Herrn ist bestimmt nichts passiert. Höchstens ein Achsenbruch. Und für heute haben wir ja noch genug Holz.«

Das ganze Gebäude summte vor Betriebsamkeit. Seit Chiara auf die Idee gekommen war, dass ihre Schützlinge, statt um Essen zu betteln, sich ihr Essen selber verdienen konnten, indem sie Andachtsgegenstände anfertigten, um diese vor den großen Wallfahrtskirchen an die Pilger zu verkaufen, hatte sich das Armenhaus in eine der größten Werkstätten von ganz Rom verwandelt, wo Dutzende von Männern und Frauen sägten und schnitzten, hämmerten und malten, von Sonnenaufgang bis zum Sonnenuntergang. Es gab so viele Menschen in der Stadt, die wegen der Hungersnot keine Arbeit fanden und hier unterkamen: Tuchmacher und Riemenschneider, Schmiede und Färberinnen, Kürschner und Kerzenzieherinnen, sodass sie nicht nur Kruzifixe herstellen konnten, sondern alle möglichen Devotionalien – Weihebilder, Medaillons und Heiligenfiguren. Antonio, Annas Mann, der seine Arbeit in der Münze aufgegeben hatte, hatte im Erdgeschoss sogar eine kleine Gießerei eingerichtet, in der unter seiner Aufsicht eiserne Kruzifixe entstanden, direkt neben dem großen Kessel, in dem seine Frau gerade einen Eintopf aus Hammelfleisch und Gemüse kochte.

»Sollen die mit auf den Wagen?«, fragte Giulia. Die rundliche Witwe des Gewürzhändlers von der Piazza in Agone trug einen Korb mit handtellergroßen Marienmedaillons auf der Hüfte.

»Warte, ich fasse mit an.«

Chiara nahm den zweiten Henkel des Korbs, und zusammen brachten sie die Ware zu dem Eselskarren, der vor dem Haus zur Abfahrt bereitstand. Vor der Tür warteten, angelockt von dem Duft, den Annas Eintopf auf der Gasse verströmte, Dutzende von Bettlern auf ein Essen. Seit Chiara die Werkstatt betrieb, konnte sie zehnmal so viele Menschen verköstigen wie zuvor.

»Und wohin soll die Fuhre gehen?«

»Zum Petersdom«, erwiderte Chiara.

»Oh – wirklich?« Giulia strahlte.

»Ja, du bist schließlich unsere beste Verkäuferin.«

Zusammen stellten sie den Korb auf den Karren, dann nahm Giulia den Esel am Zügel und machte sich auf den Weg. In der Werkstatt war die Gewürzhändlerin mit ihren zwei linken Händen keine große Hilfe, dafür stellte sie sich umso geschickter beim Verkauf an, sodass Chiara beschlossen hatte, ihr den wichtigsten Stand in der ganzen Stadt anzuvertrauen, den Stand vor der Basilika des Papstes, wo Priester aus Grottaferrata die Devotionalien vor den Augen der Pilger mit Weihwasser weihten, um so den Preis zu verdoppeln. Obwohl die Feiern zu Benedikts Thronjubiläum noch nicht mal richtig begonnen hatten, verkauften sie schon jetzt jeden Tag mindestens eine Fuhre von Kruzifixen, Figuren und Bildern. Wie viele würden es erst sein, wenn die Festwoche begann? Während Chiara dem Karren nachblickte, rieb sie sich die Arme. Zwar schmerzte ihr ganzer Körper, aber das Gefühl, das Richtige zu tun, wog weitaus stärker. Ja, Abt Bartolomeo hatte Recht: Arbeit half – wer arbeitete, konnte vergessen.

»Essen ist fertig!«, rief Anna.

Chiara wandte sich zum Haus, um beim Austeilen des Eintopfs zu helfen. Da erblickte sie am Ende der Gasse ein Fuhrwerk.

Domenico!

Wie so oft, wenn sie ihren Mann plötzlich sah, durchströmte sie ein warmes Gefühl. Domenico hatte sie nie gedrängt, ihr alle Zeit gelassen, damit sie die richtige Entscheidung treffen konnte … Und sie hatte sie getroffen … Eilig raffte sie ihre Röcke, um ihm entgegenzulaufen, doch nach ein paar Schritten stutzte sie. Wie um Himmels willen sah er aus? Sein Gesicht war schwarz von Ruß, seine Kleider hingen ihm in Fetzen vom Leib, und hinter dem Fuhrwerk folgte eine Schar zerlumpter Bauersleute mit einem Dutzend Kinder, die so verängstigt dreinschauten, als habe man sie der Hölle entrissen.

»Jesus Maria – was ist passiert?«, fragte Chiara, als sie bei ihrem Mann war.

»Kein Grund zur Sorge.« Domenico gab ihr einen Kuss auf die Wange. »Mir ist nichts geschehen. Aber hast du vielleicht Arbeit für diese Leute? Sie haben alles verloren. Teofilos, ich meine – Benedikts Soldaten haben ihren Hof zerstört und alles geraubt, was sie hatten.«

Chiara schaute in sein Gesicht, seine sanften braunen Augen, das liebevolle Lächeln. *Was Gott vereint hat, darf der Mensch nicht scheiden* … Wie hatte sie so verrückt sein können, an diesen Worten zu zweifeln? Ohne auf den Ruß und Schmutz zu achten, der Domenico und seinen Kleidern anhaftete, schlang sie die Arme um ihn und drückte ihn an sich.

»Ich glaube«, flüsterte sie, »ich habe den besten Mann der Welt.«

6

»Na, Süßer, wie gefällt das deiner Heiligkeit?«

Sofia, die nackt zwischen Teofilos Schenkeln kniete, warf ihre roten Locken in den Nacken und schaute fragend zu ihm in die Höhe. Ihr karmesingefärbter Mund war verschmiert wie bei einem Kind, das gerade vom Marmeladentopf genascht hat.

»Im Moment fühlt sich meine Heiligkeit wie im Fegefeuer«, stöhnte Teofilo.

»Dann wird's aber höchste Zeit für die Himmelfahrt!«

Sofia schob seine Alba noch ein wenig höher und beugte sich dann wieder über seinen Schoß. Mit einem Seufzer schloss Teofilo die Augen. Konnte es eine würdigere Art geben, die Feierlichkeiten zu seinem Thronjubiläum einzuläuten? Lang würde es nicht mehr dauern, bis er die Glocken des Paradieses zu hören bekam.

»Vergiss nicht zu trinken, Bruderherz!«

Gregorio, der sich mit der Hausherrin vergnügte, reichte ihm einen Becher Wein. Signora Giustina galt als die verdorbenste Hure von ganz Rom – ein Vorzug, mit dem sie die Laterna Rossa in kürzester Zeit zum berühmtesten Bordell der Stadt gemacht hatte.

»Heh!«, rief Gregorio. »Willst du mir den Schwanz abquetschen?«

»Ich dachte, das würde dir gefallen, mein stürmischer Reitmeister.«

»Aber doch nicht, wenn du mich verstümmelst.«

Ohne seinen Ritt zu unterbrechen, prostete Gregorio seinem Bruder zu. Teofilo glaubte schon in der Ferne ein erstes Glockenläuten zu hören, während Sofia sich zwischen seinen Schenkeln immer schneller auf und ab bewegte.

»Hast du eigentlich schon mal den Saft der Signora probiert?«, fragte Gregorio.

»Den Saft der Signora?« Teofilo schüttelte sich. »Pfui Teufel!«

»Das kann nur jemand sagen, der keine Ahnung hat. Schon die Zubereitung ist ein Genuss. Ob Trauben, Orangen oder Pfirsiche, die Signora presst den Saft frisch vor deinen Augen. Mit ihrer eigenen Presse. Wenn du verstehst, was ich meine…«

Es dauerte eine Weile, bis Teofilo begriff. »Willst du etwa sagen…? Nein, das glaube ich nicht!«

»Und ob! So wahr ich dein Bruder bin!«, lachte Gregorio und beugte sich zu Giustina herab. »Na, willst du dem Heiligen Vater mal zeigen, was du kannst?«

»Nur, wenn der Heilige Vater mir seinen Segen spendet!«

»He, der Segen Seiner Heiligkeit ist für mich reserviert!«, protestierte Sofia mit vollem Mund.

»Keine Angst«, sagte Teofilo und drückte ihren Kopf noch tiefer in seinen Schoß. »Ich werde euch beide segnen, meine Töchter.«

Gott sei Dank hatte er vor dem Besuch in der Laterna Rossa einen Becher von Gregorios Zaubermittel getrunken, ein Trank aus der Priapiscuswurzel, mit dem man angeblich Tote wieder auferwecken konnte. Damit war er für ein halbes Dutzend Segnungen gerüstet.

»Dann wollen wir mal sehen«, sagte Gregorio. »Gibt es hier irgendwo Obst?«

»In der Schale auf dem Tisch«, grunzte Giustina.

Gregorio stieg von ihr herab und warf ihr einen Pfirsich zu. Ohne sich im Geringsten zu zieren, ging Giustina in die Hocke, als müsse sie sich erleichtern, und steckte sich die Frucht zwischen die Schenkel.

»Wo bleibt der Krug?«, fragte sie.

»Kommt sofort!«

Teofilo glaubte nicht richtig zu sehen. Sein Bruder legte sich auf den Boden, schob das Gesicht unter Giustinas schwarz beflaumtem Schoß und riss den Mund auf.

»Und wo bleibt mein Nektar?«

Giustina drückte und presste, als leide sie an Verstopfung, und schon tröpfelte der gelbe, zuckrige Saft auf Gregorio herab. Der Anblick war so widerlich, dass Teofilo sich fast übergeben musste.

Gregorio grinste und leckte sich die Lippen.

»Hier spielt die Musik!«, schmatzte Sofia.

Teofilo setzte einen Krug Wein an die Lippen, um seinen Ekel hinunterzuspülen. Er schämte sich für die Besuche in der Laterna Rossa vor sich selbst, und jedes Mal, wenn er aus dem Hurenhaus kam, fühlte er sich wie in Jauche gebadet. Aber er konnte nicht darauf verzichten. Nur hier fand er die Reize, die er brauchte, um zu vergessen und nicht verrückt zu werden … Während Sofia in seinem Schoß weitermachte, spürte er, wie ihm allmählich die Sinne schwanden. Immer lauter tönten die Glocken in seinen Ohren, und endlich, endlich, endlich nahte das Ziel, die Ohnmacht, dieses schmerzlich süße Versinken im Nichts, die Erlösung aus dem Bewusstsein – die einzige Erlösung, die es für ihn gab …

Da flog die Tür auf, und Ottaviano stolperte herein. Im selben Moment verstummte das Geläut, und Teofilo kehrte in die Gegenwart zurück.

»Was zum Teufel fällt dir ein?«, herrschte er seinen Bruder an.

»Unsere Mutter schickt mich!«, keuchte Ottaviano, ganz außer Atem. »Sie lässt dich überall suchen. Die Mitternachtsmesse! Hast du die vergessen?«

»Siehst du nicht, dass ich zu tun habe? Man wartet auf meinen Segen!«

»Segne, wen du willst. Aber wenn du nicht gleich kommst, schickt sie dir Petrus da Silva auf den Hals!«

7

Wo bei allen Erzengeln und Heiligen war Teofilo?

Das große Geläut von St. Peter hatte längst eingesetzt, als Ermilina noch immer durch die Flure des Lateranpalastes eilte, um nach ihrem Sohn zu suchen. In einer halben Stunde würde die Mitternachtsmesse beginnen, der feierliche Auftakt zu Benedikts Thronjubiläum, das große päpstliche Hochamt, mit allen Kardinälen und Edelleuten der Stadt – doch vom Papst keine Spur … Noch einmal schaute sie in sämtlichen Räumen nach, in denen Teofilo sich aufhalten konnte. Ohne Erfolg. Auch in seinem Laboratorium steckte er nicht. Die Phiolen waren verstaubt und von Spinnweben überzogen. Offenbar war er schon seit einer Ewigkeit nicht mehr hier gewesen.

Fröstelnd verließ Ermilina das Kellergewölbe. Warum kam nicht wenigstens Ottaviano endlich zurück? Er war doch schon seit Stunden unterwegs. Nein, es blieb ihr nichts anderes übrig – sie musste Petrus da Silva benachrichtigen.

Sie durchquerte gerade die Eingangshalle, um den Kanzler aufzusuchen, da stand Teofilo plötzlich vor ihr.

»Na endlich!«

»Ah, die Frau Mutter!« Mit glasigen Augen stierte er sie an. »Warum seid Ihr nicht im Bett?«

»Um Himmels willen! Du bist ja betrunken! Wo kommst du her?«

»Ich habe mich um mein Seelenheil gekümmert«, gab er lallend zur Antwort.

»Lüg mich nicht an! Woher du kommst, will ich wissen!«

»Ich lüge nicht. Ich habe mich gegen die Sünde gefeit«, grinsend schnalzte er mit der Zunge, »die Sünde der Superbia …«

Ermilina schnüffelte in der Luft. Seine Ausdünstungen atmeten die Sünde des Fleisches.

»Du stinkst wie ein brunftiger Eber! Kommst du aus einem Hurenhaus?«

»Aber das sage ich ja! Ich habe mich von meiner Verderbnis überzeugt! In aller Gründlichkeit! Damit ich nicht hochmütig werde und mich gegen den Heiligen Geist versündige. Ich dachte, das würde Euch gefallen.« Er holte Luft und stieß einen Rülpser aus. »*Felix culpa!*«

Entsetzt starrte Ermilina ihn an. Er war so betrunken, dass er sich kaum auf den Beinen halten konnte, und in seinen Augen flackerte jene Geilheit, die sie von Alberico kannte, ihrem Mann, wenn er sie früher begattet hatte. *Dicke Eier, das ist sein ganzes Unglück …* Auf einmal sah sie Teofilo vor sich, wie er als Kind gewesen war. Ein so süßer, wunderbarer kleiner Junge …

»Mein armer, armer Liebling.«

Wie eine Woge wallten die Gefühle in ihr auf. Mit jeder Faser sehnte sie sich nach ihrem Kind zurück, nach ihrem kleinen Jungen, nach diesem wunderbaren Sohn, den Gott selber ihr geschenkt hatte. Sie nahm seine Hand, drückte sie an ihre Brust.

Teofilo war einen Moment verwirrt, dann überließ er ihr seine Hand. »Ach Mama«, seufzte er, und genauso wie früher schmiegte er sich an sie, als wolle er sich wieder unter ihren Schutz begeben. »Ach Mama, du weißt ja nicht, wie schlimm das alles ist.«

»Doch, Teofilo, ich weiß … Ich bin doch deine Mutter.«

Verloren wie ein Kind schaute er sie an. Dabei sah er so traurig und verzweifelt aus, dass es ihr das Herz zerriss.

»Mein Liebster«, flüsterte sie und küsste sein Gesicht. »Ich liebe dich. Ich liebe dich so sehr, dass ich es dir gar nicht sagen kann … Und du musst wissen, ich tu alles für dich. Alles, alles, alles! Für meinen wunderbaren Sohn … Ich will doch nur dein Bestes. Dein Bestes! Weißt du das denn nicht?«

Während sie sprach, spürte sie plötzlich, wie er unter ihren Berührungen erstarrte.

»Hab keine Angst, mein Junge, ich bin bei dir. Dir kann nichts geschehen. Wenn du nur tust, was ich dir sage, und du nicht auf andere Frauen hörst …«

Sie drückte ihn noch fester an sich, bedeckte sein Gesicht mit Küssen, die Stirn, die Wangen, den Mund.

Mit einem Ruck riss er sich von ihr los.

»Was soll das?«, sagte er. »Du benimmst dich wie eine Hure!«

»Was sagst du da?«

Ermilina wich zurück. Er verzog das Gesicht, als würde er sich vor ihr ekeln.

»Warum ... warum schaust du mich so an?«

Die Kindlichkeit war aus seinem Blick gewichen, genauso wie die Trauer und Verzweiflung. Stattdessen waren seine Augen von einem harten, metallischen Glanz erfüllt, der ihr Angst einflößte.

»Ich ... ich mache mir doch nur Sorgen um dich«, stammelte sie. »Bei Tag und Nacht bete ich zu Gott und flehe ihn an, dass er dich zurückführt auf seinen Weg.«

»Gott?« Teofilo lachte laut auf. »Wer ist das? Der alte Greis mit dem Bart? Der soll mir helfen? Ausgerechnet? Der traut sich ja nicht mal in die Laterna Rossa! Nicht mal in ein gottverdammtes Hurenhaus traut der sich!« Er musste so sehr lachen, dass er nicht weitersprechen konnte.

Ermilina schüttelte ihn. »Bist du von Sinnen?«

Teofilo verstummte. Plötzlich war er wieder stocknüchtern. »Es gibt keinen Gott«, sagte er, so ruhig und bestimmt, dass sie noch mehr Angst bekam. »Ich habe so oft nach ihm gerufen, aber er hat mir nie geantwortet. Kein einziges Wörtchen.«

»Bitte, mein Junge – hör auf, so zu reden!«

»Ja, davon willst du nichts wissen! Aber es ist doch so! Er schweigt und schweigt und schweigt. Und weißt du auch, warum? Weil es ihn gar nicht gibt, deinen Gott! Er ist eine Lüge! Eine Erfindung! Soll ich es dir beweisen?«

»Schweig, Teofilo! Ich beschwöre dich! Gott wird dich fürchterlich strafen!«

»Gott? Mich strafen? Dass ich nicht lache!«

»Bitte, mein Junge. Wasch dich, und wechsle endlich die

Kleider, ich habe alles für dich bereitgelegt. Die Messe! Die Leute warten auf dich. Hörst du nicht die Glocken?«

Sie wollte ihn umarmen, aber er stieß sie so heftig von sich, dass sie zurücktaumelte.

»Ich verfluche deinen Gott!« Drohend reckte er seine Faust in die Höhe. »Ja, ich verfluche dich! Euch alle drei! Gottvater, Gottsohn und Heiliger Geist!«

Ermilina bekreuzigte sich. Gleich würde der Boden aufreißen und der Teufel ihren Sohn holen. Während Ermilina ein stummes Stoßgebet zum Himmel schickte, blickte Teofilo sie voller Triumph an.

»Siehst du? Nichts ist passiert! Gar nichts!«

Er drehte sich um, nahm ein Kreuz von der Wand und spuckte auf den hölzernen Heiland.

»Bei deiner Seele!« Ermilina griff sich an die Brust und hielt sich mit der anderen Hand an einer Stuhllehne fest.

»Warum, zum Teufel, bestrafst du mich nicht?« Teofilo starrte voller Flehen auf den Heiland. »Wenn du mich strafen willst, tu es jetzt! Damit ich weiß, dass es dich gibt!« Mit beiden Händen umklammerte er das Kreuz, sodass die Knöchel weiß hervortraten, während seine Lippen sich zum Gebet formten. »*Herr, ich bin nicht würdig, dass Du eingehst unter mein Dach. Aber sprich nur ein Wort, und so wird meine Seele gesund...*«

Er hatte die Worte mit der Inbrunst eines Verzweifelten geflüstert. Doch wieder war nur regloses, böses Schweigen die Antwort, während draußen weiter die Glocken schlugen.

»Leck mich doch am Arsch!«, schrie Teofilo auf und warf das Kruzifix zu Boden.

Dann schlug er seine Hände vors Gesicht und brach in Tränen aus.

8

»Gehet hin in Frieden!«

»Dank sei Gott dem Herrn.«

Petrus da Silva bekreuzigte sich. Endlich war das unwürdige Spektakel vorbei. Lallend, als wäre er nicht in St. Peter, sondern im Wirtshaus, hatte Benedikt die Mitternachtsmesse zelebriert. Er war so betrunken gewesen, dass er sich während der Feier immer wieder am Altar hatte festhalten müssen, um auf den Beinen zu bleiben. Nachdem er den Schlusssegen gespendet hatte, schwankte er nun durch den Altarraum. Petrus da Silva schaute ihm nach, bis er mit seinen Messdienern in der Sakristei verschwunden war.

Sollte dies Gottes wahrer Stellvertreter sein?

Mit dem Strom der Gläubigen verließ Petrus die Basilika und trat hinaus in die Nacht. Als wäre es gestern gewesen, erinnerte er sich an das Konsistorium, in dem Benedikt erstmals das Wort ergriffen hatte, um von seinem Amt als Papst Gebrauch zu machen – ein Jüngling, der noch nicht mal im Stimmbruch gewesen war. Mit welchem Eifer hatte er damals versucht, die Kardinäle auf das Wort Gottes zu verpflichten und sie zur Einhaltung von Armut, Keuschheit und Gehorsam zu ermahnen. Doch jetzt versündigte Benedikt sich schlimmer gegen die Tugenden des Heilands als die Kardinäle, die ihn damals verhöhnt und verspottet hatten. Er saugte sein Volk bis aufs Blut aus, um zu prassen, er trieb sich in Hurenhäusern herum und empörte sich gegen Gott und den Heiligen Geist.

War das der Preis für den Verzicht, den man ihm in jungen Jahren abverlangt hatte? Für den Verzicht auf die Liebe einer Frau?

Die Worte des Apostels Paulus kamen Petrus in den Sinn. *Ich wollte lieber, alle Menschen wären, wie ich bin. Doch ein jeglicher hat seine eigene Gabe von Gott, einer so, der andere so...* Nein, Teofilo di Tusculo hatte weder die Kraft noch den

Glauben, um sich der fleischlichen Genüsse zu enthalten. Vielmehr beherrschte die Begierde ihn so sehr, dass sie alles Gute in ihm zu zerstören drohte. Sein Vater, der alte Tuskulanergraf, hatte es gewusst und ihm Weiber zugeführt.

Sollte man Benedikt vielleicht ermuntern, sich eine Konkubine zu nehmen? Bevor der Liebestrieb ihn und sein Amt vollständig ruinierte?

»Auf ein Wort, Eminenz!«

Als Petrus da Silva in seine Kanzlei zurückkehrte, wurde er bereits erwartet. Kardinal Pisano, der Zeremonienmeister, sowie die Kardinäle Baldessarini und Giampini empfingen ihn in der dunklen Eingangshalle, die nur von der Glut im Kamin erhellt wurde.

»Was verschafft mir die Ehre Eures Besuchs?«, fragte Petrus, als er die Gesichter erkannte. »Zu so später Stunde?«

»Die Sorge um unsere Kirche!«, erklärte Pisano. »Dieser Papst ist eine Schande! Eine Beleidigung Gottes!«

»Seid wann sorgt Ihr Euch um Gott und seine Kirche?«, erwiderte Petrus und zündete mit einem Holzspan ein Licht an.

»Ihr habt Recht, wir sollten offen miteinander sprechen«, antwortete Kardinal Giampini an Pisanos Stelle. »Lassen wir also Gott und die Kirche beiseite. Wichtigeres steht auf dem Spiel – die Interessen unserer Familien.«

»Sehr richtig«, pflichtete Kardinal Baldessarini ihm bei, »die Interessen unserer Familien.«

»Wie soll man Geschäfte machen«, fuhr Giampini fort, »wenn das Geld, täglich weniger wert wird? Die Krämer weigern sich, Handel zu treiben, die Bauern kehren unverrichteter Dinge vom Markt zurück. Die Leute verhungern, obwohl die Ernte gar nicht so schlecht war. Nur weil der Papst das Silber der Münzen durch Kupfer ersetzt.«

»Wollt Ihr etwa sagen ...«, fiel Petrus da Silva ihm ins Wort.

»Ja, das will ich«, bestätigte Giampini. »Ganz Rom weiß, was in der Münze geschieht.«

»Und das ist nicht alles«, ergänzte Pisano. »Es heißt, Benedikt stehe mit geheimen Mächten im Bund. Angeblich trifft er sich mit Teufeln und Dämonen in den Wäldern, um mit ihrer Zauberkraft Weiber anzulocken.«

»Glaubt Ihr im Ernst solchen Unsinn?«, fragte Petrus da Silva. Als Pisano nur stumm mit seinem Truthahnhals ruckte, wandte er sich an Giampini. »In wessen Auftrag sprecht Ihr?«

»Endlich kommen wir zum Geschäft«, sagte Baldessarini und spitzte die schmalen Lippen.

Giampini kniff seine kleinen Schweinsaugen zusammen. »Ihr irrt Euch, Eminenz«, erwiderte er. »Ich komme in keinem Auftrag. Aber ich kenne meinen Cousin, Conte Severo. Er hat den Tod seines Sohnes Ugolino bis heute nicht verwunden, und ich fürchte, wenn er wegen dieses Papstes auch noch geschäftliche Verluste erleidet ...«

»Was erwartet Ihr von mir?«, fragte Petrus da Silva.

Die Augen des Sabiners wurden noch kleiner.

»Bringt Benedikt zur Vernunft«, sagte er. »Bevor es zu spät ist.«

9

»Wir brauchen neue Ware!«, sagte Giulia.

»Schon wieder?«, staunte Chiara.

»Wir haben seit der Frühmesse fünfhundert Kruzifixe verkauft, zweihundert Medaillons und dreihundert Heiligenbilder!«

»Das ist ja wunderbar!«

»Aber nur, wenn wir uns ranhalten! Gleich kommt der Papst – heute noch eine Messe, dann ist das Jubiläum vorbei. Das wird ein Gedränge!«

»Glaubst du? Obwohl wir schon so viel verkauft haben?«

»Und ob! Ihr werdet sehen. Heute wollen alle noch einmal Kreuze und Bilder und Medaillons, für den allerletzten Segen des Heiligen Vaters, bevor sie wieder aus Rom verschwinden.«

»Ich glaube, dich hat der Himmel geschickt«, sagte Chiara. »Los, Antonio«, wandte sie sich an Annas Mann, »worauf wartest du?«

Während Antonio sich auf den Weg zur Werkstatt machte, strahlte Giulia, als würden all die vielen Soldi, die sie seit Beginn der Festwoche eingenommen hatten, in ihre eigene Tasche fließen. Die Einnahmen übertrafen Chiaras kühnste Erwartungen. Dabei war sie nicht als Einzige auf die Idee gekommen, zum Thronjubiläum des Papstes Andachtsgegenstände zu verkaufen. Auf dem Platz vor der Basilika wimmelte es nur so von Händlern, die lärmend und gestikulierend versuchten, den Pilgern ihre Waren aufzuschwatzen, in allen möglichen Sprachen der Welt. Manche hatten sogar falsche Prediger angeheuert, um den Verkauf mit abenteuerlichsten Wundergeschichten anzukurbeln.

Doch nirgendwo drängelten sich so viele Menschen wie vor ihrem Stand, sodass Antonio gar nicht schnell genug hinterherkam, um für Nachschub zu sorgen. Denn nirgendwo sonst wurden die Kruzifixe und Medaillons und Heiligenbilder vor den Augen der Gläubigen gesegnet. Noch während die Priester, die Abt Bartolomeo aus Grottaferrata in die Stadt geschickt hatte, ihr Weihwasser versprengten, rissen die Pilger ihnen schon die Stücke aus den Händen. Beim Anblick der übervollen Kasse, die kaum die vielen Münzen zu fassen vermochte, sickerte der Stolz wie ein süßes Gift in Chiaras Seele.

»Da! Seht! Die Hure des Papstes!«

»Wo!«

»An dem Stand da hinten!«

Chiara hatte gerade eine geschnitzte Madonna aus der Auslage genommen, als die Rufe ertönten. Auf dem Absatz fuhr sie herum. Ein vornehmer Patrizier mit rotem Umhang und schwarzer Fellmütze zeigte mit dem Finger auf sie.

»Meint der etwa Euch?«, fragte Giulia verwundert.

»Unsinn!«, erwiderte Chiara und spürte, wie ihr das Blut ins Gesicht schoss. »Wie kommst du darauf?«

Giulia schaute sie misstrauisch an, doch sie hielt dem Blick stand.

»Verzeiht, Herrin. Was für eine dumme Frage.«

Während Giulia sich wieder um die Pilger kümmerte, stellte Chiara sich auf die Zehenspitzen, um nach dem Mann zu schauen, der auf sie gezeigt hatte. Doch bevor sie das Gesicht erkennen konnte, drängten sich schon wieder so viele Menschen an ihrem Stand, dass sie ihn in dem Gewühl aus den Augen verlor.

Sie schüttelte sich, wie wenn man aus einem schlechten Traum aufwacht.

»Was meinst du, wie viel können wir für die Madonna verlangen?«, fragte sie Giulia. »Einen halben oder einen ganzen Soldo?«

»Lasst mich mal sehen.« Guilia nahm die Madonna und ließ die Klappe aufspringen, mit der man die Figur öffnen konnte. Im Bauch der Muttergottes saß das Jesuskind. »Natürlich einen *ganzen* Soldo, für so ein Prachtstück«, entschied Giulia. »Wir haben schließlich nichts zu verschenken!«

»Du bist geldgieriger als ein Fischweib«, lachte Chiara.

Noch während sie sprach, ging ein Raunen über den Platz, und im nächsten Augenblick sanken überall Menschen nieder und bekreuzigten sich.

Ein Soldat stieß Chiara gegen die Schulter.

»Auf die Knie! Seine Heiligkeit der Papst!«

10

»Es lebe der Papst!«

»Es lebe Benedikt!«

Das Throngestühl, das ein halbes Dutzend Diakone auf den Schultern durch das Menschenmeer trug, schwankte so bedrohlich, dass Teofilo sich fühlte wie auf hoher See. Begleitet vom Glockengeläut der Kirchen sowie den immer gleichen

Gesängen und Gebeten der Priester, zog die Prozession seit dem frühen Morgen durch Rom, von Trastevere zum Pantheon und wieder zurück nach St. Peter, damit die Bewohner sämtlicher Quartiere der Stadt Gelegenheit hatten, den Heiligen Vater zu sehen und seinen Segen zu empfangen.

Bei jeder Neigung seines Throns hatte Teofilo Angst, dass die Unmengen von Wein, die er in sich geschüttet hatte, ihm über die Lippen schwappten und sich auf Petrus da Silva ergossen, der ihn zu Fuß begleitete, zusammen mit seinem Bruder Gregorio sowie einem Regiment Soldaten. Doch mehr noch als die Übelkeit setzte ihm die brütende Mittagshitze zu. Nur durch einen Nebel aus Kopfschmerz und weingetränkter Müdigkeit sah er den blauen Himmel, die beflaggten Häuser und Kirchen, die zahllosen Menschen, die links und rechts zu Boden sanken und ihm auf den Knien ihre Medaillons und Heiligenbilder und Kruzifixe entgegenstreckten, erinnerte er sich dunkel an den Versuch seines Kanzlers, ihm eine Konkubine schmackhaft zu machen. Petrus da Silva hatte ihm sogar eine Kandidatin vorgeschlagen – Valentina, eine Sabinerin und Nichte Kardinal Giampinis, die angeblich schöner war als Cleopatra. Doch Teofilo hatte den Kanzler zum Teufel gejagt. Es gab nur eine Frau die er liebte, und die konnte er nur vergessen, wenn er zu den Huren ging.

»Den Segen!«, zischte Petrus da Silva.

»Wie? Was!«, fragte Teofilo, der, eingelullt vom Schaukeln des Throns sowie dem monotonen Singsang der Gebete, für einen Moment eingenickt war.

»Den Segen!«, wiederholte der Kanzler. »Ihr müsst Euer Volk segnen!«

»Herrgott, wie oft denn noch? Mir ist schon der Arm lahm!«

»Mag sein, Ewige Heiligkeit! Aber Ihr dürft die Menschen nicht enttäuschen.«

Gott sei Dank, dass der Spuk bald vorbei war! Noch ein Hochamt im Petersdom, dann hatten die Feiern zu seinem Jubiläum ein Ende. Teofilo hob den schweren goldenen Weihwassersprengel, um den Segen zu spenden, zum tausendsten und abertausendsten Mal. Während sein ganzer Oberkörper von der immer gleichen Bewegung schmerzte, brandete Jubel auf.

Angewidert schloss Teofilo die Augen. Die Begeisterung der Gläubigen machte alles noch schlimmer. Ahnten die Menschen denn nicht, was für ein fauler Zauber das war? Sie waren hier, um Gott und seinen Stellvertreter zu preisen. Doch Gott war eine Lüge, sein Stellvertreter ein Schauspieler! Die Prozession, das Weihwasser, der Leib und das Blut Christi – alles ein einziger widerlicher Mummenschanz!

Als er die Augen wieder aufschlug, zuckte er zusammen. In der Menge sah er, an einem Stand mit Kruzifixen und Reliquien, das Gesicht einer Frau.

»Chiara!«

Als sie den Kopf hob, verschwanden all die Menschen rings umher, das Rufen und Glockenläuten verstummte, genauso wie der Singsang der Gebete.

Für einen Moment gab es nur sie zwei, Chiara und ihn.

Da zerriss ein Schrei die Stille.

»Nieder mit dem Papst!«

Teofilo fuhr herum.

»Nieder mit dem Falschmünzer!«

»Nieder mit dem Hurenbock!«

Während das Geschrei immer lauter wurde, verrenkte Teofilo sich den Hals. Wo war Chiara geblieben?

An ihrer Stelle sah er einen Mann in einem roten Umhang und einer schwarzen Fellmütze: Severo, der Sabiner! Mit beiden Armen rudernd, hetzte er das Volk gegen ihn auf.

»Nieder mit dem Papst!«

»Nieder mit dem Falschmünzer!«

»Nieder mit dem Hurenbock!«

Plötzlich wogte der Thron wie ein kenterndes Schiff, und Teofilo musste sich mit beiden Händen festhalten, um nicht herunterzufallen. Was hatte das zu bedeuten? Eine Horde junger Ritter und Knappen stürzte auf ihn zu. Angeführt von dem Sabiner, drohten sie mit den Fäusten, zückten Schwerter und Dolche und hörten nicht auf zu schreien.

»Nieder mit dem Papst!«

»Nieder mit dem Falschmünzer!«

»Nieder mit dem Hurenbock!«

Während Teofilo sich an die Armlehnen klammerte, sah er in die Gesichter der Angreifer, dieselben Gesichter wie damals, bei der Fürbittmesse zum Fest der Apostel Peter und Paul – Gesichter voller Hass und Wut.

11

Im nächsten Augenblick brach die Hölle los. Als hätte sich ein Vulkan entladen, verwandelte sich der Platz vor der Basilika in ein einziges brodelndes Schlachtfeld, bis in die Gassen und Straßen rund um den Dom hinein. Pilger und Händler, Bauern und Prediger, Ritter und Handwerker, Diakone und Knappen, Krämer und Mönche fielen übereinander her, ohne dass jemand wusste, weshalb und warum. Kreischend vor Angst versuchten Frauen und Kinder dem Getümmel zu entkommen. Messer blitzten auf, Klingen schlugen aufeinander, Greise wurden über den Haufen gerannt und strauchelten zu Boden, während die Glocken unablässig zur Messe läuteten.

»Vorsicht!«, rief Giulia.

Chiara konnte gerade noch beiseitespringen, als ein herrenloser Leiterwagen wie ein Geschoss auf ihren Stand zuraste. Im nächsten Moment brach das Gestell in sich zusammen, und all die Kruzifixe, Kreuze und Bilder prasselten zu Boden.

»Das Geld!« Wie aus dem Nichts war Anna plötzlich da. »Wir müssen die Kasse finden!«

Während Anna und Giulia die Trümmer des Stands durchsuchten, sah Chiara in der Ferne, wie Teofilo auf seinem Thron über dem wogenden Menschenmeer hin und her schwankte.

Dutzende von Angreifern bestürmten das Gestühl, so viele, dass es den Soldaten des Stadtregiments kaum gelang, sie abzuwehren.

»Nieder mit dem Papst!«

»Nieder mit dem Falschmünzer!«

Das Geschrei erfüllte Chiara mit bitterer Genugtuung. War das endlich die Strafe? Die Strafe für all die Verbrechen, die Teofilo begangen hatte?

»Nieder mit dem Papst!«

»Nieder mit dem Hurenbock!«

Während sie in die Rufe einfiel, erblickte sie in der Menge plötzlich den Mann, der auf sie gezeigt hatte. Mit einer Streitaxt in der Hand, brach er durch den Ring der Verteidiger, direkt auf Teofilo zu.

»Nein!«

Ganz von allein war ihr der Schrei entwichen. Auf einmal hatte sie Angst. Die Soldaten versuchten, die Reihen um den Thron zu schließen. Doch immer mehr Angreifer drangen durch die Lücken der Abwehr, wie Wasser durch die Ritzen eines brüchigen Damms. Da erkannte sie den Mann. Um Himmels willen, wenn der Sabinergraf und seine Leute Teofilo erwischten, sie würden ihn in Stücke reißen ... Der Thron schoss in die Höhe wie ein Katapult, für einen Moment schien er über allen Köpfen zu schweben, um sich dann wie ein Kreisel in der Luft zu drehen.

»Weg hier!« Anna versuchte, sie fortzuziehen.

»Aber sie bringen ihn um!«

»Er hat es nicht anders verdient! Komm! Oder willst du, dass sie uns auch umbringen?«

»Wir müssen ihm helfen!«

»Bist du verrückt?«

Chiara riss sich von Anna los. Doch sie war noch keinen Schritt weit gekommen, da traf sie ein Schlag am Kopf, und sie stürzte zu Boden.

Wie betäubt fasste sie sich an die Schläfe und spürte etwas Warmes, Klebriges an ihrer Hand.

»Jesus Maria, Ihr blutet ja!«, rief Giulia.

Als Chiara aufstand, wurde ihr schwindlig. Jetzt nur nicht ohnmächtig werden! Während Anna ihr das Kopftuch vom Haar riss und auf die Wunde presste, um die Blutung zu stillen, sah sie Teofilo. Wie ein Ertrinkender an eine Schiffsplanke klammerte er sich an den kreisenden Thron.

»Komm, Giulia, wir nehmen sie zwischen uns und bringen sie nach Hause«, hörte sie Anna sagen.

»Und unser Geld?«, fragte Giulia.

»Herrgott, das hatte ich ganz vergessen!«

»Keine Sorge, ich bleibe hier und suche weiter. – Los, geh schon!«, drängte sie, als Anna zögerte. »Bring die Herrin nach Hause.«

Da gellte ein Schrei über den Platz, und Teofilo wurde von dem Throngestühl geschleudert, mitten unter seine Feinde. Im selben Moment erwachte Chiara aus ihrer Betäubung. Voller Entsetzen sah sie, wie der Sabinergraf sich auf Teofilo stürzte, die Streitaxt bereits zum Hieb erhoben.

»Lieber Gott! Bitte nicht!«

Anna breitete die Arme aus und hüllte Chiara mit ihrem Umhang ein. »Schau nicht hin!«, sagte sie. »Schau einfach nicht hin!«

12

Teofilo sah blanken Stahl aufblitzen.

»Zum Teufel mit dir!«, rief Severo und ließ die Axt auf ihn herabsausen.

Mit einem Hechtsprung warf Teofilo sich zur Seite.

»Hau ab!«, rief Gregorio.

Teofilo rappelte sich auf. Mit gezücktem Schwert stürzte sein Bruder sich zwischen ihn und den Sabiner.

»Worauf wartest du? Hau endlich ab!«

Teofilo brummte der Schädel, der Wein vernebelte sein

Gehirn, kaum konnte er einen Gedanken fassen. Nur einen Steinwurf entfernt sah er eine freie Gasse. Doch überall waren Feinde, in solcher Überzahl, dass ihm der Fluchtweg weiter weg schien als die Via Appia.

»Du sollst dich verpissen!«

Er saß in der Klemme. Was konnte er tun?

Plötzlich hatte er eine Idee. Er warf den Weihwassersprengel in das Getümmel. Als hätte er einer Herde Schweine Futter hingeworfen, stürzten seine Verfolger sich auf das goldene Gerät. Der kurze Augenblick genügte. In ein paar Sätzen war Teofilo in der Gasse.

Wohin sollte er fliehen? Ihm fiel nur eine Möglichkeit ein – die Laterna Rossa! Bei den Huren würde er sicher sein!

So schnell er konnte, rannte er hinunter zum Tiber. Im Laufen streifte er alles ab, was ihn verriet, die Dalmatika und die Tunicella und auch die roten Pantoffeln. Nur die Alba behielt er an.

Barfuß gelangte er an den Fluss. Als er die Engelsbrücke erreichte, blieb er stehen, um Atem zu schöpfen.

»Da! Da ist er!«

»Lasst ihn nicht entkommen!«

»Ja! Sperrt die Brücke!«

Teofilo drehte sich um. Wie ein Bienenschwarm näherten sich seine Verfolger. Er blickte nach links, nach rechts – aber nirgendwo war der Weg frei.

Da sah er am Ufer ein Fischerboot. Ohne zu überlegen, stolperte er die Böschung hinunter, schlug den Fischer zu Boden und sprang in den Kahn.

Er hatte Glück, die Strömung trieb ihn vom Ufer fort. Aber kaum nahm er die Ruderblätter auf und legte sich in die Riemen, flogen ihm Steine um die Ohren. Kopfüber sprang er in den Fluss und nahm Deckung hinter dem Boot. Wie Hagel prasselten die Steine gegen die hölzerne Wandung. Eine Planke zersplitterte, kurz darauf eine zweite ... Gleich würde der Kahn untergehen.

Es gab nur noch eine Möglichkeit. Teofilo ließ die Bootswand los, hielt die Luft an und tauchte unter.

Würde sein Atem bis zum Ufer reichen?

Mit den Füßen stieß er sich an der Bootswand ab und schwamm unter Wasser Richtung Land. Fünfzehn, sechzehn, siebzehn Züge – dann ging ihm die Luft aus.

Prustend tauchte er wieder auf. Gott sei Dank! Bis zum Ufer waren es nur noch ein paar wenige Armlängen.

»Da! Da drüben!«

Schon hatten seine Verfolger ihn entdeckt, drei Boote waren ihm auf den Fersen, und vor ihm erhob sich eine geschlossene Gebäudefront. Er wollte wieder untertauchen, da entdeckte er zwischen zwei Häusern einen Spalt. Der Durchschlupf war so eng, dass kaum ein Kind hindurchpasste. Egal! Er musste es versuchen!

Mit triefenden Kleidern watete er an Land. Die Schulter voran, quetschte er sich in die Lücke. Sofort steckte er fest. Er machte sich so schmal, wie er nur konnte, zog Brust und Bauch ein und wuchtete seinen Körper durch die Öffnung.

Geschafft!

Auf der anderen Seite war ein Marktplatz. Zwei Fischweiber keiften sich an und bewarfen sich mit Forellen. So unauffällig wie möglich mischte Teofilo sich unter die Leute und machte sich davon.

Eine halbe Stunde später war er am Ziel. Als er die rote Laterne über dem Eingang des Hauses sah, fiel ihm ein Stein vom Herzen.

Noch außer Atem klopfte er an. Aber nichts rührte sich. Er schaute an der Fassade hinauf. Schliefen die Mädchen noch? Die Fensterläden waren verschlossen, genauso wie die Tür.

»Aufmachen!«, rief er und klopfte. »Ist da jemand?«

Endlich! Eine Klappe öffnete sich, und in der Luke erschien ein Gesicht.

»Sophia!« Noch nie hatte Teofilo sich über den Anblick der rothaarigen Hure so sehr gefreut. »Los! Lass mich rein!«

»Ich ... ich weiß nicht ...«

»Was heißt das – du weißt nicht? Mach auf! Sie sind hinter mir her!«

Erst jetzt sah er die Angst in Sophias Gesicht. Gleich darauf tauchte in ihrem Rücken die Herrin des Hauses auf.

»Verschwinde!«, zischte Giustina und stieß Sophia beiseite.

Teofilo streckte den Arm durch die Luke, um sich Einlass zu verschaffen. Aber bevor er Giustina zu packen bekam, fiel die Klappe auf sein Handgelenk. Wie ein Blitz fuhr ihm der Schmerz in den Arm.

»Aufmachen! Aufmachen!«

Wütend trat er gegen die Tür. Doch sie blieb verschlossen.

Was jetzt? In panischer Angst schaute er sich um.

Plötzlich sah er in der Menschenmenge ein Gesicht.

13

»Wir müssen die Fenster und Türen verriegeln!«, sagte Domenico. »Sie haben Benedikt gestürzt! Sie plündern die ganze Stadt!«

Er war auf dem Weg zu Chiara gewesen, als der Aufstand losgebrochen war. Beim Anblick der wütenden Menschen, die wahllos in Kirchen, Paläste und Häuser eindrangen, hatte er auf dem Absatz kehrtgemacht, um zu retten, was zu retten war.

»Jawohl, Herr. Ich hole Hammer und Nägel!«

Zum Glück war Antonio in der Werkstatt – Annas Mann hatte gerade den Eselskarren für eine neue Fuhre beladen, als Domenico zurückgekehrt war. Alle anderen hatten das Haus bereits am frühen Morgen verlassen, um in der Stadt an einem der Verkaufsstände mitzuhelfen.

»Und vergiss die Bretter nicht!«

Während Antonio zum Hinterhof hinaus verschwand, beeilte Domenico sich, die Fensterläden der Vorderfront zu schließen. Das Schreien und Rufen draußen kam bedrohlich näher.

Hoffentlich war Chiara in Sicherheit!

Er wollte gerade die Eingangstür verriegeln, da stemmte jemand sein Knie in den Spalt, die Tür flog auf, und ein Fremder stolperte herein, ein Mann in einem zerrissenen, blutverschmierten Gewand.

Als Domenico sein Gesicht sah, traute er seinen Augen nicht.

»Teofilo – du?«

Vor ihm stand Benedikt, der Papst. Wie ein gehetztes Tier schaute er sich um.

»Wo ... wo bin ich?«

»In Chiaras Armenhaus«, erwiderte Domenico.

»Was sagst du da?«

»Du hast richtig gehört. Sie betreibt es für die Menschen, die sonst wegen dir verhungern müssten.«

»Ich verstehe kein Wort.«

»Das glaube ich! Aber – was hast du überhaupt hier zu suchen?«

Teofilo zögerte. »Ich ... ich – du musst mir helfen!«, platzte er heraus.

»Ich – dir helfen?« Domenico musste lachen.

»Sie wollen mich umbringen! Hörst du nicht?« Teofilo stieß ein Fenster auf, um von der Straße den Lärm hereinzulassen. »Bitte, Domenico! Wenn du mir nicht hilfst, dann ...« Mitten im Satz brach er ab. »Das bist du mir schuldig«, erklärte er plötzlich.

»Wie kommst du darauf?«, fragte Domenico.

»Meine Familie hat deiner Familie Geld gegeben, sehr viel Geld.«

»Ich weiß.« Domenico zuckte mit den Schultern. »Doch dafür haben wir dich gewählt. Wir sind quitt.«

»Das sind wir nicht! Du hast mir Treue geschworen! Vor Gott und in Anwesenheit des Kaisers! Hast du das vergessen?«

Domenico biss sich auf die Lippen. Obwohl Teofilo der Letzte war, der Anspruch auf seine Hilfe hatte – die Wahrheit war die Wahrheit. Auch seine Familie hatte bei Benedikts Wahl kassiert, und er hatte den Eid geleistet.

»Gibt's Schwierigkeiten?«, fragte Antonio, der vom Hof zurückgekommen war. Unter dem Arm trug er ein paar Bretter, und in der Rechten hielt er einen Hammer.

Draußen wurde der Lärm immer lauter. Teofilo blickte zur Tür, das Gesicht weiß wie Kalk. Domenico konnte seine Angst förmlich riechen. Was für ein Genuss musste es sein, zuzuschauen, wie die Meute über ihn herfiel.

Antonio stellte die Bretter gegen die Wand und hob den Hammer in die Höhe.

»Wenn ich was tun soll, müsst Ihr es nur sagen, Herr.«

Domenico holte tief Luft. »Nein«, sagte er dann und schüttelte den Kopf. »Bring den Scheißkerl in Sicherheit!«

»Meint Ihr das im Ernst, Euer Gnaden?«.

Domenico würgte seinen Widerwillen hinunter und nickte.

»Danke!«, sagte Teofilo und griff nach seiner Hand. »Das werde ich dir nie vergessen!«

»Rühr mich nicht an! Sieh zu, dass du fortkommst! Bevor ich es mir anders überlege!«

14

Teofilo lief zur Hintertür hinaus in den Hof. Keinen Augenblick zu früh! In der Werkstatt hörte er schon das Rufen und Poltern seiner Verfolger.

»Hierher!«, rief Antonio. »Helft mir mit der Deichsel!«

In der Hofausfahrt stand ein Karren, der aussah wie ein Badezuber auf Rädern.

»Habt Ihr kein Pferd?«, fragte Teofilo.

»Ein Pferd wäre zu gefährlich. Man würde Euch erkennen.«

»Und wenn wir unsere Kleider tauschen?«

»Hört auf zu reden! Packt lieber an!«

Mit einem Stock trieb Antonio einen Esel an den Wagen. Teofilo hob die Deichsel in die Höhe, damit sie die Zugleinen einhaken konnten.

»Pfui Teufel! Was ist das für ein Gestank?«, fragte er, als Antonio den Esel am Halfter fasste. Dann begriff er. »Himmel! Das ist ja ein Jauchekarren!«

»Was habt Ihr erwartet?«, erwiderte Antonio. »Eine Sänfte?«

»Aber damit kann ich unmöglich …«

»Wenn Ihr lieber zu Fuß fliehen wollt – von mir aus gerne!«

Teofilo zögerte. Die Jauche stank wie die Hölle. Aber der Arbeiter hatte Recht. Der Wagen war eine gute Tarnung. Kein Mensch würde darin den Papst vermuten.

»Raus mit der Sprache! Wo ist Benedikt?«, rief jemand im Innern der Werkstatt.

»Ich weiß nicht, wovon Ihr redet.« Das war Domenicos Stimme.

»Vom Papst, verflucht noch mal. Wo hat er sich versteckt?«

»Ihr irrt Euch! Hier ist niemand! Aber eben lief ein Mann die Gasse runter, in zerrissenen Gewändern. Das könnte er gewesen sein.«

»Ich glaube Euch kein Wort!«

Plötzlich hörte Teofilo ein Klirren, als würde Geschirr zu Bruch gehen, und dann ein Krachen wie von splitterndem Holz.

»Beeilt Euch!«, rief Antonio.

Teofilo schaute zur Tür. Der Lärm, der nach außen drang, wurde mit jedem Augenblick lauter. Wahrscheinlich stellten seine Verfolger die ganze Werkstatt auf den Kopf.

»In Gottes Namen!«

Er überwand seinen Ekel und sprang auf den Karren.

15

»Hast du etwa Mitleid mit ihm?«, fragte Anna.

»Wie kommst du darauf?«, fragte Chiara zurück.

»Ich habe dein Gesicht gesehen! Du hattest solche Angst! Aber ich kann dich beruhigen. Er ist ihnen entwischt. Wie oft soll ich dir das noch sagen?«

»Glaubst du wirklich?«

»Leider! Ich habe es mit eigenen Augen gesehen!«

»Ach, Anna ...«

Chiara war so durcheinander, dass sie selber nicht mehr wusste, was sie empfinden sollte. Wenn sie bei den Armenspeisungen das Elend ihrer Schützlinge sah, überkam sie jedes Mal solche Wut auf Teofilo, dass sie ihn hasste. Doch als die Aufständischen versucht hatten, ihn umzubringen ... Sie fasste sich an die Wunde, die unter dem Verband immer noch pochte. Wenn sie nur wüsste, ob er es wirklich geschafft hatte ... Nur wenn sie wusste, dass er lebte, konnte sie ihn hassen.

»Hoffentlich kommt Giulia mit dem Geld zurück«, sagte Anna.

»Bestimmt«, sagte Chiara. »Sie wird so lange suchen, bis sie die Kasse gefunden hat.«

»Das wird sie, ganz sicher. Die Frage ist nur, was sie damit macht. Ich weiß nicht, irgendwie traue ich ihr nicht über den Weg ... Aber was ist denn das?« Anna blieb plötzlich stehen. »Hat Antonio etwa vergessen, abzusperren? Das ist doch gar nicht seine Art!«

Sie waren gerade in die Gasse eingebogen, in der sich die Werkstatt befand. Die Tür stand sperrangelweit offen.

»Seltsam«, sagte Chiara. »Das passt wirklich nicht zu ihm.«

Die beiden Frauen schauten sich an.

»Komm, wir sehen nach«, sagte Anna.

Vorsichtig näherten sie sich dem Haus. Drinnen schien alles ruhig. Doch als Chiara über die Schwelle trat, stockte ihr der Atem.

In der Werkstatt war das Unterste zuoberst gekehrt. Überall lagen Kruzifixe und Heiligenbilder verstreut, Regale waren umgestürzt, Tonfiguren und Medaillons in Abertausend Scherben zerschlagen.

»Antonio?«, rief Anna. »Bist du da?«

Niemand antwortete ihr.

Plötzlich sah Chiara ein Bein, das reglos hinter einem Mauervorsprung hervorlugte.

»O nein!«

Blutüberströmt lag Domenico am Boden. Seine Augen waren geschlossen, als würde er schlafen.

»Liebster!«

Sie nahm sein Gesicht zwischen die Hände, küsste seine Stirn, seine Augen, seinen Mund.

»Bitte, Domenico! Wach auf! Bitte! Wach wieder auf!«

Sie packte ihn an den Schultern und schüttelte ihn. Aber er rührte sich nicht.

»Bitte, sag doch was!«

Kein Laut drang über seine Lippen. Tränen schossen ihr in die Augen. In einer verzweifelten Aufwallung drückte sie ihn an sich.

»Verzeih mir«, flüsterte sie. »Bitte verzeih …«

In Strömen liefen ihr die Tränen über die Wangen. Niemals – niemals hatte sie ihn so sehr geliebt wie in diesem Augenblick.

»Domenico, mein Liebster …«

Noch einmal beugte sie sich über ihn, noch einmal drückte sie ihn an sich, noch einmal küsste sie sein Gesicht.

Da hörte sie plötzlich ihren Namen, leise, ganz leise, wie ein Hauch wehte er an ihr Ohr.

»Chiara …?«

Verstört hielt sie inne.

»Domenico …?«

Ein Lächeln, so klein und zart und zerbrechlich, dass es nur zu ahnen war, huschte über sein Gesicht.

16

»Endlich sind wir den Mistkerl los!«

»Zur Hölle mit dem Hurensohn!«

»Zur Hölle mit den Tuskulanern!«

Jubel brandete auf. Petrus da Silva zog scharf die Luft ein. War dies der Moment, in dem er sich entscheiden musste? Um das schlingernde Schiff der Kirche wieder auf sicheren Kurs zu bringen?

Severo, der Sabinergraf, hatte die römischen Edelmänner in seinen Stadtpalast gerufen, kaum dass Benedikt die Flucht ergriffen hatte. In seinem roten Umhang, den er wie ein Feldherr um die Schultern trug, hob er die Arme, um für Ruhe zu sorgen.

»Wir müssen einen neuen Papst wählen, jetzt gleich!«, forderte er die Versammlung auf.

»Aber wenn Benedikt noch lebt?«, erwiderte Girardo di Sasso und strich sich über seinen Spitzbart. »Der Papst ist der Papst. Wir haben ihn selber auf den Thron gesetzt, und es wäre eine schwere Sünde …«

»Eine viel schwerere Sünde wäre es«, fiel Severo ihm ins Wort, »wenn wir ihm erlauben würden, Rom weiter zugrunde zu richten.«

»Richtig!«, stimmte ein Stephanier zu. »Wir haben genug!«

»Trotzdem«, erwiderte Girardo. »Wir dürfen nichts überstürzen. Vielleicht sollten wir mit den Tuskulanern verhandeln. Um keine Entscheidung zu treffen, die wir nicht mehr rückgängig machen können. Außerdem haben wir einen Eid auf Benedikt geschworen, im Namen des Heiligen Geists …«

»Der Heilige Geist hat sich geirrt!«

»Oder war genauso besoffen wie wir!«

Ein paar Männer lachten.

»Bitte, meine Freunde! Bitte!« Girardo versuchte, sich Gehör zu verschaffen. »Wenn wir Benedikt absetzen und an seiner Stelle einen anderen zum Papst wählen, gibt es Krieg!«

»Ja und? Lieber Krieg als feige!«

»Ist es feige, Blutvergießen zu vermeiden? Sicher gibt es eine Möglichkeit, die alle Seiten zufrieden stellt.«

»Ja, das ist feige!«

»Aber bedenkt doch, es wird auf beiden Seiten Verluste geben, Verluste und Tote. Wenn wir aber verhandeln ...«

»Feige! Feige!«, skandierte jemand und klatschte rhythmisch in die Hände.

Andere fielen ein, Pfiffe und Buhrufe wurden laut, und bald herrschte solcher Lärm im Saal, dass kein Wort mehr zu verstehen war. Girardo schüttelte resigniert den Kopf und kehrte zurück an seinen Platz.

Wieder hob Severo die Arme. »Ist sonst noch jemand da, der was einzuwenden hat?«, fragte er, als der Lärm sich legte. Dabei schaute er Petrus da Silva fest in die Augen. »Was ist mit Euch?«, sagte er. »Ich war bereit, meine Lieblingsnichte für den Frieden zu opfern und Valentina zu Benedikts Hure zu machen. Ihr habt die Gelegenheit nicht genützt. Jetzt müsst Ihr Euch entscheiden. Auf wessen Seite steht Ihr?«

»Auf der Seite Gottes und der Kirche.«

»Redet nicht um den heißen Brei. Ihr wisst genau, was ich meine.«

Ja, das wusste Petrus da Silva. Benedikts Vertreibung hatte überall Jubel hervorgerufen. Die Menschen feierten auf den Straßen, sie tanzten und tranken und fielen sich in die Arme, als wäre ein Fluch von ihnen abgefallen. Wenn jetzt noch der Kanzler die Seiten wechselte, waren die Sabiner am Ziel. Doch würde ihr Sieg der Kirche zum Vorteil gereichen? Gregorio war immer noch Kommandant des Stadtregiments und hatte damit Befehl über die größte Armee Roms. Und Trastevere, das Quartier jenseits des Tibers, wo die Tuskulaner ihr Stadthaus hatten, würde weiterhin Benedikt folgen.

Petrus da Silva beschloss, die Entscheidung zu vertagen. Solange Gott selbst sich noch nicht entschieden hatte, durfte auch er keine Entscheidung treffen.

»Ich bin nur der gehorsame Diener des Papstes«, erklärte

er. »Wen immer der Heilige Geist dazu bestimmt, die Christenheit zu regieren – ich werde alles tun, was in meinen Kräften steht, um ihn zu unterstützen.«

»Dann warten wir nicht länger und schreiten zur Wahl«, verkündete Severo. »Will jemand einen Vorschlag machen?«

Bevor der erste Name fiel, verließ Petrus da Silva den Ort.

17

Vorsichtig spähte Teofilo über den Rand des Jauchekarrens.

Konnte er es wagen?

Am Ufer des Tibers waren nur ein paar Gerbergesellen zu sehen, die braune Lauge in den Fluss leerten. Dahinter lag sein Ziel, die Engelsburg, die sich mit ihren mächtigen Mauern uneinnehmbar in der Abendsonne erhob. Wenn er es bis dahin schaffte, war er in Sicherheit. Vor dem Tor patrouillierten Soldaten unter dem Kommando eines Hauptmanns, der sich mit einer Dienstmagd unterhielt.

Teofilo musste schlucken. Die Rettung war so nah! Doch würden die Wachtposten ihn erkennen? Er stank wie eine Kloake, sodass ihm von seinem eigenen Gestank schlecht war, und seine Alba sah aus wie das voll geschissene Fell einer Kuh.

»Da! Da ist er!«

Teofilo blickte sich um. Auf der Brücke kamen seine Verfolger angerannt: Männer mit Mistgabeln und Knüppeln. Woran hatten sie ihn erkannt? Egal! Ohne länger zu zögern, kletterte er vom Wagen und lief auf das Tor zu.

»Halt! Stehen bleiben!«

Zwei gekreuzte Spieße versperrten ihm den Weg.

Teofilo verharrte.

»Welches Rindvieh hat dich denn ausgeschissen?«, fragte der ältere Soldat und hielt sich die Nase zu.

»Lasst mich durch! Ich bin der Papst!«

»Und ich bin der Konsul von Rom!«

»Das ist ein Befehl!«

»Jawohl, Ewige Heiligkeit!«

Während die Soldaten sich bogen vor Lachen, ließ der Hauptmann die Dienstmagd stehen und näherte sich. Teofilo spürte, wie ihn Panik überkam. Seine Verfolger waren nur noch einen Steinwurf entfernt.

»Die Jauchegrube ist am anderen Tor«, sagte der Hauptmann. »Wann merkst du dir das endlich, du Idiot? Du kommst doch jede Woche her, um die Grube auszuheben, und jedes Mal ...« Mitten im Satz verstummte er, und der überhebliche Ausdruck verschwand aus seinem Gesicht. »Um Gottes willen – verzeiht!« Vor Verlegenheit stammelnd, nahm er Haltung an. »Ich ... ich konnte ja nicht ahnen, dass Ihr der Heilige Vater seid ...«

»Mach endlich das Tor auf«, drängte Teofilo. »Schnell!«

»Natürlich, Ewige Heiligkeit. Sofort!«

Der Mann salutierte und beeilte sich, den Befehl auszuführen. Teofilo schaute über die Schulter. Seine Verfolger waren so nah, dass er schon ihre Gesichter erkennen konnte.

»Vorwärts! Verflucht noch mal!«

Endlich öffnete sich das Tor. Teofilo stürzte in den Hof.

War er in Sicherheit?

Während das Tor sich hinter ihm schloss, ertönte ein Ruf, der ihm das Blut in den Adern gefrieren ließ.

»*Habemus papam! Habemus papam!*«

SECHSTES KAPITEL: 1045

KRIEG

1

Schnee fiel in großen, wässrigen Flocken auf die Berge herab, über die der strengste Winter seit Menschengedenken hereingebrochen war. Seit Tagen war die Tuskulanerburg von der Welt abgeschnitten. Die Ochsenkarren versanken bis zu den Achsen im Morast, und nicht mal zu Pferde konnte man auf den aufgeweichten Wegen nach Rom gelangen. War dies ein Wink des Schicksals? Dass die Heilige Stadt für den Papst verloren war? Teofilo, der in den Bergen Zuflucht genommen hatte, wusste es nicht. Zusammen mit seiner Mutter und seinem ältesten Bruder wärmte er sich am Kamin, während die lodernden Flammen ruhelos tanzende Schatten an die Wände der Eingangshalle warfen.

»Welchen Namen hat sich das Arschloch überhaupt zugelegt?«, wollte Gregorio wissen.

»Meint Ihr Johannes, den Bischof der Sabina?«, erwiderte aus dem Dunkel heraus Petrus da Silva, der, eingehüllt in einen bodenlangen Pelzmantel, in einem Armstuhl neben dem ausgestopften Bären saß. »Er nennt sich Silvester. Wie der große Silvester, der Konstantin als ersten römischen Kaiser zum Christentum bekehrte.«

»Konstantin wurde von keinem Papst bekehrt, sondern von seiner Mutter!«, sagte Ermilina.

»Aber Papst Silvester hat ihn getauft«, erwiderte der Kanzler. »Mit der Namensgebung wollen die Sabiner in seine Nachfolge treten.«

»Was für eine Anmaßung!« schnaubte sie. »Was für eine ungeheuerliche Frechheit! Buschräuber, die sich mit einem Heiligen auf eine Stufe stellen! Das hat sich dieser Giampini ausgedacht!«

Während seine Mutter in ihr Nähkästchen griff, um nach ihren Datteln zu suchen, streckte Teofilo die Arme aus, um seine erfrorenen Hände über das Feuer zu halten. Kaum hatten die Sabiner mit Kardinal Giampinis Bruder einen eigenen Bischof zum Gegenpapst ernannt, hatte Petrus da Silva einen Kurier nach Norden über die Alpen geschickt, um Heinrichs Unterstützung zu gewinnen. Der König sollte Benedikts Widersacher entmachten und ihn selber wieder in sein Amt einsetzen. Dafür hatte der Kanzler ihm Benedikts Unterstützung in seinem Bemühen um die *Pax Dei* versprochen, den Gottesfrieden, den der künftige Kaiser zum wichtigsten Ziel seiner Regentschaft erklärt hatte, um das Rauben und Morden unter den Grafen und Fürsten und Herzögen seines Reichs zu beenden. Doch vergebens. Der Kurier war aus dem Norden mit einer niederschmetternden Nachricht zurückgekehrt: Heinrich war nicht gewillt, sich in die Fehde der römischen Adelsfamilien einzumischen.

»Was schlagt Ihr vor?«, fragte Teofilo seinen Kanzler.

»Was für eine Frage!«, erwiderte Ermilina an Petrus da Silvas Stelle. »Du musst zurück nach Rom! So schnell wie möglich! Du musst zurück auf den Thron!«

»Richtig«, pflichtete Gregorio ihr bei. »Wir holen uns wieder, was uns gehört! Ich kann es gar nicht erwarten, Severo den Schädel einzuschlagen!«

»Das halte ich für keinen klugen Gedanken«, widersprach Petrus da Silva.

»Auf kluge Gedanken kommt es jetzt nicht an! Es geht um unsere Ehre! Und um unser Geld! Wir haben uns für die Cathedra bis über die Ohren verschuldet. Wenn wir jetzt auch noch den Thron verlieren, sind wir für alle Zeit geliefert.«

»Eben deshalb rate ich dringend von einer Machtprobe ab. Wer wird die Tuskulaner unterstützen?«

»Trastevere ist auf unserer Seite.«

»Wahrscheinlich. Aber in den letzten Wochen ist viel passiert. Severos Übermacht wächst von Tag zu Tag. Es heißt, sogar Girardo di Sasso habe sich gegen uns entschieden.«

»Girardo di Sasso?«, fragte Teofilo überrascht.

»Ja, Heiligkeit. Und wenn Ihr mich fragt, kann ich ihn sogar verstehen. Sein Schwiegersohn hat sich im Prozess gegen Ugolino zum Feind der Sabiner gemacht. Jetzt will Girardo dafür sorgen, dass der Mann seiner Tochter nicht zwischen die Mühlsteine gerät.«

»Was erwartet Ihr?«, wollte Ermilina wissen. »Sollen wir deshalb diesen Silvester anerkennen, obwohl Gott meinen Sohn zum Stellvertreter seines Sohns bestimmt hat?«

»Nein. Mir schwebt eine andere Lösung vor. Wir müssen Druck auf unsere Feinde ausüben. Doch ohne einen Krieg zu provozieren.«

»Und wie soll das gehen? Ihr habt doch selber gesagt, dass es uns an Verbündeten fehlt.«

Petrus da Silva nahm einen Schluck Wein, bevor er eine Antwort gab. »Wenn unsere Feinde in der Überzahl sind und wir keine Unterstützung beim Adel finden, müssen wir das römische Volk auf unsere Seite bringen.«

»Wollt Ihr uns zum Narren halten?«, fragte Gregorio. »Das Volk wünscht Benedikt zum Teufel.«

»Das kann sich sehr schnell ändern«, erwiderte der Kanzler. »Wir brauchen nur einen Sündenbock, und der Wind dreht sich.«

»Einen Sündenbock? Das verstehe ich nicht.«

»Ein Brauch der Juden. Einmal im Jahr übertragen die Mosessöhne die Sünden ihres Volkes auf einen Ziegenbock, den sie mitsamt ihren Sünden in die Wüste jagen.«

»Ihr redet in Rätseln, Eminenz«, sagte Ermilina.

Petrus da Silva tupfte sich mit einem Tuch den Wein von den Lippen. »Der Münzbetrug hat das Volk gegen Benedikt aufgebracht, also müssen wir jemanden für den Münzbetrug zur Rechenschaft ziehen. Den Münzmeister oder einen seiner

Gesellen. Dann gehört Seine Heiligkeit genauso wie das Volk zu den Opfern treuloser Verbrecher. Die Gemüter werden sich beruhigen, und die Stimmung schlägt zu unseren Gunsten um.« Er stellte seinen Becher ab und wandte sich an Teofilo. »Gebt Ihr mir die Erlaubnis, Heiligkeit, die nötigen Schritte einzuleiten?«

Teofilo spürte, wie alle Blicke sich auf ihn richteten. Er musste eine Entscheidung treffen. Doch wollte er überhaupt zurück auf den Thron? Zweimal hatte man ihm nach dem Leben getrachtet, zweimal war er nur mit knapper Not entkommen …

»Hast du vergessen, wie sie dich davongejagt haben?«, fragte Gregorio in die Stille hinein. »In einem Jauchkarren! Ganz Rom lacht über dich. Weißt du, welchen Namen sie dir gegeben haben? Benedikt der Stinkende!«

»Genug!«, unterbrach Teofilo seinen Bruder und kehrte dem Kamin den Rücken zu.

Er griff zu dem Krug Wein, der auf dem Tisch stand, um seine Erregung zu betäuben. Doch er hatte den Becher noch nicht gefüllt, da stellte er ihn wieder ab. Nein, er wollte keinen Wein. Den brauchte er nur gegen die Feinde, die in seinem Innern hausten.

»Unser Entschluss ist gefasst!«, wandte er sich an den Kanzler. »Setzt noch heute ein Schreiben auf. Alle Priester unseres Bistums sollen es nächsten Sonntag von den Kanzeln verlesen. Darin verhängen wir, Papst Benedikt IX., über den Bischof der Sabina und Usurpator der Cathedra zur Strafe für seinen Frevel die Exkommunikation aus der Gemeinschaft der katholischen Kirche. Und du«, fügte er an seinen Bruder gerichtet hinzu, »sammle unsere Truppen und stelle ein Heer auf. Wir ziehen nach Rom!«

»Das heißt, Ihr wollt den Sabinern tatsächlich den Krieg erklären?«, fragte Petrus da Silva.

»Glaubt Ihr, wir lassen eine solche Demütigung ungesühnt!«, fragte Teofilo zurück. »Sobald das Wetter es erlaubt, greifen wir an!«

2

Der raue Winter hielt sich nur zwei Wochen in den Bergen. Dann zogen die schweren, schneenassen Wolken weiter nach Norden, in Richtung Siena und Florenz, und eine blassgelbe Sonne eroberte allmählich den Himmel zurück.

Kaum waren die Wege und Straßen vom schlimmsten Morast befreit, sattelten Gregorio und seine Brüder die Pferde, um Soldaten für Benedikts Armee anzuwerben und Verbündete gegen die Sabiner zu gewinnen.

Das Rüsten der Tuskulaner blieb freilich nicht lange unbemerkt. Sowohl in Rom als auch in der Campagna verbreitete sich die Nachricht wie ein Lauffeuer, und schon bald stand jeder Edelmann vor einer Frage: Wollte er Benedikts Freund oder Feind sein?

»Ich meine, wir sollten uns aus dem Streit heraushalten«, sagte Domenico.

»Weshalb?«, erwiderte Chiara. »Worauf wollt Ihr Rücksicht nehmen?«

Obwohl sie es nicht aussprach, glaubte er zu wissen, was sie meinte. Er brauchte sie ja nur anzusehen. Die Angst stand ihr ins Gesicht geschrieben, und er musste kein Hellseher sein, um zu begreifen, wem ihre Angst galt. Teofilo … Die Vorstellung, was gerade in ihrem Herzen vorging, schmerzte ihn mehr, als wenn sie die Wahrheit offen ausgesprochen hätte.

Laut sagte er nur: »Wenn Ihr wünscht, werde ich versuchen, zwischen den Tuskulanern und den Sabinern zu vermitteln.«

»Wie denn?«, fragte Chiara. »Ihr habt vor Gericht Severos Sohn des Mordes bezichtigt, und Ugolino wurde daraufhin verbrannt. Die Sabiner hassen Euch.«

Sie sprach mit solcher Entschiedenheit, dass Domenicos Ahnung zur Gewissheit wurde. Sie liebte Teofilo immer noch. So sehr, dass sie ihren eigenen Mann dafür in den Krieg schicken wollte.

»Außerdem«, fügte sie hinzu und zog sich ihr Kopftuch straff, »ist es für Verhandlungen zu spät. Der Krieg hat längst begonnen. Wir können uns nicht mehr heraushalten.«

»Wisst Ihr, was Ihr von mir verlangt?«, fragte er.

»Ja, das weiß ich«, antwortete sie. »Aber Ihr habt keine andere Wahl: Entweder steht Ihr auf der richtigen oder auf der falschen Seite. Ihr müsst Euch entscheiden!«

Domenico erwiderte ihren Blick. Ihre weiße Haut, die blauen Augen – alles an ihr war so hell und klar und rein. Doch ihre Worte bohrten sich wie ein rostiges Schwert in sein Herz.

»Ihr wollt also, dass ich kämpfe?«

Chiara nickte. »Ja, sonst seid Ihr kein Mann.«

»Ich danke Euch für Eure Offenheit.« Jetzt blieb nur noch eine Frage. Nur mit Mühe brachte er sie über die Lippen. »Dann soll ich mich also mit Benedikt verbünden, gegen die Sabiner?«

Chiara schüttelte den Kopf. »Nein!«, sagte sie, und ihre Augen funkelten vor Zorn. »Gegen ihn!«

»Was soll das heißen?«, fragte er. »Ihr meint ... Ihr wollt ... dass ich mich seinen *Feinden* anschließe?« Er war so verblüfft, dass er kaum sprechen konnte.

»Ja, das sollt Ihr«, bestätigte sie. »Es ist die einzige Möglichkeit, Euch mit den Sabinern zu versöhnen.«

»Warum ist Euch das so wichtig?«

»Das fragt Ihr? Weil ... weil ...«

Er schaute sie an, aber sie wich seinem Blick aus. Was hatte das zu bedeuten? Es war noch nicht lange her, da hatte sie ihm fast ins Gesicht gespuckt, weil sie glaubte, er habe sich mit den Sabinern gegen Teofilo verschworen. Und jetzt forderte sie ihn auf, mit ihnen gemeinsame Sache gegen die Tuskulaner zu machen?

»Warum?«, fragte er noch einmal. »Warum willst du, dass ich gegen Benedikt kämpfe?«

»Bitte, hör doch endlich auf zu fragen«, sagte Chiara. »Sie ... sie hätten dich fast totgeschlagen, nur weil du diesem Teufel geholfen hast. Hast du das vergessen?«

»Du meinst, in der Werkstatt?«, erwiderte er. »Aber das waren doch gar nicht Benedikts Soldaten. Das waren Aufständische.«

»Ja und?« Sein Einwand schien sie fast wütend zu machen. »Auch wenn es nicht seine Leute waren, war er doch der Grund! Begreifst du denn nicht? Dieser Mann ist ein Fluch! Für alle, die mit ihm zu tun haben! Sogar mein Vater, der mit jedem Menschen in Frieden leben will, hat das begriffen und sich gegen ihn gestellt.«

»Und meine Ehre?«, fragte Domenico.

»Deine Ehre? Weshalb?«

»Meine Familie hat Geld bekommen, um Benedikt zu wählen. Ich habe ihm dafür Treue geschworen. Zweimal! Bei seiner Erhebung und bei seiner Rückkehr nach Rom.«

»Ach, Domenico«, sagte Chiara. »Du hast viel mehr für ihn getan, als ein Schwur je leisten kann – du hast ihm das Leben gerettet! Wenn du ihm nicht zur Flucht verholfen hättest, sie hätten ihn am nächsten Baum aufgehängt.« Sie nahm sein Gesicht zwischen die Hände und küsste ihn. »Damit hast du deine Schuld beglichen, mein Liebster. Ein für allemal.« Zärtlich streichelte sie seine Stirn, seine Wangen, die Narben und Spuren, die von dem Überfall noch immer sein Gesicht bedeckten. »Glaub mir«, flüsterte sie, »ein für allemal.«

Domenico hörte ihre Worte, spürte ihre Lippen auf seinem Mund, und ihm wurde ganz warm. Noch nie hatte Chiara ihm so deutlich ihre Zuneigung gezeigt.

Konnte es vielleicht doch sein, dass sie ihn liebte?

Er nahm sie in den Arm, um ihren Kuss zu erwidern.

Chiara machte einen Schritt zurück.

»Du musst den Sabinern helfen, diesem Papst das Handwerk zu legen«, sagte sie. »Bitte, Domenico! Tu es für mich. Für uns. Für unsere Liebe...«

3

»Hast du Angst?«, fragte Gregorio.

Teofilo schaute hinaus in die kalte, sternenklare Nacht. Vor dem schwarzblauen Himmel erhob sich im Mondschein die Engelsburg, ein mächtiges, weißlich schimmerndes Massiv aus Fels und Stein, über dessen Türmen seit dem Rückzug der Tuskulaner das Banner des Sabinerpapstes wehte. An beiden Ufern des Flusses, nur durch die schwarz und träge dahinströmenden Fluten voneinander getrennt, kauerten frierend die Soldaten der feindlichen Lager und vertrieben sich mit Trinken und Fluchen die Zeit. Gregorio hatte ein Heer von tausend Mann ausgehoben, eine Vorhut aus Bogen- und Armbrustschützen, einen Haufen Ritter und Knappen sowie eine Nachhut mit dem Versorgungstross. Doch Teofilos Truppen stand eine doppelt so starke Übermacht entgegen. Während sich seinem Heer nur ein paar Familien der Campagna angeschlossen hatten, hatten die römischen Patrizier sich fast ausnahmslos auf die Seite der Sabiner gestellt, die seit dem Winter bereits das Stadtgebiet beherrschten. Die Tuskulaner hatten darum ihr Lager in Trastevere aufschlagen müssen, dem Stadtteil, dessen Bewohner Benedikt nach wie vor ergeben waren und ihn allein als wahren und rechtmäßigen Papst anerkannten.

»Angst?«, fragte Teofilo zurück. »Wovor? Dass wir morgen tot sind?«

»Nein«, sagte sein Bruder. »Diese Angst meine ich nicht. Die hat jeder. Dagegen kann man sich betrinken.«

»Welche Angst meinst du dann?«

»Die Angst, was danach kommt.« Gregorio nahm einen Schluck aus seiner Feldflasche. »Dass, wenn man tot ist, Gott sich an einem rächt für das, was man getan hat.« Er fasste an das Amulett, das vor seiner Brust baumelte: eine Gladiolenzwiebel, die ihn vor einer Verwundung im Kampf schützen sollte, und bekreuzigte sich. »Wenn er uns nur ein Zeichen geben würde«, flüsterte er, »damit ich weiß, dass er uns hilft.«

Voller Anspannung kaute er an seinen Nägeln. Am Morgen hatte Petrus da Silva für die ganze Armee Fasten und Beten angeordnet und den Männern befohlen, allen Streit untereinander zu begraben und sich gegenseitig Hilfe im Kampf zu versprechen. Aber nach dem Angelus hatte er das Fasten und Beten aufgehoben und Schnaps und Wein ausschenken lassen, damit sie sich Mut antrinken konnten.

»Willst du auch einen Schluck?«, fragte Gregorio und reichte seinem Bruder die Flasche.

Teofilo schüttelte den Kopf. Nein, er wollte sich nicht betäuben. Die Vorstellung der Schlacht erfüllte ihn den ganzen Tag schon mit einer seltsamen Erregung, einem Gefühl, das er manchmal am Rand eines Abgrunds empfand: eine Mischung aus Angst, hinunterzustürzen, und der Sehnsucht, dem Sog des Schwindels zu folgen. Fröstelnd zog er sich den Hermelinmantel über die Schulter, den er über seinem Kettenpanzer trug. Wenn er am nächsten Tag sterben würde, würde er eben sterben ... Er war für den Tod bereit.

»Erscheint er dir auch manchmal?«, wollte Gregorio wissen. »Ich meine, wenn es dunkel wird oder im Traum?«

»Wen meinst du?«

»Den Alten!« Gregorio schüttelte sich. »Gestern Nacht war er wieder da. Er sah aus wie ein Bischof und hat mir befohlen, für ihn zu beten. Damit er aus dem Fegefeuer rauskommt.« Unsicher blickte er Teofilo von der Seite an. »Kannst du vielleicht morgen früh eine Messe lesen? Für unseren Sieg? Ich meine, auf dich *muss* Gott doch hören. Du bist doch der Stellvertreter seines Sohns.«

Teofilo konnte Gregorios Miene in der Dunkelheit nur ahnen. Doch umso deutlicher spürte er die Angst, die in der Stimme seines Bruders lag.

»Glaubst du wirklich an Gott?«, fragte er.

»Bist du verrückt?« Entsetzt griff Gregorio nach der Zwiebel an seiner Brust. »Halt ja den Mund! Oder willst du, dass uns der Teufel jetzt schon holt?«

4

Sanft schien das Licht des Mondes durch das offene Fenster, während aus der Ferne die Rufe der Soldaten herbeiwehten. Chiara zog sich das Hemd über den Kopf, und zusammen mit ihrem Mann sank sie auf das Lager, das sie in der dunklen, leeren Werkstatt bereitet hatte, um mit ihm die letzte Nacht zu teilen, bevor er in den Krieg zog.

»Komm zu mir, Domenico«, sagte sie und streckte die Arme nach ihm aus. »Komm endlich zu mir ...«

Ihr nackter Körper war von einer wunderbaren Empfindsamkeit. Mit jeder Pore verzehrte sie sich nach ihm, während sie ihm die Hose von den Hüften streifte. Helle Funken sprühten in der Finsternis, als ihre Leiber sich berührten.

»Oh Gott, wie lange habe ich auf dich gewartet ...«

»Und ich auf dich ... Und ich auf dich ...«

Sie fühlte seine Haut auf ihrer Haut, sein Sehnen, die pulsierende Dringlichkeit, mit der er sie begehrte, und sie hatte nur noch den einen Wunsch, eins mit ihm zu werden. Überall spürte sie seine Hände, seine Berührungen, seine Liebkosungen, so leicht und zart wie Seide, kaum mehr als ein Hauch. Ein Schauer lief ihr über den Rücken und erfasste ihren ganzen Leib. Noch nie war sie so bereit für ihren Mann gewesen wie in dieser Nacht, noch nie hatte sie ihn so sehr gewollt.

»Danke, dass du heute bei mir bist«, flüsterte er.

»Pssst«, machte sie und legte ihren Finger auf seinen Mund. »Du sollst dich nicht bedanken. Ich wollte selber bei dir sein, nur darum bin ich hier. Für mich. Weil ich dich nie wieder loslassen will. Niemals ...«

»Ach, Chiara ...«

Als er zu ihr kam, spürte sie nicht den geringsten Schmerz, nur Liebe. Endlich, endlich öffnete sich in ihrem Innern jene Tür, die zeit ihrer Ehe verschlossen gewesen war. Sie umfing Domenico mit ihren Armen, mit ihren Beinen, und zog ihn an sich, so fest sie nur konnte, als wolle sie ihn mit ihrem Körper verschlingen, während er langsam, ganz langsam in sie drang, tiefer und tiefer und tiefer. Mit einem Seufzer schloss sie die Augen. Jede seiner Bewegungen wollte sie genießen, jeden Augenblick, in dem sie mit ihm verschmolz, zwei Leiber und zwei Seelen, die sich ineinander schmiegten und sich im Kuss vereinten. Mit allen Sinnen spürte sie ihren Mann, hörte seinen Atem an ihrem Ohr, schmeckte das Salz auf seiner Haut und seinen Lippen, roch den Duft seiner Lust, die sie wie eine Woge erfasste, um sie an einen Ort zu tragen, wo sie noch nie gewesen war, doch wonach alles in ihr sich sehnte.

»Ja, ich will dich, ich will dich – nur dich!«

Immer höher trug sie die Woge empor, als wären sie beide schwerelos, kaum spürte sie sein Gewicht. Es gab nur noch ihre Umarmung – ihre Hände, ihre Münder, ihren Atem, der im selben Takt und Rhythmus sich beschleunigte.

Würde sie in dieser Nacht ein Kind empfangen?

Plötzlich bäumte Domenico sich auf, wurde größer und immer größer. Und während er am ganzen Körper zuckte und bebte, ertrank sie in der Woge ihrer Lust, und wie eine Ertrinkende konnte sie nur noch jene Worte sagen, die in diesem einen, unendlichen Augenblick ihr ganzes Leben bedeuteten.

»Ich liebe dich, Domenico ... Ja, ich liebe dich ...«

5

Noch graute am Himmel der Morgen, und ein zartrosa Streifen über der Engelsburg kündigte vom Anbruch des neuen Tages, als ein Fanfarenstoß die dämmrige Stille zerriss.

»Attacke!«

Zischend flogen die ersten Salven der Bogenschützen über den Tiber, und aus Tausenden von Männerkehlen erhob sich diesseits und jenseits des Flusses das Kriegsgeschrei. Beide Päpste hatten vor der Schlacht noch einmal für ihre Soldaten die Messe gelesen, um sich für den Kampf den Beistand des

Himmels zu sichern. Angetrieben von Trommeln und Hörnern, marschierten jetzt die zwei Heere von beiden Seiten des Tibers auf die Brücke zu, die Trastevere mit der inneren Stadt verband.

»*Cum deo!*«, riefen die Soldaten der Vorhut einander zu. »Mit Gott!«

Teofilo zückte sein Schwert und gab seinem Hengst die Sporen. Das Tier bäumte sich auf und schlug mit den Hufen in der Luft, als würde es spüren, wie viel an diesem Tag auf dem Spiel stand. Teofilo stellte sich in die Bügel, um sich nicht mitsamt seinem Pferd zu überschlagen. Während links und rechts das Fußvolk beiseitesprang, spürte er die Kraft des Hengstes zwischen seinen Schenkeln, die Anspannung der Muskeln, die sich in Wellen auf ihn übertrug, und ihn überkam eine Lust, die er sonst nur in den Armen einer Frau empfand.

»Sieg oder Tod!«

Gregorio war mit seinem Rappen schon fast bei der Brücke, als er sich im Sattel umdrehte. Für einen Augenblick glaubte Teofilo seinen Vater zu sehen: die riesige Gestalt, das wettergegerbte Gesicht, die vor Mordlust leuchtenden Augen … Ja, es war richtig gewesen, sich Petrus da Silva zu widersetzen! Bis zum letzten Moment hatte der Kanzler Teofilo beschworen, nicht in den Kampf zu ziehen, sondern sich im Vatikan zu verstecken, bis die Schlacht geschlagen sei … Doch statt dem Rat zu folgen, hatte er die Dalmatika gegen ein Panzerhemd und die Tiara gegen einen Helm getauscht, um mit dem Schwert in der Hand selber die Rechnung zu begleichen, die er mit den Sabinern offen hatte.

»Vorwärts! Zur Engelsburg!«

Während er sein Pferd durch die Reihen der Ritter und Knappen in Richtung Tiber trieb, zeigte er mit der Spitze seines Schwerts den Männern das Ziel: die schwarzrote Wappenfahne der Sabiner, die über den Zinnen des Wehrturms flatterte. Diese Fahne musste er haben! Koste es, was es wolle!

»Schlagt sie tot!«, brüllte Gregorio. »Schlagt sie alle tot!«

Mit beiden Armen trieb er seine Männer an, eine Horde

feindlicher Soldaten aufzuhalten, die über die Brücke an Land zu stürmen versuchte. Doch sein Ruf war noch nicht verhallt, da kam eine Salve Pfeile über den Fluss geflogen, mitten hinein in das eigene Fußvolk, und der Durchbruch der Gegner gelang. Plötzlich standen sich Dutzende von Rittern gegenüber, mit Schwertern und Streitäxten fielen sie übereinander her. In immer neuen Wellen griffen die Sabiner an, immer mehr Soldaten drängten über die Brücke, und bald hatte jeder Tuskulaner zwei oder drei Feinde abzuwehren. Knochen splitterten und krachten, Blut spritzte auf, und während über der Engelsburg die Sonne am Himmel aufzog, übertönte das Kriegsgeschrei sogar das Läuten der Glocken, die seit Beginn der Schlacht von den Kirchtürmen schlugen, auf beiden Seiten des Flusses.

»Verflucht!«

Eine Lanze traf Gregorios Pferd in die Flanke. Noch während das Tier in die Knie sank, sprang Gregorio aus dem Sattel und ließ mit beiden Händen sein Schwert über dem Kopf kreisen, um sich die Gegner vom Leib zu halten. Teofilo spürte, wie ihm das Blut in die Lenden schoss, und trieb seinen Hengst mitten hinein ins Getümmel. Nein, das hatte nichts mit Gott zu tun. Das hier war ein Kampf von Mann gegen Mann, ein Kampf auf Leben und Tod, in dem der Stärkere über den Schwächeren siegte.

»Achtung!«

Teofilo fuhr herum. Wie aus dem Nichts sprengte ein Reiter auf ihn zu. Freund oder Feind? Bevor er den Mann erkennen konnte, sauste eine Klinge auf ihn herab. Im selben Augenblick hob er sein Schwert in die Höhe und parierte den Stoß. Der Hieb fuhr ihm in alle Glieder, sein Pferd scheute und schlug mit den Hufen, doch er konnte sich im Sattel halten. Stahl traf klirrend auf Stahl. Zwischen den blitzenden Klingen sah er das Gesicht seines Gegners: Eine Hundeschnauze, eine Fratze voller Wut und Hass, bleckte ihn an. Teofilo ließ die Zügel schießen, packte sein Schwert mit beiden Händen und holte aus.

»Zur Hölle mit dir!«

Die Hundeschnauze konnte nur noch einmal schauen, ein erstaunter, verwunderter Blick und im nächsten Moment der Versuch, sich wegzuducken. Aber zu spät! Mit voller Wucht traf ihn Teofilos Schwert und durchschnitt seinen Hals. Wie ein Ball flog der abgetrennte Kopf durch die Luft und landete in einer Pfütze, das Gesicht mit offenen Augen und aufgesperrtem Mund gen Himmel gerichtet.

»Bravo, Bruderherz!«

Gregorio nickte ihm zu, ohne im Kampf innezuhalten. Sein Kettenhemd war rot von Blut, er hatte schon ein halbes Dutzend Männer niedergestreckt, und wieder traf sein Schwert einen Sabiner. Teofilo erwiderte mit der Lanze seinen Gruß, da bäumte sein Pferd sich erneut unter ihm auf. Noch bevor er sich in die Bügel stellen konnte, schleuderte ein feindlicher Ritter seine Axt gegen den ungeschützten Bauch des Tieres, und wiehernd vor Schmerz überschlug sich der Hengst. Im Fallen sprang Teofilo aus dem Sattel, um nicht unter den Leib des Tieres zu geraten. Keinen Wimpernschlag zu früh! Mit knapper Not gelang es ihm, sich vor den wild in der Luft schlagenden Hufen zu retten.

»Alles in Ordnung?«, rief Gregorio.

Noch am Boden rückte Teofilo seinen Helm zurecht. Wo war sein Schwert? Zum Glück brauchte er nicht lange zu suchen. Es stak mit der Klinge im Erdreich, nicht weit von ihm entfernt, in der Nähe seines Pferdes, das sich mit blutendem Bauch auf dem Rücken wälzte und versuchte, wieder auf die Beine zu kommen. Doch kaum hatte Teofilo sich aufgerafft, um es aus dem Boden zu ziehen, trat ihm ein Mann in den Weg, den er seit Kindertagen kannte.

Domenico.

Sie waren beide so überrascht, dass sie voreinander erstarrten. Während der Schlachtenlärm um sie herum zu verstummen schien, schaute Teofilo seinem Rivalen in die Augen.

Dieser Mann hatte ihm die Frau seines Lebens genommen…

»Fang auf!«

Gregorio warf ihm ein Schwert zu. Doch im selben Moment, in dem er den Griff zu fassen bekam, löste auch Domenico sich aus seiner Erstarrung und stürzte sich auf ihn. Gleich darauf schlugen die Klingen aufeinander. Obwohl Domenico so schmächtig war wie ein Knappe, konnte er es mit jedem Ritter in der Campagna aufnehmen. Was ihm an Körperkraft fehlte, machte er mit seiner Schwertkunst wett. Mit beiden Händen führte er seine Waffe und trieb Teofilo vor sich her in Richtung Trastevere. Mit aller Kraft setzte Teofilo sich zur Wehr, versuchte, Domenicos Angriffen mit unberechenbaren Sprüngen auszuweichen und die immer schneller auf ihn herabsausenden Hiebe zu parieren, indem er zur Gegenattacke ansetzte. Doch Schritt für Schritt musste er seinem Gegner weichen, bis er plötzlich mit dem Rücken an einer Hauswand stand.

»Warte! Ich komme!«

Mit einem Dolch in der Hand stürzte Gregorio herbei. Doch bevor er die Kämpfenden erreichte, hob Domenico beidhändig sein Schwert über den Kopf und holte zu einem fürchterlichen Hieb aus.

Plötzlich sah Teofilo nur noch das gleißende Licht der Sonne, die sich groß und überhell am Himmel erhob.

Mit gellendem Schrei entwich die Angst seiner Brust.

6

Draußen dämmerte bereits der Abend. Die Sonne war über den Dächern Roms untergegangen und tauchte die Gassen und Plätze in tiefe Schatten. Während aus der Ferne noch immer der Schlachtenlärm zu hören war, trat Chiara an den Herd und zündete mit einem Holzspan ein Licht an.

»Der Engel des Herrn brachte Maria die Botschaft«, flüsterte sie die ersten Worte des Angelus.

Für mehr war keine Zeit. In der Werkstatt sah es aus wie in einem Feldlager. Überall auf dem Boden lagen blutüberströmte Männer in zerfetzten Kleidern. Die meisten von ihnen waren vor Schmerz und Erschöpfung in Schlaf gesunken, andere stöhnten leise vor sich hin.

Chiara probierte einen Löffel von dem Brei, den sie für die Nachtspeisung aufgesetzt hatte, da klopfte es an der Tür.

»Lieber Gott, bitte mach, dass sie nicht Antonio bringen!«, sagte Anna, die gerade einem halbwüchsigen Jungen, der im Fieber jammernd nach seiner Mutter rief, kalte Wickel machte.

»Warte! Ich schaue nach!« Chiara legte den Löffel beiseite, wischte sich die Hände an der Schürze ab und öffnete die Tür.

»Und?«, fragte Anna und hielt den Atem an.

Chiara schüttelte den Kopf. Auf der Gasse standen zwei Soldaten, die auf einer Bahre einen ohnmächtigen Kameraden zwischen sich trugen. Der rechte Arm des Mannes war nur noch ein Stumpf, der bis zum Ellbogen reichte, und der Verband war dunkelrot von Blut.

»War mal ein guter Bogenschütze«, sagte einer der beiden Soldaten. »Können wir ihn hierlassen?«

»Natürlich! Bringt ihn rein!«

»Und wohin?«

»Da hinten ist noch ein Lager frei.«

Chiara trat beiseite und führte die Männer zu einer Nische. Seit dem frühen Morgen klopfte es immer wieder an ihrer Tür, und immer wieder wurden neue Verwundete gebracht. Zusammen mit Anna hatte sie so viele Strohsäcke gefüllt, wie sie hatte auftreiben können, und diese in allen Räumen verteilt, in der Werkstatt genauso wie im oberen Stockwerk, um eine Unterkunft für die zahllosen Verwundeten zu schaffen. Offenbar hatte es sich herumgesprochen, dass in dem Armenhaus jeder Mann, der in der Schlacht verletzt worden war, versorgt wurde, gleichgültig, ob er zu den Sabinern oder zu den Tuskulanern gehörte.

»Ich hab so furchtbare Angst«, sagte Anna und wischte ihrem Schützling den Schweiß von der Stirn. »Jedes Mal, wenn es klopft und sie jemanden bringen, denke ich, es könnte Antonio sein.«

»Mach dir keine Sorgen«, erwiderte Chiara. »Die Sabiner sind in der Überzahl, deinem Mann *kann* gar nichts passieren.«

»Glaubst du wirklich?«

»Sonst würde ich es doch nicht sagen. – Aber schau nur! Ich glaube, er ist eingeschlafen.«

Tatsächlich, der Junge in Annas Schoß hatte die Augen geschlossen und atmete ganz ruhig und friedlich.

Anna strich ihm noch einmal über die Wange und verließ sein Lager. »Ich habe Antonio angefleht, bei mir zu bleiben. Aber er hat nicht auf mich gehört. Er hat nur gesagt, er *müsste* gegen die Tuskulaner kämpfen, wie jeder anständige Römer. Sonst würde er sich selber verachten.«

»Sei froh, dass du so einen Mann hast«, sagte Chiara. »Oder hättest du lieber einen Feigling?«

»Wenn ich ehrlich bin – lieber einen lebendigen Feigling als einen toten Helden.«

»Das sagst du ja nur, weil du Angst hast.«

»Meine kleine Chiara – woher nimmst du nur die Kraft? Mir rast das Herz schon, wenn ich mir vorstelle, dass Antonio vielleicht jetzt gerade ...« Sie sprach den Satz nicht zu Ende. Durch das offene Fenster drang aus der Richtung der Engelsburg noch immer Schlachtgeschrei. »Hast du denn überhaupt keine Angst?«

»Nein« sagte Chiara. »Ich bin ganz sicher, dass Gott unsere Männer beschützt.«

»Aber woher willst du das wissen?«

Chiara zuckte mit den Schultern und rückte ihr Kopftuch zurecht. »Es ist nur ein Gefühl, ich kann es selber nicht erklären. Trotzdem habe ich keinen Zweifel, dass es so ist. Ich weiß es einfach, vielleicht weil ...«

Ein lauter Schrei unterbrach sie. Der Soldat, der seinen Arm verloren hatte, war aus seiner Ohnmacht aufgewacht und brüllte sich die Seele aus dem Leib.

»Branntwein!«, sagte Chiara. »Schnell!«

Während Anna einen Krug aus dem Keller holte, eilte sie zu dem Mann. Obwohl er mit seinem gesunden Arm wie von Sinnen um sich schlug, gelang es Chiara, seinen Mund zu öffnen und ihm ein Stück Holz zwischen die Zähne zu klemmen.

»Fest zubeißen! Gleich kommt Hilfe!«

Zum Glück kehrte Anna rasch wieder. Chiara nahm dem Mann den Knebel aus dem Mund, und während Anna ihn mit beiden Armen festhielt, setzte sie ihm den Krug an die Lippen und flößte ihm den Branntwein ein. Schluck für Schluck konnte sie beobachten, wie der Alkohol seine Wirkung tat und der Schmerz aufhörte zu wüten. Allmählich ließ sein Widerstand nach, dann rollte er mit den Augen und sank zurück in seine Ohnmacht.

»Jetzt geht es ihm besser«, sagte Anna.

Erst jetzt sah Chiara sein Gesicht. Er hatte einen schwarzen Stoppelbart und apfelrote Wangen. Wie alt mochte er sein? Sicher warteten zu Hause eine Frau und Kinder auf ihn. Bei dem Gedanken durchströmte sie ein warmes, inniges Gefühl. Erst vor wenigen Stunden hatte sie hier, an derselben Stelle, mit Domenico gelegen. Noch nie war sie ihm so nahe gewesen wie in dieser Nacht. Jeder Blick, jede Berührung hatte sie darin bestätigt, dass er der Mann war, der für sie bestimmt war. Der Mann, von dem sie sich ein Kind wünschte. Der Mann, mit dem sie das Leben teilen wollte.

»Vielleicht kommt es einfach daher, dass wir uns lieben ...«

»Was redest du da?«, fragte Anna.

»Du wolltest doch wissen, warum ich mir so sicher bin, dass Domenico nichts passiert. Ich glaube, jetzt weiß ich es. Weil ich ihn liebe. Das ist der Grund. ›Gott ist bei denen, die gebrochenen Herzens sind‹ – so steht es geschrieben.«

Anna runzelte die Stirn. »Und was ist mit Teofilo?«

Als ihre Blicke sich trafen, hatte Chiara plötzlich dasselbe Gefühl, das sie als kleines Mädchen oft gehabt hatte, wenn Anna ihr in die Augen schaute. Aber dieses Gefühl verging so schnell, wie es gekommen war.

»Das weiß der Himmel allein«, sagte sie. »Teofilo wird das Schicksal ereilen, das er verdient.«

»Meinst du wirklich, dass Gott sich darum kümmert?«

Bevor Chiara eine Antwort geben konnte, betrat ein Ritter den Raum.

»Ist hier noch Platz für Verwundete?«

Vorsichtig, damit er nicht aufwachte, bettete Chiara den Kopf des amputierten Soldaten auf den Strohsack. »Wie viele sind es?« Sie erhob sich und warf einen Blick aus dem Fenster. Draußen vor dem Haus stand ein Ochsenkarren in der Abenddämmerung.

»Fünf Mann. Aber einer wird die Nacht wohl nicht überleben. Er hat uns Euer Haus genannt. Ich glaube, er kennt hier jemanden.«

»Antonio!«, rief Anna und eilte hinaus.

»Und wohin jetzt mit den Männern?«, brummte der Ritter.

»Bringt sie hinauf in den ersten Stock«, sagte Chiara. »Da gibt es noch zwei leere Kammern.«

Der Ritter ging hinaus, um die Verwundeten zu holen. Chiara folgte ihm.

Sie war noch in der Tür, da kam Anna ihr von der Gasse entgegen. Ihr Gesicht war bleich wie eine Wand.

»Herrgott! Was ist?«, fragte Chiara. »Ist Antonio dabei? Mach doch den Mund auf!«

Anna wollte sie in den Arm nehmen. Chiara stieß sie beiseite und stürzte zu dem Karren, auf dem die Verwundeten lagen.

Das Erste, was sie sah, war ein blutiges Wams. Im selben Moment versagten die Beine ihr den Dienst.

»Nein«, flüsterte sie

Das Wams war ihr so vertraut wie ihr eigenes Kleid. Sie hatte es selbst mit dem Wappen der Crescentier bestickt.

»Chiara ...«

Ein Gesicht schaute sie an, zwei braune Augen, aus denen alle Liebe dieser Welt auf sie zu fluten schien.

»Domenico ...«

7

Die Feuerstellen waren erloschen, und die Nacht breitete ihre schwarzen Schwingen über dem Heerlager des Papstes aus. Schon früh am Abend waren die Männer in Schlaf gesunken, müde vom Kampf und vom Wein, den sie getrunken hatten, um sich für den neuen Tag zu stärken, der für viele von ihnen der letzte sein würde.

Nur im Zeltlager des Kommandanten brannte noch eine Fackel.

»Hat Euch der Teufel geritten, Domenico abzustechen wie ein Ferkel?«, fragte Petrus da Silva.

»Was hätte ich denn tun sollen?«, erwiderte Gregorio. »Zusehen, wie er den Papst umbringt?«

»Einen Edelmann tötet man nicht, man nimmt ihn gefangen! Das weiß jeder Knappe!«

»Es ging alles so schnell, dass ich keine Wahl hatte.«

»Man hat immer eine Wahl. Herrgott, Ihr wisst doch selbst, wir können die Sabiner nicht besiegen. Wir müssen mit ihnen verhandeln.«

Petrus griff in den Kübel, den ein Page ihm ins Zelt gebracht hatte, und fischte einen Flusskiesel aus dem Wasser, um damit seine Wange zu kühlen. Rührte der Schmerz von seinen Zähnen her? Oder pochten seine Zähne, weil der Zorn ihm das Blut in die Adern trieb? Er hatte die Schlacht vom Glockenturm des Petersdoms aus beobachtet. Selten hatte er ein so erbärmliches Schauspiel gesehen: Kein Tuskulaner hatte auch nur einen Fuß auf römisches Stadtgebiet gesetzt. Der Papst, den er beschworen hatte, sich aus dem Kampf herauszuhalten, war verwundet worden; Benedikts Heer hatte bereits am ersten Tag über hundert Mann verloren, und als sich wie durch ein Wunder die Gelegenheit geboten hatte, das Blatt zu wenden, hatte der Kommandant der päpstlichen Truppen sie jämmerlich vertan.

Leise stöhnte Petrus da Silva auf. War es ein Fehler gewesen, den Tuskulanern die Treue zu halten? Oder hätte er seiner Kirche besser gedient, wenn er sich auf die Seite der Sabiner geschlagen hätte?

»Es ging Euch in Wahrheit gar nicht um den Papst«, sagte er.

»Was wollt Ihr damit sagen?«, fragte Gregorio.

»Ihr habt Domenico getötet, um einen Zeugen zu beseitigen.«

»Was für einen Zeugen?«

»Stellt Euch nicht dümmer, als Ihr ohnehin seid! Oder habt Ihr vergessen, was Domenico mir über Euch verraten hat?« Petrus machte eine Pause, um seine Worte wirken zu lassen. »Aber glaubt ja nicht, dass Ihr Euch damit einen Gefallen getan habt. Den Zeugen Eures Mordes habt Ihr vielleicht beseitigt, doch Eure Schuld vor Gott habt Ihr nur weiter vermehrt. Denn niemand geht ein in das himmlische Reich, der sich der irdischen Gerechtigkeit entzieht …«

Während er sprach, öffnete sich die Zelttür.

»Ewige Heiligkeit!« Petrus sank auf die Knie.

»Wollt Ihr Euren Mantel ruinieren?« Benedikt forderte ihn mit einer Handbewegung auf, sich wieder zu erheben. »Gebt mir lieber was zu trinken. Verflucht, das brennt wie Feuer.« Sein linker Arm war bis zur Achsel verbunden, Domenicos Schwert hatte ihn zwischen dem Kettenhemd und dem Oberarmschild erwischt.

»Das sind die reinigende Kräfte der Öle«, sagte Petrus. »Sie verhindern, dass sich in Eurer Wunde üble Säfte bilden.«

»Das hat der Quacksalber auch gesagt.« Benedikt nahm den Becher Wein, den sein Bruder ihm reichte, und stürzte ihn in einem Zug hinunter. »Aber was zieht Ihr für ein Gesicht, Eminenz? Wie Ihr seht, bin ich wohlauf.«

»Ich mache mir Sorgen wegen des Crescentiers. Als Geisel wäre er Gold wert gewesen. Als Toter aber wird er nur die Wut unserer Feinde schüren.«

Benedikts Miene verdüsterte sich. »Glaubt Ihr wirklich, er ist tot?«

»Da müsst Ihr Euren Bruder fragen.«

Benedikt schaute Gregorio an. Der zog ein Gesicht, dass Petrus da Silva fast übel wurde. Dieser Riese von einem Mann, der es auf dem Schlachtfeld mit einem halben Dutzend Gegnern aufnehmen konnte, sah aus wie ein Messdiener, den der Pfarrer gerade beim Messweintrinken erwischt hat.

»Ich ... ich weiß es nicht«, stammelte er. »Nachdem ich zugestochen hatte, fielen drei Mann gleichzeitig über mich her. Ich habe nur noch gesehen, wie ein Ritter den Crescentier davongeschleppt hat.«

»Dann betet zu Gott, dass er lebt«, sagte Petrus da Silva. »Weil sonst ...«

Statt den Satz zu Ende zu sprechen, blickte er Gregorio an. Dem war das Blut aus dem Gesicht gewichen, und mit einer Stimme, die vor Angst zitterte, fragte er:

»Glaubt Ihr, Gott wird mich strafen, wenn er stirbt?«

8

Nur das Licht des Mondes erhellte die kleine Kammer, in der Chiara ihren Mann gebettet hatte – der einzige leere Raum im Haus, in dem sie mit ihm in dieser Nacht allein sein konnte. Zwei Ärzte hatte sie an sein Bett gerufen. Doch beide hatten nur die Köpfe geschüttelt. Domenico hatte so viel Blut verloren, dass sie ihr geraten hatten, nach einem Priester zu schicken. Anna hatte sich auf den Weg gemacht, und wenig später war ein Priester gekommen, ein alter, einfacher Gemeindepfarrer aus irgendeiner nahe gelegenen Kirche, den Chiara nicht einmal kannte. Er hatte Domenico die Beichte abgenommen und ihm bereits das Viaticum gespendet, Wein und Brot als Wegzehrung für die letzte Reise. Jetzt beugte er sich in der Dunkelheit über ihn, ein Schatten aus dem Totenreich, bestrich mit geweihtem Öl die Organe seiner fünf Sinne: Augen und Ohren, Nase, Mund und Hände, und bat dabei Gott um Vergebung für die Sünden, die der Sterbende zeit seines Lebens begangen haben mochte.

»Durch diese heilige Salbung helfe der Herr dir in seinem Erbarmen. Es segne dich der Allmächtige Gott, der Vater, der Sohn und der Heilige Geist.«

»Amen«, flüsterte Chiara und bekreuzigte sich.

»Gott sei deiner Seele gnädig.«

Während der Priester die heiligen Geräte in seine Tasche packte, setzte sie sich an das Bett ihres Mannes. Seit die Soldaten Domenico gebracht hatten, war sie tätig gewesen, hatte sie Entscheidungen und Anordnungen getroffen, seine Wunden gewaschen und verbunden, sein Bett gerichtet und alles versucht, was sie nur versuchen konnte, um das Schicksal aufzuhalten – und solange sie tätig gewesen war, hatte es Hoffnung gegeben. Doch diese Stunden waren vergangen wie ein flüchtiger Augenblick, und jetzt, da es nichts mehr gab, was sie tun konnte, irgendwas, nur um nicht denken zu müssen, war alle Hoffnung zerstoben. Mit quälender Langsamkeit sickerte die Wahrheit in ihr Bewusstsein, drang ein in ihre Gedanken, in ihre Seele, in ihr Herz, die letzte aller Wahrheiten, die lähmend von ihr Besitz nahm, weil es gegen sie kein Mittel gab. Domenico würde sterben … Noch in dieser Nacht … Hier in ihrem Arm …

»Habt Ihr alles für ihn getan?«, fragte sie den Priester.

»Alles, was die heilige Kirche vorschreibt. Also fürchtet Euch nicht. Euer Gemahl hat die Sakramente empfangen und wird eingehen in das Reich der Seligen.«

Chiara hörte die tröstenden Worte, doch sie gaben ihr so wenig Trost wie die Gebete. Mit einem Seufzer nahm sie Domenicos Hand. Bei der vertrauten Berührung hatte sie für einen Moment das Gefühl, dass nichts auf der Welt, keine Macht des Himmels oder der Hölle, sie von ihrem Mann je trennen konnte. Doch als der Priester sich zur Tür wandte, um die Kammer zu verlassen, überkam sie plötzlich eine verzweifelte Angst. Sie wollte nicht, dass der Priester die Kammer verließ, solange er da war, würde der Tod es nicht wagen, den Raum zu betreten, solange er da war, würde Domenico leben ... Doch der Priester hörte ihr stummes Flehen nicht. Wortlos nickte er ihr nur noch einmal zu und verschwand auf den Flur hinaus. Leise schloss er die Tür hinter sich, und Chiara war allein mit ihrem Mann und dem Tod.

»Nicht weinen, mein Liebling ... bitte nicht weinen ...«

Chiara zuckte zusammen. Hatte er wirklich gesprochen, oder war das die Stimme ihres Herzens? Ihre Augen waren tränennass, und nur verschwommen sah sie sein Gesicht. Bleich und leblos lag Domenico im Mondschein, keine Regung verriet, dass noch eine Seele in ihm war. Doch plötzlich, leise, ganz leise, wie aus einer unbekannten Ferne, spürte sie einen Druck in ihrer Hand, kaum mehr als eine Ahnung.

»Nimmst du bitte das Kopftuch ab? Ich ... ich möchte dein Haar noch einmal sehen.«

»Aber sicher, mein Liebster«, sagte sie und streifte sich das Tuch vom Kopf.

Ein trauriges Lächeln huschte über sein Gesicht. »Du hast mich niemals geliebt«, flüsterte er, mit so schwacher Stimme, dass sie ihn kaum verstand. »Ich weiß, du ... hast es versucht, aber du konntest es nicht ...«

»Um Himmels willen! Wie kannst du so etwas sagen?« Chiara beugte sich über ihn, bedeckte sein Gesicht mit Küssen. »Ich habe dich immer geliebt, mein Liebster, von Anfang an. Das musst du mir glauben. Auch wenn ich es selber erst so spät gemerkt habe ...«

Mit einem Gesicht, das ihr das Herz brach, schüttelte er den Kopf. »Jetzt ist keine Zeit mehr für Lügen ...«

»Bitte, Domenico, hör auf. Du weißt doch, was ich für dich empfinde!«

Wieder huschte ein Lächeln über sein Gesicht, und noch tiefer ging der Riss durch ihr Herz. »Erinnerst du dich, wie wir früher Trictrac gespielt haben? Immer hast du mich gewinnen lassen ...«

»Das hast du gewusst?«

»Natürlich. Und ich wusste auch, warum. Weil du nicht

wolltest, dass wir schlafen gingen ... Weil du Angst hattest ... vor dem, was kam ... vor mir ... vor meiner Umarmung ...«

»Aber das war doch nur am Anfang! Das ist doch alles so lange her.«

»Ist es das wirklich?«

Aus seinen Augen sprach eine so große, alles verzeihende Liebe, dass sie den Blick senkte. Noch jetzt, in dieser Stunde, war er bereit, ihr mit Liebe zu vergelten, wofür jeder andere Mann sie hassen würde.

»Womit habe ich dich verdient?«, flüsterte sie. »Womit habe ich dich verdient?«

Voller Scham erinnerte sie sich an die vielen Abende, an denen sie mit Absicht gegen ihn beim Trictrac verloren hatte ... Aus Angst vor dem Schmerz ihres Körpers, aus Angst vor der Liebe, die er ihr schenkte ... Was hätte sie darum gegeben, wenn sie diesen letzten Abend mit ihm hinauszögern könnte, wie jene zahllosen anderen Abende, als sie seine Liebe verschmäht hatte. Doch das konnte sie nicht, um keinen Preis der Welt.

Als würde er ihre Gedanken erraten, sagte er: »Jetzt ist es mit dem Mogeln vorbei ...«

Chiara wollte protestieren, doch wieder schüttelte er den Kopf und drückte ihre Hand, sodass sie schwieg.

»Ich möchte, dass du mir etwas versprichst«, sagte er. »Wirst du das tun?«

Chiara antwortete mit einem stummen Kopfnicken.

»Wenn ich tot bin, versprich mir, dass du nie wieder lügst ... Vertraue auf deine Gefühle, und die Liebe ... Sie ist das einzige ...«

»Psssst!« Chiara konnte die quälenden Worte nicht länger ertragen und legte ihm einen Finger auf die Lippen. Doch er ließ sich nicht beirren. Mit letzter Kraft hob er den Kopf.

»Eins musst du noch wissen, mein Liebling, es ist die Wahrheit – ich war nicht dabei ...«

»Wobei?«

»Bei dem Attentat ... damals im Dom ... in Teofilos Dom ... am Apostelfest ...«

Chiara stöhnte leise auf. »Was kommt es darauf noch an?« Sie strich ihm über das Gesicht, wischte ihm den Schweiß von der Stirn.

»Danke ...«

Erschöpft schloss er die Augen, unfähig, weiterzusprechen. Kaum merklich hob und senkte sich seine Brust. Ein kühler Hauch strich durchs Fenster, als würde ein fremder, unsichtbarer Gast in die Kammer eindringen.

Chiara fröstelte. Schon glaubte sie den Tod zu sehen, wie er auf dem Bett Platz nahm, ihr gegenüber, auf der anderen Seite, und seine knöchernen Hände nach ihrem Mann ausstreckte. Doch noch einmal schlug Domenico die Augen auf.

»Ich war es nicht ... Es war Gregorio ... Das Messer ... Er hat seinen Vater umgebracht ...«

»Du sollst nicht sprechen«, sagte Chiara, »du brauchst jetzt deine ganze Kraft, um ... um ...« Sie brachte den Satz nicht zu Ende.

»Siehst du?«, flüsterte er. »Du kannst es selber nicht sagen ... Weil es nichts mehr gibt, wofür ich Kraft brauche ... Außer ...« Er machte eine Pause, um Atem zu schöpfen. Dann öffnete er noch einmal den Mund. »Ich habe es dir nie gesagt ... Um dich zu schützen ... Petrus da Silva hat mich erpresst. Er hat mich gezwungen, die Klage vor Gericht zu führen ... Und ich habe getan, was er von mir verlangt hat ... aus Liebe ... aus Eifersucht ... Aber jetzt, da ich dich allein zurücklasse, musst du die Wahrheit wissen ... Damit du eine Waffe gegen sie hast ... Gegen die Tuskulaner ... Vielleicht wirst du sie eines Tages brauchen ... Wenn ich dir nicht mehr helfen kann ...«

Wieder lächelte er sie an, so zärtlich, als hätte er sich gerade erst in sie verliebt, und der Blick aus seinen Augen war ein einziger inniger Kuss. Chiara konnte nicht länger an sich halten. Schluchzend warf sie sich über ihn, und während die Tränen aus ihr hervorbrachen, umarmte sie ihren Mann, ein letztes Mal, schmiegte sich an ihn, um ihn noch einmal zu spüren, seine Haut, seine Wärme, seine Liebe.

»Adieu, mein Geliebter ... Adieu ...«

Eine lange Weile blieb sie so liegen und weinte und hatte nur den einen Wunsch, für immer so liegen zu bleiben und zu weinen, bis auch sie nicht mehr war.

Erst als irgendwo draußen eine Glocke schlug, richtete sie sich auf.

Noch einmal schaute sie in sein Gesicht.

Sein Körper war noch da, doch Domenico war fort, sein Lächeln für immer auf einem Gesicht erstarrt, von dem der Tod nur eine falsche, fremde Maske zurückgelassen hatte. Seine Augen, die eben noch in ihre Augen geschaut hatten, blickten in ein kaltes, fernes Nirgendwo, das vielleicht schon seine Heimat war.

Während sie mit der Hand über sein Gesicht strich, um diese Augen zu schließen, die nicht mehr die Augen ihres Mannes waren, zog draußen am Himmel eine Wolke vor den Mond, und die Kammer füllte sich mit dunkler, böser Nacht.

9

Noch immer wehte das Banner der Sabiner über der Engelsburg, und auch das Banner der Tuskulaner wehte weiter über St. Peter im Wind. Seit vier Tagen bekriegten sich inzwischen die verfeindeten Heere. Wer war der von Gott gewollte Papst? Benedikt oder Silvester? Obwohl die Frage im Himmel längst entschieden war, musste sie auf Erden noch beantwortet werden.

Jeden Morgen lasen die zwei Päpste für ihre Truppen die Messe, um die Gemüter der Männer für den Sieg zu rüsten, bevor die Angriffswogen aufs Neue gegen einander rollten. Doch auf dem Schlachtfeld war nur ein Papst zugegen. Während Silvester sich in der Engelsburg verschanzte, kämpfte

Benedikt trotz seiner Verletzung mit dem Schwert in der Hand, Seite an Seite mit seinem Bruder.

»Da! Sieh nur!«, schrie er. »Diese Schweine!«

Gregorio stockte das Blut in den Adern. Auf den Zinnen der Engelsburg hatten die Sabiner abgeschlagene Köpfe aufgespießt, Köpfe von Tuskulanern, und gossen Jauchekübel über sie aus, um sie noch im Tod zu entehren. Ein Aufschrei der Empörung ging durch das Heer.

»Das sollt ihr büßen!«

Gregorio gab seinem Pferd die Sporen und warf sich voller Wut in die Schlacht. Nacht für Nacht wurde er vom Geist seines Vaters heimgesucht, und jedes Mal sprach der Alte dieselbe Drohung aus: Sollten die Tuskulaner den Krieg verlieren, würde der Teufel Gregorio holen. Doch wie konnte er die Niederlage abwenden? Das Heer der Tuskulaner war schon auf die Hälfte geschrumpft, während das Heer der Sabiner täglich größer zu werden schien.

Wieder regnete eine Salve Pfeile auf die Tuskulaner herab, und überall sanken Soldaten zu Boden. Im nächsten Augenblick stürmten hundert bewaffnete Sabiner über die Brücke, um das Bollwerk an Land zu durchbrechen. Gregorio sprang gerade von seinem Pferd und griff nach einem Keulenkopf am Boden, als ein Speer auf ihn zugeflogen kam. Mit beiden Armen riss er seinen Schild in die Höhe, mit lautem Knall traf die Spitze auf das Eisen, mit solcher Wucht, dass er taumelnd zurückwich. Während er sich wieder in den Sattel schwang, bekam er gerade noch den Keulenkopf zu fassen. Im Hochreißen schleuderte er die Waffe gegen den ersten Angreifer, der wie vom Blitz getroffen zu Boden fiel. Doch die beiden anderen waren schon so nah, dass er den Keulenkopf kein zweites Mal hochbringen konnte. Er ließ ihn sausen und griff nach seinem Schwert.

»Zum Teufel mit euch!«

Während er die zwei Angreifer mit einem einzigen Streich niederstreckte, sah er plötzlich seinen Bruder. Mit seinem Schlachtross sprengte Teofilo auf die Brücke zu, um die Feinde aufzuhalten. Doch immer mehr Sabiner stürmten das Bollwerk, und als hätten sie Flügel, sprangen sie über die Hürde. Panisch vor Angst gaben die Verteidiger die Stellung auf und ergriffen in Scharen die Flucht. Während sie versuchten, in die Gassen von Trastevere zu entkommen, setzten die Angreifer ihnen nach und schlugen alles tot, was sich ihnen in den Weg stellte.

»Der Papst! Sie haben den Papst!«

Gregorio warf sein Pferd herum. Mitten im schlimmsten Getümmel versuchte Teofilo sich aus einer Umzingelung zu befreien. Mit den Sporen trieb er sein Schlachtross an. Das Tier sprang mit allen Vieren in die Luft und explodierte in einer Kavalkade, durch die ein Dutzend Angreifer zurückgeschleudert wurde. Aber die Sabiner waren in der Überzahl, neue Angreifer rückten nach, und während Teofilos Pferd sich wiehernd aufbäumte und mit den Vorderhufen schlug, zog sich der Ring um Benedikt immer enger.

War die Schlacht verloren?

Plötzlich spürte Gregorio, wie sein Pferd zwischen seinen Schenkeln zusammenschrumpfte. Das Tier knickte in den Vorderbeinen ein, machte den Hals lang und länger und schnürte mit den Nüstern auf dem Boden wie ein Hund. Hatte eine Lanze den Hengst getroffen? Gregorio sprang aus dem Sattel. Doch er stand noch nicht auf den Füßen, da galoppierte sein Pferd davon, mit erhobenem Schweif und schlagenden Bügeln, während sich ein Wind erhob wie vor einem Gewitter. Überall flatterten Vögel auf, und ein Stöhnen und Ächzen erfüllte die Luft, als würde ein Riese sich von seinem Lager in die Höhe stemmen. Im selben Moment begann die Erde zu beben. Die Häuser und Paläste rings herum schwankten, Türme taumelten wie betrunken, Fensterläden und Tore sprangen aus den Angeln.

Mit einem Schrei des Entsetzens warf Gregorio sein Schwert fort, sank auf die Knie und bekreuzigte sich.

»Heilige Maria, Mutter Gottes, bitte für uns …«

Es war, als ob der Jüngste Tag gekommen sei. Der Himmel

zitterte, und die Erde barst. Ein Spalt, der bis zur Hölle reichte, tat sich im Boden auf, mit lautem Getöse stürzte die Tiberbrücke ein und riss Hunderte von Soldaten mit sich hinab in den Fluss. Gregorio schlotterte am ganzen Körper. War seine letzte Stunde gekommen, ohne Sieg und Erlösung? Mit lauter Stimme betete er zur Jungfrau, während seine Zähne so heftig aufeinanderschlugen, dass er kaum die Worte formen konnte.

»… jetzt und in der Stunde unseres Todes …«

Da geschah das Ungeheuerliche. Ein Schrei ertönte, so machtvoll und laut wie die Hörner, die einst die Mauern von Jericho zum Einsturz gebracht hatten.

»Sieg! Sieg! Sieg!«

Das war Teofilos Stimme! Verwirrt hob Gregorio den Kopf. Im gestreckten Galopp raste sein Bruder auf ihn zu, obwohl kein Feind ihm auf den Versen war.

Hatte er den Verstand verloren?

Als Gregorio über das Schlachtfeld schaute, traute er seinen Augen nicht. Wohin er blickte, ließen die Sabiner die Waffen fallen, machten auf dem Absatz kehrt und rannten davon. Und während immer noch die Erde bebte wie von Gottes Zorn, suchten die feindlichen Soldaten das Weite wie Karnickel und stürzten sich in den Tiber, um schwimmend ans römische Ufer zu gelangen.

Teofilo parierte sein Pferd so scharf, dass die Hufe des Tieres sich in den Boden bohrten.

»Begreifst du immer noch nicht?«, rief er. »Wir haben sie besiegt!«

Auf der Hinterhand wendete er sein Pferd in die Richtung des Flusses. Und während er wieder angaloppierte, zückte er sein Schwert und zeigte mit der Spitze der Klinge auf die Engelsburg.

»Aaaaaaaaaattacke!«

10

Der Geruch frisch aufgeworfener Erde mischte sich in die kühle Abendbrise, die vom Meer über das Land strich und das Läuten der Totenglocke davontrug, zusammen mit der Seele des Verstorbenen. Chiara hatte den Leichnam ihres Mannes von Rom in die Berge überführt, damit Domenico in heimatlicher Erde die ewige Ruhe fand. Am Nachmittag hatten sie seine sterblichen Überreste bestattet, doch Chiara hatte sich nicht von ihm trennen können und war auf dem Friedhof zurückgeblieben, um noch einmal mit ihm allein zu sein, wenigstens in Gedanken. An der Beisetzung hatten außer ihr nur Anna und ihr Vater teilgenommen. Ihr Vater hatte zu der Beerdigung alle Familien Roms und der Campagna einladen wollen, in der Hoffnung, dass sich die verfeindeten Parteien am Grab seines Schwiegersohns die Hand zur Versöhnung reichten. Doch Chiara hatte ihn gebeten, darauf zu verzichten. Zu groß war ihr Schmerz, um die Gegenwart fremder Menschen zu ertragen. Nur widerwillig hatte ihr Vater ihrem Wunsch nachgegeben.

Mit einem Seufzer bückte sie sich und legte einen Rosenzweig auf das braune Erdreich, in dem ihr Mann nun begraben lag, für immer und alle Zeit. Bei der Vorstellung, nie wieder sein Gesicht zu sehen, nie wieder seine Stimme zu hören, nie wieder seine zärtliche Liebe zu spüren, krampfte sich ihr Herz zusammen, und wie aus dem Jenseits hallte eine Frage in ihr nach, die sie seit der Stunde verfolgte, in der Domenico sein Leben ausgehaucht hatte.

Trug sie die Schuld an seinem Tod?

Die Abendsonne senkte sich über den Friedhofshügel und tauchte das Grab in dunkle Schatten. Domenico hatte diesen Krieg nicht gewollt. Doch sie hatte ihn überredet, sich gegen seinen Willen auf die Seite der Sabiner zu schlagen und in diesen Krieg zu ziehen, als Bedingung ihrer Liebe. Und nun war er tot und ihr Herz war schwer.

»Ach, hätte ich doch ein Kind von dir ...«

Wie ein Gebet flüsterte sie die Worte, während eine Schar Spatzen sich in der Krone des Baumes niederließ, der sich aus dem Grab ihres Mannes erhob. So viele Jahre hatte Domenico ihr beigewohnt, nie war seine Hoffnung erlahmt, ein Kind mit ihr zu zeugen, aber ihr Schoß war ein Friedhof gewesen ... War das die Strafe dafür, dass sie unfähig gewesen war, seine Liebe so zu erwidern, wie er es verdient gehabt hätte?

Plötzlich spürte sie einen Druck an ihrem Arm.

Anna, ihre Zofe und einzige Freundin, trat an ihre Seite.

»Ich hatte mir Sorgen gemacht«, sagte sie. »Du warst so lange fort.«

Über ihnen, in der Krone des Baumes, begann es aufgeregt zu zwitschern, und gleich darauf flatterte die Spatzenschar aus dem Laubwerk wieder in die Höhe, der untergehenden Sonne entgegen.

»Ach Anna«, sagte Chiara. »Ich weiß nicht, wie ich damit fertig werden soll. Ohne mich würde er vielleicht noch leben. Ich ... ich habe ihn ... ich habe ihn doch erst dazu gebracht, dass er ...«

Ihre Stimme erstickte in ihren Tränen. Statt einer Antwort breitete Anna einfach nur die Arme aus, und wie früher, in den Tagen ihrer Kindheit, wenn sie nicht mehr weiter wusste, nahm Chiara Zuflucht bei ihr, in diesen starken Armen, schloss die Augen und schmiegte sich an diesen großen, warmen Körper.

»Was soll ich denn jetzt tun?«, flüsterte sie.

Anna drückte sie an sich. »Wir kehren nach Rom zurück«, sagte sie. »Und machen uns wieder an die Arbeit.«

Geduldig wartete sie, bis Chiaras Tränen versiegt waren. Dann zog sie ein Tuch aus ihrem Ärmel und trocknete ihr Gesicht.

»Für heute hast du genug geweint«, sagte sie. »Zeit fürs Abendbrot. Seit drei Tagen hast du nichts mehr gegessen.«

Mit einem aufmunternden Lächeln reichte sie ihr die Hand.

Chiara ergriff sie voller Dankbarkeit, und zusammen machten sie sich auf den Weg zur Burg.

Als sie das äußere Tor erreichten, hörten sie lautes Hufgetrappel. Zwei Reiter trabten ihnen entgegen: Severo, der Sabinergraf, und Bonifacio di Canossa. Ohne ihre Pferde durchzuparieren, ritten sie an ihnen vorbei.

Die beiden Frauen schauten sich an.

»Was haben die hier zu suchen?«, fragte Chiara.

Anna zuckte mit den Schultern. »Ich weiß nicht«, sagte sie. »Die beiden waren schon da, als dein Vater und ich vom Friedhof kamen.«

11

»Es lebe der Papst! Es lebe Benedikt!«

Aus Tausenden von Kehlen schallten die Rufe der Römer zur Engelsburg herauf. Teofilo stand am Fenster des Wehrturms und zündete das Banner der Sabiner an, das er eigenhändig vom Fahnenmast gerissen hatte. Was für ein Triumph! Wie im Rausch genoss er den Jubel seines Volkes, während die brennenden Stoffbahnen im Wind auf den Tiber zutrieben. Die Fluten des Flusses waren rot vom Blut seiner Feinde. Auge um Auge, Zahn um Zahn … Silvester war aus der Stadt geflohen, seine Soldaten hatten sich in alle Himmelsrichtungen zerstreut, genauso wie ihre Heerführer, und wer es nicht geschafft hatte, sich rechtzeitig aus dem Staub zu machen, war tot. Für jeden Soldaten, den seine Gegner geköpft und geschändet hatten, hatte Teofilo zwei von ihren Leuten in Jauche ertränkt und enthauptet. Die aufgespießten Schädel zierten jetzt nicht nur die Zinnen der Engelsburg, sondern auch den Weg, der von der Festung zum Tiber führte.

»Es lebe der Papst! Es lebe Papst Benedikt!«

Teofilo wartete, bis die letzten Fetzen der Sabinerfahne in der Luft verbrannten und als Asche ins Wasser sanken.

Dann schloss er das Fenster und wandte sich an seinen Kanzler.

»Pflichtet Ihr mir nun bei, dass es richtig war, unsere Truppen selbst anzuführen? Mein Bruder Gregorio und sein Regiment allein hätten niemals ...«

»Du hast den Sieg so wenig herbeigeführt wie dein Bruder«, fiel seine Mutter ihm ins Wort. »Gott hat das Erdbeben gesandt, um deine Feinde in die Flucht zu schlagen. Ihm allein sei Lob und Dank! Meint Ihr nicht auch, Eminenz?«

Der Kanzler verzog das Gesicht, als würde er wieder von Zahnschmerz geplagt. »Die Wege des Herrn sind unerforschlich«, sagte er. »Doch was die Verhältnisse in Rom angeht, so fürchte ich, dass dieser Friede nur von kurzer Dauer sein wird. Ein Waffenstillstand, weiter nichts. In der ganzen Stadt gärt und rumort es. Der kleinste Anlass, und der Krieg bricht von Neuem los.«

»Ja und?«, fragte Teofilo. »Dann schlagen wir sie eben ein zweites Mal.«

»Glaubt Ihr das wirklich? Glaubt Ihr, dass der Himmel Euch noch einmal einen Sieg schenkt?« Petrus da Silva schüttelte den Kopf. »Eure Mutter hat Recht. Ohne das Erdbeben hätten die Sabiner niemals die Waffen gestreckt. Darum sollten wir schleunigst Verhandlungen aufnehmen.«

»Was Besseres fällt Euch nicht ein? Wozu haben wir dann Krieg geführt?«

»Tut mir leid, wenn Euch die Wahrheit missfällt«, sagte der Kanzler. »Aber Krieg kostet Geld. Und das haben wir nicht.«

»Wie haben Gefangene gemacht. Wir können Lösegelder verlangen.«

»Die Lösegelder werden kaum reichen, um Eure Truppen mit genügend Branntwein zu versorgen, damit sie nicht schon vor der Schlacht Reißaus nehmen. Euer Bruder sagt, um genügend neue Soldaten zu rekrutieren, brauche er mindestens ...«

»Was soll das gottlose Geschwätz!«, unterbrach Ermilina seine Rede. »Solange mein Sohn nicht reuig auf die Knie fällt, um Buße für seine Sünden zu tun und dem Schöpfer für seine Rettung zu danken, kann die Rache des Herrn ihn täglich einholen.« Sie kehrte dem Kanzler den Rücken zu und wandte sich an Teofilo. »Du solltest eine Wallfahrt machen – am besten nach Jerusalem.«

»Das ist doch lächerlich! Gott hat nichts mit unserem Sieg zu tun.«

»Können wir es wissen?«, fragte Petrus da Silva. »Vielleicht wäre eine Wallfahrt gar nicht so schlecht. Wenn Eure Heiligkeit eine Weile fort wäre, hätten alle Parteien Zeit, sich zu beruhigen, und ich könnte inzwischen Verhandlungen führen. – Ja, was ist denn?«, wandte er sich an einen Diener, der schon vor einer Weile den Raum betreten hatte und darauf wartete, sprechen zu dürfen.

»Ein Besucher für Eure Eminenz.«

»Und dafür störst du unsere Unterredung?«

»Ein edler Herr, er lässt sich nicht abweisen und sagt, es sei unerhört wichtig. Für den Heiligen Vater und für die Stadt Rom.«

12

Vorbei am Verlies, in dem die gefangenen Sabiner darauf warteten, von ihren Familien ausgelöst zu werden, folgte Petrus da Silva dem Diener die Rampe hinunter, die in einer Spirale die kreisrunden Ebenen der Engelsburg miteinander verband.

»Hat der Mann denn nicht seinen Namen genannt?«, fragte er, als sie in den Cortile gelangten.

»Nein, Herr«, erwiderte der Diener und hielt ihm die Tür auf, die zu den Kanzleikammern führte. »Er hat mir aber versichert, dass Eminenz ihn kenne und gewiss erfreut sei, wenn Eminenz den Grund seines Kommens erfahre.«

»Hm ...« Petrus da Silva hasste es, unvorbereitet mit einem Menschen konfrontiert zu werden, so wie er jede Art von

Überraschungen hasste. Überraschungen waren das Privileg Gottes!

Nur widerwillig betrat er den Raum, in dem sein Besucher wartete.

Als er das Gesicht des Mannes sah, stutzte er. »Girardo di Sasso?«

»Eminenz.« Sein Besucher sank auf die Knie, um ihm die Hand zu küssen. »Bitte entschuldigt, dass ich auf diese Weise bei Euch vorspreche. Allein, die Dringlichkeit meiner Mission ...« Ohne den Satz zu beenden, erhob er sich vom Boden.

»Ihr kommt in einer – *Mission*?«

Petrus da Silva runzelte die Stirn. Girardo di Sasso war kein Wichtigtuer, sondern ein ernsthafter Mann, und wenn er ein so gewichtiges Wort benutzte ...

Plötzlich wusste er, weshalb Girardo gekommen war.

»Nehmt Platz«, sagte er und deutete auf einen Stuhl.

»Wenn es Euch recht ist, bleibe ich lieber stehen.«

»Ganz wie ihr wollt. Aber bitte sprecht. Was habt Ihr auf dem Herzen? Man ließ mir ausrichten, es gehe um das Wohl des Heiligen Vaters und der Stadt Rom.«

»Allerdings.« Girardo strich über seinen Kinnbart, und sein Gesicht wirkte so angespannt, als wisse er nicht, wie er sagen sollte, was er zu sagen hatte. Schließlich überwand er sich. »Um es kurz zu machen – ich fordere Euch auf, Papst Benedikt zum Rücktritt von seinem Amt zu bewegen!«

»Seid Ihr von Sinnen?«

Petrus da Silva war weniger überrascht, als er tat. Der Vorschlag bestätigte seine Vermutung. Die Sabiner hatten Girardo vorgeschickt, um den Kanzler des Papstes zum Frontenwechsel im Streit der Parteien zu überreden. Allerdings hatte er nicht damit gerechnet, dass sein Besucher so schnell damit heraus rücken würde.

Um Zeit zu gewinnen, sagte er: »Habt Ihr nicht die Beifallsbekundungen gehört, die die Rückkehr Seiner Heiligkeit in die Stadt ausgelöst haben?«

»Ein paar Verirrte, die jedem zujubeln würden, der die

Tiara trägt«, erwiderte Girardo. »Nein, so wie die Dinge liegen, wird dieser Papst sich keine sechs Wochen auf der Cathedra halten, ohne dass ein neuer Krieg ausbricht. Das wisst Ihr so gut wie ich. Das römische Volk hat sich von Benedikt losgesagt, fast alle Familien haben sich gegen ihn ausgesprochen.«

»Was erlaubt Ihr Euch, solche Behauptungen aufzustellen? Wisst Ihr nicht, dass ich Euch dafür in den Kerker werfen lassen kann?«

»Dessen bin ich mir bewusst. Aber mein Gewissen verbietet mir, zu schweigen. Ich habe mit allen Edelmännern gesprochen.«

»Ihr meint, mit Severo und den Sabinern?«

»Nicht nur. Auch mit Bonifacio, dem Freund und Verbündeten der Tuskulaner, genauso wie mit Vertretern der Stephanier und Oktavianer. Sie alle sind der Überzeugung, dass Benedikt nicht länger die Heilige Stadt regieren sollte, sondern ...«

»Und jetzt erwartet Ihr von mir, dass ich die Seiten wechsle?«, fiel Petrus da Silva ihm ins Wort. »Um Silvester zu stützen, den Sabinerpapst?«

Kaum hatte er die Frage ausgesprochen, bereute er seine Unbeherrschtheit. Eigentlich gehörte es zu seinen Prinzipien, nie seine Gedanken preiszugeben, bevor sein Gegenüber dies tat.

Zu seiner Verwunderung hob Girardo di Sasso beschwichtigend die Arme. »Nein«, sagte er, »nicht darum bin ich gekommen. Ich will Euch vielmehr einen Vorschlag machen. Einen Vorschlag, der geeignet ist, die Streitigkeiten innerhalb der Stadt dauerhaft zu beenden und die *Pax Dei* wiederherzustellen, den von Gott und uns allen gewollten Frieden.«

Petrus da Silva gestand es sich nur ungern ein, aber er war gespannt. Sollte dieser kleine, unscheinbare, schon vom Alter gebeugte Mann, den viele Römer wegen seiner vorsichtigen Art belächelten, imstande sein, den Gordischen Knoten zu lösen?

»Ich denke, wir sollten uns vielleicht doch lieber setzen«, sagte er.

»Gern«, sagte Girardo, offenbar erleichtert über die Gesprächsbereitschaft des Kanzlers. »Nur um eins möchte ich Euch vorab bitten: So sehr mein Vorschlag Euch vielleicht irritieren mag – hört mich bitte bis zum Schluss an, bevor Ihr Euer Urteil fällt.«

»Genug der Vorrede! Zur Sache!«

Ein wenig umständlich nahm Girardo auf dem Stuhl Platz, den Petrus da Silva eigenhändig herbeirückte, und begann mit ernster Miene zu sprechen: über die Interessen der verfeindeten Parteien, über das Ausbluten der Bevölkerung, über die gärende Wut und Hoffnungslosigkeit der Menschen – alles Dinge, die Petrus da Silva nur allzu sattsam bekannt waren. Doch kaum wechselte sein Besucher von der Deutung der Lage zu den Maßnahmen, die seiner Ansicht nach ergriffen werden sollten, da blieb dem Kanzler der Mund offen stehen, und je länger Girardo in seiner Rede fortfuhr, umso größer wurde sein Erstaunen über das, was dieser unscheinbare Mann in seiner bedächtigen Art vortrug.

Hatte er richtig gehört?

Der Vorschlag, den Girardo ihm unterbreitete, überstieg sogar Petrus da Silvas Vorstellungskraft. Das war der außergewöhnlichste, verrückteste und doch zugleich vernünftigste Plan, der ihm je zu Ohren gekommen war!

13

Sieben Wochen war Domenico tot. Sonntag für Sonntag hatte Chiara in Santa Maria della Rotonda das Seelenamt zur Tilgung seiner Sündenstrafen lesen und die Messfeiern zu seinem Gedenken in das Seelbuch eintragen lassen, wie das Kirchengesetz es verlangte. Doch noch immer hauste die Trauer als einziger Gast in ihrem Herzen, und so wenig sie sich vorstellen konnte, je wieder andere Kleider zu tragen als die schwarzen, schmucklosen Gewänder, in die sie sich seit dem Tod ihres Mannes hüllte, so unvorstellbar erschien ihr der Gedanke, dass Glück und Freude eines Tages zurück in ihr Herz finden könnten.

Arbeit, hatte Abt Bartolomeo gesagt, Arbeit helfe immer, gleichgültig, wie groß das Leid auch sei, an dem man trage ...

Zum Glück ging die Arbeit nicht aus. Gleich nachdem Chiara nach Rom zurückgekehrt war, hatte sie sich mit Annas und Antonios Hilfe daran gemacht, das Armenhaus wieder instand zu setzen und die Verwüstungen zu reparieren, die sie bei der Ankunft vorgefunden hatten. Beide Kriegsparteien, erst die Sabiner, dann die Tuskulaner, hatten während ihrer Abwesenheit das Haus für ihre Soldaten requiriert, und nur dem Einschreiten Abt Bartolomeos, der im Vatikan gegen die Enteignung Einspruch erhoben hatte, war es zu verdanken, dass sie das Gebäude wieder hatte in Besitz nehmen können.

»Alles haben sie sich unter den Nagel gerissen«, sagte Anna, die mit einem Reisigbesen den Schutt zusammenfegte. »Alles, was nicht niet- und nagelfest war. Sogar die Gießerei. Nur die Rohlinge haben sie dagelassen. Gottlose Bande!«

»Es sind ja nur Sachen«, erwiderte Chiara, während sie die halbfertigen Kruzifixe, die überall auf dem Boden verstreut lagen, aufsammelte und auf einer Werkbank stapelte. »Sachen kann man ersetzen.«

»Wenn wir wenigstens noch das Geld hätten!«, schnaubte Anna. »Diese Giulia! Ich habe dem falschen Miststück von Anfang an nicht über den Weg getraut.«

»Woher willst du wissen, dass sie die Kasse gestohlen hat?«

»Weil sie sich in Luft aufgelöst hat. Und ich bin sicher, das Geld aus dem Versteck hat sie auch. Alles, was wir verdient haben. Die Arbeit von Jahren.«

»Das können auch die Soldaten gewesen sein«, entgegnete Chiara. »Die haben das ganze Haus auf den Kopf gestellt. Und geplündert wurde woanders auch ...«

»Wer's glaubt, wird selig. Giulia war außer dir und mir die Einzige, die das Versteck kannte. Wehe, die wagt es, sich hier noch mal blicken zu lassen ...«

Während Anna sprach, ging die Tür auf.

»Vater?«, rief Chiara überrascht.

»Ja, mein Kind.«

»Ich wusste gar nicht, dass Ihr in der Stadt seid.«

»Ich bin schon seit einiger Zeit hier.« Er nahm sie in den Arm, um sie zu begrüßen. »Allerdings hatte ich sehr viel zu tun.«

»Aber warum habt Ihr mir nichts gesagt? Egal, wie viel Ihr zu tun hattet!« Als sie den Ausdruck in seinem Gesicht sah, erschrak sie. »Ist etwas passiert?«

Ihr Vater nickte. »Ich muss mit dir sprechen. Unter vier Augen.«

Anna begriff. »Ich wollte sowieso den Schutt in den Hof bringen«, sagte sie und verschwand mit einem Kübel zur Hintertür hinaus.

»Ihr macht mir Angst«, sagte Chiara, als sie mit ihrem Vater allein war. »Bitte sagt, was es ist.«

Mit einem unsicheren Lächeln erwiderte er ihren Blick. »Du brauchst keine Angst zu haben«, sagte er. »Ich mache mir schon genug Sorgen. Tag und Nacht denke ich darüber nach, wie ich dir helfen kann, deinen Kummer zu überwinden.«

»Ach Vater«, seufzte sie und strich eine Strähne, die sich aus ihrer Frisur gelöst hatte, unter den Rand ihres Kopftuchs zurück. »Das ist sehr lieb. Aber ich glaube nicht, dass das überhaupt jemand kann. Es tut so schrecklich weh. Das wird nie mehr verheilen.«

Ihr Vater schüttelte den Kopf. »So etwas darfst du nicht sagen, mein Kind. Es gibt immer eine Lösung. Und ich denke, ich habe die richtige für dich gefunden.« Er nahm ihr Gesicht zwischen seine Hände und schaute sie an. »Du ... du solltest wieder heiraten.«

Der Vorschlag kam so überraschend, dass Chiara unwillkürlich einen Schritt zurück trat. »Ich? Heiraten?«

»Ja«, sagte ihr Vater, ohne eine Miene zu verziehen. »Ich habe alles genau überlegt und durchdacht. Und ich bin sicher, das wird das Beste für dich sein.«

Dabei blickte er sie so ernst an, dass ihr der Mund austrocknete.

»Ist das der Grund, weshalb Ihr in der Stadt seid?«, fragte sie.

»Ja, um alles vorzubereiten. Damit du nur noch einwilligen musst.«

Chiara rückte ihr Kopftuch zurecht. Der Gedanke war so aberwitzig, dass sie es nicht fassen konnte.

»Und ... habt Ihr auch schon einen Mann für mich ausgesucht?«

Ihr Vater nickte.

»Kenne ich ihn?«

Wieder nickte ihr Vater.

Chiara wusste nicht, warum, aber plötzlich überkam sie eine schlimme Ahnung.

»Wie heißt er?«, flüsterte sie.

Ihr Vater zögerte einen Augenblick. Dann sprach er den Namen aus.

»Papst Benedikt«, sagte er. »Ich meine – Teofilo di Tusculo ...«

SIEBTES KAPITEL: 1045–46

WIEDERGEBURT

1

»Ich soll Chiara di Sasso heiraten? Wollt Ihr Euch über mich lustig machen?«

Teofilo war gerade von einer Audienz in seine Privatgemächer zurückgekehrt, als Petrus da Silva ihn mit seinem aberwitzigen Vorschlag empfing.

»Das würde ich mir niemals erlauben, Ewige Heiligkeit«, erwiderte der Kanzler, ohne jede Regung in seinem glatt rasierten Gesicht.

»Dann müsst Ihr verrückt geworden sein!«

»Ich hoffe nicht, Heiliger Vater.«

»Was soll dann das Geschwätz? Ich bin der Papst! Ich bin zu lebenslanger Ehelosigkeit verdammt! Das habt Ihr mir immer wieder unter die Nase gerieben, als ich den Zölibat abschaffen wollte.«

»Dessen bin ich mir durchaus bewusst, Heiligkeit. Allerdings, veränderte Umstände erfordern bisweilen veränderte Maßnahmen. Und selbstredend sollt Ihr nicht den Zölibat verletzen.«

»Chiara di Sasso!«, schnaubte Teofilo. »Ausgerechnet!«

»Warum ausgerechnet?« Petrus da Silva musterte ihn mit seinen grauen, seelenlosen Augen.

»Zum Teufel! Das geht Euch nichts an!«

Mit einem Ruck kehrte er dem Kanzler den Rücken und trat ans Fenster. Draußen strebten die spanischen Mönche, die er soeben in ihre Heimat verabschiedet hatte, auf eine Weinschenke zu, um sich Proviant für die Reise zu erbetteln. Ihr Anblick erfüllte ihn mit Neid. *Beati sunt pauperes in spiritu* – glücklich sind, die arm im Geiste … Die Mönche besaßen nicht mehr als ihre Kutte und ihren Glauben, aber sie konnten tun und lassen, was sie wollten. Was für ein wunderbares Leben sie führten!

»Bitte erlaubt mir, Euch den Sinn des Plans zu erläutern«, sagte der Kanzler.

»Tut, was Ihr nicht lassen könnt.«

»Ziel ist die Befriedung Roms und der Kirche, ein einfaches, zweckdienliches Kalkül zum Ausgleich der Interessen. Drei Schritte sind dazu erforderlich. Erstens: Seine Heiligkeit, Papst Benedikt IX., verzichtet auf die Cathedra, um Platz zu machen für ein neues, von allen römischen Familien akzeptiertes Kirchenoberhaupt. Zweitens: Teofilo di Tusculo lässt sich in den Laienstand zurückversetzen und geht mit Chiara di Sasso, Witwe des im Krieg gefallenen Crescentiers Domenico, den Bund der Ehe ein, als sichtbares Zeichen der Versöhnung zwischen den verfeindeten Parteien. Drittens: Der neue Papst erteilt allen Beteiligten Absolution, um die *Pax dei* in der heiligen Stadt zu stiften.«

»Genug!« Teofilo fuhr vom Fenster herum.

Petrus da Silva verbeugte sich. »Dies ist alles, was ich vorzutragen habe, Ewige Heiligkeit. Ich bitte demütig um Euer Urteil.«

»Mein Urteil?«

Während Teofilo nach Worten suchte, flog die Tür auf, und seine Mutter trat herein. Wie eine Furie stürzte sie sich auf den Kanzler.

»Ich habe alles gehört! Euren ganzen schändlichen Plan!«

»Bitte beruhigt Euch«, sagte Petrus da Silva mit zur Abwehr erhobenen Armen.

»Abdankung? Heirat? Ihr verhöhnt den Heiligen Geist! Mein Sohn gehört Gott, nicht einem Weib!«

»Ich begreife Eure Erregung, edle Ermilina. Aber Gottes Wege sind oft wunderbar, und es ist nicht an uns, die Vorsehung in Frage zu stellen. Oder wollt Ihr verhindern, dass endlich Friede an die Stelle des Krieges tritt?«

»Wie könnt Ihr daran zweifeln? Doch um Frieden zu stiften, muss Chiara di Sasso nicht den Papst heiraten. Ich habe meinem Mann noch drei andere Söhne geboren!«

»Aber keinen, der ein solches Zeichen der Versöhnung zu setzen vermag wie Ewige Heiligkeit.«

»*Ewige* Heiligkeit? Ihr wagt es, das Wort *ewig* in den Mund zu nehmen, obwohl Ihr die Abdankung meines Sohnes verlangt?«

»Was vor Gott auf ewig gilt, ist auf Erden manchmal nur ein Wimpernschlag.«

»›Eure Rede sei ja ja, nein nein!‹«, fauchte Ermilina. »Aber ich habe Euch noch nie über den Weg getraut. Ein wahrer Diener Gottes hüllt sich weder in Seide noch in Schwanenhaut – Sack und Asche gereichen ihm zur Zier.« Wütend funkelte sie den Kanzler an. »Was haben die Sabiner Euch versprochen, damit Ihr die Seiten wechselt?«

»Falls Ihr mich beleidigen wollt, es wird Euch nicht gelingen«, entgegnete Petrus da Silva. »Ihr wisst so gut wie ich, dass mein Trachten einzig dem Wohl unserer Kirche gilt …«

»Papperlapapp!«, schnitt sie ihm das Wort ab. »Wer soll an die Stelle meines Sohnes treten?«

Petrus da Silva hob die Brauen. »Ein Mann, der seit Jahren Euer vollkommenes Vertrauen genießt«, sagte er. »Giovanni Graziano.«

»Teofilos Pate?« Ermilina schnappte nach Luft. »Das ist nicht wahr! Das … das ist eine Ungeheuerlichkeit … eine solche … maßlose, gottlose …«

Sie war so erregt, dass sie nicht weitersprechen konnte, und umklammerte den Arm ihres Sohnes. Auch Teofilo verschlug es die Sprache. All die Worte und Sätze, die durch den Raum geschwirrt waren, all die grotesken Vorschläge und Pläne – er hatte sie gehört, doch er war außerstande, ihren Sinn zu erfassen.

Ungläubig schaute er in das Gesicht seines Kanzlers, der

seinen Blick so reglos erwiderte wie ein marmornes Standbild.

Wer von ihnen beiden hatte den Verstand verloren?

Ohne ein Wort riss Teofilo sich von seiner Mutter los und stürzte aus dem Raum.

2

Die Glocken der Laterankirche waren verstummt. Die letzte Messe des Tages war gelesen, die Priester und Diakone und Mönche aßen ihr Abendbrot oder hatten sich bereits zur Nacht in ihre Zellen zurückgezogen, als Teofilo die düstere Basilika betrat und vor einem Seitenaltar niederkniete. Nicht um zu beten, sondern um allein zu sein.

Vom Licht des draußen dahinschwindenden Tages sickerte nur schmutziges, fahles Grau durch die schmalen Mauerschlitze in das Gotteshaus, auf dessen geduckter Gewölbedecke das ganze Gewicht des Himmels zu lasten schien. Aus Gewohnheit schlug Teofilo das Kreuzzeichen und murmelte ein paar Verse des Stufengebets. Die verlassene Kirche war die einzige Zuflucht, in die er sich hatte zurückziehen können, um seine Gedanken und Gefühle zu ordnen.

Welche Dämonen, welche Teufel der Unterwelt hatten dieses Schicksal für ihn ausgeheckt?

Die dunkle, kühlfeuchte Leere des gewaltigen Raums umfing ihn wie die unbehauste Höhle eines längst verstorbenen Riesen, und das Ewige Licht, das über der Tür zur Sakristei blakte, vermehrte nur die Finsternis, aus der ihm, undeutlich wie ein gespenstisches Schemen, der Heiland am Kreuz entgegentrat.

Für einen Moment war es, als würden ihre Blicke sich treffen. Ein Seufzer entrang sich Teofilos Brust. War der Gekreuzigte sein Bruder, verraten und verlassen wie er selbst?

Irgendwo gurrte eine Taube, und gleich darauf landete sie

auf dem Altar, wo sie mit ruckendem Kopf ihr Gefieder putzte. Konnte das ein Zufall sein? In diesem Augenblick? Während die Taube in die Dunkelheit spähte, glaubte Teofilo zum ersten Mal seit langer Zeit wieder Gottes Gegenwart zu spüren. Ein Schauer lief ihm über den Rücken. Nein, er war nicht allein in dem Gewölbe, irgendein Wesen, irgendeine Macht war da und beobachtete ihn. Unwillkürlich legte er die Hände zusammen. Doch statt sie zum Gebet zu falten, ballte er sie zu Fäusten. Ja, es gab einen Gott, es *musste* einen Gott geben. Kein Dämon, kein noch so böser Teufel war zu solcher Niedertracht fähig wie dieser hasserfüllte Gott der Rache, der seinen eigenen Sohn geopfert und ans Kreuz geschlagen hatte.

»Warum?«, flüsterte er. »Warum?«

Beim Klang seiner Stimme flatterte die Taube auf. Aus irgendeinem Grund wollte er wissen, ob sie den Weg zurück ins Freie fand. Doch als er den Kopf hob, war sie schon fort, und er sah in das Gesicht Gottvaters, der, umgeben von einem goldenen Strahlenkranz, über dem Kreuz von Golgatha thronte.

Weidete er sich am Anblick der Schmerzen, die er aus der Höhe seines fernen Himmels auf die Menschen herabsandte?

Plötzlich glaubte Teofilo, ein höhnisches Lachen zu hören. Nein, dieser Gott war kein Gott der Liebe. Er hatte die Liebe nur in sein Herz gesenkt, um ihn zu zwingen, sich die Liebe wieder auszureißen. Zweimal schien das Glück zum Greifen nahe gewesen zu sein, und zweimal war es zerstoben, kaum dass Teofilo die Hand danach ausgestreckt hatte, wie Feuerfunken in der Osternacht. Und jetzt, da es zu spät war, da jede Hoffnung, die Liebe der Frau, der sein Herz von allem Anfang an gehörte, jemals zurückzugewinnen, jetzt, da diese Frau ihn fürchtete und mied, weil er ein Ungeheuer war, ein Verbrecher und Mörder, der alles verraten hatte, was ihr heilig war, der prasste und hurte und sich in der Sünde suhlte, um die unerträgliche Qual, die die Liebe ihm zugefügt hatte, irgendwie zu ertragen – jetzt drängte man ihn, mit dieser Frau den Bund der Ehe einzugehen.

Wenn es Gott gab, war er, Teofilo di Tusculo, seine allererbärmlichste Spottgeburt.

Mit einem Ruck stand er auf. Er hielt es nicht länger aus in dieser dunklen Kirche, er wollte in ein Hurenhaus! Wenn Gott ihn dazu verdammt hatte, ein Ungeheuer zu sein, wollte er wie ein Ungeheuer leben!

Statt sich zu bekreuzigen, spie er auf den Altar. Doch als er sich abwandte, um die Basilika zu verlassen, sah er in der Dunkelheit plötzlich das Gesicht einer Frau – Chiara. Aus den Zügen der Muttergottes, die das Sterben ihres Sohnes beweinte, löste ihr Gesicht sich ab, eine im Raum schwebende Maske aus Tausend und Abertausend flirrenden Lichtpartikeln. Tränen rannen aus ihren Augen, und während er ihren Blick auf sich spürte, hörte er ihre Stimme.

»Kehr um, mein Geliebter. Um deiner Seele willen.«

Teofilo rieb sich die Augen. Was war das für ein Gaukelspiel der Sinne? Er hatte doch gar nichts getrunken! Unzählige Male hatte er das Altarbild gesehen, hatte davor gebetet und die Messe zelebriert, ohne dass etwas geschehen war. Und jetzt, im Augenblick seiner Verzweiflung, wurde ihm hier ein Wunder zuteil? Er versuchte mit den Händen das flirrende Licht zu zerteilen, doch Chiaras Gesicht blieb.

»Kehr um, mein Geliebter. Bevor es zu spät ist.«

Wie damals, als sein Pate die mit Wasser gefüllte Schweinsblase hatte bergauf rollen lassen, auf dem Weg zu der Einsiedelei, starrte er auf die Erscheinung, und seine Augen sahen, was sein Verstand nicht zu fassen vermochte. Überwältigt sank er auf die Knie. Und während er seine Hände faltete, formten sich seine Lippen zum Gebet, und ganz von allein, ohne sein Zutun, quollen aus seiner Seele Worte, die er seit einer Ewigkeit nur noch vor sich hin gebrabbelt hatte, in Ausübung seines fremden, falschen Amtes, ohne innere Beteiligung, wie ein Kind, das nicht weiß, was es sagt.

»Herr, ich bin nicht würdig, dass du eingehst unter mein Dach, aber sprich nur ein Wort, so wird meine Seele gesund ...«

3

»Niemals!«, sagte Chiara und rückte ihr Kopftuch zurecht. »Niemals werde ich das tun!«

»Hab keine Angst, mein Kind«, erwiderte ihr Vater. »Ich werde dich zu nichts drängen, was du nicht willst. Allerdings solltest du vielleicht bedenken …«

»NIEMALS, habe ich gesagt! Wie könnt Ihr so etwas überhaupt nur vorschlagen? Domenico ist kaum unter der Erde – und ich soll heiraten? Noch dazu seinen Mörder? Glaubt Ihr, ich hätte einen Stein in der Brust?«

»Ich weiß, was du für Domenico empfindest, und es ehrt dich sehr, dass du sein Andenken …«

»Genug! Ich will nichts mehr davon hören! Ein für alle Mal!«

Um das Gespräch zu beenden, nahm sie die Stickerei wieder auf, an der sie gesessen hatte, als ihr Vater zu ihr in das Kabinett gekommen war. Vor Erregung war ihr speiübel, und ihre Hand zitterte so sehr, dass sie kaum die Nadel führen konnte.

»Ich weiß, wie dir zumute ist«, sagte ihr Vater, »die Vorstellung muss fürchterlich für dich sein. Und wenn ich die Wahl hätte, ich würde dir die Entscheidung gerne ersparen, das musst du mir glauben. Doch lassen wir einmal die Gefühle beiseite …«

»Ich soll meine Gefühle beiseite lassen? Wenn es um Liebe geht! Wie stellt Ihr Euch das vor? – Verflixt! Jetzt habe ich mich gestochen!«

Chiara warf die Stickerei zurück auf den Nähtisch und leckte ihre Wunde. Ihr Vater wog den Kopf und ließ die Spitzen seines Kinnbarts durch die Finger gleiten, wie er es sonst oft beim Trictrac-Spielen tat, wenn Chiara ihn angriff und er nachdenken musste, um eine Niederlage abzuwenden.

»Eine Ehe, mein Kind, hat nichts mit Liebe zu tun«, sagte er schließlich. »Eine Ehe ist eine Sache der Vernunft.«

»Das behauptet ausgerechnet Ihr?«, erwiderte Chiara. »Ich war damals noch ganz klein, aber ich kann mich noch gut erinnern, wie Ihr unter diesem Bild gesessen und geweint habt.« Sie deutete mit dem Kopf auf das Porträt ihrer Mutter an der Wand. »Sie war schon viele Jahre tot, doch Ihr habt immer noch um sie getrauert. Weil Ihr sie liebtet und sie nicht vergessen konntet. Aber von mir verlangt Ihr, dass ich nach so wenigen Wochen ...«

Statt den Satz zu Ende zu sprechen, blickte sie ihren Vater an. Er stand direkt neben dem unfertigen Bildnis seiner Frau, das einzige Bild, das es von ihr gab: eine wunderschöne Frau mit einem halben Gesicht.

»Ja, deine Mutter und ich, wir haben uns geliebt. Genauso wie Domenico und du.«

Mit einem Seufzer kehrte er dem Bild den Rücken zu und strich sich über das Kinn. Plötzlich sah er ganz müde und grau aus, fast wie ein Greis, und seine Augen schimmerten feucht.

Waren das Tränen?

Bevor Chiara etwas sagen konnte, hatte er sich wieder gefasst.

»Wir sind nicht auf der Welt, um glücklich zu sein«, sagte er. »Gott hat uns das Leben geschenkt, damit wir seinen Willen tun. Jeder von uns trägt Verantwortung, und dieser Verantwortung darf sich keiner entziehen.«

»Was hat das mit mir zu tun?«

»Weißt du nicht selber die Antwort? Deine Ehe kann den Frieden in der Stadt retten. Wenn du Teofilo di Tusculo heiratest, wirst du einen neuen Krieg verhindern. Das ist Gottes Wille und Plan. Oder willst du, dass noch mehr Männer sterben müssen wie Domenico? Und dass andere Frauen dasselbe Schicksal erleiden wie du? Nur weil du nicht bereit bist, zu tun, was die Vorsehung dir auferlegt hat?«

Chiara starrte auf ihren Finger. Wieder quoll ein Tropfen Blut aus der Kuppe hervor. Bei dem Anblick drehte sich ihr der Magen um.

»Ich erkenne Euch nicht wieder«, sagte sie. »Soll das heißen, der Friede in der Stadt ist Euch wichtiger als das Glück Eurer Tochter?«

»Wenn du mich so offen fragst – ja«, sagte er. »Und darum denke ich, es ist deine Pflicht, den Vorschlag ernsthaft …« Er unterbrach sich und nahm ihre Hand. »Aus demselben Grund habe ich dich damals gebeten, Domenico zu heiraten. Um ein Zeichen der Versöhnung zu setzen. Damals hattest du dich auch gegen die Heirat gewehrt. Bis du irgendwann eingesehen hast, dass Domenico der richtige Mann für dich war. Und am Ende hast du ihn sogar geliebt. Warum sollte das nicht wieder …«

»Das ist nicht dasselbe!«, rief sie. »Domenico war der wunderbarste Mann der Welt. Er hat mir alles geschenkt, was er besaß. Seine Liebe, sein Herz, ohne etwas von mir zu verlangen … Ich habe ihn so lange verkannt, bis ich endlich begriff, wie viel er mir bedeutet … Ich … ich hatte ihn gar nicht verdient …«

Die Erinnerung tat so weh, dass ihre Worte erstickten.

»Die Zeit heilt alle Wunden«, sagte ihr Vater. »Und irgendwann geht jeder Schmerz vorbei.« Zärtlich strich er ihr den Kopf. »Du hast dir doch dein Leben lang gewünscht, Teofilo zu heiraten. Jetzt kannst du es tun. Warum zögerst du?«

Chiara spürte, wie sich alles in ihr zusammenzog. Fassungslos starrte sie ihren Vater an.

»Fragt Ihr mich das im Ernst?«

Sie wollte ihm ihre Hand entziehen, doch er hielt sie fest, mit sanftem Druck.

»Ja«, sagte er. »Mir ist selten etwas ernster gewesen. Und was Domenico angeht«, fügte er mit leiser Stimme hinzu, »nicht Teofilo ist schuld an seinem Tod. Domenico wollte diesen Krieg nicht, er wollte sich raushalten.«

Chiara musste schlucken. Ein säuerlicher Geschmack füllte ihren Mund, sie schluckte ein zweites Mal, doch der Geschmack wurde nur noch schlimmer. Ihre Hände waren plötzlich ganz feucht, überall am Körper brach ihr der Schweiß aus. Ein Schwindelgefühl erfasste sie, und sie schloss die Augen.

»Was ... was wollt Ihr damit sagen?«

»Nichts, mein Kind«, erwiderte ihr Vater und wich ihrem Blick aus.

Chiara verstand die Botschaft auch ohne Worte. Plötzlich wurde ihr so übel, dass sie es nicht länger aushielt. Sie sprang von ihrem Stuhl, und, eine Hand vor dem Mund, riss sie ein Fenster auf, um sich zu übergeben.

4

»Gelobt sei Jesus Christus.«

»In Ewigkeit, Amen.«

Ermilina wollte Giovanni Graziano die große, knöcherne Hand küssen, doch der Einsiedler forderte sie auf, an dem rohen Holztisch in seiner Klause Platz zu nehmen.

»Was führt Euch zu mir?«

Ermilina zögerte. Fast ein ganzes Leben lang kannte sie diesen heiligmäßigen Mann, der auf den Reichtum seiner Familie und alle Güter der Welt verzichtet hatte, um in der Furcht Gottes zu leben. Keinen Menschen verehrte sie mehr als ihn. In den Stunden der Not hatte er ihr Trost gespendet, und wenn die Zweifel sie überkamen, hatte er sie im Glauben bestärkt und sie mit seinem Rat auf den rechten Pfad zurück geführt. Doch jetzt ...

»Ich kann nicht glauben, was Petrus da Silva behauptet«, sagte sie schließlich.

»Ihr meint, dass ich Eurem Sohn auf den Papstthron folge?«, erwiderte er.

Ermilina schaute ihn an, in der Hoffnung, dass ein Wort oder ein Lächeln ihre Ängste zerstreute. Aber ein einziger Blick genügte, um zu wissen, dass es keine Hoffnung gab. Vor ihr saß ein Mann, der sein Kreuz auf sich geladen hatte und bereit war, dieses Kreuz zu tragen. Das hagere, ausgemergelte Gesicht schien ihr noch ernster, als sie es in Erinnerung hatte, der Körper noch magerer und ausgezehrter von den vielen Jahren der Entbehrung, und das weiße, schulterlange Haar war so ausgedünnt, dass darunter der schorfige Schädel zum Vorschein kam, während die schwarzen Augen, die blind waren für das Farbenspiel der Schöpfung, in eine Welt versunken schienen, zu der andere Menschen keinen Zugang hatten.

»Dann ist es also wahr?«, flüsterte Ermilina.

Giovanni Graziano nickte.

»Aber wie ist das möglich? Mit diesem Handel schändet Ihr das heiligste Amt der Christenheit! Jesus Christus hat die Krämer aus dem Tempel seines Vaters verjagt! Und Ihr wollt nun um den Tempel selber schachern? Das wird Gott Euch niemals ...«

»Ich weiß, ich weiß«, unterbrach Giovanni Graziano sie mit einem Seufzer. »Aber ich habe keine andere Wahl. Gott hat es so beschlossen. Ich bin nur sein Werkzeug.«

»Ihr werdet in der Hölle dafür büßen.«

»Wenn es Gottes Wille ist, will ich dieses Opfer in Demut annehmen.«

»Nein, das ist nicht Gottes Wille! Habt Ihr nicht selbst immer wieder gesagt, wer sich in die Welt begibt, verstrickt sich in Sünde und Schuld?«

Der Einsiedler hob ohnmächtig die Arme. »Vielleicht ist es die einzige Möglichkeit, meinen Fehler wiedergutzumachen ...«

»Was für einen Fehler?«

»Die Entscheidung, Euren Sohn zum Papst zu erheben. Teofilo war noch ein Kind.«

»Was war daran ein Fehler? Gott selber hat es doch so gewollt! Es gab Zeichen, in denen er uns seinen Willen kundgegeben hat.«

»Ja, es gab Zeichen. Aber vielleicht haben wir sie falsch gedeutet. Weil wir es selber so wollten.« Er machte eine Pause, bevor er weitersprach, die Augen gen Himmel gerichtet. »Das hat mich meine Blindheit geleert. Wir Menschen können immer nur das in der Welt sehen, was wir darin sehen wollen. So wie der Maulwurf den Wurm sieht, den er zu seiner Nahrung braucht, trotz seiner Blindheit.«

Ermilina verstand das Gleichnis. Aber sie konnte es nicht hinnehmen. Es war doch nur die halbe Wahrheit!

»Ihr habt mich damals mit Sarah verglichen, der Stammesmutter. Ihr habt gesagt, dass ich dieses Kind auf Gottes Geheiß empfangen habe. Hier in diesem Raum ist Euch die Erleuchtung gekommen, im Angesicht der Heiligen Jungfrau, dass es Teofilos Bestimmung war, die Cathedra zu besteigen. Habt Ihr das alles vergessen?«

»Nein, das habe ich nicht.« Giovanni Graziano schüttelte den Kopf. »Aber vielleicht ist das ja Teofilos Fluch: dass wir immer glaubten, er sei ein Erwählter. Vielleicht ist er nur darum von Gott abgefallen, weil er unter der Last, sein Stellvertreter zu sein, zusammenbrach. Vielleicht hat er nur darum dem Licht den Rücken gekehrt und sich der Finsternis zugewandt …«

Der Einsiedler verstummte, und seine Augen füllten sich mit Tränen. Plötzlich fühlte Ermilina sich ganz elend und schwach. Alles woran sie geglaubt, alles wofür sie gelebt hatte – sollten das nur Hirngespinste gewesen sein?

»Aber … aber«, stammelte sie, »Teofilo gehört doch Gott, nicht einem Weib!«

»Das habe ich auch geglaubt, aus tiefstem Herzen! Aber wo hat Gott sich denn gezeigt, in all den Jahren? Teofilos Pontifikat hat nur Schrecken und Leid gebracht. Rom ist eine Lasterhöhle, die Heilige Stadt ein Sündenpfuhl, in dem die Menschen falsche Götzen anbeten und die Unzucht sumpfige Blüten treibt. Kinder verhungern, ihre Mütter verkaufen sich für ein Stück Brot, ihre Väter werden zu Räubern und Mördern. Glaubt Ihr wirklich, dies sei der Wille des Herrn?«

Ermilina versuchte, dem schwarzen Blick des Heiligen standzuhalten. Doch da sie keine Antwort wusste auf seine Frage, beugte sie schließlich ihr Haupt.

»Seht Ihr?« Giovanni Graziano stieß einen Seufzer aus.

»Jetzt bleibt mir nichts anderes übrig, als den Teufel mit dem Belzebub auszutreiben und mich selber auf jenen Thron zu setzen, auf den ich einst Euren Sohn gehoben habe.«

5

Die Wiederinstandsetzung des Armenhauses war schon seit Wochen im Gange, und doch gab es immer noch eine Menge zu tun. In jedem Raum, in jeder Kammer, wurde gesägt und gehobelt und gefeilt und gedengelt und gehämmert, sodass man kaum sein eigenes Wort verstand. Chiara hatte beschlossen, das ganze Gebäude von Grund auf neu zu richten, um noch mehr Menschen, die in Not geraten waren, Arbeit geben zu können. Arbeit, hatte Abt Bartolomeo gesagt, Arbeit helfe immer … Sie war jetzt gerade dreiundzwanzig Jahre alt, und trotzdem schon eine alte Frau, die das Leben hinter sich hatte. Die Werkstatt und die Armenspeisungen würden von nun an ihre Tage bestimmen.

Würde sie die Kraft haben, ein solches Leben auszuhalten? Zwanzig, dreißig Jahre, bis der Tod sie erlöste?

»Giaccomo«, rief sie einem halbwüchsigen Jungen zu, der gerade mit ein paar Brettern über der Schulter die Treppe hinaufging. »Hier, der Hammer. Antonio hat danach gerufen.«

»Welcher Hammer?«, fragte der Junge.

Chiara blickte auf ihre Hand. »Die Säge, meine ich natürlich. Nun mach schon. Antonio wartet.«

»Ich mach ja schon.« Mit irritiertem Gesicht nahm er die Säge. »Aber ich heiße nicht Giaccomo, sondern Alberto.«

»Ja sicher, Alberto.«

Was war nur mit ihr los? Seit sie nach Rom zurückgekehrt war, ging das schon so. Von morgens bis abends war sie auf den Beinen, arbeitete, bis ihr das Blut unter den Nägeln hervor spritzte. Doch diesmal versagte Abt Bartolomeos Mittel. Sie war unfähig, sich auf irgendeine Tätigkeit zu konzentrieren, sie vergaß Namen und Gesichter, ging hinaus auf den Hof, wenn sie in den Keller wollte, ließ das Essen anbrennen und versalzte die Suppe. Das Schlimmste aber war der Grund, *weshalb* sie in dieser Verfassung war. Ihr Herz sträubte sich zu tun, was Verstand und Gewissen ihr befahlen. Doch nichts in der Welt würde sie dazu bringen, dies irgendjemandem einzugestehen. Zu groß war ihre Scham, dass sie zu solchen Gefühlen fähig war.

»Ich finde, so schlecht schmeckt es doch gar nicht«, sagte Anna, als sie am Abend bei Tisch saßen.

»Was?«, fragte Chiara zerstreut.

»Der Brei, den du gekocht hast«, sagte Anna.

Erst jetzt merkte Chiara, dass sie noch keinen einzigen Löffel angerührt hatte.

»Manche Männer«, grinste Anna, »mögen Brei ja nur mit diesem Geschmack. Antonio zum Beispiel. Er behauptet, wenn eine Frau das Essen nicht anbrennen lässt, hat sie aufgehört, zu lieben. Oder ist dir etwa wieder übel?«

»Übel? Wie kommst du darauf?«

»Weil dir gestern auch schon übel war. Und vorgestern hast du dich sogar übergeben. Weißt du das nicht mehr?«

»Ist das ein Wunder?«, fragte Chiara gereizt. »Als Antonio sagte, er hätte Giulias neuen Laden gesehen, den sie auf der Piazza in Agone aufgemacht hat, mit eigenem Haus und riesigen Speichern, habe ich mich eben aufgeregt. So ein scheinheiliges Weib! Unser ganzes Geld hat sie sich unter den Nagel gerissen. Wir könnten es so gut gebrauchen.«

Anna legte eine Hand auf ihren Arm und schaute sie an.

»Ist es wirklich das?«

»Natürlich, was soll es denn sonst sein?«

»Versuch nicht, mir was vorzuspielen. Dafür kenne ich dich viel zu lange.« Anna machte eine Pause. Dann fügte sie hinzu: »Willst du nicht lieber darüber reden?«

»Worüber reden? Über Giulia? Willst du mir jetzt wieder vorhalten, dass du mich von Anfang an vor ihr gewarnt hast?«

Anna schüttelte den Kopf. »Es ist nicht gut für die Galle,

wenn man die Sachen so in sich hinein frisst. Dann wird die Galle ganz schwarz und giftig. Außerdem kriegt man davon Falten. Eine Tante von mir, die sah aus wie ein verschrumpelter Apfel, nur weil sie immer alles in sich hinein gefressen hat.«

»Ich fresse nichts in mich hinein! Ich habe keinen Appetit!«

»Du weißt genau, was ich meine.«

»Das weiß ich nicht!«

»Und ob du das weißt!«

»Gar nichts weiß ich!«, erwiderte Chiara so laut, dass sich zwei Frauen, die mit ihren Essschüsseln auf dem Schoss auf der Türschwelle zur Gasse hockten, um die laue Abendluft zu genießen, nach ihr umdrehten.

Anna drückte ihren Arm. »Erinnerst du dich noch an den Ring, den du mir damals geschenkt hast? Als die einzige Kuh meiner Eltern eingegangen war? Damit wir den Arzt für Francesca bezahlen und neues Vieh anschaffen konnten? Den Ring hatte Teofilo dir geschenkt.«

Chiara schaute auf ihren Brei. »Was spielt das jetzt für eine Rolle?«

Wie früher strich Anna ihr über das Haar. »Damals, als du mir den Ring gegeben hast, das war ein bisschen so, als hättest du dir einen Finger abgeschnitten. So weh hat es dir getan.«

»Was willst du damit sagen?«, flüsterte Chiara, ohne von ihrem Teller aufzublicken.

»Hör auf, dich zu belügen«, sagte Anna. »Du weißt doch, was dich quält. Und wenn du mich fragst ...«

Chiara hob den Blick. Als sie Annas Gesicht sah, packte sie die Wut.

»Dich fragt aber niemand!«, rief sie und warf ihren Löffel auf den Tisch. »Was fällt dir eigentlich ein, dich in meine Sachen einzumischen?«

Ohne Annas Antwort abzuwarten, sprang sie auf und lief davon.

6

»Und was wird aus mir?«, wollte Gregorio wissen.

»Ich sehe keinen Grund, weshalb Ihr Euch Sorgen machen solltet«, erwiderte Petrus da Silva, ohne von den Dokumenten aufzublicken, in denen er gerade blätterte, und verscheuchte mit der Hand eine Fliege. »Ihr führt doch ein Leben ganz nach Eurem Geschmack. Mit Wein und Weibern. Was wollt Ihr mehr?«

»Wenn mein Bruder abdankt, muss ich die Zeche zahlen. Ich kenne Teofilo. Sobald er geheiratet hat, macht er sich mit Domenicos Witwe aus dem Staub. Und ich kann zusehen, wo ich bleibe.«

»Ihr bleibt in Amt und Würden, sowohl als erster Konsul wie auch als Kommandant des Stadtregiments. Dafür werde ich sorgen. Schon aus Gründen des Gleichgewichts.«

»Einen Scheißdreck werdet Ihr tun!«

»Bitte mäßigt Eure Worte. So könnt Ihr im Stall reden, aber nicht hier.«

»Mir geht es an den Kragen, Herrgott noch mal! Die Sabiner werden mich schneller absetzen, als ich bis drei zählen kann. Ganz Rom wird über mich lachen.«

»Warum schüttet Ihr Euer Herz nicht Euren Huren aus? Wir haben andere Sorgen. Solange Euer Bruder krank ist…«

»Teofilo ist krank?«, fragte Gregorio überrascht.

»Wisst Ihr das nicht?« Der Kanzler schloss einen Aktendeckel und drehte sich zu ihm herum. »Seit Wochen liegt er im Fieber. Eure Mutter erstattet mir täglich Bericht.«

»Ist Teofilo darum wie vom Erdboden verschwunden?«

»Ich bewundere Eure Gabe, Zusammenhänge zu erfassen.«

Gregorio überhörte die Unverschämtheit, zu unverhofft war die Nachricht von Teofilos Erkrankung. »Ist es … ist es was Ernstes?«

Petrus da Silva gab keine Antwort, stattdessen erschlug er mit der flachen Hand die Fliege, die so unvorsichtig gewesen war, sich auf das Schreibpult zu setzen. Wollte er damit zeigen, wie wenig ihn das alles interessierte? Gregorio begriff diese neuerliche Demütigung, aber er ließ sich nicht täuschen – er war nicht der Dummkopf, für den der eingebildete Affe ihn hielt, ihn konnte man nicht hinters Licht führen! Während Petrus da Silva das zerquetschte Tierchen mit einem Pergament zu Boden streifte, dachte Gregorio nach. Wenn Teofilo wirklich seit Wochen im Fieber lag – dann *musste* es etwas Ernstes sein! Erst recht, wenn der Kanzler und seine Mutter ihn aus Rom geschafft hatten, damit niemand von der Erkrankung erfuhr ... Eine winzige Hoffnung keimte in ihm auf. Würde Gott endlich Gerechtigkeit walten lassen? Wenn sein Bruder starb, wer weiß, vielleicht wäre es ja möglich, dass dann die übrigen Parteien sich auf ihn als Nachfolger einigten?

»Bitte hört auf, an den Nägeln zu kauen«, sagte Petrus da Silva. »Das ist ja widerlich. Und wenn Ihr auf den Tod Eures Bruders spekuliert, um Euch Zugang zur Cathedra zu verschaffen ...«

»Verflucht noch mal – könnt Ihr Gedanken lesen?«

»Man muss nur eins und eins zusammenrechnen, um zu wissen, was Euch durch den Kopf geht.« Der Kanzler wandte sich wieder seinen Dokumenten zu. »Und jetzt wäre ich Euch dankbar, wenn Ihr zu Euren Vergnügungen zurückkehren würdet, damit ich in Ruhe arbeiten kann.«

»Einen Teufel werde ich tun! Unser Vater hätte niemals zugelassen, was Ihr im Schilde führt. Ein Tuskulaner, der auf den Thron verzichtet! Was für eine Schande!«

»Erscheint Euch Euer Vater immer noch im Traum?«

»Woher wisst Ihr von meinen Träumen? Steht Ihr mit dem Teufel im Bund?«

Statt einer Antwort verdrehte Petrus da Silva nur die Augen.

»Ja«, sagte Gregorio. »Ihr habt einen Pakt mit der Hölle geschlossen. Sonst hättet Ihr es nie geschafft, dass unsere Mutter sich Euren Plänen fügt ...«

»Eure Mutter hat mit ihrem Beichtvater gesprochen, dem

künftigen Papst. Der hat sie überzeugt, dass unsere Absichten nur Ausdruck von Gottes Willen sind.«

»Giovanni Graziano ist ein weltfremder Spinner! Wenn er auf den Thron gelangt – dann Gnade mir Gott!«

»Giovanni Graziano ist, wie jedermann weiß, eine Lilie unter Dornen. Er tut keiner Fliege was zuleide.«

»Ja«, schnaubte Gregorio, »Teofilo wird er kein Haar krümmen. Aber mich hat er noch nie leiden können. Er ist imstande und zieht mich für meinen Bruder zur Rechenschaft. Es braucht nur irgendein Arbeiter aus der Münze …«

»Ich habe Euch seit Jahren vor Euren Betrügereien gewarnt.«

»Was sollte ich denn machen? Teofilo hatte doch alles befohlen, er war der Papst! Immer wieder hat er mich in die Münze geschickt – schaff mir Geld herbei! Ich brauche Geld!« Gregorio stampfte mit dem Fuß auf. »Nein«, sagte er, »ich mache Euer Spiel nicht mit. Entweder Ihr sorgt dafür, dass Teofilo auf dem Thron bleibt. Oder …«

»Oder was?«

»Oder ich schlage mich mit dem Stadtregiment auf die Seite der Sabiner.«

Gregorio wusste nicht, woher er den Mut genommen hatte, eine solche Drohung auszusprechen. Doch Petrus da Silva war nicht im Geringsten beeindruckt.

»Das werdet Ihr nicht tun«, erklärte er.

»Was sollte mich daran hindern?«

»Muss ich Euch wirklich daran erinnern?«

Petrus da Silva hob eine Braue und schaute ihn mit seinen grauen Augen an. Gregorio würgte seine Wut hinunter. Dieser Teufel wusste alles, und wenn er den Sabinern verriet, wer seinen Vater, den Grafen von Tuskulum, umgebracht hatte, würde es Severo ein Fest sein, ihn vor Gericht zu zerren und hinschlachten zu lassen … Nein, Gregorio musste sich fügen. Wieder einmal.

»Seht Ihr?«, fragte Petrus da Silva. »Ich habe es ja gewusst, Ihr seid ein kluger Mann.«

Gregorio starrte auf den zerquetschten Fliegenkadaver. Mit den Zähnen knirschend, beugte er sein Knie, um dem Kanzler die Hand zu küssen.

»Eminenz.«

Jetzt konnte er nur noch auf ein Wunder hoffen.

7

Ein Mönch mit einem Gesicht voller Warzen lugte durch die Sichtklappe der Klosterpforte.

»Wen wollt Ihr sprechen?«

»Abt Bartolomeo.«

»Wie lautet Euer Name?«

»Chiara di Sasso.«

»Wartet.«

Die Klappe fiel zu, und Chiara hörte, wie der Kustos sich mit schlurfenden Schritten auf der anderen Seite des Tores entfernte, das die Welt von der Abtei trennte. Wie ausgestorben lag das Kloster in der Abendsonne da, nur ein paar Vögel flatterten in den Bäumen, um den Frieden des Orts zu stören. Plötzlich bekam Chiara Angst. Und wenn Bartolomeo gar nicht in der Abtei war? Oder sich aus irgendeinem Grund weigerte, sie zu empfangen?

Knarrend öffnete sich das Tor.

»Da seid Ihr ja«, rief Abt Bartomoleo und kam mit ausgebreiteten Armen auf sie zu. »Ich hatte Euch schon erwartet.«

»Aber wie konntet Ihr wissen, dass ich ...«

Mit einem Lächeln unterbrach er sie. »Meint Ihr, man könne nur wissen, was sich den Sinnen offenbart? Die Vorgänge in Rom sind auch uns nicht verborgen geblieben. Sicher braucht Ihr einen Rat.«

Chiara schüttelte den Kopf. »Nein, ehrwürdiger Vater, ich brauche keinen Rat. Ich ... ich habe mich schon entschieden.«

Der Mönch schaute sie verwundert an. »Und – wie lautet Eure Entscheidung?«

Sie holte einmal tief Luft. Dann erklärte sie: »Ich möchte den Schleier nehmen.«

»WAS wollt Ihr?« Der Abt brauchte einen Moment, um sich zu fassen. »Ich gestehe, damit habe ich nicht gerechnet. Aber gehen wir in die Bibliothek, dort können wir ungestört reden. Wenn Ihr mir bitte folgen wollt.«

Mit einer kleinen Bewegung seiner Hand führte er sie durch den Kreuzgang, vorbei an dem Wandbrunnen, an dem Chiara sich so oft schon von der Reise erfrischt hatte. *Mögest du nicht nur deine Hände, sondern auch deine Seele von allem Schmutz befreien ...* Bartolomeo sah, wie ihr Blick an dem Sinnspruch hängen blieb, doch statt etwas zu sagen, nickte er ihr nur stumm zu. Erst als er die Tür der Bibliothek hinter ihnen schloss, begann er zu reden.

»Habt Ihr Euch diesen Schritt gewissenhaft überlegt?«, wollte er wissen.

Chiara nickte. »Ja, ehrwürdiger Vater. Es ist mein fester Entschluss.«

»Trotzdem empfehle ich Euch, ihn nochmals zu prüfen. Ich fürchte, Euch ist kein Nonnenfleisch gegeben.«

»Ich weiß. Ich bin ein schwaches Weib, und die Treue, die ich meinem Mann geschworen habe, habe ich nicht nur in meinen Gedanken gebrochen. Aber ich werde Gott bitten, mir die Kraft zu geben, die Schwäche meines Fleisches zu überwinden.«

»Der Herr kann sich nicht um alles kümmern, er bedarf unserer Mitwirkung, damit wir den Weg zum Heil finden.«

»Darum bin ich hier, ehrwürdiger Vater. Um mein Leben ganz in seinen Dienst zu stellen.«

Der Abt sah ihr fest in die Augen. »Ist Gottesliebe wirklich und wahrhaftig der Grund, dass Ihr gekommen seid?«, fragte er. »Bitte bedenkt, das Kloster ist ein Ort der Berufung, keine Zuflucht, um vor einer Prüfung, die Gott uns auferlegt, davonzulaufen. Gott will, dass wir uns an dem Platz bewähren, den er für uns ausersehen hat.«

Chiara senkte den Blick. Vor ihr auf dem Tisch lag ein aufgeschlagener, in Leder gebundener Foliant, eine prachtvoll illustrierte Handschrift, die mit einer schmiedeeisernen Kette befestigt war, damit niemand sie entwenden konnte. Genauso, dachte sie, war ihr Herz angekettet, und es gab nur eine Möglichkeit, es aus der Verankerung zu reißen.

Abt Bartolomeo hob ihr Kinn, damit sie ihn anschauen musste. »Ihr liebt ihn also immer noch?«, fragte er.

Sie nickte stumm.

»Aber warum weint Ihr dann?«

Erst jetzt spürte sie die Tränen auf ihren Wangen. »Weil ... weil ich ihn doch nicht lieben darf ...«

»Woher wollt Ihr das wissen?«

»Ach, es kann doch gar nicht anders sein. Benedikt ... Teofilo ... er hat so viel Unglück über Rom gebracht, und ich ..., ich habe es gesehen, die ganze Zeit habe ich es gesehen ... Und obwohl ich es gesehen habe und wusste, was jeder in der Stadt weiß, konnte ich ... konnte ich trotz allem ... konnte und kann ich nicht aufhören ...« Sie brachte das Ende des Satzes nicht über ihre Lippen.

»Ihn zu lieben?«, ergänzte der Abt mit sanfter Stimme.

Chiara musste so heftig weinen, dass sie zu keiner Antwort fähig war. Durch den Schleier ihrer Tränen sah sie Bartolomeos Gesicht.

»*Deus caritas est*«, sagte er. »Gott ist die Liebe. Wem er verzeiht, dem dürfen auch wir verzeihen.«

»Aber ... aber wie könnt Ihr behaupten, dass Gott diesem Mann verziehen hat?«

»Ihr habt Augen und sehet doch nicht?«, erwiderte Bartolomeo mit einem Lächeln. »Wenn Gott durch die Ehe, die Ihr mit diesem Mann eingehen sollt, unserer Stadt den Frieden schenken will, dann *hat* er ihm verziehen. Warum sollte er ihn sonst zu seinem Werkzeug machen? Ja, Teofilo di Tusculo hat gesündigt, er hat sein heiliges Amt auf schändlichste Weise missbraucht, er hat Jesus Christus selbst beleidigt und geschändet. Doch keine Sünde ist so groß, dass Gott sie nicht verzeihen könnte.«

»Ihr habt mir doch selber von dieser Verbindung abgeraten«, wandte sie ein. »Nicht nur einmal.«

»Ich weiß«, bestätigte er, »aber Gottes Wahrheit offenbart sich nur selten in einem einzelnen Akt. Wir müssen versuchen, sie immer wieder neu zu begreifen, in vielen kleinen Schritten. Und wer weiß, vielleicht bist du, meine Tochter, dazu ausersehen, Teofilos Seele zu erlösen, durch deine Liebe, die Gott dir eingepflanzt hat, um diesen sündigen Papst vor der Verdammnis zu retten.«

Bei den letzten Worten des Abts war es, als hätte jemand in einem dunklen Raum ein Licht angezündet. Dankbar nahm sie das Tuch, das Bartolomeo ihr reichte, und wischte sich die Tränen aus den Augen. Sollte es wirklich Hoffnung geben? Sollte es wirklich möglich sein, dass sie und Teofilo …

Doch so plötzlich das Licht in ihrem Herzen aufgeflammt war, so jäh erlosch es wieder.

»Und der Tod meines Mannes?«, flüsterte sie. »Domenico ist im Kampf gegen Teofilo gestorben. Durch meine Schuld. Hätte ich ihn nicht dazu getrieben, in diesen Krieg zu ziehen – er wäre heute noch am Leben …«

»Vielleicht«, sagte Bartolomeo. »Wir wissen es nicht. Aber auch das könnte ein Zeichen sein. Du selbst hast den Gottesfrieden gebrochen, indem du deinen Mann zum Krieg angestiftet hast. Umso mehr ist es jetzt deine Pflicht, daran mitzuwirken, den Frieden wiederherzustellen.«

Erneut schossen Chiara Tränen in die Augen. Alles in ihr schrie danach, den Worten ihres Beichtvaters Glauben zu schenken. Doch sie konnte es nicht.

»Nein«, schluchzte sie. »Ich habe Domenico schon einmal verraten. Ich darf es kein zweites Mal tun.«

»Wie könnt Ihr Verrat nennen, was Gottes Wille ist?«, erwiderte der Abt. »Wollt Ihr Euch über die Vorsehung hinwegsetzen? Das ist Hochmut, die Sünde wider den heiligen Geist!«

»Sagt, was Ihr wollt, aber mein Entschluss ...«

»Und Domenico?«, schnitt er ihr das Wort ab. »Was hätte er dazu gesagt? Wäre es wohl sein Wille gewesen, dass Ihr Euch der Vorsehung verweigert? So wie ich Euren Mann kannte ...«

»Hört auf, mich zu quälen! Ich kann Teofilo nicht heiraten. Wenn er ein Fremder wäre, wenn ich nichts für ihn empfinden würde, wenn ich nur einen Auftrag zu erfüllen hätte mit dieser Heirat ... Aber so? Nein! Lieber würde ich sterben.«

»Habe ich recht verstanden?«, fragte Bartolomeo. »Ihr verweigert Euch dieser Ehe, eben *weil* Euer Herz sich danach sehnt?«

Chiara schlug die Hände vors Gesicht. Sie sah ihren Mann vor sich, wie er in ihrem Arm lag, in der Stunde seines Todes, und hörte seine Worte: *Ich möchte, dass du mir etwas versprichst ...* Die Erinnerung schmerzte mehr, als sie ertragen konnte.

»Bitte erlaubt mir, den Schleier zu nehmen«, flüsterte sie. »Bitte!«

Abt Bartolomeos Miene verdüsterte sich. »Dann seid Ihr also wirklich entschlossen?«

»Ja, ehrwürdiger Vater. Ich kann nicht anders. Ich würde mich sonst für immer hassen.«

»Und das Werk, das Ihr in Rom begonnen habt? Die Werkstatt und die Armenspeisung? Wollt Ihr beides aufgeben? Nur um Eures eigenen Friedens willen?«

»Ich werde meine Zofe Anna bitten, alles so weiterzuführen, wie wir es bisher zusammen getan haben. Ihr Mann wird sie unterstützen, und auch mein Vater wird ihr mit Rat und Tat zur Seite stehen. Aber rettet mich vor meiner Liebe zu diesem Mann, und gebt mir Asyl. Das ist mein einziger Wunsch.«

Bartolomeo wandte sich ab. Mit klopfendem Herzen versuchte Chiara seine Gedanken zu erraten. Schweigend durchmaß er mehrmals den Raum, rückte unschlüssig an den Büchern, die auf den Pulten und Tischen auslagen, schraubte ein

Tintenfass zu und ordnete einen Stapel loser Pergamente. Dann kehrte er zu ihr zurück.

»Nun gut«, sagte er mit einem Seufzer. »Ich will Eurem Wunsch entsprechen und mich bei der Mutter Oberin für Eure Aufnahme verwenden.«

»Ich danke Euch«, sagte Chiara und griff nach seiner Hand.

»Aber nur unter einer Bedingung!«

»Welcher?«

8

»Du musst etwas essen, mein Junge. Und trinken. Wie willst du sonst zu Kräften kommen?«

Vorsichtig führte Ermilina den Löffel an Teofilos Mund, um ihm ein bisschen von der Fleischbrühe einzuflößen, die sie für ihn zubereitet hatte, doch es gelang ihr kaum, seine Lippen zu benetzen. Mit einem Seufzer strich sie ihm über die heiße Stirn. War das noch ihr Sohn? Oder war das nur noch sein Leib, aus dem die Seele bereits entwichen war? Wie ein Raubtier, das auf seine Beute lauert, war die Krankheit über Teofilo hergefallen, kaum dass Ermilina in die Berge gefahren war, um Giovanni Graziano aufzusuchen. Wäre sie nur in Rom geblieben, an der Seite ihres Sohnes, in diesen Tagen der Bewährung …

»Bitte, mein Junge. Du musst es wenigstens versuchen. Nur einen einzigen Löffel …«

Teofilo drehte stumm den Kopf zur Seite. Ermilina war der Verzweiflung nahe. Warum tat Gott ihrem Kind solches Leid an? Die Ärzte, die Petrus da Silva gerufen hatte, hatten Teofilos Zustand nur noch verschlimmert – sie hatten ihn immer wieder zur Ader gelassen, als wollten sie den letzten Blutstropfen aus ihm herauspressen. Ermilina hatte nach ihrer Rückkehr die Quacksalber davon gejagt, um selbst die Pflege zu übernehmen. Seitdem wich sie nicht von seiner Seite. Bei

Tage saß sie an seinem Bett, machte ihm kühlende Umschläge oder las ihm aus der Passion Christi vor, und in der Nacht schlief sie in seiner Kammer, um bei jedem noch so geringen Geräusch aufzuschrecken wie eine Amme. Sie beräucherte die Luft mit Wermut und Akazie, rieb seinen Körper mit Thymian und Majoran ein. Doch nichts wollte helfen. Denn schlimmer noch als die Krankheit seines Leibes war der fehlende Wille seines Geistes, der Krankheit entgegenzutreten. Ruhelos fiebernd warf er sich auf seinem Lager hin und her, halb wachend, halb träumend, und flüsterte immer wieder ein und denselben Namen.

»Chiara …«

Jedes Mal, wenn er den Namen sagte, schlug Ermilina das Kreuzzeichen. Hatte dieses Weib ihren Sohn verhext? Oder, Ermilina traute sich kaum, den Gedanken zu denken, war Teofilos Liebe ein Zeichen, dass Gott diese Ehe tatsächlich wollte? Nein, sie durfte solche Gedanken nicht zulassen, sie waren Gift im Brunnen der Wahrheit, auch wenn ihre einstigen Verbündeten im Kampf um den Papstthron jetzt die Wahrheit verrieten und sich zu dem gottlosen Plan verschworen hatten, ihrem Sohn die Tiara zu rauben und ihn in die Arme dieser Frau zu treiben.

»Chiara …«

Teofilo war aufgewacht, mit weit geöffneten Augen starrte er seine Mutter an, doch allem Anschein nach ohne sie zu erkennen. Der Anblick zerriss Ermilina das Herz. Wie hatte sie gelitten, um dieses Kind zur Welt zu bringen? Sie war bereit gewesen, ihr eigenes Leben bei seiner Geburt zu opfern, sich freudig zum Werkzeug des himmlischen Willens zu machen, damit die Verheißung sich an ihm erfüllte.

Wozu? Wozu?

Ein scharfer, stechender Schmerz durchzog ihre Brust, begleitet von einem dumpfen Druckgefühl, das ihr Herz einengte. Aber Ermilina ließ sich nicht beirren, weder von der Verzweiflung, noch von ihrer Angst. Sie würde das Kreuz, das Gott auf die Schultern ihres Sohnes geladen hatte, zusammen mit ihm tragen, bis ans Ende seines Weges. Geduldig tauchte sie einen Lappen in die Schüssel mit kaltem Wasser, die neben seinem Bett stand, und während sie seine glühende Stirn kühlte, beschwor sie ihn, all seine Liebe auf den Schöpfer zu richten, auf Jesus Christus, auf den Heiligen Geist, damit seine Liebe zu dem verfluchten Weib sich auflöste in der Liebe des dreifaltigen Gottes wie eine Träne im Ozean.

»Bete, mein Junge, bete!«

Sie legte ihr Besteck beiseite und half ihm, die Hände zu falten.

Da klopfte es an der Tür.

»Wartet! Ich komme!«

Um zu verhindern, dass jemand ihren Sohn in diesem Zustand sah, eilte Ermilina hinaus auf den Gang.

»Abt Bartolomeo?«, fragte sie verwundert, als sie den Vorsteher des Tuskulanerklosters erblickte. »Was wollt Ihr?«

»Ich bin gekommen, um den Heiligen Vater zu sprechen«, erwiderte der Mönch.

»Das geht nicht«, sagte Ermilina und schloss hinter sich die Tür. »Mein Sohn ist krank.«

»Umso besser«, antwortete Bartolomeo mit einem Lächeln. »Eine Schwächung des Leibes beflügelt oftmals die Seele.«

»Ich verstehe nicht, was Ihr damit meint«, antwortete sie. »Sagt, was Ihr wünscht, und ich werde sehen, was ich für Euch tun kann.«

»Habt Vertrauen, Contessa Ermilina, und lasst mich zu Eurem Sohn.« Abt Bartolomeos Miene wurde ernst. »Ich bin Euer Freund und möchte wie Ihr, dass der Wille des Herrn geschehe!«

9

»Chiara«, flüsterte Teofilo, »da bist du ja … endlich …«

Mit einem zärtlichen Lächeln beugte sie sich über ihn. Heiß spürte er ihren Atem auf seiner Haut. Während er in ihren blauen Augen versank, streifte sie ihr Tuch vom Kopf, ihr blondes Haar fiel über sein Gesicht und ihre Lippen formten sich zum Kuss. Ein quälend süßes Sehnen erfasste ihn. Er versuchte sich aufzurichten, immer noch lächelnd nickte sie ihm zu, aber er war zu schwach.

»Ich liebe dich …«

Er hörte ein leises Stöhnen, das sich ihrer Brust entwand. Plötzlich fiel alle Müdigkeit, alle Erschöpfung von ihm ab, er stützte sich auf die Ellbogen, streckte ihr seinen Kopf entgegen, um den Kuss zu empfangen, den ihre Lippen versprachen. Doch in dem Moment, in dem ihre Münder einander berührten, fuhr ein Blitz zwischen sie. Chiaras Gesicht wurde zur Fratze, und in einem roten Funkenwirbel zerstob die Fratze vor seinen Blicken.

Obwohl seine Lider schwer waren wie Blei, öffnete Teofilo die Augen.

Wo war er?

Allmählich nahmen die Dinge Konturen an, und er erkannte seine alte Kammer wieder, in der er als Kind schon geschlafen hatte. Das Holzkreuz an der Wand, ein Bild der Heiligen Jungfrau, das Lamm Gottes … Ein leerer Stuhl an seinem Bett zeugte davon, dass jemand bei ihm gewesen war. Zäh wie Leim kehrten die Gedanken zurück, und mit ihnen die Engel der Wirklichkeit, um die Hirngespinste zu vertreiben. Nein, nicht Chiara hatte an seinem Bett gesessen, sondern seine Mutter – wie immer, wenn er aufwachte und bei Bewusstsein war.

Wie lange hatte das Fieber schon Gewalt über ihn? Tage? Wochen? Teofilo zermarterte sich das Gehirn, aber er wusste es nicht. Die Zeit hatte sich aufgelöst, nur dunkel gaukelnde

Bilder tauchten aus seiner Seele auf, Höllenfahrten der Erinnerung, Träume und Albträume, die er nicht voneinander unterscheiden konnte … Er war in seiner Kirche zusammengebrochen, vor dem Altar des Gekreuzigten, mit einem wirren Gebet auf den Lippen … Über ihm ein Kreis von Gesichtern, Petrus da Silva, Kardinäle, Bischöfe, Priester, die ihn voller Entsetzen anstarrten … Ärzte und Zauberer, die ihm Blutegel ansetzten und ihn zur Ader ließen oder mit irgendwelchen Ölen einbalsamierten und dabei unverständliche Beschwörungen flüsterten … Diakone, die ihn auf einen Karren verfrachteten und aus Rom fortschafften, hinauf in die Berge, immer höher und höher hinauf, bis in den Himmel …

Mit blöden Augen schaute das Lamm Gottes auf Teofilo herab. Sein Hemd war schweißnass, und in ihm wütete eine Hitze, als würde er im Fegefeuer brennen. Er brauchte Luft, frische Luft! Mühsam erhob er sich von seinem Lager, und gestützt auf Stuhllehnen und Tischkanten, wankte er durch die Kammer, um ein Fenster zu öffnen. Doch auch die kühle Abendluft verschaffte ihm keine Linderung. Wie Kobolde tanzten die Worte seiner Mutter in seinem Schädel … Bete, mein Sohn, bete … Damit du dieses Weib vergisst, in der Liebe Gottes … Eine Träne im Ozean …

Ihm wurde schwindlig, er musste zurück ins Bett. Doch als er sich vom Fenster abwandte, wich er zurück. Vor ihm stand eine schwarz vermummte Gestalt. War der Leibhaftige gekommen, um ihn zu holen? Als die Gestalt ihre Kapuze zurückschlug, sah er ein weiches, milde lächelndes Gesicht: Abt Bartolomeo.

»Chiara di Sasso schickt mich. Mit einer Botschaft für Euch.«

»Chiara?«, fragte Teofilo. »Was … was ist ihre Nachricht?«

Bartolomeo räusperte sich. Dann sagte er: »Sie weigert sich, dem Wunsch ihres Vaters zu gehorchen und mit Euch in den Stand der Ehe zu treten. Sie hat sich stattdessen entschlossen, den Schleier zu nehmen und ins Kloster einzutreten, um fortan ihr Leben ganz in den Dienst des Herrn zu stellen.«

Teofilo griff nach der Fensterbank.

»Hasst sie mich so sehr?«

Nur flüsternd brachte er die Worte über die Lippen.

Bartolomeo musterte ihn, als würde er in seinem Gesicht die Antwort suchen. »Vielleicht ist es Hass«, sagte er schließlich, »vielleicht ist es Liebe. Manchmal kann man beides nicht unterscheiden.«

Teofilo schloss die Augen. Warum hatte Gott diese Liebe in sein Herz gesenkt?

Plötzlich begann er zu zittern, die Kräfte verließen ihn, und während er auf einen Stuhl sank, brach es aus ihm hervor, wie aus einen Kind, seine ganze Angst, seine ganze Verzweiflung. Wie Sturzbäche rannen die Tränen an seinen Wangen herab, und ein Schluchzen erfasste ihn, das seinen ganzen Leib schüttelte.

Er wusste nicht, wie lange er so dagesessen hatte und weinte, die Hände vor dem Gesicht, als Bartolomeo sein Schweigen brach.

»Ich kann Euch gar nicht sagen, wie sehr mich Eure Tränen freuen. Voller Zweifel bin ich gekommen, doch nun sind die Zweifel der Zuversicht gewichen.«

»Zuversicht?«

Teofilo ließ die Hände vom Gesicht sinken und hob den Blick.

Bartolomeo strahlte. Wie erfüllt von einem Glück, das er selbst nicht fassen konnte, ergriff er Teofilos Hand.

»Seid Ihr bereit, allem irdischen Besitz zu entsagen?«, fragte er. »Genauso wie Eurer Macht? Allein um der Hoffnung willen? Der Hoffnung auf Gottes Gnade und Liebe?«

10

Petrus da Silva hatte zu großen Respekt vor dem Heiligen Geist, um an Wunder zu glauben. Der Heilige Geist war kein Gaukler auf einer Kirchweih, der durch Zauberkunststücke sein Publikum verblüffte, der Heilige Geist wirkte durch die Kraft der Vernunft, an der er die Menschen teilhaben ließ, um den Fortgang der Schöpfung zu lenken. Doch angesichts der wundersamen Genesung, mit der Papst Benedikt sich in nur wenigen Tagen von dem Zusammenbruch erholte, der ihn wochenlang ans Bett gefesselt hatte, kamen dem Kanzler Zweifel.

Welche Mächte waren hier am Werke?

Kaum war Benedikt nach Rom zurückgekehrt, hatte er Petrus da Silva beauftragt, mit seinem Taufpaten und Nachfolger Verhandlungen aufzunehmen. Wie viel war der Stuhl Petri wert? Tag für Tag feilschten Giovanni Graziano und Benedikt über den Preis, den der Einsiedler für den Amtsverzicht des Tuskulanerpapstes zahlen sollte. Petrus da Silva, der die Verhandlungen leitete, konnte es kaum fassen. So sehr es ihn befremdete, den einstigen Einsiedler wie einen jüdischen Geldverleiher schachern zu sehen – noch verwunderlicher war es, mit welchem Eifer Benedikt zu Werke ging. Wenn Giovanni Graziano seinen weltfremden Starrsinn aufgab und in die Niederungen des Lebens hinabstieg, gab es dafür Gründe, die einem vernunftbegabten Menschen einleuchten konnten: Er wollte das Übel, das er mit der Erhebung Teofilo di Tusculos über Rom gebracht hatte, selber beenden und das Schicksal der Heiligen Stadt und der Kirche so schnell wie möglich wenden. Doch mit welchem Versprechen hatte Abt Bartolomeo Benedikts Sinneswandel herbeigeführt? Allein mit der Aussicht auf die Ehe mit Chiara di Sasso? Obwohl die noch nicht mal ihre Einwilligung in diese Ehe erklärt hatte?

Irgendwas stimmte da nicht ...

Wie immer, wenn Petrus da Silva etwas nicht begriff, beschlich ihn ein ungutes Gefühl. Wenn Benedikt vor lauter Liebestollheit auf sein Amt verzichtete, wäre das zwar verrückt, aber eine Erklärung. Doch Benedikt kämpfte um jeden Pfennig, als hinge seine Glückseligkeit nicht von Chiara di Sasso ab, sondern von den Geldern, die er aus dem Geschäft herauspressen konnte. War er einfach seines Amtes überdrüssig und wollte für sein Alter vorsorgen? Das wäre zwar alles andere als verrückt, doch kaum eine Erklärung.

»Eintausend Pfund in Silber«, sagte Giovanni Graziano. »Das ist alles, was ich habe, außer den Kleidern, die ich am Leibe trage.«

»Das reicht nicht aus!«

»Wollt Ihr, dass ich stehle?«

»Ihr habt reiche Verwandte! Kaufleute! Wenn Ihr zum Papst aufsteigt, wird es ihr Schaden nicht sein.«

»Meine Brüder und Schwäger haben gegeben, was sie geben konnten. Eintausend Pfund, mein letztes Wort!«

Petrus da Silva holte tief Luft. Die Summe, die der Einsiedler bot, war beträchtlich. Doch reichte sie aus? Die Zeit drängte. Das Volk hasste Benedikt, und solange der Handel noch nicht abgeschlossen war, konnte jeden Tag ein neuer Aufstand oder Krieg ausbrechen. Außerdem gab es Gerüchte, dass König Heinrich einen Italienfeldzug plante, und wenn der fromme Herrscher gewahr wurde, dass Papst Benedikt sich anschickte, sein Amt für Geld zu verkaufen …

»Ich denke, tausend Pfund sind ein angemessener Preis«, versuchte Petrus da Silva zu vermitteln. »Ewige Heiligkeit könnte damit nach dem Amtsverzicht ein standesgemäßes Leben führen. Auch möchte ich darauf hinweisen, dass mit Eurem Taufpaten ein Papst gewählt würde, durch den der Einfluss Eurer Familie auf die Geschicke der Stadt weiterhin gewährleistet …«

»Nein!«, fiel Benedikt ihm ins Wort. »Und wenn man uns zweitausend Pfund bietet! Für eine einmalige Zahlung sind wir nicht bereit, auf die Cathedra zu verzichten. Um abzudanken, verlangen wir laufende Einkünfte, eine Rente oder Apanage.«

Giovanni Graziano schüttelte traurig sein Haupt. »Ich hatte geglaubt, mein Sohn, du hättest dich zu wahrer Umkehr entschlossen«, sagte er. »Doch wieder scheine ich mich in dir getäuscht zu haben. – Ich warne dich, Teofilo di Tusculo. Eher geht ein Kamel durch ein Nadelöhr, als dass ein Reicher in den Himmel gelangt.«

Doch Benedikt ließ sich nicht beirren. »Entweder eine lebenslange Zahlung, oder wir weigern uns, den Handel abzuschließen.«

Petrus da Silva hatte Benedikt selten so entschlossen gesehen. Der Mann schien wirklich bereit, das Geschäft scheitern zu lassen. Aus welchem Grund? Fieberhaft dachte der Kanzler nach. Er selber hatte Girardo di Sassos Plan umgesetzt und Giovanni Graziano für die Nachfolge vorgeschlagen. Der Einsiedler war über jeden Verdacht erhaben, sich durch seine Wahl persönliche Vorteile verschaffen zu wollen. Er galt im römischen Volk als ein Heiliger und stand in höherem Ansehen als jeder Bischof oder Kardinal. Nur wenn er den Thron bestieg, konnte es gelingen, wieder Ruhe und Ordnung in Rom herzustellen, zum Wohle der Kirche und des Gottesstaates. Der Handel *musste* gelingen – musste, musste, musste!

Plötzlich hatte Petrus da Silva eine Idee.

»Und wenn der neue Papst bereit wäre, Euch den Peterspfennig sämtlicher Bistümer eines Landes abzutreten?«, schlug er vor.

Benedikt horchte auf. »An welches Land denkt Ihr?«

Petrus überschlug im Kopf die Einkünfte, die jedes Jahr aus den verschiedenen Ländern der Kurie zuflossen. Die germanischen oder spanischen Bistümer waren zu reich, als dass die Kirche auf deren Abgaben verzichten konnte. Die Einkünfte aus Dänemark oder Schweden hingegen waren zu unbedeutend, um Benedikt für den Handel zu gewinnen, genauso wie die aus Ungarn.

»Wie wäre es mit England?«, fragte er schließlich.

11

Mit klopfendem Herzen folgte Chiara Abt Bartolomeo den Säulengang entlang, der zum Refektorium des Klosters führte. In wenigen Augenblicken würde sie Teofilo gegenüberstehen – zum ersten Mal seit Jahren. Das war die Bedingung, die Abt Bartolomeo gestellt hatte: Um den Schleier nehmen zu dürfen, hatte er von ihr verlangt, dass sie ihren Entschluss, ins Kloster zu gehen, Teofilo selber mitteilen musste, von Angesicht zu Angesicht.

Drei Tage hatte sie mit sich gerungen, ob sie imstande sein würde, die Bedingung zu erfüllen. Würde sie die Kraft haben, ihm ihren Entschluss mitzuteilen? Damit ihre Wege sich für immer trennten?

Jetzt hatte sie vor dem Wiedersehen solche Angst, dass ihr übel war, und wie ein kleines Mädchen wünschte sie sich, der Weg durch das Labyrinth des Klosters würde nirgendwohin führen, und sie könne immer so weitergehen, an der Seite und im Schutz ihres Beichtvaters, ohne je an ein Ziel zu gelangen.

Doch ihr kindlicher Wunsch erfüllte sich nicht. Schon nach ein paar Schritten blieb Abt Bartolomeo vor einer Tür stehen. Den Riegel in der Hand, sagte er: »Bevor Ihr selber sprecht und es keine Rückkehr mehr gibt, hört Benedikt an. Er hat Euch etwas Wichtiges mitzuteilen. Etwas, das zu seinen Gunsten spricht. Gebt ihm die Gelegenheit.«

Noch während er sprach, öffnete er die Tür, und plötzlich war sie allein in dem großen, leeren, hellen Raum, in dem sonst die Mönche speisten.

Wo war Teofilo?

Im Gegenlicht der Sonne sah sie zuerst nur sein Gewand, eine schlichte Kutte, wie die Mönche von Grottaferrata sie trugen. Als ein stummer, schwarzer Schatten trat er auf sie zu. Sie wollte ihm ins Gesicht sehen, um ihm zu sagen, was sie ihm zu sagen hatte. Doch sie hatte nicht den Mut.

Vor ihr stand der Mann, nach dem ihr Herz sich sehnte,

seit sie zurückdenken konnte, doch gegen den sich alles in ihr sträubte. Der Mann, den sie liebte und hasste wie keinen zweiten Menschen auf der Welt.

»Ich bin so froh, dass Ihr gekommen seid«, sagte er in die Stille hinein.

Seine Stimme berührte sie wie eine verbotene Liebkosung. In ihrer Verwirrung nahm sie Zuflucht zum vorgeschriebenen Ritual.

»Heiliger Vater«, sagte sie und sank auf die Knie.

»Bitte nicht«, sagte er und half ihr auf. »Ich ... ich bin nicht mehr der Papst.«

Als sie den Kopf hob und sein Gesicht sah, erschrak sie. Wie sehr hatte er sich verändert, kaum erkannte sie Teofilo wieder. Das war kein Gesicht, das war das Bild einer verwüsteten Seele. Ja, er hatte immer noch dieselben großen grünen Augen, denselben vollen Mund, dieselbe olivfarbene Haut. Aber seine Augen, die früher voller Begeisterung strahlen konnten, waren erloschen und tot, um seinen Mund, der, wenn sie sich geküsst hatten, so zärtlich und innig mit ihren Lippen verschmolzen war, spielte ein harter, böser Zug, und seine Haut, die sie so gerne berührt und gestreichelt hatte, war überschattet von einem schwarzen Bart, der ihn um Jahre älter machte, als er in Wirklichkeit war. Vor allem aber erschrak sie über die scharfe, tiefe Zornesfalte, die von der Nasenwurzel senkrecht zwischen seinen Augen in die Stirn aufstieg.

Waren das die Spuren des Bösen, das dieser Mann so vielen Menschen angetan hatte?

Er streckte die Hand nach ihr aus. Doch sie konnte diese Hand nicht berühren, schon die Vorstellung machte ihr Angst.

»Abt Bartolomeo hat mir aufgetragen, Euch anzuhören«, sagte sie. »Also sagt, was Ihr zu sagen habt.«

»Wie Ihr wünscht.« Er griff in den Ärmel seiner Kutte und zog eine Urkunde daraus hervor. »Hier. Das ist für Euch.«

»Was ist das?« Irritiert nahm sie die Pergamentrolle und schaute auf das päpstliche Siegel.

»Der englische Peterspfennig. Er soll Euch gehören.«

»Ich weiß nicht, wovon Ihr redet.«

»Ein Geschenk«, erklärte er. »Mit dieser Urkunde trete ich sämtliche Ansprüche ab, die ich für meinen Verzicht auf den Papstthron bekomme. Wer dieses Schriftstück besitzt, hat Anspruch auf die Einkünfte sämtlicher Bistümer und Gemeinden Englands, Jahr für Jahr.«

»Wie ... wie kommt Ihr darauf, mir Geld zu schenken?«

»Es war nicht meine Idee, Abt Bartolomeo meinte ...« Teofilo schlug die Augen nieder. Leise fügte er hinzu: »Abt Bartolomeo und ich, wir dachten, Ihr könntet das Geld brauchen. Für Euer Armenhaus.«

»Ihr wisst von meinem Armenhaus?«

Teofilo nickte. »Damals, nach dem Aufstand auf dem Petersplatz, bin ich in Eure Werkstatt geraten. Euer Mann hat mir zur Flucht verholfen und das Leben gerettet – vielleicht hat er es Euch erzählt. Er hat mir damals gesagt, dass Ihr dieses Haus betreibt. Für die Armen.«

Chiara starrte ihn mit großen Augen an. Mit allem hatte sie gerechnet – dass er vor ihr niederfallen würde, dass er sie beschimpfen würde, dass er ihr seinen Hass oder seine Liebe erklärte ...

Nur mit einem hatte sie nicht gerechnet: dass er ihr ein Geschäft vorschlug.

»Wollt Ihr ... wollt Ihr damit etwa wiedergutmachen, was Ihr angerichtet habt?«, fragte sie. »Mit einem Schuldschein?«

»Ich weiß«, erwiderte Teofilo, »es ist nur Geld, aber damit könnt Ihr Tausenden von Menschen helfen. Über viele, viele Jahre ...«

»Aber was hat das mit uns zu tun?«

»Ich hatte nur den Wunsch, Euch zu beweisen, dass ich nicht der bin, für den Ihr mich haltet. Mein Gott, was sollte ich denn tun, damit Ihr ...«

»Was bist du nur für ein Mensch, Teofilo di Tusculo?«, fiel Chiara ihm ins Wort. »Glaubst du wirklich, du kannst mich damit kaufen? Damit ich in diesen unseligen Plan einwillige und dich heirate?« Angewidert schüttelte sie den Kopf. »Wie kannst du nur denken, dass ich für Geld …«

Ihre Verachtung war so groß, dass sie verstummte. Nein, sie hatte sich nicht getäuscht, sein Gesicht war das Abbild seiner Seele. Selbst wenn sie auf dem Weg zu dieser Begegnung noch Zweifel gehabt hatte – jetzt stand ihre Entscheidung fest, ein für alle Mal.

»Du bist ein Ungeheuer, Teofilo di Tusculo. Und ich danke Gott, dass er mir die Augen geöffnet hat, bevor ich …«

»Bevor du was?«

Statt ihm zu antworten, warf sie ihm die Urkunde vor die Füße. »Behalt dein Geld für dich! Ich will es nicht! Ich will … ich werde …«

Während sie nach Worten suchte, um ihm ihren Entschluss entgegenzuschleudern, starrte er auf die Urkunde am Boden, sein Geschenk, und seine Augen füllten sich mit Tränen. Plötzlich verwandelte sich sein Gesicht. Es war, als würde eine Maske von ihm abfallen, Benedikts Maske, um den Blick auf einen anderen Menschen freizugeben, der sich unter dieser Maske verbarg. Auf Teofilo, den Mann, den sie einst so sehr geliebt hatte.

»Ich verfluche den Tag, an dem ich dich verlor«, flüsterte er.

Sie wollte davonlaufen, aber sie konnte es nicht. Sie wusste ja, welchen Tag er meinte – den Tag seiner Erhebung. Nie würde sie vergessen, wie einsam und verloren er damals auf dem Thron gesessen hatte, die übergroße, schwere Tiara, die ihn zu erdrücken schien, auf dem Kopf, ein Junge von zwölf Jahren, dem die Tränen am Gesicht herunterliefen … Und während sie dieses Gesicht wieder vor sich sah, das Gesicht seiner Unschuld, kam ihr ein entsetzlicher Gedanke. Wäre Teofilo dieser Mensch geworden, der er geworden war, das Ungeheuer, das ihr solche Angst machte, wenn sie zu ihm gehalten, wenn sie ihn geheiratet hätte, statt vor ihm davonzulaufen, wie sie es so oft getan hatte, wieder und wieder und wieder?

Jetzt ist keine Zeit mehr für Lügen, hatte Domenico auf dem Sterbebett gesagt. *Wenn ich tot bin, versprich mir, dass du nie wieder lügst ... Vertraue auf deine Gefühle, und die Liebe ... Sie ist das einzige ...*

Noch bevor sie etwas sagen konnte, kehrte Teofilo ihr den Rücken und verließ den Saal.

12

Teofilo schloss die Tür hinter sich. Er war mit so viel Hoffnung nach Grottaferrata gekommen. Beinahe hatte er an das Wunder geglaubt, an ein Leben mit Chiara. Doch die Hoffnung hatte nur den Zweck gehabt, die Verzweiflung zu mehren, die jetzt auf die Enttäuschung folgte. Seine Arme und Beine waren schwer wie Blei, ein Mühlstein hing um seinen Hals, und seine Brust umschloss ein unsichtbarer Panzer, den er nie wieder ablegen würde.

Wie hatte er so vermessen sein können, an ein neues Leben zu glauben?

Draußen auf dem Gang wartete Abt Bartolomeo.

»Nun, was hat sie gesagt?«

Teofilo schüttelte den Kopf. »Ich hätte es wissen müssen. Sie hasst mich.« Er reichte dem Mönch die Hand. »Ihr habt getan, was Ihr konntet, und dafür danke ich Euch. Aber es war aussichtslos, von Anfang an.«

»Soll ich vielleicht noch einmal mit ihr reden?«

Ohne Antwort wandte Teofilo sich in Richtung Ausgang.

»Wartet, ich begleite Euch hinaus.«

Schweigend legten sie den kurzen Weg zur Pforte zurück. Der warzengesichtige Kustos trat aus seinem Häuschen, kniete vor Teofilo nieder, als wäre er wirklich und wahrhaftig der Papst, um dann wieder mit beflissener Miene seines Amtes zu walten.

»Was werdet Ihr jetzt tun?«, fragte Abt Bartolomeo, während sich vor ihnen das Tor zur Straße öffnete, wo bereits ein Stallknecht mit Teofilos Pferd wartete.

»Alles, was notwendig ist, um den Frieden in der Stadt wieder herzustellen. Das ist die einzige Möglichkeit, um selber meinen Frieden zu finden.«

Abt Bartolomeo hob überrascht die Brauen. »Dann wollt Ihr also nicht um die Cathedra kämpfen? Trotz Chiaras Entscheidung?«

»Nein«, erwiderte Teofilo. »Ich werde von meinem Amt zurücktreten. Der Thron hat mir nur Unglück gebracht. So wie meine Berufung ein Unglück für ganz Rom war.«

»Das habt Ihr erkannt?«

»Nicht ich«, erwiderte Teofilo. »Chiara. Was Gott mir verschwiegen hat und was mein Gewissen sich weigerte zu erkennen – ihr Gesicht hat es mir gezeigt. Diese Verachtung in ihren Augen, diese Angst, dieses Entsetzen ... Durch sie habe ich begriffen, was ich nicht begreifen wollte.«

Abt Bartolomeo nickte. »Dann war vielleicht doch nicht alles umsonst.«

»Glaubt Ihr?«

»Der heilige Augustinus sagt: Nur der kann den Weg zum Heil beschreiten, der die Sünde kennt und sie überwindet. Ich bin sicher, er hat dabei an Menschen wie Euch gedacht. Oder wie mich.«

Teofilo wollte schon durch das Tor treten, doch bei der letzten Bemerkung stutzte er.

»Ja, Ihr habt richtig gehört«, sagte Bartolomeo. »Ich glaube, ich kann ermessen, was in Euch vorgeht. Auch ich bin nicht vor Anfechtungen gefeit, wie Ihr sie erlitten habt. Der Herr hat auch mich auf die Probe gestellt und tut es immer wieder, Tag für Tag.«

Teofilo schaute in das runde, wohlgenährte Gesicht des Mönchs. Es gab Gerüchte, wie sie aus jedem Kloster nach außen drangen, Gerüchte von heimlichen Lastern, von Liebe wider die Natur zwischen Männern, die abgeschieden von der Welt ihr Leben Gott zu weihen versuchten, ohne die Tröstungen einer Frau.

War es das, was Abt Bartolomeo meinte?

»Bitte sorgt dafür«, sagte Teofilo, »dass mit den Geldern, die Chiara di Sasso zustehen, ihr Werk fortgesetzt wird, auch wenn sie den Schleier nimmt.«

»Es wird mir eine Freude sein.«

»Ihr findet die Urkunde im Refektorium. Die Vorstellung, dass die Gelder darauf verwendet werden, ein wenig die Not zu lindern, die meine Regierung über Rom gebracht hat, würde mir ein Trost sein.«

»Ihr könnt Euch auf mich verlassen.« Abt Bartolomeo hielt den Steigbügel, damit Teofilo aufsitzen konnte. »Kehrt Ihr zurück in die Stadt? Oder wollt Ihr künftig in den Bergen leben?«

»Ich weiß es noch nicht, vielleicht werde ich Rom für eine Weile verlassen.«

»Um auf Pilgerfahrt zu gehen?«

»Ich werde mich meinem Beichtvater anvertrauen. Und mich seinen Anordnungen fügen.«

Die beiden Männer tauschten den Bruderkuss, als Teofilo plötzlich eilige Schritte hörte.

Im selben Moment sah er, wie sich Abt Bartolomeos Miene aufhellte.

»Teofilo!«

War das wirklich die Stimme, die er zu erkennen glaubte? Voller Angst, einem Trug zu erliegen, drehte er sich um.

»Chiara?«

Nein, seine Sinne hatten ihn nicht getäuscht – im Laufschritt eilte sie auf ihn zu.

Ohne zu wissen, was er tat, breitete er die Arme aus.

»Teofilo!«, flüsterte sie und sank in seine Arme. »Teofilo...«

Plötzlich stand die Welt still, für einen Augenblick der Ewigkeit, und nur Bartolomeos leise geflüsterte Worte verwoben mit dem Schweigen.

Deus caritas est ...

13

Man schrieb den ersten Mai des Jahres 1045. Hunderte Gläubige, Fürsten und Herzöge, Edelleute und Kaufleute, Ritter und Knappen, strömten an diesem Frühsommertag in den Petersdom, in dessen Altarraum sich eine in Purpur gekleidete Schar greiser Kardinäle versammelt hatte, um einen Akt zu begehen, wie ihn die Christenheit noch nie zuvor erlebt hatte.

»*Omnibus vobiscum.*«

»*Et cum spiritu tuo.*«

Machtvoll hallten die Gesänge von der niederen Gewölbedecke wider, um sich bis in die hintersten Winkel und Nischen der Basilika auszubreiten, bevor sie zitternd im Zwielicht verklangen. Dann füllte nur noch erwartungsvolle Stille das Gotteshaus. Alle Augen waren auf den Altarraum gerichtet, wo die Kardinäle mit gefalteten Händen beiseitetraten, um eine Gasse zu bilden. Angetan mit seinem Ornat und allen Insignien der Macht, stieg Papst Benedikt IX. von der Cathedra herab, im zwölften Jahr seines Pontifikats und vierundzwanzigsten seines irdischen Lebens, und schritt durch das Spalier der Kardinäle, um mit leiser, aber fester Stimme zum letzten Mal das Wort an sein Volk zu richten.

»In Erkenntnis unserer Unwürdigkeit, als Gottes Stellvertreter die heilige Kirche zu regieren, entheben wir, Papst Benedikt IX., uns selber unseres Amtes.« Mit beiden Händen fasste er die Tiara und nahm sie von seinem Haupt. »Ich, Teofilo di Tusculo, bekenne mich zu meiner Schuld und verdamme meine Taten. Die Schwere meiner Vergehen verbietet mir, weiter als Priester der heiligen katholischen Kirche zu amtieren. Gott möge mir meine Sünden verzeihen und mir die Gnade erweisen, ihm künftig als einfacher Christenmensch zu dienen.«

Fassungslos verfolgte Ermilina, wie ihr Sohn die Tiara seinem Kanzler Petrus da Silva überreichte, der sie feierlich in Empfang nahm, zusammen mit dem Kreuzstab und dem päpstlichen Ring. Während ein unsichtbarer Chor Bußgesänge anstimmte, legte Teofilo nach und nach die Gewänder ab, die ihn all die Jahre lang vor Gott und der Welt als Papst ausgezeichnet hatten, die Dalmatika und Tunicella und Alba, all die Umhänge und Gürtel und Tücher, deren Reihenfolge und Bedeutung er sich nie hatte merken können, bis er in einem sackleinenen Büßerhemd vor seinem Volk stand, barfuß und barhäuptig.

»Oh Herr«, sprach Teofilo, als abermals Stille einkehrte, »ich bin nicht würdig, dass du eingehst unter mein Dach, aber sprich nur ein Wort, so wird meine Seele gesund.«

Ermilina las die Worte von seinen Lippen, flüsterte sie leise mit, um sein Gebet zu verstärken, doch ihre Empörung war größer als ihre Demut. Wie konnten irrende Menschen es wagen, sich über den Willen des Herrn zu erheben? Keine Versammlung der Kardinäle, keine Versammlung der Römer hatte Teofilo erwählt – der Heilige Geist selbst hatte ihn auf den Thron erhoben. Und wenn er auch gesündigt hatte und gefehlt in seinem Amt – so viele Päpste hatten gegen Gottes Gebote gehandelt, bevor sie auf den Weg des Heils gelangt waren. Warum wurde ihr Sohn dieser Prüfung enthoben, bevor er Gelegenheit hatte, sie zu bestehen?

»*Gloria! Gloria in excelsis deo!*«

Unwillkürlich stimmte Ermilina ein in den vertrauten Lobpreis, doch die Worte ihres Glaubens zerfielen ihr auf den Lippen wie modrige Pilze. Vor ihren Augen, wie vor den Augen der Christenheit, kleidete Petrus da Silva den neuen Papst ein, Giovanni Graziano, Teofilos Taufpaten und geistigen Ziehvater. Denselben Mann, dem der Heilige Geist offenbart hatte, wer nach Gottes Ratschluss sein einziger und rechtmäßiger Stellvertreter auf Erden war … Was für ein Frevel! Was für eine Schändung des heiligsten aller Ämter!

»*Habemus papam!*«, rief Petrus da Silva.

»*Habemus papam!*«, jubelte die Gemeinde im Chor.

Unter dem tosenden Beifall des römischen Volkes, der Ermilina in der Seele noch mehr schmerzte als in den Ohren, setzte Giovanni Graziano sich die Tiara auf sein Haupt. Dann war dieser heiligmäßige Mann, die keusche Lilie unter den Dornen, für immer unter dem falschen Ornat eines Amtes verschwunden, das ihm nicht zustand, und an Giovanni Graziano erinnerte nur noch das lange graue Haar, das unter der Krone herabhing, sowie das schwarze Augenpaar in dem hageren, blassen Gesicht.

»Ich verkünde euch große Freude«, rief Petrus da Silva der Menge zu. »Wir haben einen Papst, Seine Eminenz den hochwürdigsten Herrn Giovanni Graziano, der Heiligen Römischen Kirche frömmster Diener, welcher sich den Namen Gregor VI. gegeben hat.«

Ermilina hörte es und konnte es doch nicht begreifen. Erkannte denn niemand, was hier geschah? Vertreter aller Adelsfamilien sanken vor dem neuen Papst nieder, um ihm ewige Treue zu schwören und zu geloben, zeit seines Lebens keinen anderen Mann auf die Cathedra zu heben.

Dann trat Gregor zum ersten Mal vor sein Volk und breitete die Arme aus.

»Es segne euch der allmächtige Gott, der Vater, der Sohn und der Heilige Geist.«

»Amen!«, scholl es ihm aus tausend Kehlen entgegen.

Ermilina rang um Atem. Alle hatten ihren Sohn verraten, alle hatten Gott verraten … Ihr Herz raste, als wolle es ihr aus dem Leib springen, und ihr Brustkorb krampfte sich zusammen, als würde die Faust eines Riesen sie umspannen.

Nein, sie ertrug es nicht länger! Keinen einzigen Augenblick!

Mit beiden Händen raffte sie ihre Röcke, um aus dem Gotteshaus zu stürzen.

14

Teofilo küsste die große, knöcherige Hand des Mannes, der ihm auf den Thron gefolgt war und ihn nun in jenem Raum empfing, in dem er bis vor kurzer Zeit noch selbst zur Audienz empfangen hatte.

»Warum bist du zu mir gekommen, mein Sohn?«, fragte Giovanni Graziano.

»Ich habe gesündigt, Heiliger Vater, und möchte die Beichte ablegen.«

»Wann war deine letzte Beichte?«

»Ich weiß es nicht mehr. Es ist schon viele Jahre her.«

»Das heißt – du hattest deinen Glauben verloren?«

»Ich hatte alles verloren. Meinen Glauben und meine Seele.«

»Und wer hat dich auf den Weg zu Gott zurückgeführt?«

»Die Liebe, Heiliger Vater. Die Liebe zu meiner Braut.«

Draußen vor den Fenstern dunkelte bereits die Nacht. Noch am Abend desselben Tages, an dem Teofilo sein Amt abgelegt hatte, hatte er seinen Taufpaten aufgesucht, um sich von der Last seiner Sünden zu befreien. Die Beichte sollte der erste Schritt in sein neues Leben sein. So wie er seine Kleider reinigen würde, bevor er Chiara vor den Traualtar führte, wollte er seine Seele reinigen, bevor er ihr als Bräutigam gegenübertrat.

Ein Diakon kam herein, um Lichter in dem dunklen Raum anzuzünden. Giovanni Graziano wartete, bis der Mann den Saal verlassen hatte.

»Sprich, mein Sohn. Und bekenne deine Sünden.«

Als Teofilo in das Gesicht seines Taufpaten sah, erfasste ihn ein Gefühl, wie es einen Reisenden erfassen musste, der sich am Fuße eines riesigen Gebirges befand, ohne zu wissen, wie er den Aufstieg bewerkstelligen konnte. Er hatte sein Gewissen erforscht, wieder und wieder, in lang durchwachten Nächten alle Sünden aufgeschrieben, deren er sich erinnern konnte. Gebot für Gebot hatte er sich geprüft, Seite um Seite gefüllt mit seinen Verfehlungen, weil es kein Gebot gab, gegen das er nicht verstoßen hatte. Doch als er nun das Pergament hervorholte, auf dem sein Schuldbekenntnis verzeichnet war, schüttelte sein Beichtvater den Kopf.

»Nicht nach der Schrift sollst du bekennen, sondern aus deinem Herzen.«

Giovanni Graziano nickte ihm zu, und obwohl Teofilo wusste, dass sein Pate unfähig war, die Farben und Formen der Welt zu unterscheiden, fühlte er sich unter dem Blick dieser blinden, schwarzen Augen nackt und bloß wie ein neugeborenes Kind. Auf einmal brach alles aus ihm hervor, der böse, dunkle Strom seiner Sünden ... Seine Anfälle von Jähzorn ... Seine Versuche mit dem Blut Christi ... Seine Raffsucht und Gier ... Seine Gelage in der Laterna Rossa ... Sein Befehl zum Krieg ... Seine Auflehnung gegen Gott und die Leugnung des Schöpfers ... Die Schändung des heiligen Kreuzes ... Die Geldfälscherei ... Die Ermordung des Sabiners Ugolino ... All die zahllosen Anordnungen und Befehle, mit denen er Tausende und Abertausende von Menschen ins Unglück gestürzt hatte ...

Die Kerzen in den Leuchtern an der Wand waren bis auf die Stümpfe herabgebrannt, als Teofilo endlich ans Ende seiner Beichte gelangt war.

»Dies sind meine Sünden«, sagte er mit erstickter Stimme. »Ich bereue sie von Herzen.«

Teofilo senkte den Blick. Konnte sein Beichtvater ihn von seiner Schuld befreien?

Eine lange Weile blieb Giovanni Graziano stumm, und Teofilo hörte nur den schweren Atem seines Paten, als leide dieser unter der Last seiner Sünden ebenso sehr wie er selbst.

Mit einem Seufzer durchbrach Giovanni Graziano die Stille.

»Statt Gottes Wort zu folgen, hast du Gott herausgefordert. In Gedanken, Worten und Werken.«

»Ich habe nach ihm geschrien. Ich wollte, dass er sich mir zu erkennen gab, und sei es, indem er mich strafte. Aber stattdessen verharrte er im Schweigen. Wie in einer dunklen Höhle.«

»Dunkel war nicht Gottes Schweigen, dunkel war der Irrgarten deiner Seele, weil du Gottes Licht nicht hineingelassen hast. Doch sag, was hat dich in diese Finsternis getrieben?«

Teofilo stöhnte leise auf. Wie sollte er die Kämpfe seines Herzens in Worte fassen?

»Manchmal war mir«, sagte er, ohne den Blick zu heben, »als hause ein fremdes Wesen in mir, ein Dämon, der von mir Besitz ergriff. Und dieser Dämon wollte nur eins: mehr, immer mehr und mehr und mehr, egal, was es ist, Freude, Glück, Schmerz, wie ein gefräßiges Tier, eine unerträgliche Sehnsucht, eine Gier nach etwas Unbekanntem ...«

Teofilo verstummte. Was er in seiner Verzweiflung hervor gebracht hatte, war so unsäglich dumm, dass er sich schämte.

»Der Dämon, den du beschreibst, haust in jedem Menschen«, sagte Giovanni Graziano. »Es ist der Versucher selbst, und Gott hat uns die Freiheit gegeben, uns zwischen beiden zu entscheiden, zwischen dem Weg des Heils und dem Weg des Verderbens. – Sag, mein Sohn, willst du diesen Dämon besiegen? Die Mächte der Dunkelheit in deiner Seele überwinden? Um aus der Finsternis ins Licht zu treten?«

Teofilo nickte. »Ja, Heiliger Vater, das will ich. So wahr mir Gott helfe!«

»Dann höre, was ich dir zur Buße deiner Sünden auferlege. Vierzig Tage und vierzig Nächte sollst du fasten, abgeschieden von der Welt, wie einst der Herr in der Wüste, um den Dämon abzutöten und deine Seele zu läutern. Bist du dazu bereit?«

»Ja, Heiliger Vater. Das bin ich.«

»Und bist du bereit, wann immer der Versucher den Stachel des Zweifels in dich senkt, dir diesen Stachel auszureißen?«

»Ja, Heiliger Vater. Das bin ich.«

»Und wenn du dich entscheiden musst, zwischen der Liebe zu Gott und der Liebe zur Welt oder auch der Liebe zu den Menschen, bist du bereit, dich für die Liebe zu Gott zu entscheiden, wie groß das Opfer auch sei, das Gott dir dafür abverlangt?«

»Ja, Heiliger Vater. Das bin ich.«

Giovanni Graziano breitete die Arme aus zum Segen. Doch Teofilo hatte noch eine Frage.

»Darf ich ... darf ich die Frau des Mannes heiraten, den mein Bruder getötet hat?«

Teofilo blickte seinen Beichtvater an. Der aber schaute über ihn hinweg, die blinden Augen in eine unbestimmte Ferne gerichtet, und legte seine große, schwere Hand auf seinen Scheitel.

»Ja, mein Sohn, du darfst Chiara di Sasso heiraten. Vorausgesetzt, du tilgst deine Sünden durch die Buße, die ich dir auferlegt habe, und hältst den Schwur, den du geleistet hast. Dann wird Gott Eure Verbindung segnen. *In deo te absolvo* ...«

Teofilo schloss die Augen, und zum ersten Mal seit langer, langer Zeit glaubte er wieder, Gottes Liebe zu spüren.

15

Anna beugte sich über die Wäschetruhe und holte einen Stapel Leinentücher daraus hervor.

»Mir ist, als wäre es erst gestern gewesen, dass wir dein Bettzeug genäht haben«, sagte sie, während sie den Stapel auf einem Tisch ablegte.

»Gestern?«, fragte Chiara. »Ich war noch nicht mal halb so alt wie heute.«

»Da kannst du mal sehen, wie jung du noch bist. Hier, sieh nur – deine Initialen!« Anna hielt ein Laken gegen das Licht, damit man die Buchstaben besser sehen konnte. »Die hast du selber gestickt.«

Gleich nach dem Frühstück waren die beiden Frauen auf den Dachboden gegangen, um Chiaras Aussteuer durchzumustern. Zusammen hatten sie die schweren Truhen in ihre Schlafkammer gewuchtet, wo sie jetzt die einzelnen Stücke zutage förderten. Viele waren noch kein einziges Mal gebraucht.

»Wie habe ich die Näharbeit gehasst!«, erinnerte sich Chiara. »Jeden Nachmittag habt ihr mich dazu gezwungen, Vater und du.«

»Und du hast dich aus dem Staub gemacht, sobald du nur konntest. Einmal warst du bis an den See verschwunden, zusammen mit Francesca, um die Wassergeister zu füttern, obwohl euch das streng verboten war. Ihr hattet gerade angefangen, Brot in den See zu werfen, als ich euch erwischte. Weißt du eigentlich noch, was du dir damals gewünscht hast?«

»Und ob ich das weiß«, sagte Chiara. »Ich hatte die Augen ganz fest zugekniffen, wie Francesca mir gesagt hatte, und mir dabei vorgestellt, ich würde eines Morgens aufwachen, und es wäre mein Hochzeitstag. Aber als ich die Augen aufschlug, war kein einziger Wassergeist da, nur ein paar Fische. Und als ich dann nach Hause kam …«

Sie sprach den Satz nicht zu Ende. Als sie damals nach Hause gekommen war, hatte ihr Vater sie in den Arm genommen und gesagt, dass sie tatsächlich heiraten würde. Und für einen kurzen, wunderbaren Augenblick hatte sie geglaubt, dass es die Wassergeister wirklich gab und sie ihr geholfen hatten. Bis ihr Vater ihr eröffnet hatte, wen sie heiraten sollte.

Ihre linke Hand juckte, und weil sie es nicht haben konnte, nur auf einer Körperhälfte etwas zu spüren, kratzte sie sich beide Hände.

»Ich weiß, was du gerade denkst«, sagte Anna. »Aber es ist nichts Schlechtes dabei, wenn dein Wunsch jetzt trotzdem in Erfüllung geht. So ist das Leben nun mal. Die Geister haben schon ihre Gründe, glaub mir, die wissen, was sie tun.« Sie griff nach dem Brautkleid, das über einem Stuhl lag. »Zieh's noch mal an. Ich will den Saum abstecken.«

Chiara schaute auf das Kleid, ein Kunstwerk aus Brokat und Seide, das Anna in nur zwei Wochen für sie geschneidert hatte. »Manchmal kommt mir alles vor wie im Traum«, sagte sie und zog ihre Tunika aus.

»Weißt du schon, wann die Hochzeit sein soll?« Mit ein paar Nadeln im Mund kniete Anna am Boden und wartete, dass Chiara das Kleid überstreifte. »Gleich, wenn die vierzig Tage vorüber sind? Oder wollt ihr das volle Trauerjahr abwarten, weil sonst die Leute reden?« Sie schaute zu Chiara in die Höhe. »Warum wirst du rot? Hast du mir irgendwas verheimlicht?«

Obwohl sie sich ärgerte, dass Anna sie mal wieder durchschaute, musste Chiara grinsen.

»Dann weiß ich auch, was es ist«, sagte Anna. »Du hast heimlich die Probe gemacht. Stimmt's?«

Chiara nickte. Es hatte keinen Sinn, Anna etwas vorzuspielen. Es ging einfach nicht.

»Und – was ist dabei herausgekommen?«

»Dass wir noch in diesem Jahr heiraten«, platzte Chiara heraus.

»Das heißt, der Kranz blieb gleich beim ersten Mal im Baum hängen?«

»Beim allerersten Mal.«

»Aber hast du auch alles richtig gemacht? Ohne zu mogeln? Hast du den Kranz wirklich mit dem Rücken zum Baum geworfen? Über die Schulter, wie es sich gehört?«

»Ich habe nicht mal geblinzelt.«

»Und du hast ihn aus neun verschiedenen Pflanzen geflochten?«

»Natürlich, einschließlich Winde, Storchschnabel und Feldkraut. Sonst wirkt es ja nicht.«

»Dann gibt es keinen Zweifel«, erklärte Anna. »Du wirst noch in diesem Jahr seine Frau.«

»Aber nur, wenn wir rechtzeitig mit den Strümpfen fertig werden«, lachte Chiara.

»Ach ja, die Strümpfe«, wiederholte Anna und fing an, den Saum abzustecken. »Bist du sicher, dass es wirklich zwei verschiedenfarbige sein sollen?«

»Auf jeden Fall«, antwortete Chiara. »Das hat Teofilo schon früher gemocht. Er hat es mir zwar nie verraten, aber ich hab's an seinen Augen gesehen. Er hat immer wieder auf meine Waden geschaut, wenn ich sie anhatte.«

»Ach, Kindchen«, seufzte Anna, »muss Liebe schön sein. Aber sag – weißt du schon, wo ihr leben werdet? In Rom oder in den Bergen?«

16

Wenn ihr fastet, macht kein finsteres Gesicht wie die Heuchler. Sie geben sich ein trübseliges Aussehen, damit die Leute merken, dass sie fasten. Amen, das sage ich euch: Sie haben ihren Lohn bereits erhalten. Du aber salbe dein Haar, wenn du fastest, und wasche dein Gesicht, damit die Leute nicht merken, dass du fastest, sondern nur dein Vater, der auch das Verborgene sieht; und dein Vater, der das Verborgene sieht, wird es dir vergelten.

Vierzig Tage und vierzig Nächte hatte Teofilo in der Einsiedelei seines Paten verbracht, wie dieser es ihm zur Buße auferlegt hatte, um in der Einsamkeit Abbitte für seine Sünden zu tun. Er hatte in der Klause die prächtigen Kleider seines früheren Amtes gegen eine einfache Kutte getauscht, und immer, wenn sein Wille zu brechen drohte, hatte er die Worte wiederholt, mit denen einst der Herr seine Jünger zum Fasten ermahnt hatte. Dreimal am Tag war er zu dem Bergbach unweit der Einsiedelei gegangen, um sich zu waschen, hatte dankbar von dem Wasser getrunken und dem Brot gegessen, das fremde Pilger auf der Schwelle der Einsiedelei abgelegt hatten, die einzige Speise, die er sich erlaubte und die köstlicher schmeckte als die köstlichsten Speisen aus der Küche des Papstes, und mit noch größerer Dankbarkeit hatte er gehungert, wenn er keine Gaben vor der Klause fand, weil das Fasten allen Schmutz und alles Seelengift aus ihm heraustrieb, um die übrigen Stunden des Tages vor dem Bildnis der Muttergottes im Gebet zu verbringen, in der Hoffnung auf Versöhnung mit Gott.

Voller Angst hatte Teofilo die Buße auf sich genommen. Der Teufel war in der Wüste sogar Jesus Christus erschienen, und der Gottessohn war der Versuchung beinahe erlegen. Wie sollte da Teofilo, der so lange Zeit vom Glauben abgefallen war, dem Versucher widerstehen, wenn der Hunger seinen Körper schwächte und der Durst seinen Geist und die Sinne verwirrte? Und wirklich, die ersten Tage hatte er wie um den Tod mit sich gerungen, mit dem Dämon in seiner Seele, der seinen Willen attackierte und wie eine Ratte an seiner Widerstandskraft nagte, um Besitz von ihm zu ergreifen, während seine Zunge pelzig geworden war und er aus allen Poren gestunken hatte wie ein brünftiger Eber von dem Schmutz und dem Seelengift, das aus ihm heraus trieb. Doch dann, nach einigen wenigen Tagen, hatten der Hunger und Durst allmählich nachgegeben, die alten, verbrauchten Kräfte waren geschwunden und aus unbekannten Quellen waren ihm neue Kräfte zugewachsen, und mit den Qualen des Leibes hatten sich auch die Gaukelbilder aufgelöst, die Fratzen der Unterwelt, als würde sein Fasten nicht länger seinen Leib auszehren, sondern den Dämon selbst, bis Teofilo sich schließlich, nach einer Woche, auf wunderbare Weise neu und anders gefühlt hatte. Seine Sinne waren geschärft, er sah Farben, die er nie gesehen, hörte Töne, die er nie gehört, roch Düfte, die er nie gerochen hatte, wie befreit von den Zwängen seines Leibes, die so lange seinen Geist und seine Sinne eingeengt hatten. Er fühlte sich rein und leicht, als wäre er zum ersten Mal Herr seiner selbst, und sein Körper war frei, um allein seinem Willen zu gehorchen.

Hatte Gott ihm die Kraft dazu gegeben? Oder war es der Gedanke an Chiara gewesen, mit dem er jeden Morgen aufgewacht und jeden Abend eingeschlafen war?

Deus caritas est ...

Die vierzig Wüstentage waren vorbei. Noch einmal kniete Teofilo vor dem Bildnis der Muttergottes nieder, das als einziger Schmuck das Innere der Einsiedelei zierte, noch einmal verließ er die Klause und ging zu dem Bergbach am Fuße des Weges, wo Schweinsblasen und Räder bergauf zu rollen schienen, noch einmal zog er sich am Rande des Beckens, in dem sich das Wasser vor einer Felswand staute, nackt aus, um sich zu waschen, sein Gesicht und seinen Leib. Dann kehrte er zur Einsiedelei zurück, kämmte sein Haar und rasierte seinen Bart, kleidete sich in frisches Leinen und holte sein Pferd aus dem Stall.

Blinzelnd stieg er in den Sattel. Vor ihm lag eine so helle, strahlend funkelnde Welt im Sonnenschein, dass ihm die Augen überliefen. Die Vögel in den Bäumen bejubelten den neuen Tag, und das Pferd zwischen seinen Schenkeln strotzte nur so vor Kraft und Bewegungsdrang, dass es ihm kaum gelang, das Tier zu zügeln.

Was war es doch für eine Lust, auf der Welt zu sein!

Mit einem Jauchzer ließ Teofilo seinem Pferd die Zügel schießen und galoppierte durch den Wald.

Chiara wartete auf ihn – Chiara!

17

»Hier bauen wir unser Haus!«, sagte Teofilo und maß mit großen Schritten den Grundriss des Gebäudes ab. »Unsere Wolkenburg!«

»Unsere was?«, fragte Chiara.

»Wolkenburg. Komm mit.«

Er nahm ihre Hand und führte sie auf den Felsvorsprung, von dem aus man über das Tal schauen konnte, bis nach Rom und zum Meer.

»Ist das nicht wunderschön?« Er zeigte auf den Zaubersee, der in der Ferne glitzerte wie Brokat. »Das wird das Erste sein, was wir jeden Morgen beim Aufwachen sehen, und das Letzte am Abend vor dem Einschlafen. Als würden wir auf einer Wolke leben.«

»Ich könnte mir keinen schöneren Ort für uns wünschen«, sagte Chiara.

»Ja, mein Liebling. Ein Ort nur für uns beide. *Unser* Ort.«

Er nahm ihr Gesicht zwischen die Hände, und als sie die Augen schloss und ihre Lippen einander berührten, lösten ihre Zweifel sich in seinem Kuss auf wie Nebelschwaden in der Morgensonne.

»Ach, Teofilo …«

»Chiara. Mein Herz … Mein Leben …«

Mit einem Seufzer sank sie in seinen Arm. Die ganze Nacht hatte sie kein Auge zugetan, so aufgeregt war sie gewesen. Denn in die Vorfreude auf das Leben mit Teofilo hatten sich immer wieder Zweifel gemischt, ob sie tun durfte, was sie tat, ohne sich an ihrem ersten Leben mit Domenico zu versündigen.

»Und die Werkstatt in Rom?«, fragte sie, als ihre Lippen sich voneinander lösten.

»Mach dir keine Sorgen«, sagte Teofilo. »Ich habe dir doch versprochen, dass ich dir helfe. Mit dem Petersphennig können wir in jedem Viertel von Rom ein Armenhaus eröffnen, in der ganzen Stadt, so viele Armenhäuser wie Kirchen, oder sogar noch mehr.«

»Meinst du wirklich, wir bekommen so viel Geld?«

»Fünfhundert Pfund Silber, Jahr für Jahr! Damit kann man Paläste bauen!«

»Dann habe ich eine Idee«, sagte Chiara. »Wir machen zu jedem Armenhaus noch eine Herberge auf, für die Pilger, die nach Rom kommen. Und von dem Geld, das sie für Unterkunft und Verpflegung spenden, richten wir noch mehr Werkstätten ein. Für die Armenspeisungen müssen wir ja sowieso Essen kochen, und außerdem können wir Kruzifixe und Heiligenbilder an die Pilger verkaufen, die in unseren Herbergen wohnen.«

»Ich wusste gar nicht, dass du so geschäftstüchtig bist.« Teofilo strahlte. »Ja, wir wollen alles so machen, wie du sagst. Aber an den heißen Tagen im August, oder im Frühjahr, wenn die Bäume grün werden und die Blumen blühen und das Gras und die Erde anfangen zu riechen, dann kommen wir hierher. Dann möchte ich hier mit dir zusammen sein, ganz allein mit dir.« Er hob ihr Kinn und sah sie an. »Ja, nur du und ich. Und unsere Kinder.«

»Ach, Teofilo«, erwiderte sie leise. »Du weißt doch, dass ich keine Kinder bekommen kann. Sonst ... sonst hätte ich doch längst welche ...«

»Pssssssst«, machte er und legte einen Finger auf ihren Mund. Dann führte er ihre Hand an seine Lippen, und ohne die Augen von ihr zu lassen, küsste er jede einzelne Fingerspitze. »Wir werden es einfach versuchen, und wer weiß, wenn die Wassergeister es wollen ... – Aber schau nur!«, rief er plötzlich und zeigte mit dem Finger.

Ein bunter Schmetterling flatterte durch die Luft, tanzte einen Augenblick über ihren Köpfen und verschwand dann irgendwo im Himmel.

»Erinnerst du dich?«, fragte er leise.

»Wie könnte ich das vergessen?«

Seine schwarzbraunen Locken waren ihm in die Stirn gefallen, und sein Gesicht war auf einmal so andächtig wie damals in ihrem Versteck, als Teofilo ihr nacktes Bein berührt hatte, unter ihrer Tunika, und sie sich wünschte, er würde nicht aufhören, sie zu berühren, sondern immer weiter machen, immer weiter und weiter, während sie eine Gänsehaut bekam und das Herz ihr bis zum Hals klopfte ...

Sie stellte sich auf die Zehenspitzen, um ihn zu küssen.

»Ich kann dir gar nicht sagen, wie sehr ich mich darauf freue, deine Frau zu werden.«

18

Teofilo sprang vom Pferd und warf einem Stallburschen die Zügel zu. Mit raschen Schritten überquerte er den Burghof und betrat die Halle, in der ihn nur der ausgestopfte Bär empfing, die Jagdtrophäe seines Vaters. Er wollte mit seiner Mutter sprechen. Ihr Widerwille gegen Chiara war der einzige

Wermutstropfen in seinem Glück. Seine Mutter war immer sein Schutzengel gewesen – er wollte Chiara nicht ohne ihren Segen heiraten.

»Ist niemand da?«, rief er.

Eine Magd kam aus der Küche, den Kochlöffel in der Hand.

»Ewige Heiligkeit!«

»Lass den Unsinn«, sagte Teofilo. »Ich bin nicht der Papst. Wo ist die Herrin?«

»In ihrer Schlafkammer.«

»Um diese Zeit?«

»Ich glaube, sie wollte einen Schal holen. Ihr war kalt. Soll ich Euch melden?«

»Nein, ich gehe selbst.«

Zwei Schritte auf einmal nehmend, eilte Teofilo die Treppe hinauf. Jetzt oder nie! Wenn seine Mutter sah, wie glücklich er war, würde sie begreifen, dass alles richtig war und gut.

Er klopfte an die Tür.

»Mutter?«

Er klopfte noch einmal. Als wieder keine Antwort kam, machte er auf. Doch er hatte den Raum noch nicht betreten, da schrak er zusammen. Seine Mutter lag am Boden, in der Hand hielt sie einen Schal.

»Mutter …«, rief er und stürzte zu ihr.

Ihr Gesicht war aschfahl. Mit vor Angst und Schmerz verzerrter Miene fasste sie an ihre Brust. »Teofilo, mein Sohn …«

Rasselnd rang sie nach Luft. Er beugte sich über sie und griff nach ihrer Hand. Ein wenig entspannte sich ihre Miene, und die Angst wich aus ihren großen, grünen Augen. Zärtlich schaute sie ihn an.

»Ich wusste, dass du noch einmal kommst, bevor ich …«

»Nicht reden, Mutter, Ihr dürft jetzt nicht sprechen.«

Sie schüttelte den Kopf. »Ich weiß, dass ich sterbe. Dieser Druck auf der Brust …« Sie machte eine Pause, um Atem zu schöpfen. »Es ist, als würde jemand auf mir sitzen …«

»Bitte, Ihr sollt nicht reden.«

Teofilos Herz zog sich zusammen. Der welke Mund, die

eingefallenen Wangen, das schüttere Haar – war dieser kleine, zerbrechliche Mensch noch seine Mutter?

Wieder bewegten sich ihre Lippen. »Ich ... ich muss es wissen«, flüsterte sie so leise, dass er sie kaum verstand. »Hast du ... hast du dich mit Gott versöhnt?«

Die Angst kehrte in ihre Augen zurück, und ihre Zähne schlugen aufeinander wie im Fieber.

Teofilo nickte. »Ja, Mutter. Er hat meine Gebete erhört.«

Ein Leuchten ging über ihr Gesicht, für einen Moment wirkte sie fast glücklich. »Das ist gut, mein Sohn ... Das ist gut. Weil, er hat dich doch erwählt ... Du bist sein Stellvertreter ... der Papst ...«

»Ach Mutter, wenn Ihr wüsstet ...«

Er wollte ihr widersprechen, wollte ihr sagen, wer ihn mit Gott versöhnt hatte. Doch dann begriff er, weshalb seine Mutter zusammengebrochen war, weshalb sie sterben würde. Aus demselben Grund, weshalb er wieder glauben konnte, wegen derselben Frau, die Gott ihm geschickt hatte, um ihn von seinem Dämon zu erlösen.

Als würde sie ahnen, was in ihm vorging, sagte sie: »Du darfst sie nicht heiraten, hörst du? Niemals!«

»Wovon redet Ihr?«, fragte er, obwohl er die Antwort doch wusste.

»Von dir und diesem Weib! Chiara di Sasso. Wenn du sie heiratest, wird Gott sich rächen ... Nicht an dir, sondern an ihr ...«

Wieder holte sie rasselnd Atem. Oh Gott, sie würde sterben, und sie hatte nicht mal die Sakramente bekommen! Teofilo wollte aufstehen, um das Oleum zu holen. Doch seine Mutter war noch nicht fertig, er sah es an ihren verzweifelten Augen, sie wollte ihm noch etwas sagen. Mit einer Kraft, die viel zu groß für diesen sterbenden Körper war, die allein der Wille ihr geben musste, nahm sie seine Hand und presste sie an ihre Brust.

»Darum ruft Gott mich zu sich ... Damit ich im Himmel darüber wache, dass du seinen Willen tust ... Wenn du Chiara di Sasso heiratest, wird sie im Kindbett sterben ...«

»Um Gottes willen!«

»Still!«, unterbrach sie ihn.

Der schwache Druck ihrer Hand befahl ihm zu schweigen.

»Du darfst sie nicht heiraten«, wiederholte sie. »Und du darfst ihr niemals sagen, weshalb ... Sonst kommst du niemals von ihr los ... Sie ... sie soll dich hassen. Das ... ist das Opfer, das Gott von dir verlangt ... Damit er dich wieder anerkennt ... als seinen Sohn.«

Teofilo spürte, wie ihm das Blut in den Adern gefror. »Bitte, Mutter, ich flehe Euch an! Nehmt diesen Fluch zurück!«

Er wollte ihre Hand küssen, doch sie entzog sie ihm.

»Glaubst du, du kannst Gottes Gerechtigkeit entgehen?«

Sie schaute ihn an, mit ihrer ganzen Liebe, mit ihrer ganzen Angst – ein letztes Mal, das spürte er, sah er in diese Augen, diese Liebe, diese Angst, mit der sie ihn umsorgt hatte und umhegt, solange er zurückdenken konnte.

Mit allerletzter Kraft schüttelte sie noch einmal den Kopf.

»Du darfst sie nicht heiraten, niemals ... Noch darfst du ihr sagen, was dich bewegt ... Oder ...«

»Oder was?«

Sie wollte etwas sagen, doch ihre Kraft war erschöpft. Und während ihr Blick brach, sah Teofilo voller Entsetzen in ihren Zügen das Antlitz seiner sterbenden Geliebten.

19

Chiara blickte auf das Bild ihrer Mutter, das im Kabinett ihres Vaters hing. Was für ein Mensch war sie wohl gewesen? So oft hatte Chiara sich gewünscht, mit ihrer Mutter zu reden, von ihrem Kummer, von ihrem Glück, um ihr das Herz auszuschütten, wie jede Tochter es bei ihrer Mutter tut, um ihren Rat zu hören, ihren Trost oder ihre Aufmunterung, wenn sie unsicher war. Doch nie, kein einziges Mal, hatte sie mit ihr sprechen können, nicht mal, als sie noch ein Kind gewesen war, zumindest konnte sie sich nicht daran erinnern, so früh war ihre Mutter gestorben. Sie kannte nur dieses halbe, unfertige Gesicht dieser schönen fremden Frau, von der sie die blonden Locken geerbt hatte und die blauen Augen und die stumm und wortlos in ihr weiterlebte, in allem, was sie tat und fühlte und dachte.

Musste sie sich vielleicht darum immer auf beiden Seiten kratzen, wenn sie etwas juckte?

»Woran denkst du gerade?«

Chiara fuhr herum. Vor ihr stand ihr Vater.

»Mein Gott, jetzt habt Ihr mich aber erschreckt. Ich hatte Euch gar nicht gehört.«

»Nun sag schon, was dich bedrückt! Ich sehe doch, dass du etwas auf dem Herzen hast. Raus mit der Sprache!«

»Ach, Vater.« Chiara überlegte, wie sie ihm antworten konnte, ohne ihm ihre Befürchtungen zu verraten. »Also gut«, sagte sie dann. »Es ist – vielleicht sollten wir mit der Hochzeit lieber warten, bis die Trauerzeit vorbei ist.«

Jetzt war es heraus. Ihr Vater schaute sie verwundert an.

»Warum denn das auf einmal?«, wollte er wissen.

»Weil es so üblich ist und alle Witwen ein Jahr warten, bis sie wieder heiraten.«

»Das ist doch nur, damit es keine dummen Fragen gibt«, erwiderte ihr Vater, »du weißt schon, weshalb.«

»Ihr meint, falls die Frau ein Kind kriegt?«

»Ja, damit keine Zweifel über die Vaterschaft aufkommen. Aber in deinem Fall besteht ja wohl keine Gefahr, dass ...« Er unterbrach sich und wechselte das Thema. »Nun, wie auch immer, die Zeit drängt, und Petrus da Silva sitzt uns im Nacken. Je eher ihr heiratet, sagt er, desto besser. Damit der Friede in der Stadt hält. Außerdem dachte ich, du und Teofilo, ihr würdet euch freuen, wenn ihr nicht länger warten müsst. Oder hast du plötzlich Zweifel?« Er trat auf sie zu und fasste ihre Schultern. »Bist du denn nicht glücklich, mein Kind?«

»Doch, das bin ich. Sehr sogar. Aber ... es ist nur ...«

»Es ist nur was? Du meinst – wegen Domenico?«

Chiara nickte. Seit Wochen hatte sie keine Blutung mehr gehabt, und die ständige Übelkeit war ihr auch nicht geheuer. Zwar war ihre Regel auch früher oft durcheinandergeraten – doch war es darum wirklich ausgeschlossen, dass sie schwanger war? Sie schob die Frage beiseite. Nein, darüber hätte sie vielleicht mit ihrer Mutter reden können, aber nicht mit ihrem Vater.

»Hast du denn gar kein Vertrauen zu mir?«, fragte er.

Ein Diener, der das Kabinett betrat, enthob sie der Antwort.

»Der Graf von Tuskulum!«

Der Diener trat beiseite, um Teofilos Bruder hereinzulassen.

»Was führt Euch zu uns?«, fragte Girardo di Sasso.

»Schlechte Nachrichten«, erwiderte Gregorio.

Als Chiara sein Gesicht sah, überkam sie eine unbestimmte Angst.

»Was ist passiert?«

Mit nur mühsam verhohlenem Grinsen zögerte Gregorio die Antwort hinaus, als würde das, was er zu sagen hatte, ihm zu große Genugtuung bereiten, um damit vorschnell herauszuplatzen.

»Ich komme im Auftrag meines Bruders«, erklärte er. »Ich soll Euch ausrichten, es ist ihm unmöglich, Euch zur Frau zu nehmen.«

DRITTES BUCH

ZUR HÖLLE
1046

ACHTES KAPITEL: 1046

SCHISMA

1

Warum, mein Geliebter, warum? Ich kann nicht mehr essen, ich kann nicht mehr schlafen, mit jedem Schlag meines Herzens muss ich an Dich denken, und je länger diese Ungewissheit dauert, umso so mehr verzehre ich mich nach Dir. So sehr, dass ich manchmal glaube, verrückt zu werden, wie eine Wespe im Honigtopf. Ich weiß, es gibt einen Grund, es muss einen Grund geben, warum Du mir das antust, sonst würdest Du es doch nicht tun. Aber bitte, quäle mich nicht mit diesem Schweigen, antworte mir, lass mich zu Dir, lass uns noch einmal einander in die Augen sehen, damit Du es mir erklärst und ich es begreife, wenigstens das ...

Teofilo ließ den Brief sinken. Wie oft hatte er diese Zeilen gelesen? Hundert Mal? Tausend Mal? Obwohl die Vorstellung, wie sehr Chiara litt, ihm jedes Mal das Herz zerriss, musste er den Brief immer wieder lesen. Der Brief war die einzige Verbindung, die es zu ihr noch gab, die einzige Möglichkeit, ihr in irgendeiner Weise nahe zu sein. Wieder tasteten seine Augen über die Zeilen, die sie geschrieben, das Pergament, das sie berührt hatte. Chiara ... Aus jedem Buchstaben, aus jedem Wort schaute ihm ihr Gesicht entgegen, bei jedem Wort, bei jedem Satz glaubte er ihre Stimme zu hören, diese zarte, helle Stimme, die das Schönste gesagt hatte, was je ein Mensch zu ihm gesagt hatte.

Ich liebe dich ... Ja, ich liebe dich ...

Den Brief in der Hand, trat er an den Kamin und starrte in die Flammen. Alles in ihm drängte danach, zu ihr zu eilen, sich ihr zu offenbaren, ihr die Wahrheit zu sagen, was zwischen ihm und seiner Mutter geschehen war. Aber es war unmöglich. Seine Mutter war in der Stunde seiner Geburt bereit gewesen, ihr Leben für sein Leben hinzugeben. Jetzt hatte sie seine Liebe verflucht, in der Stunde ihres Todes, den er ihr zugefügt hatte, durch eben diese Liebe. Durch seine Schuld, durch seine übergroße Schuld hatte er das Recht auf Glück verwirkt. Wie sollten Chiara und er da einander wiedersehen? Er wusste doch, was passieren würde, wenn sie sich sahen, ihre Liebe würde stärker sein als sein Wille, stärker als die Reue über das Verbrechen, das er an seiner Mutter begangen hatte, stärker als die Angst vor dem Fluch. Niemals würde er die Kraft haben, sich noch einmal von Chiara loszureißen, sie würden Opfer ihrer Liebe werden, und wenn Chiara ein Kind empfing ... Im Himmel würde seine Mutter darüber wachen, dass ihr Fluch in Erfüllung gehen würde. Das hatte sie auf ihrem Totenbett geschworen, und in ihrem sterbenden Gesicht hatte er Chiaras Antlitz gesehen.

War der Verzicht auf ihre Liebe das Opfer, das Gott von ihm verlangte für seine Rückkehr zum Glauben? Teil seiner Prüfung, die mit der Zeit des Fastens nicht geendet, sondern erst begonnen hatte?

Teofilo wusste, er hatte einen Eid abgelegt, vor Gott und dem neuen Papst. Wann immer er vor der Wahl stehen würde, vor der Wahl zwischen der Liebe zu Gott und der Liebe zur Welt, würde er sich für die Liebe zu Gott entscheiden, wie groß das Opfer auch sei. Doch jetzt war die Liebe zu Chiara selbst das Opfer, das Gott von ihm verlangte.

Wie konnte Gott ein solches Liebesopfer fordern, wenn Gott doch die Liebe war?

Teofilo schlug sich mit der Faust gegen die Stirn, bis es schmerzte. So musste Abraham sich gefühlt haben, als Jahwe ihm befohlen hatte, seinen Sohn Isaak zu töten. Doch anders als Abraham, der bereit gewesen war, Isaak zu opfern, hatte Teofilo nicht die Kraft, den Stachel des Zweifels aus seinem Herzen zu reißen. Auf Chiaras Liebe musste er verzichten, wollte er nicht ihr Leben gefährden, doch die Vorstellung, dass sie ihn für sein Schweigen hasste, war mehr, als er ertragen konnte. Er musste zu ihr, mit ihr sprechen, ihr sagen, warum sie nicht seine Frau werden durfte! Dass es die Liebe war, die ihm die Liebe verbot!

»Darum ruft Gott mich zu sich ... Damit ich im Himmel darüber wache, dass du Seinen Willen tust ... Wenn du Chiara di Sasso heiratest, wird sie im Kindbett sterben ...«

Teofilo hielt sich die Ohren zu. Doch die Stimme seiner Mutter war keine fremde Stimme, es war sein eigenes Gewissen, das mit der Stimme seiner Mutter zu ihm sprach. Nein, er durfte seinen Eid nicht brechen, er musste das Opfer bringen, das Gott von ihm verlangte, sonst würde Chiara für seinen Frevel büßen, mit ihrem Leib und vielleicht sogar mit ihrer Seele. Das war die fürchterliche Erkenntnis, aus der es kein Entrinnen gab: Chiara und er, sie konnten nur leben, wenn es sie füreinander nicht mehr gab, und sein Schweigen war die Mauer, mit der er sie vor sich schützte und sich vor ihr ...

»Sie soll dich hassen. Das ... ist das Opfer, das Gott von dir verlangt ... Damit er dich wieder anerkennt ... als seinen Sohn.«

Teofilo hielt den Brief vor sein Gesicht, um noch einmal Chiaras Duft zu atmen, die allerletzte Ahnung ihrer Gegenwart. Dann hielt er das Pergament über die Flammen, und mit Tränen in den Augen sah er zu, wie das Feuer ihre Schrift verzehrte, bis kein einziger Satz, kein einziges Wort mehr übrig war von ihrem Brief.

»Wein!«, rief er, als der letzte Buchstabe verschwunden war und das brennende Pergament in die Flammen sank.

Statt einer Magd kam sein Bruder Gregorio in die Halle. An den Waden trug er lehmverschmierte Beinlinge. Offenbar war er gerade aus dem Sattel gestiegen.

»Ich komme von Petrus da Silva«, erklärte er ohne Begrüßung. »Stimmt es, was der Affe behauptet? Chiara di Sasso soll trotzdem den Peterspfennig bekommen? Obwohl die Hochzeit gar nicht stattfindet?«

»Ja«, erwiderte Teofilo. »Ich will, dass sie das Geld bekommt. Das war der einzige Grund, warum ich bei den Verhandlungen …«

»Bist du wahnsinnig?«, brüllte Gregorio.

»Im Gegenteil«, erwiderte Teofilo, mit einer Ruhe, von der er selber nicht wusste, woher er sie nahm. »Das war die vernünftigste Entscheidung, die ich je …«

»Und was wird aus uns?«, fiel Gregorio ihm ins Wort. »Wovon sollen wir leben?«

Müde zuckte Teofilo mit den Achseln. »Warum probierst du es nicht in der Münze?«

»Hast du vergessen, was passiert ist? Du bist nicht mehr der Papst! Die Münze untersteht jetzt Giovanni Graziano, und der alte Trottel wird einen Teufel tun, uns zu helfen!« Gregorio lachte bitter auf. »Ja, begreifst du denn nicht? Ohne den Peterspfennig sind wir erledigt. Alles, was wir besaßen, ging für deine Wahl drauf! Wir sind arm wie Kirchenmäuse!«

Wütend warf er seine Handschuhe auf einen Stuhl und griff nach dem Krug Wein, den eine Magd inzwischen gebracht hatte. Während er einen Becher einschenkte, ließ er seinen Bruder nicht aus den Augen.

Teofilo schüttelte den Kopf. »Der Peterspfennig gehört Chiara. Ein für allemal.«

Gregorio war außer sich. »Bitte, Teofilo, nimm Vernunft an. Wir sind auf das verfluchte Geld angewiesen.«

»Das Geld ist unsere einzige Möglichkeit, ein bisschen wiedergutzumachen, was wir angerichtet haben.«

»Aber dafür kannst du doch nicht unsere Familie ruinieren!«

»Gib dir keine Mühe, die Sache ist entschieden. Der Peterspfennig gehört Chiara di Sasso!«

»Ich warne dich!« Gregorio packte Teofilo am Kragen. »Reize mich nicht bis zum Äußersten. Oder …«

»Oder was?«

Auge in Auge starrten sie sich an, in einem langen, bösen Schweigen. Teofilo roch den Atem seines Bruders, seinen Schweiß, den Geruch von Pferd und Stall, spürte die Kraft in diesen großen Händen, die ihn umbringen konnten.

Doch er spürte keine Angst.

»Dein letztes Wort?«, fragte Gregorio.

Teofilo nickte.

Sein Bruder holte tief Luft. »Gut«, sagte er schließlich. »Dann gibt es nur eine Lösung.«

Mit beiden Fäusten stieß er Teofilo von sich und stampfte zur Tür hinaus.

2

Der Reisekarren rumpelte so heftig hin und her, dass Chiara jedes Schlagloch spürte, obwohl Anna die Sitzbank mit dicken Daunenkissen gepolstert hatte. Zusammen waren sie auf dem Weg in die Stadt. Anna hatte immer wieder gedrängt, den Kanzler des Papstes aufzusuchen, um die Auszahlung des Peterspfennigs zu regeln, und schließlich hatte Chiara nachgegeben. Als käme es darauf noch an … In dem einzigen Brief, den sie von Teofilo erhalten hatte, hatte er ihr noch einmal ihren Anspruch auf die Gelder versichert, und sie beschworen, von ihrem Recht Gebrauch zu machen. Doch auf die Antwort auf ihre Frage, warum er die Ehe mit ihr aufgekündigt hatte, die einzige Frage, die ihr wirklich am Herzen lag, hatte sie vergeblich gewartet.

Hatten die Dämonen wieder Gewalt über ihn?

Die vergangenen Wochen hatte Chiara in einem Albtraum verbracht. Sie hatte gelitten, wie sie noch nie gelitten hatte, mehr noch als an Domenicos Grab, und obwohl sie selbst entsetzt war, dass ihre Verzweiflung über Teofilos Verlust größer war als ihre Trauer über Domenicos Tod, obwohl sie sich vor

Gott und ihrem Gewissen dafür schämte und alles versuchte, Herr ihrer Gefühle zu werden, vermochte sie es nicht. Sie rührte bei Tisch keinen Bissen an, sie fand in der Nacht keinen Schlaf, sie magerte ab und wenn sie in den Spiegel schaute, blickte ihr ein graues, fremdes Gesicht entgegen. Weil es in ihr nur einen Gedanken gab: Teofilo ... War diese Liebe die Strafe für ihren Verrat an der Liebe ihres Mannes? Ein Dutzend Mal war sie zur Burg der Tuskulaner gereist, um Teofilo zur Rede zu stellen. Doch jedes Mal hatte man sie an der Pforte abgewiesen. Nur einen Brief hatte sie hinterlassen dürfen.

»Jetzt hör endlich auf, dich zu quälen«, sagte Anna. »Das ist ja nicht mit anzusehen! Draußen scheint die Sonne, wir fahren nach Rom, wo fünfhundert Pfund Silber auf dich warten, und du ziehst ein Gesicht, als würde die Welt untergehen!«

»Ich weiß, du meinst es lieb, aber was soll ich überhaupt in der Stadt? Mir ist doch jeder Mensch zu viel, und wenn ich mir vorstelle, mit Petrus da Silva zu reden ...«

»Schluss jetzt! Ich will das nicht mehr hören! Lass uns lieber überlegen, was wir mit dem vielen Geld anfangen. König Heinrich soll bald nach Rom kommen, um sich zum Kaiser krönen zu lassen. Dann werden Tausende von Pilgern in der Stadt sein. Das ist *die* Gelegenheit, deine Pläne wahr zu machen!«

»Ach Anna, was denn für Pläne?«

»Das fragst du? Die Herbergen natürlich! Und die Werkstätten! Das wollen wir doch mal sehen, ob wir das Geld nicht unter die Leute kriegen!«

Chiara drückte ihre Hand. Anna hatte ja Recht, es hatte keinen Sinn, das Leben mit Grübeln zu verbringen. Sie musste Teofilo vergessen, er wollte sie nicht mehr wiedersehen, aus welchen Gründen auch immer, und statt sich in ihrem Kummer zu verkriechen, war es tausendmal besser, die Dinge zu regeln, die geregelt werden mussten. Doch ohne Anna hätte sie es nie geschafft, ohne Anna wäre sie nicht imstande gewesen, sich auf den Weg zu machen. Während sie sich Albano näherten, dem größten Ort und Bischofssitz vor Rom, überlegten sie also, wie viele Herbergen sie eröffnen wollten, wie viele neue Werkstätten, in welchen Stadtvierteln, in welchen Pfarreien.

»Am wichtigsten sind die Basiliken«, meinte Anna, »die muss jeder Pilger auf der Wallfahrt mindestens einmal besuchen. Vor denen bauen wir unsere Stände auf. Also sollten die Werkstätten in der Nähe sein.«

»Wir können ja an den Ständen Hinweise für unsere Herbergen anbringen«, sagte Chiara. »›Saubere Unterkünfte, ohne Flöhe und Läuse.‹ Was hältst du davon?«

»Ohne Flöhe und Läuse«, lachte Anna, »endlich redest du wie ein vernünftiger Mensch. Aber ob wir das auch halten können? Du weißt ja, versprich nur, was du halten kannst, versprich, dir nicht die Nase abzubeißen. – Aber was hast du?«, unterbrach sie sich, als Chiara schon wieder das Gesicht verzog. »Hast du dir wehgetan?«

Chiara schüttelte den Kopf. »Nein, es war nichts. Nur ein Stoß.«

»Komisch, ich habe gar nichts gespürt.«

»Der Stoß kam auch nicht von der Straße, sondern ... sondern von innen.«

»Von innen?« Anna schaute sie misstrauisch an.

»Ja, in meinem Bauch.« Chiara spürte, wie sie rot wurde. »Was meinst du«, fragte sie, »ist es wohl möglich, dass ich ein Kind bekomme?«

»Du? Ein Kind? Von wem denn? Vom Heiligen Geist?« Anna musste lachen. Doch als sie Chiaras Miene sah, wurde sie ernst. »Kindchen, wie kommst du darauf? Das kann doch gar nicht sein.«

»Mir war wochenlang übel, und seit Monaten habe ich nicht mehr geblutet.«

»Das hattest du doch schon öfter«, sagte Anna. »Du bist eine von diesen Frauen. Außerdem, ich dachte, die Hebamme hätte gesagt, es müsste ein Wunder geschehen, wenn du wirklich noch mal ...«

»Ich weiß, was die Hebamme gesagt hat«, erwiderte Chiara.

»Ich kann es ja selber nicht glauben. Aber schau nur!« Sie schlug ihren Umhang beiseite.

Anna blickte auf ihren Bauch, der sich wie eine kleine Kugel unter der Tunika wölbte.

»Heilige Maria und Joseph«, flüsterte sie und betastete Chiaras Leib. »Ja, jetzt spüre ich es auch, es bewegt sich, es strampelt, ganz deutlich sogar.« Mit großen Augen richtete sie sich wieder auf. »Weißt du noch, wann du zum letzten Mal mit Domenico …?«

Ein Fanfarenstoß unterbrach sie, mit einem Ruck kam der Karren zum Stehen.

»Es lebe der Papst!«, rief irgendwo jemand. »Es lebe Papst Benedikt!«

Papst Benedikt?

Irritiert blickte Chiara aus dem Guckloch des Wagens. Es war Markttag in Albano. Zwischen den Buden wimmelte es von Menschen, und keinen Steinwurf entfernt, vor dem Portal der Hauptkirche, wo an den Gerichtstagen sich das Schafott erhob, war ein Podium aufgeschlagen, auf dem ein Herold eine Botschaft verlas.

»Es gibt nur einen rechtmäßigen Papst – Papst Benedikt IX.! Verschwörer haben versucht, den Heiligen Vater vom Thron zu vertreiben, aber es ist ihnen nicht gelungen. Papst Benedikt ist Gottes alleiniger Stellvertreter, Herrscher über Rom und die Christenheit. Er hat seinen erzwungenen Rücktritt für ungültig erklärt, um fortan wieder seines Amtes zu walten. Jeder, der diesem Beschluss zuwiderhandelt und einen falschen Papst verehrt, wird aus der Gemeinschaft der Gläubigen ausgeschlossen und exkommuniziert, auf dass er ewig in der Hölle brenne. Heil dem Papst! Es lebe Papst Benedikt!«

Verwundert schauten die Leute sich an, als der Herold das Pergament einrollte.

Was hatte das zu bedeuten?

Da sprang ein nackter, kahl rasierter Narr mit einem Bocksprung auf die Bühne und schwang sein feuerrotes Narrenzepter.

»Nein!«, rief er. »*Ich* bin der Papst! Papst Hokuspokus I. Und ich exkommuniziere alle Päpste, die es außer mir gibt!«

Die Verwirrung des Publikums löste sich in Gelächter auf. Überall wurden Rufe laut, Bauern und Krämer, Handwerker und Tagelöhner ernannten sich zu Päpsten, um gleich darauf von irgendwelchen Gegenpäpsten exkommuniziert zu werden. Sogar eine Frau meldete sich zu Wort, ein dickes Eierweib, das unanständig ihre Hüften kreisen ließ.

»Ich bin die Päpstin Tarantella, die Heilige Mutter der Christenheit. Und kein Mann soll je wieder den Papstthron besteigen!«

Jetzt musste sogar Chiara lachen, und Anna wollte schon den Wagen verlassen, um sich unter das Volk zu mischen, als plötzlich eine Horde Reiter auf den Platz sprengte: Soldaten mit den Abzeichen der Tuskulaner. An ihrer Spitze ritt Gregorio, gefolgt von Teofilos beiden anderen Brüdern, Ottaviano und Pietro. Sie hatten ihre Schwerter gezückt, und während sie ihre Pferde rücksichtslos in die Menge trieben, brüllten sie: »Wer ist Euer Papst? Wie heißt Seine Heiligkeit?«

Chiara hielt den Atem an, und auch Anna, die mit einem Fuß schon draußen war, schloss eilig wieder den Schlag, während die Tuskulaner über das Volk herfielen. Mit blanken Schwertern prügelten und stachen sie auf die kreischenden Menschen ein, bis jeder die Antwort gab, die sie hören wollten. Sogar der Narr fiel ein in den Ruf, aus Angst um sein Leben.

»Heil dem Papst! Es lebe Papst Benedikt!«

3

»Herr, du hast dieses Kreuz auf meine Schultern gelegt, ich flehe dich an, gib mir die Kraft, es nun zu tragen.«

Gregor VI., der Mann, der in glücklicheren Tagen Giovanni Graziano geheißen hatte, kniete vor dem Marienaltar seiner päpstlichen Privatkapelle, um Kraft zu schöpfen durch das

Gebet. Er war erst wenige Monate im Amt, und doch sehnte er sich mit jeder Faser seines Herzens nach seinem früheren Leben zurück, nach den reinigenden Bädern im Wald, nach den Stunden der Versenkung, die keine Zeit zu kennen schienen, nach den Freuden der Entbehrung, durch die er sein Innerstes geläutert hatte.

Wie sollte er die Erwartungen erfüllen, die seine Thronbesteigung hervorgerufen hatte?

Es war, als laste das Gewicht der ganzen Welt auf seinen alten, schwachen Schultern. Das Volk bejubelte ihn wie einstmals den Erlöser beim Einzug in Jerusalem. Er sollte den Hunger und das Elend von ihnen nehmen, Unzucht und Betrug verfolgen, das Rauben und Morden in der Stadt beenden, Recht und Ordnung wiederherstellen, raffgierige Priester und Bischöfe ihres Amtes entheben und die katholische Kirche, die nach Benedikts Pontifikat so heillos daniederlag, an Haupt und Gliedern erneuern. Als würde mit ihm, dem neuen Papst, das Goldene Zeitalter der Apostel wiederkehren.

Doch wie sah die Wirklichkeit aus?

Ach, wäre er doch mit vollkommener Blindheit geschlagen, um das Elend nicht sehen zu müssen. Die Tuskulaner hatten alle Verträge in schändlicher Weise gebrochen, um Benedikts Thronverzicht zu widerrufen, und in der Sabina hauste mit Silvester ein Bischof, der immer noch behauptete, Gottes Stellvertreter zu sein. Dabei war nicht mal die weltliche Herrschaft des Papstes gesichert. Kaum gebot Gregor über die nächsten Kastelle im Stadtgebiet. Hundert Signoren standen bereit, über seine Truppen herzufallen. Räuber belagerten alle Straßen und Wege, die zu den heiligen Stätten führten, Pilger wurden ausgeplündert und wegen eines Stücks Brot ermordet. Überall verfielen die Kirchen, weil das Geld fehlte, sie instand zu halten, während Priester mit käuflichen Weibern schamlos in Bacchanalien schwelgten. Mord und Totschlag geschahen bei helllichtem Tage, ohne dass die Soldaten eingriffen, und selbst in St. Peter drangen des Nachts betrunkene Raubritter ein, um die Gaben fortzuraffen, die fromme Gläubige bei Tage auf den Tisch des Herrn gelegt hatten.

Reuig schlug Giovanni Graziano sich an die Brust. Ja, wer sich in die Welt hinaus begibt, verstrickt sich in Sünde und Schuld ...

»AMEN!«, sagte eine laute Stimme.

Giovanni Graziano drehte sich um. »Seht Ihr nicht, dass ich bete?«

»Ihr habt für heute genug gebetet«, erwiderte Petrus da Silva.

Giovanni Graziano schlug das Kreuzzeichen und erhob sich von den schmerzenden Knien. »Was habt Ihr auf dem Herzen?«

»Wichtige Neuigkeiten«, erklärte der Kanzler. »Severo hat angeboten, das Heer der Sabiner mit den päpstlichen Truppen zu vereinen, um gemeinsam gegen die Tuskulaner zu ziehen.«

»Was für ein unseliges Ansinnen«, entgegnete Giovanni Graziano. »Ich habe das Kreuz dieses Amtes nicht auf mich geladen, um Kriege zu führen, sondern um des Gottesfriedens willen.«

»Ich weiß um Euer Bestreben, Heiliger Vater«, sagte Petrus da Silva. »Und ich will Euch darin unterstützen, soweit es in meinen Kräften steht. Aber darf man Frieden mit dem Teufel machen? Oder ist es nicht unsere Pflicht, den Teufel zu bekämpfen, wo immer wir auf ihn treffen?«

Giovanni Graziano schüttelte sein Haupt. »›Schwerter sollt ihr zu Pflugscharen machen‹, spricht der Herr.«

»Der Herr sagt aber auch: ›Wer nicht für mich ist, ist wider mich. Und wer weder kalt ist noch warm, sondern lau, den speie ich aus.‹«

Ein Bote betrat die Kapelle, mit einem Brief in der Hand.

»Gib her!«

Petrus da Silva nahm das Schreiben und erbrach das Siegel. Kaum hatte er zu lesen begonnen, hellte sich seine Miene auf.

»König Heinrich ist auf dem Weg nach Rom«, sagte er. »Er will sich zum Kaiser krönen lassen. Allerdings möchte er zuvor eine Synode der italienschen Bischöfe einberufen, in Sutri.« Der Kanzler rollte das Pergament zusammen. »Etwas Besseres kann uns gar nicht passieren. Wir werden Heinrich entgegenziehen, und zwar bis Piacenza.«

Giovanni Graziano erschrak. »Bis Piacenza?«, fragte er. »Wozu eine so weite Reise? Sutri liegt in der Provinz Viterbo.«

»Gewiss, Heiligkeit«, erwiderte Petrus da Silva. »Aber sobald Heinrich italienischen Boden betritt, soll er wissen, wer der wirkliche und rechtmäßige Papst ist.«

Giovanni Graziano schaute seinen Kanzler voller Zweifel an. »Können wir damit einen Krieg verhindern?«

4

Unsicher blickte Gregorio auf seinen betrunkenen Bruder. Seit Tagen hatte er Teofilo nicht mehr nüchtern gesehen. Zuerst hatte er geglaubt, dass die alten Zeiten wieder angebrochen waren, die guten alten Zeiten, als sie sich in der Laterna Rossa betrunken hatten, zusammen mit den Huren. Doch irgendwie hatte er das Gefühl, dass sein Bruder sich verändert hatte. Teofilo trank nicht mehr, um sich zu berauschen, sondern aus Trauer, aus Verzweiflung – aus einem dieser seltsamen Gefühle, die Gregorio niemals an eine Frau verschwenden würde. Wie konnte ein Mann sich für ein Weib zugrunde richten? Wäre er, Gregorio, an Teofilos Stelle, er würde diese Chiara ficken, bis sie wund wäre, und sich dann ein anderes Mädchen nehmen. Was machte den Unterschied? Jede Frau hatte ein Loch zwischen den Beinen.

Zum ersten Mal im Leben fühlte Gregorio sich seinem Bruder überlegen. Trotzdem konnte er seinen Triumph nicht genießen. Denn es wurde höchste Zeit, dass Teofilo nüchtern wurde. Eine unverhoffte Möglichkeit hatte sich aufgetan, eine Möglichkeit, vielleicht doch noch zu retten, was nicht mehr zu retten schien.

»Jetzt begreif doch endlich!«, sagte er. »Das ist eine Fügung des Himmels! Wenn wir nach Sutri reisen, kannst du dem König beweisen, dass *du* der Papst bist und niemand sonst! Und ihn vor aller Welt zum Kaiser krönen!«

»Wie kommst du darauf, dass ich der Papst bin?«, erwiderte Teofilo.

»Natürlich bist du der Papst! Du musst nur nach Sutri und …«

»Unsinn! Giovanni Graziano ist der Papst. Auf sein Wohl!«

»Hör auf zu saufen, verflucht noch mal! Du lallst ja schon!«

Gregorio griff nach Teofilos Becher, doch mit einem Schritt, den nur ein Betrunkener zustande bringen konnte, gelang es seinem Bruder, den Wein in Sicherheit zu bringen, ohne einen Tropfen zu verschütten.

»Hör *du* auf, mich rumzukommandieren!« Mit blödem Grinsen hob er seinen Becher in die Höhe. »Prost!«, sagte er und stürzte den Wein hinunter.

Gregorio musste sich beherrschen, um ihn nicht zu ohrfeigen. Auch Teofilo hatte, genauso wie Papst Gregor und Papst Silvester, eine Aufforderung des Königs bekommen, in Sutri zu erscheinen, und alles sprach dafür, dieser Aufforderung zu folgen. Wenn Teofilo in Sutri erschien, konnte er vor der ganzen Christenheit seinen Rücktritt widerrufen und seinen Anspruch auf die Cathedra erneuern. Doch genau aus diesem Grund weigerte er sich.

Plötzlich wieder so nüchtern, als hätte er den ganzen Tag keinen Tropfen getrunken, knallte er seinen Becher auf den Tisch und wischte sich mit dem Ärmel über den Mund.

»Nein! Und wenn du mich auf Knien bittest, ich werde nicht nach Sutri reisen!«

»Aber warum nicht, zum Henker?«

»Wie oft soll ich dir das noch erklären? Wenn Heinrich mich im Amt bestätigt, verfällt mein Anspruch auf den Peterspfennig.«

»Ja und? Von dem Geld haben wir ja doch nichts.«

»Wir nicht, aber Chiara! Außerdem«, fügte Teofilo hinzu, als sein Bruder etwas einwenden wollte, »wer garantiert uns, dass die Aufforderung keine Falle ist? Petrus da Silva hat das Lager gewechselt, er wird alles tun, um meine Ansprüche außer Kraft zu setzen. Vielleicht hat er Heinrich überredet, mich in Sutri zu verhaften, damit er sich den Peterspfennig unter den Nagel reißen kann, und dann hätte Chiara keine Möglichkeit mehr, das Geld für ihr Armenhaus ...«

Während er sprach, wurde draußen Geschrei laut. Gregorio trat ans Fenster. Soldaten der Tuskulaner, an ihrer Spitze sein Bruder Ottaviano, kamen zur Burg geritten, verfolgt von wütenden Bauern, die mit Mistgabeln und Steinschleudern die Fliehenden vor sich hertrieben. Nur mit knapper Not entgingen Ottaviano und seine Männer den Angriffen, bevor sie sich in den Burghof retten konnten und das Tor sich hinter ihnen schloss.

»Was ist passiert?«, wollte Gregorio wissen, als sein Bruder in den Raum gestürzt kam.

Bleich wie eine Wand erstattete Ottaviano Bericht. »In den Dörfern herrscht Aufruhr, in der ganzen Grafschaft. Die Leute sind nicht bereit, Benedikt anzuerkennen. Sie behaupten, er hätte sie ins Unglück gestürzt. Keiner will sich seiner Herrschaft noch mal unterwerfen.«

Teofilo hob höhnisch seinen Becher. »Es lebe Papst Benedikt!«

Draußen prasselten Steine gegen die Burgmauern.

»Was sollen wir jetzt tun?«, fragte Ottaviano.

Gregorio zermarterte sich das Gehirn. Sollten sie die Aufständischen niederprügeln? Wenn sie sich Dorf für Dorf vornahmen, würden sie schon für Ruhe sorgen ... Oder würden sie damit das Bauernpack noch wütender machen? Wenn erst einmal Blut floss, konnte jeder Versuch, die Abgaben einzutreiben, zum Krieg ausarten ... In seiner Not nahm Gregorio Zuflucht zu seinen Fingernägeln. Verflucht, warum war sein Vater so früh krepiert? Sein Vater hätte gewusst, was jetzt zu tun wäre.

Er wollte gerade Befehl geben, die Schießscharten zu besetzen, da erinnerte er sich an eine Bemerkung, die Petrus da Silva einmal gemacht hatte. »Wir brauchen einen Sündenbock«, hatte der Kanzler gesagt, »jemand, den wir zur Rechenschaft ziehen können. Dann werden die Gemüter sich schon wieder beruhigen…«

Sollte das die Lösung sein? Gregorio betrachtete die blutende Kuppe seines Daumens und dachte noch einmal nach.

»Ich glaube«, sagte er schließlich, »ich weiß, was wir tun.«

»Na, Gott sei Dank!«, sagte Ottaviano. »Und – was ist dein Plan?«

Mit einem Seitenblick auf Teofilo winkte Gregorio Ottaviano zu sich, um ihm die Idee zu erläutern. Die Sache war so einfach, dass er sich wunderte, warum er nicht schon früher darauf gekommen war.

»Was flüstert ihr da?«, fragte Teofilo mit einem Rülpser.

»Wir fragen uns gerade, in welcher Gasse Chiaras Armenhaus liegt«, sagte Gregorio, so gleichgültig, wie er nur konnte. »Im Viale Giaccomo oder im Viale Giacobo?«

»Im Viale Giaccomo«, lallte Teofilo.

»Also in der Pfarrei Santa Maria della Rotonda?«

»Ja, aber wozu wollt ihr das wissen?«

»Kümmere dich nicht um uns.« Gregorio reichte ihm den Weinkrug. »Hier, trink lieber noch einen Schluck!«

5

Die Düsternis jahrhundertealter Steinmassen umfing Chiara. Obwohl der Lateranpalast die ganze Autorität der Kirchenmacht ausströmte, versuchte sie, sich nicht einschüchtern zu lassen, als sie den Gang entlangschritt, an dessen Ende sich die Kanzlei befand. Wie würde Petrus da Silva reagieren, wenn sie ihm ihre Forderung stellte? Ein Laienbruder in einer schmierigen Kutte, der auf seinem Schemel eingenickt war, sprang auf und öffnete die Tür zu einem Saal, in dem Kopisten über Schreibpulte gebeugt Verträge abschrieben. Außer gelegentlichem Hüsteln oder Räuspern war nur das Kratzen der Gänsekiele zu hören.

»Seine Eminenz ist verreist«, erklärte der Kanzleivorsteher, ein magerer Monsignore mit nur noch wenigen braunen Zahnstumpen im Mund.

»Aber ich muss mit dem Kanzler sprechen«, erwiderte Chiara. »Hier«, sagte sie und zeigte die Schriftrolle vor, mit der Teofilo seine Ansprüche auf den englischen Peterspfennig an sie abgetreten hatte, »erkennt Ihr dieses Siegel?«

»Das Siegel des ehemaligen Papstes«, sagte er. »Aber wie dringlich Eure Sache auch sein mag, Seine Eminenz, Kardinal da Silva, hat Rom vor einer Woche verlassen, zusammen mit dem Heiligen Vater, um dem deutschen König entgegenzureisen.«

»An wen kann ich mich dann wenden?«, fragte Chiara.

»An niemanden. Wenn Ihr mit einem solchen Schriftstück vorsprecht, mit dem Siegel eines Papstes – nein«, der Kanzleivorsteher schüttelte den Kopf. »Versucht es noch einmal, wenn Seine Eminenz wieder in Rom ist.«

»Und wann wird das sein?«

Der Mann hob die Arme. »In ein paar Tagen? In ein paar Wochen? Das weiß Gott allein.«

Unverrichteter Dinge verließ Chiara den düsteren Palast. So sehr sie sich vor der Begegnung mit dem Kanzler gefürchtet hatte, so enttäuscht war sie nun. Hatte Petrus da Silva sich verleugnen lassen? Der Kanzler war glatt wie ein Fisch, er würde alles tun, um Schaden von der Kirche abzuwenden und die Verpflichtungen, die der neue Papst eingegangen war, wieder aufzuheben. Doch aus irgendeinem Grund hatte Chiara das Gefühl, dass der Kanzleivorsteher die Wahrheit gesagt hatte.

Was sollte sie jetzt tun? Sich in Geduld fassen, bis Petrus da Silva wieder in Rom war? Oder sollte sie versuchen, sich auf ihre Urkunde bei einem Juden Geld zu borgen, um ihre

Pläne in Angriff zu nehmen? Fast schämte sie sich für ihre Ungeduld. Denn tief in ihrem Innern wusste sie, dass weniger die Bedürftigkeit ihrer Schutzbefohlenen der Grund war, weshalb ihr die neuen Werkstätten und Herbergen so sehr auf den Nägeln brannten. Der Grund war vielmehr sie selbst. Sie brauchte die Arbeit, um nicht verrückt zu werden.

Als sie ins Freie trat, spürte sie wieder das Kind in ihrem Bauch. Nein, es gab keinen Zweifel, sie war schwanger, und obwohl sie nicht so rund und dick wie andere Frauen in ihrem Zustand war, konnte es nur noch wenige Wochen bis zur Entbindung dauern. Sie hatte nachgerechnet, sie musste das Kind in der letzten Nacht empfangen haben, die sie mit ihrem Mann zusammen gewesen war, in der Nacht vor der Schlacht, in der Domenico gefallen war. Wie sehr hatte sie sich ein Kind von ihm gewünscht, als er noch lebte. Doch jetzt? Sie hatte versucht, Domenico zu lieben, aber sie hatte es nicht geschafft. Weil ihr Herz einem anderen Mann gehörte, seit sie imstande war zu lieben, einem Mann, der ihre Liebe durch nichts erworben hatte und so viel weniger verdiente als Domenico, doch dessen Verlust sie so viel mehr schmerzte als der Verlust ihres Mannes.

Als sie die Tiberbrücke überquerte, kam ihr Anna entgegengelaufen.

»Gott sei Dank, da bist du ja!«

»Was ist los?«, fragte Chiara. »Du bist ja ganz aufgelöst.«

»Sie ... sie haben Antonio verhaftet.«

»Antonio? Wer?«

»Die Tuskulaner.« Anna war ganz außer Atem und schnappte nach Luft. »Teofilos Brüder, Ottaviano und Pietro. Sie sind gekommen, kaum dass du fort warst, und haben ihn davongeschleppt wie einen Verbrecher.«

»Um Himmels willen!«, rief Chiara. »Aus welchem Grund?«

»Ich weiß es auch nicht«, schluchzte Anna. »Sie haben nur gelacht und gesagt, das würde ich noch früh genug erfahren.«

6

»Was zum Teufel ist da los in Rom?«, fragte König Heinrich.

»Um Euch darüber ins Bild zu setzen, sind wir Euch entgegengeeilt, Majestät«, erwiderte Petrus da Silva beflissen. Wenn dieser fromme Mann fluchte, war Gefahr in Verzug.

»Uns sind Gerüchte zu Ohren gekommen, unglaubliche Gerüchte, von himmelschreienden Zuständen in der Heiligen Stadt.«

»Himmelschreiend«, wiederholte Giovanni Graziano, »das ist wohl wahr! Und ich bete täglich zu Gott …«

»Ich unterstütze Eure Gebete nach Kräften«, unterbrach ihn Heinrich. »Aber ich weiß gar nicht, wofür ich als Erstes beten soll. Drei Päpste zur gleichen Zeit? Um Himmels willen! Wie soll ich da wissen, wer überhaupt berechtigt ist, mich zum Kaiser zu krönen? Da kann ich mir die Krone ja gleich von meinem Barbier aufsetzen lassen!«

Petrus da Silva zog scharf die Luft ein. Er hatte solche Hoffnung in den neuen König gesetzt, der mit großem Heer von Augsburg über die Brennerstraße nach Italien gezogen war, ohne dass ein einziger Feind es gewagt hätte, sich ihm entgegenzustellen. Sogar der mächtige Bonifacio, Markgraf von Tucien, der alle Fremden aus dem Norden argwöhnisch beäugte, hatte ihm ohne Zögern gehuldigt und ihn nach Piacenza geleitet, wo Heinrich vor der Weiterreise nach Sutri sein Lager aufgeschlagen hatte. Im Gegensatz zu seinem Vater, Kaiser Konrad, der mit dem Schwert statt mit dem Kreuz regiert hatte, stand der junge, nicht mal dreißig Jahre alte König, der mit seiner gedrungenen Figur, dem schulterlangen schwarzen Haar und den glühenden Augen wie ein junger König David wirkte, in dem Ruf, ein wahrer Diener Gottes zu sein, der die Kirche von Grund auf reformieren und das Reich Karls des Großen im Zeichen des Gottesfriedens wiederherstellen wollte. Petrus da Silva hatte darum geglaubt, in ihm einen Verbündeten in seinem Bemühen um den Gottesstaat zu finden.

Doch kaum hatte er Papst Gregor in das große, vollkommen schmucklose Reisezelt des Königs geführt, hatte Heinrich begonnen, sie einer so scharfen Befragung zu den Verhältnissen in Rom zu unterziehen, dass Petrus da Silva zweifelte, ob es ein weiser Entschluss gewesen war, dem König entgegenzureisen.

»Es gibt nur einen rechtmäßigen Papst«, sagte er. »Seine Heiligkeit Papst Gregor VI. Der Tuskulaner Benedikt hat sich selber für unwürdig erklärt und ist von seinem Pontifikat zurückgetreten, aus freien Stücken. Die Ansprüche, die seine Familie nun stellt, hat er durch seinen Verzicht selber verwirkt.«

»Und was ist mit diesem Silvester«, wollte Heinrich wissen, »dem Bischof der Sabina?«

»Ein Usurpator«, erklärte Petrus da Silva, »ohne jede Legitimation.«

»Ist das auch Eure Meinung, Heiliger Vater?«, wandte Heinrich sich an Giovanni Graziano.

»Ich bin kein Gelehrter«, erwiderte der Einsiedler. »Ich versuche nur, den Willen Gottes zu tun.«

»Ihr redet Euch auf Gottes Willen hinaus, und wollt doch Gottes Stellvertreter sein?« Heinrich zog ein Gesicht, als habe er in eine Zitrone gebissen. »Nun gut, wir werden sehen, ob Ihr der Heilige Vater seid. Ich maße mir weder an, Gottes Willen zu tun, noch sein Stellvertreter zu sein. Ich bin nur sein Quartiermeister, nicht mehr als sein kleiner Finger. Aber verlasst Euch darauf, ich werde alles tun, was in meinen Kräften steht, um ihm ein würdiges Quartier zu bereiten. Auch wenn Euch das offensichtlich nicht behagt, Eminenz«, fügte er an Petrus da Silva gewandt hinzu. »Oder warum sonst verdreht Ihr die Augen?«

»Bitte verzeiht, Majestät«, erwiderte der Kanzler. »Ein eiternder Zahn, der mich seit Tagen quält.«

»Dann lasst Euch den Zahn ziehen! Mein Barbier steht Euch zur Verfügung! Wann immer Ihr wollt!«

»Ich will gerne darauf zurückkommen, Majestät, sollten

die Schmerzen mich weiter plagen. Doch falls Ihr erlaubt, würde ich gern, bevor Ihr Euch von falschen Eindrücken leiten lasst ...«

Er suchte nach den richtigen Worten, um zu begründen, warum niemand anders als Giovanni Graziano der Heilige Vater sein durfte. Aber er hatte den Mund noch nicht aufgemacht, da schnitt Heinrich ihm das Wort ab.

»Genug geredet! Es ist Zeit, Entscheidungen zu treffen. Ich denke, Silvester und Benedikt werden bereits in Sutri sein. Morgen früh brechen wir auf!«

7

Zwei Ministranten mussten Teofilo stützen, damit er nicht das Gleichgewicht verlor, als er zum Stufengebet auf die Knie sank.

»Zum Altare Gottes will ich treten«, sprach er mit schwerer Zunge die Worte, die er schon so oft gesprochen hatte, dass er sie im Schlaf aufsagen konnte.

»Zu Gott, der mich erfreut von Jugend auf«, erwiderten die Diakone.

»Schaff Recht mir, Gott, und führe meine Sache gegen ein unheiliges Volk, von frevelhaften, falschen Menschen rette mich.«

»Gott, du bist meine Stärke. Warum denn willst du mich verstoßen? Was muss ich traurig gehen, weil mich der Feind bedrängt?«

»Send mir dein Licht und deine Wahrheit, dass sie zu deinem heiligen Berg mich leiten und mich führen ...«

Teofilo stockte. Das Wort, das den Bittvers beschloss, fiel ihm plötzlich nicht mehr ein. Wohin sollte das Licht ihn führen? In Gottes Haus? In Gottes Zelt? Früher, wenn er das Gebet gesprochen hatte, ohne irgendeinen Gedanken damit zu verbinden, waren die Worte ihm ganz von allein über die Lippen gekommen. Doch jetzt, da er sie aus tiefster Seele empfand, da sie seine eigenen Worte waren, versagte ihm die Zunge. War er so betrunken?

»Dort darf ich zum Altare Gottes treten, zu Gott, der mich erfreut von Jugend auf.«

Ohne abzuwarten, dass er den Bittvers zu Ende sprach, setzten die Diakone das Wechselgebet fort. Wahrscheinlich hatten sie sein Stocken gar nicht bemerkt – von allen Kirchen Albanos läuteten die Glocken, sodass einem die Ohren davon dröhnten, und auf dem beflaggten Marktplatz, auf dem Teofilo zum Namenstag des heiligen Benedikt an diesem kühlen Novembertag die Messe zelebrierte, herrschte Lärm wie auf einer Kirchweih.

»Wie kannst du da noch trauern, meine Seele? Wie mich mit Kummer quälen?«

Während er zurück in das Gebet fand, erinnerte Teofilo sich verschwommen, wie seine Brüder ihn in eine Sänfte gesetzt hatten, um ihn hierher zu befördern, weil er nicht mehr imstande gewesen war, sich im Sattel eines Pferdes zu halten. Warum nur hatte er so viel getrunken? Er hatte die ganze Nacht von Chiara geträumt, sie waren über eine Wiese gelaufen, Hand in Hand, sie hatten sich geküsst und geliebt und waren in die Wolkenburg eingezogen, zusammen hatten sie die Zimmer eingerichtet, sogar die Schlafkammern für ihre Kinder hatten sie bestimmt – drei Jungen und drei Mädchen. Umso schlimmer war am Morgen das Aufwachen gewesen. Um den Tag zu überstehen, hatte Teofilo noch vor dem Frühstück den ersten Becher Wein geleert.

»Vertrau auf Gott, ich darf ihn wieder preisen; er ist mein Heiland und Gott.«

Was tat er hier? Warum trug er wieder den päpstlichen Ornat, den er doch für immer abgelegt hatte? Sogar eine Tiara lastete auf seinem Kopf, ohne dass er wusste, woher sie stammte. Nein, er hätte nicht trinken dürfen, er wusste doch, wenn er damit anfing, konnte er sich nicht mehr beherrschen. Immer wieder hatten seine Brüder ihm Wein gereicht, einen Becher nach dem anderen, den ganzen langen Weg von der

Burg bis nach Albano, und immer wieder hatte er getrunken, um seinen Traum zu vergessen, das Glück, das er mit Chiara darin genossen hatte. Mit der Messe zu Ehren seines Namenspatrons sollte er das Volk besänftigen, damit wieder Friede in der Grafschaft herrschte. Dafür hatte Gregorio ihm versprochen, ihn nicht mehr zur Reise nach Sutri zu drängen. Und dass Chiara der Peterspfennig für immer gehöre und kein Tuskulaner ihr dieses Vorrecht je streitig machen würde.

»Ehre sei dem Vater und dem Sohne und dem Heiligen Geiste.«

Während Teofilo auf den Knien die nächste Stufe des Altars erklomm, wurden in seinem Rücken Pfiffe und Buhrufe laut. Irritiert schaute er über die Schulter. Wohin er auch blickte, überall auf dem Platz sah er wütende Gesichter. Kein Zweifel, die Messe bewirkte das Gegenteil von dem, was sie bezwecken sollte – statt die Menschen zu besänftigen, forderte sie ihren Zorn heraus. Wie in seinem Gebet war Teofilo von feindlichem Volk umgeben, von aufgebrachten Menschen, vor denen eine Hundertschaft Soldaten ihn schützen musste, die unter Gregorios Kommando vor dem Podium postiert waren.

»Wie es war im Anfang so auch jetzt und alle Zeit, und in Ewigkeit. Amen.«

Teofilo versuchte zu begreifen. War dies ein Teil der Prüfung, die Gott ihm auferlegt hatte? Weil die Fastenbuße nicht zur Tilgung seiner Sünden reichte? Anders als im Gebet hatte das Volk ja Recht, sich gegen ihn zu erheben, tausend und abertausend Mal!

Plötzlich dämmerte ihm ein Verdacht, eine entsetzliche Ahnung, warum Gregorio diese Messe gewollt hatte. Seinem Bruder ging es gar nicht um den Frieden in der Grafschaft, er wollte die Leute nur beruhigen, um sie weiter auszupressen und zu unterdrücken. *Dafür* hatte Gregorio ihm die Tiara aufgesetzt, *dafür* sollte er als Papst amtieren, obwohl er von seinem Amt zurückgetreten war!

»Durch meine Schuld, durch meine Schuld, durch meine übergroße Schuld.«

Immer noch betäubt von den Unmengen Wein, die er getrunken hatte, mühte sich Teofilo, das Lallen zu überwinden, um mit fester Stimme die letzten Worte des Stufengebets zu sprechen. Doch die Worte zerplatzten auf seinen Lippen wie Regentropfen, ohne zum Himmel aufzusteigen.

»Gott, wende dich zu uns, und gib uns neues Leben!«
»Dann wird dein Volk in dir sich freuen.«
»Zeige, Herr, uns deine Huld.«

Immer lauter gellten die Pfiffe und Rufe über den Platz. Inzwischen waren die Menschen so aufgebracht, dass die Soldaten sie nur mit Gewalt im Zaum halten konnten. Die Menge staute sich vor der Absperrung wie eine Meereswoge vor einem Damm, der bald brechen würde. Faules Obst und Gemüse flog durch die Luft, ein Apfel traf Teofilo am Kopf, so hart, dass die Tiara zu Boden fiel.

»Herr, wir bitten dich, nimm unsere Sünden von uns weg und lass uns mit reiner Seele ins Allerheiligste eingehen. Durch Christus, unseren Herrn. Amen.«

Die letzten Worte des Stufengebets gingen unter im Lärm. Teofilo spürte die Wut des Volkes im Rücken. Was würde passieren, wenn die Kette der Soldaten riss? Jetzt prasselten sogar Steine auf das Gerüst. Ohne den Schutz der Tiara stieg er auf den Knien weiter die Stufen zum Altar empor.

»Herr, wir bitten dich, durch die Verdienste deiner Heiligen, deren Reliquien hier ruhen, sowie aller Heiligen, verzeih mir gnädig alle Sünden!«

Ein Stein, der ihn nur knapp verfehlte, traf das Altarkreuz. Obwohl seine Knie so weich waren, dass es ihm nur mit Mühe gelang, sich aufzurichten, trat Teofilo vor den Altar, um die Hauptmesse zu beginnen. Doch er hatte noch nicht das Kyrie angestimmt, da ging ein Raunen durch die Menge.

Als er sich umdrehte, sah er Gregorio und zwei Soldaten. Sie führten einen Gefangenen auf das Podium, einen gedrungenen, kräftigen Mann mit grauschwarzem Stoppelhaar, den Teofilo irgendwo schon mal gesehen hatte.

»Dieser Mann«, rief Gregorio der Menge zu, »hat Rom ins

Verderben gestürzt! Er ist schuld an eurem Elend. Dafür soll er heute seine Strafe bekommen!«

Während überall verblüffte Rufe laut wurden, kam Teofilo die Erinnerung. Das war der Mann aus Chiaras Werkstatt, der Arbeiter, der ihn mit einem Jauchekarren zum Tiber gebracht hatte.

»Was hat der Mann getan?«, wollte jemand wissen.

»Ja, was werft Ihr ihm vor?«

Gregorio wartete, bis Ruhe einkehrte.

»Dieser Mann«, verkündete er, »ist ein Falschmünzer. Er hat unser Geld vernichtet, *euer* Geld, in der Münze des Papstes. Er hat Kupfer in die Pfennige gemischt, um das Silber für sich zu behalten. Sein Betrug hat euch arm gemacht, wegen ihm müsst ihr und eure Kinder hungern.«

»Das ist nicht wahr!«

Eine Frau stürzte auf das Podium. Teofilo erkannte sie sofort.

»Ich bin Chiara di Sasso«, rief sie. »Und verbürge mich für diesen Mann. Er ist frei von Schuld!«

Wie durch eine Nebelwand hörte Teofilo ihre Stimme, sah er ihre Gestalt.

»Ich bin der Stadtkommandant und Patronus von Rom«, erwiderte Gregorio. »Ob dieser Mann schuldig ist oder nicht, bestimme ich!«

»Ihr habt kein Recht so zu handeln!«, protestierte Chiara. »Ohne Prozess darf niemand verurteilt werden!«

»Lügenweib!«, schallte es ihr aus der Menge entgegen. »Der Kerl ist ein Verbrecher!«

»Ja, ein Falschmünzer!«

»Ein Betrüger!«

»Das ist er nicht!«, rief Chiara. »Im Gegenteil. Er hat in der Münze des Papstes gearbeitet. Aber er hat versucht, den Betrug zu verhindern! Die wahren Betrüger sind …«

»Genug!«

Plötzlich war Gregorio bei ihr und stieß sie so brutal beiseite, dass sie zu Boden stürzte. Im selben Moment sah Teofilo ihren Bauch, der sich wie bei einer Schwangeren unter ihrer Tunika hervorwölbte.

»Chiara!«

Er wollte zu ihr eilen. Doch seine Knie knickten ein, und er geriet ins Straucheln, während bewaffnete Männer sie vom Podium zerrten, hinunter auf den Platz, wo das wütende Volk sie in Empfang nahm.

Wieder zeigte Gregorio auf den Münzarbeiter.

»Soll dieser Mann für sein Verbrechen büßen?«

»Ja!«, brüllte das Volk. »Ja, ja, ja!«

Verzweifelt versuchte Teofilo, wieder auf die Beine zu kommen. Doch bevor er es schaffte, packte ein Scharfrichter den Arbeiter, warf ihn über den Altar und schlug ihm mit seinem Schwert den rechten Arm ab.

Applaus brandete auf.

»Es lebe der Papst! Es lebe Papst Benedikt!«

Unter dem Jubel des Volkes warf Gregorio den abgehackten Arm in die Menge. Während hundert Hände nach dem blutenden Stumpf griffen, trafen sich Chiaras und Teofilos Blicke. Doch nur für einen Wimpernschlag. Soldaten nahmen ihn zwischen sich und hoben ihn in die Sänfte. Während er, begleitet von tosendem Beifall, davonschwebte, suchte er mit den Augen die brodelnde Menge ab.

Doch Chiara war verschwunden.

8

»Da ist sie!«

»Wer?«

»Das Lügenweib!«

»Wo!«

»Dort!«

»Lasst sie nicht entkommen!«

Die Hetzrufe im Nacken, drängte Chiara sich durch das

Gewühl einer Budengasse, in der Zahnbrecher und Wunderheiler, Puppenspieler, Feuerschlucker und Jongleure ihre Künste vorführten. Während das Kind in ihrem Bauch strampelte, griffen fremde Menschen nach ihr, stießen und schubsten und trieben sie vor sich her wie ein Stück Vieh. Ohne auf die Rempler und Stöße zu achten, eilte sie weiter, zu Antonio, der auf dem Podium zusammengebrochen war. Aus seiner Wunde spritzte immer noch Blut, man musste ihn verbinden, sonst würde er sterben! Am Ende der Gasse war zwischen zwei Buden der Weg frei, ein Schlupfloch, durch das sie fliehen konnte. Sie stieß einen halbwüchsigen Jungen beiseite, war aber noch keine fünf Schritt weit gekommen, da verbaute ein braunschwarzes Ungetüm ihr den Weg, ein Bär mit erhobenen Tatzen und langen, gelben Zähnen.

»Ein Tänzchen gefällig?«, fragte grinsend der Bärenführer, ein verschrumpelter kleiner Mann, der das gewaltige Tier nur an einer ledernen Leine zurückhielt.

Im Nu bildete sich ein Kreis von Menschen um Chiara und den Bären. Dutzende von Augenpaaren starrten sie an: neugierige Augen, lachende Augen, böse Augen, lüsterne Augen, die alle nur darauf warteten, dass etwas passierte.

Chiara brach vor Angst der Schweiß aus.

»Lasst mich durch!«

»Erst ein Tänzchen!«

Der Bär tappte mit seiner Pranke in Chiaras Richtung, als wolle er sie tatsächlich zum Tanz auffordern.

»Nehmt das Vieh weg! Da drüben verblutet ein Mann!«

»Aber deshalb kann man doch tanzen!«

»Was wollt ihr von mir? Was habe ich euch getan?«

»Ein Tänzchen, schöne Dame, nur ein Tänzchen«, sagte der Bärenführer. »Oder wollt Ihr Euren Kavalier beleidigen?«

Er schnalzte mit der Leine, und sofort fing der Bär an, sich von einem Fuß auf den anderen zu bewegen. Wieder holte er mit seiner Tatze aus. Verzweifelt schaute Chiara sich um. Gab es denn niemanden, der ihr half?

»Musik!«, rief jemand.

»Ja, Musik!«

Ein Pfeiffer sprang in den Kreis und fing an zu spielen, gleich darauf fiel ein Trommler ein. Das Getöse fuhr dem Bären in die Glieder, mit gebleckten Zähnen tanzte er auf Chiara zu. Während sie zurückwich, sah sie nur seine Zähne, diese gelben, langen Zähne. Immer enger zog der Menschenring sich um sie. Schon war der Bär ihr so nah, dass sie sein stinkendes Fell roch. Ein paar Zuschauer klatschten im Takt.

»Tanzen! Tanzen! Tanzen«

Chiara konnte kaum noch atmen. Schritt für Schritt näherte sich der Bär, von einem Bein auf dem anderen sich wiegend, als würde er wirklich die Musik in seinem Zottelleib spüren. Erst jetzt sah sie seine Augen, winzig kleine, böse Augen, die in ihre Richtung starrten, während seine schmale rosa Zunge zwischen den langen gelben Zähnen hervorspitzte. Chiara fühlte den fauligen Atem in ihrem Gesicht. Jemand stieß sie in den Rücken, sodass sie dem Tier fast in die Arme stolperte.

»Tanzen! Tanzen! Tanzen!«

Schwarze, scharfe Krallen schlugen nach ihr. Ihr Kind! Schützend hielt sie sich die Hände vor den Bauch. Wenn der Bär sie erwischte, er würde ihr den Leib aufreißen ... Wieder stieß ihr jemand in den Rücken, sie verlor das Gleichgewicht und taumelte zur Seite. Der Bär hob seine Tatze und holte aus ... Nur einen Wimpernschlag, bevor seine Pranke niederfuhr, tauchte sie unter dem Arm des Tieres weg.

Im selben Moment erblickte sie ein Gesicht, kaum einen Steinwurf entfernt.

»Anna! Anna!« Sie versuchte, sich zwischen zwei Gaffern hindurchzuzwingen, um aus dem Kreis auszubrechen. »Anna! Du musst ihm den Arm abbinden!«

»Wie, Chiara?«

»Mit einem Gürtel! Und verstopf die Wunde!«

Während die Gaffer Chiara festhielten, lief Anna zum Podium, um Antonio zu helfen

»Darf ich Euch meinen Arm reichen, schöne Dame?«

Chiara fuhr herum. Der Bär war verschwunden, vor ihr

verbeugte sich ein halbnackter Narr. Erleichtert atmete sie auf. Doch im nächsten Moment stockte ihr das Blut in den Adern. Der Arm, den der Narr ihr zum Tanz entgegenstreckte, war Antonios Arm, der Arm, den der Henker ihm von der Schulter gehackt hatte.

»Wollt Ihr auch mir den Tanz verweigern?«, krächzte der Narr und lachte meckernd wie ein Ziegenbock.

Wie gelähmt starrte Chiara auf diesen Arm. Sogar den Ärmel des Gewands, das den Stumpf umschloss, erkannte sie – Anna hatte das Wams erst kürzlich genäht. Bei dem Anblick zog sich ihr der Unterleib zusammen, in einer Woge von Schmerz.

»Hört auf! Sofort!« Eine große, knochige Frau drängte sich in den Menschenkreis und stieß die Musikanten beiseite. »Sieht denn keiner, was los ist?«

Chiara griff sich an den Bauch. Ihr Kind! Sie musste es schützen! Eine neue Woge erfasste sie, mit solcher Kraft, dass ihr die Sinne schwanden, und sie zu Boden sank.

9

Trotz seiner Jugend litt Heinrich unter einer so schwachen Blase, dass er bei der winterlichen Kälte in seinem Reisezelt nicht die Dauer einer Messfeier aushalten konnte, ohne einen Abort aufzusuchen. Petrus da Silva hatte sich deshalb schon daran gewöhnt, dass der König im Laufe einer Unterredung immer mal wieder hinter einem Vorhang verschwand, um sein Wasser abzuschlagen.

»Wo bleibt Benedikt?«, fragte Heinrich, während er, abgeschirmt vor Petrus da Silvas Blicken, tröpfelnd seine Blase in einen Eimer entleerte. »Immer noch keine Nachricht?«

»Leider nein, Eminenz.«

»Aber Ihr seid sicher, dass er unsere Aufforderung bekommen hat?«

»Nicht anders als Seine Heiligkeit, Papst Gregor, sowie der Bischof der Sabina.«

»Das ist unerhört! Wie kann dieser Buschräuber es wagen, sich der Aufforderung des künftigen Kaisers zu widersetzen? Will er uns zum Narren halten?«

Schäumend vor Wut kehrte Heinrich in das Zelt zurück und band sich die Hose zu. Seit einer Woche waren die italienischen Bischöfe in Sutri versammelt, um über die Einheit und Reinheit der Kirche zu beraten. Die Synode hatte bereits ein umfassendes Simonieverbot erlassen, sodass künftig jeder Bischof, der für die Einsetzung von Priestern oder die Vergabe von Altären, Abteien und Propsteien Geld annahm, dem Kirchenbann verfallen würde. Doch in Wahrheit ging es Heinrich nur um eine einzige Frage. Wer war der rechtmäßige Papst?

»Ich will diesem himmelschreienden Zustand ein Ende bereiten«, erklärte er. »Das ist ja, als wäre die heilige Kirche gleichzeitig mit drei Gatten vermählt.«

»Die Kirche wird es Euch ewig danken, Majestät«, erwiderte Petrus da Silva. »Dieser dreifache Ehebund stiftet nur Verwirrung und Zwietracht.«

»Aber wie bei allen Erzengeln und Heiligen kann ich Gericht halten, wenn einer der Männer, die sich Papst nennen, sich dem Gericht entzieht?«

Petrus da Silva steckte sich ein Blättchen Minze in den Mund. Heinrich mochte eine schwache Blase haben – in seinem Charakter war der junge König stark wie ein Löwe. Darum kam alles darauf an, die Gunst der Stunde jetzt zu nutzen, damit der künftige Kaiser den einzigen und rechtmäßigen Papst in seinem Amt bestätigte.

»Wenn ich meine unmaßgebliche Meinung äußeren darf«, sagte Petrus da Silva, »so hat Benedikt mit dieser Unbotmäßigkeit sein Recht auf einen Prozess verwirkt. Ich schlage darum vor, das Verfahren gegen ihn *in absentia* zu führen.«

»Das würde ich nur sehr ungern tun«, antwortete Heinrich. »In einem so heiklen Fall kommt alles auf ein ordentliches Verfahren an, und dazu gehört die Anwesenheit der drei betroffenen Parteien. Die Absetzung eines Papstes, selbst wenn dies durch den künftigen Kaiser und eine Synode geschieht, ist so schon fraglich genug. Ohne ordentliches Verfahren werden sich sofort Stimmen erheben, um unser Urteil anzufechten.«

»Wenn Majestät erlauben – unerhörte Zustände erfordern unerhörte Maßnahmen. Souverän ist, wer über den Ausnahmezustand entscheidet.«

»Wollt Ihr meiner Eitelkeit schmeicheln? Da müsst Ihr Euch einen anderen suchen.«

»Ein solcher Gedanke sei mir fern«, antwortete Petrus da Silva, der in der Tat gehofft hatte, dass der Appell an die Ehre bei Heinrich verfangen würde. Doch er hatte noch einen zweiten Trumpf in der Hand. »Ich möchte nur daran erinnern«, fügte er also hinzu, »dass die Zeit drängt. Der Dezember ist bereits angebrochen, und ich bin sicher, es ist der innigste Wunsch Eurer Gemahlin, dass Eure Majestät am ersten Weihnachtstag zum Kaiser gekrönt wird. Schließlich ist die Königin am selben Tag geboren wie der Gottessohn.«

Heinrich runzelte die Stirn. »Was seid Ihr für ein Mensch, Petrus da Silva?«, fragte er.

»Nur ein unwürdiger Diener der heiligen Kirche.«

»Seid Ihr da nicht ein wenig zu bescheiden?«

»Mein einziger Ehrgeiz ist es, meinen Ehrgeiz zu überwinden.«

Eine Weile schauten die beiden Männer sich an. Hoffnung keimte in Petrus da Silva auf. Ja, dieser junge Herrscher war wirklich ein Nachfolger König Davids. Würde sich durch ihn das Goldene Zeitalter erneuern?

Heinrich nickte. »Nun gut, Ihr habt Recht, die Zeit drängt«, erklärte er. »Wir wollen dieses unwürdige Gezänk so schnell wie möglich beenden. Aber bevor wir mit der Verhandlung beginnen, lasst uns zu Gott beten, dass er Benedikt rechtzeitig zu uns schickt. Damit wir nicht genötigt sind, unser Urteil ohne ihn zu fällen.«

10

Chiara küsste ihr Kind auf die Stirn, dann legte sie den Säugling vorsichtig in den Arm ihres Vaters. Obwohl es in der Burgkapelle so kalt war wie sonst erst zu Mariä Lichtmess, schlummerte ihr Sohn in dem weißen Daunenkissen so wohlig und friedlich vor sich hin, als könne nichts auf der Welt ihm etwas anhaben. Damit er sich bei der Tauffeier nicht erkältete, hatte Chiara ihn so dick eingepackt, dass von seinem rosafarbenen Gesichtchen kaum mehr als die Nasenspitze hervorschaute, als Don Abbondio, der alte Dorfpfarrer, sich an die drei Paten wandte – Girardo di Sasso, Anna und Antonio –, damit sie im Namen des Täuflings auf seine Fragen antworteten.

»Entsagt ihr dem Satan, all seiner Pracht und Verführung, jeder Macht des Trugs und der bösen Eingebung, um würdig zu werden des heiligen christlichen Namens?«

»Wir entsagen.«

Chiara sprach leise die Worte mit. Sie war im Zelt eines Zahnbrechers niedergekommen, fremde Menschen hatten sie hineingetragen, noch bevor die Hebamme eingetroffen war, damit sie nicht im Freien entbinden musste. Nach der Geburt hatte sie ein starkes Fieber befallen. Mehrere Wochen lang war sie so geschwächt gewesen, dass sie nicht das Bett hatte verlassen dürfen. Don Abbondio hatte immer wieder darauf gedrängt, die Taufe ohne die Mutter vorzunehmen: ein Kind, das ungetauft mit der Erbsünde starb, sei zu ewiger Höllenqual verdammt. Doch Chiara hatte sich seinem Drängen verweigert. Ihr Kind stand unter dem Schutz Gottes, es war ein Geschenk, mit dem der Himmel ihre Liebe zu Domenico gesegnet hatte, das Band, das sie für immer mit ihrem Mann vereinte, über seinen Tod hinaus.

»Allmächtiger ewiger Gott, der du nach deiner großen Barmherzigkeit in der Sintflut Noah und sein Haus in der Arche gerettet hast vom Untergang durch das Wasser; der du die Kinder Israels durch das Schilfmeer geführt hast zum Vorbild einer heiligen Taufe; der du auch durch die Taufe deines geliebten Sohnes Jesus Christus im Jordan das Wasser geheiligt hast zur geheimen Abwaschung der Sünden – wir bitten dich, um deines großen Erbarmens willen, schaue gnädig herab auf das Kind, welches wir zu deiner Ehre gesalbt haben, und gewähre, dass es getauft und von jedem Makel gewaschen, aus Wasser und Geist wiedergeboren und durch denselben, deinen Heiligen Geist, geheiligt, in die Arche der Kirche Christi aufgenommen werde, damit es endlich fest sei im Glauben, freudig in Hoffnung, fest gegründet in Liebe, um aus den Fluten dieser Welt in das Land des ewigen Lebens zu gelangen, um dort mit dir zu sein in Ewigkeit, durch Jesum Christum, unseren Herrn.«

»Amen.«

Als Don Abbondio an das Taufbecken trat, öffnete der Kleine blinzelnd die Augen, zwei kugelrunde Knopfaugen, die er von seinem Vater geerbt hatte, und begann mit dem Mündchen zu saugen. Gleich würde er anfangen zu schreien. Chiara gab ihm ihren kleinen Finger zum Nuckeln, und im nächsten Moment war er schon wieder eingeschlafen. Don Abbondio hielt seine braun gefleckte Hand über das schlummernde Köpfchen.

»Verleihe, oh barmherziger Vater, dass der alte Adam in ihm begraben werde und der neue Mensch in ihm auferstehe.«

»Amen.«

»Verleihe, dass alles Fleischliche in ihm für immer sterbe, alles aber, was vom Geist ist, lebe und gedeihe.«

»Amen.«

»Verleihe ihm Kraft und Stärke wider den Teufel, die Welt und die Sünde zu streiten und den Sieg zu behalten.«

»Amen.«

Ein Messdiener zündete die Kerze an, die Antonio mit seiner Linken hielt. Beim Anblick seines rechten Armstumpfs packte Chiara die Wut. Sie hatte geahnt, dass die Messe, die Benedikt in Albano gefeiert hatte, ein Schauspiel war, mit dem die Tuskulaner versuchten, das Volk in die Irre zu führen. Doch sie hätte nie gedacht, dass Teofilo und seine Brüder einem Mann, der keinem Menschen je etwas zuleide getan hatte, den Arm abhacken würden, um sich selber in den Augen der Leute rein zu waschen. Diese Enttäuschung, dieses Verbrechen, diesen Verrat würde sie Teofilo nie verzeihen – niemals!

Anna schlug das Kissen, in dem ihr Kind gebettet lag, zurück und breitete über den kleinen, nackten Leib das weiße Taufkleid aus.

»Herr und Gott«, sprach Don Abbondio, »wir bitten dich, decke jetzt und immerfort durch deine mächtige Kraft alle Gewalt und List Satans auf und treibe sie aus vom Leib dieses Kindes, von seiner Seele und seinem Geist. Befreie es von dem argen Feind und bewahre es vor dessen Anläufen für immer. Reinige und heilige du jetzt das Inwendige, bekleide den Leib jetzt mit dem glänzenden Gewand des Heils, dem Kleid der Unschuld und Gerechtigkeit, bereite es für deine heilige Gegenwart vor und mache es zu deiner Wohnstätte auf ewig.«

Als der Priester die Arme hob, um das Taufwasser zu segnen, öffnete der Kleine auf dem Arm seines Großvaters erneut die Augen. Dabei schaute er so voller Vertrauen und Zuversicht in Gott und die Welt zu ihr auf, dass Chiara schlucken musste. Sie faltete die Hände und schickte ein stummes Gebet zum Himmel. Wollte Gott geben, dass diese Augen nie so getäuscht würden, wie ihre Augen getäuscht worden waren.

»Gebt diesem Kind einen Namen!«, wandte Don Abbondio sich an den ersten Paten.

»Der Knabe soll Domenico heißen«, erwiderte Girardo.

Der Priester runzelte verwundert die Stirn. »Nur diesen einen Namen? Oder will die Mutter einen zweiten hinzufügen?«

Chiara zögerte. Ein zweiter Name lag ihr auf der Zunge – der Name eines Mannes, den sie noch mehr geliebt hatte als den Vater ihres Kindes, doch dessen Liebe das Verhängnis ihres Lebens war.

Wortlos schüttelte sie den Kopf.

Don Abbondio breitete die Arme aus. »Ich taufe dich, Domenico, im Namen des Vaters, und des Sohnes, und des Heiligen Geistes.«

Während der Priester sprach, schaute Chiara in das Gesicht ihres Sohnes. Ein warmes, inniges Gefühl durchflutete sie. Ja, der Himmel hatte ihr dieses Kind geschenkt, und was immer noch an Liebe in ihrem Herzen war, sollte von nun an ihm allein gehören.

»Amen!«

11

Der 20. Dezember war ein klarer, kalter Wintertag, doch in der Kathedrale von Sutri brannten genügend Feuer, sodass niemand zu frieren brauchte, als unter Heinrichs Vorsitz der Prozess gegen Papst Gregor VI. sowie Silvester, den Bischof der Sabina, eröffnet wurde. Das alte Gotteshaus, das auf den Überresten einer heidnischen Weihestätte errichtet worden war, reichte kaum aus, um die zahlreichen Kirchenfürsten zu fassen, die sich in seinem Innern versammelt hatten und gegen den Rauch anhusteten. Nicht nur aus sämtlichen Bistümern Italiens, auch aus Frankreich und Burgund waren Bischöfe angereist, um aus dem Mund des künftigen Kaisers zu erfahren, wer Gottes Stellvertreter und rechtmäßiges Oberhaupt der Kirche war und Heinrich die Krone aufsetzen würde.

Am frühen Morgen war Petrus da Silva zu den drei Toren der Stadt gepilgert, um an jedem Tor zum Heiligen Geist zu beten, dass er von den drei Männern, über die in der alten Bischofsstadt das Urteil gefällt würde, denjenigen unter seinen Schutz nehme, der zusammen mit Heinrich durch das nördliche Tor nach Sutri eingezogen war. Offenbar hatte der Himmel sein Gebet erhört. Während der Sabinerbischof wie ein Angeklagter in die Kathedrale geführt wurde, saß Giovanni

Graziano, angetan mit dem päpstlichen Ornat, an der Seite des jungen Königs, als wäre er selber Teil des Gerichts, das heute Recht sprechen sollte.

Als Erstes rief Heinrich den Bischof der Sabina auf, einen plattfüßigen, einfältigen Menschen, der sich einbildete, mit den Vögeln reden zu können. Er schien sich mit seiner Absetzung bereits abgefunden zu haben. In eine schlichte Mönchskutte gekleidet, watschelte er vor den Richterstuhl, und noch ehe ein Wort an ihn gerichtet wurde, warf er sich Heinrich zu Füßen und bat um Verzeihung für seinen schrecklichen Irrtum.

»Bist du bereit, zu widerrufen?«, fragte der König.

»Ich widerrufe.«.

»Versprichst du, nie wieder Anspruch auf den Heiligen Stuhl zu erheben?«

»Ich verspreche es.«

»Willst du dieses Versprechen beschwören?«

»Ich schwöre!«

Heinrich nickte. Offenbar war er gewillt, kurzen Prozess zu machen. Ohne sich mit weiteren Fragen aufzuhalten, erklärte er Silvester für abgesetzt, noch bevor er ein einziges Mal den Abort aufgesucht hatte, und erlegte ihm zur Strafe für die Usurpation der Papstwürde lebenslange Klosterbuße auf. Zugleich aber stellte er ihm, dauerhaften Gehorsam vorausgesetzt, die Erlaubnis in Aussicht, zu einem späteren Zeitpunkt wieder in sein Bistum zurückzukehren. Petrus da Silva begriff: Mit diesem Urteil hatte Heinrich die Sabiner in die Schranken gewiesen, ohne sich die mächtige Familie zu Feinden zu machen.

Mit einer feierlichen Messe, in der Heinrich und Giovanni Graziano sich im Gebet verbrüderten, um ihre Vereinigung im Glauben zu demonstrieren, dankte die Versammlung dem Heiligen Geist für den weisen Ratschluss.

Sollte der Fall schon entschieden sein?

Während Heinrich austrat, um sein Wasser zu lassen, flehte Petrus da Silva zum Himmel, dass nicht im letzten Moment noch Benedikt auftauchte. Wenn man die Kirchenväter studierte, war keineswegs sicher, dass die Synode im Sinne des Heiligen Geistes entscheiden würde, und ebenso wenig konnte man darauf bauen, dass das Band des Glaubens, das der König und der Papst durch ihre Gebetsverbrüderung miteinander geknüpft hatten, bis zur Urteilsverkündigung hielt ...

Plötzlich zuckte Petrus da Silva zusammen. Aus einer dunklen Nische blickte ihm ein Pickelgesicht entgegen. War das nicht Pietro di Tusculo? Bevor Petrus sich vergewissern konnte, verschwand der Mann hinter einer Säule.

»Was für eine Laus ist Euch denn über die Leber gelaufen, Eminenz?«, fragte Heinrich, als er vom Abort zurückkehrte.

»Verzeiht, Majestät, ich war nur in Gedanken.«

»Dann lasst mich an Euren Gedanken teilhaben!«

Petrus zögerte. »Nun«, sagte er, »ich dachte, vielleicht ist jetzt der richtige Zeitpunkt gekommen, um Papst Gregor im Amt zu bestätigen.«

»Ohne seinen Fall zu prüfen?« Der König schüttelte den Kopf. »Morgen früh wird die Verhandlung fortgesetzt.«

12

Der Schiffskapitän, den Gregorio in das Stadthaus der Tuskulaner geladen hatte, um über eine völlig neue Art von Geschäft zu verhandeln, trug an beiden Ohren silberne Ringe, und sein Gesicht sah aus, als wäre es aus Leder.

»Wie stellt Ihr Euch einen solchen Handel vor?«, fragte Gregorio so gleichgültig wie möglich. »Ich meine, falls ich überhaupt Interesse hätte.«

»Ganz einfach«, erwiderte der Kapitän. »Ihr beteiligt Euch mit sechshundertfünfzig Pfund Silber an der Ausrüstung meines Schiffes sowie an der Karawane, die ich brauche, um den Pfeffer über Land aus Indien nach Konstantinopel zu schaffen. Dafür bekommt Ihr bei meiner Rückkehr neunhundert Sack Pfeffer.«

»Und was passiert, wenn Eure Karawane überfallen wird? Oder Euer Schiff untergeht? Oder Ihr Piraten in die Hände fallt?«

»Wenn Ihr zu ängstlich für ein solches Geschäft seid ...«

»Wollt Ihr mich beleidigen?«, fiel Gregorio dem Mann ins Wort. »Ich will nur einen gerechten Anteil. Schließlich würde ich mit meinem Geld das Risiko tragen.«

»Was schlagt Ihr vor?«

»Ich gebe Euch fünfhundert Pfund Silber, und Ihr liefert tausend Sack Pfeffer.«

Mit heimlichem Wohlgefallen betrachtete Gregorio seine Hände. Sie waren kaum noch wiederzuerkennen. Seit es ihm gelungen war, seinen Bruder als einen Papst vorzuführen, der Falschmünzern schonungslos das Handwerk legt, hatte er nicht mehr an den Nägeln gekaut. So viele Jahre hatte man ihn unterschätzt, doch jetzt hatte er allen gezeigt, wozu er fähig war. Die öffentliche Bestrafung des Münzarbeiters hatte ihre Wirkung nicht verfehlt, die Bauern waren wieder brav wie Lämmer und zahlten pünktlich ihre Abgaben. Doch damit würde er sich nicht begnügen. Er wollte die Vorherrschaft der Tuskulaner nicht nur in der Grafschaft wiederherstellen, sondern auch in Rom. Als er in der Laterna Rossa von der Möglichkeit gehört hatte, mit Pfeffer ein Vermögen zu verdienen, hatte er darum beschlossen, das eingenommene Geld in ein solches Geschäft zu investieren.

»Ich mache Euch einen Gegenvorschlag«, erwiderte der Kapitän. »Sechshundert Pfund Silber und neunhundert Sack Pfeffer, oder neunhundertfünfzig Sack Pfeffer zu sechshundertfünfzig Pfund Silber. Sucht es Euch aus. Ihr habt die Wahl.«

Gregorio biss sich auf die Lippen. Verflucht, welche Möglichkeit war vorteilhafter?

»Was für eine Frage?«, sagte er, schneller als er denken konnte. »Ich nehme natürlich neunhundert Sack Pfeffer zu sechshundert Pfund Silber. Oder haltet Ihr mich für blöd?«

»Wie komme ich dazu?« Der Kapitän streckte ihm die Hand entgegen. »Euer letztes Wort?«

»Mein letztes Wort!«

»Dann schlagt ein!«

Um den Abschluss des Handels zu feiern, wollten die beiden Männer der Laterna Rossa einen Besuch abstatten. Doch sie waren gerade zur Tür hinaus, da kam Pietro in den Hof galoppiert.

»Gute Nachricht aus Sutri!«, rief er und sprang aus dem Sattel. »Heinrich hat Silvester ins Kloster geschickt!«

»Das heißt – er hat den Sabiner abgesetzt?«

»Ja! Mit einem Tritt in den Arsch!«

Gregorio konnte es kaum fassen. Was für ein Glück, dass Teofilo nicht nach Sutri gereist war. Sonst wäre er jetzt auch seines Amtes enthoben.

»Ihr müsst ohne mich feiern«, sagte er zu dem Kapitän. »Und du«, fügte er an seinen Bruder gewandt hinzu, »brauchst dein Pferd gar nicht erst absatteln. Wir reiten zur Burg!«

»Bist du verrückt?«, erwiderte Pietro. »Ich hab jetzt schon einen wunden Hintern.«

»Und wenn dein Steiß blutet«, sagte Gregorio. »Wir müssen zu Teofilo. Damit er uns keinen Strich durch die Rechnung macht.«

13

Die ganze Nacht hatte Petrus da Silva kein Auge zugetan. Kaum hatte die Synode sich vertagt, hatte sein eiternder Zahn mit solcher Heftigkeit zu schmerzen begonnen, dass er fast Heinrichs Barbier aus dem Schlaf geholt hätte, um sich von den Höllenqualen befreien zu lassen. Doch was bedeutete ein eiternder Zahn gegen das Leiden des Herrn am Kreuz? Statt für Linderung seiner Schmerzen zu sorgen, hatte Petrus ein Pergament aufgesetzt, um die Gebetsbrüderschaft, die der Kaiser und der Papst eingegangen waren, schriftlich zu dokumentieren. Der Herr hatte seinen Eifer belohnt: Zur Eröffnung des zweiten Sitzungstags unterzeichneten Heinrich und Giovanni Graziano nun den Pakt im Beisein der versammelten Bischöfe.

Konnte es einen deutlicheren Beweis geben, dass der König in Gregor den einzig legitimen Papst erkannte?

In einen einfachen Wollmantel gekleidet, nahm Heinrich auf dem Thron Platz. Nachdem er festgestellt hatte, dass Benedikt immer noch nicht erschienen war, kündigte er an, zunächst Giovanni Grazianos Fall zu prüfen. Petrus da Silva kühlte seine Wange mit einem Zinnlöffel. Hoffentlich würde die Verhandlung so rasch und zügig vonstatten gehen wie die Verhandlung gegen den Sabinerbischof – nur mit umgekehrtem Ausgang.

»Heiliger Vater«, richtete der König das Wort an Giovanni Graziano, »bitte schildert uns die Umstände Eurer Ernennung.«

Gregor erhob sich von seinem Thron, und wie ein einfacher Sünder wandte er sich zum Altar, kniete nieder und schlug das Kreuzzeichen. Dann trat er vor den König und berichtete, die blinden Augen gen Himmel gerichtet, von seiner Kindheit und Jugend im Schoß einer reichen Handelsfamilie, von seiner Berufung zum Priesteramt, von seiner Gottesgefolgschaft in der Weltabgeschiedenheit der Berge, von seinem Verzicht auf alle Nahrung außer den Gaben, die der Himmel ihm schickte, von seinen Bädern in eisig kalten Gewässern, um sein Fleisch gegen jedwede Versuchung abzutöten, von seinem Vorsatz, nie wieder in die Welt zurückzukehren, bis er schließlich auf die schrecklichen Missstände zu sprechen kam, die sich unter der Herrschaft seines Zöglings Benedikt in der Kirche und Rom ausgebreitet hatten.

»Ich habe Teofilo di Tusculo auf den Stuhl Petri erhoben. Das Unglück, das damit begann, konnte ich nur wiedergutmachen, indem ich es auch beendete.«

»Ist das der Grund, weshalb Ihr Euch zum Papst habt wählen lassen?«, fragte der König.

Giovanni Graziano nickte. »Obwohl ich nie dieses Amt

anstrebte, erkannte ich darin das Kreuz, das Gott mir auferlegte, und nahm es an.«

»Ein gutes und löbliches Werk, das Euch zum Heil gereichen möge.«

Erleichtert beobachtete Petrus da Silva, mit welchem Wohlwollen Heinrich die Aussagen Giovanni Grazianos zur Kenntnis nahm. Nein, er brauchte sich keine Sorgen zu machen. Auch Heinrich wollte diesen Papst auf der Cathedra, einen Papst, der lieber betete statt sich mit irdischen Dingen zu befassen, der weder imstande war, selber Politik zu machen, noch eine Familie im Schlepptau hatte, die das eigene Wohl über das der Kirche stellte. Außerdem war Heinrich die zügige Krönung zum Kaiser durch einen dazu legitimierten Papst ein ebenso dringliches Bedürfnis wie sein nächster Gang auf den Abort.

»Und darum«, fuhr Giovanni Graziano fort, »war mir kein Preis zu hoch, dieses Amt zu erwerben. Und wenn es mein Seelenheil gekostet hätte, ich wäre bereit gewesen, es zu opfern, um das Elend, das Teofilos Pontifikat gebracht hatte, von den Menschen abzuwenden. Was zählte im Vergleich dazu das Geld, das mir abgefordert wurde, das Erbe meiner Familie, das Vermögen meiner Angehörigen, die ich um Unterstützung bat…«

Je ausführlicher er berichtete, umso mehr verdüsterte sich die Miene des Königs. Petrus da Silva sah es mit Schrecken.

»Ich denke, Seine Majestät hat Eure Beweggründe hinreichend verstanden, Heiliger Vater«, unterbrach er die Anhörung, bevor Giovanni Graziano sich um Kopf und Kragen redete.

»Was erlaubt Ihr Euch?«, fuhr Heinrich ihn an. »*Ich* führe die Verhandlung! – Redet weiter«, befahl er dem Angeklagten.

»Aber, wenn Majestät erlauben…«, wandte Petrus ein.

»Nein!«

Giovanni Graziano warf erst dem Kanzler, dann dem König einen verwirrten Blick zu. Nervös kaute Petrus auf seiner Minze. War dem heiligen Einfaltspinsel wirklich nicht bewusst, in welcher Gefahr er schwebte? Noch ein falsches Wort, und er musste die Tiara abgeben.

»Mein Erbe schien Teofilo zu gering, um mir sein Amt abzutreten«, fuhr Givoanni Graziano fort, »er verlangte bleibende Einkünfte, eine Rente oder Apanage, und erst, als der Kanzler ihm den englischen Peterspfennig anbot, war er bereit, das Geschäft abzuschließen.«

»Habe ich richtig gehört?«, fragte der König und hielt sich die Hand ans Ohr. »Geschäft? Wollt Ihr damit sagen, Ihr seid auf die Cathedra gelangt, indem Ihr das heiligste Amt der Kirche Eurem Vorgänger *abgekauft* habt?«

Giovanni Graziano hob ohnmächtig die Arme. »Es war die einzige Möglichkeit, der Herrschaft der Tuskulaner ein Ende zu setzen, und angesichts des Elends und der Not ...«

»Und deshalb habt Ihr um den Heiligen Stuhl geschachert?«

»Aber was sollte ich denn tun?« Endlich schien Giovanni Graziano zu begreifen, was er angerichtet hatte, und er geriet ins Stottern. »Ich ... ich hatte keine Wahl ... Ich konnte nur noch versuchen, den Teufel mit dem Beelzebub ... Um wieder zur Reinheit der Kirche ... zur Reinheit und Einheit zu gelangen ... zur Unschuld des Glaubens ... Wenn Ihr versteht, was ich meine ...« Er stockte, setzte wieder an, redete stammelnd weiter, doch ohne ein vernünftiges Wort hervorzubringen.

Als er endgültig verstummte, herrschte in dem Gotteshaus tödliches Schweigen. Petrus da Silva spürte, wie ihm der Mund austrocknete. Vorsichtig schielte er zu Heinrich hinüber. Als er die Miene des Königs sah, wurde er blass.

»*Sancta simplicitas*«, sagte Heinrich. »Wart Ihr wirklich so einfältig zu glauben, Ihr könntet mit Bösem das Böse aufwiegen? Eine Sünde durch eine andere Sünde wiedergutmachen?« Er atmete tief durch. »Nun«, sagte er dann, »ich hege keinen Zweifel an der Lauterkeit Eurer Absichten, aber welcher Teufel Euch auch geblendet hat, ich werde mich nicht von einem simonistischen Papst zum Kaiser krönen lassen.« Traurig schüttelte er den Kopf. »Wehe Eurer Seele! Es wäre besser für Euch gewesen, auf Erden weiter in Armut zu leben, damit Ihr in Ewigkeit reich seid, als Euch auf Erden zu erhöhen, das ewige Leben aber zu verlieren.«

Mit Tränen in den halbblinden Augen schaute Giovanni Graziano sich um. Doch wohin er auch blickte, überall waren steinerne Gesichter auf ihn gerichtet.

»Ratet mir, was ich tun soll«, bat er mit brüchiger Stimme.

»Wisst Ihr das nicht selber?«, erwiderte Heinrich.

Petrus da Silva wusste, wenn er jetzt nicht handelte, war die Cathedra verloren. Aber was konnte er tun? Nur eine Lösung fiel ihm ein: Er musste den König selber in die Schranken weisen.

»Wenn ich mir eine Bemerkung erlauben darf?«

»Schon wieder?«, fragte Heinrich. »Nun gut, sprecht!«

Als Petrus da Silva den zornigen Blick des Königs sah, zuckte er zusammen. Vielleicht würde er mit dem, was er zu sagen hatte, sein eigenes Todesurteil sprechen. Aber sein Zögern dauerte nur einen Atemzug.

»Es ist eine Bemerkung zum Verfahren selbst«, sagte er mit fester Stimme. »Dieser Mann hier vor uns ist der Papst, der Stellvertreter Gottes, und niemand, nicht einmal Ihr, der König und künftige Kaiser, ist befugt, ihn zu verurteilen, solange er die Insignien seines Amtes trägt. Weil keine irdische Macht über einen geistlichen Würdenträger richten darf.«

Petrus da Silva erwartete einen Wutausbruch. Doch stattdessen nickte Heinrich ihm zu.

»Ich schätze Euren Mut«, sagte er. »Aber Euer Hinweis ist nicht nötig. Ich bin mir der Grenzen meiner Macht bewusst und würde sie nie überschreiten. Ja, Ihr habt Recht, nur ein einziger Mensch kann über den Papst richten, und das ist der Papst selbst.« Bei den letzten Worten wandte er sich wieder an Giovanni Graziano. »Wie lautet Euer Urteil, Heiliger Vater?«

Dieser faltete seine knochigen Hände und flüsterte ein Gebet. Dann kniete er nieder, das Gesicht auf den Altar mit dem Bildnis des gekreuzigten Heilands gerichtet, und während die versammelten Bischöfe jede seiner Bewegungen voller Anspannung verfolgten, schlug er das Kreuzzeichen, nahm die Tiara vom Kopf und legte sie dem König zu Füßen.

»Wer sich in die Welt begibt, verstrickt sich in Sünde und Schuld. Ich bin nicht würdig, Gottes Stellvertreter zu sein.« Auf den Knien wandte er sich zu seinen Brüdern herum und verbeugte sich so tief vor ihnen, dass er mit dem Gesicht den Boden berührte. »Demütig und in Erkenntnis meiner Schuld, die ich, geblendet von der Macht des Bösen, auf mich geladen habe, bitte ich Euch um Verzeihung.«

Überwältigt von der Ungeheuerlichkeit des Augenblicks, füllten Petrus da Silvas Augen sich mit Tränen. Giovanni Graziano erhob sich vom Boden und begann wortlos die Gewänder abzulegen, die ihn als Papst gekennzeichnet hatten, das Schultertuch und die Handschuhe und die Manipel, die goldene Casula und die rote Dalmatika.

»Ich bitte Euch, nehmt meinen Rücktritt an.«

»Was immer Euch gefällt«, erwiderte Heinrich, »Eure Bitte sei Euch gewährt.«

»Dann bin ich wieder Gottes einfacher Diener«, sagte Giovanni Graziano, »und Ihr habt die Macht, über mich zu richten. Wie lautet Euer Spruch?«

Heinrich dachte einen Moment nach. Dann sagte er: »Um jede weitere Streitigkeit um die Cathedra zu vermeiden, verbannen wir Euch aus der Stadt Rom und schicken Euch nach Köln, wo Ihr bis ans Ende Eurer Tage der Aufsicht des dortigen Erzbischofs unterstellt bleibt.«

»Ich danke Euch für Eure Milde«, sagte Giovanni Graziano. »Ich hätte härtere Strafe verdient.«

Während er sich zum Gehen wandte, meldete sich ein Bischof zu Wort.

»Und wer ist jetzt unser Papst?«, wollte er wissen.

Heinrich zögerte nur einen Augenblick. »Teofilo di Tusculo«, erklärte er. »Benedikt IX.«

»Das ist nicht wahr!«, rief Petrus da Silva. »Benedikt war es, der das ganze Unheil angerichtet hat. Außerdem hat er sich Eurem Schiedsspruch entzogen.«

»Ich habe die Kirchenväter studiert«, erwiderte der König. »Mir bleibt keine andere Wahl. Durch Gregors Rücktritt von seinem Amt ist Benedikt wieder der rechtmäßige Papst.«

Noch während er sprach, breitete sich Unruhe in der Kathedrale aus. Alle Würdenträger redeten durcheinander, einige protestierten sogar lauthals gegen das Urteil.

»Soll das heißen«, fragte Petrus, »Ihr wollt Benedikt ungeschoren davonkommen lassen?«

Heinrich schüttelte den Kopf. »Keineswegs, Eminenz. Wir werden alles tun, um seiner habhaft zu werden.«

»Wie wollt Ihr das anstellen? Teofilo di Tusculo hat sich in seiner Burg verschanzt.«

Der König hob nur eine Braue. »Wenn der Prophet nicht zum Berge kommt, kommt der Berg zum Propheten.«

14

Wie aus Kübeln schüttete der Regen vom nächtlichen Himmel herab, in immer neuen Böen klatschten die Tropfen Teofilo ins Gesicht, während er in der Finsternis auf ein kleines Licht zugaloppierte, das wie ein Glühwürmchen irgendwo in der Ferne tanzte. War das die Herberge, die der Schmied ihm beim letzten Pferdewechsel genannt hatte? Die Nacht war so schwarz, dass er kaum die Hand vor Augen sah und die Straße nur erkennen konnte, wenn ein Blitz die Landschaft für einen Wimpernschlag aus der Dunkelheit riss.

»Brrrrr.«

Teofilo parierte sein Pferd. Offenbar hatte das Tier sich vertreten, nur noch stolpernd kam es voran. Fluchend sprang er aus dem Sattel. Die Stute hatte vor Schmerz ihr rechtes Vorderbein angehoben. Er brauchte ein frisches Pferd, mit diesem Gaul kam er nicht mal mehr ins nächste Dorf! Wieder erhellte ein Blitz die Nacht. Gott sei Dank, nur eine halbe Meile entfernt sah er die Umrisse eines kleinen, windschiefen

Hauses, das sich wie verängstigt unter dem schweren, schwarzen Wolkengebirge am Himmel wegzuducken schien.

Teofilo schlug die Zügel über den Kopf der Stute, um das Tier den restlichen Weg zu führen. Durchnässt bis auf die Haut erreichte er die Herberge.

»Soll ich Euch Wein bringen, Herr?«, fragte der Wirt, als er den Schankraum betrat. »Ich habe ein Fässchen aus Montepulciano, einen solchen Wein habt Ihr Euer Lebtag nicht getrunken.«

»Danke«, erwiderte Teofilo. »Aber ich brauche keinen Wein, ich brauche ein Pferd.«

»Wollt Ihr bei dem Wetter etwa weiterreiten?« Der Wirt schüttelte den Kopf. »Wartet lieber bis morgen. Ich habe eine Kammer mit einem Daunenbett. Für Euch ganz allein. Oder, wenn Ihr nicht alleine schlafen möchtet …« Statt den Satz zu Ende zu sprechen, kniff er ein Auge zu. »Ganz wie es Euch beliebt.«

»Mach dir keine Mühe. Ich will nur was zu essen. Und dann sattle mir ein Pferd, ich gebe dir meine Stute in Zahlung. Auf den Preis kommt es nicht an.«

»Zu Diensten, Herr, zu Diensten. Allerdings, was das Pferd angeht …«

»Willst du etwa sagen, du hast keins?«

»Wie kommt Ihr darauf, Herr? Natürlich habe ich ein Reittier für Euch, ein ganz vorzügliches sogar. Habt nur ein bisschen Geduld. Ich werde mich kümmern.«

Der Wirt flüsterte mit dem Hausknecht und verschwand dann in die Küche. Teofilo rieb sich die Augen. Er war müde und erschöpft, den ganzen Tag hatte er im Sattel gesessen. Trotzdem blieb ihm keine Zeit für eine Pause. Er musste nach Sutri, so schnell wie möglich. Das fürchterliche Schauspiel, das er in Albano erlebt hatte, hatte ihm die Augen geöffnet. Wenn Chiara den Peterspfennig bekommen sollte, musste er um sein Amt kämpfen.

»Na, mein Süßer?«

Eine Hure machte sich an Teofilo heran, ein braun gelocktes Mädchen von vielleicht fünfzehn Jahren, mit schwarz geschminkten Augen und künstlich roten Wangen. Wieder zuckte draussen ein Blitz, und mit lautem Knall explodierte der Donner.

»Bei so einem Wetter jagt man doch keinen Hund vor die Tür«, schnurrte das Mädchen und streichelte Teofilos Wange. »Willst du nicht lieber mit in meine Kammer kommen?« Dabei leckte sie sich über die Lippen und strich ihm mit der Hand über den Schoss.

Für einen Moment schoss Teofilo die Lust in die Lenden. Doch statt die Hand des Mädchens auf seinen Schoss zu pressen, wie er es früher getan hätte, hielt er sie am Gelenk zurück.

»Gefalle ich dir nicht?« Verwundert schaute die Hure ihn an.

Teofilo rief nach dem Wirt. »Wo bleibt mein Essen?«

»Ist schon auf dem Feuer!«

»Ist *dein* Feuer schon erloschen?«, fragte das Mädchen. »Dabei hatte ich eben noch das Gefühl, dass sich da was regte.«

»Bitte, lass mich in Frieden.«

»Komm, sei kein Spielverderber. Ich verlange auch nicht mehr als ein Abendessen und einen Becher Wein.«

Teofilo drückte ihr eine Münze in die Hand. »Du bist ein hübsches Kind, aber lass mich jetzt allein. Bitte!«

Blitzschnell liess die Hure die Münze in ihrer Bluse verschwinden und ging weiter an einen anderen Tisch, wo sie freudig von einer Schar Pilger empfangen wurde. Während sie sich lachend auf den Schoss eines jungen Mönchs setzte, stand Teofilo vom Tisch auf. Bevor das Essen kam, wollte er im Stall nach seinem Pferd schauen. Doch er war noch nicht bei der Tür, da wurden im hinteren Teil der Stube Stimmen laut. Ein paar Kaufleute hatten angeblich den Tross des Königs gesehen.

Den Riegel schon in der Hand, drehte Teofilo sich um. »Sprecht Ihr von König Heinrich?«

»Ja«, erwiderte einer der Kaufleute, ein Mann mit einem

schwarzen Filzhut. »Er ist gestern hier durchgekommen, ganz in der Nähe, keine zwei Meilen von hier.«
»Wisst Ihr, wohin er wollte?«.
»Nach Rom, hat einer seiner Truppenführer gesagt.«
»Und wisst Ihr auch wozu?«
»Benedikt hat sich geweigert, zur Synode nach Sutri zu kommen, aus Angst, sie würden ihn absetzen. Jetzt will Heinrich in Rom eine neue Synode einberufen. Um mit den Bischöfen zu beraten, wer ihn Weihnachten zum Kaiser krönt.«
»Eine neue Synode?«, fragte Teofilo. »Wann?«
»Übermorgen, soweit ich weiß. Aber was zieht Ihr für ein Gesicht?«

15

Heinrichs Einzug in Rom war eine einzige Demonstration der Macht. Ohne jeden Widerstand öffnete ihm die Stadt ihre Tore, als er mit seiner Armee von zweitausend Söldnern sowie einer Heerschar von Bischöfen und Kardinälen mit ihren Dienern und bewaffneten Begleitern eintraf. Noch nie zuvor war die Ankunft eines Königs so begeistert gefeiert worden, wie einen Erlöser begrüßten die Römer den jungen, selbstbewussten Herrscher, der einem zweiten David gleich auf seinem Schimmel die Prozession anführte. Wo immer er vorüberkam, jubelten sie ihm zu, voller Hoffnung, dass er die Kloake austrocknen würde, in die ihre Stadt sich verwandelt hatte. Während der endlose Zug sich wie ein Lindwurm durch die engen Straßen und Gassen in Richtung Trastevere wand, wo sich der Petersdom erhob, der Versammlungsort der Synode, wurde aus allen Fenstern gewunken und applaudiert, die Bäume waren schwarz von Gaffern, und die Betreiber der Schenken und Herbergen rieben sich die Hände in Aussicht der glänzenden Geschäfte, die ihnen die nächsten Wochen zu bringen versprachen.

Gregorio zog sich seine Kapuze tiefer ins Gesicht. Um nicht erkannt zu werden, hatte er sich als Mönch verkleidet, genauso wie seine Brüder Pietro und Ottaviano, mit denen er sich am Lungo Tevere unter das Volk gemischt hatte. In der Nacht war ihm wieder sein Vater erschienen, wütend hatte er ihm befohlen, sich dem König entgegenzustellen. Doch der Alte hatte gut reden! Wie zum Teufel sollte Gregorio das tun? Mit welchen Truppen? Er konnte in seiner Grafschaft keine zweihundert Männer ausheben. Trotzdem quälte ihn das Gewissen, genauso wie die Schmach, sich nur verkleidet in die Öffentlichkeit wagen zu können. Er konnte nur hoffen, dass sein Vater ihn nicht sah.

»Es lebe der König!«

»Es lebe der künftige Kaiser!«

Mit erhobenem Haupt, die Zügel in einer Hand, saß Heinrich im Sattel seines Schimmels und nahm winkend die Huldigungen entgegen. Vorsichtig spähte Gregorio unter seiner Kapuze hervor. Hatten sie seinen Bruder schon geschnappt? Wenn Teofilo Heinrichs Gefangener war, war es mit den Tuskulanern vorbei. Doch so sehr Gregorio sich den Hals verrenkte, er konnte seinen Bruder nirgendwo entdecken.

»Jetzt reg dich nicht auf«, sagte Pietro. »Heinrich wird ein bisschen auf den Putz hauen, um uns Angst zu machen, und dann bestätigt er Teofilo doch im Amt. Schließlich will er sich Weihnachten krönen lassen, und wo soll er so schnell einen neuen Papst hernehmen?«

»Heinrich will uns vernichten!«

»Natürlich will er das. Aber er hat kein Recht, den Papst zu ernennen. Das haben nur die Römer. Und die haben geschworen, keinen anderen Papst zu wählen, solange Giovanni Graziano lebt. Und soweit ich weiß, lebt der alte Spinner noch, wenn auch in Köln.«

»Und wenn sie auf den Schwur scheißen?«

»Hör auf, Gespenster zu sehen. In ein paar Tagen ist alles wieder gut.«

»Glaubst du?«, fragte Gregorio mit einem Anflug von Hoffnung.

»Bestimmt«, sagte Pietro und pulte an einem Eiterpickel auf seiner Nase. »Außerdem hat Heinrich gar keine Zeit, sich mit Teofilo rumzuschlagen. Er muss weiter nach Süden. In Kampanien haben sich mehrere Fürsten gegen ihn erhoben. So was kann sich schneller ausbreiten als ein Buschfeuer.«

»Aber wenn er Teofilo einfach hinrichten lässt?«

»Den Papst?« Pietro drückte sich den Pickel aus. »Das wird er nicht wagen. Heinrich ist ein frommer Mann.«

Gregorio bekreuzigte sich. »Dein Wort in Gottes Ohren.«

16

Chiara hatte mit Baumwolle die Fensterritzen abgedichtet, damit die Winterkälte nicht in die Herberge drang, die sie noch rechtzeitig zur Kaiserkrönung eröffnet hatte. Ihr Vater hatte ihr das Geld geliehen, doch sie war zuversichtlich, es ihm schon bald zurückgeben zu können. Bis unters Dach war das Haus vollgestopft mit Pilgern aus aller Herren Länder, und noch immer klopften weitere an die Pforte und fragten nach einer Unterkunft.

»Langsam weiß ich nicht mehr, wo wir die Leute lassen sollen. Manche schlafen schon zu dritt in einem Bett.«

»Dann müssen sie eben zusammenrücken«, sagte Anna. »Wo drei hinpassen, passen auch vier hin.«

Während Chiara einen Strohsack aufschüttete, hörte sie ein leises Greinen. Egal, wie laut es um sie war, dieses Geräusch würde sie immer heraushören, und wenn die Welt unterginge. Sofort ließ sie ihre Arbeit liegen und trat an das Körbchen, in das sie ihren Sohn gebettet hatte. Nein, sie hatte sich nicht geirrt, Nicchino war aufgewacht und saugte an seinem Daumen.

»Hast du Hunger, mein kleiner Liebling?«

Sie nahm ihren Sohn auf den Arm und machte die Brust frei. Sobald sie das Köpfchen angelegt hatte, begann Nicchino zu trinken. Dabei legte er sein rosa Händchen ganz von allein auf ihren Busen und schaute sie mit seinen braunen Knopfaugen an, als wolle er ihr etwas sagen. Chiara durchströmte ein Glücksgefühl, das vollkommen anders war als alle Gefühle, die sie bisher kannte. Konnte es etwas Schöneres geben?

»Das wird mal ein kluger und kräftiger Mann«, sagte Anna.
»Warum glaubst du das?«
»Weil er in Liebe gezeugt wurde.«
»Was du nicht alles weißt ...«
»Lach mich nur aus, aber du wirst schon sehen. Wenn ein Mann sich in Liebe zu seiner Frau legt, und die Frau erwidert seine Liebe, dann wird ihr Kind ein Junge und später prachtvoll gedeihen.«
»Und woher kommen dann die Mädchen?«
»Wenn die Eltern sich lieben, aber der Same des Mannes zu dünn ist, um einen Jungen zu zeugen.«
»Soll das heißen, ohne Liebe gibt es keine Kinder?«
»Doch. Aber solche Kinder kommen kränklich zur Welt.«
»So ein Unsinn!«
»Sag, was du willst. Aber so ist die Natur, daran kann kein Arzt was ändern.«
»Hör auf zu reden und mach lieber die Leinentücher warm, damit ich meinen Liebling wickeln kann!«

Chiara wartete, bis Nicchino aufhörte zu trinken. Dann nahm sie ihn von der Brust und öffnete die Bänder, mit denen sie den kleinen Leib fest eingeschnürt hatte, damit ihr Sohn später, wenn er einmal groß war, nicht krumm und schief durchs Leben gehen würde, und reinigte seine Haut mit einem in Öl und Wasser getränkten Lappen. Sofort fing Nicchino an zu brabbeln und zu lachen. Chiara musste ihn wieder und wieder küssen. Was hätte sie darum gegeben, wenn sein Vater noch am Leben wäre.

»Was meinst du?«, fragte Anna, als sie ihr die warmen Tücher reichte, »wer wird den König wohl zum Kaiser krönen? Benedikt oder ...«

»Woher soll ich das wissen?«, fiel Chiara ihr gereizt ins Wort.

»Ich meine ja nur«, sagte Anna. »Wirst du deinen Vater zur Feier begleiten?«

»Ehrlich gesagt, würde ich lieber hierbleiben und dir bei der Arbeit helfen. Aber mein Vater will unbedingt, dass ich mitkomme. Sonst hätte er mir nicht das Geld geliehen.«

Sie nahm ein Tuch und trocknete ihren Sohn ab. Doch als sie die Windel um seine Beine schlug, fing er an zu husten. Hatte er sich erkältet? Annas seltsame Erklärungen, weshalb manche Kinder kränklich zur Welt kamen, fielen ihr wieder ein, und obwohl sie nicht wusste, ob sie daran glauben sollte, wurde ihr ganz mulmig zumute.

»Keine Angst«, sagte Anna. »Der Husten gibt sich schon wieder. Wahrscheinlich hat Nicchino sich nur ein bisschen beim Trinken verschluckt.«

17

Nur wer Herr über sich selbst ist, so hatte das Leben Petrus da Silvas gelehrt, kann Herr über andere sein. Doch an diesem Morgen, da er vom Lateran nach St. Peter eilte, musste er seine ganze Selbstbeherrschung aufbieten, um nicht Opfer einer Anspannung zu werden, die stärker war als das Verlangen nach einer Frau.

Welches Urteil würde die Synode heute über Benedikt fällen?

Seit der Ankunft in Rom hatte Petrus da Silva nichts anderes getan, als die Schriften der Kirchenväter zu studieren. Der Prozess gegen einen Papst, der trotz aller Vorwürfe, die gegen ihn erhoben wurden, immer noch als Gottes Stellvertreter galt, warf Fragen auf, die der Menschenverstand allein nicht beantworten konnte. Heinrich hatte sich geweigert, ein Verfahren ohne den Angeklagten zu eröffnen, und ein Regiment Soldaten zur Tuskulanerburg geschickt, um Benedikt aufgreifen zu lassen. Doch die Männer waren unverrichteter Dinge zurückgekehrt, und erst, als der Kanzler in einem Gutachten dargelegt hatte, dass über einen Angeklagten *in absentia* Recht gesprochen werden dürfe, wenn dadurch nicht wieder gut zu machender Schaden von der Kirche abgewendet werden konnte, hatte der König sich dazu bewegen lassen, das Verfahren ohne Benedikt zu eröffnen.

Doch die höchste Hürde, die dem Prozess gegen den Tuskulanerpapst im Wege stand, hatte Petrus da Silva selber errichtet, indem er auf der Synode von Sutri daran erinnert hatte, dass nur der Papst selbst über den Papst richten durfte. Wie konnte er aus dieser Zwickmühle entkommen? Nach nächtelangem Studium glaubte er, einen Ausweg gefunden zu haben. Doch würde der König bereit sein, diesen Ausweg zu nutzen?

Vor der Kapelle, in der Heinrich sich im Gebet auf die Synode vorbereitete, hielt Petrus da Silva für einen Moment inne, bevor er den kleinen Raum betrat, in dem der König mit gefalteten Händen vor einem Altar kniete.

»Herr, gib mir die Kraft, die Wahrheit von der Lüge zu scheiden...«

Petrus da Silva räusperte sich.

Heinrich schaute von seiner Betbank auf. »Ist es so weit?«

»Ja, Majestät. Die Bischöfe müssten inzwischen versammelt sein.«

»Das meine ich nicht. Ich meine, ob Ihr eine Lösung gefunden habt.«

Petrus nickte. »Ja. Mit der Hilfe des Heiligen Geistes.«

»Das heißt – wir haben uns geirrt, und Benedikt ist gar nicht mehr der Papst?«

»Einerseits ja – andererseits nein«, erwiderte Petrus da Silva.

»»Eure Rede sei ja ja, nein nein!«« Heinrich schlug das

Kreuzzeichen und erhob sich. »Sprecht nicht in Rätseln, Eminenz, sondern sagt, was Ihr zu sagen habt!«

»Wie Majestät befehlen«, antwortete Petrus da Silva mit einer Verbeugung. »Also, die Sache ist die …«

18

Im Galopp erreichte Teofilo die Porta Flaminia, das nördliche Stadttor von Rom. Würde er es bis zum Petersdom schaffen, bevor die Synode ihr Urteil sprach? Um nicht aufzufallen, mischte er sich unter eine Schar berittener Pilger, die sich gerade vor dem Tor drängte. Zum Glück ließ man ihn unbeachtet passieren. Er hatte viele Stunden Zeit verloren, weil der Herbergswirt nur einen Esel als Reittier gehabt hatte und er deshalb bis zum Morgen hatte warten müssen, um sich im nächsten Ort ein Pferd zu besorgen. Seitdem hatte er ununterbrochen im Sattel gesessen, einen ganzen Tag und eine ganze Nacht hindurch, und ein halbes Dutzend Pferde zuschanden geritten.

Vereint um die Fahne des Königs, waren auf dem Vorplatz von St. Peter Hunderte von Rittern und Knappen versammelt, die auf das Ende der Synode warteten. Ohne nach links und rechts zu schauen, trieb Teofilo seinen schweißnassen Wallach durch die Menge. Vor dem Portal sprang er aus dem Sattel, warf einem Reitknecht die Zügel in die Hand und eilte die Stufen hinauf. Die Soldaten, die das Tor bewachten, erkannten ihn, wussten aber nicht, ob sie ihn einlassen sollten. Er schob sie beiseite und drang in die Versammlung der Bischöfe ein.

Ein Raunen ging durch die Menge, als er in seinen dreckigen Kleidern die Basilika betrat. Die meisten Gesichter kannte er – außer Kardinälen und Bischöfen hatten sich auch die römischen Ständevertreter versammelt, um über ihn zu richten. Er versuchte, sich von ihren feindseligen Blicken nicht einschüchtern zu lassen. Mit erhobenem Kopf schritt er durch das Kirchenschiff zum Altar, wo Heinrich auf seinem Thron der Synode vorsaß. Während Teofilo das Herz bis zum Hals klopfte, wurde ein Tuscheln laut, ein aufgeregtes Wispern und Zischeln, in das sich wütende Protestrufe mischten.

»Ruhe!«, rief Petrus da Silva, der an Heinrichs Seite saß. »Ru-he!«

Als Teofilo den König sah, biss er sich auf die Lippe. Heinrich hielt ein Pergament in der Hand. Hatte er schon mit der Verkündung des Urteils begonnen? Unbeeindruckt von der Unterbrechung, runzelte der König nur einmal die Stirn, bevor er weitersprach.

»Darum wiederholen wir, was wir bereits in Sutri erklärt haben. Während der gesamten Zeit des Schismas, in welcher der Bischof der Sabina sowie Giovanni Graziano und Teofilo di Tusculo einander den Stuhl Petri streitig gemacht haben, gab es bei genauer und gründlicher Betrachtung nur einen von Gott und seinen irdischen Dienern eingesetzten Papst, und dieser Papst ist Benedikt IX.«

Eine Last, so schwer wie ein Mühlstein, fiel von Teofilo ab. Gott sei Lob und Dank! Wenn er der Papst war, brauchte er nur eine Unterschrift zu leisten, und Chiara ...

Während er um Fassung rang, hob Heinrich den Blick, um das Wort direkt an ihn zu richten.

»Ja, Teofilo di Tusculo, seit Eurer Erhebung auf die Cathedra wart Ihr das Oberhaupt der katholischen Kirche und Herrscher der Christenheit, ohne Ausnahme und Unterbrechung. Doch diese Feststellung gilt nur bis zum jetzigen Augenblick, in dem wir im Namen der hier versammelten Bischöfe verkünden, dass Euer Verzicht auf das höchste Amt der Kirche, den Ihr bei der Erhebung Eures Taufpaten Giovanni Graziano erklärt habt, heute und für alle Zeit Anerkennung vor Gott und der Welt findet ...«

»Nein!«, rief Teofilo.

»Schweigt!«, herrschte Heinrich ihn an. »Statt zu widersprechen, solltet Ihr Euch dankbar fügen. Die Synode hat

Gnade vor Recht ergehen lassen. Ihr werdet weder aus der Gemeinschaft der Kirche ausgestoßen, noch schickt man Euch in die Verbannung. Das einzige, was Eure Brüder von Euch verlangen, ist, dass Ihr schwört, die Waffen ruhen zu lassen und nie wieder nach der Tiara zu greifen oder sonst in irgendeiner Form gegen den heutigen Beschluss aufzubegehren.« Der König rollte das Pergament zusammen und bekreuzigte sich. »Im Namen des Vaters und des Sohnes und des Heiligen Geistes.«

»Amen«, erwiderten die Bischöfe und klatschten.

Während der Beifall Teofilo in den Ohren rauschte, sah er, wie Petrus da Silva zustimmend nickte. Im selben Moment wusste er, wer sich diese Lösung ausgedacht hatte, und er wäre dem Kanzler am liebsten an die Gurgel gesprungen. Denn dieses Urteil brachte ihn um die einzige Möglichkeit, Chiara seine Liebe zu beweisen, ohne den Fluch seiner Mutter auf sie zu lenken.

»Seid Ihr bereit, Euch dem Urteilsspruch zu beugen?«, fragte Heinrich, als der Applaus sich legte.

Teofilo zögerte. Dann hatte er eine Idee.

»Ja«, sagte er. »Doch unter einer Bedingung!«

Heinrichs Augen funkelten vor Zorn. »Ihr wagt es, Bedingungen zu stellen? Wollt Ihr, dass ich das Urteil revidiere?«

Teofilo warf den Kopf in den Nacken. »Für meinen Eid, nie wieder Anspruch auf den Thron zu erheben, verlange ich, dass Ihr, als König und künftiger Kaiser, die Erfüllung des Vertrags garantiert, der zwischen Giovanni Graziano und mir vor meinem Rücktritt abgeschlossen wurde. Gleichgültig, wen Ihr und die Versammlung der Bischöfe als neuen Papst ernennt.«

Der König schüttelte unwillig sein schwarzes, langes Haar. »Von welchem Vertrag sprecht Ihr?«

»Von der Abtretung des englischen Petersjennigs«, erklärte Teofilo. »Das war der Preis, um den Giovanni Graziano die Cathedra von mir erwarb.«

Heinrich beugte sich zur Seite, um sich mit Petrus da Silva zu beraten. Eine lange Weile redeten die beiden leise, aber heftig aufeinander ein. Obwohl Petrus da Silva sich große Mühe gab, seine Erregung zu verbergen, glaubte Teofilo zu erkennen, dass der Kanzler alles daran setzte, den König gegen den Vorschlag aufzubringen.

Nach einer Ewigkeit hob Heinrich den Arm und wandte sich wieder Teofilo zu.

»*Pacta sunt servanda*«, entschied er, »Verträge sind einzuhalten. Aber auch wir knüpfen an die Erfüllung des Vertrags eine Bedingung. Um sicherzugehen, dass die gewaltige Summe, die der Kirche durch die von Euch geleistete Übereignung der Ansprüche verloren geht, der Kirche trotzdem erhalten bleibt.«

»Wie lautet diese Bedingung?«, fragte Teofilo

»Das werdet Ihr noch früh genug erfahren«, erwiderte der König. »Der Kanzler wird ein entsprechendes Schreiben aufsetzen. Sobald Ihr dieses unterzeichnet habt, steht der Auszahlung des Geldes nichts mehr im Wege.«

Ohne Teofilos Antwort abzuwarten, wandte Heinrich sich an die Mitglieder der Synode. »Schreiten wir nun zur Wahl des neuen Papstes!«

19

»*Habemus papam! Habemus papam!*«

Auf dem beflaggten Platz vor der Basilika wimmelte es von so vielen Menschen, dass zu Pferde kaum ein Durchkommen war. Zusammen mit seinen Brüdern beobachtete Gregorio vom Sattel seines Hengstes aus das Portal, durch das in diesem Moment Petrus da Silva ins Freie trat, um der Menge zuzurufen, wer von nun an die Stadt regierte.

»Ich verkünde euch große Freude. Wir haben einen Papst, Seine Eminenz den hochwürdigsten Herrn Suidger, der Heiligen Römischen Kirche Erzbischof von Bamberg, welcher sich den Namen Clemens II. gegeben hat.«

Während tosender Applaus aufbrandete, zog Gregorio sich die Kapuze seiner Mönchskutte ins Gesicht. Dieses feige, hinterhältige, verräterische Pack! Genauso hatten die Römer damals seinem Bruder zugejubelt, als sie ihn auf den Thron gesetzt hatten, um ihm, Gregorio, die schlimmste Schmach seines Lebens zuzufügen. Doch er hatte die Demütigung hingenommen, im Dienst der Familie, hatte immer wieder für die Vorherrschaft der Tuskulaner und die Ehre seines Vaters gekämpft, unter Einsatz seines Lebens. Doch wozu? Heinrich hatte zwar nach altem Recht die Papstwahl frei gegeben und die Römer aufgefordert, aus ihrer Mitte das neue Oberhaupt der Kirche zu bestimmen. Doch statt von ihrem Recht Gebrauch zu machen, hatten sie nicht nur den Eid gebrochen, zu Giovanni Grazianos Lebzeiten keinen anderen Papst zu wählen, sondern waren zu Staube gekrochen, hatten sich selber für unwürdig erklärt, einen Papst zu bestimmen, und sich bedingungslos Heinrichs Willen unterworfen.

Eine Fanfare ertönte, und die Gläubigen sanken nieder, als der neue Papst, zusammen mit dem König, auf die Freitreppe trat, um sein Volk zu segnen.

»Die Heiligen Apostel Petrus und Paulus, auf deren Machtfülle und Autorität wir vertrauen, sie selbst mögen beim Herrn für uns Fürsprache halten.«

»Amen!«, hallte der Platz zurück.

»Aufgrund der Fürsprache und Verdienste der seligen, allzeit jungfräulichen Mutter Maria, des heiligen Erzengels Michael, des heiligen Johannes des Täufers sowie der heiligen Apostel und aller Heiligen, erbarme sich euer der allmächtige Gott. Vergebe er euch alle Sünden und führe er euch durch Jesus Christus zum ewigen Leben.«

»Amen!«

»Und der Segen des allmächtigen Gottes, des Vaters und des Sohnes und des Heiligen Geistes, komme auf euch herab und bleibe bei euch alle Zeit.«

»Amen!«

Mit jedem Amen, das Clemens entgegenschallte, vermehrte

sich Gregorios Entsetzen. Der neue Herrscher von Rom, das begriff er in diesem Augenblick, war niemand anderes als Heinrich selbst, und Clemens, der sächsische Papst, war nicht Gottes, sondern des Königs und künftigen Kaisers Stellvertreter.

»Da!«, rief plötzlich jemand in der Menge. »Die Tuskulaner!«

»Wo?«

»Die falschen Mönche!«

Gregorio riss sein Pferd herum. Ein paar Armlängen von ihm entfernt zeigte ein junger Ritter, den er aus dem Tross der Sabiner kannte, mit dem Finger auf ihn. Gleich darauf wurden weitere Rufe laut.

»Tatsächlich!«

»Gregorio di Tusculo und seine Brüder!«

Plötzlich flog ein Stein durch die Luft.

»Nichts wie weg!«, rief Gregorio.

Mit beiden Beinen gab er seinem Pferd die Sporen. Kreischend stoben die Menschen auseinander, und im Galopp jagten die Tuskulaner davon.

20

Nur zwei Tage nach der Ernennung des Papstes, am ersten Weihnachtstag des Jahres 1046, konnte die Erhebung Heinrichs zum Kaiser des Römischen Reichs erfolgen, wie seine Gemahlin es sich zum Jahrestag ihrer Geburt erhofft hatte. Bei grauem Winterwetter erreichte der Krönungszug durch die Porta Castelli die Stadt, um sich von dort, nach der feierlichen Begrüßung durch Vertreter der Geistlichkeit sowie der Bürgerschaft bei Santa Maria Traspontina, weiter zum Petersdom zu bewegen. Während der Stadtpräfekt an der Spitze dem König und künftigen Kaiser das Schwert voraustrug und Kämmerer links und rechts des Weges Gold ausstreuten, bildeten die mächtigsten Männer des weltlichen Roms das Gefolge, die Richter und Konsuln und Duces sowie die Milizen mit ihren Bannern. An der Treppe stieg Heinrich vom Pferd, um dem dort harrenden Papst den Fuß zu küssen und ihm zu schwören, der Kirche stets ein wachsamer und mutiger Beschützer zu sein. Die beiden Herrscher tauschten den Friedenskuss, und nachdem Heinrich zum Domherrn der Basilika ernannt worden war, schritt er zur silbernen Pforte, an welcher der Bischof von Albano die erste Oration über ihn sprach. Danach ließ Heinrich sich auf der Rota nieder, einem runden, im Boden eingelassenen Porphyrstein, um gemeinsam mit dem Papst das Glaubensbekenntnis abzulegen, bevor er in neue Gewänder gehüllt an den Altar des Heiligen Mauritius geführt wurde, wo der Bischof von Ostia ihm den Arm und Nacken salbte und eine weitere Oration über ihn sprach.

Während uralte Gesänge das düstere Gotteshaus erfüllten, wandte der König sich dem Altar des Apostelfürsten Petrus zu, auf dem in der Dunkelheit die Reichskrone funkelte: Gipfel und Inbegriff allen menschlichen Ehrgeizes auf Erden. Abermals kniete Heinrich vor dem Papst nieder. Der steckte ihm den goldenen Ring an den Finger, als Symbol des Glaubens sowie der Beständigkeit und Kraft seines katholischen Regiments. Dann umgürtete er ihn mit dem Schwert und setzte ihm schließlich die Krone auf den Kopf.

»Nimm das Zeichen des Ruhmes, das Diadem des Königtums, die Krone des Reichs, im Namen des Vaters, des Sohnes und des Heiligen Geistes. Sage dich los von dem Erzfeind und aller Sünde, sei gerecht und erbarmend und lebe in so frommer Liebe, dass du einst von unserem Herrn Jesus Christus im Verein der Seligen die ewige Krone empfangen magst.«

Während sich die Krone auf das schwarzgelockte Haupt des neuen Kaisers senkte, erschallte das Gotteshaus vom Gloria der Gläubigen, vermischt mit dem Jubelgeschrei der Ritter und ihrer Knappen.

»Leben und Sieg dem Kaiser! Dem Beschützer des Imperiums!«

Kaum hatte der Lärm sich gelegt, übertrugen die Römer dem jungen Herrscher sowie seinen Kindern und Kindeskindern für alle Zeit die patrizische Gewalt, als erster Bürger Roms den Papst zu nominieren. Petrus da Silva atmete auf. Durch diesen letzten Akt hatte Heinrich die Einsetzung des Erzbischofs von Bamberg zum neuen Oberhaupt der Christenheit rückwirkend legitimiert. Auch wenn die Investitur künftiger Päpste von nun an dem Kaiser oblag: Die Adelstyrannei in der Stadt war überwunden, das Schisma beigelegt, die Ordnung in der Kirche wiederhergestellt.

»Unser Dank gilt dem römischen Volke!«

Während der frisch gekrönte Kaiser sich herabließ, die Ehrenzeichen einer Magistratur anzulegen, um seine Verbundenheit mit der Stadt zu bekunden, entdeckte Petrus da Silva in der Menge eine Frau

Chiara di Sasso.

Aufmerksam musterte er ihr Gesicht. War diese Frau imstande, die so mühsam wiederhergestellte Ordnung aufs Neue durcheinanderzubringen?

21

»Wir wollen zu Gott beten, dass nun endlich Friede in diese Stadt einkehrt«, sagte Girardo di Sasso.

»Habt Ihr noch Zweifel, dass Ihr glaubt, beten zu müssen?«, fragte Chiara, als sie an der Seite ihres Vaters den Dom verließ.

Girardo di Sasso schlug den Kragen seines Pelzmantels hoch und schaute in den Himmel, der bedenklich nach Regen aussah. »Nun ja«, sagte er, vielleicht ist es ja ganz gut so, dass künftig Fremde bestimmen, wer Rom regiert. Die Entscheidungen, die wir Römer selbst getroffen haben, haben sich im Nachhinein meist als wenig weise erwiesen.«

Chiara stieß einen Seufzer aus. Ihr Vater legte eine Hand

um ihre Schulter. »Ich weiß, was du jetzt denkst. Und ja, in manchen Nächten, in denen ich nicht schlafen konnte, habe auch ich gedacht, vielleicht wäre alles anders gekommen, wenn ich damals nicht den Vorschlag unterstützt hätte, Teofilo di Tusculo …«

»Nein, Vater, Euch trifft keine Schuld.«

»Doch, mein Kind. Zwar habe ich nach bestem Wissen und Gewissen gehandelt, doch es war ein Fehler, einen Knaben auf den Heiligen Stuhl zu setzen. Dadurch, dass ich den Vorschlag der Tuskulaner unterstützte, habe ich nicht nur Rom schweren Schaden zugefügt, sondern vielleicht auch das Glück meiner Tochter zerstört.« Er blieb stehen und schaute sie an. »Wirst du mir das je verzeihen?«

»Ach Vater, stellt mir nicht solche Fragen. Wenn Ihr mir einen Gefallen tun wollt, besorgt mir lieber ein oder zwei Mägde. Wir haben in der Herberge so viel zu tun, dass Anna und ich kaum wissen, wie wir die Arbeit schaffen sollen.«

»Willst du jetzt gleich wieder zurück?«

»Natürlich. Ich habe Nicchino schon viel zu lange allein gelassen.«

»Dann wirst du mich also nicht zum Krönungsmahl begleiten?«

Chiara schüttelte den Kopf. »Ihr wisst doch, dass ich keine ruhige Minute habe, wenn ich nicht bei ihm bin.«

Sie begleitete ihn noch zum Haupteingang des Lateranpalasts, in den der Papst und der neue Kaiser geladen hatten.

»Vielleicht«, sagte er, »komme ich später noch vorbei und sage meinem Enkelsohn gute Nacht.«

»Ja, tut das. Anna und Antonio würden sich auch über Euren Besuch freuen.«

Mit einer Umarmung verabschiedeten sie sich. Während ihr Vater in den Palast verschwand, schaute Chiara ihm nach. Alt war er geworden, müde und erschöpft wirkte sein Gang, und die gebeugte Haltung verriet, wie sehr er unter dem Rheuma litt, das ihn seit Jahren quälte. Oder waren es die Sorgen, die ihn zu Boden drückten? Chiara kannte kaum einen

Menschen, der mit so guten Absichten so viele Fehler machte wie er.

Mit einem Seufzer machte sie sich auf den Weg. Höchste Zeit, zur Arbeit zurückzukehren! Gleich würden die Pilger, die bei der Krönungsfeier gewesen waren, in die Herberge strömen und nach Essen verlangen.

Mit gerafften Röcken lief sie die Freitreppe hinunter. Als sie die Piazza überquerte, machte ihr Herz vor Freude einen Sprung.

»Teofilo – du?«

Wie aus dem Nichts stand er plötzlich vor ihr. Unsicher schaute er sie an. »Ich … ich wollte dir nur sagen, dass ich alles versucht habe, um mein Versprechen zu halten. Damit du das Geld bekommst.«

Noch während er sprach, wich die Freude aus ihrem Herzen, und die Erinnerung holte sie ein. Die Erinnerung an die größte Enttäuschung ihres Lebens.

»Warum hast du mir das angetan?«

Er wich ihrem Blick aus. »Ich … ich wollte dich schützen«, sagte er leise. »Vor mir. Vor uns.«

»Mich schützen? Ohne mir zu sagen, warum du mich zurück gewiesen hast? So kurz vor unserer Hochzeit?«

Teofilo schwieg.

»Bitte, sag es mir.«

Er schüttelte den Kopf. »Ich … ich kann nicht.«

»Bitte, Teofilo.«

Sie sah, wie er mit sich kämpfte, wie er den Mund aufmachte und Luft holte, zwei-, dreimal. Aber er schaffte es nicht.

»Bitte!«

Endlich hob er den Kopf und erwiderte ihren Blick. In seinen Augen standen Tränen.

»Wenn ich dich geheiratet hätte«, sagte er, »hätte Gott dich dafür gestraft.«

Chiara zuckte zusammen. »Wer behauptet das?«

»Das … das darf ich nicht sagen.«

»Warum nicht?«

»Bitte glaub mir, es geht nicht anders. Das *musst* du mir glauben.«

»Ich – dir glauben?« Unwillkürlich machte sie einen Schritt zurück. »Nach allem, was passiert ist?«

»Bitte, Chiara!«

Sie sah in sein Gesicht, die flehenden Augen, seine Lippen, die ein Lächeln versuchten, und wieder spürte sie, dass sie ihn immer noch liebte.

»Ich würde dir so gerne glauben«, flüsterte sie. »Aber das kann ich nicht, Teofilo. Nicht mehr.«

NEUNTES KAPITEL: 1047-48

ABERRATIO

1

Es war Frühling in Rom. Die Sonne schien von einem blitzblanken Himmel auf die Stadt herab, eine sanfte Meeresbrise strich durch die Gassen und kitzelte die Lebensgeister der Menschen, um sie aus dem Winterschlaf zu wecken, und die Luft war erfüllt vom Tschilpen der Spatzen, die in wolkengroßen Scharen den Aufmarsch der kaiserlichen Truppen vor dem Petersdom begleiteten oder sich aufgeregt um die Rossballen stritten, aus denen sie die unverdauten Haferkörner pickten.

Petrus da Silva stand auf der Treppe der Basilika und ließ den Blick über die Pferde und Reiter gleiten, die auf den Befehl zum Aufbruch warteten. Was würden die neuen Zeiten bringen? Den ersehnten Frieden für die Kirche und die Stadt? Oder neuen Streit und Krieg? Heinrich hatte die ersten Monate des Jahres genutzt, um in Unteritalien einige aufmüpfige Provinzfürsten zu unterwerfen. Ob in Monte Casino, Benevent oder Capua – wo immer der Monarch erschienen war, hatte allein seine Gegenwart genügt, um die Reichsgewalt wiederherzustellen. Nur die Tuskulaner hatte er unbehelligt gelassen, Heinrich hatte sie weder angegriffen noch zur förmlichen Unterwerfung genötigt. Trotzdem sammelte er jetzt sein Heer in Rom, um wieder in den Norden zurückzukehren, ohne eine Besatzung zum Schutz des neuen Papstes in der Stadt zurückzulassen.

Würde sich das als Fehler erweisen?

Der Kaiser hatte schon die Zügel seines Pferdes in der Hand, um in den Sattel zu steigen, als er es sich noch einmal anders überlegte.

Während er hinter einem Mauervorsprung verschwand, um sein Wasser abzuschlagen, beobachtete Petrus da Silva die Spatzen am Himmel. Solange Heinrich sich in Italien aufgehalten hatte, hatten die Römer Ruhe gegeben und sich hinter den neuen Papst gestellt. Clemens hatte sogar, kaum dass er auf der Cathedra saß, ein Konzil abgehalten, um jedwede Form des Ämterkaufs für alle Zeit zu unterbinden: Für keine Weihe oder Übertragung eines Altars, so hatten die Bischöfe beschlossen, dürfe künftig Geld gefordert werden, und jeder Priester, der sich durch einen simonistischen Bischof einsetzen ließ, sollte mit einer Kirchenbuße belegt werden. Doch die Macht des neuen Papstes, daran hegte Petrus da Silva keinen Zweifel, würde bröckeln, noch bevor Heinrich die Alpen überquert hatte – es war nur eine Frage der Zeit, dass die Tuskulaner versuchten, die Vorherrschaft über Rom zurückzugewinnen. Und was tat Clemens? Anstatt sein Banner in der Stadt hoch zu halten, begleitete er Heinrich in Richtung Norden, um das Kloster des Heiligen Thomas in Pesaro mit seiner Anwesenheit zu beehren und eine mildtätige Stiftung einzurichten. Ungeduldig saß er jetzt in seinem weißen Reisekarren, dessen Giebel eine Friedenstaube zierte, und schaute mit mürrischer Miene nach dem Kaiser.

Hatte er Angst, dass man ihm in Rom nach dem Leben trachtete?

Heinrich kehrte zu seinem Pferd zurück. Petrus beeilte sich, ihm den Steigbügel zu halten. Als der König im Sattel saß, richtete er noch einmal das Wort an ihn.

»Habt Ihr die Abtretung des Petersphennigs geregelt, Eminenz?«

Petrus hatte gehofft, der Kaiser hätte über den Kriegszug im Süden die Sache vergessen. Während er nach einer Begründung suchte, warum er die Angelegenheit auf sich hatte beruhen lassen, nahm Heinrich die Zügel auf.

»*Pacta sunt servanda!*«, sagte er. »Verträge müssen eingehalten werden. Ich erwarte Euren Bericht!«

Er gab seinem Pferd die Sporen und galoppierte davon. Erfüllt von dunklen Ahnungen sah Petrus da Silva, wie die Römer am Wegrand niedersanken und mit den Händen rangen, während der Kaiser sich entfernte. Wie Kinder, die von ihrem Vater verlassen werden.

2

Zur gleichen Zeit, ganz am Ende des päpstlich-kaiserlichen Trosses, wo die Reiter und Wagenlenker noch auf den Befehl zum Abmarsch warteten, näherte Teofilo sich einem mit Eisen bewehrten Mauleselkarren, in dem der von Heinrich abgesetzte Papst Gregor nach Köln verbracht werden sollte. Kaum hatte Teofilo die Nachricht von Giovanni Grazianos Aufbruch in die Verbannung gehört, hatte er die Tuskulanerburg verlassen, um sich von seinem Taufpaten zu verabschieden. Er wusste, es würde ein Abschied für immer sein. Giovanni Grazianos Begleiter, ein Kappelan namens Hildebrand, ein Menschlein von schmächtiger Gestalt, in dessen Gewahrsam der Verurteilte die Reise über die Alpen antrat, hatte das Treffen ermöglicht.

Die toten Augen des Greises leuchteten auf, als er Teofilos Stimme hörte.

»Gott sei Lob und Dank, dass du noch einmal gekommen bist, bevor ich scheide.« Er griff nach seiner Hand. »Mein Sorgenkind, mein armer, suchender, irrender Sohn.«

»Ehrwürdiger Vater.« Teofilo küsste seine alte, knöcherige Hand.

»So viele Jahre hast du mich mit deinen Fragen gequält. Das Geheimnis des Glaubens … Nie wolltest du dich damit abfinden. Alles wolltest du *wissen*, mit dem Verstand durchdringen.«

»Ihr habt mich zur Demut ermahnt, immer wieder. Doch ich habe nicht auf Euch gehört.«

»Ich bin kein Deut besser als du, mein Sohn. Ich wollte dich vor der Sünde der Superbia bewahren. Und bin ihr selber zum Opfer gefallen.«

»Ihr habt nur versucht, wiedergutzumachen, was ich der Stadt Rom und der Kirche angetan habe. Gottes Gnade ist groß, er wird Euch vergeben.«

Grazianos Augen schimmerten feucht. »Du sprichst von Gott und seiner Gnade?«, fragte er. »Hast du also wirklich und dauerhaft zum Glauben zurückgefunden?«

Teofilo nickte. »Chiara hat mir den Weg gezeigt.«

»Chiara di Sasso?«, fragte sein Pate.

»Wie hat sie das Werk vollbracht? Welche Worte hat sie gewählt?«

»Es waren nicht ihre Worte. Sie hat mich weder ermahnt noch gedrängt. Ich habe nur in ihr Gesicht geschaut. Es ... es war, als würde ich in einen Spiegel blicken.«

Giovanni Graziano hob die Brauen. »Und – was hast du in diesem Spiegel gesehen?«

Teofilo musste schlucken, so sehr schmerzte ihn die Erinnerung.

»Mich selber, ehrwürdiger Vater. Aber ... aber mir fehlen die Worte, um zu beschreiben, wie schrecklich es war.«

»Das ist gut«, sagte der Greis. »Dann war doch nicht alles vergebens.« Er umarmte Teofilo und drückte ihn an seinen mageren, knöchernen Leib. »Aber sag mir, warum hast du Chiara di Sasso nicht geheiratet, wie es vereinbart war?«

Teofilo zögerte. Sollte er sich seinem Paten anvertrauen?

»Es war der Wille meiner Mutter«, sagte er schließlich. »Ihr letzter Wunsch, bevor sie starb.«

»Contessa Ermilina hat dir auf dem Sterbebett verboten, Chiara di Sasso zu heiraten?«, fragte sein Pate.

»Ja, ehrwürdiger Vater«, erwiderte Teofilo. »Und ... sie hat geschworen, im Himmel über meinen Gehorsam zu wachen ... Und dass Gott, wenn ich mich widersetze, Chiara an meiner

Stelle strafen würde. Dass sie im Kindsbett sterben muss, wenn sie von mir empfängt ...« Seine Stimme erstickte.

Giovanni Graziano strich sich über den Bart. »Weiß Chiara von dem Fluch?«

Teofilo schüttelte den Kopf. »Nein«, sagte er. »Meine Mutter hat mir Schweigen auferlegt. Sie wollte, dass Chiara mich dafür hasst.«

Seine Pate dachte eine Weile nach. »Was für eine kluge und gottesfürchtige Frau«, sagte er dann.

»Sie hat mein Leben zerstört!«, rief Teofilo. »Ich bete und faste und tue alles, um Chiara zu vergessen. Doch keine Stunde vergeht, ohne dass mir die Sehnsucht nach ihr das Herz zerreißt.«

»Ich verstehe deinen Schmerz, mein Sohn«, sagte Giovanni Graziano »Und doch hast du richtig daran getan, deiner Mutter zu gehorchen.«

»Warum, ehrwürdiger Vater? Warum?«, fragte Teofilo verzweifelt.

»Weil der Verzicht auf Chiaras Liebe das Opfer ist, das Gott von dir verlangt, um deine Sünden zu büßen.«

»Woher wollt Ihr das wissen? Meine Mutter hat den Fluch ausgesprochen, nicht Gott!«

»Contessa Ermilina war Gottes Werkzeug«, sagte sein Pate. »Ja, verstehst du denn nicht? Kannst du das Zeichen wirklich nicht deuten?«

»Welches Zeichen?«

Giovanni Graziano richtete seine blinden Augen auf ihn. »Das Kind, von dem Chiara di Sasso entbunden wurde.«

»Chiara – sie ... sie hat ein Kind?«, stammelte Teofilo.

»Ja, einen Sohn. Von ihrem Mann.«

Teofilo schloss die Augen. Dann hatte er sich also damals nicht getäuscht, auf dem Marktplatz von Albano ... Chiaras gewölbter Bauch, der sich unter ihrer Tunika abgezeichnet hatte ...

Im selben Moment kam ihm eine bange Frage. »Hat sie die Geburt überlebt?«

Sein Pate lächelte. »Sei unbesorgt. Mutter und Kind sind beide wohlauf.«

»Gott sei Dank!« Erleichtert schlug Teofilo ein Kreuzzeichen.

»Begreifst du nun?«, fragte Giovanni Graziano.

»Ja, ehrwürdiger Vater.« Teofilo sank auf die Knie. »Gelobt sei Jesus Christus!«

»In Ewigkeit amen!«, erwiderte der Eremit. »Ach, ich bin so glücklich, dass ich diesen Augenblick noch erleben darf. Du hast getan, was der Herr dir durch deine Mutter aufgetragen hat, und der Herr hat dein Opfer angenommen. Jetzt darfst du getrost wieder in sein Haus heimkehren.« Er legte seine schwere Hand auf Teofilos Scheitel und segnete ihn. »Bete, mein Sohn, und diene dem himmlischen Vater.«

»Sein Wille geschehe!«

»Gehe hin in Frieden.«

»Dank sei Gott dem Herrn.«

3

»Wo sind die Handwerker geblieben?«, fragte Girardo di Sasso und ließ seinen Blick über die verwaiste Werkstatt schweifen, in der früher noch solcher Betrieb geherrscht hatte, dass man kaum sein eigenes Wort verstand.

»Ich musste die Leute entlassen«, erwiderte Chiara. »Ich hatte keine Arbeit mehr für sie.«

»Und – was hast du jetzt vor? Wirst du das Haus schließen?«

Chiara zuckte ohnmächtig mit den Schultern. Seit der Kaiser die Stadt verlassen hatte, war Rom wie ausgestorben. Der Anblick der leeren Räume machte sie unendlich traurig. War ihre Arbeit, ihre ganze Mühe vergeblich gewesen? Die Pilger waren in ihre Heimat zurückgekehrt, kein

Mensch kaufte mehr Kruzifixe oder Heiligenbilder. Nur die Bettler, die an Chiaras Tür klopften, vermehrten sich täglich.

»Könnt Ihr mir vielleicht noch einmal aushelfen?«, fragte sie. »Nur bis zum Herbst? Wenn die hohen Feiertage kommen, kommen vielleicht auch die Pilger zurück.«

Ihr Vater schüttelte den Kopf. »Alles, was ich an Geld besaß, habe ich bereits aufgebraucht. Zur Begleichung deiner Schulden. Es reicht kaum noch zum Leben.«

Während er sprach, ging die Tür auf, und herein kam ein hoch gewachsener Kardinal in einer Schwanensoutane, mit blassem, fein geschnittenem Gesicht und pechschwarzem, sorgfältig geöltem Haar.

»Petrus da Silva?«, fragte Chiara verwundert. »Was führt Euch in ein Armenhaus?«

»Eine Nachricht, die Euch freuen wird«, erwiderte der Kanzler. »Die Synode der Bischöfe hat auf Bitten Teofilo di Tusculos, vormals Papst Benedikt, beschlossen, Euch den englischen Peterspfennig zu übereignen, so wie es zwischen ihm und seinem Nachfolger Giovanni Graziano vereinbart worden war.«

Chiara roch den Atem des Kanzlers, den fauligen Mundgeruch, vermischt mit dem Aroma von Minze, und trat einen Schritt zurück.

»Wollt Ihr mich zum Narren halten?«, fragte sie.

»Keineswegs.« Petrus da Silva brachte die Antwort nur mit Widerwillen über die Lippen. »Ihr bekommt aus dem Schatz der heiligen Kirche ab sofort die jährliche Summe von fünfhundert Pfund Silber.«

»Dann gilt der Vertrag auch unter dem neuen Papst?«, fragte Chiaras Vater. »Jährlich?«

»So lautet der Beschluss der Synode.«

»Aber – das ist ja … wun-der-bar!«

Während ihr Vater über das ganze Gesicht strahlte, suchte Chiara nach Worten. Das hatte Teofilo getan? Obwohl der Kaiser ihn abgesetzt hatte? Noch mehr als über das Geld freute sie sich über die Absicht, die der Tat zugrunde lag. Dann hatte er sie also nicht belogen ...

Durfte sie ihm vielleicht doch vertrauen, trotz allem, was geschehen war?

»Und was muss meine Tochter dafür tun?«, fragte ihr Vater, an Petrus da Silva gewandt. »Wie ich Euch kenne, ist die Auszahlung gewiss an eine Bedingung geknüpft.«

»Ich bewundere Eure Menschenkenntnis«, erwiderte der Kanzler.

»Dann spannt uns nicht auf die Folter.«

Petrus da Silva verzog keine Miene. »Die Bedingung lautet, dass Eure Tochter mit dem Geld ein Kloster für die Armenpflege gründet. Um auf diese Weise zu gewährleisten, dass die Gelder, die fromme Katholiken in England an den Vatikan entrichten, nicht missbraucht, sondern im Sinne der Kirche verwandt werden.« Mit einer angedeuteten Verbeugung drehte er sich zu Chiara herum. »Seid Ihr dazu bereit?«

Chiara blickte erst den Kanzler, dann ihren Vater an. Die Bedingung, die Petrus da Silva nannte, stürzte sie in tiefe Ratlosigkeit. Wenn sie die Bedingung erfüllte, würde sie für immer hinter den Mauern eines Klosters verschwinden. Schlug sie hingegen die Bedingung aus, zerstörte sie ihr eigenes Werk und musste die Werkstatt ebenso schließen wie die Herberge.

Petrus da Silva sah ihre Not. »Ihr braucht nicht jetzt zu antworten«, sagte er mit einem feinen Lächeln. »Die Kirche hat Zeit – sehr viel Zeit ...«

4

»Was sagst du da?«, fragte Ottaviano. »Das Schiff ist gesunken?«

»Ja«, erwiderte Gregorio, »ein Sturm im Helespont.«

»Und was heißt das?«, wollte sein Bruder wissen.

»Und was heißt das?«, äffte Gregorio ihn nach. »Was wohl?

Dass wir alles verloren haben! Das Schiff, den Pfeffer, das Geld! Herrgott noch mal – was wollt ihr von mir? Ihr tut ja gerade so, als hätte *ich* das Schiff versenkt!«

Obwohl sein Daumen schon blutig war, biss er sich erneut in die Kuppe. Nur weil der verfluchte Kahn, der sie alle hätte reich machen sollen, vor der ägäischen Küste untergegangen war, musste er sich jetzt vor den beiden Hosenscheißern rechtfertigen – er, der Graf von Tuskulum, vor seinen Brüdern, die zu blöd waren, sich selber den Hintern abzuwischen! Ihm grauste schon vor der Nacht und seinen Träumen. Was würde sein Vater zu dieser neuen Katastrophe sagen?

»Am Anfang, ja, da wart ihr begeistert«, fauchte Gregorio. »Da habt ihr schon die Dukaten klimpern hören. Aber jetzt, da die Sache schiefgegangen ist, wollt ihr mir die Schuld in die Schuhe schieben! Aber das lasse ich mir nicht gefallen!«

»Pfeffer!«, schnaubte Pietro verächtlich und kratzte an einem Pickel. »Was für eine Schnapsidee! Wenn du uns wenigstens gefragt hättest.«

»Ich habe euch doch gefragt!«

»Hast du nicht!«

»Hab ich doch!«, brüllte Gregorio. »Bedankt euch bei Teofilo. Wenn er den Petersfennig nicht an Chiara di Sasso verschleudert hätte, wäre das alles nie passiert! Teofilo hat uns in den Schlamassel geritten!«

»Ich habe gehört, sie will mit dem Geld ein Kloster gründen«, sagte Ottaviano. »Mit *unserem* Geld!«

Pietro ließ seinen Pickel platzen. »Darf sie das überhaupt?«, fragte er, während er nachdenklich den Eiter auf seiner Fingerspitze betrachtete.

»Was?«, wollte Gregorio wissen.

»Ein Kloster gründen«, erwiderte Pietro. »Ich meine, eine Frau mit einem Kind …«

Verblüfft schaute Gregorio seinen Bruder an. Die Frage war gar nicht so dumm … Eine Frau mit einem Kind, vielleicht konnte die ja gar nicht so einfach Nonne werden und ein Kloster gründen, nur weil es ihr gerade in dem Kram passte …

War das die Lösung?

Bevor der Gedanke in ihm Gestalt annehmen konnte, unterbrach ein Page das Gespräch, um einen Gast zu melden. Breitbeinig und in voller Montur, betrat Bonifacio di Canossa, der mächtige Herrscher der Toskana, den Raum.

»Gott sei Dank, dass ich Euch antreffe«, erklärte er ohne Begrüßung. »Können wir unter vier Augen sprechen?«

»Sicher … Warum?«, erwiderte Gregorio.

»Ich will Euch einen Vorschlag machen.«

»Das könnt Ihr auch, wenn wir dabei sind«, protestierte Ottaviano.

»Raus!«

»He, schnauz mich nicht so an!«

»Raus!«, wiederholte Gregorio. »Oder muss ich dich rausprügeln?«

Murrend wandte Ottaviano sich zur Tür, gefolgt von seinem Bruder Pietro.

»Nun?«, fragte Gregorio seinen Gast, nachdem die beiden fort waren. »Was ist Euer Vorschlag?«

»Ich biete Euch meine Unterstützung an«, erklärte Bonifacio.

»Unterstützung? Wozu?«

»Benedikt wieder auf die Cathedra zu setzen!«

»Wie bitte?«

»Ihr habt richtig gehört!«, bestätigte Bonifacio. »Ich will, dass ein Römer Rom regiert, und kein verdammter Fremder!«

»Aber warum habt Ihr dann nicht verhindert, dass Bischof Suidger, ein Sachse …«

»… Papst wurde?«, beendete Bonifacio den Satz. »Solange Heinrich mit seinem Heer hier war, blieb mir nichts anderes übrig, als gute Miene zum bösen Spiel zu machen. Aber jetzt ist die Zeit reif, dass wir dem Spuk ein Ende bereiten.« Ohne Aufforderung nahm er einen Krug Wein und schenkte sich einen Becher ein

Gregorio begriff. »Und darum wollt Ihr meinen Bruder …«

»Euer Bruder ist mir egal«, fiel Bonifacio ihm abermals ins

Wort. »Aber er ist ein Römer, und er war der Papst, bis Heinrich hier aufkreuzte. Es gibt immer noch genug Leute in der Stadt, die bereit sind, ihn wieder einzusetzen, dafür habe ich bereits gesorgt.« Dabei rieb er Daumen und Finger seiner rechten Hand aneinander wie beim Geldzählen.

»Was ... was ist Euer Vorteil dabei?«, fragte Gregorio, der kaum so schnell denken konnte, wie sein Besucher sprach.

Bonifacio nahm einen Schluck von dem Wein. »Ganz einfach«, erwiderte er und wischte sich mit dem Handrücken den Mund ab. »Es geht darum, wer in Italien das Sagen hat: Heinrich oder ich? Ich habe von meinem Vater Ferrara, Brescia, Reggio und Modena geerbt, und diese Fürstentümer will ich behalten. Doch wenn der Kaiser über einen Vasallen auf dem Papstthron Rom regiert, ist es nur eine Frage der Zeit, dass ...«

»... der Kaiser Euch Euren Besitz streitig macht«, ergänzte Gregorio, froh, wenigstens einmal dem Toskaner das Wort abschneiden zu können.

»Ich sehe, Ihr seid ein kluger Mann«, sagte Bonifacio. »Rom den Römern!« Er streckte Gregorio die Hand entgegen. »Sind wir uns einig?«

Gregorio blickte auf die schwielige, kraftstrotzende Pranke. Scheiß auf den Peterspfennig! Scheiß auf das Schiff und den Pfeffer! Ohne zu zögern, schlug er ein.

»Rom den Römern!«

»Und Heinrich und seinen Vasallen einen Tritt!«

Um ihren Pakt zu besiegeln, stürzten sie in einem Zug den Wein hinunter und warfen die leeren Becher hinter sich.

»Nur – was ist mit Clemens?«, fragte Gregorio.

»Das lasst meine Sorge sein«, erwiderte Bonifacio mit einem Grinsen. Dann runzelte er die Stirn und schaute sich um. »Aber sagt, wo steckt eigentlich Seine Heiligkeit?«

»Teofilo?« Gregorio verdrehte die Augen. »Er ist in der Kapelle – beten!«

»Hat Euer Bruder den Verstand verloren?«, fragte Bonifacio. Dann brach er in polterndes Gelächter aus. »Ein Papst, der betet! Das glaubt uns kein Mensch!«

5

Das Kloster des Heiligen Thomas lag am Ufer des Flusses Apsella, nur wenige Meilen von der Hauptstadt des Fürstentums Pesaro entfernt, doch eine nicht enden wollende Ewigkeit von der Heiligen Stadt Rom. Jeder Galoppsprung war eine Qual für Petrus da Silva, und manchmal war ihm, als würde das ganze Leid und Elend dieser Welt sich in seinem eiternden Zahn versammeln. Unterwegs waren die Schmerzen so schlimm geworden, dass er in Perugia, auf der halben Strecke der Reise, sogar erwogen hatte, einem Totenschädel im Beinhaus einen Zahn auszubrechen und diesen auf dem weiteren Weg zu lutschen – angeblich wirkte das Mittel Wunder. Doch die Vorstellung hatte ihn zu sehr angewidert. Also hatte er sich der Heilkraft getrockneter Nelken sowie dem Schutz des Heiligen Medardus anvertraut, wie jeder vernünftige Christenmensch, der von Zahnschmerzen befallen war. Und tatsächlich – als er den Apennin überquerte, ließen die Schmerzen allmählich nach.

Wusste der Himmel, wie wichtig seine Mission war? Oder hatten die getrockneten Nelken das Ihre getan?

Aus zwei Gründen hatte Petrus da Silva die Reise auf sich genommen. Er hatte gehofft, dass die Gefühle Chiara di Sasso hindern würde, den Peterspfennig anzunehmen. Doch zu seiner Überraschung schien sie die Bedingung, die er an die Auszahlung geknüpft hatte, nicht zu schrecken. War ihre Liebe zu Teofilo di Tusculo erloschen? Nun, sollte Chiara di Sasso tatsächlich den Schleier nehmen, würde er andere Mittel und Wege finden, um den Kirchenschatz zu schützen. Papst Clemens hatte auf seinem ersten Konzil jede Form der Simonie verdammt – vielleicht konnte man ja die päpstliche Bulle rückwirkend auf den Vertrag zwischen Benedikt und Graziano anwenden …

Weit größere Sorgen bereitete Petrus da Silva das Wiedererstarken der Tuskulaner. Seit Heinrich aus Rom abgereist war, gab es täglich irgendwelche Übergriffe und Scharmützel in der Stadt, trotz Benedikts Schwur, Frieden zu halten. Die Tuskulaner waren vollkommen pleite und darum gefährlich wie Raubtiere. Noch beängstigender aber waren die Gerüchte, die von einem Bündnis mit dem Markgrafen von Tuscien sprachen. Bonifacio war ein natürlicher Feind der Interessen des Kaisers in Italien, und wenn sich ihm eine Gelegenheit bot, Heinrichs Macht zu brechen, indem er einen Angriff auf dessen Stellvertreter in Rom wagte ... Zwar hatte Benedikt nicht den Mut, seine Nase aus den Albaner Bergen hervorzustrecken. Doch in Trastevere wurde er bereits als alter und neuer Papst gefeiert, und auch in anderen Vierteln der Stadt regten sich erste Stimmen, die ihn wieder auf den Thron holen wollten, um keinem fremden Papst gehorchen zu müssen.

Was war zu tun, um die Tuskulaner ein für alle Mal auszuschalten?

Als Erstes musste Clemens in die Stadt zurück! Ein Papst, der so unsichtbar für sein Volk war wie Gott, den er auf Erden zu vertreten hatte, versündigte sich an seinem Amt. Wenn es Petrus gelang, den Papst aus seinem Exil zu locken, war die erste und wichtigste Schlacht gewonnen. Alles Weitere würde sich finden, sobald Clemens wieder auf der Cathedra saß.

Ohne sich eine Ruhepause zu gönnen, beschloss Petrus da Silva, gleich nach seiner Ankunft in Pesaro den säumigen Apostel aufzusuchen. Die herbstliche Sonne hatte den Zenit bereits überschritten, die Patres und Fratres hatten zu Mittag gespeist und sich in ihre Zellen zurückgezogen, als Petrus da Silva den Trakt betrat, in dem sich laut Auskunft des Kustos die Privatgemächer des Papstes befanden.

Er hatte die Kammer fast erreicht, da kam ihm ein Mönch mit schreckensblassem Gesicht entgegen.

»Was ist?«, fragte Petrus. »Seid Ihr dem Teufel begegnet?«

Statt Antwort zu geben, stammelte der Mönch wirres Zeug. »Der Heilige Vater ... Gott der Herr, er hat in seiner Güte beschlossen – nein, wie ist es nur möglich ...?«

Während der Mönch ein Kreuzzeichen schlug, ahnte Petrus

da Silva Fürchterliches. Er schob den Mann beiseite und drang in das Schlafgemach des Papstes ein.

»Heilige Muttergottes!«

Ein Blick genügte, und Petrus wusste, dass seine Reise vergebens war. Das Schicksal, dem der Papst in Rom hatte entkommen wollen, hier hatte es ihn ereilt. Clemens lag tot im Bett, das erstarrte Gesicht voll von Erbrochenem.

»Der Herr schenke deiner Seele Frieden«, flüsterte Petrus da Silva und schloss ihm die Augen.

Dann schaute er sich in dem kahlen und schmucklosen Raum um. Auf dem Nachttisch stand eine angebrochene Karaffe Wein. Petrus da Silva benetzte einen Finger und probierte: Bleizucker!

Wie von der Tarantel gestochen, fuhr er zu dem jammernden Mönch herum.

»Wer hat als Letztes Seine Heiligkeit besucht?«

6

»Der Papst ist tot?«

»Wie kann das sein?«

»Der ist doch viel zu jung!«

»Gerade vierzig Jahre!«

»Und noch kein Jahr auf dem Thron!«

Girardo di Sasso hatte schon an vielen Versammlungen der römischen Edelleute teilgenommen, doch selten hatte dabei solche Aufregung geherrscht wie an diesem Tag im Oktober des Jahres 1047. Die Nachricht vom Tod des Papstes hatte sich wie ein Lauffeuer herumgesprochen, sowohl in der Stadt als auch in der Campagna. Jetzt standen alle Zeichen auf Krieg. Wieder einmal.

Würde das niemals aufhören?

Girardo di Sasso ließ seinen Kinnbart durch die Spitzen seiner Finger gleiten. Er fühlte sich so müde und erschöpft, als hätte er seit Tagen kein Auge zugemacht. Immer wieder hatte er versucht, die Römer zu versöhnen, ihre Streitigkeiten zu schlichten und sie zu einen, um den Frieden in der Stadt zu sichern. Sogar das Lebensglück seiner Tochter hatte er dafür geopfert. Doch er war gescheitert, wieder und wieder und wieder. Wie ein Mann, der versucht, mit einer Suppenkelle das Meer leer zu schöpfen.

»Woran ist Seine Heiligkeit gestorben?«, wollte Severo wissen, der Wortführer der Sabiner.

Petrus da Silva, der die Sitzung leitete, zögerte nicht mit der Antwort. »Papst Clemens wurde Opfer eines heimtückischen Anschlags«, erklärte er mit fester Stimme.

Ein Raunen ging durch den Saal.

»Woher wollt Ihr das wissen?«

»Ich habe selber den Wein probiert, den Seine Heiligkeit zuletzt getrunken hat. Clemens wurde vergiftet. Mit Bleizucker.«

»Bleizucker muss nichts bedeuten«, widersprach Severo. »Damit süßen viele Leute ihren Wein, ich selber auch. Vielleicht hat sich nur sein Mundschenk mit der Menge vertan.«

»Glaubt Ihr das im Ernst?«

Der Sabiner erwiderte den Blick des Kanzlers, dann schüttelte er den Kopf. »Ihr habt Recht, das kann kein Zufall sein. – Habt Ihr eine Ahnung, wer dahintersteckt?«

Alle Augen waren auf Petrus da Silva gerichtet.

»Ich bin nicht dabei gewesen«, sagte der Kanzler. »Doch hier ist ein Mann, der alles bezeugen kann. Er soll an meiner Stelle reden.«

Girardo di Sasso stellte sich auf die Zehenspitzen, um besser zu sehen. An der Seite des Kanzlers erschien ein einfacher Mönch. Der Ausdruck in seinem Gesicht war eine Mischung aus Wichtigkeit und Angst.

»Das ist Pater Anselmo«, erklärte Petrus da Silva. »Er war für das persönliche Wohl Seiner Heiligkeit zuständig, solange Seine Heiligkeit im Thomaskloster von Pesaro weilte.« Während er sprach, wandte er sich zu dem Mönch herum. »Pater

Anselmo, könnt Ihr uns den Namen des Mannes nennen, der Seine Heiligkeit vergiftet hat?«

Der Ordensmann nickte.

»Dann erhebt jetzt Eure Stimme und sprecht!«

7

»Ich danke dir, Herr Jesus Christ, dass du mein Opfer angenommen hast.«

Mit nacktem Oberkörper kniete Teofilo vor dem Altar der Burgkapelle. Die Augen auf ein Tafelbild gerichtet, das die Geißelung Jesu vor der Kreuzigung zeigte, begleitete er jeden Vers seines Gebets mit einem Peitschenhieb auf Rücken und Schulter.

»Hilf mir, Herr Jesu Christ, dass ich mein Opfer vollende und weiter mein Schweigen bewahre!«

Seine Haut war an vielen Stellen aufgeplatzt, und das Blut rann in Strömen an seinem Leib herunter. Doch so sehr die Wunden schmerzten, es war nicht genug, würde niemals genug sein, um die Qualen seiner Seele zu betäuben und die Liebe in ihm zu töten.

»Gib mir die Kraft, Herr Jesus Christ, meinen Schwur zu halten und dem Verlangen zu entsagen, das du in mein Herz gesenkt hast.«

Teofilo versuchte sich zu trösten, indem er an Chiara dachte, an das Kind, das sie zur Welt gebracht hatte, gesund und ohne Schaden. Doch statt ihn zu trösten, erfüllte die Vorstellung ihn mit noch größerer Verzweiflung, und er verdoppelte die Anstrengung, seinem Körper Schmerzen zuzufügen. Er würde sich geißeln, bis die Verzweiflung sich legte oder sein Herz verstummte.

»Verflucht! Hier steckst du also schon wieder!«

Teofilo ließ die Peitsche sinken. Sein Bruder Gregorio kam mit großen Schritten auf ihn zu.

»Du musst fliehen!«, rief er. »Sofort!«

»Was ist passiert?«

»Man klagt dich an, du hättest deinen Nachfolger umgebracht!«

»Was redest du da?«

»Irgendein Mönch behauptet, du wärst in Pesaro gewesen, um Clemens zu vergiften. Er hat geschworen, dass er dich in seinem Kloster gesehen hat, demselben Kloster, in dem der Papst verreckt ist.«

»Aber – ich bin nie in Pesaro gewesen«, sagte Teofilo und erhob sich von den Knien. »Das ist doch Unsinn, und wenn irgendjemand …«

»Unsinn?«, fiel Gregorio ihm ins Wort. »Es ist scheißegal, ob du in Pesaro warst oder nicht. Wenn der verfluchte Mönch schwört, dass er dich dort gesehen hat, werden die römischen Arschlöcher ihm nur zu gerne glauben.«

»Dann muss ich nach Rom!«

»Willst du, dass sie dich umbringen? Die Wahrheit ist, was die Leute glauben. Hauptsache, sie können uns einen Strick daraus drehen. – Herrgott, wie du aussiehst. Du blutest wie eine angestochene Sau!«

Teofilo schaute an seinem Körper herab. Erst jetzt sah er, dass sich zu seinen Füßen eine Blutlache am Boden gebildet hatte. Darin lag der Strick seiner Kutte. Wie die Nabelschnur eines neugeborenen Kindes.

»Was stehst du da und glotzt?«, fragte Gregorio.

Teofilo hob den Kopf und sah seinen Bruder an. »Ich muss daran denken, was du gerade gesagt hast.«

Gregorio zog ein Gesicht, als hätte er nicht richtig verstanden. »Du denkst über etwas nach, was *ich* gesagt habe?«

»Ja, gerade eben. Wie waren deine Worte? Die Wahrheit ist, was die Leute glauben …«

Noch während Teofilo den Satz wiederholte, griff er nach seiner Kutte und streifte sie über.

»Gott sei Dank«, sagte Gregorio. »Endlich nimmst du Vernunft an!«

Teofilo hob den Strick auf, um sich zu gürten. Dann ließ er seinen Bruder stehen und verließ im Laufschritt die Kapelle.

»Wo zum Teufel willst du hin?«

Ohne Gregorio Antwort zu geben, eilte Teofilo hinaus. Er hatte Chiara aufgegeben, um sie vor dem Fluch seiner Mutter zu schützen. Er hatte sogar geschwiegen, um ihres und seines Seelenheils willen. Doch die Vorstellung, dass sie ihn für einen Mörder hielt, war mehr, als er ertragen konnte.

»Ein Pferd!«, rief er im Burghof einem Stallburschen zu.

Wenige Augenblicke später warf er sich in den Sattel und galoppierte zum Tor hinaus.

8

»Teofilo soll den Papst vergiftet haben? Nein, das glaube ich nicht!«

Chiara sprang vom Spieltisch auf, an dem sie vor einer Partie Trictrac gesessen hatte, ohne einen einzigen Stein anzurühren. Was ihr Vater soeben gesagt hatte, war eine so fürchterliche, so unvorstellbare Anklage, dass es ihr den Boden unter den Füßen wegzog. Wenn das stimmte, und Teofilo war tatsächlich der Mörder seines Nachfolgers … Nein, sie weigerte sich, diesen Gedanken auch nur zu denken. Vor dem Bildnis ihrer Mutter blieb sie stehen und blickte in ihr Gesicht, in der verzweifelten Hoffnung, irgendeine Antwort, irgendeinen Trost darin zu finden. Doch sie sah nur eine fremde, schöne Frau an der Wand, an die sie keine andere Erinnerung hatte als dieses Porträt, ein stummer Blick aus einem halben Gesicht, bestehend aus Farbe und Leinwand.

»Auch wenn es noch so bitter ist«, sagte ihr Vater, »wir dürfen uns nicht vor der Wahrheit verschließen. Ich war doch selbst dabei, wie der Mönch seine Aussage gemacht hat. Teofilo di Tusculo ist der letzte Mensch gewesen, der Clemens in Pesaro besucht hat. Und Petrus da Silva hat den Wein gekostet, den Teofilo ihm geschenkt hatte. Der Wein war mit Bleizucker vermischt.«

»Petrus da Silva!«, schnaubte Chiara und kratzte sich über Kreuz beide Schultern. »Ausgerechnet! Dem würde ich alles zutrauen, sogar, dass er selber ...«

Während sie sprach, fing ihr Sohn an zu quengeln. Chiara beugte sich über das Körbchen, nahm den Kleinen auf den Arm und wiegte ihn an ihrer Brust. Doch selbst der Anblick von Nicchinos Gesichtchen, der sonst ihr Herz vor Freude hüpfen ließ, reichte jetzt nicht aus, um ihre Stimmung aufzuhellen.

»Bitte sag, dass das nicht stimmt«, flüsterte sie, mehr an ihr Kind als an ihren Vater gerichtet, »bitte sag, dass das nicht wahr ist ...«

Doch anstelle ihres Sohnes antwortete ihr Vater.

»Es gibt keinen Grund, an der Glaubwürdigkeit des Zeugen zu zweifeln. Ich habe mich umgehört, Pater Anselmo gilt als ein einfältiger, aber ehrlicher Mann, der keiner Fliege was zuleide tut. Und Petrus da Silva?« Girardo di Sasso schüttelte den Kopf. »Der Kanzler hat alles dafür getan, Clemens zu inthronisieren. Ich weiß, er ist glatt wie ein Aal, aber er ist kein Verbrecher. Ihm geht es nur um das Wohl der Kirche, und dafür brauchte er den neuen Papst, einen Freund des Kaisers, als Garant für den Frieden. Nein, die Einzigen, die wirklich einen Vorteil von Clemens' Tod haben, sind die Tuskulaner. Sie wollen die Macht zurück, seit Wochen schon machen sie die Stadt unsicher, und was Teofilo betrifft – ich würde nicht die Hand für ihn ins Feuer legen. Es sind zu viele Verbrechen in seinem Namen geschehen, als dass ich glauben könnte, Saulus habe sich plötzlich zum Paulus gewandelt.«

Je länger ihr Vater sprach, umso größer wurden Chiaras Zweifel. Auch wenn ihr Herz sich dagegen sträubte, sie konnte die Wahrheit nicht leugnen. Alle Vernunftgründe sprachen dafür, dass Teofilo der Täter war.

Im Hof donnerte jemand gegen das Tor.

Girardo di Sasso trat ans Fenster und blickte hinaus.

»Um Gottes willen – da ist er!«

»Wer?«

»Teofilo!«

Bei der Nennung des Namens begann Nicchino zu schreien. Mit dem Kleinen auf dem Arm, folgte Chiara ihrem Vater ans Fenster.

Als sie ihren einstigen Geliebten erblickte, lief ihr ein Schauer über den Rücken. Teofilo sah aus wie ein Wegelagerer. Sein Haar fiel ihm bis auf die Schultern, und hinter dem Bart, den er sich hatte wachsen lassen, verschwand sein Gesicht. Am schlimmsten aber war seine Kutte. Sie war über und über mit Blut verschmiert.

»Chiara!«, rief er, als er sie am Fenster entdeckte.

Für einen Wimpernschlag trafen sich ihre Blicke. Chiara zupfte an ihrem Kopftuch. Im selben Moment fing Nicchino an zu schreien, wie er noch nie geschrien hatte. Als wäre er von tausend Teufeln besessen, schrie und schrie und schrie er sich die Seele aus dem winzigen unschuldigen Leib.

»Heilige Muttergottes!«, flüsterte sie und wich voller Entsetzen vom Fenster zurück.

9

Eingehüllt in schwere Zobelfelle, hockte Petrus da Silva auf der Bank des päpstlichen Reisekarrens, dessen Leinwandplane kaum Schutz gegen die feuchte Kälte bot, und starrte fröstelnd auf den Sarg, in dem die sterblichen Überreste seines allzu früh verblichenen Herrn in dessen Heimat überführt wurden. Der Sarg war an allen vier Ecken angekettet, damit er in dem rumpelnden Wagenkasten nicht zum gefährlichen Geschoss wurde. Nur die ärgsten Schlaglöcher der Straße waren notdürftig mit Reisig und Knüppeln ausgebessert. Kein Wunder, schlechte Wege warfen mehr ab als gute – wenn ein Fuhrwerk umkippte, gab das Gesetz dem Landbesitzer, auf dessen

Grund der Unfall passierte, das Recht auf alle heruntergefallenen Gegenstände. Manchmal wünschte Petrus da Silva sich fast einen Achsenbruch herbei. Dann wäre er seine vermaledeite Fracht los, bevor es über die Alpen ging.

Wie konnte man auch nur so dämlich sein, sich vergiften zu lassen? Ein Papst hatte einen Mundschenk, und es war seine gottverdammte Pflicht, keine Speisen und Getränke anzurühren, die nicht vorgekostet waren!

In seinem Testament hatte der ehemalige Bischof von Bamberg verfügt, im Schoß »seiner geliebten Braut« beerdigt zu werden, wie er seine alte Diözese nannte. Sein Grab würde das erste Papstgrab nördlich der Alpen sein. Was für ein unerhörter, unsinniger Luxus! Ein Fuhrwerk schaffte kaum ein Drittel der Strecke, die ein Reiter mit einem guten Pferd hinter sich brachte – höchstens zwanzig Meilen am Tag kamen sie voran. Allein aus Gründen unbedingter Gehorsamspflicht hatte Petrus da Silva den letzten Wunsch seines Herrn respektiert. In Rom brannte es an allen Ecken und Enden. Konnte es einen ungünstigeren Zeitpunkt geben, die Stadt zu verlassen?

Der süßliche Geruch der Verwesung stieg Petrus da Silva in die Nase. Selbst der Leib eines so rechtschaffenen Mannes, wie dieser Papst es gewesen war, stank nach der Sünde, die jedem menschlichen Leib innewohnte wie die Brunft dem Eber. Ja, Clemens war ein rechtschaffener Arbeiter im Weinberg des Herrn gewesen, mit ihm hätte die Kirche einen Vater gehabt, der sie in den Hafen des Glaubens zurückführen würde. Wer hatte ihn auf dem Gewissen? Alle Welt glaubte, Benedikt sei der Täter gewesen, und vieles sprach dafür. Doch Petrus da Silva glaubte nicht, dass Benedikt das Gift in den Wein des Papstes gemischt hatte. Ein Mann, der aus Liebe zu einer Frau auf den Peterspfennig verzichtete, war zu einer solchen Tat nicht fähig. Nein, irgendeine andere Kraft versteckte sich hinter Clemens' vorzeitigem Tod, und die Vorstellung, dass unbekannte Widersacher in Rom ihr Unwesen trieben, während er im Schneckentempo gen Norden rumpelte, schmerzte Petrus da Silva noch mehr als sein eiternder Zahn.

Ein kalter Wind, der schon nach Winter schmeckte, fuhr unter die Plane des Karrens und schlug die Leinwand in die Höhe, sodass ein feiner Sprühregen ins Wageninnere wehte. Petrus da Silva beugte sich zu dem Lenker vor.

»Schneller!«, rief er. »Gib den Pferden die Peitsche!«

Sie mussten sich beeilen. Wenn der erste Schnee fiel, würden sie nicht vor dem Frühling über die Alpen gelangen. Und dann würde der Kaiser den neuen Papst bestimmen, allein aus eigenem Entschluss, ohne den Kanzler um Rat zu fragen.

10

»Wir müssen *jetzt* zuschlagen!«, erklärte Bonifacio. »Solange Petrus da Silva fort ist! Das ist eine einmalige Gelegenheit!«

»Wie oft soll ich es wiederholen?«, entgegnete Teofilo. »Setzt auf die Cathedra, wen Ihr wollt, aber lasst mich aus dem Spiel! Ich habe damit nichts mehr zu tun.«

»Von wegen! Ich habe ein Vermögen ausgegeben, damit bei der nächsten Papstwahl genügend Familien Eurer Wiedereinsetzung zustimmen! Ihr steht in meiner Schuld, ob Euch das passt oder nicht! Italien den Italienern!«

Bonifacio beugte sich vor wie ein angriffslustiger Stier, hochrot im pockennarbigen Gesicht. Sein Hals war so stark angeschwollen, dass man die Adern unter der Haut pulsieren sah.

Doch Teofilo ließ sich davon nicht beeindrucken. »Die Römer haben das Patriziat an Heinrich abgetreten. Damit kann der Kaiser praktisch jeden zum neuen Papst ernennen, den er will, ganz, wie es ihm passt.«

»Das kann nicht Euer Ernst sein! Der Beschluss wurde nur gefasst, damit Heinrich uns in Ruhe lässt und verschwindet. Herrgott! Ihr seid der Mann, der Rom den Römern zurückgeben kann! Wollt Ihr da kneifen?«

»Ich will, dass das alles ein Ende hat. Außerdem habe ich geschworen, nie wieder die Cathedra zu beanspruchen.«

»Mir kommen die Tränen«, fiel Bonifacio ihm ins Wort. »Verflucht noch mal, was ist mit Euch los? Ihr wart doch früher kein Kind von Traurigkeit! Habt Ihr die Feste in der Laterna Rossa vergessen? Den Rausch in der Schlacht? Den Triumph des Sieges? Ja, als Ihr noch Papst wart, wusstet Ihr zu leben! Und jetzt wollt Ihr Euch in Sack und Asche hüllen? Das nehme ich Euch nicht ab! Da steckt doch irgendwas dahinter!«

Bonifacio nahm einen Schluck Wein. Während er trank, musterte er Teofilo über den Rand seines Bechers. Plötzlich hob er die Brauen.

»Sollte es möglich sein, dass Ihr etwa wegen Chiara di Sasso ...«

Teofilo zuckte zusammen.

»Ins Schwarze getroffen!« Bonifacio stellte seinen Becher ab. »Ich habe gewusst, dass Ihr in sie verliebt seid, Ihr habt ja kein Geheimnis daraus gemacht. Aber ich hätte mir nie träumen lassen, dass es Euch so erwischt hat.«

»Das geht Euch nichts an.« Teofilo kehrte ihm den Rücken zu.

Bonifacio ließ nicht locker. »Ist es wegen der Abfuhr, die Ihr Euch neulich bei ihr eingehandelt habt? Es heißt, Ihr hättet versucht, mit ihr zu sprechen, aber sie hätte sich geweigert, Euch zu empfangen. Weil sie glaubt, Ihr hättet Clemens umgebracht.«

Teofilo fuhr herum. »Wer hat das gesagt?«

»Girardo di Sasso.«

»Hält er mich auch für den Mörder?«

Bonifacio hob die Arme. »Wie sollte er nicht? Ganz Rom tut das. Aber das schadet Eurem Ruf nicht im Geringsten. Im Gegenteil. Der plötzliche Tod des Papstes wird als Beweis Eurer Entschlusskraft gedeutet, Heinrich das Zepter aus der Hand zu reißen.«

»Ich habe Clemens nicht vergiftet!«, erklärte Teofilo. »Ich bin nie in Pesaro gewesen!«

»Von mir aus.« Bonifacio zuckte mit den Schultern. »Doch was ich glaube, kann Euch so gleichgültig sein wie der Furz einer Ameise. Ich bin auf Eurer Seite, so oder so. Wichtig ist nur, was die anderen glauben, die Unentschiedenen, diejenigen, die zwischen den Parteien hin und her schwanken.« Er schaute Teofilo in die Augen. »Wie zum Beispiel Girardo di Sasso. Oder seine hübsche Tochter Chiara. Wenn es stimmt, was man über sie sagt, hat sie ja einen sehr ausgeprägten Gerechtigkeitssinn.«

Teofilo schwieg.

»Auch wenn ich selber von Eurer Unschuld überzeugt bin«, fuhr Bonifacio fort, »von außen betrachtet, spricht alles gegen Euch. Wenn Ihr der Welt oder wem auch immer beweisen wollt, dass Ihr nichts mit Clemens' Tod zu tun habt, gibt es, fürchte ich, nur eine Möglichkeit ...« Ohne die Stimme zu senken, hielt er den Satz in der Schwebe.

»Welche?«, fragte Teofilo.

Bonifacio grinste. »Ist Euer Interesse endlich erwacht?«

»Welche?«, wiederholte Teofilo.

11

»Da, da, da!«, machte Nicchino und zeigte mit seinem Fingerchen zur offenen Tür der Herberge auf die Gasse.

»Ja, was hast du denn da draußen gesehen, mein kleiner Liebling?«, fragte Chiara. »Ist ein Vögelchen vorbeigeflattert?«

»Da, da, da!«

Ihr Sohn strahlte über sein ganzes rosiges Gesicht. Er war noch kein Jahr alt, doch wenn man ihn an beiden Händen führte, konnte er schon ein paar Schritte laufen. Jetzt hielt er sich an einem Schemel fest und schwankte wie ein kleiner Betrunkener auf seinen krummen Beinchen hin und her, während er immer wieder einen Arm ausstreckte, um aufgeregt auf irgendetwas zu zeigen, was draußen seine Neugier erregte.

»Bautz! Jetzt bist du hingefallen!«

Wie ein Käfer lag Nicchino auf dem Rücken und blickte ratlos in die Welt. Er war seinem Vater wie aus dem Gesicht geschnitten, dieselben braunen Augen, dasselbe wellige, dunkelblonde Haar, und täglich schien ein bisschen mehr Seele in ihn hineinzuwachsen.

»Maam-maam-mam-maaaama.«

Chiara beugte sich über ihn und rieb ihre Nase an seinem Näschen.

»Ich könnte dich auffressen, mein süßer Fratz! – Was meinst du?«, fragte sie Anna, die am Schanktisch stand und mit ihrer Schürze den Staub aus einem Krug wischte. »Ob er Weihnachten wohl schon sprechen kann?«

Anna verdrehte die Augen. »Manchmal könnte man glauben, der liebe Gott hätte das Kinderkriegen mit dir zum ersten Mal ausprobiert. Nicchino wird sprechen lernen, wie alle anderen Kinder auch. Vielleicht ein bisschen früher, vielleicht ein bisschen später. Hauptsache, er redet kein so dummes Zeug wie du manchmal.«

»Herrgott, welche Laus ist dir denn über die Leber gelaufen?« Chiara gab ihrem Sohn einen Kuss auf das Stupsnäschen und stand auf. »Du hast ja heute eine fürchterliche Laune. Was ist denn los?«

»Gar nichts ist los! Aber das ist es ja gerade. Seit Tagen hat sich kein einziger Pilger mehr zu uns verirrt. Die Stadt ist wie ausgestorben.« Anna stellte den Krug in das Wandregal zurück. »Wir putzen und fegen und wischen Staub von morgens bis abends, wie früher. Aber wozu? Nicht mal die Feiertage locken Fremde in die Stadt. Hat es überhaupt Sinn, die Herberge weiterzuführen?«

»Seit wann bist du eine solche Unke?«, fragte Chiara. »So kenne ich dich ja gar nicht. Petrus da Silva hat uns den Peterspfennig doch fest zugesagt.«

»Und die Bedingung, die er daran geknüpft hat? Hast du

die vergessen? Du bekommst das Geld nur, wenn du ins Kloster gehst. Du und Kloster!« Anna lachte auf. »Mit einem Kind!«

»Abt Bartolomeo hat gesagt, wenn eine Frau ein Kind aus einer gültigen Ehe hat und sie nach dem Tod ihres Mannes beschließt, den Schleier zu nehmen, darf das Kind mit ins Kloster. Angeblich gibt es Klöster, in denen ganze Scharen von Kindern ...«

»Abt Bartolomeo hat aber noch was anderes gesagt«, fiel Anna ihr ins Wort.

»Nämlich?«

»Dass du kein Nonnenfleisch hast.« Sie schaute Chiara an. »Willst du den Rest deines Lebens wirklich hinter den kalten, dicken Mauern eines Klosters versauern? Einsam und allein? Ohne Liebe?«

»Ach, Liebe«, seufzte Chiara. »Gibt es die überhaupt?«

Anna nickte. »Doch, Chiara, die gibt es. Aber man muss auch an sie glauben.«

Während sie sprach, wurde draußen ein Donnergrollen laut, das anschwoll wie ein Sturm.

»Was ist da los?«

Chiara drehte sich um, um ihren Sohn auf den Arm zu nehmen.

Doch Nicchino war verschwunden. Und die Tür stand sperrangelweit offen.

»Um Himmels willen!«

Sie stürzte hinaus auf die Gasse. Draußen war die Hölle los. Während Menschen kreischend in die Hauseingänge flohen, stürmte eine Kavalkade Reiter die Gasse hinauf, an ihrer Spitze Teofilo, flankiert von seinem Bruder Gregorio und dem Toskanagrafen Bonifacio. Eine Horde Raubritter, die über die Stadt herfiel wie eine feindliche Armee.

»Nicchino!« Chiara blickte nach rechts, nach links. Doch von ihrem Sohn keine Spur. »Nicchino!«

Die Kavalkade war kaum noch einen Steinwurf entfernt. Da entdeckte sie ihn. Auf allen Vieren krabbelte er auf einen heranrollenden Karren zu und zeigte mit dem Finger auf das herrenlose Gefährt.

»Da, da da!«

Chiara stieß einen Mann beiseite, der im Weg stand, und drängte sich durch das Gewühl. Sie sah nur die riesigen Räder des Karrens, sie waren mit Eisenbändern beschlagen und rollten immer näher auf ihr Kind zu.

»Nicchino!«

Der Boden bebte vom Hufgetrappel der Pferde. Ohne zu denken, warf Chiara sich auf ihren Sohn, riss ihn in die Höhe und sprang mit einem Satz auf die andere Seite der Gasse.

Gott sei Dank, sie hatte es geschafft! Während sie in einem Hauseingang Deckung nahm, galoppierten die ersten Reiter heran. Eingehüllt von einer Staubwolke, donnerten sie vorbei. Chiara versuchte, einen Blick auf Teofilo zu erhaschen. Hell blinkte sein Schwert in der Sonne. Doch er sah sie nicht. Nur Gregorio drehte sich im Sattel nach ihr um. Als sie den Hass in seinem Blick sah, lief es ihr kalt den Rücken runter.

»Da, da, da!«

Sie drückte ihr Kind an sich und bedeckte sein Gesicht mit Küssen. Wenn es noch einen Funken Hoffnung gegeben hatte, dass Teofilo unschuldig war, dann war dieser Funke jetzt für immer erloschen.

12

Applaus brandete auf, als Teofilo di Tusculo zusammen mit seinem Bruder Gregorio, dem Kommandanten der Stadtgarde, und Bonifacio di Canossa, dem mächtigsten Mann Italiens, die Versammlung betrat.

»Römer!«, rief der Markgraf von Tuscien den wartenden Edelleuten zu. »Begrüßt mit mir den Mann, der gekommen ist, Euch Eure Stadt zurückzugeben!«

Während der Applaus zum Orkan anschwoll, strich Girardo di Sasso sich über den Kinnbart. Nein, es hörte nicht auf – es würde niemals aufhören. Dreimal hatten die Römer Benedikt zum Teufel gejagt, und zum dritten Mal kehrte er nun zurück, um nach der Tiara zu greifen. Teofilo di Tusculo war eine Ausgeburt des Bösen, ein Sendbote der Unterwelt. Viele Jahre hatte Girardo sich gegen diese Wahrheit gesperrt. Doch jetzt musste er die Lüge erkennen, mit der er sich selber so lange betrogen hatte.

Ach, hätte er doch nie das Glück seiner Tochter für einen Frieden geopfert, der nicht von dieser Welt war.

»Heil Euch, Benedikt!«, rief Bonifacio.

»Heil Euch, Benedikt!«, riefen die Edelmänner im Chor.

Voller Entsetzen hörte Girardo di Sassa die Rufe, sah die fanatischen Gesichter. Wussten die Römer denn nicht, was sie taten? Sie jubelten einem Giftmörder zu! Doch was nutzten Vernunft und Philosophie, wenn Gier und Selbstsucht das Handeln der Menschen bestimmten ... Es bedurfte ja nicht mal einer Wahl, um Teofilo erneut auf die Cathedra zu heben, er wurde einfach per Akklamation im Amt restituiert. Bonifacio hatte mit beiden Händen in seine Kasse gegriffen und mit Dukaten nur so um sich geworfen, um die Stimmenmehrheit für die Tuskulaner zu sichern. Und wen das Geld nicht überzeugte, der beugte sich der Macht. Allein die Präsenz des gewaltigen Heeres, in dem der Markgraf von Tuscien und der Kommandant des römischen Stadtregiments sich vereint hatten, reichte aus, um jeden Widerstand zu brechen.

»Rom den Römern!«

Mit triumphalem Grinsen im Gesicht, führte Gregorio seinen Bruder zum Thron. All die vornehmen Männer im Saal, die Grafen und Fürsten und Milizen – sie alle sanken vor Benedikt nieder. Ja, die Römer wussten zu schätzen, wie Teofilo di Tusculo das höchste Amt der Kirche zurückerobert hatte! Mochten sie an der Allmacht Gottes zweifeln, vor der Tatkraft eines Mörders beugten sie das Knie.

»Ruhe!« Gregorio klopfte mit einem Stab auf den Boden.

Während der Lärm im Saal sich legte, trat Bonifacio auf Teofilo zu.

»Seid Ihr bereit, das Amt anzunehmen?«

Girardo hob die Brauen. Der Toskanagraf befragte Teofilo wie bei einer regulären Papsterhebung. Und wie bei einer solchen Erhebung schüttelte Teofilo den Kopf.

»Nein, ich weigere mich.«

Bonifacio wiederholte seine Frage: »Seid Ihr bereit, das Amt anzunehmen?«

Girardo hielt den Atem an. War dies nur die Erfüllung eines vorgeschriebenen Rituals, oder ging es hier um Teofilos wirkliche Entscheidung?

Abermals schüttelte Teofilo den Kopf. »Nein, ich weigere mich.«

Ein drittes und letztes Mal stellte Bonifacio seine Frage: »Seid Ihr bereit, das Amt anzunehmen?«

Plötzlich war es in dem Saal so still wie in einer Kirche bei der Wandlung. Girardo hielt die Spannung kaum aus. Vielleicht hatte er sich ja getäuscht, und Teofilo weigerte sich ein drittes Mal ...

Doch die winzige Hoffnung zerstob im selben Augenblick, in dem sie aufgeflammt war.

»Ja, ich bin bereit.«

Teofilo hatte noch nicht zu Ende gesprochen, da hallten die Mauern vom Beifall der Römer wider. Nein, Girardo hatte sich nicht getäuscht. Teofilo di Tusculo hatte nur ein Ritual erfüllt, um wieder an die Macht zu gelangen. Was für ein widerliches Schauspiel!

Benedikt hatte kaum auf dem Thron Platz genommen, da kniete Bonifacio vor ihm nieder und küsste seine Hand.

»Wie lautet Euer erster Befehl, Heiliger Vater?«

Benedikt zögerte mit der Antwort keinen Augenblick.

»Ergreift den Mönch, der uns des Mordes bezichtigt hat!«

13

Während die Glocken die Christmette ausläuteten, mit der Kaiser Heinrich und sein Gefolge die Weihnachtsnacht gefeiert hatten, stapfte Petrus da Silva durch knietiefen Schnee von der Klosterkirche zur Kaiserpfalz, einem vollkommen schmucklosen Gebäude, in dem Heinrich Quartier genommen hatte. In Rom hätte man keinem Stallknecht eine solche Behausung zugemutet. Aber was sollte man von einem Land erwarten, in dem es so kalt war, dass einem die Ohren abfroren? Die Teutonen hatten keinen Sinn für Repräsentation, sie waren nur am praktischen Nutzen der Dinge interessiert. Statt aus Marmor und Gold bauten sie ihre Paläste aus Holz und Schieferstein. Das versprach nichts Gutes für die Zukunft der katholischen Kirche in diesem Land. Denn wie sollte der Glaube an ein Himmelreich triumphieren, wenn dessen Herrlichkeit auf Erden so erbärmlich bezeugt wurde?

Petrus da Silva schüttelte sich den Schnee von den Kleidern. Dann zog er den Kopf ein und betrat das düstere Palais, in dem es wie in einem Schafstall stank. Nachdem er in Bamberg die sterblichen Überreste von Papst Clemens beigesetzt hatte, war er ohne Verzug nach Pöhlde gereist, einem kleinen, gottverlassenen Nest im Harz, wo Heinrich aus unerfindlichen Gründen die Weihnachtszeit verbrachte. Ohne den schneenassen Mantel abzulegen, eilte Petrus den niedrigen Gang entlang zum Empfangssaal. Trotz der späten Stunde hatte der Kaiser ihm eine Audienz gewährt.

»Was habt Ihr auf dem Herzen?«, fragte Heinrich und wies mit der Hand auf einen Stuhl.

»Ein Brief hat mich aus Rom ereilt«, erklärte Petrus da Silva und nahm Platz. »Benedikt hat die Vakanz genutzt und wieder Anspruch auf den Thron erhoben. Wir müssen einschreiten! Sofort! Bevor die Tuskulaner die Kräfte in der Stadt neu formieren.«

»Ich wollte, ich wäre meiner Sache so sicher wie Ihr«, erwiderte Heinrich. »Aber ich fürchte, mir sind die Hände gebunden.«

»Eure Hände – gebunden? Ihr seid der Kaiser des Reichs! Nichts kann Euch hindern zu tun, was Euch gefällt.«

»Doch. Die Gebote meines Glaubens.« Heinrich entrollte ein Pergament. »Ich habe Bischof Wazo von Lüttich um ein Gutachten gebeten. Um zu klären, wer Clemens auf der Cathedra folgen soll.«

»Und – wie lautet sein Urteil?«

»Der rechtmäßige Papst ist nach kanonischem Recht niemand anderes als«, Heinrich machte eine Pause, bevor er den Satz beendete, »Teofilo di Tusculo, Benedikt IX.«

»Das ist un-er-hört!« Petrus da Silva sprang auf. »Die Tuskulaner haben Wazo bestochen!«

»Was fällt Euch ein, so über einen Mann zu sprechen, der mein Vertrauen genießt?«

»Verzeiht meine Erregung, Majestät«, erwiderte Petrus da Silva und setzte sich wieder. »Allein die Sorge um die Kirche … Weil, dieses Urteil würde bedeuten … das Schisma, das Ihr mit der Synode beendet habt, es … es würde weiter …«

Um sein unwürdiges Gestammel zu beenden, biss Petrus sich auf die Zunge. Während er das Blut hinunterschluckte, gewann er wieder Herrschaft über sich.

»Erlaubt mir, Majestät, Euch daran zu erinnern, dass die Römer Euch aus freien Stücken den Patriciustitel angetragen haben. Und in diesem Brief«, er reichte Heinrich das Schreiben, das er aus Rom bekommen hatte, »fordern diejenigen, die ihrem Kaiser treu ergeben sind, Euch ausdrücklich auf, von Eurem Recht Gebrauch zu machen und einen Nachfolger für Clemens zu benennen.«

»Mag sein«, sagte Heinrich. »Aber Wazos Gutachten kommt zu dem Schluss, dass die Einberufung der Synode durch den Kaiser widerrechtlich war, trotz des übertragenen Patriziats, ja, dass dieses gar keine Gültigkeit hatte …«

Petrus hoffte, dass der Kaiser sein Schreiben nahm, um den Inhalt zu prüfen, doch Heinrich würdigte es keines Blicks.

Während Petrus den Brief wieder einsteckte, schmeckte er den fauligen Geschmack seines Zahns, der wieder zu eitern begonnen hatte. Am liebsten hätte er ausgespien. Diese buchstabenbesessene Gründlichkeit der Teutonen – sollte sie die Wahrheit Gottes und der Kirche vereiteln?

»Ihr dürft Benedikt nicht auf der Cathedra akzeptieren«, sagte er. »Die Tuskulaner waren in der Vergangenheit der Garant für die kaiserliche Vorherrschaft in Rom. Doch wenn sie sich nun auf die Seite der Italiener schlagen, mit Bonifacio an der Spitze, der von einem Italien unter italienischer Herrschaft träumt …«

»Was dann?«, unterbrach ihn der Kaiser.

»Dann«, erklärte Petrus da Silva, »ist Rom für Euch verloren.«

Mit einem Seufzer erhob Heinrich sich von seinem Thron. Petrus registrierte es mit einem Anflug von Genugtuung. Hatte der Kaiser endlich begriffen, worum es ging?

»Bedenkt, was auf dem Spiel steht, Majestät. Rom ist die Hauptstadt der Christenheit. Und die Hauptstadt Eures Reichs! Ihr braucht einen Papst, dem Ihr blind vertrauen könnt!«

»Glaubt Ihr, Ihr müsst mich über die Bedeutung Roms und seines Bischofs belehren?«

Heinrich machte auf dem Absatz kehrt und wandte sich zur Tür. Petrus verfluchte seinen Übereifer. Die wirksamste Einsicht war immer die, die ein Mensch aus sich selber gewann, und er hätte besser daran getan, den Mund zu halten, statt zu versuchen, dem Kaiser seine Meinung aufzuzwingen. Jetzt hatte er Heinrich gegen sich aufgebracht. Oder trieb der Harndrang ihn zum Abort?

Der Kaiser hatte schon den Türriegel in der Hand, als er es sich anders überlegte. Statt den Raum zu verlassen, trat er ans Fenster und schaute hinaus in die sternklare, schneeweiße Nacht. Eine Weile war nur von draußen das leise Läuten der Glocken zu hören. Wofür würde er sich entscheiden? Für den Glauben oder für die Macht?

»Ich habe meinen Beschluss gefasst.« Mit einem Ruck drehte er sich zu Petrus herum. »Kehrt zurück nach Rom, Eminenz. Und sagt den Römern, dass sie einen neuen Pontifex haben.«

»Und – wie lautet sein Name?«

14

»*Verbum incarnatum!*«, rief Settembrini, der Zeremonienmeister des Lateranpalasts, um der Kardinalsversammlung den Papst anzukündigen. »Das Fleisch gewordene Wort, Seine Heiligkeit Papst Benedikt, der neunte dieses Namens!«

Teofilo holte einmal tief Luft, bevor er den Saal betrat, in dem das Konsistorium tagte. Er wusste, dass es trotz seiner Wahl nach wie vor heftigen Widerstand gegen ihn gab, vor allem von Seiten der Sabiner, ja dass einige Parteigänger der kaiserlichen Herrschaft in Rom sogar einen Brief an Heinrich geschickt hatten, um ihn um die Ernennung eines anderen Papstes zu bitten. Doch er war entschlossen, um die Cathedra zu kämpfen. Dieser Stuhl war sein Schicksal. Zeit seines Lebens hatte er ihn gehasst, doch jetzt brauchte er ihn. Bis seine Unschuld erwiesen war. Bonifacio hatte ihn überzeugt.

Während er seinen Ornat richtete, musterte er die Gesichter der Kirchenfürsten. Er hatte einen Pakt mit Gott geschlossen. Wenn die Cathedra ihm ermöglichte, seine Unschuld zu beweisen, sollte seine Rückkehr auf diesen Stuhl auch dem Glauben dienen.

»Seine Heiligkeit will Euch etwas verkünden!«

Als Settembrini beiseite trat, überkam Teofilo für einen Moment wieder jenes Gefühl von Ohnmacht, das er als Kind angesichts der vor ihm versammelten Kardinäle empfunden hatte. Damals waren ihm die purpurfarbenen Roben wie das Rote Meer erschienen, und er war Moses gewesen, der sein Volk durch die Fluten führen sollte, und hatte solche Angst gehabt, dass das Meer ihn verschluckte … Aber dieses Gefühl währte nicht lange. Das Bewusstsein, sein Amt in einen höheren Dienst zu stellen, gab ihm Kraft.

»Da es dem Allmächtigen gefallen hat, uns wieder als seinen Stellvertreter einzusetzen, ist es unsere Absicht, mit seiner Hilfe und nach seinem Gesetz den Stall auszumisten, zu dem das Haus unseres Vaters, die heilige Kirche, wie auch die Stadt Rom verkommen ist.«

Kaum einer der Kardinäle hob den Kopf, die meisten runzelten nicht mal die Brauen. Solche Reden hielt jeder Papst, wenn er sein Amt antrat.

»Darum haben wir folgenden Beschluss gefasst«, sagte Teofilo. »Das Stadtregiment wie auch die päpstliche Leibgarde werden ab sofort für die Sicherheit in den Straßen sorgen. Kein Pilger, der die Heiligtümer Roms besuchen will, soll künftig mehr um sein Leben fürchten.«

Gleichgültiges Gemurmel war die Antwort. Kardinal Pisano, der ehemalige Zeremonienmeister, war bereits eingeschlafen und schnarchte.

»Ferner werden wir aus unserer Privatschatulle die Hospize und Infirmarien unterstützen, damit auch mittellose Römer Hilfe erfahren, wenn sie Hilfe brauchen.«

»Habt Ihr gesagt – aus Eurer Privatschatulle?«, fragte Kardinal Baldessarini, von dem es hieß, er habe vor lauter Geiz unlängst Kerzenstümpfe in seinen Kirchen sammeln lassen, um die Opferkerzen für seinen erkrankten Bruder zu sparen.

Teofilo nickte. Ein paar behandschuhte Hände klatschten.

»Bravo!«

»Bravissimo!«

Teofilo wartete, bis der fast lautlose Beifall sich legte. »Doch schlimmer als die Wegelagerer in den Straßen, ja schlimmer noch als die Krankheiten und Seuchen, die unsere Bevölkerung befallen, sind die Wegelagerer, die im Schoß der Kirche selber lauern.«

»Hört! Hört!«

»Was wollt Ihr damit sagen?«

»Ja, wen meint Ihr?«

Teofilo räusperte sich. »Ich meine damit die falschen Diener Gottes, die ihre Ämter missbrauchen, um im Namen des Herrn die schändlichsten Verbrechen zu begehen.«

»Solche falschen Diener gibt es nicht!«

»Richtig! Wem Gott ein Amt gibt, dem gibt er auch den Glauben!«

»Nein!«, entgegnete Teofilo, der mit solchem Widerspruch gerechnet hatte. »Ich selber bin der Beweis. Ich hatte schon einmal dieses heilige Amt inne, das höchste Amt, das Gott einem Menschen auf Erden geben kann. Und doch habe ich schwere Schuld auf mich geladen.«

Überrascht von dem Eingeständnis, schauten die Kardinäle sich an.

»Aber Ihr seid geläutert worden«, erwiderte zögernd ein Greis, dessen Namen Teofilo vergessen hatte.

»Ja, mit der Kraft des Heiligen Geistes«, bestätigte ein anderer.

»Gebe Gott, dass Ihr die Wahrheit sprecht.« Teofilo bekreuzigte sich. »Aber auch wenn der Herr mir vielleicht diese Gnade erwiesen hat – dürfen wir darum die Augen vor der Wirklichkeit verschließen? Vor den Schandtaten, die immer wieder in unseren Gemeinden und Diözesen geschehen?«

»Wie spricht der Herr? ›Wer frei ist von Sünde und Schuld, der werfe den ersten Stein!‹«

»Jawohl! Den Splitter im Auge des anderen seht Ihr. Aber was ist mit dem Balken im eigenen Auge?«

Teofilo hatte gewusst, dass seine Gegner alles versuchen würden, um sich seinen Reformen zu widersetzen, und er selbst hatte ihnen dazu die nötigen Waffen in die Hand gegeben. Schließlich hatte er mehr Schuld auf sich geladen, als der Gnadenschatz der Heiligen wettmachen konnte, und die meisten der Kardinäle, die ihn unterstützten, hatten sich nur deshalb auf seine Seite geschlagen, weil sie ihn für einen Mörder hielten, der seinen Vorgänger umgebracht hatte und den sie deshalb fürchten mussten. Doch er hatte keine Wahl. Er konnte seine Unschuld nur beweisen, wenn er auf der Cathedra saß.

»Ich widerspreche Euch nicht, meine Brüder«, sagte Teofilo. »Ja, ich sehe den Balken in meinem Auge sehr wohl. Doch so, wie ich diesen Balken aus meinem Auge herausgerissen habe, müssen wir auch die Splitter aus den Augen unserer Brüder entfernen, wenn diese Splitter sie daran hindern, die Wahrheit Gottes zu schauen.«

»Nennt Namen!«

»Wer sind die Täter?«

»Aber hütet Euch, Unschuldige zu beschuldigen!«

»Ihr verlangt Namen?«, fragte Teofilo. »Gut, ich will Euch drei Täter nennen. Den Bischof von Pisaurum. Den Bischof von Castellum. Den Bischof von Fanum.«

Die genannten Bischöfe hatten sich des Raubes und des Inzests, der Vergewaltigung und des Mordes schuldig gemacht, um Güter ihrer Diözesen an sich zu raffen. Jeder im Saal wusste das.

Als die Kardinäle schwiegen, fuhr Teofilo fort: »Darum bekräftigen wir hier und heute die Beschlüsse, die auf dem Konzil unseres Vorgängers Papst Clemens zur Erneuerung der Kirche gefasst worden sind. Reißen wir das Übel bei der Wurzel aus. Keine Pfarrei, kein Altar, darf fortan gegen Geld gehandelt werden.«

»Einspruch!«, rief Kardinal Giampini, der Wortführer der Sabiner.

»Schweigt!«, herrschte Teofilo ihn an. »Gelder aus Ablasszahlungen und Spenden«, fuhr er fort, »sollen nicht länger für Bacchanalien, sondern für die Instandhaltung der Kirchen und die Messfeiern verwendet werden. Priester und Bischöfe aber, die sich an ihrem Glaubensvolk bereichern, werden aus ihren Ämtern entfernt und durch solche Gottesdiener ersetzt, die der Verbreitung des wahren Glaubens ihr Leben weihen.«

»Einspruch!«, rief Kardinal Giampini erneut. »Damit würde angestammtes Recht verletzt. Die Nutzung der Pfründe ist allein Sache der Priester und Bischöfe, die sie erworben haben!«

»Gut gesprochen!«

»Angestammtes Recht!«

»*Unser* Recht!«

Ein Tohuwabohu brach aus. Alle riefen und gestikulierten durcheinander, sogar der alte Pisano war aufgewacht und protestierte, und bald verstand kaum noch einer sein eigenes Wort. Teofilo sah nur noch karmesinfarbene Roben. Da war es wieder, das Rote Meer … Die Kardinäle, die sich lauthals schreiend über ihn ereiferten, waren fast alle noch dieselben Männer, die ihn als Kind so sehr eingeschüchtert hatten, dass er in Tränen ausgebrochen war. Damals hatte er den Fehler gemacht, ihre Einwände zu diskutieren. Jetzt wusste er es besser. Es gab nur einen Weg, um Macht durchzusetzen: indem man Macht bewies.

»Wir sind Petrus, der Fels, auf den Gott seine Kirche erbaut hat«, erklärte er mit fester Stimme, »und Eure Aufgabe ist es, uns zu gehorchen.«

»Wir gehorchen dem Heiligen Geist!«

»Also gehorcht Ihr *uns*, dem Fleisch gewordenen Wort!«

Die Kardinäle murrten, aber keiner wagte es, zu widersprechen. Bevor neuer Protest sich regte, setzte Teofilo seine Rede fort.

»Um sicherzustellen, dass unsere Anordnungen eingehalten werden, vereinigen wir das Sacrum Palatium, das Herzstück der päpstlichen Verwaltung, mit dem Scrinium, dem Amt für die Ausstellung von Urkunden, zu einer Oberbehörde für Verwaltung und Finanzen. Sie wird künftig über die Einhaltung der Gesetze durch die Gerichte wachen. Und diese Gerichte werden jeden, sei er Priester, Bischof oder Kardinal, exkommunizieren, wenn er es wagt, sich uns und unseren Anordnungen zu widersetzen.«

»Das ist unerhört!«

»So etwas hat es noch nie gegeben!«

»Ruhe!«

Teofilo schlug mit der Hand auf die Armlehne seines Throns. Wieder wurde es still im Saal. Alle Köpfe waren auf Teofilo gerichtet, Dutzende feindlicher Blicke. Er aber fixierte nur einen einzigen Mann: Kardinal Giampini, seinen heftigsten Widersacher, der sich inzwischen von seinem Stuhl erhoben hatte. Wenn er Giampini bezwang, würde das Konsistorium gehorchen. Während die Anspannung im Saal mit Händen zu greifen war, verengten Giampinis Augen sich zu zwei Schlitzen.

»Exkommunizieren!«, wiederholte Teofilo.

Giampinis Miene rührte sich nicht.

»In unserer Eigenschaft als Stellvertreter Christi!«

Immer noch keine Reaktion.

»Auf dass seine Seele ewig und für immer in der Hölle brenne!«

Kardinal Giampinis Lider zuckten, einmal, zweimal – dann endlich schlug er die Augen nieder und setzte sich wieder auf seinen Stuhl.

Ein Raunen ging durch den Saal. Die anderen Kardinäle, die sich mit dem Sabiner erhoben hatten, folgten zögernd seinem Beispiel. Gott hatte sein Urteil gefällt: Benedikt war sein Stellvertreter.

»Heil Euch, Benedikt!«, krächzte Kardinal Pisani, als alle Mitglieder des Konsistoriums wieder ihre Plätze eingenommen hatten, und blähte seinen Truthahnhals.

»Heil Euch, Benedikt!«, fielen seine Kollegen ein.

Teofilo atmete auf. Hatte der Himmel ihn erhört?

Während der Beifall verebbte, betrat ein Offizier der päpstlichen Leibgarde den Saal.

»Was gibt es, dass Ihr es wagt, das Konsistorium zu stören?«, herrschte Settembrini ihn an.

»Eine Nachricht für Seine Heiligkeit.«

Settembrini warf Teofilo einen fragenden Blick zu. Der winkte den Offizier zu sich.

»Rede!«

Der Soldat beugte das Knie.

»Der Mönch ist gefasst.«

»Pater Anselmo?« Teofilo sprang von seinem Thron auf. »Wo ist der Mann?«

»Im Kerker.«

Ohne die Versammlung aufzuheben, eilte Teofilo hinaus. Keine Minute wollte er warten, um den meineidigen Mönch zur Rede zu stellen.

Konnte er endlich seine Unschuld beweisen?

Im Laufschritt durchquerte er das finstere Kellergewölbe. Als ein Wachsoldat das Gittertor aufsperrte, hinter dem die Verliese lagen, kam ihm sein neuer Verbündeter entgegen, Bonifacio di Canossa. Das Gesicht des Markgrafen verhieß nichts Gutes.

»Was ist passiert?«

Wortlos öffnete Bonifacio die Tür einer Zelle.

»Um Gottes willen!«

Das Erste, was Teofilo sah, war das aufgerichtete Glied – groß wie ein Pfahl ragte es unter der Kutte hervor. Erst dann erblickte er den Strick, an dem der Mönch von der Decke baumelte. Der Kopf war abgeknickt, das Genick gebrochen, die verdrehten Augen quollen aus ihren Höhlen. Der Tod musste erst vor wenigen Augenblicken eingetreten sein.

»Das habe ich in seinem Ärmel gefunden«, sagte Bonifacio und reichte Teofilo einen Zettel. »Das Geständnis seines Meineids. Ihr seid von aller Schuld befreit. Pater Anselmo und niemand sonst hat Papst Clemens vergiftet, um Gold und Silber aus der Schlafkammer Seiner Heiligkeit zu stehlen. Er hat sich für seine Verbrechen selbst gerichtet.«

15

»Was habe ich in Rom verloren?«, klagte Poppo. »Ich bin Bischof in Brixen, ein einfacher und frommer Diener Gottes. Außerdem, der Baldrian, der in den Bergen wächst – wie soll ich ohne den schlafen? Nein, mein Herz wird das nicht verkraften.«

Petrus da Silva vermied es für gewöhnlich, seinen Empfindungen Ausdruck zu verleihen. Außer Gott brauchte niemand zu wissen, was in seinem Innern vorging. Doch Bischof Poppo, den er auf Geheiß des Kaisers in die ewige Stadt zu bringen hatte, um ihn den Römern als neuen Papst zu präsentieren, stellte seine Selbstbeherrschung auf eine harte Probe. Kaum hatte der Schnee auf dem Brennerpass zu tauen begonnen, hatte Petrus mit einem Esel die Alpen überquert, um in Brixen seinen Schützling in einen Reisekarren zu laden. An Reiten war nicht zu denken, Poppo war ein Mann von zartem Willen und noch zarterer Konstitution. Alles war ihm zu viel: das Rumpeln des Wagens, die Kälte am Morgen, die Wärme am Mittag. Hatte Petrus noch auf seinem Esel täglich fünfzehn Meilen zurückgelegt, so schafften sie jetzt keine zehn am Tag. Immer wieder mussten sie die Reise unterbrechen, weil Poppo über ein neues Unwohlsein klagte. Dabei konnte Petrus sich nicht des Verdachts erwehren, dass es dem zagenden Bischof vor allem darum ging, die Ankunft in der Heiligen Stadt so lange wie möglich hinauszuzögern.

Aber konnte man ihm seine Angst verdenken?

»Und diese drückende Hitze in Rom«, jammerte er. »Mein Herz kann solche Temperaturen nicht ertragen. Beim letzten Konzil hätte die Schwüle mich fast umgebracht, mitten in der Beratung bin ich ohnmächtig geworden, und hätte mein Sekretär mir nicht im letzten Moment Rabeneier und Wieselblut verabreicht, ich weiß nicht, ob ich überhaupt noch am Leben wäre.«

Warum hatte Heinrich nur diesen Mann zu Clemens' Nachfolger bestimmt? Nachdem der Kaiser trotz des Gutachtens aus Lüttich Benedikts Absetzung verfügt hatte, weil er den Verstoß des Tuskulaners gegen die Beschlüsse der Synoden von Sutri und Rom nicht dulden konnte, hatte Petrus für die Restitution Papst Gregors plädiert. Doch kaum hatte Heinrich Bereitschaft gezeigt, den Gedanken immerhin zu erwägen, war aus Köln die Nachricht gekommen, dass Giovanni Graziano kurz vor dem Weihnachtsfest in der Verbannung gestorben war. Daraufhin hatte Heinrich sich für den Bischof von Brixen entschieden.

Wie sollte dieser schwächliche Mann Benedikt und die tuskulanischen Buschräuber aus dem Vatikan verjagen?

Petrus da Silva hatte nur die eine Hoffnung, dass der Papstwechsel sich ohne Krieg und Blutvergießen vollzog: Alles kam darauf an, dass der mächtige Bonifacio sich der Weisung des Kaisers beugte und Poppo an der Grenze seines Reiches empfing, um ihn auf dem restlichen Weg nach Rom mit seinem Heer zu begleiten. Petrus hatte Bonifacio aus Brixen eine entsprechende Botschaft geschickt, doch seine Hoffnung war gering, dass der Anführer der italienischen Partei dem kaiserlichen Befehl Folge leisten würde.

Sein Herz begann darum heftig zu schlagen, als er wenige Meilen vor Pisa das toskanische Heer am Horizont erblickte. Hell blinkten die Rüstungen in der Sonne.

»Sind das Freunde oder Feinde?«, fragte Poppo verängstigt.

»Wir werden es bald erfahren«, erwiderte Petrus da Silva. »Immerhin, Bonifacio erwartet uns, wie Heinrich es verlangt hat.«

Während der Karren auf das Heer der Söldner zurumpelte, versuchte Petrus da Silva ihre Zahl zu schätzen. Es mussten an die fünfhundert Männer sein, die da in dichten Reihen vor ihnen aufmarschiert waren. Besorgt rieb er sich die Wange. So viele Soldaten für einen Geleitzug? Entweder, der Toskaner wollte dem künftigen Papst eine besondere Ehre erweisen, oder aber ... Als sich der Karren bis auf einen Steinwurf dem

Heer genähert hatte, löste Bonifacio sich aus seinem Tross und galoppierte ihnen auf einem Schlachtross entgegen.

»Halt!«, rief er und hob den Arm.

Petrus da Silva beschloss, es im Guten zu versuchen.

»Gott segne Euch«, sagte er, während Poppo sich in seiner Reisedecke verkroch. »Der Bischof von Brixen entbietet Euch seinen Gruß und freut sich, dass Ihr ihm sein Geleit anbietet.«

»Geleit?«, erwiderte Bonifacio. »Der Bischof von Brixen soll sich in die Dolomiten verpissen! Ich bin hier, um mein Reich vor einem fremden Eindringling zu schützen.«

Petrus biss sich auf die Lippen. Nein, der Aufmarsch von Bonifacios Armee war alles andere als eine Ehrenbezeigung.

»Ihr sprecht vom künftigen Papst«, erklärte er. »Heinrich hat Poppo zum neuen Träger der Tiara ernannt. Und wenn der Kaiser erfährt …«

»Der Kaiser kann mich mal!«, fiel Bonifacio ihm ins Wort. »Wir haben bereits einen Papst in Rom. Zufällig ist gerade sein Bruder hier.«

Er zeigte über die Schulter auf einen Mann, der in voller Rüstung auf einem Rappen saß. Auf einen Wink des Toskaners nahm er den Helm vom Kopf.

»Gregorio di Tusculo«, flüsterte Petrus, als er das Gesicht sah.

Bonifacio lachte. »Was meint Ihr, Eminenz?«, fragte er. »Wollt Ihr immer noch nach Rom? Oder wollt Ihr nicht lieber kehrtmachen?«

Petrus da Silva schaute auf die Reiter, die ihn und Poppo begleiteten. Zwei Dutzend Männer waren auf ihrer Seite, davon die Hälfte Priester.

16

»Bonifacio und Euer Bruder haben sich dem Bischof von Brixen entgegengestellt«, sagte Settembrini, Benedikts Zeremonienmeister, der seit zwei Tagen den Kardinalspurpur trug. »Heinrichs Kandidat gelangt nicht über die toskanische Grenze.«

»Woher habt Ihr die Nachricht?«

»Ein Bote Eures Bruders hat sie soeben überbracht.«

»Sehr gut. Danke.«

Teofilo nickte. Gregorio hatte es also geschafft … Aber – kam es jetzt überhaupt noch darauf an? Teofilo hatte Gott darum gebeten, ihn so lange im Amt zu belassen, bis seine Unschuld erwiesen war, und dafür hatte er dem Herrn versprochen, als Papst seinen Willen zu tun und ihm ein würdiger Stellvertreter zu sein. Gott hatte seinen Teil des Pakts erfüllt. Teofilo konnte beweisen, dass er kein Mörder war, und Chiara von dem Verdacht befreien, den sie gegen ihn hegte. Wie um sich zu vergewissern, blickte Teofilo noch einmal auf das Geständnis des meineidigen Mönchs in seiner Hand.

»Gott sei deiner armen Seele gnädig«, flüsterte er und steckte den Zettel wieder in den Ärmel seines Ornats.

Als Bonifacio ihm das Beweisstück ausgehändigt hatte, war es Teofilos dringlichster Wunsch gewesen, Chiara das Geständnis sogleich zu zeigen. Doch er wollte ihr nicht vor die Augen treten, bevor der Peterspfennig aus den englischen Diözesen in Rom eingetroffen war. Jetzt hatte er die Reformen in Kraft gesetzt, die er Gott schuldete, und die Gelder aus England waren eingetroffen, fünfhundert Pfund Silber. In einer Truhe, die Teofilo am Morgen in den Audienzsaal hatte bringen lassen, warteten sie auf ihre Eigentümerin.

Würde er heute Chiara wieder sehen? Nichts sehnte er mehr herbei als ihre Gegenwart. Doch dann? Er wusste, wenn er sie heute sehen würde, dann würde es zum letzten Mal in seinem Leben sein. Aufgeregt trat er ans Fenster und schaute hinaus.

Er hatte Chiara für den Nachmittag zu sich rufen lassen, und jetzt läuteten schon die Glocken zum Angelus. Doch im Hof lungerten nur ein paar sich langweilende Wachen herum.

»Ich rate Eurer Heiligkeit dringend ab, schon jetzt die Zahlung zu leisten«, sagte Settembrini.

»Was spricht dagegen?«, fragte Teofilo, ohne sich vom Fenster abzuwenden.

»Der Vertrag, den Ihr mit Eurem Vorgänger, Papst Gregor, geschlossen habt. Die Zahlung darf erst erfolgen, wenn die Begünstigte ein Kloster gegründet hat. Davon kann aber keine Rede sein. Chiara di Sasso hat noch nicht mal der Welt entsagt.«

Teofilo drehte sich herum. »Meint Ihr, Gott schaut auf Paragraphen?«

»Gott vielleicht nicht«, erwiderte Settembrini und rückte selbstverliebt seinen neuen Kardinalshut zurecht. »Aber die Welt tut es gewiss. Und sollte es dem Bischof von Brixen irgendwann mit Heinrichs Hilfe gelingen, tatsächlich nach Rom zu gelangen …« Statt den Satz zu Ende zu sprechen, hob er vielsagend die Brauen.

Teofilo zögerte. War Settembrinis Einwand nur ein Gebot der politischen Vernunft? Oder hatte er eine tiefere Bedeutung? Wieder nagte der Zweifel an ihm, derselbe Zweifel, der an ihm nagte, seit er beschlossen hatte, Chiara von seiner Unschuld zu überzeugen.

Hatte er überhaupt das Recht, sich vor ihr rein zu waschen?
Du darfst Chiara di Sasso niemals sagen, weshalb du sie verschmähst … Sie soll dich hassen. Das ist das Opfer, das Gott von dir verlangt …

»Ist Euch nicht wohl, Heiligkeit?«

Settembrini schaute ihn an, wie man ein krankes Kind anschaut. Teofilo stieß ihn beiseite. Er hielt es nicht mehr aus, er musste irgendetwas tun.

»Was habt Ihr vor?«

»Die Wachen instruieren. Sie sollen Chiara di Sasso vorlassen, sobald sie erscheint. Sofort!«

»Aber, Heiligkeit, doch nicht Ihr persönlich. Bitte lasst mich …«

Teofilo hörte nicht auf ihn. Noch während Settembrini sprach, ging die Tür auf.

»Endlich!«

Ohne Rücksicht auf das Protokoll, eilte Teofilo ihr entgegen. Doch er war noch keine zwei Schritte weit gekommen, da verharrte er. Denn nicht Chiara erschien in der Tür, sondern ihr Vater, Girardo di Sasso.

»Wo ist Eure Tochter? Ich hatte gehofft …« Die Worte verhungerten auf seinen Lippen.

Girardo di Sasso kniete vor ihm nieder, wie das Ritual es verlangte. Entgeistert streckte Teofilo ihm die Hand entgegen.

»Meine Tochter hat mich als ihren Vertreter geschickt«, sagte Girardo, nachdem er den Ring geküsst hatte. »Ich soll an ihrer Stelle mit Euch verhandeln.«

»Ihr? An ihrer Stelle?«

Teofilo begriff. Nein, die Strafe hörte nicht auf, seine Sünden waren noch nicht verbüßt.

»Sie weigert sich also, mich zu sehen?«, fragte er schließlich. »Verachtet sie mich so sehr?«

Girardo blickte zu Boden.

17

»Darf ich das Geschenk überhaupt annehmen, ehrwürdiger Vater?«, fragte Chiara. »Fünfhundert Pfund Silber … Vielleicht ist dieses Geld ja ein Geschenk des Bösen.«

Abt Bartolomeo wiegte nachdenklich den Kopf. »Geld, meine Tochter«, sagte er schließlich, »Geld ist, an und für sich genommen, stets ein Übel. Denn wer das Geld liebt, liebt die Welt statt Gott. Darum hat Jesus die Geldverleiher aus dem Tempel verjagt. Damit das Geld nicht die Menschen von ihm abzieht und ihre Seelen für den großen Widersacher gewinnt. – Doch andererseits«, Abt Bartolomeos strich sich über seinen wohlgenährten Leib, »andererseits ist das Geld ein Wirkstoff, der unendlich viel Gutes ermöglichen kann, darin vergleichbar einem Gift, das einem Kranken hilft. Ohne Geld würde es weder Kirchen noch Klöster geben, keine Kunstwerke zur Verehrung des Herrn und der Heiligen – und auch keine Mildtätigkeit.«

Chiara wartete, ob ihr Beichtvater noch etwas hinzufügen wollte. Doch als Bartolomeo schwieg, fragte sie: »Ihr ratet mir also zu?«

»Ja, meine Tochter. Das Geld, das Teofilo di Tusculo Euch übereignet hat, wird in Euren Händen wirken wie die giftige Arznei in den Händen eines kundigen Arztes.«

Chiara hörte die Worte, doch sie befreiten sie nicht. Im Gegenteil. Statt Erleichterung empfand sie Angst.

»Dann soll … dann soll ich also den Schleier nehmen und ein Kloster gründen?«

»So soll es sein«, sagte Abt Bartolomeo. »Aber ich höre Zweifel in Eurer Stimme. Glaubt Ihr vielleicht, die Aufgabe wäre zu groß für Euch?«

»Ich weiß nicht, ehrwürdiger Vater. Es gibt so viele Fragen. Und, Ihr habt einmal gesagt, dass mir kein Nonnenfleisch gegeben ist.«

Ihr Beichtvater schaute sie mit seinen wasserblauen Augen an. »Habt Ihr so wenig Vertrauen in die Vorsehung?«

»In die Vorsehung schon«, flüsterte Chiara. »Aber ich weiß nicht, ob ich Vertrauen zu mir selber haben darf.«

»Ach, Chiara«, seufzte Abt Bartolomeo. »Wenn der Herr will, dass Ihr ein Kloster gründet, wird er Euch auch die nötige Kraft dazu geben. Außerdem bin ich ja auch noch da. Ich habe schon mit meinem Prior gesprochen, er wird Euch begleiten und die komplizierten Akte erledigen, die Eingaben und Anträge, die bei einem solchen Vorhaben erforderlich sind.«

»Was für Anträge und Eingaben?«

»Nun, Ihr müsst bestimmen, nach welcher Regel die Ordensgemeinschaft leben soll. Dann müsst Ihr einen Ort angeben, wo Ihr das Kloster einrichten wollt, ferner den Zweck Eurer Gemeinschaft. Schließlich braucht Ihr Unterstützung durch Glaubensschwestern, die bereits Erfahrung in der Armen- und Krankenpflege haben. Vor allem aber braucht Ihr den Segen des Heiligen Vaters.«

»Glaubt Ihr, Teofilo – ich meine, Benedikt ... wird ihn mir geben?«

»Warum sollte Seine Heiligkeit ihn Euch verweigern, wenn Seine Heiligkeit Euch doch ein solches Vermögen zugedacht hat?«

»Weil ich ...« Chiara zögerte, bevor sie den Satz zu Ende sprach. »Weil ich doch Mutter eines Kindes bin.«

Abt Bartolomeo runzelte die Brauen. »Jesus hat gesagt, ›lasset die Kindlein zu mir kommen‹. Was also sollte schlecht daran sein, wenn wir seinem Beispiel folgen? Nein, Euer Sohn ist kein Hinderungsgrund, er soll bei Euch im Kloster sein.«

»Aber ... aber ist ein Kloster auch ein geeigneter Ort für mein Kind?«

»Warum nicht? Euer Kind wird in der Obhut des Herrn aufwachsen.«

»Aber mein kleiner Nicchino ist doch ein Junge. Und in dem Kloster wird er nur von Frauen umgeben sein.«

Der Abt blickte ihr in die Augen. »Was bedrückt Euch wirklich, meine Tochter? All die Einwände, die Ihr macht – sie haben doch einen anderen, tieferen Grund, nicht wahr?«

Chiara spürte, wie sie unter seinem forschenden Blick errötete, und senkte den Kopf. Ja, es gab einen Grund, der all diese Fragen und Zweifel in ihr auslöste. Ihr Vater hatte ihr einen Brief gegeben, von Teofilo. Und in diesem Brief bat er sie, sie noch einmal wiedersehen zu dürfen, bevor sie den Schleier nahm und für immer hinter den Mauern eines Klosters verschwand. Ohne den Blick zu heben, reichte sie Abt Bartolomeo das Schreiben.

Ich weiß, dass Ihr mich hasst, und ich habe Euren Hass verdient. Trotzdem bitte ich Euch noch einmal, mir zu vertrauen. Vielleicht gefährde ich mit dieser Bitte mein Seelenheil, aber die Vorstellung, dass ich nie wieder Eure Stimme höre, nie wieder Euer Gesicht sehe, nie wieder die Luft atme, die Ihr atmet, bevor ich mit Gott meinen Frieden mache, ist schlimmer als die ewige Verdammnis. Ihr müsst mich freisprechen von dem Verdacht, der auf mir lastet, nur Ihr könnt mich von diesem Fluch erlösen. Was die Welt sonst denkt, ist mir gleichgültig, aber Ihr? ... Ach, Chiara – Chiara Chiara Chiara, ich kann nicht aufhören, Deinen Namen auszusprechen, und rufe Dich an, wie ich die Erzengel und Heiligen angerufen habe. Gewähre mir diese eine Bitte, und ich schwöre Dir, ich werde von meinem Amt zurücktreten und wie Du in ein Kloster eintreten. Doch ich weiß nicht, was ich tun werde, wozu ich fähig bin, wenn Du mir diesen einen, allerletzten Wunsch verweigerst ...

Die Worte hatten sich wie mit einem glühenden Eisen in Chiaras Herz gebrannt, und während Abt Bartolomeo sie flüsternd las, wiederholte sie sie in Gedanken, Buchstabe für Buchstabe.

»Glaubt Ihr, Teofilo di Tusculo hat noch Absichten auf Euch?«, fragte ihr Beichtvater, nachdem er die Lektüre beendet hatte.

»Ich weiß es nicht«, sagte Chiara, den Blick weiterhin zu Boden gerichtet. »Ich weiß es wirklich nicht. Ich weiß ja nicht einmal, ob er ein Mörder ist.«

»Ihr zweifelt also an seiner Unschuld, obwohl Ihr ihn liebt?«

Chiara hob den Kopf. »Was sagt Ihr da?«

Abt Bartolomeo erwiderte ihren Blick. »Nicht mehr, als was Ihr selbst am besten wisst: dass Ihr diesen Mann liebt, obwohl Ihr an ihm zweifelt. Und dass Ihr an ihm zweifelt, obwohl Ihr ihn liebt.«

18

Quälend langsam verstrichen die Tage, während Petrus da Silva auf die Rückkehr des Boten wartete. Er hatte einen Reiter über die Alpen geschickt, um Heinrich vom Widerstand der Italiener gegen den kaisertreuen Bischof von Brixen in Kenntnis zu setzen. Die Antwort war längst überfällig. Seit mehr als einem Monat standen die zwei ungleichen Gegner einander an der Grenze der Toskana gegenüber und belauerten sich wie vor Ausbruch eines Krieges: auf der einen Seite der kleine Tross von kaum zwei Dutzend Männern, der Poppo und den Kanzler begleitet hatte, und auf der anderen Seite das vielhundertköpfige Heer des Toskanagrafen.

»Wenn sie uns angreifen, sind wir verloren!«, jammerte Poppo. »Ach, wäre ich doch nur in Brixen geblieben.«

»Reißt Euch zusammen«, erwiderte Petrus da Silva, der selber um seine Beherrschung ringen musste. »Bonifacio wird es nicht wagen, Euch auch nur ein Haar zu krümmen. Ihr untersteht dem Schutz des Kaisers.«

»Aber wenn Heinrich mich aufgegeben hat? Der Bote müsste doch längst wieder hier sein.«

Darauf wusste Petrus da Silva nichts zu erwidern. Der Mann hatte ja Recht! Ein guter Reiter konnte im Sommer bis zu dreißig Meilen am Tag zurücklegen, mit Pferdewechsel sogar fünfzig oder sechzig. Bis Pöhlde, Heinrichs Residenz im Harz, waren es hin und zurück eintausendzweihundert Meilen. Selbst wenn man berücksichtigte, dass auf dem Brennerpass die Wege noch unter der letzten Schneeschmelze litten, war mehr als genügend Zeit vergangen, die man für eine solche Strecke brauchte, und mit jeder Stunde, die ohne Rückkehr des Boten verstrich, schwand Petrus da Silvas Hoffnung auf einen Erfolg seiner Mission.

»Ihr solltet eine Messe beten«, empfahl er dem Bischof.

»Meint Ihr, das hilft?«, fragte Poppo. »Ich lese die Messe fünfmal am Tag, aber bisher …«

»Wie schwach ist Euer Glaube!«, fiel Petrus da Silva ihm ins Wort. »Vergesst Ihr, wer Ihr seid? Ihr sollt die Heilige Stadt regieren, als Gottes Stellvertreter!«

»Aber vielleicht war alles nur ein großer Irrtum!«

»Die Vorsehung irrt nicht. Also betet, verflucht noch mal! Und sei es nur, um Eures Kleinmuts Herr zu werden.«

Wie ein Priesterschüler, der den Zorn seines Lehrers fürchtet, zuckte Poppo zusammen und gehorchte. Mit eingezogenem Kopf trat er an den Feldaltar, der vor seinem Zelt aufgeschlagen war, und breitete die Arme aus.

»*Oremus!*«, seufzte er. »Lasset uns beten.«

Während Poppo zum Stufengebet auf die Knie sank, schlug Petrus da Silva das Zeichen des Kreuzes. Selten war er so ratlos gewesen. Was war Gottes Plan? Wer sollte die Kirche führen? Poppo, dieser gottesfürchtige, aber schwache Mann, der so hilflos dem Schicksal ausgesetzt war wie ein Blatt dem Winde? Oder Benedikt, der Tuskulaner, der so viel Unglück über Rom gebracht und trotzdem nun zum dritten Mal die Cathedra erobert hatte?

Poppo stimmte gerade das Gloria an, als am Horizont ein Reiter auftauchte. Im gestreckten Galopp raste er auf das Feldlager zu. Petrus da Silva kniff die Augen zusammen, um besser zu sehen. Täuschte er sich, oder war das tatsächlich sein Bote?

»*Laudamus te, benedicimus te, adoramus te*«, sang Poppo mit zitternder Stimme. »Wir loben dich, wir preisen dich, wir beten dich an.«

Rücksichtslos sprengte der Reiter unter die Betenden, trieb sein Pferd bis an den Altar und sprang aus dem Sattel.

»Die Antwort des Kaisers«, rief er und zog eine Schriftrolle aus seinem Mantelsack.

»Gelobt sei Gott!«

Voller Ungeduld riss Petrus da Silva ihm den Brief aus der Hand und brach das Siegel. Zwei Worte sprangen ihm entgegen: *canonice depositus*...

Konnte es wirklich sein, dass seine Hände zitterten?

19

Leise geflüsterte Worte stiegen im Dunkel der Basilika auf, brachen sich an dem niedrigen Deckengewölbe und verhallten in dem verlassenen Kirchenschiff. Teofilo kniete vor dem Hochaltar und versuchte zu beten. Doch es gelang ihm nicht, seine Gedanken auf Gott zu richten. Seit Monaten wartete er auf eine Antwort von Chiara, auf ein Zeichen, dass sie bereit war, ihm den letzten Wunsch zu erfüllen, den er noch an sie hatte. Aber das einzige Lebenszeichen, das er von ihr erhalten hatte, war ein Brief des Priors von Grottaferrata, in dem dieser ihn in ihrem Auftrag und Namen um Erlaubnis bat, ein Frauenkloster in den Albaner Bergen zu gründen, nach der Regel des Heiligen Benedikt, mit einer Außenstelle im römischen Stadtgebiet, zum Zweck der Armen- und Krankenpflege.

War er ihr so zuwider, dass sie seinen Anblick nicht mal für eine Stunde ertrug?

»Herr, leite ihre Wege, und führe sie zu mir, ein allerletztes Mal ...«

In dem Schweigen, das ihm antwortete, spürte er Gottes ganze Verachtung. Plötzlich glaubte er zu ersticken, er zerrte am Kragen seines Mantels, um sich von diesem unerträglichen Druck zu befreien, den er auf der Brust spürte. Warum weigerte Gott sich, sein Gebet zu erhören? Er war doch zu allem bereit, was er von ihm verlangte, und wenn es ihm das Herz im Leib zerriss.

»Herr, leite ihre Wege, und führe sie zu mir, ein allerletztes Mal ...«

Auf einmal kam ihm ein Gedanke. War es gar nicht Gottes Schweigen, das ihm die Kehle zuschnürte? War dieses Schweigen nicht ihre, Chiaras Verachtung? Er nahm das Kreuz, das an seiner Brust hing, nahm es zwischen die Hände und presste sein Fleisch in die Spitzen, bis der Schmerz stärker war als seine Verzweiflung.

»Herr, leite ihre Wege, und führe sie zu mir, ein allerletztes Mal ...«

Er ließ das Kreuz los und schaute auf seine Hände. Blut tropfte auf seine Alba, wie aus den Wundmalen Christi quollen die dunklen, fast schwarzen Tropfen. Gott sie Dank, dass es diesen Schmerz gab, der Schmerz war sein Schutz, er betäubte und dämpfte seine Wut, die Angst, dass der alte Dämon ihn besiegte.

»Herr, leite ihre Wege, und führe sie zu mir, ein allerletztes Mal ...«

Schritte hallten von den Wänden des menschenleeren Doms wider. Teofilo lief ein Schauer über den Rücken.

Hatte Gott sein Gebet erhört?

Als er sich umdrehte, erblickte er seinen Bruder.

»Bonifacio hat uns verraten!«, rief Gregorio. »Er ist auf dem Weg nach Rom, mit deinem Nachfolger! Wir müssen aus der Stadt verschwinden!«

Teofilo brauchte eine Weile, bis er begriff.

»Das heißt – es ist vorbei?«, fragte er.

»Wir haben keine Wahl!«, erwiderte Gregorio. »Heinrich ist nicht bereit, dich auf dem Thron zu dulden, von dem er dich selber abgesetzt hat.«

»*Canonice depositus* ...«, murmelte Teofilo.

»Jetzt ist keine Zeit, lateinisches Zeug zu quatschen!«, fuhr sein Bruder ihn an. »Heinrich hat Bonifacio mit einem Feldzug gedroht. Der Feigling hat sofort gekuscht und sich bereit erklärt, Poppo in den Lateran zu führen und auf den Thron zu setzen. Wahrscheinlich wischt er ihm auch noch den Arsch ab! Aber worauf zum Teufel wartest du? Vorwärts! Eine Vorhut von Bonifacios Armee ist schon in der Stadt.«

Teofilo schüttelte den Kopf. »Ich bleibe hier!«

»Bist du verrückt? Wenn Bonifacios Männer dich finden, werden sie dich am nächsten Baum aufknüpfen!«

Teofilo rührte sich nicht. Wieder tropfte Blut auf sein weißes Kleid. In diesem Moment wusste er, dass seine Schuld noch nicht getilgt war.

»Nein, ich bleibe«, sagte er.

»Damit sie dich aufknüpfen?« Gregorio packte ihn am Arm. »Du verschwindest jetzt! Und wenn ich dich rausprügeln muss.«

Mit Händen und Füßen stieß er ihn vor sich her zum Portal. Teofilo wollte sich wehren. Doch sein Bruder schlug ihn einfach zu Boden und schleifte ihn hinaus ins Freie.

Draußen warteten Ottaviano und Pietro, mit drei gesattelten Pferden. Wieder versetzte Gregorio ihm einen Stoß, und er stolperte die Treppe hinunter.

»Bringt ihn nach Tuskulum!«

»Und du?«, wollte Pietro wissen.

Teofilo sah, wie die Miene seines Bruders sich versteinerte.

»Ich habe hier noch ein paar Dinge zu erledigen«, sagte Gregorio. »Sobald ich damit fertig bin, komme ich nach …«

20

»*Habemus papam! Habemus papam!*«

Ganz Rom war auf den Beinen, um dem neuen Papst zuzujubeln, einem kleinen, zarten Mann, der, flankiert von Bonifacio sowie Petrus da Silva, die Via Flaminia entlangritt, um die Stadt in Besitz zu nehmen. Während zwei Reitknechte seinen Schimmel links und rechts am Zügel führten, hielt er sich mit beiden Händen am Sattelknauf fest und schaute verängstigt in die Menge.

»Wie soll Damasus uns Frieden bringen, wenn er nicht mal aus eigener Kraft ein Pferd reiten kann?«, fragte Girardo di Sasso, der zusammen mit seiner Tochter am Straßenrand stand.

»Wer ist Damasus?«, fragte Chiara abwesend.

»Der neue Papst! Wo bist du nur mit deinen Gedanken?«

»Verzeiht, Vater«, sagte sie. »Ich frage mich gerade nur …« Sie sprach den Satz nicht zu Ende.

»Was fragst du dich gerade?«

»Ach nichts.« Sie schüttelte den Kopf. »Ich glaube, wir sollten jetzt gehen. Ich will Anna nicht länger warten lassen. In der Herberge gibt es viel zu tun.«

Ihr Vater schaute sie an, aber er drängte sie nicht, weiterzusprechen. Gemeinsam lösten sie sich aus der Menge und machten sich auf den Weg. Während sie durch die Gassen liefen und der Lärm sich hinter ihnen allmählich verlor, versuchte Chiara, sich auf die Aufgaben zu besinnen, die vor ihr lagen, um die Bedingungen zu erfüllen, die sie mit der Annahme des Peterspfennigs eingegangen war. Dank der Hilfe Abt Bartolomeos und seines Priors kam die Klostergründung zügiger voran, als sie erwartet hatte. Alle Eingaben waren zu ihren Gunsten beschieden worden, als Sitz der Ordensgemeinschaft hatte die zuständige Kongregation Grottaferrata bestimmt, in Anbindung an das dortige Männerkloster, und auch ihre Aufnahme in die Gemeinschaft der Benediktinerinnen hatte den nötigen Zuspruch gefunden – zu Allerheiligen sollte sie in den Orden eintreten. Das nächste Weihnachtsfest würde sie bereits als Nonne feiern. Doch auf eine Frage hatte sie nach wie vor keine Antwort.

Durfte sie Teofilo noch einmal sehen, bevor sie den Schleier nahm?

Sie hatte solche Angst vor einer Begegnung, dass sie kaum denken konnte. Wieder sah sie ihn vor sich, auf seinem mächtigen Schlachtross, an der Seite seines Bruders und des Grafen von Tuscien, drei Barbaren, die mit ihrem Heer in die Stadt eingefallen waren, um alles zu verwüsten … Und trotzdem, die Vorstellung, Teofilo nie wieder zu sehen, machte ihr noch mehr Angst. Was immer geschehen war, Teofilo war der Mann, den sie liebte.

»Werden die Tuskulaner sich dem neuen Papst unterwerfen?«, fragte sie ihren Vater, als sie in die Gasse einbogen, in der ihre Herberge lag. »Oder glaubt Ihr, sie werden einen neuen Krieg anfangen?«

»Soviel ich weiß, haben sie sich in die Berge zurückgezogen«, erwiderte er.

»Aber heißt das, dass sie auch dort *bleiben*? Oder wollen sie nur ihre Truppen sammeln, bevor sie zurückkehren?«

Ihr Vater hob unschlüssig die Arme. »Das weiß Gott allein. Er lenkt unsere Wege.«

Chiara nickte. Ja, der Herr lenkte unsere Wege – aber warum verbarg er dann seinen Willen vor unserer Erkenntnis? Es gab so viele Kreuzungen, so viele Weggabelungen im Leben, an denen man sich entscheiden musste, und während man glaubte, selber zu bestimmen, wohin man seine Schritte richtete, hatte die Vorsehung in Wahrheit längst entschieden …

Plötzlich hatte Chiara eine Idee. Wenn Teofilo sich dem Schicksal fügte und auf den Thron verzichtete, dann wollte Gott, dass sie ihm Gelegenheit gab, ihr seine Unschuld zu beweisen. Kehrte er aber nach Rom zurück, um abermals die Cathedra zu fordern, dann war er schuldig, und keine Macht der Welt würde sie dazu bringen, etwas anderes zu glauben.

»Wann, meint Ihr, werden wir es wissen?«, fragte sie ihren Vater.

»Wovon redest du?«

»Davon, ob die Tuskulaner in den Bergen bleiben oder nicht.«

Nachdenklich strich er über seinen Kinnbart. »Ich denke, wenn das neue Jahr beginnt und Damasus immer noch regiert, dürfen wir auf Frieden hoffen. Aber schau nur«, sagte er, »was für ein Andrang!«

Tatsächlich, vor der Herberge standen so viele Menschen an wie früher zur Zeit von Heinrichs Kaiserkrönung. Chiara beschleunigte ihre Schritte.

»Was ist passiert?«

Kaum hatte sie das Haus betreten, kam ihr Anna entgegen. Ihr Haar war aufgelöst, und ihr Gesicht so bleich, als wäre ihr ein Geist erschienen.

»Nicchino … unser kleiner Nicchino«, stammelte sie, ohne einen Satz hervorzubringen.

»Was ist mit ihm?« Chiara packte sie an der Schulter und schüttelte sie. »Jetzt sag schon, was los ist!«

»Er … er ist … Dabei habe ich ihn nur einen Moment aus den Augen gelassen … Oh Gott!«

Chiara stieß sie beiseite und lief in die Kammer, in der das Körbchen stand.

»Nicchino!«

Sie riss die Tür auf und trat in den Raum.

»Nicchino …«

Ihre Knie knickten ein, und sie hielt sich am Türpfosten fest.

Das Körbchen ihres Kindes war leer.

»Nicchino …«, flüsterte sie. »Wo bist du?«

ZEHNTES KAPITEL: 1048–49

STRAFGERICHT

1

»Falschmünzer!«
»Zauberer!«
»Hurenbock!«

Eine Tomate traf Teofilo am Kopf. In klebrigen Schlieren rann der Brei an seinen Wangen herab und drang ihm in den Mund, wo er sich mit dem Schleim eines faulen Eis vermischte, das in seinem Gesicht zerplatzt war. Teofilo hatte sich schon zweimal übergeben, und wieder würgte er, um sich von dem Ekel zu befreien. Doch je mehr er sich wehrte, umso schlimmer wurde es. Zersplitterte Eierschalen gelangten in seinen Rachen, an denen er zu ersticken glaubte.

»Warum nehmt Ihr nicht die Hände zu Hilfe, Ewige Heiligkeit?« Ein nackter, kahl rasierter Narr sprang vor ihn hin und rasselte mit einem Schellenkranz. »Hat Gott Euch nicht zwei Hände gegeben, um Gebrauch von ihnen zu machen?«

Das Publikum lachte.

»Wollt Ihr Euch nicht bekreuzigen vor mir? Ich bin doch Euer Nachfolger, *Verbum incarnatum*, das Fleisch gewordene Wort! Meine Heiligkeit Papst Hokuspokus, der erste dieses Namens!«

Das Lachen wurde zum Gebrüll.

»Aber ach, was sehe ich? Ihr könnt Eure Hände ja gar nicht gebrauchen!«

Teofilo stöhnte leise auf. Er hatte sich in Albano an den Kirchpranger ketten lassen, um sich freiwillig den Schmähungen des Volkes auszusetzen – jener Menschen, die unter seiner Herrschaft so viele Jahre gelitten hatten. Obwohl erst wenige Stunden vergangen waren, seit er seine Buße angetreten hatte, kamen sie ihm vor wie eine Ewigkeit. Sein Gesicht war voll von Unrat und seinem eigenen Erbrochenem während Hunderte Menschen um ihn herum johlten und feixten und lachten und sich nicht satt sehen konnten an seinem Unglück. Mit leise geflüsterten Gebeten versuchte er die Strafe zu ertragen, die er sich selber auferlegt hatte. Nachdem er ohne Botschaft von Chiara geblieben war, hatte er beschlossen, dieses Schuldbekenntnis vor der Welt abzulegen, um nach Ablauf von drei Tagen und Nächten dem Beispiel seines Taufpaten Giovanni Graziano zu folgen und der Welt für immer zu entfliehen.

»Der Stellvertreter Christi! Aber zu blöd, um ein paar Eierschalen auszuspucken!« Ein halbwüchsiger Schafhirte baute sich vor ihm auf. »Soll ich Euch zeigen, wie es geht?« Im hohen Bogen spie er Teofilo ins Gesicht.

»Nicht mal am Arsch kann er sich kratzen!«

»Dann wollen wir Seiner Heiligkeit mal helfen!«

Teofilo spürte, wie ihm jemand die Hose runterzog. Während fremde Hände sich an seinem Hinterteil zu schaffen machten, klatschte eine Kelle Jauche in sein Gesicht. Wut flackerte in ihm auf. Was für ein feiges Gesockse! Solange er sie misshandelt hatte, waren sie vor ihm im Staub gekrochen, aber jetzt ... Der Gedanke währte nur einen Augenblick. *Ich glaube an Gott, den allmächtigen Vater ...* Mit den Worten des Glaubensbekenntnisses betäubte er seine Gefühle, seinen Ekel und seine Wut, verkroch er sich in seinem Innern. *Und an Jesus Christus, seinen eingeborenen Sohn, unsern Herrn, der empfangen ist vom Heiligen Geist ...* Immer tiefer verschwand er in seiner Seele, mit jedem Vers zog er sich weiter in die dunkle Höhle zurück, die irgendwo in ihm war, Schutzort und Zuflucht, wo ihn die Welt nur noch wie aus weiter Ferne erreichte.

»Ich klage Euch an, Benedikt, im Namen des Allmächtigen.«

Teofilo öffnete die Augen. Vor ihm stand eine barfüßige, in Lumpen gekleidete Bäuerin, auf ihrem Arm trug sie ein mageres nacktes Kind. Obwohl die Frau höchstens dreißig Jahre alt war, war ihr Gesicht von Hunger und Sorgen gezeichnet wie das einer Greisin.

»Ihr habt uns Haus und Hof genommen! Und meiner Tochter den Vater.«

Das Gejohle verstummte. Sogar der Narr ließ seinen Schellenkranz sinken. Teofilo versuchte, etwas auf die Klage der Frau zu erwidern, doch seine Worte blieben ihm im Hals stecken. Was sollte er zu seiner Rechtfertigung sagen? Während die Bäuerin ihr Kind an die Brust drückte, als müsse sie es immer noch vor ihm beschützen, trat ein Tagelöhner an ihre Seite.

»Und ich habe durch Euch meinen Sohn verloren!«, sagte er. »Eure Männer haben ihn erschlagen, als sie die Ernte meines Lohnherrn plünderten.«

Noch während er sprach, lösten sich weitere Menschen aus der Menge, Alte und Junge, Männer und Frauen.

»Eure Männer haben meine Scheune abgebrannt.«

»Und mir die Kuh gestohlen.«

»Mir das Schwein!«

»Euer Bruder hat meine Frau geschändet.«

»Und meine Tochter! Sie hat sich umgebracht! Weil kein Mann sie mehr haben wollte!«

Unfähig, sich zu rühren, hing Teofilo an seinen Ketten und starrte all die fremden Menschen an. Wie Schatten aus der Unterwelt traten sie ihm entgegen, von allen Seiten kamen sie auf ihn zu, immer mehr und mehr und mehr – eine lebende Klagemauer, die sich vor ihm erhob und den Himmel verdunkelte.

»Ich habe durch Euch meine Eltern verloren, keine fünf Jahre war ich alt. Ich kann mich kaum noch an sie erinnern.«

»Drei Söhne hatte ich, Eure Söldner haben sie verschleppt. Kein Einziger ist zurückgekommen.«

»Uns haben sie die Wintervorräte gestohlen, weil ich die

Abgaben nicht zahlen konnte. Meine Frau und meine Schwester sind verhungert.«

Laut dröhnten die Klagen in seinem Kopf, und die Blicke senkten sich wie Pfeile in sein Herz. Er hatte gewusst, welche Gräueltaten in seinem Namen geschehen waren. Doch noch nie hatte er in die Gesichter seiner Opfer gesehen, nie ihre Stimmen gehört. Was hatte er angerichtet? Das Unglück in ihren Augen, das Elend, das aus ihren Worten sprach, war schlimmer als jede Strafe.

»Bitte verzeiht mir«, flüsterte er. »Bitte verzeiht …«

»Verzeihen?«, schrie ein Bauer. »Das hättest du wohl gerne!« Er bückte sich zu Boden und hob einen Knüppel auf. »Krepieren sollst du!«

»Ja, krepieren!«

»Krepieren!«

2

»Seine Heiligkeit ist tot!«, sagte der Diakon, der ohne anzuklopfen in die Kanzlei gestürmt war.

»Benedikt – tot?«, erwiderte Petrus da Silva. »Gelobt sei Jesus Christus!«

Während er das Kreuzzeichen schlug, blickte er auf den Akt auf seinem Pult. Er hatte am Morgen eine Urkunde aufgesetzt, durch die der Tuskulanerpapst aus der Gemeinschaft der Gläubigen ausgeschlossen werden sollte, zur Strafe für seine simonistischen Verfehlungen. Damasus hatte den Kirchenbann bereits unterschrieben, am kommenden Sonntag sollte der Beschluss von allen Kanzeln Roms verkündet werden, um eine Rückkehr Teofilos ein für alle Mal zu verhindern. Hatte die Sache sich nun auf wunderbare Weise erledigt? Petrus da Silva waren Gerüchte von einem widerlichen Schauspiel in Albano zu Ohren gekommen, bei dem der ehemalige Papst sich am Kirchpranger dem Zorn des Volkes ausgesetzt habe. Doch stets hatte es in diesen Gerüchten geheißen, der Tuskulaner habe die Schmähungen überlebt.

»Nein, nicht Benedikt«, erklärte der Diakon.

Irritiert schaute Petrus da Silva von seinem Pult auf. »Was soll das heißen – nicht Benedikt?«

»Der Tote …«

»Aber Ihr habt doch gesagt, Seine Heiligkeit?«

»Ja, Seine Heiligkeit, Papst Damasus. Der Heilige Vater … Er liegt in seinem Bett und atmet nicht mehr.«

Petrus da Silva brauchte einen Augenblick, um zu begreifen. War der Kerl verrückt geworden? Doch ein Blick in das Gesicht des Diakons reichte, um ihn vom Gegenteil zu überzeugen.

»Führt mich zu ihm!«

Während er zu den Privatgemächern des Heiligen Vaters eilte, ließ er sich Bericht erstatten. Damasus, so erklärte der Diakon, habe wie jeden Tag nach dem Essen einen Mittagsschlaf gehalten, doch als man ihn habe aufwecken wollen, habe er nicht reagiert …

»Habt Ihr einen Arzt rufen lassen?«

»Ja, Eminenz. Der Leibarzt Seiner Heiligkeit muss jeden Augenblick kommen.«

Der Diakon öffnete die Tür zum päpstlichen Schlafgemach. Petrus fasste sich an den Kragen. In der Kammer war es so heiß und stickig, dass die Fliegen von den Wänden fielen.

»Heiligkeit …«

Angetan mit einem weißen Nachthemd, lag Damasus reglos auf dem Bett. Das Gesicht zu einer Grimasse verzerrt, grinste er wie ein Gnom, dem gerade ein besonders böser Streich gelungen war. Petrus da Silva stürzte sich auf ihn, rüttelte und schüttelte seinen Leib. Nur dreiundzwanzig Tage war Damasus im Amt gewesen, nur lächerliche dreiundzwanzig Tage … Doch der Papst rührte sich nicht. Leblos rollte sein Kopf auf den Schultern hin und her.

»Wie könnt Ihr Euer Amt nur so feige verraten?«

Petrus da Silva hatte vom ersten Moment an gewusst, dass

dieser Mann nicht zum Nachfolger Petri geboren war. Während er in das Gesicht des Toten blickte, hörte er noch dessen Gejammer: »Diese drückende Hitze, mein Herz kann solche Temperaturen nicht ertragen ...« Aber der Kaiser hatte nicht auf ihn gehört, nur um einen Landsmann auf den Thron zu setzen. Petrus da Silva packte den Leichnam mit beiden Händen und hob ihn in die Höhe.

»Ihr habt mich rufen lassen?«

Petrus drehte sich um. In der Tür stand der Leibarzt des Papstes. In diesem Augenblick war es mit der Selbstbeherrschung des Kanzlers vorbei.

»Schert Euch zum Teufel!«

Voller Wut warf er den Leichnam zurück auf die Kissen.

3

»Lasst mich bitte in Ruhe!«, sagte Chiara. »Ich will einfach nur arbeiten. Ist das zuviel verlangt?«

»Was regst du dich denn schon wieder so auf?«, erwiderte Anna.

»Wundert dich das?«, fragte Chiara. »Kann denn keiner außer mir eine Entscheidung treffen?«

»Aber die Männer wollen doch nur wissen, ob sie die Tür zumauern oder freilassen sollen.«

»Herrgott! Ich halte das nicht mehr aus! Jeder zerrt an mir. Die Maurer, die Zimmerer, die Tischler, die Dachdecker ...«

»Also, ich würde die Tür nur bis auf Brusthöhe zumauern«, erklärte Anna, »und die obere Hälfte der Öffnung freilassen. Als Durchreiche von der Küche ins Refektorium. Das erspart den Nonnen später lange Wege.«

»Wenn du so schlau bist, warum hast du nicht längst so entschieden?«, schnaubte Chiara. »Aber nein, das traust du dich nicht. Immer kommst du zu mir angerannt. Statt einfach zu sagen, das machen wir jetzt so oder so oder so, hältst du Vorträge, die kein Mensch hören will. Wie ein dummes kleines Kind! Ach, lasst mich doch alle in Frieden!«

Chiara machte kehrt und lief die Treppe hinauf, obwohl sie dort gar nichts zu tun hatte. Sie wusste ja, dass sie Anna Unrecht tat. Aber sie konnte nicht anders. Alles ging ihr auf die Nerven, das Hämmern und Sägen, der Staub und der Dreck, der Lärm und vor allem das Durcheinander, das in der Herberge herrschte, seit das Gebäude zur Außenstelle ihres künftigen Klosters umgebaut wurde. Sie war so gereizt, dass sie bei der kleinsten falschen Bemerkung in die Luft ging. Doch noch schlimmer war es, wenn es nichts gab, worüber sie sich aufregen konnte. Einmal hatte sie versucht, einen Tag allein im Stadthaus ihres Vaters zu verbringen. Die Stille hätte sie fast um den Verstand gebracht. Sie hatte es nicht mal bis zum Mittag ausgehalten und war noch vor dem Angelus auf die Baustelle zurückgekehrt. Lieber wollte sie sich mit der ganzen Welt zerstreiten, als allein die Angst um ihr Kind zu ertragen.

Ohne zu wissen, wie sie dort hingeraten war, stand sie plötzlich in der Kammer, in der Nicchino früher geschlafen hatte. Als sie das leere Körbchen sah, fing sie am ganzen Körper an zu zittern.

»Wie oft habe ich schon gesagt, ich will das verdammte Ding nicht mehr sehen!« Sie hob das Körbchen vom Boden und ging zum Fenster, um es hinaus auf die Gasse zu werfen.

»Jetzt reiß dich aber zusammen!«, sagte ihr Vater, der ihr die Treppe hinauf gefolgt war. »Jeder weiß, wie sehr du leidest, und ich würde alles dafür hergeben, wenn ich dich irgendwie trösten könnte. Aber du kannst nicht dein Unglück an anderen auslassen!«

Als sie in das Gesicht ihres Vaters sah, hätte sie ihn am liebsten geschlagen. Warum war er immer so gut und verständnisvoll? Sie benahm sich wie ein Scheusal, und trotzdem hielt er zu ihr. Das ging ihr noch mehr auf die Nerven als die ewigen Fragen der Handwerker oder Annas Besserwisserei.

Plötzlich spürte sie, wie ihr die Tränen kamen, und sie stellte das Körbchen wieder zurück auf den Boden.

»Ach Vater ...«

Wie früher, als sie noch seine kleine Tochter gewesen war, sank sie in seine Arme. Drei Wochen waren seit Nicchinos Verschwinden vergangen: drei Wochen ohne ein Lebenszeichen. Jede Nacht wälzte sie sich in ihrem Bett hin und her. Wenn sie überhaupt ein paar Minuten Schlaf fand, träumte sie von ihrem Kind: Nicchino an ihrer Brust ... Nicchino bei seinen ersten Gehversuchen ... Nicchino brabbelnd und lachend, wie er die Ärmchen nach ihr ausstreckt ... Und jeden Morgen wachte sie auf, in einer anderen Welt, in der alles grau und leer war, in der es kein Lachen und Brabbeln gab, um immer wieder aufs Neue das Unbegreifliche begreifen zu müssen. Nur wenige Augenblicke hatte Anna den Kleinen allein gelassen, weil sie einer Schar Pilger eine Kammer zeigen wollte. Die kurze Zeit hatte gereicht, um ihr Kind zu verlieren.

»Ein Brief, der für Euch abgegeben wurde.«

Vor ihr stand Antonio, mit einer Pergamentrolle in der Hand.

»Gib her!«

Ungeduldig brach sie das Siegel. Das Schreiben enthielt nur wenige Worte: *Wenn Ihr Euren Sohn wiedersehen wollt, dann gebt zurück, was uns gehört.*

»Wer hat den Brief gebracht?«, fragte Chiara.

»Ein Diener der Tuskulaner«, sagte Antonio.

Chiara verstand nicht. *Gebt zurück, was uns gehört ...* Was war damit gemeint? Sie hatte doch nichts, was den Tuskulanern gehörte ... Plötzlich begriff sie: der Peterspfennig – der Peterspfennig für ihr Kind ... Für einen Moment glaubte sie, ohnmächtig zu werden. Doch dann spürte sie auf einmal neue Kraft. Wenn die Tuskulaner einen Handel vorschlugen, gab es Hoffnung!

»Wohin willst du?«, fragte ihr Vater.

»Zu Benedikt!«

»Warte, ich komme mit!«

»Nein, das ist meine Sache!«

Ohne auf den Protest ihres Vaters zu achten, eilte sie auf die Straße. Wie konnte Teofilo ihr das antun? Trotz aller Verbrechen, die in seinem Namen geschehen waren – nie und nimmer hätte sie gedacht, dass er zu so etwas imstande sein würde.

»Teofilo di Tusculo!«, rief sie, als sie das Haus der Tuskulaner in Trastevere erreichte, und betätigte den Türklopfer. »Teofilo di Tusculo! Kommt heraus! Ich will mit Euch sprechen!«

4

Gregorio gab der molligen Brünetten, die er gerade begattet hatte, einen Klaps auf ihren schneeweißen Prachtarsch, und während er sich mit der linken Hand das Hosenband festzog, schnippte er mit der rechten nach Serafina, der buckligen Hausmagd der Laterna Rossa.

»Wein für alle!«

»Und wann wollt Ihr bezahlen? Ihr habt seit Monaten anschreiben lassen!«

»Willst du mir frech kommen, du verfluchtes Krüppelweib?«

Gregorio warf einen Schuh nach ihr. Serafina duckte sich weg, doch flink wie ein Affe verschwand sie in der Küche, bevor ein zweites Geschoss sie treffen konnte. Während sich zu seinen Füßen nackte Leiber paarten, rieb Gregorio sich zufrieden das Gemächte. Ein wahres Meisterstück war ihm gelungen, ein Geniestreich, um den selbst Petrus da Silva ihn beneiden würde ... Er hatte einem Mönch einen Brief diktiert, der ihn zum reichsten Mann von Rom machen würde, ohne dass man ihm daraus einen Strick drehen konnte. Weil er schlau war, schlau wie ein Fuchs, auch wenn das manche immer noch nicht kapierten. Er hatte den Brief ohne Absender abgeschickt. Chiara di Sasso würde auch so begreifen, von wem er stammte, und mit dem Geld herausrücken. Nur der Bote konnte gefährlich werden. Wenn der Kerl vor einem Richter aussagte, in wessen Auftrag er das Schreiben überbracht hatte, dann … Gregorio kratzte sich am Kopf. Sollte er ihn zur Sicherheit umbringen? Oder ihm die Zunge abschneiden? Manchmal staunte er selber, was für großartige Ideen ihm kamen. Hoffentlich konnte sein Vater ihn gerade sehen, er würde stolz auf ihn sein.

»Ein Wohl auf den Spender!«

Die ganze Laterna Rossa prostete ihm zu, als Serafina den Wein ausschenkte.

»Auf das Sommerfieber, das unseren armen Heiligen Vater hinweggerafft hat«, raunte Giustina, die Herrin des Hauses, ihm ins Ohr und stieß mit ihm an. »Ob Eurem Bruder der Ring wohl noch passt?«

Gregorio zuckte grinsend die Schulter. »Wer weiß?«

»Wie man hört, tut Euer Bruder ja öffentlich Buße. Ein Rosshändler aus Albano hat gestern erzählt, dass Teofilo sich dort an den Kirchpranger …«

»Hältst du wohl das Maul!«

Die Erinnerung verdarb Gregorio mit einem Schlag die Laune. Die ganze Grafschaft hatte über seinen Bruder gelacht, bis in den hintersten Winkel hatten die Wälder davon widergehallt, doch er hatte erst davon erfahren, als nichts mehr zu retten war. Weil kein Mensch den Mumm gehabt hatte, ihm Bescheid zu geben, damit er dem Spuk ein Ende hätte machen können. Sein Bruder als das Gespött von Bauern und Tagelöhnern und Krämern – was für eine Schande für die Familie!

»Warum zieht Ihr so ein Gesicht?«, fragte Giustina. »Wenn Euer Bruder in den Vatikan zurückkehren will, war das ein kluger Schachzug.«

»Schachzug?« Gregorio schaute sie verwundert an.

Giustina erwiderte lächelnd seinen Blick. »Bonifacio hat die Seiten gewechselt, ohne seine Hilfe braucht Ihr die Unterstützung des Volkes. Jetzt haben die Leute ihr Vergnügen gehabt und sich ausgetobt und glauben, dass Teofilo bereut. Und wenn er wieder auf den Thron steigt, werden sie ihm zujubeln. Das wird Euch mehr nützen als eine ganze Armee.«

»Meinst du wirklich?«, fragte Gregorio.

»Ich verwette mein Allerheiligstes darauf!« Giustina nahm seine Hand und presste sie an ihren Schoß. »Wenn Ihr versteht, was ich meine ...«

»Was soll das jetzt?« Widerwillig schüttelte er sie ab. »Ich habe für heute genug.« Er knabberte an seinem Nagel und dachte nach. »Ja, vielleicht hast du Recht«, sagte er und betrachtete seinen Daumen. »Um ehrlich zu sein, ich habe selber auch schon überlegt, ob die ganze Geschichte vielleicht auch ihre guten Seiten hat ...«

Seine Worte gingen im Gejohle der Gäste unter. Zwei nackte Huren trugen an einem Spieß ein gebratenes Spanferkel (zwischen dessen Hinterbacken eine riesige Mohrrübe steckte), in den Schankraum und setzten das von Fett triefende Tier auf einem Gestell ab. Bei dem Anblick kehrte Gregorios gute Laune so rasch zurück, wie sie zuvor verschwunden war. Eine der beiden Huren war Sofia, die kleine Rothaarige. Er packte sie am Arm und zog sie zu sich.

»Gibst du gut auf den Balg acht?«, fragte er.

Die Hure steckte ihm ihre Zunge in den Mund. »Wie auf meinen eigenen Sohn ...«

»Das will ich dir geraten haben!« Gregorio spürte, wie ihm erneut das Blut in die Lenden schoss. »Aber pass ja auf, dass niemand Wind davon bekommt. Der Hosenscheißer ist pures Gold wert.«

5

Mit einem Spaten zeichnete Teofilo ein längliches, mannsgroßes Rechteck in das Erdreich ein, um die Stelle zu markieren, wo Benedikt, der Papst, der er niemals hatte sein wollen, dermaleinst begraben werden sollte. Drei Tage und drei Nächte hatte er in Albano am Kirchpranger gehangen. Die Menschen hatten ihn verspottet und verhöhnt, ihn bespuckt und mit Jauche übergossen und mit Knüppeln traktiert. Aber sie hatten ihn am Leben gelassen.

Nachdem man ihn losgekettet hatte, war er zusammengebrochen und hatte wie ein Toter geschlafen. Als er irgendwann aufgewacht war, hatte er jede Stelle seines Körpers gespürt. Doch der Ekel vor sich selber war größer als der Schmerz seines Leibes, und er hatte sich in den Wald geschleppt, um seine Buße zu vollenden.

Er hatte die Einsiedelei so vorgefunden, wie er sie nach Ablauf seiner vierzigtägigen Buße selber zurückgelassen hatte: das steinerne Haus, der fest gestampfte Lehmboden, das Madonnenbild mit dem Jesuskind, dessen Antlitz angeblich einstmals seine Züge angenommen hatte. Hier, an diesem Ort, an dem er als Kind im Glauben unterwiesen worden war und wo er nach seinem Rücktritt vom Thron die prunkvollen Gewänder seines Amtes abgelegt hatte, um sie gegen das Gewand eines einfachen Büßers zu tauschen, wollte er die Tage und Monate und Jahre, die er noch in seinem Leib gefangen war, auf den Tod warten, in Einkehr und Buße, bis Gott ihn endlich zu sich rief.

Doch würde Gottes Gnade groß genug sein, um ihn zu sich zu rufen? Oder hatte die Vorsehung ihn schon längst der Verdammnis anheim gegeben?

Teofilo trat den Spaten in das Erdreich, um das vorgezeichnete Rechteck abzustechen. Wenn es einen Ort auf Erden gab, an dem sich das Wunder der Erlösung an ihm vollziehen konnte, dann hier. Während er Stich für Stich fortfuhr, sein

Grab auszuheben, kehrte er in Gedanken zu jenem Tag zurück, da er die Wunderkraft Gottes zum ersten und einzigen Mal erlebt hatte. Sein Pate hatte ihm gezeigt, dass eine mit Wasser gefüllte Schweinsblase bergauf rollen konnte. Damals hatte er sich geschworen, nie wieder Fragen zu stellen, die über seinen Verstand gingen. Aber er hatte sich nicht daran gehalten.

»Wo ist mein Sohn?«

Teofilo erkannte die Stimme sofort.

»Chiara – du?«

Er warf den Spaten hin und machte einen Schritt auf sie zu.

»Rühr mich nicht an!« Statt ihn zu begrüßen, hob sie zur Abwehr die Arme.

Eine Weile schauten sie sich wortlos an. Seit der Kaiserkrönung hatten sie sich nicht mehr gesehen. Sie war immer noch schön wie ein Engel. Doch ihr Gesicht war blass, und ihre Augen glänzten wie im Fieber.

»Weshalb bist du gekommen?«, fragte er.

»Gib mir mein Kind zurück«, sagte sie.

»Dein Kind?«

»Ja – Nicchino!«

»Ich ... ich weiß, nicht, wovon du sprichst.«

Wortlos reichte Chiara ihm einen Brief. »Lies das!«

Mit zitternden Händen rollte er das Pergament auseinander.

Das Schreiben enthielt nur einen einzigen Satz.

Wenn Ihr Euren Sohn wiedersehen wollt, dann gebt zurück, was uns gehört.

»Was hat das zu bedeuten?«, fragte er.

»Das fragst du mich?«, erwiderte sie.

Als er sie ansah, erschrak er. Ihre Züge waren wie die einer Maske, ihre Augen zwei Schlitze, die Funken sprühten.

»Glaub mir, Chiara. Ich habe wirklich keine Ahnung.«

Plötzlich verwandelte sich ihr Gesicht. Die Maske zerbrach wie eine tönerne Schale, und aus ihren Augen sprach nur noch Angst, grenzenlose, verzweifelte Angst.

»Du und deine Brüder, ihr wollt das Geld«, sagte sie. »Ihr sollt es haben, ich verzichte auf alles. Nur, gebt mir mein Kind zurück ... Bitte!«

Teofilo las noch einmal die wenigen Worte. Endlich begriff er. »Glaubst du ... glaubst du wirklich, ich könnte ... ich könnte jemals so etwas ...«

»Ich weiß nicht, was ich glauben soll«, unterbrach sie ihn. »Ich weiß nur, Ihr habt mein Kind entführt. Und jetzt wollt Ihr mich erpressen. Also rede nicht drumrum!«

»Ich habe nichts damit zu tun!« Teofilo zeigte auf den Brief. »Das ist nicht meine Schrift, das ist die Schrift eines Kopisten! Gregorio muss ihn bezahlt haben, er kann ja selber kaum die Feder halten.«

»Hör auf zu lügen«, sagte sie. »Immer versteckst du dich hinter deinem Bruder. Dabei, in Wahrheit ...« In ihre Angst mischte sich Verachtung. »Die Verbrechen, die in deinem Namen geschehen sind – was ist damit? War das alles Gregorio? Obwohl du der Papst warst? Der Herrscher von Rom? Du hast sogar deinen Nachfolger vergiftet, um wieder auf den Thron zu gelangen!«

»Nein, Chiara, das ist nicht wahr!«, rief er. »Ich weiß, was die Leute sagen, aber das stimmt nicht. Ich bin kein Mörder! Ich bin nie in Pesaro gewesen. Es war ein Mönch, er hat sich deshalb aufgehängt! Und ich habe dein Kind nicht angerührt. Das musst du mir glauben! Ich schwöre!«

»Du? Schwören?«, fragte sie. »Bei wem? Bei der Hölle und ihren Teufeln?«

»Bitte, Chiara, hör auf, so zu reden!«

Während er sprach, wieherte irgendwo ein Pferd. Teofilo drehte sich um. Einen Steinwurf entfernt, halb versteckt zwischen den Bäumen, wartete Chiaras Reisewagen.

»Komm«, sagte er und griff nach ihrer Hand.

»Du sollst mich nicht anrühren!« Sie machte einen Schritt zurück, als hätte er die Seuche.

Ihre Abwehr schmerzte ihn mehr als alle Demütigungen, die er in Albano erfahren hatte.

»Hast du solche Angst vor mir?«, fragte er.

Sie schlug die Augen nieder.

»Da drüben steht dein Wagen«, sagte er. »Fahren wir zu Gregorio, jetzt gleich. Wir stellen ihn zur Rede, und wenn er dein Kind hat, wird er es herausgeben. Das verspreche ich dir.«

Sie gab keine Antwort. Wie erstarrt stand sie da und rührte sich nicht.

»Vertrau mir, bitte.«

Chiara hob den Blick. »Was verlangst du von mir?« Wieder wurde ihr Gesicht zur Maske. Mit ausdrucksloser Miene schüttelte sie den Kopf. »Du hast dein Leben lang gelogen und alle Menschen getäuscht, die dir vertraut haben. Deine Mutter, deinen Paten. Und mich ... Uns alle hast du ...« Mitten im Satz brach ihre Stimme, und Tränen rannen aus ihren Augen. »Bist du überhaupt ein Mensch, Teofilo di Tusculo? Oder bist du ein Ungeheuer?«

»Was ... was sagst du da?«

Er wollte protestieren, sich verteidigen, ihr erklären, wie alles gekommen war. Er war zu jedem Geständnis bereit, zu jedem Versprechen – wenn sie nur aufhörte, so von ihm zu denken. Aber als er ihr Gesicht sah, diese Angst, dieses Misstrauen, diese Verachtung, brachte er keinen Ton über die Lippen. Sie hatte ja nur ausgesprochen, was ihn selber quälte, bei Tag und bei Nacht. Und er wusste die Antwort auf ihre Frage so wenig wie sie.

»Hier habt Ihr, was Ihr wollt!« Chiara zog eine Urkunde aus dem Ärmel und drückte sie ihm in die Hand.

Teofilo blickte auf das Dokument. Es trug sein eigenes Siegel: die Übereignungsurkunde des englischen Peterspfennigs.

»Aber«, stammelte er, »das ... das habe ich dir doch geschenkt.«

»Bitte«, flüsterte sie. »Bring mir mein Kind zurück. Ich flehe dich an ...«

Auf dem Absatz machte sie kehrt und lief zu ihrem Wagen.

6

Worms am Rhein schien die einzige Stadt nördlich der Alpen zu sein, die keine Beleidigung für das Auge war. Gleich bei seiner Ankunft war Petrus da Silva die rege Bautätigkeit aufgefallen. Überall wuchsen neue Gebäude in die Höhe, prachtvolle Kirchen und Paläste, vor allem das Paulusstift, das an der Stelle der alten Burg Herzog Ottos errichtet worden war, sowie der gewaltige Kaiserdom, dessen Bau Bischof Burchard vor einem halben Jahrhundert begonnen hatte: eine kreuzförmige Basilika mit zwei halbrunden Chören, die auch Rom zur Zierde gereicht hätte. Doch die baulichen Vorzüge der Stadt waren ein schwacher Trost dafür, dass Petrus innerhalb eines Jahres nun schon zum zweiten Mal die Alpen hatte überqueren müssen, um den Kaiser um die Ernennung eines neuen Papstes zu bitten. Zum Glück hatte er erfahren, dass Heinrich in Worms einen Hoftag abhielt. Sonst wäre er vergebens nach Sachsen gereist, wo der Kaiser, wie es in Rom geheißen hatte, den Sommer über residierte.

»Wie gefällt Euch unsere neue Kirche?«, fragte Heinrich, als er Petrus da Silva abseits des Hoftags in der halb fertigen Basilika empfing.

»Sie ist ein steinerner Lobpreis Gottes, Majestät, ein beeindruckendes Denkmal der Schöpfung und Abbild jenseitiger Herrlichkeit. Jeder Gläubige, der in diesem Haus beten darf, wird gestärkt an Geist und Seele daraus in die Welt zurückkehren.«

Heinrich strahlte. »Ihr seid ein Mann von Glauben und Geschmack, Euer Lob erfüllt mich mit Freude.« Dann runzelte er die Stirn. »Doch was zieht Ihr für ein Gesicht? Habt Ihr schlechte Nachrichten?«

»Seine Heiligkeit, Papst Damasus, ist tot«, erklärte der Kanzler.

»Damasus – tot?«, fragte Heinrich entsetzt. »Wie konnte das passieren?«

»Niemand war dabei. Man hat ihn tot in seinem Bett gefunden.«

»Wer steckt dahinter? Die Tuskulaner? Haben sie ihn umgebracht?«

Petrus da Silva schüttelte den Kopf. »Ich denke, der Heilige Vater ist eines natürlichen Todes gestorben. Er war zu schwach für dieses Amt, und dann die römische Hitze im August. Das alles war zu viel für ihn.«

Heinrich bekreuzigte sich. »Der Herr sei seiner Seele gnädig«, sagte er. Dann straffte sich sein Gesicht. »Wen schlagt Ihr als Nachfolger vor?«

Der Kanzler zögerte. »Um ehrlich zu sein, Majestät, ich kann Euch keinen Namen nennen.«

»Wie bitte?«, fragte der Kaiser. »Wollt Ihr etwa sagen, es gibt in der ganzen Heiligen Stadt nicht einen Mann, den Ihr für geeignet haltet, den Stuhl Petri zu besteigen? Ist Rom eine solche Bande von Verbrechern?«

Petrus da Silva rieb sich die Wange. »Es ist weniger eine Frage der Eignung, als vielmehr ...«

»Als vielmehr was?«

»Der Angst, Majestät. Jeder römische Kardinal, den ich gefragt habe, lehnt eine Kandidatur ab. Weil jeder fürchtet, dass dieses Amt den Tod bedeutet.«

»Aber Ihr habt doch gesagt, Damasus sei eines natürlichen Todes gestorben? Das ist doch die Wahrheit, oder?«

»Was bedeutet schon Wahrheit?«, erwiderte der Kanzler mit einem Seufzer. »Angst ist stärker als Vernunft.«

»Das wird ja immer besser! Die eine Hälfte Roms besteht aus Verbrechern, die andere aus Feiglingen!«

Heinrich schlug seinen Mantel zurück und wandte sich zum Altar. Zwischen den vergoldeten Säulen wirkte er wie Gottes Feldherr.

»Es gibt vielleicht eine Ausnahme«, sagte Petrus da Silva.

»Nämlich?« Der Kaiser fuhr so heftig herum, dass sein langes schwarzes Haar ihm in den Nacken fiel. »Nennt mir den Namen!«

»Bonifacio di Canossa, der Markgraf von Tuscien.«

»Wollt Ihr Euch über mich lustig machen? Bonifacio ist kein Bischof, er wurde nicht mal zum Priester geweiht.«

»Ich weiß«, erklärte Petrus. »Aber nach kanonischem Recht ist die Priesterweihe keine zwingende Voraussetzung, um einen Mann zum Papst zu ernennen. Es reicht, wenn wir ihm das Sakrament vor der Inthronisierung spenden.«

»Kommt nicht in Frage«, erwiderte Heinrich. »Bonifacio ist ein Verräter, der die Seiten wechselt wie sein Wams! Er hat sich meinen Befehlen widersetzt und mir die Gefolgschaft verweigert.«

»Man könnte Verträge schließen«, sagte Petrus da Silva.

»Die Bonifacio brechen wird, sobald es ihm günstig erscheint!«

Herrsche und teile! Bonifacio hat als einziger Italiener die Autorität, Rom und der Kirche den Frieden zu geben.«

»Bonifacio wird Rom in die Hauptstadt eines unabhängigen italienischen Reichs verwandeln. – Nein«, schnitt der Kaiser Petrus das Wort ab, als dieser etwas einwenden wollte. »Nur über meine Leiche!«

Er ließ den Kanzler stehen und durchmaß mit großen Schritten das Kirchenschiff. Petrus da Silva konnte nicht umhin, ihn zu bewundern. Heinrich war nicht nur ein frommer Diener Gottes, sondern auch ein geborener Herrscher. Der Kaiser hatte ja Recht: Bonifacio war zwar ein geeigneter Kandidat zur Rettung Roms und der Kirche, aber vor allem war er eine Gefahr für die kaiserlichen Interessen in Rom.

»Bruno«, sagte der Kaiser in die Stille hinein.

»Wie bitte?«

»Bruno von Egisheim, der Bischof von Toul.«

Petrus da Silva begriff. »Ist das der Mann Eurer Wahl?«, fragte er.

»Ja«, bestätigte Heinrich. »Bruno ist nicht nur ein Bischof von apostolischer Tugendstrenge und unbeirrbarer Durchsetzungskraft, er erfreut sich auch außergewöhnlicher Robustheit. Ihn wird weder die römische Hitze noch das römische Verbrecherpack ängstigen. Ich kenne ihn, er ist mit mir verwandt, ein Vetter zweiten Grades. Ihm kann ich vertrauen.«

Petrus da Silva holte tief Luft. Dann nahm er ein Stück Pergament, kritzelte ein paar Zeilen darauf, rollte den Bogen zu einer winzigen Rolle zusammen und winkte schließlich einen Diakon zu sich, der einen Käfig mit einer gurrenden Taube bei sich trug.

»Was wollt Ihr mit dem Vogel?«, fragte Heinrich verwundert.

Petrus da Silva öffnete den Käfig und schob die Pergamentrolle in ein hölzernes Röhrchen, das mit einem Ring am Fuß des Tieres befestigt war.

»Die Taube ist das Symbol des Heiligen Geists«, sagte er. »Sie soll den Römern die frohe Botschaft bringen, dass sie wieder einen Vater haben.«

7

»Platz da! Aus dem Weg!«

Ohne Rücksicht auf die Passanten, die kreischend zwischen die Buden flohen, galoppierte Teofilo über die Tiberbrücke, die Trastevere mit dem Stadtgebiet verband. Nachdem Chiara in der Einsiedelei vor ihm geflohen war, hatte er sich in Albano ein Pferd besorgt und war nach Trastevere geritten, ohne auch nur ein einziges Mal abzusteigen. Er musste seinen Bruder zur Rede stellen und ihn zur Herausgabe von Chiaras Kind zwingen! Doch Gregorio war nicht im Stadthaus gewesen, und niemand hatte ihm verraten, wo er steckte. Jetzt gab es nur noch einen Ort, wo Teofilo hoffte, seinen Bruder zu finden.

Vor der Laterna Rossa sprang er aus dem Sattel und warf die Zügel einem Stallburschen zu. Während er ein Stoßgebet zum Himmel schickte, dass Chiaras Kind noch lebte, flog die Tür des Hurenhauses auf, und heraus trat Gregorio.

»Was machst du denn hier?«, fragte er und stierte ihn mit betrunkenen Augen an. »Hast du schon die Nase voll vom heiligen Leben? Oder juckt dir der Schwanz?«

Grinsend wankte er auf Teofilo zu und wollte ihn umarmen. Doch der stieß ihn mit beiden Händen von sich.

»Wo ist Chiaras Sohn?«

»Oh, das hast du schon mitgekriegt? Dass da jemand verschwunden ist?« Gregorio rülpste. »Kein Wunder, du warst ja schon immer schlauer als alle anderen. Aber täusch dich mal nicht. Vielleicht bin ich noch ein ganz kleines bisschen schlauer als du!«

»Du gibst es also zu?« Teofilo war fassungslos. Gleichzeitig fiel ihm ein Stein vom Herzen.

Gregorio zuckte nur mit den Schultern. Obwohl er wie ein Weinfass stank, schien er plötzlich nüchtern. »Hast du wirklich geglaubt, ich würde mir das gefallen lassen?«, fragte er. »Dass eine verzückte Nonne uns den Peterspfennig stiehlt, den wir so dringend brauchen wie die Luft zum Atmen? Fünfhundert Pfund Silber? Jahr für Jahr?«

»Sag mir, wo das Kind ist!«

»Einen Teufel werde ich tun! Der Balg ist an einem sicheren Ort!«

»Dann bring mich da hin.«

»Du brauchst *meine* Hilfe? Das ist ja was ganz Neues! Nein, und wenn du mich auf Knien bittest! Erst das Geld, dann die Ware!«

»Hier!«, sagte Teofilo und zog eine Dokumentenrolle aus dem Ärmel.

Gregorios Augen glänzten vor Gier. »Was ist das?«

»Der Peterspfennig. Chiara ist bereit, auf alles zu verzichten.«

»Her damit!«

Gregorio schnappte nach der Urkunde, doch Teofilo war schneller und zog die Hand zurück.

»Erst, wenn du mich zu ihrem Kind führst.«

»Erst, wenn ich das Geld in Händen habe.«

»Wer die Urkunde hat, dem gehört der Peterspfennig.«

»Glaubst du, du kannst mich bescheißen?«

»Ich warne dich«, sagte Teofilo. »Entweder, du tust, was ich sage, oder ...« Er sprach die Drohung nicht aus.

»Oder was?«

Er blickte seinem Bruder fest in die Augen. »Hast du vergessen, was ich von dir weiß? Du hast versucht, mich umzubringen – den Papst, Gottes Stellvertreter.«

Gregorio wurde blass. »Na und?«, fragte er unsicher.

Teofilo packte ihn am Kragen. »Du hast das Geständnis mit eigener Hand unterschrieben. Wenn ich das einem Richter zeige ...« Er machte mit der Handkante eine Schnittbewegung vor seiner Kehle.

Im selben Moment ertönte von Ferne ein Ruf.

»Habemus papam! Habemus papam!«

Gregorio zuckte zusammen.

»Begreifst du?«, fragte Teofilo. »Jetzt geht es dir an den Kragen. Wenn der neue Papst erfährt, dass du ...«

»Von wegen!«

Schneller, als Teofilo ihn daran hindern konnte, riss Gregorio ihm die Urkunde aus der Hand. Mit einem Satz sprang er auf sein Pferd und galoppierte davon.

8

»Vorwärts!«, rief Gregorio. »Schlaft nicht ein, faules Pack! Oder muss ich euch erst in den Arsch treten?«

Über Nacht hatte die Tuskulanerburg sich in eine riesige Baustelle verwandelt. Aus allen Dörfern und Gemeinden der Grafschaft hatten Gegorio und seine Brüder Handwerker zusammengetrommelt, Maurer und Steinmetze, Bauarbeiter und Tischler, Zimmerleute und Schmiede, die mit einem hundertköpfigen Tross an Tagelöhnern und Leibeigenen die Tore und Mauern befestigten, um das Kastell vor einem Angriff zu schützen. Die Ernennung des neuen Papstes hatte die Tuskulaner in höchste Alarmbereitschaft versetzt. Der Bischof von Toul galt als ein streitbarer Gotteskrieger und Mann, der keine Gnade kannte, wenn es um die Herrschaft der Kirche ging.

»Und wie kommen wir an unser Geld?«, wollte Ottaviano wissen.

»Wir haben alles, was wir brauchen.«

Gregorio klopfte sich auf die Brust. Dort, auf der Höhe seines Herzens, trug er die Urkunde, die ihm den Peterspfennig sicherte, Tag und Nacht bei sich. Er hatte sie in Wachstuch eingeschlagen und an seinem Leib festgebunden. Sogar sein Vater hatte ihn dafür gelobt.

»Ihr hättet Teofilos dummes Gesicht sehen sollen«, sagte er. »Der verdammte Klugscheißer! Hält sich für so schlau! Dabei ist er in Wahrheit zu blöd, um sich am Sack zu kratzen.«

»Aber wird der neue Papst unsere Ansprüche anerkennen?«, fragte sein Bruder.

»Ja«, meinte auch Pietro, »warum sollte er das Geld rausrücken?«

»Verlasst euch ganz auf mich!« Gregorio machte eine Pause, um die erwartungsvollen Blicke seiner Brüder zu genießen. Dann fügte er hinzu: »Wir brauchen nur ein bisschen Geduld. Kann sein, dass Bruno Verhandlungen erst mal ablehnt, kann sogar sein, dass er uns angreift. Wir müssen mit allem rechnen. Aber wenn er sieht, dass er bei uns auf Granit beißt, wird er einlenken.«

»Um verhandeln zu können, müssen wir ihm aber irgendetwas bieten«, sagte Ottaviano. »Was *haben* wir zu bieten?«

»Woher soll ich das wissen?«

Verärgert biss Gregorio sich in den Daumen. Ottaviano hatte ja Recht: Kein Geschäft ohne Gegengeschäft, das war überall so: Wer ficken will, muss zahlen!

Plötzlich hatte er eine Erleuchtung.

»Wir bieten ihm – nichts!«

»Nichts?«, fragten seine Brüder wie aus einem Munde.

»Ja, ihr habt richtig gehört«, sagte Gregorio. »Wir bieten ihm an, still zu halten. Ihm nicht in die Quere zu kommen.«

»Meinst du, das reicht?« Ottaviano zog eine Schnute. Das hatte er schon als kleiner Junge getan, wenn ihm das Essen nicht schmeckte.

»Muss man euch wirklich alles erklären?«, fragte Gregorio. »Nicht mal Heinrich hat gewagt, uns die Stirn zu bieten. Er war mit tausend Mann hier und hat überall aufgeräumt, in Latium und im Süden. Nur mit einer Familie hat er sich nicht angelegt.«

»Mit uns!«, rief Ottaviano. »Den Tuskulanern!«

»Genau! Weil er Schiss vor uns hat!«

»Und das heißt?«

»Dreimal darfst du raten! Wir müssen dem neuen Papst die Zähne zeigen, um ihm den Frieden schmackhaft zu machen. Wenn er begreift, dass wir bereit sind, seine Herrschaft anzuerkennen, wird er im Gegenzug auch unsere Ansprüche anerkennen und lieber das Geld zahlen, als einen Krieg mit den Tuskulanern zu riskieren.«

Ottaviano grinste. »Ich wusste gar nicht, wie gerissen du bist. Ich glaube, du wärest auch ein guter Papst geworden.«

»Bei meinem Schwanz«, rief Gregorio, »das wäre ich!«

Nur Pietro, der jüngste der drei Brüder, schien noch nicht überzeugt. Nachdenklich drückte er sich einen Pickel aus.

»Und was ist mit dem Kind?«, wollte er wissen.

»Welches Kind?«, lachte Gregorio. »Ich weiß von keinem Kind!« Dann formte er seine Hände zu einem Trichter vor dem Mund und rief den Arbeitern auf der Baustelle zu: »Legt euch ins Zeug, Männer! Heute Abend gibt's ein Fass Branntwein!«

»Ein Hoch auf Conte Gregorio!«, scholl es ihm aus hundert Kehlen entgegen. »Es lebe unser Burgherr!«

9

Vom Turm der Burgkapelle läutete es zum Angelus. Chiara trat ans Fenster ihrer Kemenate und schaute hinunter in den Hof, in dem die Abendsonne lange Schatten warf. Am Morgen hatte ihr Vater den Boten zu den Tuskulanern geschickt, um Verhandlungen anzubieten, und noch immer warteten sie auf seine Rückkehr. Unten im Hof, in der Nähe des Hühnerstalls, spielten ein paar Kinder im Dreck, zwei barfüßige Jungen bekämpften sich mit Stöcken, ein paar Mädchen schauten ihnen zu und flochten Kränze aus Gänseblümchen, wahrscheinlich für den Sieger des Zweikampfs. So hatte Chiara früher auch mit Francesca gespielt, Annas Nichte, ihrer besten Freundin. Was für fröhliche und unbeschwerte Zeiten waren das gewesen … Sie hatten in ihren Spielen die ganze Welt erkundet, sie waren Feen und Hexen begegnet, und einmal hatten sie sich sogar heimlich hinunter zum Zaubersee gewagt, obwohl ihr Vater das streng verboten hatte. Bis zum Hals hatte Chiaras Herz geklopft, als sie mit Francesca auf die Wassergeister gewartet hatte, ganz aufgeregt und voller Hoffnung, dass ein Wunder geschah. Doch heute? Mit jeder Stunde, die verstrich, sank ihre Zuversicht, so wie die Abendsonne über den Wäldern, und allein ihre Angst lebte in ihr fort, die Angst um ihr Kind füllte sie aus und nahm sie so vollständig in Besitz, dass kein Platz für ein anderes Gefühl mehr blieb.

»Ich hätte nicht davonlaufen dürfen«, sagte sie leise.

»Du meinst, als Teofilo mit dir seinen Bruder zur Rede stellen wollte?«, erwiderte ihr Vater.

Chiara nickte.

»Mach dir keine Vorwürfe, du hattest Angst. Das ist verständlich. Nach allem, was geschehen ist.«

»Nein, Vater. Ich war feige, so fürchterlich feige. Ich konnte einfach nicht mehr denken. Aber wenn ich mir vorstelle, dass jetzt Nicchino vielleicht nicht mehr …« Sie sprach den Satz nicht aus. »Das würde ich mir nie verzeihen. Niemals!«

»Mein armes, kleines Mädchen. Aber glaub mir, es wird alles wieder gut. Bestimmt wird es das.«

Er legte tröstend einen Arm um ihre Schulter. Während sie sich an ihn schmiegte, kam ein Reiter in den Hof galoppiert.

»Endlich!«.

Chiara riss sich von ihrem Vater los und eilte aus der Kammer. Schon auf der Treppe kam ihr der Bote entgegen.

»Ich habe alles versucht«, sagte er. »Aber sie haben mich nicht vorgelassen.«

Ein einziger Satz, und das bisschen Hoffnung, das Chiara gehabt hatte, war dahin.

»Das heißt, du hast mit niemandem gesprochen?«

Der Bote schüttelte den Kopf. »Nur mit den Torwächtern. Die Tuskulaner haben sich in ihrer Burg verschanzt und rüsten wie zu einem Krieg.«

»Hast du gesagt, in wessen Auftrag du kommst?«

»Natürlich. Und ich habe auch gesagt, dass Ihr zu jedem Zugeständnis bereit seid. Aber es hat nichts genützt. Sie wollen weder Euch noch sonst jemand empfangen, der Euch vertritt.«

Chiara drehte sich zu ihrem Vater um. »Was, glaubt Ihr, hat das zu bedeuten?«

»Wenn sie die Verhandlungen verweigern? Ich fürchte, dafür gibt es nur eine Erklärung.«

»Welche?«

Ihr Vater zögerte.

»Bitte, sagt mir die Wahrheit.«

»Die Wahrheit weiß ich so wenig wie du, ich kann auch nur Vermutungen anstellen. Aber wenn sie Verhandlungen verweigern, dann, fürchte ich, haben sie bereits, was sie wollen.«

Chiara begriff. »Ihr meint das Geld, nicht wahr?«

»Den Peterspfennig, ja. Du hättest die Urkunde nicht hergeben dürfen. Das war ein schwerer Fehler.«

»Aber ich habe sie doch Teofilo gegeben, nicht seinem Bruder.«

»Bist du sicher, dass er sie auch behalten hat?«

»Habt Ihr daran Zweifel?«, fragte sie. »Er hat mir doch geschworen, dass er mit der Sache nichts zu tun hat, dass er genauso ahnungslos ist wie ...«

Sie stockte. Nein, es hatte keinen Sinn, sich selber zu belügen. Es war keine Vermutung, es war die Wahrheit.

»Ihr habt Recht, Vater«, sagte sie. »Teofilo hat die Urkunde Gregorio gegeben. Er steckt mit ihm unter einer Decke. Eine andere Erklärung gibt es nicht. Sonst würden sie verhandeln.«

Plötzlich wurden ihre Knie so weich, dass sie nach dem Geländer greifen musste.

»Vielleicht ist alles ganz anders, als es zu sein scheint«, sagte ihr Vater. »Vielleicht ist das sogar ein gutes Zeichen, wenn Teofilo ihm die Urkunde gegeben hat. Vielleicht hat er das ja getan, damit Gregorio deinen Sohn herausgibt. Ja, so wird es sein, ganz sicher. Teofilo ist dein Vermittler, dein Sachwalter. Er wird dafür sorgen, dass du Nicchino schon bald wieder im Arm halten kannst ...«

Chiara hörte die Worte, doch sie halfen ihr nicht. Weil sie spürte, dass ihr Vater selbst nicht daran glaubte.

»Und wenn Teofilo mich verraten hat?«, flüsterte sie. »Wieder einmal?«

10

»Wo ist mein Bruder?«, fragte Teofilo

»Ich weiß es nicht, Herr!«, antwortete die Köchin.

Er zeigte auf den Stallburschen an ihrer Seite. »Und du? Du verschweigst doch was? Heraus mit der Sprache!«

»Glaubt mir, Herr, ich habe den Herrn auch nicht gesehen.«

Teofilo nahm einen Pfirsich aus dem Korb. Während er das Stück Obst in der Hand drehte, schritt er die Reihe der Mägde und Dienstboten ab, schaute jedem einzelnen ins Gesicht und wiederholte seine Frage. Aber alle schüttelten nur die Köpfe.

»Hat mein Bruder denn niemandem gesagt, wohin er will?«
»Nein, Herr.«
»Wirklich nicht, Herr.«
»Und keiner von euch hat hier im Haus ein Kind bemerkt? Ein Kind von ungefähr einem Jahr?«
»Nein, Herr.«
»Wirklich nicht, Herr.«
»Habt ihr vielleicht etwas *gehört*?«
»Nein, Herr.«
»Wirklich nicht, Herr.«
»Aber ein Kind, das schreit doch! Wenn es Hunger hat oder Durst! Das *muss* man doch hören! Egal, wo es versteckt ist!«
»Bitte Herr, Ihr müsst uns glauben.«
»Hier war kein Kind.«
»Das ist die Wahrheit.«
Teofilo zerquetschte den Pfirsich in seiner Hand. »Wehe, ihr lügt mich an!«
»Wir lügen nicht, Herr.«
»Nein, Herr.«
»Wirklich nicht, Herr.«
»Niemals, Herr.«
»Ihr seid doch der Heilige Vater!«
Teofilo warf den zerquetschten Pfirsich in einen Spuckeimer. Mehrmals hatte er das Haus auf den Kopf gestellt, vom Keller bis zum Speicher, und jeden verhört, den er in irgendeiner Kammer des Gebäudes angetroffen hatte. Er hatte mit den Hausherren und Dienstboten der Nachbarschaft gesprochen, mit den Leuten auf der Gasse, mit den Handwerkern und Krämern, mit den Bäckern und Fleischern und Gemüsebauern, in der ganzen Gemeinde – sogar die Krüppel und Bettler, die an den Straßenecken hockten, hatte er nach Chiaras Kind befragt, in der Hoffnung, dass ihnen etwas aufgefallen war. Doch keine Spur, nicht das kleinste, geringste Lebenszeichen. Während Gregorio die Urkunde bereits besaß, durch seine, Teofilos, Schuld, und sein Bruder keinen Grund mehr hatte, Rücksicht zu nehmen …

Wie sollte er Chiara je wieder unter die Augen treten?

»Ein Pferd!«, rief er.

Er wollte zur Burg reiten. Wenn Gregorio das Kind nicht im Stadthaus versteckt hielt, musste es auf der Burg sein. Er ließ die Dienstboten stehen und eilte hinaus.

Im Hof stand schon ein Pferd bereit. Er nahm die Zügel auf und schwang sich in den Sattel. Aber als er den Wallach wendete, kam ihm plötzlich ein Gedanke: Doch, es gab noch einen Ort, wo Gregorio das Kind versteckt haben konnte – die Laterna Rossa! Nirgendwo sonst hielt sein Bruder sich so oft auf wie in dem Hurenhaus, und nirgendwo sonst hatte er mehr Freunde als dort.

Doch so plötzlich Teofilo der Gedanke gekommen war, so schnell verwarf er ihn. Nein, Chiaras Kind war eine viel zu wertvolle Geisel, als dass Gregorio sie den Huren anvertrauen würde. Er hielt das Kind auf der Burg versteckt, in der Obhut seiner Brüder.

»Hüh!«

Teofilo machte auf der Hinterhand kehrt und gab seinem Tier die Sporen.

In der Abenddämmerung erreichte er sein Ziel. Düster erhoben sich die Türme über den Wäldern. Schon von Weitem sah Teofilo, dass die Burg gegen einen Angriff gerüstet war. Das Tor war verriegelt, die Fensterläden verschlossen, die Zinnen bewehrt: eine Festung, die der ganzen Welt zu trotzen schien.

»Aufmachen!«

Er sprang aus dem Sattel und trommelte gegen das Tor.

»Aufmachen! Verflucht noch mal!«

Es dauerte eine Ewigkeit, bis die Klappe an der Pforte aufging. In der Öffnung erschien das Gesicht seines Bruders.

»Verschwinde«, sagte Gregorio. »Hier störst du nur.«

Er wollte die Klappe zuschlagen, doch Teofilo fuhr blitzschnell mit der Hand durch die Öffnung und packte ihn am Kragen.

»Du machst sofort auf! Verstanden?«

Die beiden Brüder schauten sich an. Die Stirnglatze, der Vollbart, das wettergegerbte Gesicht – Gregorio sah seinem Vater so ähnlich, dass es beinahe komisch war. Aber anders als sein Vater war sein Bruder, das begriff Teofilo in diesem Augenblick, ein hundserbärmlicher Feigling.

»Aufmachen«, zischte er.

Gregorios Augen zuckten, dann senkte er den Blick. »Also gut«, sagte er. »Ich mache auf. Aber dafür musst du mich loslassen.«

Teofilo packte noch fester zu. »Schwörst du, dass du dann wirklich aufmachst?«

»Ich schwöre!«

»Beim Geist unseres Vaters?«

In Gregorios Augen flackerte Angst.

»Beim Geist unseres Vaters?«, wiederholte Teofilo.

»Beim Geist unseres Vaters«, bestätigte Gregorio.

»Wehe, du lügst. Du wirst in der Hölle braten.«

Zögernd ließ Teofilo ihn los. Die Klappe fiel zu, dann hörte er Schritte, dann nichts. Eine lange, bangvolle Minute wartete er.

Hatte Gregorio seinen Schwur gebrochen?

Da öffnete sich knarrend die Pforte.

»Endlich!«

Teofilo drängte in den Spalt, bevor sein Bruder sich anders entschied. Doch er hatte den Hof noch nicht betreten, da fiel eine Horde Männer über ihn her. Von links und rechts packten sie ihn, schleiften ihn an den Kleidern fort und warfen ihn in ein Verlies.

Während er sich im Stroh wiederfand, schlug Gregorio die Eisentür hinter ihm zu. Triumphierend blickte er durch das Gitter.

»Wer nicht hören will, muss fühlen«, lachte er und verriegelte das Schloss. »Hier kannst du beten, bis du schwarz wirst.«

11

Petrus da Silva hatte noch den Staub von der Reise in der Soutane, als er an sein Pult trat. Tausend Dinge gab es zu regeln, um dem Bischof von Toul einen würdigen Empfang in der Stadt zu bereiten. Angeblich hatte Bruno von Egisheim bereits die Alpen überquert, und Bonifacio war ihm entgegengereist, um ihn nach Rom zu geleiten, wie es die Pflicht des Toskaners war. Petrus da Silva rieb sich die Wange. Nach allem, was er über den Cousin des Kaisers in Erfahrung gebracht hatte, schien dieser Mann, wie Heinrich gesagt hatte, weniger von persönlichem Ehrgeiz als von ernsthaftem Glaubenseifer beseelt.

Hatte der Heilige Geist sich endlich für den richtigen Kandidaten entschieden?

Ein Hüsteln weckte ihn aus seinen Gedanken. Ein Diakon war in das Kabinett getreten, ohne dass der Kanzler es bemerkt hatte.

»Was gibt's?«

»Eine Dame verlangt Euch zu sprechen, Eminenz. Sie bittet um eine Unterredung.«

»Was für eine Dame?«, fragte Petrus da Silva. »Hat sie keinen Namen?«

Noch während er sprach, ging die Tür auf, und herein trat eine Frau, die ihm seit Jahr und Tag nichts als Sorgen und Verdruss bereitete.

»Edle Herrin Chiara«, begrüßte er sie. »Seid willkommen im Namen des Herrn.«

Er streckte ihr seine Hand entgegen. Doch statt sie zu küssen, wie der Respekt vor seinem Amt es verlangte, sagte sie: »Ich will eine Anzeige erstatten.«

»Eine Anzeige?« Petrus da Silva hob überrascht die Brauen. »Gegen wen?«

»Gregorio di Tusculo.«

»Den Kommandanten des Stadtregiments? Weshalb? Was werft Ihr ihm vor?«

»Mord«, erwiderte sie. »Gregorio di Tusculo hat seinen Vater umgebracht.«

»Was behauptet Ihr da?« Petrus da Silva schaute sie prüfend an. »Der Fall ist geklärt, es hat einen Prozess gegeben. Einen Prozess und ein Urteil. Der Sohn des Sabinergrafen, Ugolino, wurde für die Tat hingerichtet.«

»Das war ein Fehlurteil!«

»Es verwundert mich, das ausgerechnet aus Eurem Mund zu hören. Immerhin erfolgte das Urteil aus einer Klage Eures Gemahls. Wusstet Ihr das nicht?«

»Doch«, entgegnete sie. »Trotzdem behaupte ich, dass Ugolino zu Unrecht verurteilt wurde. Der wahre Mörder des Grafen von Tuskulum war sein eigener Sohn – Gregorio.«

Der Kanzler legte sein Schreibzeug auf das Pult. Was wusste diese Frau? Er hatte immer geglaubt, dass außer ihm nur ein Mensch die Wahrheit über den Mord in St. Peter kannte, und dieser Mensch war tot … Als er sah, dass Chiara di Sasso seinem Blick standhielt, forderte er sie mit einer Handbewegung auf, Platz zu nehmen.

»Ihr seid Euch hoffentlich bewusst, wie schwerwiegend ein solcher Vorwurf ist«, sagte er.

»Das bin ich«, antwortete sie, ohne sich zu setzen. »Aber ich habe mir diesen Schritt reiflich überlegt.«

»Obwohl Ihr wisst, in welche Gefahr Ihr Euch mit einer voreiligen Anschuldigung begebt?«

»Ihr meint, dass das Urteil an mir vollstreckt werden könnte, wenn das Gericht den Angeklagten von seiner Schuld freispricht?«

Petrus da Silva nickte.

»Dieser Rechtsbrauch ist mir bekannt. Aber ich habe keine Angst. Gregorio di Tusculo ist der Mörder seines Vaters, und ich bin bereit, den Beweis zu führen.«

»Dann sagt mir bitte, was Euch zu einer solchen Klage berechtigt.«

Chiara zögerte, dann sagte sie: »Mein Mann hat auf dem Totenbett seine Aussage widerrufen. Er hat in Gregorios Hand das Messer gesehen, mit dem der Tuskulaner seinen Vater getötet hat, in der Basilika, am Tag des Hochfests der Apostel Peter und Paulus.«

»Auf dem Totenbett?«, fragte Petrus. »War Euer Mann da überhaupt noch klaren Sinnes?«

»Bis zum letzten Atemzug.«

»Aber diese Aussage steht im Widerspruch zu der Anklage, die er vor Gericht erhoben hat.«

»Dessen bin ich mir bewusst. Dennoch ist es die Wahrheit, so wahr mir Gott helfe!«

Petrus da Silva spürte das Pochen seines Zahns. Was führte diese Frau im Schilde? Hatte Domenico ihr verraten, wer ihn damals zu seiner Klage genötigt hatte? Wollte sie ihm drohen, um sich den Peterspfennig zu sichern?

»Ich nehme Eure Worte zur Kenntnis«, sagte er. »Doch erlaubt mir eine Frage.«

»Welche?«

»Warum kommt Ihr erst jetzt zu mir? Warum habt Ihr das Zeugnis Eures Mannes nicht längst korrigiert?«

Auch darauf blieb Chiara die Antwort nicht schuldig. »Weil ich die Wahrheit nicht wahrhaben wollte«, sagte sie. »Statt ihr ins Gesicht zu schauen, habe ich meine Augen vor den Tatsachen verschlossen. Aber jetzt kann ich sie nicht länger leugnen. Die Tuskulaner sind keine Menschen, sondern Ungeheuer.«

Das letzte Wort sagte sie mit solchem Nachdruck, dass Petrus da Silva zusammenzuckte.

»Was bezweckt Ihr mit Eurer Anzeige?«, fragte er.

»Das ist allein meine Sache«, erwiderte Chiara. »Doch die Wahrheit ist die Wahrheit, gleichgültig, aus welchen Gründen sie ans Licht kommt.«

Petrus da Silva verstummte. Diese Frau besaß mehr Mut und Entschlossenheit als die meisten Männer, die er kannte. Aufmerksam musterte er ihr Gesicht. War es vielleicht gar nicht das Geld, sondern das Bedürfnis nach Rache, das sie trieb? Rache für die Tötung ihres Mannes im Krieg gegen die

Tuskulaner? Obwohl die Ungewissheit, in die ihn diese Frau versetzte, ihm zuwider war, beschloss er, sich zu überwinden. Was immer der Grund für die Anzeige war: Chiara di Sassos Aussage war Gold wert – einer Witwe würde jedes Gericht Glauben schenken.

»Ich möchte Euch einen Vorschlag machen«, sagte er schließlich.

»Bitte sprecht.«

»Wenn Ihr auf den Peterspfennig verzichtet, bin ich bereit, der Gerechtigkeit zum Sieg zu verhelfen.«

»Indem Ihr über Gregorio di Tusculo zu Gericht sitzt?« Ihre Miene hellte sich auf.

»Indem ich ein Gericht einberufe«, erwiderte Petrus da Silva, »und den Sabinergrafen zum Richter einsetze.«

»Den Sabinergrafen? Mit welchem Recht?«

»Die Sabiner gehören zu den vornehmsten römischen Adelsfamilien und haben viele Male den Patriciustitel getragen und bewahrt. Ich selber werde die Anklage erheben. Vorausgesetzt, Ihr seid bereit, Eure Aussage vor Gott und der Welt zu wiederholen.«

»Das bin ich«, erklärte sie. »Aber warum wollt Ihr nicht selbst den Vorsitz führen?«

»Weil mein Amt als Kanzler es mir verbietet. Aber macht Euch keine Sorgen«, fügte er hinzu. »Das Urteil steht außer Zweifel. Wenn jemand die Tuskulaner hasst, dann der Sabiner – schließlich haben die Tuskulaner den Tod von Severos Sohn auf dem Gewissen.«

Er trat ans Pult und griff nach dem Schreibzeug. In seiner klaren, flüssigen Schrift fixierte er die wenigen Worte, die nötig waren: eine Erklärung, mit der Chiara di Sasso auf ihre Ansprüche verzichtete, die ihr aus dem Vertrag zwischen Papst Gregor, *vulgo* Giovanni Graziano, und seinem Vorgänger Papst Benedikt, *vulgo* Teofilo di Tusculo, zuflossen. Nachdem er den Text niedergeschrieben hatte, las er die Zeilen noch einmal durch. Dann trocknete er mit Sand die Tinte und reichte Chiara das Pergament.

»Seid Ihr bereit, das zu unterschreiben?«, fragte er.

Sie warf einen Blick auf den Bogen. Dann nahm sie die Feder und setzte ihren Namen unter die Erklärung.

12

»Bist du von Sinnen?«, fragte Girardo di Sasso.

»Weshalb«, fragte Chiara zurück. »Weil ich auf das Geld verzichte?«

Es war ein klarer, kalter Wintertag im Februar des Jahres 1049, als sie an der Seite ihres Vaters zum Petersdom eilte, um an der Einsetzungsfeier des neuen Papstes teilzunehmen. Der Bischof von Toul hatte den Namen Leo angenommen, Leo der Löwe, und es hieß, dieser Name sei der Inbegriff seiner Mission.

Ihr Vater schüttelte den Kopf. »Nein«, sagte er. »Nicht wegen des Geldes. Wegen der Anklage, die du gegen die Tuskulaner erhoben hast.«

»Ihr habt gesagt, ich hätte Teofilo die Urkunde nicht geben dürfen. Das sei ein Fehler gewesen. Den wollte ich wieder gutmachen.«

»Aber so etwas kann einen Krieg auslösen!«

»Begreift doch, Vater! Domenico hat mir sein Wissen anvertraut, damit ich im Notfall eine Waffe gegen die Tuskulaner habe. Jetzt bin ich in Not und brauche sie!«

Sie hatten den Dom erreicht. Während die letzten Besucher in das Gotteshaus hasteten, blieb Girardo auf dem Treppenabsatz stehen.

»Was hast du vor?«, wollte er wissen.

»Ich werde die Tuskulaner zwingen, mir mein Kind wiederzugeben.«

»Und wie willst du das erreichen?«

»Ich habe einen Plan«, sagte sie. »Aber dafür brauche ich Eure Hilfe.«

»Meine Hilfe? Wie stellst du dir das vor?«

Chiara zögerte. Ihr Vater wirkte plötzlich so alt, so müde, so gebrechlich ... Durfte sie ihn in eine so gefährliche Sache hinein ziehen?

Als in der Basilika Chorgesang anhob, begann sie zu sprechen. Sie hatte keine Wahl, ihr Vater war der einzige Mensch, dem sie vertrauen konnte. Also sprach sie während des Stufengebets, während des Kyrie, während der Lesungen. Ihr Vater machte weder Einwände, noch stellte er Fragen. Ohne sie ein einziges Mal zu unterbrechen, hörte er ihr zu. Doch je länger sie sprach, desto mehr füllte sich sein Gesicht mit Angst, und immer wieder zupfte er an seinem Spitzbart, wie er es stets tat, wenn er nervös war.

Als aus dem Dom das Gloria erschallte, hatte Chiara alles gesagt, was sie zu sagen hatte.

»Und?«, fragte sie.

Ihr Vater räusperte sich. »Dein Plan ist gefährlich«, sagte er. »Sehr gefährlich sogar. Du gefährdest damit nicht nur dein eigenes Leben, sondern auch das Leben deines Kindes.«

»Ich weiß«, sagte sie. »Aber es ist die einzige Möglichkeit, Nicchino wieder zu bekommen.« Sie stockte, dann fügte sie hinzu: »Ihr wollt mir also nicht helfen?«

»Wer hat das gesagt? Du bist meine Tochter und ich weiß, wie dir zumute ist. Nicchino ist das Wertvollste, was du hast. Jetzt zieh nicht so ein Gesicht«, sagte er. »Natürlich werde ich dir helfen! Und wenn es das Letzte ist, was ich tue.«

Chiara fiel ihm um den Hals. »Das wollt Ihr wirklich tun?«

»Wie kannst du nur fragen?« Behutsam fasste er sie an den Handgelenken und machte sich von ihr frei. »Was sollen die Leute denken? Komm«, sagte er und reichte ihr den Arm. »Wir sollten endlich hineingehen, sonst verpassen wir die Predigt.«

Chiara hakte sich unter, und zusammen gingen sie in das Gotteshaus. Plötzlich wirkte ihr Vater gar nicht mehr alt und ängstlich und erschöpft, sondern so, wie sie ihn aus ihrer Kindheit in Erinnerung hatte.

Als sie den Dom betraten, stand Leo schon auf der Kanzel. Wie die Mähne eines Löwen schaute sein blondes, wallendes Haar unter der Tiara hervor, während er mit lauter Stimme seine Botschaft verkündete.

»Wir haben unsere Wahl nur unter der Bedingung angenommen, dass nicht allein die Versammlung der Kardinäle uns auf den Thron hebt, sondern auch das römische Volk! Zum Wohle Roms und zum Ruhme Gottes!«

Applaus brandete auf.

»Darum geloben wir feierlich, den Augiasstall, den wir hier vorgefunden haben, so gründlich auszumisten, bis wieder das Fundament sichtbar wird, auf dem unsere Kirche gebaut ist. Kein Stein soll auf dem anderen bleiben! Und wir werden alle bestrafen, die an dem Niedergang der Heiligen Stadt Schuld und Mitschuld tragen.«

»Heil Euch!«, rief das Volk. »Heil Euch, Papst Leo!«

Er hob die Arme, um die Ruhe wiederherzustellen.

»Und zum Zeichen, dass nun ein wahrhaft neues Zeitalter anbricht, schließen wir Teofilo di Tusculo aus der Gemeinschaft der Kirche aus, um ihn für immer von Gott zu trennen!«

»Heil Euch! Heil Euch, Papst Leo!«

Chiara fiel ein in den Jubel. Mit leuchtenden Augen schaute sie ihren Vater an, während der Pontifex noch einmal seine Stimme erschallen ließ.

»Und darum erklären wir den Tuskulanern den Krieg!«

13

»Aaaaaaaaattacke!«

Wieder hallte der Befehl zum Angriff über das Tal. Kaum war das Echo in den Wäldern verklungen, donnerte der Rammbock gegen das Tor, und das Kastell erbebte in seinen Grundmauern. Seit vier Tagen und drei Nächten bestürmte Papst Leo mit seinem Heer die Burg der Tuskulaner. Noch hielten die vermauerten Tore dem Ansturm stand – aber wie lange würde die Armierung dem Rammbock widerstehen? Die ersten Angriffswellen waren bereits erfolgt, als die Befestigungsarbeiten noch in vollem Gang gewesen waren, und der Mörtel in den Fugen war noch frisch und weich.

Teofilo stand am Gitterfenster seiner Zelle und starrte ohnmächtig auf die Hölle, die vor seinen Augen tobte. Alles, was Arme und Beine hatte, war auf den Wehrgängen postiert, um das Kastell zu verteidigen. Ritter schossen ihre Armbrüste ab oder schleuderten Lanzen, Bauern warfen Steine und Felsbrocken in die Tiefe, Knappen und Frauen und Greise gossen Kübel mit kochendem Wasser auf die Angreifer herab, siedendes Fett und Pech, Jauche und Viehmist, während von außen Pfeilsalven über die Burgmauern in den Hof regneten, wo unter mannshohen Kesseln riesige Feuer loderten, um für Nachschub bei der Verteidigung zu sorgen. Inmitten des Getümmels saß Gregorio, in schwerer Rüstung und bis an die Zähne bewaffnet, auf seinem Schlachtross, ritt von einem Ende des Hofes zum anderen, sprengte zwischen seine Leute und brüllte Befehle, die seine Brüder an die Männer auf den Wehrgängen und an den Schießscharten weitergaben.

»Aaaaaaaaaattacke!«

Wieder donnerte es gegen das Tor. Über Sturmleitern eroberten erste Angreifer die Mauerkrone, wo gleich darauf Kämpfe Mann gegen Mann entflammten. Brennende Pfeile flogen durch die Luft und senkten sich vom Himmel herab. Panik brach aus, die Frauen und Kinder liefen kreischend auseinander, während ein paar Männer versuchten, die überall aufflackernden Brandherde zu löschen. Rauch stieg Teofilo in die Nase, zusammen mit dem Gestank nach Kot, den die Söldner des Papstes mit Wippen fassweise über die Zinnen schleuderten. Plötzlich schrak er zusammen. Ein abgehackter Fuß hatte sich in den Gitterstäben seiner Zelle verfangen. Schaudernd wich er zurück. Wie hatte ihn früher der Krieg erregt, das Blut war ihm beim Kampf in die Lenden geschossen, wie beim Anblick einer nackten Frau. Jetzt empfand er nur noch Angst. Der Fuß, der vor ihm zwischen den Gitterstäben klemmte, war mit Lumpen umwickelt, aus denen nackte, schmutzige Zehen hervorragten.

»Aaaaaaaaaattacke!«

Gregorios Pferd bäumte sich wiehernd auf, keinen Steinwurf von der Zelle entfernt, und schlug mit den Hufen in der Luft. Erst jetzt fiel Teofilo auf, dass sein Bruder sich wie zu einer Feldschlacht gerüstet hatte. Hatte er bereits aufgegeben und rechnete mit der Eroberung der Burg?

»Aaaaaaaaaattacke!«

Ein neuer Angriff rammte das Tor, die ersten Steine platzten aus der gemauerten Armierung. Die Brandpfeile hatten bereits den Hühnerstall in Flammen gesetzt, jetzt loderte auch im Zeughaus das Feuer auf, schon konnte Teofilo die Hitze spüren. Was würde passieren, wenn der Wind drehte und die Flammen in seine Richtung trieb? Das Stroh am Boden würde brennen wie Zunder, und er hatte keine Möglichkeit, aus der Zelle zu fliehen.

»Aaaaaaaaaattacke!«

Plötzlich ein Knirschen und Brechen, ein Splittern und Krachen, als würde die Welt einstürzen. Teofilo fuhr herum. Die Wehrmauer fiel in sich zusammen, das hölzerne Tor barst, und wie ein riesiger Phallus ragte die Spitze des Rammbocks in den Hof. Dutzende Soldaten drangen durch die Öffnung, mit Äxten und Schwertern schlugen sie den Weg frei für den Papst. Und dann erschien er, der Heerführer der angreifenden Truppen ... In einem goldglänzenden Schuppenpanzer und einem Federbusch auf dem Helm, ritt Leo auf einem geharnischten Schimmel ein, Seite an Seite mit einem Mann, der auf einem nachtschwarzen Rappen saß: Petrus da Silva.

Im selben Moment erstarb der Kampf. Wie auf ein unsichtbares Kommando streckten die Tuskulaner die Waffen, auch Pietro und Ottaviano ließen ihre Schwerter und Lanzen sinken und gaben die Verteidigung auf. Die Schlacht war entschieden, die Burg erobert. Während seine Brüder sich den Angreifern ergaben, sprang Gregorio aus dem Sattel seines

Pferdes und versuchte, sich zu Fuß in den Schweinestall zu retten. Doch Petrus da Silva zeigte mit dem Finger auf ihn.

»Da! Lasst ihn nicht entkommen!«

Wie ein Strauchdieb wurde Gregorio in den Hof gezerrt, zusammen mit Pietro und Ottaviano stieß man ihn vor den Papst. Während Leo befahl, sie alle drei in Fesseln zu legen, flohen ihre Soldaten zum Burgtor hinaus, eine Horde Karnickel, die um ihr Leben rannte.

»Brrrrr.«

Auf einmal stand Petrus da Silva mit seinem Rappen vor der Zelle. Teofilo wollte sich ducken, aber zu spät! Der Kanzler drängte sein Pferd an das Gitter und beugte sich im Sattel vor. So nah war sein Gesicht, dass Teofilo den fauligen Atem roch.

»Sieh mal an – wen haben wir denn da?«

14

Der Tag der Abrechnung war da. Auf Geheiß des Papstes hatten sich im Lateranpalast die vornehmsten Bürger Roms sowie die höchsten Vertreter der Geistlichkeit versammelt, um dem Gericht beizuwohnen, das heute über das Oberhaupt der Tuskulaner gehalten wurde. Mit ernster und strenger Miene saß Seine Heiligkeit Papst Leo, der neunte dieses Namens, in hermelinverziertem Purpur auf seinem Thron, entschlossen, die Wahrheit und nichts als die Wahrheit gelten zu lassen: Gottes einziger und würdiger Stellvertreter.

Petrus da Silva rieb sich die müden Augen. Fast die ganze Nacht hatte er in seinem Kabinett gearbeitet, um die Anklage so sorgfältig wie möglich vorzubereiten. Vor allem hatte er geprüft, ob das Zeugnis einer Frau vor Gericht so viel galt wie die Aussage eines Mannes. Papst Leo legte größten Wert auf ein ordentliches Verfahren – das Urteil sollte Gerechtigkeit schaffen! Doch Petrus da Silva war guter Dinge. Der Fall war so klar, wie ein Fall nur sein konnte, die Aussage der Zeugin, Chiara di

Sasso, erlaubte keinen Zweifel am Tathergang, und der Richter, Sabinergraf Severo, war ein Erzfeind des Angeklagten und würde wenig Neigung zeigen, ihn freizusprechen. Sobald das Urteil gefällt war, würde die Macht der Tuskulaner für immer gebrochen und die Zeit der Kriege vorbei sein.

Auf ein Zeichen des Papstes eröffnete Severo die Verhandlung. Als Erstes forderte er den Kanzler auf zu sprechen.

»Wie lautet Eure Anklage?«

Petrus da Silva erhob sich von seinem Stuhl.

»Wir bezichtigen den Angeklagten des Mordes«, erklärte er mit fester Stimme, »des Mordes an Alberico, Graf von Tuskulum.«

»Lüge!«, rief Gregorio und sprang auf. »Das ist nicht wahr! Außerdem protestiere ich, dass ein Sabiner über mich zu Gericht sitzt!«

»Wer über Euch zu Gericht sitzt, habt nicht Ihr zu entscheiden!«, erklärte der Kanzler.

Gregorio warf einen Hilfe suchenden Blick auf den Papst. Doch der schien ihn gar nicht zu sehen. Auf einen Wink Severos nahmen zwei Soldaten ihn zwischen sich und führten ihn zurück an seinen Platz.

»Fahrt in Eurer Anklage fort!«, forderte der Sabiner Petrus auf. »Nennt Zeit und Ort der Tat.«

»Die Tat ereignete sich in der Basilika des Papstes, während der Fürbittmesse zum Hochfest der Apostel Peter und Paul im Jahre 1037. Im Augenblick der heiligen Wandlung gab es einen Aufruhr unter dem Volk, der sich gegen den Bruder des Angeklagten richtete. Den Tumult hat dieser genutzt, um heimtückisch seinen Vater mit einem Messer zu erstechen.«

»Worauf gründet Eure Klage?«, wollte der Sabinergraf wissen.

Petrus da Silva fixierte Gregorio mit seinem Blick.

»Der Angeklagte hat mir den Mord selber gestanden.«

»Wann ist das gewesen?«

»Wenige Zeit nach dem Anschlag, noch im selben Jahr der Tat.«

»Warum habt Ihr nicht schon damals Klage erhoben?«

»Es fehlte ein Zeuge, um den Beweis zu führen.«

»Und jetzt? Gibt es einen Zeugen?«

Wieder sprang Gregorio von seinem Platz auf.

»Nein!«, rief er und schaute sich panisch um. »Das heißt – doch!«

»Wie jetzt? Ja oder nein?«

Gregorio zögerte einen Moment. »Ja«, sagte er dann. »Meinen Bruder! Teofilo di Tusculo!«

Der Richter hob überrascht die Braue. »Ihr meint, den vormaligen Papst, Benedikt IX.?«

»Ja«, bestätigte Gregorio. »Ich verlange, dass Ihr meinen Bruder als Zeugen ladet.«

Ein Raunen ging durch den Saal. Der Papst winkte den Sabinergraf zu sich und tauschte mit ihm ein paar leise getuschelte Worte. Petrus da Silva strengte seine Sinne an, um zu hören, was die zwei besprachen, doch er konnte nichts verstehen. Nach einer Weile kehrte Severo an den Richtertisch zurück, und auf einen geflüsterten Befehl des Papstes verließ ein Soldat den Saal.

Severo wandte sich wieder an den Kanzler.

»Ist Teofilo di Tusculo der Zeuge, den Ihr benennen wolltet?«

Petrus da Silva verneinte.

»Sondern?«

Bevor er Antwort gab, rief er sich noch einmal alle Argumente in Erinnerung, die er in den Schriften der Kirchenväter gefunden hatte, um eine Frau in den Zeugenstand zu rufen.

»Meine Zeugin«, erklärte er, »ist Chiara di Sasso, die Witwe des Crescentiers Domenico.«

15

»Habe ich richtig gehört, Eminenz?«, fragte der Richter. »Ihr wollt eine Frau in den Zeugenstand rufen?«

»Ja, Euer Gnaden. Chiara di Sasso wird unsere Klage stützen. Und den Beweis erbringen, dass der Angeklagte seinen Vater umgebracht hat.«

Chiara spürte, wie alle Blicke sich auf sie richteten, die Blicke Dutzender Männer. Erst jetzt wurde ihr bewusst, dass sie die einzige Frau im Saal war.

Plötzlich wurden Stimmen laut.

»Unerhört!«

»Frauen haben keine Stimme vor Gericht!«

»Richtig!«

Während die Rufe verhallten, bekam Chiara Angst. Konnte sie von ihrer Waffe womöglich gar keinen Gebrauch machen? Weil ihr Wort nicht galt? Petrus da Silva hatte ihr versprochen, dass Severo alles daran setzen würde, den Tuskulaner zu verurteilen. Fürchtete der Sabiner jetzt, sich den Unmut des Papstes zuzuziehen?

Der Mund trocknete ihr aus, und ihre Kehle schnürte sich zu. Wenn sie nicht aussagen durfte, war alles vergebens, und sie würde Nicchino nie wiedersehen.

Mit seinem Richterstab sorgte Severo für Ruhe. Petrus da Silva trat zu ihm an den Tisch und ordnete umständlich seine Soutane, bevor er zu reden anfing.

»Ich weiß«, sagte er schließlich, »es ist ein nur wenig verbreiteter Rechtsbrauch. Aber in einigen der bedeutendsten Diözesen unserer heiligen Kirche gilt das Zeugnis einer Frau vor Gericht so viel wie die Aussage eines Mannes, zum Beispiel in der Diözese Köln.«

Vorsichtig schielte Severo hinüber zum Papst. Sein Gesicht gab keinen Hinweis, was Leo dachte, mit undurchdringlicher Miene saß er auf seinem Thron, und statt sich zu äußern, gab er nur mit der Hand ein Zeichen, das Verfahren fortzusetzen.

»Was ist Köln im Vergleich zu Rom?«, erwiderte Severo unsicher. »Rom ist die Heilige Stadt. Andere Städte müssen sich an ihr ein Beispiel nehmen, nicht umgekehrt.«

»Gewiss«, pflichtete Petrus da Silva bei. »Doch kann es ein gewichtigeres Beispiel geben als das Beispiel unseres Herrn?«

»Was wollt Ihr damit sagen?«

»Der Mensch, den unser Herr am meisten liebte, war eine Frau, die Jungfrau und Muttergottes. Würdet Ihr, wenn sie heute vor uns stünde, auch ihr das Recht zur Aussage verweigern?«

»Natürlich nicht«, entgegnete Severo. »Aber hier geht es nicht um die Heilige Jungfrau, sondern um Chiara di Sasso. Und es steht geschrieben: ›Das Weib sei dem Manne untertan!‹«

»Die Worte des Heiligen Paulus – ich kenne sie.« Petrus da Silva machte eine Pause. »Aber wiegen die Worte eines Apostels mehr als die Worte des Gottessohnes? Jesus Christus hat seine Jünger gelehrt: ›Vor Gott dem Vater sind alle gleich.‹«

Verwirrt blickte der Sabinergraf in den Kreis seiner Schöffen, die ihm links und rechts zur Seite saßen. Dann schaute er wieder auf den Papst.

Leo nickte.

Severo begriff. »Dann fordere ich die Zeugin auf, sich zu erheben!«

Chiara atmete auf. Sie wollte Gregorios Angst schüren, bis er bereit war, ihre Forderung zu erfüllen.

»Kann ich mich auf Euch verlassen?«, fragte sie leise ihren Vater, der hinter ihr saß.

Statt einer Antwort drückte er ihr den Arm.

Mit klopfendem Herzen erhob sie sich und trat vor den Richter.

»Was könnt Ihr von den Ereignissen am Hochfest der Apostel Peter und Paul in der Basilika des Papstes berichten?«, fragte Severo. »Wart Ihr bei der Messfeier zugegen?«

»Nein«, erwiderte Chiara. »Aber mein Mann. Auf dem Totenbett hat er mir anvertraut, was sich an diesem Tag in St. Peter zugetragen hat.«

»Und – was hat Euer Gemahl gesagt?«

»Dass alle Männer vor Betreten des Gotteshauses entwaffnet wurden, mit Ausnahme des Tuskulaners Gregorio, dem Sohn des Ermordeten, der die Entwaffnung selber geleitet hat. Nur der Kommandant des Stadtregiments hatte ein Messer bei sich, als das Hochamt begann.«

»Hat Euer Gemahl gesehen, dass der Angeklagte während der Messe Gebrauch von seiner Waffe gemacht hat?«

Chiara wandte sich ab, um einen Blick auf Gregorio zu werfen. Der Tuskulaner war blass, und aus seinen Augen sprach Angst, während er wie besessen an seinen Nägeln kaute.

War seine Angst schon groß genug?

»Ich fordere Euch auf, zu sprechen«, mahnte der Richter. »Doch ich warne Euch, Chiara di Sasso. Es geht um Leben und Tod!«

16

Gregorio brach der Schweiß aus. Er hatte doch alles so gut durchdacht: Chiaras Balg gegen den Peterspfennig ... Und jetzt sagte dieses Weib gegen ihn aus, vor einem Richter, der sich nichts so sehr wünschte, als sich an ihm für den Tod seines Sohnes zu rächen. Er schwitzte so stark, dass er seinen eigenen Gestank kaum ertrug. Wenn er wenigstens wüsste, ob man seinen Bruder vorladen würde. Teofilo war der einzige Mensch, der ihn retten konnte.

»Habt Ihr Euer Gewissen geprüft, Chiara di Sasso?«, fragte Severo. »Seid Ihr bereit, Eure Aussage zu machen?«

Als Gregorio den Kopf hob, sah er, wie Chiara einen Blick mit ihrem Vater tauschte. Girardo nickte ihr zu und verließ seinen Platz.

Was hatte das zu bedeuten?

»Ja«, sagte Chiara. »Ich will meine Aussage machen.«

»Dann sprecht und bezeugt die Wahrheit, vor Gott und der

Welt. Hat der Angeklagte von dem Messer, das Euer Gemahl in seiner Hand gesehen hat, Gebrauch gemacht?«

Chiara bejahte.

»Welchen Gebrauch hat er von dem Messer gemacht?«

»Er hat mit dem Messer seinen Vater erstochen.«

»Alberico?«

»Ja«, bestätigte sie. »Den Grafen von Tuskulum.«

Gregorio stöhnte auf. Wenn Chiara ihre Aussage unter Eid wiederholte, war er ein toter Mann. Unfähig, der Verhandlung weiter zu folgen, schlug er die Hände vors Gesicht. Der Geist seines Vaters hatte ihm in der Nacht gesagt, wenn er heute verurteilt würde, müsste er für immer in der Hölle brennen. Während der Richter Chiara fragte, ob jeder Irrtum ausgeschlossen sei, ob ihr Mann in der Stunde seines Todes vielleicht Gesichter gesehen oder wirre Dinge gesprochen habe, glaubte Gregorio bereits die Flammenhitze des ewigen Feuers zu spüren ...

Da legte sich eine Hand auf seine Schulter.

»Wo ist das Kind?«, flüsterte jemand in seinem Rücken.

Als er herumfuhr, sah er in das Gesicht von Girardo di Sasso.

»Sagt mir, wo Ihr das Kind versteckt habt. Dann wird meine Tochter ihre Aussage widerrufen.«

Gregorio verstand nicht. Er sah nur Girardos bohrenden Blick.

»Wo – ist – das – Kind?«

Gregorio lief ein Schauer über den Rücken. Noch nie hatte er Girardo so ernst und entschlossen gesehen. Er versuchte, seinem Blick standzuhalten, doch plötzlich spürte er, wie seine Zähne aufeinanderschlugen. Panisch vor Angst wandte er sich ab.

Vom Richtertisch blickte der Sabinergraf auf ihn herab wie ein Raubtier, das darauf wartet, sein Opfer zu fressen.

Jetzt gab es nur noch einen Ausweg.

»Kennt Ihr die Laterna Rossa?«, zischte er. »Fragt nach Sofia. Aber beeilt Euch – ich flehe Euch an!«

17

Was waren das für Heimlichkeiten? Irritiert sah Petrus da Silva die Zeichen des Einverständnisses zwischen dem Angeklagten und dem Vater der Zeugin. Wurden da irgendwelche Absprachen getroffen? Jetzt eilte Girardo di Sasso im Laufschritt aus dem Saal. Wie immer, wenn Dinge geschahen, die Petrus da Silva nicht verstand, beschlich ihn ein ungutes Gefühl.

»Ich fordere das Gericht auf, Chiara di Sasso unter Eid zu nehmen«, sagte er. »Damit Ihr Euer Urteil fällen könnt!«

Der Richter wandte sich an die Zeugin.

»Seid Ihr bereit, Eure Aussage beim dreifaltigen Gott zu beschwören?«

Chiara zögerte.

»Habt Ihr meine Frage nicht verstanden?«

»Doch, das habe ich.«

»Warum gebt Ihr dann keine Antwort?«

»Weil ... ich ... ich warte noch auf meinen Vater.«

»Was hat Euer Vater mit Eurem Eid zu tun?«

»Ich bitte nur um ein wenig Zeit. Mein Vater kehrt gleich zurück. Erst dann kann ich den Eid leisten.«

»Das verstehe ich nicht.«

»Es geht nicht anders. Sobald mein Vater zurück ist, werdet Ihr begreifen.«

Der Richter warf einen Blick auf den Papst. Leos Gesicht verfinsterte sich. Petrus da Silva sah es mit Besorgnis. Bereute Seine Heiligkeit, die Erlaubnis zur Befragung einer Frau gegeben zu haben, und erwog jetzt womöglich, diese zu widerrufen?

»Edle Herrin«, wandte Severo sich wieder an die Zeugin, »wenn Ihr Zweifel habt, Eure Aussage zu beschwören, bedenkt die Folgen. Einen Meineid bestraft Gott mit der Hölle.«

»Es geht nicht um mein Seelenheil.«

»Worum geht es dann?«

»Es geht ... es geht um mein ... um meinen ...«

Sie verstummte.

Petrus da Silva ballte die Hand zur Faust. Wollte diese Frau das Gericht zum Narren halten?

Auch Severo wurde ungeduldig. »Wir haben nicht ewig Zeit«, sagte er. »Wenn Ihr nicht bereit seid, einen triftigen Grund zu nennen, weshalb das Gericht auf Euren Vater warten soll, verlange ich, dass Ihr jetzt den Eid leistet. Jetzt gleich!«

Ängstlich erwiderte die Zeugin Severos Blick, dann schaute sie zur Tür, durch die ihr Vater verschwunden war, dann auf den Angeklagten, dann wieder zur Tür, als würde sie von dort ihr Heil erhoffen.

»Entscheidet Euch! Entweder Ihr leistet jetzt den Eid, oder ...«

»Ich bin bereit«, sagte Chiara.

»Na endlich!«, seufzte Severo. »Hebt die Hand zum Schwur und sprecht mir nach.«

Chiara trat vor den Richtertisch. Petrus da Silva entspannte sich. Doch kaum hob der Sabiner die Stimme, um die Eidesformel vorzusprechen, öffnete sich die Tür. Der Soldat, den der Papst zu Beginn der Verhandlung fortgeschickt hatte, führte einen Mann herein, den Petrus da Silva nie und nimmer vor diesem Gericht hatte sehen wollen: Teofilo di Tusculo.

»Was soll das?«, fragte er, außer sich vor Zorn.

»Ich bringe den gewünschten Zeugen«, sagte der Mann.

»Bist du von Sinnen? Wer hat dir den Befehl gegeben?«

»WIR!« Leo brach sein Schweigen und erhob sich von seinem Thron. »Der Angeklagte hat seinen Bruder als Zeugen verlangt, also werden wir Teofilo di Tusculo als Zeugen hören. So will es die Gerechtigkeit.«

»Ihr habt diesen Mann exkommuniziert, Heiligkeit«, protestierte Petrus da Silva. »Er *kann* vor Gericht nicht aussagen.«

»Dann erklären wir hiermit die Exkommunikation für aufgehoben.«

»Aber wozu, Heiligkeit? Die Untersuchung ist abgeschlossen, der Fall vollständig geklärt. Wir müssen nur noch die Zeugin vereidigen, um das Urteil ...«

»Ob der Fall abgeschlossen ist, werden wir sehen!«, fiel der Papst ihm ins Wort. Mit einer Handbewegung forderte er Severo auf, am Richtertisch Platz zu machen. »Wir werden nun selber den Prozess zu Ende führen.«

»Das ist unmöglich, Heiliger Vater!«, rief Petrus. »Kein kirchlicher Richter darf Blut vergießen, und in diesem Prozess, fürchte ich, wird es kaum ohne Blutvergießen ...«

»Schweigt!«, herrschte Leo ihn an. »Ich werde nicht als Papst Gericht halten, sondern als der Cousin und Stellvertreter des Kaisers. Oder habt Ihr daran auch etwas auszusetzen?«

Petrus da Silva beugte sein Haupt und bekreuzigte sich.

18

Teofilo rieb sich die schmerzenden Handgelenke – man hatte ihm die Fesseln erst vor wenigen Augenblicken abgenommen. Nach der Eroberung der Tuskulanerburg hatte Leo ihn von seinen Brüdern trennen lassen und in einem Kloster unweit von St. Peter unter Hausarrest gestellt. Dort hatte er die Tage und Nächte in strenger Klausur verbracht. Niemand hatte ihm gesagt, was passieren würde. Als er jedoch seinen Nachfolger auf dem Thron sah, auf dem er einst selber gesessen hatte, wusste er, warum sie ihn hierhergeschleppt hatten.

Plötzlich entdeckte er Chiara. Mit einer Mischung aus Hass, Verachtung und Angst erwiderte sie seinen Blick.

Im selben Moment fasste er einen Entschluss.

»Wessen klagt Ihr mich an, Heiliger Vater?«, fragte er den Papst. »Was immer Ihr mir vorwerft, ich bin bereit, Eure Fragen zu beantworten. Und ich schwöre bei Gott, die Wahrheit zu sagen, nichts als die Wahrheit!«

Ohne dass ihn jemand auffordern musste, hob er die Hand

zum Eid. Wenn man heute über ihn zu Gericht saß, wollte er dieses Gericht nutzen, um Chiara zu beweisen, dass er nicht der Unmensch war, für den sie ihn hielt.

Doch der Papst schüttelte den Kopf. »Ihr irrt Euch, Teofilo di Tusculo«, sagte er. »Wir haben Euch nicht als Angeklagten gerufen, sondern als Zeugen.«

»Als Zeugen?«

»Ja. Wir wollen die Vorgänge während der Fürbittmesse zum Apostelfest im Dom von St. Peter untersuchen, bei dem Euer Vater zu Tode kam. Ihr erinnert Euch?«

»Gewiss, Heiligkeit.«

»Dann sagt uns, wie kam es zu dem Aufstand?«

Teofilo schloss die Augen. Alles war wieder da. Die plötzliche Unruhe in dem Gotteshaus, die hasserfüllten Gesichter, die Hände, die nach ihm griffen, die wütenden Rufe …

»Warum redet Ihr nicht?«, fragte der Papst. »Ihr hattet gelobt, die Wahrheit zu sagen.«

»Was wollt Ihr wissen, Heiligkeit?«

»Berichtet einfach, woran Ihr Euch erinnert.«

»Ich weiß nur, dass der Aufstand mir galt.«

»Wer war der Anführer?«

»Ugolino, der Sohn des Sabinergrafen.«

»Und woran erinnert Ihr Euch noch?«

»Es ging alles sehr schnell. Plötzlich war ich von Dutzenden Männern umringt, die sich auf mich stürzten. Sabiner und Stephanier, Oktavianer und Crescentier. Aber warum fragt Ihr? Ich hatte nichts anderes verdient. Und außerdem – es hat damals einen Prozess gegeben. Petrus da Silva hat die Verhandlung geführt, er kann Euch gewiss …«

»Ihr sollt uns nicht belehren, sondern uns Antwort geben«, unterbrach ihn der Papst. »Mit welchen Mitteln hat man Euch attackiert?«

»Mit bloßen Händen, Ewige Heiligkeit.«

»Trugen die Angreifer keine Waffen bei sich?«

»Nein. Nur Stricke und Gürtel. Alle Männer, ob Edelleute oder einfaches Volk, wurden vor dem Besuch der Messe durchsucht. Mein Bruder Gregorio hat die Waffen einsammeln lassen.«

»Gut. Aber was ist dann mit Eurem Bruder? War er auch unbewaffnet? Schließlich ist er der Kommandant des Stadtregiments.«

»Ich weiß nicht, was Ihr mit Eurer Frage bezweckt, Ewige Heiligkeit.«

»Wir wissen, dass Euer Bruder ein Messer bei sich trug. Und jetzt fragen wir Euch: Welchen Gebrauch hat er von seiner Waffe gemacht? Hat er versucht, Euch zu beschützen? Oder …«, Leo zögerte einen Moment, »… war Euer Bruder an dem Aufstand selber beteiligt?«

Teofilo versuchte zu begreifen, worauf das Verhör hinauslief. Ahnte Leo, dass Gregorio es damals auf ihn abgesehen hatte?

Noch bevor er zu einem Schluss kam, sprang sein Bruder auf.

»Bitte, Teofilo! Sag die Wahrheit! Sag alles, was du weißt!«

»Ruhe!« Der Papst klopfte mit dem Richterstab auf den Boden. »Zurück auf Euren Platz!«

Gregorio setzte sich wieder auf die Bank. Er hatte solche Angst, dass seine Zähne aufeinanderschlugen.

»Bitte! Sag die Wahrheit!«

Teofilo begriff überhaupt nichts mehr. Hatte Gregorio den Verstand verloren? Wenn er aussagte, was sein Bruder ihm gestanden hatte, dann …

»Bitte«, flüsterte Gregorio. »Bitte, sag, was du weißt. Es ist die Wahrheit.«

Plötzlich glaubte Teofilo, Chiaras Blick in seinem Rücken zu spüren. War das der Moment, um ihr zu beweisen, dass er nicht mit Gregorio unter einer Decke steckte?

Teofilo kehrte seinem Bruder den Rücken zu und schaute Chiara an.

19

Chiara erwiderte seinen Blick, in der verzweifelten Hoffnung, dadurch die Zeit anzuhalten. Sie brauchte ja nur etwas Zeit, das war alles, nur ein winzig kleines bisschen Zeit, bis ihr Vater endlich zurückkehrte, zusammen mit Nicchino.

»Wir haben Euch etwas gefragt, Teofilo di Tusculo«, sagte der Papst. »Hat Euer Bruder während des Anschlags versucht, Euch zu schützen? Oder war er an der Verschwörung beteiligt?«

Teofilo nickte ihr zu, und für einen Moment schaute er sie an, wie er sie früher angeschaut hatte. Dann straffte sich seine Miene, und er wandte sich wieder zum Richtertisch, um dem Papst Antwort zu geben.

»Ja, Heiliger Vater, mein Bruder war an der Verschwörung beteiligt. Gregorio wollte den Aufstand nutzen, um mich umzubringen!«

Lautes Stimmengewirr erhob sich im Saal. Chiara war ratlos, verwirrt, bestürzt. Mit allem hatte sie gerechnet – nur nicht mit dieser Wende.

Mit einem Klopfen des Richterstabes sorgte Leo für Ruhe.

»Wenn Euer Bruder Euch umbringen wollte, warum hat er es dann nicht getan? Er war der einzige Mann im Dom, der eine Waffe bei sich trug.«

»Ich kann es nicht mit Gewissheit sagen«, antwortete Teofilo. »Aber ... während des Aufstands trat eine Sonnenfinsternis ein. Ich glaube, sie hielt meinen Bruder davon ab, seinen Plan auszuführen.«

Leo wiegte den Kopf. Offenbar stellte ihn die Antwort nicht zufrieden.

»Eure Aussage widerspricht der Anklage des Kanzlers, die Chiara di Sasso als Zeugin soeben bestätigt hat. Danach hat Gregorio nicht Euch, seinem Bruder, nach dem Leben getrachtet, sondern Eurem Vater. Kläger und Zeugin behaupten übereinstimmend, dass Euer Bruder Conte Alberigos Mörder ist.«

»Davon weiß ich nichts«, erwiderte Teofilo. »Während der Sonnenfinsternis herrschte ein fahles Licht, in dem alles ganz unwirklich schien. Ich habe lediglich gesehen, dass mein Vater plötzlich zu Boden sank. Wie er zu Tode kam, kann ich nicht sagen.«

»Bedenkt, dass Ihr unter Eid steht.«

»Ich bin mir dessen bewusst. Und ich versichere Euch, Ewige Heiligkeit, dass ich meinen Sünden nicht noch die Sünde des Meineids hinzufügen möchte. Aber ich kann nur auf meinen Eid nehmen, was ich selber gesehen oder gehört habe. Für den Mord an unserem Vater wurde der Sabiner Ugolino verurteilt und hingerichtet. Aufgrund einer Aussage des Crescentiers Domenico. Das Einzige, was ich bezeugen kann, ist, dass mein Bruder versucht hat, mich zu töten.«

»Womit wollt Ihr eine so schwerwiegende Behauptung begründen?«, fragte Leo.

»Ich habe mit eigenen Ohren gehört, wie mein Bruder den Mordplan meinem Taufpaten Giovanni Graziano gebeichtet hat.«

»Ihr habt eine Beichte belauscht? Damit habt Ihr eines der heiligsten Sakramente verletzt!«

»Ohne meinen Willen oder mein Zutun, Heiliger Vater. Es war eine Fügung, für die ich keine Verantwortung trage. Gott hat mich in jener Stunde zu der Einsiedelei geführt. Er hat es so gewollt.«

Leo dachte eine Weile nach. Chiara versuchte, in seinem Gesicht zu lesen. Würde der Papst begreifen, was sie nicht begriff?

»Ob Ihr willentlich oder durch die Vorsehung zum Zeugen der Beichte wurdet, darüber wird Gott entscheiden«, erklärte Leo schließlich. »Da Ihr aber nicht der Beichtvater wart und somit auch nicht zur Wahrung des Beichtgeheimnisses verpflichtet seid, will ich Eure Aussage zulassen. – Sagt, gibt es einen Beweis für Eure Behauptung?«

Teofilo zögerte. Bevor er Antwort gab, drehte er sich noch einmal zu Chiara herum.

»Ja«, bestätigte er, den Blick fest auf sie gerichtet. »Ich habe einen Beweis. Ein schriftliches Geständnis meines Bruders.«

»Könnt Ihr es beibringen?«, wollte der Papst wissen.

Teofilo nickte. »Es befindet sich im Stadthaus meiner Familie, in Trastevere, nur einen Steinwurf von hier entfernt.«

Der Papst gab Befehl, einen Boten in das Haus der Tuskulaner zu schicken. Chiara war so erregt, dass es sie kaum auf ihrem Platz hielt. Warum log Teofilo? Wollte er mit dem Vorwurf des geplanten Brudermords Gregorio vor der Verurteilung wegen des Vatermords retten? ... Bei dem Gedanken wurde sie fast wahnsinnig. Wenn Gregorio freigesprochen würde, gab es für Nicchino keine Hoffnung ...

»Bitte, lieber Gott, hilf«, flüsterte sie. »Wenn du mir jetzt hilfst, will ich nie wieder um etwas bitten. Egal, wie lange ich lebe.«

Noch während sie ihr Stoßgebet zum Himmel sandte, ging die Tür auf.

Hatte Gott sie erhört?

Nein – nicht ihr Vater kam in den Saal, sondern der Bote. Mit einer Pergamentrolle in der Hand trat er an den Richtertisch.

Leo warf einen kurzen Blick auf das Schriftstück, dann reichte er es Teofilo zur Ansicht.

»Ist dies das Geständnis Eures Bruders?«

»Ja, Heiligkeit«, antwortete Teofilo. »Das ist es. Er hat es mit eigener Hand unterschrieben.«

Leo nahm das Pergament wieder an sich, um es sorgfältig zu prüfen. Während er leise den Inhalt las, glaubte Chiara zu sterben.

»Offenbar haben wir nur eine Tat«, erklärte der Papst nach der Lektüre, »aber zwei verschiedene Fälle. Eine Wahrheit, aber zwei Aussagen. Einen Mord, aber vielleicht zwei Mörder.«

»Wollt Ihr ein zweites Verfahren eröffnen?«, fragte Petrus da Silva.

»Nein«, erwiderte Leo. »Die Dinge gehören zusammen. Doch sie sind so sehr miteinander verworren, dass wir nur noch nicht wissen, wie.«

»Die Wahrheit ist niemals verworren, Ewige Heiligkeit«, widersprach Petrus da Silva. »Die Wahrheit ist immer eins und ewig. Verworren sind allein die Meinungen der Menschen. Und wenn es zwei Aussagen zu einem Tatbestand gibt – dann kann nur diejenige die wirkliche und wahrhaftige Wahrheit sein, die Gottes heiliger Kirche …«

»Schweigt!«, befahl ihm der Papst. »Maßt Euch kein Urteil an, zu dem Ihr nicht berufen seid. Wir allein sind Christi Stellvertreter, Nachfolger des Apostels Petrus, und wir sind fest entschlossen, die ganze und vollständige Wahrheit herauszufinden!«

Der Kanzler verstummte. Der Papst legte Gregorios Geständnis beiseite und wandte sich wieder an Chiara.

»Tretet näher«, forderte er sie auf.

»Heiliger Vater?«

»Chiara di Sasso, Ihr behauptet, dass Gregorio di Tusculo seinen Vater ermordet hat.« Leo schaute ihr fest in die Augen. »Seid Ihr bereit, Eure Aussage, vor diesem Gericht zu beschwören?«

Chiara war unfähig, klar zu denken. Während die Fragen in ihrem Kopf durcheinanderwirbelten, blickte sie hin und her zwischen dem Papst und Teofilo, zwischen Teofilo und Gregorio, zwischen Gregorio und dem Papst. Wie konnte sie Teofilos Zeugnis entkräften? Wenn sie den Eid verweigerte und ihre Aussage widerrief, bevor ihr Vater mit Nicchino erschien, würde Gregorio freigesprochen. Wenn sie aber jetzt den Schwur leistete und Gregorio hingerichtet würde, würde dieser sein Geheimnis mit ins Grab nehmen.

Bevor sie einen Entschluss fassen konnte, trat sie vor den Richtertisch. Jetzt konnte nur Gott ihr noch helfen, er musste ihr die richtige Antwort eingeben.

Als würde eine Fremde an ihrer Stelle sprechen, hörte sie ihre eigene Stimme.

»Nein, Heiliger Vater. Ich kann den Eid, den Ihr von mir verlangt, nicht leisten.«

20

Ihre Worte waren noch nicht verklungen, da brach ein Tohuwabohu aus. Alles rief und gestikulierte durcheinander. Die Kardinäle bekreuzigten sich, und die Edelleute reckten der Zeugin die geballten Fäuste entgegen.

»Lügnerin!«

Severo stürzte sich auf sie und wollte ihr an die Gurgel. Drei Büttel waren nötig, um ihn zurückzuhalten.

»Ruhe! RUUUU-HE!« Leo musste brüllen, um die Ordnung wiederherzustellen. »Die Untersuchung ist abgeschlossen«, erklärte er, als der Lärm endlich verstummte. »Wir verkünden jetzt das Urteil.«

Plötzlich war es leichenstill im Saal. Gregorio schloss die Augen und hoffte auf ein Wunder.

»Nach eingehender Untersuchung sind wir zu folgendem Schluss gekommen«, sagte Leo. »Da die Zeugin Chiara di Sasso nicht bereit ist, ihre Aussage zu beeiden, kann die Anklage gegen Gregorio di Tusculo nicht bewiesen werden. Der Angeklagte wird darum von dem Vorwurf, seinen Vater Alberico di Tusculo ermordet zu haben, freigesprochen.«

»Ja! Ja! Ja!«

Gregorio sprang auf und riss die Arme in die Höhe. Er hatte es gewusst! Teofilo würde ihn retten …

»Danke! Danke! Danke!« Ohne sich um das Gericht zu kümmern, umarmte er seinen Bruder und drückte ihn an sich. »Mein kleiner Hosenscheißer. Du … du kannst alles von mir verlangen«, stammelte er unter Tränen. »Alles, was du willst.

Ganz egal, ich werde es tun. Das schwöre ich dir! Bei der Seele unseres Vaters!«

Da fiel sein Blick auf Petrus da Silva, und in seine Erleichterung mischte sich ein wunderbares Triumphgefühl. Was für ein Sieg! Der Kanzler hatte sich eingebildet, ihn vernichten zu können – ihn, den Grafen von Tuskulum. Doch er hatte sich getäuscht, hatte ihn unterschätzt, wie so viele Menschen ihn unterschätzt hatten ...

»Ruhe! RUUUU-HE!« Noch einmal schlug Leo mit dem Ende seines Stabes auf. »Das Urteil ist noch nicht verkündet.«

Irritiert ließ Gregorio von seinem Bruder ab. Was kam jetzt noch?

Als der Blick des Papstes ihn traf, war es, als blicke Gottvater auf ihn herab.

»Graf von Tuskulum«, richtete Leo das Wort an ihn. »Auch wenn wir Euch vom Mord an Eurem Vater freisprechen, seid Ihr doch nicht frei von Schuld.«

»Aber ... Ihr habt mich doch gerade freige...«

»Schweigt und vernehmt Euer Urteil!«, schnitt der Papst ihm das Wort ab. »Es ist zweifelsfrei erwiesen, dass Ihr versucht habt, Euren Bruder Teofilo di Tusculo zu töten, den damaligen Papst Benedikt IX, meinen Vorgänger auf dem Stuhl Petri. Allein die Sonnenfinsternis hat Euch daran gehindert, Euer Vorhaben in die Tat umzusetzen. Darum befinden wir Euch schuldig, gegen das fünfte Gebot gesündigt zu haben.«

Leo hielt in seiner Rede inne und hob seinen Stab mit beiden Händen in die Höhe. Gregorio zitterte am ganzen Leib.

»Vor dem himmlischen Richter«, fuhr Leo fort, »zählt nicht allein die Tat, sondern mehr noch die Absicht, die jeder Tat zugrunde liegt. Sie entscheidet über Schuld und Unschuld vor Gott. Darum verurteilen wir Euch, Gregorio di Tusculo, für Euren Verrat an Eurem Bruder zum Tod durch den Strang.«

Während er sprach, brach er seinen Stab in zwei Teile und warf die Stücke Gregorio vor die Füße, zum Zeichen, dass das letzte Wort über ihn gesprochen war.

21

»Rührt mich nicht an!«, rief Gregorio. »Wagt nicht, mich anzurühren!«

Unfähig, zu begreifen, was geschah, sah Chiara, wie ein halbes Dutzend Soldaten unter dem Kommando eines Hauptmanns Gregorio in die Mitte nahm, um ihn hinauszuschaffen.

»Ich bin unschuldig! UNSCHULDIG!«

Die Soldaten achteten nicht auf seine Beteuerungen. Während vier Männer ihn an Armen und Beinen packten, schlangen zwei andere Stricke um seinen Leib und banden ihm die Hände auf den Rücken.

»Lasst mich los! Das ist ein Befehl! Ich bin der Graf von Tuskulum! Der Kommandant des Stadtregiments!«

Der Hauptmann warf einen Blick auf den Papst. Der machte nur eine Handbewegung.

»Bringt ihn in die Engelsburg!«

»Nein, Ewige Heiligkeit!« Gregorio sank auf die Knie. »Ich bin unschuldig! Glaubt mir! Mein Bruder hat gelogen! Das Geständnis ist eine Fälschung!«

»In die Engelsburg!«, wiederholte Leo.

Die Soldaten zwangen Gregorio in die Höhe. Er wehrte sich, pumpte sich auf, als wollte er die Fesseln sprengen, trat mit den Füßen und brüllte.

»Teofilo, was stehst du da und glotzt! Hilf mir! Du bist mein Bruder! Verflucht noch mal, du musst mir helfen! Sag, dass du gelogen hast! Sag, dass ich unschuldig bin!«

Der Hauptmann stieß hinter dem päpstlichen Thron eine Tür auf. In der Öffnung gähnte ein großes, schwarzes Loch.

In diesem Moment erwachte Chiara aus dem Albtraum.

»Halt!« Sie hatte so laut geschrieen, dass die Soldaten stehen blieben. »Wartet! Ihr dürft ihn nicht fortbringen!«

Bevor jemand sie daran hindern konnte, stürzte sie sich auf Gregorio.

»Wo habt Ihr mein Kind? Sagt, wo habt Ihr meinen Sohn versteckt?«

Er antwortete nicht. Mit leeren, verständnislosen Augen schaute er sie an.

»Mein Kind«, flüsterte Chiara, »Bitte, ich flehe Euch an! Wo ist mein Sohn?«

Während sie sprach, wich die Leere aus seinem Blick, und in seine Augen trat wieder Leben.

Begriff er endlich, was sie wollte?

»Einen Teufel werde ich tun«, sagte er mit einem bösen Lächeln. »Wenn ich zur Hölle fahre, nehme ich Euern Balg mit!«

Noch während er sprach, packten ihn die Soldaten, und Gregorio verschwand in dem dunklen, schwarzen Loch.

Mit lautem Knall schlug die Tür hinter ihm zu.

»Chiara di Sasso!«, rief Petrus da Silva. »Verlasst jetzt den Saal. Seine Heiligkeit will das Gericht ordentlich beenden.«

Statt zu gehorchen, eilte Chiara den Soldaten nach. Sie *musste* mit Gregorio sprechen. Musste, musste, musste!

Als sie die Tür erreichte, war das Schloss zugesperrt.

»Macht auf! Um Himmels willen! Bitte! Macht auf!«

Sie klopfte mit den Fäusten an der Füllung, rüttelte am Riegel. Aber die Tür blieb verschlossen.

Ein Diakon trat zu ihr. »Bitte, verlasst jetzt den Saal! Bitte, Euer Gnaden.«

Er nahm sie am Arm und führte sie fort. Dutzende von Männern blickten sie an, Papst Leo, Petrus da Silva, Kardinäle und Edelleute, eine abweisende, feindliche Front von Gesichtern. Und an ihrem Ende Teofilo. Der Mann, der sie verraten hatte. Immer wieder. Ihr Leben lang ...

Plötzlich verließ sie jede Kraft und Zuversicht. Sie hatte alles falsch gemacht, was sie nur falsch machen konnte.

»Am besten, Ihr geht jetzt nach Hause«, sagte der Diakon.

Er öffnete das Tor und schob sie ins Freie. Chiara ließ es geschehen. Müde wie eine alte Frau trat sie in den Hof.

Draußen empfing sie heller Sonnenschein. Das Licht blendete so sehr, dass sie kaum etwas sah.

»Chiara ...«

Als sie die vertraute Stimme hörte, hielt sie die Hand über die Augen, um gegen die Sonne besser zu sehen.

»Vater?«

22

»Gelobt sei Gott der Herr!«

Nachdem die Soldaten den Verurteilten aus dem Saal geschafft hatten, verspürte Petrus da Silva eine Wonne von so wunderbarer Süße, dass sie von seinem ganzen Sein Besitz ergriff. Die Macht der Tuskulaner war gebrochen! Der Heilige Geist hatte die Kirche zum Sieg geführt! Konnte es größere Freude auf Erden geben?

Gott sei Lob und Dank! Leo hatte Wort gehalten und den Augiasstall ausgemistet, und niemand hatte es gewagt, sich ihm in den Weg zu stellen. Nur das Verhalten der Zeugin war Petrus ein Rätsel. Warum hatte Chiara di Sasso sich geweigert, einen Eid auf ihre Aussage zu schwören? Und was bedeuteten die seltsamen Fragen nach ihrem Sohn? Hatte Gregorio di Tusculo etwa ihr Kind entführt?

Petrus beschloss, der Sache auf den Grund zu gehen. Den Tuskulanern war jedes Verbrechen zuzutrauen, und falls seine Vermutung zutraf, brauchte Chiara di Sasso jetzt Hilfe. Obwohl diese Frau ihm so oft das Leben schwer gemacht hatte, war er bereit, ihr diese Hilfe zu geben.

Während die Kardinäle und Edelleute wieder ihre Plätze einnahmen, um der Aufhebung des Gerichts beizuwohnen, kniete Petrus vor Leos Thron nieder.

»Wenn Ewige Heiligkeit erlauben ...«

»Wir haben die Sitzung noch nicht beendet.«

»Verzeiht, Ewige Heiligkeit, eine Angelegenheit, die keinen Aufschub duldet. Und falls Ewige Heiligkeit mich nicht mehr brauchen ...«

»Bleibt!«, herrschte Leo ihn an.

Petrus da Silva verstummte.

Der Papst straffte seinen Oberkörper. »Ja, die göttliche Wahrheit ist eins und ewig«, erklärte er, »und wenn es soeben auch den Anschein hatte, als würde es zwei Wahrheiten geben, haben wir mit Gottes Hilfe den Widerspruch gelöst. Wir haben nur eine Tat, aber zwei Fälle. Einen Mord, aber zwei Mörder. Der Mann, den wir des Brudermords im Geiste überführen konnten, geht nun seiner Strafe entgegen. Den Mann aber, der für den Mord an Alberico di Tusculo zu Unrecht hingerichtet wurde, Ugolino – ihn sprechen wir *post mortem* von aller Schuld frei und empfehlen ihn der himmlischen Gnade. Im Namen des allmächtigen Gottes, des Vaters und des Sohnes und des Heiligen Geistes.«

»Amen!«

Die Kardinäle und Edelleute applaudierten. Severo trat mit Tränen in den Augen vor den Papst, um ihm für die Wiederherstellung der Ehre seines Sohnes mit einem Kniefall zu danken, während Petrus da Silva voller Ungeduld auf den Schlusssegen wartete.

Doch Leo war immer noch nicht fertig.

»Die beiden Fälle, die mit der einen Tat verknüpft sind, haben wir geklärt. Aber von den zwei Mördern, die an dem einen Mord beteiligt waren, haben wir nur einen überführt.« Er machte eine Pause, dann sagte er: »Nun, da der Kläger nicht den Beweis erbringen konnte, dass Gregorio di Tusculo seinen Vater ermordet hat, fällt die Strafe auf den Kläger zurück.«

Der Papst hielt in seiner Rede inne. Petrus da Silva hörte die Worte, diese wenigen, unscheinbaren Worte, die ihn im ersten Moment so wenig berührten, als würden sie einem Fremden gelten. Doch sie waren noch nicht verhallt, da hatte sein Verstand sie erfasst, und während er ihre Bedeutung begriff, hob er voller Entsetzen den Kopf, um in das Gesicht des Papstes zu schauen.

War dies die Stunde, da ihn die große Sünde seines Lebens einholte?

Leo blickte auf ihn herab wie ein Vater auf seinen missratenen Sohn. Als Petrus dieses Gesicht sah, wusste er die Antwort auf seine Frage.

Ein letztes Mal erhob Leo seine Stimme.

»Petrus da Silva, Ihr habt den Prozess herbeigeführt, in dem der Sabiner Ugolino verurteilt wurde. Wegen des Urteils, das auf Euer Betreiben gesprochen wurde, musste dieser junge Edelmann sein Leben lassen. Unter vorsätzlicher Missachtung der Wahrheit habt Ihr an einem unschuldigen Mann den Mord an Alberico di Tusculo gesühnt, um nun einen zweiten Mann anzuklagen, dessen Schuld Ihr nicht beweisen konntet. Darum entheben wir Euch all Eurer geistlichen wie weltlichen Ämter und verurteilen Euch zum Tod durch das Schwert.«

Petrus da Siva hörte auch diese Worte. Doch seltsam – obwohl er ihren Sinn erfasste, spürte er sie nicht. Während sein Verstand so klar und unbeirrbar arbeitete wie eh und je, zerfielen in seiner Seele alle Gefühle, seine Hoffnungen und Wünsche, seine Angst und auch sein Entsetzen zu schwarzem Seelenstaub. Und indem er das Kreuzzeichen schlug und sich vor seinem Richter niederkniete, wuchs aus ihrer Asche, einer Rose in der Wüste gleich, die Erkenntnis des göttlichen Willens, auf die es nur eine Antwort gab.

»Amen! So soll es sein...«

23

Teofilo bewunderte den Gleichmut, mit dem Petrus da Silva sein Urteil entgegennahm. Leichenblass, aber mit einer Miene, die keine Regung zu erkennen gab, drehte der Kanzler sich zu den zwei Soldaten herum, die schon zu seiner Festnahme bereitstanden, und streckte ihnen die Arme entgegen.

»Wollt Ihr noch ein letztes Wort sagen?«, fragte der Papst.

Petrus da Silva schüttelte den Kopf. »Nichts, was ich tat, tat ich für die Welt, ihr Urteil kümmert mich nicht. Mein Trachten galt stets und allein dem Wohl der Kirche. Gott ist mein Zeuge!«

Ohne Widerstand zu leisten, ließ er sich die Fesseln anlegen. Während er durch dieselbe Tür hinausgeführt wurde, durch die auch Gregorio den Saal verlassen hatte, begriff Teofilo, was hier und heute geschah. Mit diesem Prozess löste Leo das Versprechen ein, dass er den Römern bei seiner Thronbesteigung gegeben hatte: all diejenigen zu bestrafen, die an Roms Niedergang Schuld und Mitschuld trugen.

Würde er nun auch über ihn zu Gericht sitzen? Zwar war er als Zeuge geladen, doch der Prozess war noch nicht zu Ende, und seine Verbrechen waren zu groß, um ohne Sühne zu bleiben.

»Worauf wartet Ihr?«, fragte der Papst.

»Ewige Heiligkeit.« Teofilo sank auf die Knie. »Bevor Ihr die Verhandlung fortführt, möchte ich Euch um eine Gunst bitten.«

Der Papst runzelte die Stirn. »Nämlich?«

»Erlaubt mir, mit meinem Bruder zu sprechen. Jetzt gleich.«

»Wozu?«

»Das Leben eines unschuldigen Kindes ist in Gefahr.«

»Wir haben keine Ahnung, wovon Ihr redet. Erklärt Euch.«

Teofilo zögerte. Vielleicht gab es einen Spion im Saal, und wenn Gregorio erfuhr, dass auch sein letztes Verbrechen aufgedeckt war … Er hatte gedroht, Chiaras Kind mit in den Tod zu nehmen, und er hatte nichts mehr zu verlieren.

»Darüber kann ich nicht sprechen«, sagte Teofilo. »Ich kann Euch nur bitten, mir zu vertrauen. Lasst mich an Händen und Füßen fesseln, ich werde keinen Versuch machen, mich Eurer Gewalt zu entziehen. Nur lasst mich zu meinem Bruder! Sobald ich mit ihm gesprochen habe, soll man mich hierher zurückbringen, damit Ihr Euer Urteil über mich fällt.«

»Was für ein Urteil?« Leo schüttelte den Kopf. »Wir sagten schon einmal, es ist nicht unsere Absicht, über Euch zu richten. Über Euch wurde bereits zu Gericht gesessen, und kein Mann soll für eine Tat zweimal verurteilt werden. Auch wenn

Ihr dasselbe Schicksal verdient wie Euer Bruder – Ihr könnt gehen, wohin Ihr wollt, und tun, was Euch beliebt.«

Ungläubig schaute Teofilo ihn an. »Wollt Ihr ... wollt Ihr damit sagen, ich bin – frei?«

»Ja«, bestätigte Leo, »frei vor diesem Gericht. Wie aber jenes Gericht über Euch urteilt, vor dem Ihr Euch nach Eurem Tod verantworten müsst, das weiß Gott allein. – Und jetzt tretet uns aus den Augen! Wir können Euren Anblick nicht länger ertragen!«

Mit angewidertem Gesicht bedeutete er ihm, sich zu entfernen.

Teofilo gehorchte. Und während er sich zur Tür wandte, um den Saal zu verlassen, verstummte das Tuscheln, und die Kardinäle und Edelleute wichen links und rechts vor ihm zurück wie vor einem Ungeheuer.

24

»Nicchino ... mein süßer kleiner Nicchino ... Mein Engel ... mein Herz ... mein allerliebster Schatz ...«

Chiara fand keine Worte, um das Glück auszudrücken, das sie empfand. Aber wozu brauchte man Worte, wenn man glücklich war? Ihr Vater hatte es geschafft! Er hatte Nicchino zurückgebracht! Immer wieder streichelte sie den lockigen Flaum auf seinem Köpfchen, küsste sein kleines, rosiges Gesicht, die Stirn, das Näschen, die Wangen, und drückte ihn an sich, während Nicchino auf ihrem Arm schlummerte, als ginge ihn das alles gar nichts an. Versunken in Träume, in denen Milch und Honig flossen, saugte er nur ab und zu mit seinem Mündchen.

»Ich kann dir gar nicht sagen, wie froh ich war, als ich ihn sah«, sagte Girardo. »Ich habe vor Freude geweint.«

»Ach Vater, dass Ihr das für mich getan habt. Dafür werde ich Euch immer dankbar sein!«

»Unsinn! Du bist doch meine Tochter, und Nicchino ist mein Enkelsohn.«

Chiara gab ihm noch einen Kuss. »Wenn ich mir vorstelle – mein kleiner süßer Engel in einem Hurenhaus.«

»Mach dir keine Sorgen«, lächelte ihr Vater. »Die Mädchen haben rührend für ihn gesorgt. Als ich kam, kümmerten sich fünf von ihnen gleichzeitig um ihn. Die eine gab ihm Milch, die andere fütterte ihn mit Brei, und alle wollten mit ihm spielen. Du kannst dir nicht vorstellen, wie Nicchino das genossen hat. Aufrecht saß er in seinem Körbchen, wie ein kleiner Prinz, und gab Befehle. Da – da – da, hat er immer gemacht und mit dem Finger gezeigt. Da – da – da ...«

Chiara beugte sich über ihr Söhnchen und schnupperte. Das Bündel, in dem er verpackt war, duftete wie eine Frühlingswiese.

»Na, glaubst du mir jetzt?«

Auf dem Platz wimmelte es von Arbeitern, die das Schafott errichteten, für die Vollstreckung des päpstlichen Urteils, und auch die Krämer und Schausteller bauten schon ihre Buden auf.

»Da – da – da ...«

Von dem Hämmern und Sägen war Nicchino aufgewacht und schaute Chiara aus seinen braunen Knopfaugen an.

»Na, erkennst du mich, mein kleiner Prinz?« Sie küsste seine Stirn, sein Stupsnäschen, seinen süßen kleinen Mund.

Da ging ein Leuchten über sein Gesicht. »Mama ...«

Tränen schossen Chiara in die Augen, und sie drückte ihn noch fester an sich. Konnte es etwas Schöneres geben, als dieses Bündel auf dem Arm zu halten?

Plötzlich hörte sie eine Stimme in ihrem Rücken.

»Gott sei Dank, Euer Kind lebt.«

Als hätte der Teufel zu ihr gesprochen, fuhr sie herum.

»Was wollt Ihr von mir? Könnt Ihr mich nie in Ruhe lassen?«

Vor ihr stand Teofilo. Der Lärm auf dem Platz war plötzlich so laut, dass Chiara ihn nicht mehr ertrug.

»Kommt, Vater«, sagte sie, »gehen wir nach Hause.«

Sie wollte sich abwenden, doch Teofilo streckte die Hand nach ihr aus. Entsetzt wich sie zurück und legte ihren Arm um Nicchinos kleinen Leib, um ihn vor der Berührung zu schützen.

»Glaubt Ihr mir immer noch nicht?«, fragte Teofilo und schaute sie mit großen Augen an. »Aber ... ich ... ich habe Euch doch bewiesen, dass ich nichts damit zu tun hatte. Meine Aussage gegen Gregorio ...«

»*Gegen* Gregorio?«, rief sie. »Mit Eurer Aussage habt Ihr versucht, Euren Bruder vor der Hinrichtung zu retten. Damit ihr beide ...«

Statt den Satz zu Ende zu sprechen, spuckte sie ihm ins Gesicht.

»Chiara ... Um Gottes willen ...«

Auf dem Absatz machte sie kehrt und lief davon. Sie wollte diesen Menschen nie mehr wiedersehen.

Niemals!

25

»Du hast keine Eier«, sagte Alberico di Tusculo voller Verachtung. »Du bist es nicht wert, mein Sohn zu sein!«

Gregorio starrte an die Felswand, von der im flackernden Schein einer Fackel das Gesicht seines Vaters auf ihn herabblickte.

»Ich verfluche dich! In der Hölle sollst du brennen – bis zum Jüngsten Tag!«

Gregorio schloss die Augen. In zwei Tagen würden sie ihn an den Galgen knüpfen, nur zwei gottverdammte Tage, die ihm noch zum Leben blieben ... Manchmal wünschte er sich, Gott würde die Zeit anhalten, um den letzten Augenblick hinauszuzögern. Und gleichzeitig wünschte er sich nichts sehnlicher, als dass der Henker endlich kam, um allem ein Ende zu machen. Denn keine Hölle konnte schlimmer sein als die Hölle, die er bereits durchlitt. Immer wieder wuchs sein Vater aus der Felswand hervor und überzog ihn mit Vorwürfen und Flüchen. Wenn sie ihn wenigstens enthaupten würden, wie es sich für einen Edelmann gehörte – nur Strauchdiebe wurden aufgehängt. Bis zur Stunde seines Todes setzten sie alles daran, ihm die Ehre abzuschneiden.

»Du hast Schande über die Tuskulaner gebracht. Raben sollen dein Fleisch zerhacken, wenn du am Galgen verrottest, und Hunde deine Eingeweide fressen. Von Ewigkeit zu Ewigkeit!«

Wie siedendes Öl drangen Gregorio die Worte seines Vaters ins Ohr. Von Ewigkeit zu Ewigkeit – was für eine grausame, unvorstellbare Qual! Tag für Tag, Monat für Monat, Jahr für Jahr, ohne Aussicht auf ein Ende ... Plötzlich rumorte sein Magen, ein Ziehen und Drängen im Unterleib, als hätte er unreife Datteln gegessen, und obwohl er die Hinterbacken zusammenpresste, trieb die Angst ihm aus dem Gedärm, und er besudelte sich wie ein Säugling.

»Und jetzt, du Hosenscheißer?«

»Ich werde kämpfen, Vater. Das schwöre ich! Ich werde die Ehre der Tuskulaner wiederherstellen!«

»Du und Ehre? Dass ich nicht lache!« Laut hallte die Stimme des Toten von den Felswänden wider, wie ein Echo aus der Unterwelt.

»Glaubt mir, Vater! Einen Trumpf habe ich noch!«

Gregorio tastete nach der Urkunde, die er unter seinem Wams trug. Warum ließ sich bloß niemand blicken? Ein Dutzend Mal hatte er den Papst zu sprechen verlangt. Sein Leben gegen den englischen Peterspfennig, das war sein Angebot ... Doch kein Bischof oder Priester, nicht mal ein Diakon verirrte sich in seine Zelle.

»Ich kann es kaum erwarten, dass du verreckst! Ich werde dich selber an der Höllenpforte empfangen!«

Gregorio schielte hinüber zur Zelle jenseits des Ganges, von wo ein leises Stöhnen zu ihm drang. Petrus da Silva, der zusammen mit ihm hingerichtet werden sollte, litt offenbar unter einem schmerzenden Zahn. Immer wieder kühlte er die Wange mit einem Felsbrocken, doch nie unterbrach er sein Gebet. Auf dem steinigen Boden knieend, sprach er mit Gott.

Konnte man ihn ins Vertrauen ziehen?

Gregorio hatte keine Wahl. Er brauchte jemandem, der ihm half, dem der Papst Gehör schenken würde.

»Pssss«, machte er.

»*Pater noster in coeli ...*«, flüsterte Petrus da Silva und klopfte sich an die Brust.

»Pssss, Eminenz! Ich muss mit Euch sprechen.«

Endlich blickte der Kanzler auf. »Ihr solltet Euch lieber mit Gott versöhnen«, erwiderte er. »Viel Zeit bleibt Euch nicht mehr.«

»Ich will mich ja mit Gott versöhnen«, sagte Gregorio. »Aber dafür brauche ich Eure Hilfe.«

»Wollt Ihr, dass ich Euch die Beichte abnehme?«

»Später, Eminenz. Erst will ich Euch ein Geschäft vorschlagen.«

»Ihr entblödet Euch, in dieser Stunde von Geschäften zu sprechen?«

»Bitte, hört mich an. Mein Vorschlag ist zum Wohl der Kirche.«

Petrus da Silva unterbrach sein Gebet. »Redet!«, befahl er.

Die beiden Wächter, die am Ende des Zellenganges miteinander Würfel spielten, drehten neugierig die Köpfe zu ihnen herum.

»Nicht so laut«, sagte Gregorio. »Es braucht uns niemand zu hören.«

Er trat an das Gitter seiner Zelle und forderte mit einem Wink den Kanzler auf, dasselbe zu tun. Sein Mund war ganz ausgetrocknet, und seine Stimme brach immer wieder, während er dem Kanzler sein Anliegen vortrug. Petrus da Silva war seine letzte Hoffnung, wenn der ihm nicht half, wusste er keinen Ausweg mehr.

Schweigend hörte der Kanzler ihm zu. Dann rief er einen der Wärter zu sich.

»Bring mir Schreibzeug.«

Der Mann zögerte kurz, dann brachte er einen Bogen Pergament und eine Gänsefeder. Petrus da Silva notierte ein paar Worte, faltete den Bogen und gab ihn dem Wärter.

»Eine Botschaft für den Heiligen Vater. Aber rasch, es eilt!«

Kaum war der Wärter verschwunden, wurden Schritte laut. Der Kerkermeister rasselte mit seinen Schlüsseln, ein Dutzend Diakone huschten über den Gang, gefolgt von mehreren Priestern. Und schließlich erschien Seine Heiligkeit, Papst Leo IX., in eigener Person.

»Ihr habt nach uns verlangt?«

Petrus da Silva sank zu Boden. »Ja, Ewige Heiligkeit.«

»Was ist Euer Begehren?«

»Ich möchte meiner Kirche einen letzten Dienst erweisen.«

Der Kanzler wechselte ein paar Worte mit dem Papst, doch so leise, dass Gregorio nichts verstand. Vor Anspannung hielt er den Atem an. Würde Leo seinem Vorschlag Gehör schenken? Während Petrus da Silva redete, zog sich das Gesicht des Papstes immer mehr in Falten. Dann nickte er mit dem Kopf.

»Ihr habt recht getan, uns rufen zu lassen. Habt Ihr einen letzten Wunsch, den wir Euch erfüllen können? Als Dank für Euren Dienst?«

»Ich habe keinen Dank verdient, Heiliger Vater«, erwiderte Petrus da Silva. »Doch wenn ich einen Wunsch äußern darf, möchte ich Eure Heiligkeit bitten, mir einen Barbier zu schicken.«

»Wozu? Wollt Ihr Euch das Haar schneiden lassen?«

»Nein, Heiliger Vater. Ein eitriger Zahn, der mich plagt. Ich wäre dankbar, wenn ich ohne ihn aus dem Leben scheiden dürfte. Um frei von irdischem Schmerz die ewigen Strafen zu empfangen.«

»Und wir glaubten schon, Ihr wäret noch eitler, als man Euch nachsagt.« Leo dachte einen Moment nach. »An Eurem Wunsch ist nichts auszusetzen, er soll Euch erfüllt werden«, entschied er. Dann wandte er sich an den Kerkermeister und zeigte auf Gregorios Zelle. »Aufsperren!«

Als die Gittertür sich öffnete, sank Gregorio auf die Knie. War sein Plan aufgegangen? Er wollte den Pantoffel des Heiligen Vaters küssen, doch statt die Huldigung entgegenzunehmen, trat Leo mit dem Fuß nach ihm wie nach einem Straßenköter.

»Durchsucht die Zelle!«, befahl er. »Und wenn ihr nichts findet, zieht ihn nackt aus.«

Bevor Gregorio begriff, drang ein Dutzend Diakone in sein Verlies. Sie wirbelten das Stroh durcheinander, klopften den Felsen nach Hohlräumen ab, und als sie nichts entdeckten, rissen sie ihm die Kleider vom Leib.

Sie brauchten nicht länger als ein Ave Maria, bis sie fündig wurden.

»Ist es das, Ewige Heiligkeit?«

Ein junger Geistlicher reichte dem Papst einen Wachstuchumschlag.

»Gebt her.«

Nackt bis auf die leinene Unterhose, griff Gregorio nach seinen Kleidern, um seine besudelte Blöße zu bedecken. Aber Leo achtete gar nicht auf ihn. Ungeduldig öffnete er das Wachstuch und holte daraus die Urkunde hervor, die ihrem Besitzer die jährliche Auszahlung des englischen Peterspfennigs garantierte.

»Ja, das ist es«, erklärte er. »Sperrt die Zelle wieder zu.« Der Papst reichte das Fundstück einem Sekretär, dann verließ er mit seinem Gefolge den Ort. »Und Ihr, edler Graf Tuskulum«, rief er, ohne sich umzudrehen, »solltet Euch schleunigst wieder anziehen. Euer Anblick ist eine Schande!«

Zitternd vor Kälte und Scham, stand Gregorio da und blickte auf die Fratze, die ihm von der Wand entgegen starrte.

»Warum habt Ihr das getan?«

Petrus da Silva, der wieder ins Gebet versunken war, schaute über die Schulter.

»Redet Ihr mit mir?«

»Du Mistkerl«, flüsterte Gregorio. »Warum hast du mich verraten?«

Der Kanzler hob nur eine Braue. »Gib dem Kaiser, was des Kaisers ist«, sagte er. »Und der Kirche, was der Kirche ist.«

Während er die Hände faltete, um sein Gebet fortzusetzen, legte Gregorio sich die Kette um den Hals, mit der er an der Felswand angeschmiedet war. Er wollte nicht mehr da sein, nicht mehr fühlen, nicht mehr denken – nicht länger diese Schmach ertragen. Aber als er das kalte Eisen spürte, schwand sein Mut. Während ihm die Kette aus den Händen rasselte, brach er in Tränen aus, und schluchzend wie ein Kind sank er zu Boden.

Verborgen in der dunkelsten Ecke seiner Zelle, wo niemand ihn sehen konnte, weder der Papst noch Petrus da Silva oder sein Vater, steckte er den Daumen in den Mund und nuckelte daran, bis die Tränen endlich versiegten.

26

Mit dem schlafenden Nicchino auf dem Arm kniete Chiara vor dem Altar, der dem Heiligen Nilus geweiht war, dem Gründer der Abtei von Grottaferrata. Wie bei ihrem ersten Besuch des Klosters vor vielen, vielen Jahren hatte sie auch diesmal die Hände in das Becken des Wandbrunnens getaucht, der vor dem Kreuzgang zur Erfrischung der Reisenden angebracht war. *Mögest du nicht nur deine Hände, sondern auch deine Seele von allem Schmutz befreien ...* Damals hatte sie an demselben Altar dafür gebetet, ihrem gerade angetrauten Mann eine gute Ehefrau zu sein. Jetzt war sie gekommen, um Gott für die Rettung ihres Kindes zu danken, das sie von diesem Mann empfangen hatte.

Sie nahm eine Kerze und entzündete sie an dem Öllicht auf dem Altar. Zum Hochfest von Mariä Geburt, so hatte sie beschlossen, würde sie den Schleier nehmen. Mit eigener Hand hatte sie bereits ihr langes, blondes Haar geschoren, das sie stets so stolz getragen hatte, um sich dieser weltlichen Zierde zu berauben. Sie war nun niemandes Frau mehr – sie würde von nun an allein die Braut des Menschensohns sein. Mit ganzem Herzen bat sie Gott um Hilfe, dass sie sich dieser Aufgabe würdig erwies. Denn sie wusste ja, dass ihr kein Nonnenfleisch gegeben war.

Sie steckte die Kerze auf einen Leuchter. Während die Flamme ruhig und stetig in die Höhe strebte wie ein Gebet, knarrte leise eine Tür.

Chiara blickte zum Hauptaltar. Im rötlichen Schein des Ewigen Lichts sah sie einen untersetzten, rundlichen Mönch mit kreisrund geschorener Tonsur.

»Vater Bartolomeo!«

Sie stand auf, um ihn zu begrüßen.

»Meine Tochter!«

Mit kleinen, federnden Schritten trat der Abt aus der Sakristei und schlug vor dem Hauptaltar ein Kreuzzeichen. Bevor er die Hände wieder in den Ärmeln seiner Kutte verschwinden ließ, wie es seine Gewohnheit war, wandte er dem Allerheiligsten den Rücken zu, um sich Chiara mit schräg geneigtem Kopf zu nähern.

»Was für eine Freude, Euch und Euren Sohn wohlauf zu sehen«, sagte er. »Ihr habt die Kerze für Nicchino angezündet, nicht wahr?«

Chiara nickte. »Es war doch ein Wunder, dass ich ihn lebend zurückbekommen habe. Ohne Gottes Willen wäre das nicht möglich gewesen.«

»Da habt Ihr wohl Recht«, sagte Abt Bartolomeo. »Aber wir haben auch gesehen, dass der Herr sich nicht um alles kümmern kann, sondern unsere Hilfe braucht, damit seine Pläne gelingen. Ohne Eure und Eures Vaters Mitwirkung wäre die Rettung nicht geglückt.« Nachdenklich strich er dem schlummernden Nicchino über den Kopf. »Was meint Ihr, wollt Ihr nicht noch eine zweite Kerze anzünden? Vielleicht gibt es ja noch einen Menschen, der Eurer und Gottes

Hilfe gerade bedarf. Vielleicht sogar mehr noch als Euer Kind.«

»Ich weiß nicht, von wem Ihr sprecht, ehrwürdiger Vater.«

»Wisst Ihr das wirklich nicht?«

Sie schüttelte den Kopf.

»Auch nicht in Eurem Herzen?«

Mit einem milden Lächeln schaute Bartolomeo sie an. Chiara senkte den Blick.

»Der Mensch, von dem Ihr sprecht, ist mir zuwider. Er ist der größte Sünder Roms.«

»Ist das nicht doppelter Grund, dass er unserer Fürsorge bedarf?«

»Habt Ihr vergessen, welche Verbrechen er begangen hat?«, fragte Chiara. »Unzählige Menschen mussten für ihn das Leben lassen, Kinder sind verhungert wegen seiner Prasserei, die ganze Stadt hat er zugrunde gerichtet, die heilige Kirche für immer geschändet.«

»*Deus caritas est*«, sagte der Abt. »Wer weiß, vielleicht ist Teofilo di Tusculo ...«

»Bitte sprecht den Namen in meiner Gegenwart nicht aus!«

»Vielleicht ist Teofilo di Tusculo«, fuhr Bartolomeo unbeirrt fort, »in alledem, was passiert ist, gar nicht sein eigener Herr gewesen. Und hat nur so gehandelt, wie er gehandelt hat, weil er so handeln *musste*.«

»Wie soll das möglich sein?«

»Das kann ich selber nicht mit Bestimmtheit sagen, meine Tochter. Aber wer weiß, vielleicht ist der Mann, dessen Namen Ihr nicht hören wollt, weil er Euch so viel bedeutet, ein Bruder des zwölften Jüngers.«

Chiara stutzte. »Ihr meint – Judas?«

»Ja, Judas.« Bartolomeo nickte. »Ich habe viel über ihn nachgedacht in letzter Zeit. Keine Tat scheint uns verachtungswürdiger als der Verrat dieses Mannes. Doch haben wir wirklich das Recht, so über ihn zu urteilen, wie wir es tun? Vielleicht war Judas ja nicht nur der Verräter und Sünder, für den wir ihn halten, sondern in dem, was er tat, zugleich ein Werkzeug der göttlichen Vorsehung.«

»Dunkel sind Eure Worte, ehrwürdiger Vater. Sie ... sie machen mir Angst.«

»Ich will versuchen, Euch ihren Sinn zu erhellen, damit sie Euch weniger bedrohlich scheinen.« Der Abt legte zwei Finger ans Kinn und dachte nach. Dann sagte er: »Stellt Euch einmal vor, was wohl passiert wäre, wenn Judas den Herrn nicht verraten hätte. Wäre dann das Erlösungswerk überhaupt möglich gewesen?«

»Warum nicht?«, fragte Chiara verwundert. »Gott ist doch allmächtig.«

»Gewiss ist er das, und trotzdem bedarf die Vorsehung unserer Mitwirkung, damit sie sich erfüllt, so wie der Weizen des Düngers bedarf, damit er gedeiht. Deshalb frage ich mich, ob dasselbe nicht auch für Judas gilt. Jesus wollte ja den Opfertod am Kreuz sterben, aus freien Stücken, um den Willen seines Vaters zu erfüllen und uns Menschen von der Erbsünde zu befreien. Aber damit er ans Kreuz geschlagen wurde, musste Judas ihn zuvor an die Römer verraten. Ohne seinen Kuss wäre Christus nicht ausgeliefert worden, und Pontius Pilatus hätte an seiner Stelle den Mörder Barabas verurteilt. Was aber wäre dann aus uns Menschen geworden?«

Chiara zögerte. »Ihr glaubt, ohne Judas wären wir immer noch mit der Sünde unser Ureltern behaftet?«, fragte sie schließlich.

»Ich hatte gewusst, dass Ihr mich versteht«, bestätigte der Abt, und seine Augen leuchteten. »Ja, meine Tochter, wir haben nicht das Recht, Judas zu verdammen. Im Gegenteil. Er hat unser Mitleid verdient. Wie muss dieser Mann gelitten haben! Er liebte Jesus doch genauso wie alle anderen Jünger auch. Und doch war es sein Schicksal, ihn zu verraten. Weil es nicht anders ging, weil die göttliche Vorsehung es so wollte, es von ihm *verlangte*! Sein Ende ist der Beweis! Nachdem er Jesus verraten hatte, war er so verzweifelt, dass er sich selber erhängte. Obwohl er wusste, dass er mit diesem seinem Selbstmord die göttliche Gnade für immer verwirkte und bis ans Ende aller Zeiten in der Hölle würde büßen müssen. Was für ein Opfer – die eigene Verdammnis als Preis für die Erlösung der Menschheit. Wollt Ihr über einen solchen Mann wirklich den Stab brechen?«

Chiara spürte, wie die Worte ihres Beichtvaters zu wirken begannen, ein süßes, schleichendes Gift, gegen das sie sich wehren musste.

»Was hat das alles mit dem Mann zu tun, von dem wir sprechen?«, fragte sie. »Teofilo di Tusculo hat niemandem ein Opfer gebracht. Er hat zu seinem eigenen Vorteil gehandelt und mich für Geld verraten, fünfhundert Pfund Silber, um weiter mit seinen Brüdern zu prassen.«

»Auch Judas Ischarioth hat dreißig Silberlinge bekommen«, widersprach Bartolomeo. »Und doch war dieses Geld Teil des göttlichen Heilsplans. Darum hütet Euch, vorschnell Schlüsse zu ziehen. Oft trügt der Schein, und vielleicht sind die Dinge in Wirklichkeit ganz anders, als wir sie wahrnehmen. Und was uns wie eine fürchterliche und verabscheuungswürdige Untat erscheint, ist vielleicht nur ein verzweifelter Schrei nach Gott.«

»Teofilo di Tusculo ist von Dämonen besessen!«

»Wer will das wissen?« Ihr Beichtvater hob die Arme. »Ich weiß nur, dass alles, was geschieht, mit Gottes Willen geschieht. Dabei folgt stets ein Ding aus dem anderen, oft auf wundersame Weise, und manchmal sind es die scheußlichsten Raupen, aus denen die schönsten Schmetterlinge schlüpfen. Vielleicht wollte Gott uns durch das Beispiel Teofilo di Tusculos zeigen, dass sogar sein irdischer Stellvertreter ein mit Schwächen und Fehlern behafteter Mensch sein darf. Vielleicht hat er ihm die Freiheit zum Bösen gegeben, damit wir begreifen, dass die Gnade Gottes größer ist als jede noch so große Sünde und jedem Sünder verziehen werden kann. Auch ist es schließlich möglich, dass Teofilos Berufung auf den Stuhl Petri einem viel höheren Zweck diente, der weit über sein eigenes Schicksal hinaus weist.«

Chiara war so verwirrt, dass sie kaum noch denken konnte.

»Aber ... was sollte ein solcher Zweck sein?«, fragte sie.

»Denkt an die Raupe und den Schmetterling«, erwiderte ihr Beichtvater.« Vielleicht war die Schreckensherrschaft der Tuskulaner nötig, damit aus dem Chaos das Heil entstehen konnte. Papst Benedikts Pontifikat war dann die Larve, aus der Papst Leo schlüpfen sollte, um das Gefüge von weltlicher und himmlischer Macht neu zu ordnen und sowohl Rom als auch der Christenheit endlich die *Pax dei* zu bringen, den Gottesfrieden.« Abt Bartolomeo legte die Fingerspitzen zusammen und stieß einen tiefen Seufzer aus. »Wie auch immer: Selbst wenn wir nicht imstande sind, das Rätsel zu lösen, müssen wir daran glauben, dass alles, was Gott zulässt, seinen Sinn hat. *Credo, quia absurdum*, hat der Heilige Tertullian gesagt – ich glaube, weil es widersinnig ist ...«

Chiara holte tief Luft. Der Blick, der sie aus Bartolomeos himmelblauen Augen traf, beschämte sie, ohne dass sie wusste, warum ...

Wusste sie es wirklich nicht?

Doch, sie wusste den Grund. Tief in ihrem Innern spürte sie, dass der Abt in irgendeinem Sinn, den sie nicht begriff, Recht mit seiner Rede haben könnte. Wenn es ihr nur gelang, zu glauben, statt zu verstehen.

Und dann?

Während die Gedanken in ihr miteinander stritten, wachte Nicchino auf ihrem Arm auf und schaute sie mit seinen Knopfaugen an.

Der Anblick des Kindes gab ihr die Sicherheit zurück, die sie für einen Moment verloren hatte.

Den Blick fest auf Nicchino gerichtet, erwiderte sie: »Selbst wenn ich verstehen würde, was auch Ihr nicht versteht – nein, ich *will* es nicht! Ihr mögt noch so klug und verständig reden, ehrwürdiger Vater, doch nichts und niemand kann entschuldigen, was geschehen ist. Die Wahrheit ist: Domenico musste sterben, weil dieser Unmensch ...«

»Weil dieser Unmensch was?«

»Weil dieser Unmensch …«

Chiara verstummte. Sie wusste, weshalb Bartolomeo sie unterbrochen hatte. Und obwohl sich alles in ihr gegen die Einsicht sträubte – sie konnte ihm nicht widersprechen. Nein, Teofilo war nicht alleine schuld an Domenicos Tod, auch sie hatte ihren Teil dazu beigetragen.

»Vergesst nicht die Worte des Herrn, Chiara di Sasso«, sagte ihr Beichtvater. »›Wer unter euch ohne Sünde ist, der werfe den ersten Stein!‹«

Noch während er sprach, fing Nicchino auf ihrem Arm an zu schreien. Chiara drückte ihn an die Brust.

»Ihr verlangt zu viel von mir, ehrwürdiger Vater«, flüsterte sie. »Ich bin nur ein schwaches Weib, ich kann nicht tun, was Ihr von mir verlangt – ich *kann* diesem Menschen nicht verzeihen. Auch wenn ich selbst Mitschuld trage an Domenicos Tod … Teofilo di Tusculo hat mich so oft getäuscht und betrogen.« Sie warf den Kopf in den Nacken und blickte Abt Bartolomeo in die Augen. »Er ist ein Ungeheuer! Und wenn Gott gerecht ist, wird er zur Hölle fahren!«

27

Der neue Tag füllte die Einsiedelei mit hellem Himmelslicht. Mit dem Kreuzzeichen beschloss Teofilo sein Morgengebet, und nachdem er sich von den Knien erhoben hatte, öffnete er die aus grobem Holz zusammengezimmerte Kleidertruhe und holte daraus das Bündel mit dem päpstlichen Ornat hervor, das er in den Tagen seiner Buße hier zurückgelassen hatte. Dann trat er vor das Madonnenbild, in dem vor vielen, vielen Jahren seinem Taufpaten Giovanni Graziano sein Gesicht erschienen war, küsste das Antlitz der Jungfrau, wie er es als Kind schon getan hatte, wann immer er die Einsiedelei betrat oder verließ, und ging hinaus ins Freie.

Wie sehr hatte er sich in seiner Kindheit auf jeden neuen

Tag gefreut, den Gott ihm schenkte ... Und wie schlecht hatte er die Tage genutzt, die ihm zugeteilt worden waren ...

Draußen empfing ihn ein strahlend schöner Sommermorgen. Das Licht der Sonne brach sich in den Wipfeln der Bäume, leise raschelte das Laub im Wind, während im Unterholz und in den Büschen und Hecken überall das Leben sich summend vermehrte. In eine schlichte Mönchskutte gekleidet, trat Teofilo an das Grab, das er unweit der Klause ausgehoben hatte. Es war Zeit, sich von den Insignien seines einstigen Amtes zu trennen, wie von allen Dingen, die ihn mit dem irdischen Leben verbanden.

Chiara ...

Sie hatte ihm ins Gesicht gespuckt. Sie würde ihn hassen und verachten, solange er lebte. Nicht mal seine Aussage gegen Gregorio hatte sie umstimmen können. Weil sie ihn für einen Mörder hielt und den Entführer ihres Sohns.

Wie sollte er mit dieser Last das Leben ertragen?

»Der Verfluchte soll wie ein Esel begraben werden, fortgeschleift und hinausgeworfen vor die Tore Jerusalems.«

Leise flüsterte er die Worte des Propheten Jeremiah, und während er zuerst die Mitra, dann den Kreuzstab in das Grab legte, vermischte sich der Geruch von Lehm, der aus dem Erdloch stieg, mit dem Duft des Harzes, den die Pinien und Kiefern verströmten – der Geruch des Todes und der Duft des Lebens. Ja, seine Zeit war abgelaufen, seine Stunde gekommen. Um wiedergeboren zu werden, ob im Himmel oder in der Hölle, musste er sterben.

Aus dem Tal wehte das Geläut zur Morgenmesse herbei. Der vertraute Klang erfüllte Teofilo mit einer seltsamen, unwirklichen Ruhe, und als wäre er gar nicht mehr er selber, sondern ein Fremder, der sich seines Leibes bemächtigt hatte, so wie seine Nachfolger, die Päpste Gregor und Silvester, Clemens und Damasus und Leo, sich seines Amtes bemächtigt hatten, öffnete er die Schnüre seines Bündels, um die Kleider ein letztes Mal zu falten, all die Gewänder und Umhänge, die Tücher und Gürtel und Bänder, deren Namen und Reihenfolge ihn so sehr verwirrt hatten, damals, als man ihn im »Saal der Tränen« zum ersten Mal damit eingekleidet hatte, im Alter von zwölf Jahren, um ihn dem Gottesvolk als neuen Papst und Hüter des Glaubens zu zeigen, doch der sich in Wahrheit als Fluch der Christenheit erwiesen hatte, für die Stadt und für den Erdkreis.

Warum hatte Gott ein Ungeheuer wie ihn erschaffen?

Schweigend blickte er in das Grab, in dem seine Gebeine modern würden, in ungeweihter Erde, bis sie von den Würmern zerfressen und eins waren mit dem Lehm, aus dem Gott den ersten Menschen erschaffen hatte. Er hatte das Geschenk des Lebens so wenig verdient wie das Amt, das er bekleidet hatte. In dem Bewusstsein, endlich das Richtige zu tun, nahm er nach und nach die gefalteten Kleider von dem Stapel, die Gewänder und Umhänge und Tücher, die Bänder und Gürtel, und legte sie in das Erdloch, das seine letzte Ruhestätte war. Hier, in diesem Eselsgrab, wollte er bestattet werden, wenn sie seine Leiche fanden.

»*Mea culpa, mea culpa, mea maxima culpa ...*«

Ja, Giovanni Graziano hatte Recht. Wer sich in die Welt hinaus begibt, verstrickt sich in Sünde und Schuld ...

28

Warum war es auf einmal so dunkel?

Als Chiara in Grottaferrata ihren Reisekarren bestiegen hatte, um nach Hause zu fahren, hatte es gerade zum Angelus geläutet. Doch jetzt, da nicht mal die halbe Wegstrecke hinter ihr lag, war es schon so finster wie in tiefer Nacht. Kaum konnte sie die Hand vor Augen sehen, nur hin und wieder lugte der Mond zwischen den schwarzen Wolkengebirgen hervor und tauchte die Wälder in ein fahles, unwirkliches Licht.

»Hüh!«, rief der Wagenlenker und ließ die Peitsche knallen. »Hüh, ihr lahmen Gäule! Hüh!«

Die Pferde fielen in Galopp, und in höllischer Fahrt ging es hinunter ins Tal. Chiara musste sich festhalten, um sich in dem auf und nieder springenden Karren nicht zu verletzen. Doch was waren die Erschütterungen ihres Leibes gegen die Erschütterungen ihrer Seele? Abt Bartolomeo wäre es beinahe gelungen, sie schwankend zu machen. Aber ihr Kind hatte sie davor bewahrt, seinen Einflüsterungen zu erliegen. Nicchino hatte sie zur Vernunft gebracht.

»Gelobt sei Jesus Christus!«

Dankbar wollte sie ihr Kind an sich drücken. Doch das Bündel auf ihrem Arm war leer.

Um Gottes willen – wo war Nicchino?

»Hüh, ihr lahmen Gäule! Hüh!«

Während der Karren durch die Nacht raste, glaubte Chiara den Verstand zu verlieren. Im flackernden Schein einer Kerze, die das Wageninnere beschien, wühlte sie zwischen Decken und Tüchern, tastete die Bank ab, den Boden, die Polster rings umher. Doch keine Spur von ihrem Sohn.

»Heilige Mutter Gottes, bitte hilf!«

Plötzlich ein Krachen und Poltern, der Wagen schwankte nach links, nach rechts, dann bockte er wie ein störrischer Esel, und auf einmal war alles still. Nur das Wiehern und Stampfen der Pferde war zu hören.

Chiara sprang aus dem Karren.

»Deine Lampe!«, rief sie dem Wagenlenker zu.

»Die brauche ich selber!« Der Mann war bereits vom Bock geklettert und begutachtete den Schaden. »Ein Rad ist gebrochen.«

»Egal!« Chiara riss ihm die Lampe aus der Hand und leuchtete in das Innere des Karrens. »Nicchino! Nicchino?« Sie hob das Licht in die Höhe, schwenkte es hin und her, aber wohin sie auch blickte, überall gähnte ihr nur schwarze Leere entgegen.

»Bis Albano ist es nicht weit«, sagte der Wagenlenker. »Das schaffen wir zu Fuß, um Mitternacht sind wir da.«

»Bist du verrückt?«, erwiderte Chiara. »Ich kann nicht fort von hier, nicht ohne mein Kind!«

Der Mann schaute sie verwundert an. »Euer *was*?«

»Mein Kind!«, schrie sie. »Los, geh schon! Lauf nach Albano! Hol die Leute aus den Betten und bring sie her! Sie sollen helfen, mein Kind suchen!«

Er zögerte immer noch. »Aber ... aber Ihr habt doch gar kein Kind, Herrin.«

»Was sagst du da?« Ohne seine Antwort abzuwarten, kehrte sie ihm den Rücken zu und leuchtete wieder in den Wagen. »Nicchino! Nicchino! Bitte! Sag endlich was! Deine Mama hat solche Angst!«

Wieder antwortete ihr nur dunkles, leeres Schweigen. Plötzlich kam ihr ein Gedanke. War er während der Fahrt aus dem Karren gefallen? Ein kurzer, unaufmerksamer Moment, in einer Kurve oder bei einem Schlagloch, in dem er durch die Holzstangen hindurchgerutscht war? Sie schloss die Augen. Ja, so musste es gewesen sein, ein kurzer unaufmerksamer Moment, wie konnte ihr Kind sonst verschwinden ... Die Vorstellung, dass Nicchino jetzt irgendwo am Wegrand lag, mutterseelenallein in finsterer Nacht, machte sie wahnsinnig.

»Warte, mein Liebling! Mama holt dich!«

Aus welcher Richtung waren sie gekommen? Mit der Lampe in der Hand, stolperte Chiara die Straße zurück. Sie war noch keinen Steinwurf weit, da strauchelte sie über eine Baumwurzel. Im selben Moment erlosch das Licht. Sie ließ die Lampe zurück und lief weiter. In der Dunkelheit konnte sie kaum etwas sehen, doch sie hatte das Gefühl, dass der Weg steil bergauf ging, ihre Beine wurden schwerer und schwerer, und bald schon rang sie nach Luft.

Auf einmal hörte sie ein Geräusch, ganz in der Nähe, ein leises Rascheln und Knacken. Sie verharrte, und während das Herz ihr bis zum Hals klopfte, starrte sie mit aufgerissenen Augen in die Finsternis.

»Nicchino ... Nicchino ... Wo bist du?«

Da brach aus dem Unterholz eine Gestalt hervor, ein mannsgroßes Wesen, ein zotteliges, pelziges Ungeheuer.

Vor Schreck wich Chiara zurück.

Was war das? Ein Mensch? Ein Tier? Ein Geist?

Zwei rot glühende Augen schauten sie an, und während es ihr vor Angst in den Ohren rauschte, hörte sie ein bedrohliches Brummen und Fauchen. Mit tapsigen, schleppenden Schritten kam das Wesen auf sie zu. Sie wollte davonlaufen, aber sie war wie gelähmt, sie konnte die Füße nicht heben, schwer wie Blei waren ihre Beine. Am ganzen Körper zitternd, starrte sie auf das rote Glühen.

»Vater unser, der du bist im Himmel ...«

Das Ungeheuer war nur noch eine Armeslänge entfernt, da blieb es vor ihr stehen. Es war so nah, dass Chiara seinen heißen Atem spürte. Was sollte sie tun, wenn es angriff? Sie versuchte, sich ganz klein zu machen. Doch statt anzugreifen, stieß das Wesen einen Seufzer aus, der wie ein menschlicher Seufzer klang, und trat dabei auf der Stelle, zögernd, fast ängstlich, mit Bewegungen, die weder die eines Tieres noch die eines Menschen waren, und streckte einen Arm nach ihr aus.

»Hab keine Angst ...«

Ein Schauer lief Chiara über den Rücken. Träumte sie, oder täuschten sie ihre Sinne? Sie kannte diese Stimme, sie war ihr so vertraut wie ihre eigene, unzählige Male hatte sie sie schon gehört.

»Hab keine Angst ...«, sagte die Stimme noch einmal. »Ich war ein Mensch, genau wie du ...«

Chiara nahm ihren ganzen Mut zusammen und schaute dem Ungeheuer ins Gesicht.

Als ihre Blicke sich trafen, erlosch das rote Glühen und sie sah in zwei grüne Augen.

Nein, sie hatte sich nicht getäuscht. Sie kannte diese Augen, genauso wie sie die Stimme kannte.

»Teofilo – du?«

Statt eine Antwort zu geben, nickte er stumm mit dem Kopf.

»Mein Gott«, flüsterte sie. »Was ... was tust du hier?«

»Ich verbüße meine Strafe«, sagte er. »Für meine Sünden.«

»Hier? Auf der Straße nach Grottaferrata?«

»Das ist keine Straße. Der Weg führt nirgendwohin. Er hat keinen Anfang und kein Ende.«

»Keinen Anfang und kein Ende?«, wiederholte Chiara. »Aber ... aber das ist doch die Ewigkeit, und die gibt es nur im Himmel.«

»Und in der Hölle«, erwiderte Teofilo.

Chiara schlug ein Kreuzzeichen.

»Ja, das hier ist die Hölle«, sagte er. »Und hier muss ich bleiben, so lange, bis ...«

Er verstummte.

»So lange, bis was?«, fragte Chiara leise.

»So lange, bis jemand mich befreit.« Tränen rannen aus seinen Augen. »Chiara ...«, flüsterte er. »Chiara ...«

Sie wollte ihm etwas Tröstendes sagen, ihn berühren, ihn in den Arm nehmen. Doch sie schaffte es nicht, auch nur einen Schritt in seine Richtung zu tun. Als würden unsichtbare Kräfte sie binden, kam sie nicht von der Stelle.

»Teofilo ...«

Während sie verzweifelt versuchte, sich aus dem Bann zu lösen, um irgendwas für ihn zu tun, gaben die Wolken plötzlich den Mond frei, und in dem silbrigen Licht erkannte sie die Straße.

Mein Gott! Sie war in die falsche Richtung gelaufen! Die Straße, auf der sie wie angewurzelt stand und nicht vom Fleck kam, war die Straße, auf der die Flaschen und Räder bergauf rollten.

»Da, da, da!«

»Nicchino!«

Mit einem Schrei fuhr Chiara in die Höhe. Ihr Herz raste, und sie war nass von Schweiß.

Als sie die Augen aufschlug, sah sie in das Gesicht ihres Kindes. Nicchino hatte sich in seinem Körbchen aufgerichtet und zeigte mit dem Finger auf das Fenster, durch das die gelbe Scheibe des Mondes schien.

»Da, da, da!«

Endlich begriff sie, dass sie in ihrer Schlafkammer war und nur geträumt hatte.

»Mein Liebling! Mein süßer kleiner Schatz!«

Erleichtert sprang sie aus dem Bett und hob ihr Kind aus dem Körbchen, um es an sich zu drücken.

»Mama«, brabbelte Nicchino und streckte ihr seine Ärmchen entgegen. »Maaammmaaa.«

29

Seit dem frühen Morgen strömten die Römer auf den Petersplatz, um dem Schauspiel beizuwohnen, das ihnen für diesen Tag versprochen worden war: ein Fest der himmlischen und irdischen Gerechtigkeit. Während rund um das Blutgerüst Gaukler und Bärenführer, Jongleure und Wunderheiler, Seiltänzer und Musikanten ihre Kunststücke darboten, drängten die Gaffer sich bis in die angrenzenden Straßen hinein, stritten sich in Türen und Fenstern um die Plätze, kletterten auf Mauern und Dächer und Bäume und verrenkten sich die Hälse, um die Ankunft der beiden Verurteilten nicht zu verpassen.

»Wenn der Menschensohn in seiner Herrlichkeit kommt und alle Engel mit ihm, dann wird er sich auf den Thron seiner Herrlichkeit setzen. Und alle Völker wird er zusammenrufen, und er wird sie voneinander scheiden, wie der Hirte die Schafe von den Böcken scheidet.«

Die Worte des Matthäus-Evangeliums auf den Lippen, verließ Petrus da Silva den vergitterten Karren, in dem man ihn von der Engelsburg zur Richtstätte gebracht hatte. Die ganze Nacht hatte er im Gebet verbracht. Jetzt war er bereit, sich Gottes Willen zu fügen. Ruhig und gefasst ließ er den Blick über die Menge schweifen, die sich allein zu dem Zweck versammelt hatte, den Tod zweier Menschen zu erleben. Er wusste, wenn am Abend die Sonne über Rom unterging, würde er nicht mehr auf dieser Welt sein, so wenig wie Gregorio di Tusculo.

»Dann wird der König denen auf der rechten Seite sagen: Kommt her, die ihr von meinem Vater gesegnet seid, nehmt das Reich in Besitz, das seit der Erschaffung der Welt für euch bestimmt ist. Und dann wird er sich auch an die auf der linken Seite wenden und zu ihnen sagen: Weg von mir, ihr Verfluchten, in das ewige Feuer, das für den Teufel und seine Engel bestimmt ist.«

Während der Henker die Falltür unter dem Galgenbaum aufspringen ließ, um den Mechanismus zu prüfen, wartete Gregorio bereits auf seine Hinrichtung. Der Tuskulaner war nur noch ein Spottbild seiner selbst. Derselbe Mann, der sein Leben lang nichts mehr geliebt hatte als Kampf und Krieg, der auf dem Schlachtfeld wie im Hurenhaus mit seiner Manneskraft geprahlt und sich der Vergewaltigung zahlloser Frauen gerühmt hatte, war in Tränen aufgelöst, und weder der Priester, der mit ihm die Sterbegebete zu sprechen versuchte, noch die zwei Henkersknechte, die ihm die Fesseln festzurrten, vermochten ihn zu beruhigen.

Der Henker gab mit der Hand ein Zeichen, auch den zweiten Delinquenten aufs Schafott zu führen. Ohne Zutun der Schergen kam Petrus der Aufforderung nach. Mit erhobenem Haupt durchschritt er das Meer der johlenden Menschen, die seinen Namen riefen, die ihn verspotteten und bespuckten und doch gleichzeitig die Arme nach ihm ausstreckten, um einen Zipfel seiner Kleider zu erhaschen, weil die Berührung mit einem zum Tode Verurteilten angeblich Glück brachte.

Obwohl an beiden Händen gefesselt, fühlte Petrus sich in seiner Seele frei. Er hatte die Beichte abgelegt, und der Priester, ein noch junger, aber glaubensfester Diener des Herrn, hatte ihm die Absolution erteilt und die Sterbesakramente gespendet. Gereinigt vom Sündenschmutz, trat Petrus seinen letzten Gang nicht nur in der Gewissheit an, den englischen Peterspfennig für die Kirche gerettet zu haben, sondern auch im Vertrauen auf die Barmherzigkeit Gottes. Das weltliche

Gericht hatte ihn für schuldig befunden und dem Tode überantwortet. Doch wer weiß, vielleicht war der Gnadenschatz der Kirche, den die Märtyrer und Heiligen angehäuft hatten, groß genug, dass Gott ihn von den Qualen des ewigen Todes befreite, auch wenn er diese tausendfach verdiente.

»Was ihr an dem geringsten meiner Brüder getan habt, das habt ihr an mir getan. Was ihr aber nicht getan habt an einem von diesen Geringsten, das habt ihr auch nicht an mir getan ...«

Während Petrus da Silva sich weiter mit den Worten des Evangeliums für die Begegnung mit Gott stärkte, wurde Gregorio di Tusculo zum Galgen geführt. Der Widerstand des Tuskulaners war endgültig gebrochen. Wehrlos wie ein Kind ließ er es geschehen, dass der Henker ihm die Schlinge über den Kopf streifte. Während der Hanf sich um seine Kehle schlang, wurde es auf dem Platz so still, dass jeder sein Schluchzen hörte. Der Henker zurrte gerade den Knoten des Strangs in seinem Nacken fest – da hob Gregorio noch einmal den Kopf.

»Vater! Vater! Warum hast du mich verlassen?«

Der Aufschrei ließ Petrus schaudern. Wollte Gregorio di Tusculo sich noch im Augenblick des Todes versündigen, indem er den Hilferuf des Herrn am Kreuz missbrauchte? Er würde die Antwort nie erfahren. Der Henker straffte den Strick, die Falltür sprang auf, ein kurzer Ruck – dann baumelte Gregorio di Tusculo in der Luft.

Applaus brandete auf, und die Menge jubelte.

»Gott sei seiner Seele gnädig.«

Noch während Petrus da Silva die Fürbitte sprach, traten zwei Henkersknechte auf ihn zu und nahmen ihn in ihre Mitte. Zum Zeichen seines Einverständnisses streckte er ihnen die Arme entgegen. Gott hatte den Menschen Gesetze gegeben, damit diese ihnen halfen, ihre Bosheit im Zaume zu halten. Ohne dass ihm jemand den Befehl dazu gab, kniete Petrus vor dem Richtblock nieder und legte seinen Kopf in die Mulde, die dafür vorgesehen war.

»Und sie werden hingehen – diese zur ewigen Strafe, die Gerechten aber in das ewige Leben.«

Während wieder Stille einkehrte, blickte Petrus da Silva noch einmal über die Menge. So viele Augen, die auf ihn gerichtet waren, so viele Gesichter, aber ach, er würde genauso sterben, wie er gelebt hatte – allein. Zeit seines Lebens hatte man ihn geachtet, Bischöfe und Kardinäle, Könige und Kaiser hatten Respekt vor ihm gehabt und nicht wenige hatten ihn sogar gefürchtet. Aber nie hatte es auch nur ein einziges menschliches Wesen gegeben, das ihn geliebt hätte. Sein Amt hatte ihn wie ein Panzer von allen anderen Menschen getrennt. Dabei hatte er sich stets nach einem anderen Menschen gesehnt, nach Nähe und Wärme und Geborgenheit, nach der Liebe einer Frau, die seine Sorgen und Nöte teilte, seine Hoffnungen und Träume, um ihn aus der kalten Einsamkeit zu befreien, zu der die Vorsehung ihn bestimmt hatte und die kein noch so kostbares irdisches Kleid hatte wärmen können. Seine einzige Braut war die Kirche gewesen, sein Leben lang, ihr zuliebe hatte er das Verlangen nach einer Frau besiegt, um seinem Namenspatron nachzueifern, dem Heiligen Petrus, der den Schmutz der Ehe mit dem Blut seines Märtyrertodes abgewaschen hatte.

Würde er mit dem Tod aus dem Kerker seiner Einsamkeit erlöst?

Der Scharfrichter hob sein Schwert.

»Seid Ihr bereit, Eminenz?«

Petrus da Silva schloss die Augen. Plötzlich war ihm ganz leicht zumute, nicht mal der Schmerz in seinem Kiefer plagte ihn mehr – seit dem Abend, da der Barbier des Papstes ihm den eiternden Zahn gezogen hatte, hatte diese Qual ein Ende.

Seltsam, warum hatte er sich nicht schon früher zur Extraktion entschlossen?

Petrus da Silva musste lächeln. »Tut Eure Arbeit, Herr«, sagte er mit fester Stimme. »Ich bin bereit.«

Das Schwert blitzte auf, ein kurzes, scharfes Sausen in der Luft, und Petrus da Silva war nicht mehr.

30

Die Nacht hauchte in den Wäldern ihre böse Seele aus, und das erste zarte Morgenrot erhellte den Horizont.

»Schneller!«, rief Chiara.

Der Wagenlenker ließ die Peitsche knallen.

»Hüh, ihr lahmen Gäule! Hüh!«

»Noch schneller! So schnell du kannst!«

»Hüh, hab ich gesagt! Hüh!«

Wiehernd fielen die Pferde in Galopp. Noch bevor die Dämmerung angebrochen war, hatte Chiara Anna geweckt, um Nicchino in ihre Obhut zu geben, und kaum hatte das Zwitschern der Vögel den neuen Tag angekündigt, hatte sie den Wagen anspannen lassen, um zur Einsiedelei zu fahren, ohne einen Löffel Brei oder ein Stück Brot zu sich zu nehmen. Keine Stunde länger wollte sie ungenutzt verstreichen lassen, um wiedergutzumachen, was vielleicht nicht wiedergutzumachen war. Der Traum hatte ihr die Augen geöffnet.

Ich war ein Mensch, genau wie du ...

Wie selbstgerecht war sie gewesen, wie selbstgerecht und überheblich. Nein, sie hatte nicht das Recht gehabt, ihn zu verurteilen. Vielleicht hatte Teofilo ja die Wahrheit gesagt, vielleicht hatte er wirklich und wahrhaftig alles daran gesetzt, ihr zu helfen. Und vielleicht trug sie selbst nicht weniger Schuld an all den fürchterlichen Dingen, die geschehen waren, als er.

Wer unter euch ohne Sünde ist, der werfe den ersten Stein ...

Nein, auch sie war nicht ohne Sünde, so wenig wie die Schriftgelehrten und Pharisäer, die in Abt Bartolomeos Gleichnis die Ehebrecherin steinigen wollten. Denn sie hatte sich gegen das kostbarste Geschenk versündigt, das Gott ihr gegeben hatte. Und Teofilo in den Abgrund gestoßen.

Das hier ist die Hölle. Und darin muss ich bleiben, bis mich jemand befreit ...

Wieder sah sie sein Gesicht, die Tränen, die aus seinen Augen rannen. Sie war seiner Seele begegnet, und der Wald war die Hölle gewesen, in der er seine Strafe verbüßte. Wie konnte sie ihn daraus befreien?

Wer weiß, meine Tochter, vielleicht bist du ja ausersehen, seine Seele zu erlösen, durch die Liebe, die Gott dir eingegeben hat, um diesen sündigen Papst vor der Verdammnis zu retten ...

Wie viele Jahre war das her, dass Abt Bartolomeo diese Worte gesagt hatte? Es war nach Domenicos Tod gewesen. Sie hatte sich damals über das Drängen ihres Vaters empört, Teofilo zum Mann zu nehmen, und war in ihrer Not zu ihrem Beichtvater geflohen. Bartolomeo hatte ihr geraten, ihrem Herzen zu folgen. Doch sie hatte nicht den Mut dazu gehabt. Zwar hatte sie in die Heirat eingewilligt, doch als Teofilo ihr die Ehe aufgekündigt hatte, hatte sie den Rat in den Wind geschlagen und ihre Liebe verraten, wieder und wieder und wieder, genauso wie den Mann, dem ihre Liebe galt.

»Brrrrr ...«

Vor der Einsiedelei parierte der Wagenlenker die Pferde. Chiara sprang von dem rollenden Karren und eilte im Laufschritt zu der Klause.

»Teofilo?«

Sie rüttelte an der Tür, doch niemand antwortete ihr.

»Teofilo? Bist du da?«

Als er wieder nicht öffnete, stieß sie die Tür auf.

»Teofilo ...«

Die Einsiedelei war leer und verlassen wie das Grab Christi am Ostersonntag. Nur auf dem Tisch lag eine aufgeschlagene Bibel, als hätte gerade noch jemand darin gelesen, und die Kleidertruhe stand offen.

Auf dem Absatz machte Chiara kehrt und lief um das Haus herum. Vielleicht war Teofilo zum Bach gegangen, um Wasser zu holen? Oder in den Wald, um Brennholz oder Beeren oder Pilze zu sammeln?

Als sie auf die Rückseite des Gebäudes gelangte, erstarrte sie.

Ein rechteckiges, mannsgroßes Erdloch gähnte ihr entgegen, ein frisch ausgehobenes Grab, das angefüllt war mit Teofilos Hinterlassenschaften, all den Insignien, die sein früheres Amt bedeutet hatten: die Mitra und Dalmatika, die Tunicella und Alba, das Manipel und der Bischofsstab …

»Teofilo?«

Chiara lief hin und her, durchstöberte das Unterholz, eilte hinunter zum Bach und wieder zurück zur Einsiedelei, und immer wieder rief sie seinen Namen in den Wald hinein.

Doch nichts als Schweigen antwortete ihr.

Panisch vor Angst bekreuzigte sie sich.

War sie zu spät gekommen?

31

Ein Kuckuck schlug irgendwo in der Ferne, und in den Wipfeln der Bäume sangen die Vögel. In einer einfachen Kutte trat Teofilo auf die sonnenüberflutete Lichtung, die den Wald mit dem Felsvorsprung verband. Wie Seide umschmeichelte ihn die Morgenluft, und das weiche, federnde Moos kühlte die Sohlen seiner Füße, die müde waren von dem langen Weg. Doch nichts davon nahm er mit seinen Sinnen wahr. Denn sein Herz war wüst und leer.

»Vater unser, der du bist im Himmel …«

Durfte er in dieser Stunde überhaupt beten? Oder würde er damit seinen vielen Sünden nur eine weitere hinzufügen?

Obwohl seine Seele sich danach sehnte, noch einmal mit Gott zu sprechen, verbot er sich das Gebet. Nein, das Recht hatte er verwirkt. Er durfte Gott nicht um Hilfe bitten, nicht jetzt, da er im Begriff stand, sich das Leben zu nehmen, das Gott ihm doch geschenkt hatte.

Mit raschen Schritten strebte er auf den Felsvorsprung zu. Er wollte es hinter sich bringen, je schneller desto besser. Als er das Brombeerdickicht streifte, verfing sich seine Kutte in einem Dornenzweig, der voll reifer, schwerer Früchte hing. Während er die Dornen von der Kutte löste, glaubte er den Geschmack der Beeren auf der Zunge zu spüren. Wie eine Woge holte die Erinnerung ihn ein. So oft war er früher an diesem Ort gewesen, um sich mit Chiara zu treffen. Hier hatte er ihr den Ring geschenkt, mit dem sie sich einander fürs Leben versprochen hatten ... Hier hatte er sie geküsst und ängstlich zitternd ihren Schenkel berührt ... Hier hatte er zum ersten Mal geahnt, welches Glück ein Mann in den Armen einer Frau empfinden konnte ...

Chiara ...

Sie war die Antwort auf sein Leben. Doch er war blind gewesen, hatte nicht gesehen, wonach er suchte, obwohl es doch vor seinen Augen lag, und hatte Gott geleugnet und geflucht. Aber jetzt, nachdem ihm endlich die Augen aufgegangen waren und er begriffen hatte, was Chiara ihm bedeutete, war es zu spät.

Er wollte noch einmal die Höhle sehen – so groß wie eine Kapelle war sie ihm damals erschienen, so groß wie sein Glück. Mit beiden Händen versuchte er, die Zweige auseinanderzubiegen, doch das Gestrüpp war so fest ineinander verwachsen, dass der Eingang sich nicht mehr öffnen ließ. Er ließ die Zweige los und ging zu dem Felsvorsprung, der sich über dem Tal erhob. Auf diesem Felsen hatte er für Chiara ein Haus bauen wollen, um ihr den Himmel zu zeigen. Doch in dem See, der ferne in der Sonne glitzerte, gab es keine Geister, die ihnen halfen – die Geister hatte es nur damals gegeben, in ihren Kinderträumen.

Er trat bis an die Felskante vor. Senkrecht fiel der Berg ins Tal. Zu seinen Füßen sah er die im Wind sich wiegenden Wipfel der Bäume, umflattert von Vögeln, und ein Schwindel erfasste ihn.

Spring, Teofilo, spring ...

Noch einmal spürte er den Wind auf seiner Haut, die warmen Sonnenstrahlen, noch einmal atmete er die milde Luft ein, wie unzählige Male in seinem Leben, ohne je einen Gedanken daran zu verschwenden.

Spring, Teofilo, spring …

Er schaute hinab in den Abgrund. Von der schwindelnden Tiefe ging ein Sog aus, ein Ziehen im Bauch, im Unterleib, in seinen Lenden, dem er nicht widerstehen konnte.

Spring, Teofilo, spring …

»Nein! Tu's nicht!«

Wie aus einer anderen Welt drang die Stimme an sein Ohr.

»Teofilo, nein!«

Ein Schauer lief ihm über den Rücken, und er drehte sich um.

Über die Lichtung kam eine Frau gelaufen, direkt auf ihn zu.

»Du?«, fragte er ungläubig, als sie vor ihm stand.

Noch außer Atem nickte sie nur mit dem Kopf.

»Chiara …«

Er sah ihre himmelblauen Augen, ihre helle Haut, die blassrosa Lippen. Und doch konnte er nicht glauben, was er mit eigenen Augen sah, konnte nicht glauben, dass sie wahrhaftig vor ihm stand.

»Bist du es wirklich?«, fragte er, als müsse er sich erst vergewissern, um seinen Sinnen trauen zu können.

»Ja, Teofilo.«

»Aber … aber woher kommst du?«

»Ich habe dich gesucht.«

»Du – mich gesucht?«

»Pssssst«, machte sie.

»Aber wie hast du gewusst, dass ich … dass ich hier …?«

»Kannst du dir das nicht denken? Das ist doch unser Versteck.« Sie machte einen Schritt auf ihn zu. »Mein Gott, was bin ich froh, dass ich dich gefunden habe. Ich hatte solche Angst um dich.«

Immer noch voller Zweifel, hob er den Arm, um sie zu berühren. Doch er traute sich nicht. Aus Angst, dass sie nur eine Erscheinung war, die sich bei seiner Berührung in Nichts auflöste.

»Ich ... ich dachte, ich würde dich nie mehr wieder sehen«, sagte er. »Weil ich ...« Erst jetzt fiel ihm auf, dass ihr Haar unter dem verrutschten Kopftuch kahl geschoren war. »Bist du ... bist du Nonne geworden?«

»Psssst«, machte sie wieder und legte ihm einen Finger auf die Lippen. »Ja, ich wollte ins Kloster. Aber jetzt bin ich hier. Bei dir.« Sie machte eine Pause und schaute ihn an. »Weil ich dich liebe.«

Tränen schossen ihm in die Augen.

»Du ... du liebst mich?«, flüsterte er.

»Ja, Teofilo. Ich habe dich immer geliebt und niemals damit aufgehört.«

Ihre Worte machten ihn stumm. War es möglich, dass ein solches Wunder geschah? Immer noch spürte er ihre Berührung, und noch immer war sie da, stand sie vor ihm, ohne sich aufzulösen.

Nein, es gab keinen Zweifel, das Wunder war geschehen.

Ein Schmetterling tanzte in der Luft.

»Erinnerst du dich ...?«, flüsterte sie.

»Wie könnte ich das vergessen?«

Sie lächelte ihn an. »Worauf wartest du dann? Oder magst du mich nicht mehr küssen?«

Als er ihr Lächeln sah, legte sich endlich seine Angst. Wieder hob er den Arm, und diesmal berührte er sie, ganz zart und behutsam.

»Mein Engel, wie kannst du nur fragen?«

Die Augen in ihren Blick versenkt, nahm er ihr Gesicht zwischen die Hände, und als sein Mund mit ihren Lippen verschmolz, hatte er nur noch den einen Wunsch: dass dieser Augenblick niemals aufhören würde.

EPILOG

BENEFICATIO
1981

1

»*Deus caritas est ...*«

Ich setzte meine Brille ab und rieb mir die Augen. Ohne dass ich es gemerkt hatte, war über den Dächern Roms bereits die Sonne aufgegangen, und auf der Fensterbank meines kleinen Appartements in der Via della Conciliazione lärmten die Spatzen. In einem Zustand übermüdeter Wachheit schloss ich den letzten Aktendeckel des Konvoluts, das die päpstliche Kongregation für Selig- und Heiligsprechungen mir zur Prüfung anvertraut hatte, löschte die Schreibtischlampe und stand auf, um mir aus der Küche einen Kaffee zu holen. Die ganze Nacht hindurch hatte ich gelesen, Hunderte uralter, verstaubter Dokumente, die seit tausend Jahren keine Hand mehr berührt hatte. Doch mit dem Vers aus dem ersten Johannesbrief waren die Quellen versiegt.

»Lasst uns einander lieb haben«, zitierte ich in Gedanken die Fortsetzung der mir wohlvertrauten Textstelle. »Denn die Liebe ist von Gott, und wer liebt, der ist von Gott geboren.«

Professor Ratzinger, ein scharfsinniger deutscher Theologe, den jeder Kollege achtete, aber kaum einer mochte, wurde in seinen Aufsätzen nicht müde, den Johannesbrief anzuführen, um daraus die Unterscheidung zwischen begehrender und schenkender Liebe abzuleiten. Die Zergliederung des Begriffs hatte mich früher stets fasziniert. Doch nach der Lektüre dieser Nacht war ich mir nicht mehr sicher, ob eine solche Unterscheidung wirklich Sinn machte. War das Schicksal Teofilo di Tusculos und Chiara di Sassos nicht der Beweis, dass die Liebe immer beides ist – Begehren und Schenken zugleich?

Ich hatte keine Zeit, der Frage nachzusinnen. In wenigen Stunden würden die Mitglieder der Kongregation sich wieder versammeln und sie erwarteten von mir als Prokurator des Heiligen Stuhls Antwort auf die Frage, ob ein apostolischer Prozess zur Seligsprechung von Papst Benedikt IX. eröffnet werden sollte.

In der Küche ließ ich einen Espresso aus der Maschine und kehrte mit der dampfenden Tasse zurück in mein Arbeitszimmer. Der Postulator des Verfahrens, Kardinal Jiao Xing, hatte von einem Wunder im Leben dieses rätselhaften Papstes gesprochen, vielleicht dem größten Wunder überhaupt, um seinen Antrag zu begründen. Eine Bilokation oder Spontanheilung, die sonst bei Anträgen zu Selig- oder Heiligsprechungen fast immer strapaziert wurden, hatte er dabei ausdrücklich ausgeschlossen.

Welches Wunder aber hatte er dann gemeint?

Erneut blätterte ich in den Unterlagen. Das einzige »Wunder«, von dem die Dokumente sprachen, war jenes merkwürdige Phänomen bergauf rollender Bälle und Räder, auf einer Straße in der Nähe von Giovanni Grazianos Einsiedelei. Das Phänomen war mir bekannt, die Straße gab es wirklich, jeder Römer kannte sie – sie führte auf eine Anhöhe unweit des Nemi-Sees. Touristen fuhren täglich dorthin, um darüber zu staunen, wie ihre Autos im Leerlauf den Hügel hinaufrollten, oder auch die leeren Plastikflaschen, die zu beiden Seiten der Straße die Böschung verschandelten. Obwohl keiner der vielen Wissenschaftler, die den Fall untersucht hatten, bislang eine Erklärung für dieses Phänomen gefunden hatte, glaubte ich nicht, dass Kardinal Xing dies mit dem Wunder gemeint hatte.

Ich nahm meine Tasse und trat ans Fenster. Während ich einen Schluck von dem heißen Espresso trank, blickte ich hinaus auf die im Morgenlicht erwachende Stadt: das ewige Wuseln und Brodeln Roms, das Lärmen und Lachen, dies scheinbar chaotische, doch auf geheimnisvolle Weise geordnete Labyrinth, dies täglich sich erneuernde Wunderwerk des Lebens ... Auf der gegenüberliegenden Straßenseite, unberührt vom Verkehr der Autos und den zur Arbeit eilenden Passanten, lief ein junger Mann mit strahlendem Gesicht auf seine Freundin zu, um sie mit einem Kuss zu begrüßen.

Konnte ein Tag schöner beginnen als mit dem Kuss eines geliebten Menschen? Ich musste an Petrus da Silva Candida denken, Benedikts Kanzler – die Einsamkeit, die er in seiner letzten Stunde verspürt hatte. Ein wenig fühlte ich mich ihm verwandt.

Ich stellte meinen Kaffee ab, um ins Bad zu gehen. Ich wollte mich frischmachen, der Tag würde anstrengend werden, und ich hatte nicht geschlafen. Doch ich war noch nicht im Bad, da wusste ich plötzlich, welches Wunder Kardinal Xing meinte. »Lasst uns einander lieb haben. Denn die Liebe ist von Gott, und wer liebt, der ist von Gott geboren.« Natürlich, das junge Paar auf der anderen Straßenseite hatte mir die Augen geöffnet ... Jahre und Jahrzehnte hatte Teofilo di Tusculo mit Gott gehadert, sich von seinem himmlischen Vater verraten gefühlt, ihn angefleht und provoziert, damit der Schöpfer aus dem Dunkel seines Schweigens trat und sich zu erkennen gab. Doch was Teofilo in all dieser Zeit nicht wahrgenommen hatte, so wenig wie ich bei der Lektüre, es erst im Augenblick seiner größten Verzweiflung begriff, als er sich anschickte, sein Leben zu beenden – das war die Lösung seines Lebensrätsels. Von frühester Kindheit an war Gott bei ihm gewesen, in Gestalt der Liebe, in Gestalt Chiara di Sassos, der Frau, nach der sich seine Seele verzehrte wie der Verdurstende in der Wüste ... *Deus caritas est* – das einzige wirkliche Wunder, auf das ich in all den Jahren meiner Tätigkeit für die Kongregation gestoßen war.

Ich trank den Rest meines Kaffees aus und setzte mich wieder an den Schreibtisch. Wenn die Liebe das Wunder in Benedikts Leben war, dann harrte noch eine zweite, alles entscheidende Frage der Antwort: Hatte die Liebe zwischen Teofilo di Tusculo und Chiara di Sasso sich erfüllt?

Noch einmal prüfte und wendete ich jedes Schriftstück, in der Hoffnung, dass den beiden das Wunder, das sich an ihnen vollzogen hatte, selber zum Geschenk geworden war. Ich wusste selber nicht, was mich antrieb, aber es war mir plötzlich ein Herzenswunsch, als hinge auch mein eigenes Schicksal ein kleines bisschen vom Ausgang ihrer Liebe ab.

Es war ein Puzzlespiel aus vielen kleinen Hinweisen. Versteckt zwischen den Seiten eines Haushaltsbuchs entdeckte ich ein Dokument, dass die Übereignung des englischen Peterspfennigs von Chiara di Sasso an das Kloster von Grottaferrata bezeugte, »zum Zweck der Armenpflege«, hatte der Chronist am Rand notiert ... Demnach hatte Chiara also nicht den Schleier genommen, um selber ein Kloster zu gründen? ... Wie ein Jäger, der die Spur eines scheuen Wildes erahnt, forschte ich weiter. Aus einer Urkunde, die von Papst Leo unterschrieben war, ging hervor, dass der neue Pontifex Benedikts Rückversetzung in den Laienstand bestätigt hatte, zusammen mit der Aufhebung seiner Exkommunikation ... Warum hatte Teofilo diesen Schritt getan? Weil er heiraten wollte? ... Und in den Sterbedokumenten des Tuskulanerpapstes aus dem Jahr 1055 war von einem Knaben namens Domenico die Rede, der, »einem Sohne gleich«, bei der Beisetzung des Verstorbenen geweint und getrauert habe, zusammen mit seiner Mutter ... Durfte ich daraus schließen, dass Teofilo die letzten Jahre seines Lebens in ehelicher Gemeinschaft mit Chiara und Nicchino verbracht hatte?

Bei der Vorstellung, den letzten Beweis zu finden, begann mein Herz heftig zu pochen, und wieder hellwach, sichtete ich die wenigen noch verbleibenden Schriftstücke, lose Seiten aus einem Kirchenregister, entzifferte halb verblichene Notate, verglich Einträge aus verschiedenen Jahren und Jahrzehnten miteinander, bis ich schließlich auf ein Pergament stieß, das der Unterschrift zufolge niemand anders ausgefertigt hatte als Abt Bartolomeo, Chiaras Beichtvater und Vorsteher des Klosters von Grottaferrata.

2

Im Namen des Vaters und des Sohnes und des Heiligen Geistes.

Gelobter Gott, allmächtiger Schöpfer, Vater der Ewigkeit, Fürst des Friedens, Herr des Himmels und der Erde – kein Ehrentitel, welchen die Propheten und Apostel Dir verliehen haben, vermag Deine Herrlichkeit zu preisen, so wenig wie die dürren Worte, die Deinem unwürdigen Diener zu Gebote stehen, einen Abglanz jener Glückseligkeit widerzuspiegeln vermögen, welche an diesem Abend so vollkommen von mir Besitz ergriffen hat, dass ich keinen Schlaf finden kann, bevor ich niedergeschrieben habe, was mich in meinem Herzen bewegt.

Am heutigen Tage, dem 22. März im Jahre des Herrn 1050, wurde mir die übergroße Freude zuteil, Deinen verlorenen Sohn, Teofilo di Tusculo, vormals Seine Heiligkeit Papst Benedikt IX., mit seiner Cousine Chiara di Sasso, Witwe des Crescentiers Domenico, in den heiligen Stand der Ehe zu geben.

»Wenn ich mit Engelszungen redete, hätte aber die Liebe nicht, so wäre ich nur ein tönendes Erz oder eine gellende Zimbel.«

Tränen rannen an meinen Wangen herab, als die zwei Brautleute sich in meiner geliebten Klosterkirche das Jawort gaben, vor dem Altar des Heiligen Nilus. Girardo di Sasso, der schon greise Vater der Braut, hat den Akt mit seiner Unterschrift bezeugt, wie auch Chiara di Sassos Freundin und Zofe Anna, wiewohl diese schlichte Magd nur mit drei Kreuzen anstelle ihres Namens zeichnen konnte. Es war wohlgetan, haben doch beide ihr Teil dazu beigetragen, dass Dein Wille geschah!

»Und Gott der Herr sprach: Es ist nicht gut, dass der Mensch allein sei; ich will ihm eine Gehilfin machen.«

Ja, großer und gütiger Gott, wie einst dem Adam hast Du auch diesem Deinem Sohn, der nicht vom Heiligen Geist, son-

dern von eigensüchtigen Menschen zum Stellvertreter Jesu Christi bestellt worden war, ein Weib zur Seite gegeben, um ihn aus seiner Not und Seelenpein zu erlösen. Chiara di Sasso hat Teofilo di Tusculo vor der schlimmsten Sünde bewahrt, der Sünde der Selbstentleibung, für die es keine Heilung gibt; ohne ihre Mitwirkung am Plan Deiner Vorsehung wäre er unweigerlich der ewigen Verdammnis anheimgefallen. Und zugleich hast du dieser Frau, der doch kein Nonnenfleisch gegeben ist, ein Los erspart, das ihr so fremd und falsch gewesen wäre wie einem Fisch das Fliegen.

»*Darum habe ein jeglicher sein eigen Weib, und eine jegliche habe ihren eigenen Mann. Der Mann leiste dem Weib die schuldige Freundschaft, desgleichen das Weib dem Manne.*«

Kein Kuss war so süß wie der Kuss, welchen die Brautleute vor meinen Augen miteinander tauschten. Und kein Wort war so köstlich wie das Wort, welches die zwei einander gaben: Ich liebe dich … Müssen zwei Menschen mehr voneinander wissen? So viel und so oft haben Teofilo di Tusculo und Chiara di Sasso miteinander geredet und gestritten, und sich doch immer wieder ineinander geirrt. Dank Deiner Güte und Gnade aber, himmlischer Vater, ist diese Zeit der Irrungen und Wirrungen vorbei. Von nun an sind diese Deine Kinder ein Fleisch und eine Seele, ein Leib und ein Blut, und es wird kein Geheimnis mehr zwischen ihnen sein, weil sie gemeinsam nun im größten Geheimnis geborgen sind, welches Du uns Menschen gegeben hast, im allumfassenden Geheimnis der Liebe.

»*Der Friede des Herrn sei alle Zeit mit Euch.*«

Bevor ich die Feder beiseite lege und zur Nacht in den Schlaf sinke, danke ich Dir, allmächtiger Schöpfer und Vater im Himmel, dass ich Dein Werkzeug sein durfte, um die zwei Liebenden zu trauen, und wiederhole hier noch einmal jenen Segen, mit welchem ich Teofilo di Tusculo und Chiara di Sasso aus meiner geliebten Klosterkirche von Grottaferrata in die Welt entließ, in der Hoffnung und Zuversicht, dass Du die beiden heute und fortan auf all ihren Wegen mögest begleiten.

»*Gehet hin in Frieden!*«

3

»Dank sei Gott dem Herrn.«

Ich hatte Abt Bartolomeos Aufzeichnung noch nicht aus den Händen gelegt, da schlugen die Glocken von St. Peter zur vollen Stunde. Mich meiner Pflichten jäh erinnernd, blickte ich auf meine Armbanduhr. Die Zeit drängte – schon in einer halben Stunde würde die Sitzung der Kongregation beginnen.

Zum Glück war mein Weg nicht weit. Rasch sammelte ich die wichtigsten Unterlagen ein, die ich für mein Plädoyer brauchte, duschte und rasierte mich, und zwanzig Minuten später verließ ich meine Wohnung, um zum Vatikan zu eilen.

Was sollte ich meinen Kardinals- und Bischofskollegen empfehlen? Reichten die Fakten, die ich beim Studium in dieser Nacht zutage gefördert und in meinem Auszug versammelt hatte, wirklich aus, um einen Prozess zu Benedikts Seligsprechung einzuleiten?

Die übrigen Mitglieder der Kongregation waren schon vollzählig versammelt, als ich den Konferenzraum betrat. Bei meiner Ankunft verstummten die Gespräche, und kaum hatte der Vorsitzende, Kardinalpräfekt Contadini, die Sitzung eröffnet, richtete er das Wort an mich.

»Haben Sie sich aus den Unterlagen ein ausreichendes Bild machen können?«, wollte er von mir wissen.

»Durchaus, Eminenz«, bestätigte ich.

»Und – zu welchem Schluss sind Sie gekommen? Kann von einem wirklichen Wunder die Rede sein, das Papst Benedikt, *vulgo* Teofilo di Tusculo, in seinem Leben gewirkt hat? Von einem Wunder im Sinn der heiligen katholischen Kirche?«

Während ich mir meine Worte sorgsam überlegte, schaute ich in die erwartungsvollen Gesichter der um mich versammelten Glaubensanwälte und Offizialprälaten. Um der Wahrheit die Ehre zu geben, war ich selbst kaum weniger gespannt auf meine Antwort als meine Kollegen.

»Nun«, sagte ich schließlich, »ich glaube, verstanden zu haben, welches Wunder sich im Leben dieses Mannes offenbart hat. Es ist das Wunder der Liebe, die Gott über uns Menschen ausgeschüttet hat und immer wieder ausschüttet und die uns Menschen untereinander verbindet. Durch diese Liebe wurde es möglich, dass Teofilo di Tusculo, ein Mann, der zeit seines Lebens unter dem Fluch einer vermeintlichen Erwähltheit litt, nach schlimmsten persönlichen Verfehlungen in neuer Gestalt wiedergeboren wurde und zurück auf den Weg des Heils fand. Doch nicht in seinem Amt als Stellvertreter Gottes, sondern als einfacher, schlichter Mensch, mit all den Möglichkeiten und Gefährdungen, die jedem menschlichen Leben innewohnen.«

»Ich protestiere aufs Schärfste!«, rief Paul Mortimer, der jugendliche, zur Hitzigkeit neigende Bischof von Chicago. »Was Sie ›Verfehlungen‹ nennen, waren schlimmste Verbrechen. Teofilo di Tusculo hat während seines Pontifikats nichts als Not und Verderben über sein Volk gebracht.«

»Das hat er, allerdings«, erwiderte ich. »Aber es gibt Gründe für die Annahme, dass er dabei ein Werkzeug des göttlichen Heilsplans war, dass all das Böse, das er gewirkt hat, geschehen musste, damit Gutes daraus entstehen konnte.«

»Haben Sie keine Angst, sich zu versündigen?«, entgegnete mein amerikanischer Kollege. »Was sollte der Zweck eines so widerwärtigen Lebens sein?«

Die Antwort auf diese Frage fiel mir leicht. Abt Bartolomeo hatte sie gegeben, in Erwiderung derselben Frage, die Chiara di Sasso ihm gestellt hatte.

»Teofilo di Tusculo war kein Vollender«, erklärte ich, »sondern ein Wegbereiter. Sein Pontifikat war die Larve, aus der eine neue Ordnung entstand. Nur wenige Jahre nach seinem Tod erfolgte König Heinrichs Gang nach Canossa, und Benedikts Nachfolger auf dem Stuhl Petri, vor dem der König auf die Knie ging, Papst Gregor VII., war niemand anders als der Mönch Hildebrand, der als junger Mann Teofilo di Tusculos Taufpaten Giovanni Graziano ins Exil nach Köln begleitete.«

»Die Zusammenhänge, die Sie hier konstruieren, sind zu

kompliziert für ein schlichtes amerikanisches Gemüt«, wandte Paul Mortimer mit süffisanter Miene ein.

»Dann erlauben Sie mir den Versuch einer Erklärung. Im Investiturstreit zwischen Gregor und Heinrich wurde entschieden, dass jede weltliche Macht fortan der geistigen Legitimation bedarf. Kein weltliches Amt ohne den Segen Gottes! Um zu dieser Ordnung zu gelangen, war der Weg durch das Chaos von Benedikts Pontifikat nötig. Und ich bin sicher, Teofilo di Tusculo hat unter den Verbrechen, derer er sich dabei schuldig gemacht hat, nicht weniger gelitten als einst Judas Ischarioth unter dem Verrat seines Herrn.«

Kardinal Xing lächelte und nickte mehrmals mit dem Kopf. Offenbar hatte ich ähnliche Schlüsse aus dem Leben Benedikts IX. gezogen wie er. Doch Paul Mortimer, der sich von Anfang an gegen den Antrag unseres taiwanesischen Kollegen erklärt hatte, meldete erneut Widerspruch an.

»Was Sie hier vortragen, ist abenteuerlichste Spekulation. Doch halten wir uns nicht länger mit der komplizierten Deutung historischer Entwicklungen auf. Um die Sache abzukürzen, schlage ich vor, dass wir zu unserer Ausgangsfrage zurückkehren.« Er unterbrach sich, um meine Zustimmung abzuwarten.

Ich nickte.

»›Das Wunder der Liebe‹«, zitierte er mich mit hochgezogenen Brauen, »damit mag man vielleicht einen Schlagertext betiteln, aber in der Behandlung einer so ernsthaften Frage, wie sie hier zur Debatte steht, der Frage nach einem wirklichen und wahrhaftigen Wunder, das uns berechtigen würde, einen Unmenschen wie Teofilo di Tusculo seligzusprechen, halte ich es geradezu für abgeschmackt, mit einem solchen Begriff zu argumentieren.«

Beifall heischend blickte er in die Runde. Nicht wenige Mitglieder der Kongregation bekundeten Zustimmung für seine Rede, der Vergleich mit dem Schlagertext hatte seine Wirkung nicht verfehlt. In einer Mischung aus Stolz und Verlegenheit begann Bischof Mortimer seine Brille zu putzen.

»Ich pflichte Ihnen vollkommen bei«, erwiderte ich.

»Wie bitte?« Bischof Mortimer setzte die Brille wieder auf und schaute mich an, als hege er Zweifel an meiner Ernsthaftigkeit.

»Ja«, bestätigte ich. »Ich teile Ihre Meinung, wenn auch aus anderen Gründen. Zwar halte ich nach wie vor dafür, dass es ein Liebeswunder war, welches Teofilo di Tusculos Leben die entscheidende Wende gab. Doch dieses Wunder wurde an ihm nur offenbar, gewirkt hat er es nicht.«

»Und welchen Schluss ziehen Sie daraus?«, fragte Kardinal Xing.

Bevor ich eine Antwort gab, räusperte ich mich. »Nach reiflicher Überlegung«, sagte ich, »sehe ich mich außerstande, die Eröffnung eines Prozesses zur Seligsprechung von Papst Benedikt IX. zu empfehlen.«

»Dem Heiligen Geist sei Lob und Dank«, rief Paul Mortimer, während Kardinal Xing die Enttäuschung ins Gesicht geschrieben stand. »Dann plädiere ich für eine sofortige Nichtigkeitserklärung des gesamten Verfahrens.«

»Einspruch«, unterbrach ich ihn. »Auch wenn mir eine mögliche Seligsprechung Benedikts durch die vorliegenden Fakten nicht gerechtfertigt erscheint, hielte ich es für einen schweren Fehler, darum das *gesamte* Verfahren einzustellen. Stattdessen schlage ich vor, einen apostolischen Prozess zur Seligsprechung Chiara di Sassos einzuleiten.«

»Chiara di Sasso?«, fragte Kardinalpräfekt Contadini. »Wer bei allen Heiligen ist das?«

»Die Frau, die Teofilo di Tusculo aus den Fängen des Bösen befreit hat«, erwiderte ich, selber überrascht, wie selbstverständlich mir meine Auskunft über die Lippen kam. »Sie hat durch ihre Liebe zu Benedikt den Teufel besiegt, in der gefährlichsten Gestalt, die Satan vielleicht je angenommen hat: in Gestalt des Papstes, in Gestalt von Gottes eigenem Stellvertreter.« Ich machte eine Pause, um die Wirkung meiner Worte auf die Mitglieder der Versammlung abzuwarten. Dann fügte ich hinzu: »Darum bitte ich den Heiligen Stuhl, offiziell zu erklären, dass Chiara di Sasso in die himmlische Glorie eingegangen ist und öffentliche Verehrung verdient.« Zum Zeichen der Demut vor meinem Amt senkte ich mein Haupt und schlug das Zeichen des Kreuzes. »Amen – so soll es sein!«

DICHTUNG UND WAHRHEIT

Ja, es gab ihn wirklich, den Kinderpapst. Teophylakt III. von Tuskulum war sein Name, und er war noch im Knabenalter, als er vor fast tausend Jahren als Benedikt IX. den Heiligen Stuhl bestieg. Durch Bestechung der Wählerschaft ins Amt gehoben, sollte er die Vormachtstellung seiner Familie in Rom garantieren. Und obwohl seine Spuren sich im Dunkel der Geschichte beinahe verloren, versinnbildlicht er bis heute das Rätsel des Papsttums, das Geheimnis und Faszinosum der Idee, dass ein normaler, sterblicher Mensch Gottes Stellvertreter auf Erden sein kann.

Die Fakten, die aus dem Leben dieses Papstes überliefert sind, lassen sich fast an einer Hand abzählen. Bereits das Jahr seiner Geburt ist in der Forschung umstritten. Sicher ist nur, dass Benedikt IX. im Jahr 1032 als Sohn des Tuskulanergrafen Alberich und Neffe der Päpste Benedikt VIII. und Johannes XIX. auf die Cathedra gelangte, mit Duldung durch Kaiser Konrad II. Doch wie alt war Theophylakt bei seiner Thronbesteigung? Zeitgenössische Chronisten berichten, dass er bereits mit zehn oder zwölf Jahren das Pallium verliehen bekam, jüngere Untersuchungen hingegen gehen von einem Alter zwischen vierzehn und zwanzig Jahren aus. In meinem Roman habe ich mich an die Angaben der Zeitgenossen gehalten. Warum sollten rückwirkende Deutungen aus einem Jahrtausend Abstand verlässlicher sein als Chronistenberichte? Mit dieser Entscheidung befinde ich mich in bester Gesellschaft: Auch Prof. Dr. Joseph Ratzinger, Papst Benedikt XVI., geht in einem seiner Bücher davon aus, dass sein Amtsvorgänger im Alter von zwölf Jahren zu Gottes Stellvertreter erhoben wurde.

Was aber heißt das – Gottes Stellvertreter? Was bedeutet es für einen Menschen, seine eigene Identität aufzugeben und sich als das *Verbum incarnatum* zu begreifen, das Fleisch gewordene Wort? Ein fehlbarer, mit allen Schwächen behafteter Mensch, der anstelle von Jesus Christus den Willen Gottes auf Erden nicht nur erfüllen, sondern überhaupt erst formulieren soll – was für ein ungeheuerlicher, unfassbarer Gedanke! Und was für eine entsetzliche Bürde ...

Benedikt ist an dieser übermenschlichen Aufgabe gescheitert, wie ein Mensch nur scheitern kann. Unter der Zumutung eines Amtes, das ihn über jeden anderen Menschen erhob, wurde er zum Unmenschen. Sein Pontifikat gilt als eines der grausamsten der Kirchengeschichte. Während Rom in Not und Elend versank, führte er im Lateran, so ein Zeitgenosse, »das Leben eines türkischen Sultans« – »ein Dämon aus der Hölle, der sich in der Verkleidung eines Priesters auf den Stuhl Petri gesetzt hat«. Dreimal wurde er aus seinem Amt vertrieben, dreimal kämpfte er sich in sein Amt zurück. Von Pontifikat zu Pontifikat verstrickte er sich immer tiefer in Sünde und Schuld. Seine Herrschaft war geprägt von Blutvergießen: Er mordete und zettelte Kriege an, brach Verträge und verprasste das Geld, das er seinem Volk abquetschte, mit Huren und Konkubinen. Zwei Gegenpäpste rief er durch seine Schandtaten auf den Plan – ja, er verkaufte sogar das heiligste Amt der Kirche an seinen Taufpaten. Es gibt keine Sünde, die er nicht begangen hat, und statt mit Jesus Christus schien er bisweilen eher mit dem Teufel im Bunde.

Aber ist das die ganze Wahrheit dieses Papstes? Neuere Forschungen zeigen, dass Benedikt auch andere Züge hatte, vielleicht sogar ein zweites Gesicht. Vor dem Hintergrund des Investiturstreits zwischen weltlicher und geistlicher Macht errang Benedikt in noch jungen Jahren einen bedeutenden Sieg für die Kirche, indem er Kaiser Konrads II. Streit mit dem mächtigen Erzbischof von Mailand dazu nutzte, die Autorität des Klerus gegenüber der kaiserlichen Gewalt zu festigen: Keine weltliche Macht ohne geistliche Legitimation! Auch hat er sich offensichtlich um eine Reform der Kurie bemüht, die in der Neubegründung des Kanzleramts durch Petrus da Silva Candida gipfelte. Darüber hinaus unterstützte er die Bestrebungen der Ordensgemeinschaft von Cluny zur Neubesinnung der Kirche auf die Wurzeln des Christentums und beförderte kraft seines Amtes die *Pax dei*, den von Gott gewollten Frieden, mit dem Konrads Sohn Heinrich III. die Streitigkeiten seiner Vasallen untereinander schlichten wollte. Schließlich und vor allem aber gab es in Benedikts Leben ein berührendes Liebesgeheimnis: Angeblich ist dieser Papst von seinem Amt zugunsten seines Taufpaten Giovanni Graziano nur deshalb zurückgetreten, um eine entfernte Cousine, die Tochter Girardo di Sassos, heiraten zu können, wobei die Gründe, weshalb die Ehe nicht zustande kam, bis heute im Verborgenen liegen.

Diese Widersprüchlichkeit in Benedikts Charakter und Wirken hat mich gereizt. Durch den Schleier der Geschichte sah – oder vielmehr erahnte – ich einen Mann, der zerrissen war zwischen Macht und Liebe. Einen Mann, der sich nach der Liebe einer Frau verzehrte und zugleich von der Macht seines Amtes besessen war. Und einen Mann, dem die Erhebung zum Papst zum Fluch geriet, doch der nach langer Irrfahrt schließlich durch die Liebe von seinen inneren Dämonen erlöst werden konnte.

Folgende Ereignisse, die in meinem Roman zur Sprache kommen, gelten in der Forschung als gesichert:

1012/1021: Theophylakt III. wird geboren als Sohn Alberichs, des Grafen von Tuskulum und Ersten Konsuls der Stadt Rom, sowie Neffe der Päpste Benedikt VIII. und Johannes XIX; Sein Taufpate ist Giovanni Graziano, der spätere Papst Gregor VI.

1027: Kaiserkrönung König Konrads zum Imperator und Augustus des römischen Reichs durch Theophylakts Onkel Papst Johannes XIX.

Oktober 1032 bis Januar 1033: Papst Johannes XIX. stirbt; Theophylakt gelangt durch Bestechung als Benedikt IX. auf die Cathedra, mit Duldung durch Kaiser Konrad II.; damit sichern sich die Tuskulaner die weltliche und geistliche Vorherrschaft in der Ewigen Stadt.

1033–1037: Ansätze einer Kurienreform durch Benedikt; Benedikts ältester Bruder Gregor wird zum Patronus und Kommandanten des römischen Stadtregiments ernannt; wachsender Unmut in der Not leidenden Bevölkerung gegen die Herrschaft der Tuskulaner; Benedikt wird der Hurerei und Zauberei bezichtigt; Anschlag auf Benedikt beim Hochfest der Apostel Peter und Paul im Zeichen einer Sonnenfinsternis; Teofilo überlebt, muss aber aus Rom fliehen; Bündnis zwischen Kaiser und Papst: Benedikt exkommuniziert auf Wunsch Kaiser Konrads den aufständischen Erzbischof von Mailand und kehrt im Gegenzug unter Konrads II. Schutz zurück nach Rom, um wieder die Cathedra zu besteigen; vergebliche Interventionen der Römer gegen Benedikt beim Kaiser; Konrads Prioritäten im Bund mit Benedikt: nicht religiöse Ziele, sondern politische Stabilisierung mit Hilfe der Tuskulaner.

1039–1040: Kaiser Konrad II. stirbt an den Folgen einer Seuche, mit der er sich während seines Italienfeldzugs infiziert hat; sein frommer Sohn Heinrich III. folgt ihm auf den Königthron; Benedikt unterstützt Heinrichs III. Bemühungen um die *Treuga dei*, die Gottesfriedensbewegung, durch die der junge König die Streitigkeiten innerhalb seines Reichs beenden will.

1044–1045: September: Benedikt wird abermals aus Rom vertrieben und begibt sich nach Tuskulum unter den Schutz seiner Familie; die Römer sagen sich von ihrem Papst los; Girardo di Sasso verspricht Benedikt für den Fall eines Rücktritts seine Tochter in die Ehe; Beginn der Kämpfe zwischen römischen Adelscliquen und Benedikts Truppen; Druck der Crescentier auf Bischof Johannes in der Sabina, sich zum Papst wählen zu lassen; 7. Januar: Johannes' Wahl und Erhebung als Papst Silvester III.; Benedikts Reaktion: Exkommunikation des Gegenpapstes; Schlacht der verfeindeten Parteien in Trastevere: ein Erdbeben im Verlauf der Schlacht wird als Gotteszeichen gedeutet; März: Benedikts Rückkehr nach Rom und Vertreibung von Silvester; Silvester bleibt weiter Bischof in der Sabina mit Anspruch auf die Papstwürde; Frühjahr: Benedikt verkauft die Papstwürde an seinen Taufpaten Giovanni Graziano, der ihm als Gregor VI. nachfolgen soll; Geheimhaltung des Geschäfts vor dem römischen Volk; Benedikt erhält als Kompensation für seinen Rücktritt den Peterspfennig von England zugesichert; Sonntag, 28. April: Benedikts Rücktritt durch Selbstverdammung, Grazianos Inthronisation; Erleichterung und Freude bei den Römern; Benedikt hebt seinen Zölibat auf; plötzliches Scheitern der Heiratspläne: Girardo verweigert Benedikt seine Tochter; Benedikt erklärt seinen Rücktritt für ungültig und kehrt zurück nach Rom; drei Päpste im Schisma: Benedikt in Tuskulum, Silvester in St. Peter, Gregor im Lateran; Hilfsgesuch der Römer an König Heinrich III.

1046: Heinrich III. kommt mit großem Heer über die Alpen; Interesse des Königs an der Klärung der römischen Wirren: die Legitimation seiner Kaiserkrönung sowie seine Pläne zur Neuordnung des Papsttums; Synoden von Pavia und Sutri unter faktischem Vorsitz König Heinrichs III. zur Frage nach dem legitimen Papst; Benedikt verweigert die Teilnahme; Demonstration der Macht: Heinrichs III. Einzug in der Ewigen Stadt; dritte Synode zur Klärung der Papstfrage in Rom: auf Heinrichs Betreiben werden alle drei Päpste abgesetzt; 24. Dezember: Bischof Suidger von Bamberg wird als neuer Papst Clemens II. inthronisiert; 25. Dezember: Kaiserkrönung Heinrichs III. durch Papst Clemens II.; die Römer treten Kaiser Heinrich III. weitgehend das Recht auf die Ernennung künftiger Päpste ab; Benedikts Rückzug nach Tuskulum.

1047: Januar: Konzil unter Clemens II. gegen Missbrauch der Simonie; Verbannung von Giovanni Graziano ins Exil nach Köln; 9. Oktober: Clemens II. stirbt; Gerüchte in Rom von einem Giftanschlag Benedikts auf seinen Nachfolger; Rückführung von Clemens' Leichnam nach Bamberg; 8. November: Rückkehr Benedikts nach Rom mit Hilfe des Markgrafen Bonifatius von Tuscien; Bonifatius' Motiv für das Bündnis mit Benedikt: römische Allianz gegen die Übermacht des »deutschen Kaisers«; Weihnachten: Ernennung Bischof Poppos von Brixen zum Papst Damasus II. durch Kaiser Heinrich III.; Bonifatius verweigert dem designierten Papst das Ehrengeleit nach Rom; Heinrichs Drohung mit Italienfeldzug: Bonifatius lässt Benedikt fallen und unterstützt Damasus; Benedikt gibt Widerstand auf und kehrt nach Tuskulum zurück; 17. Juli: Damasus wird inthronisiert.

1047–49: Exkommunikation Benedikts durch Lateransynode; 9. August 1048: Damasus II. stirbt; Schwierigkeiten, die Cathedra neu zu besetzen: alle Kandidaten fürchten, die Papstwahl könne ihren Tod bedeuten; Ernennung und Inthronisation des Bischofs von Toul, Cousin des Kaisers, als Leo IX.; Leos Aufräumarbeit in Rom: Brechung der Adelsmacht, insbesondere der Vorherrschaft der Tuskulaner.

1049–1055: Benedikts Rückzug ins Kloster von Grottaferrata; angebliche Bekehrung durch den dortigen Abt Bartolomeo; Benedikts Spur verliert sich; ein leeres Grab mit einer Tiara nährt Vermutungen zu seinem Tod; Gerüchte, dass seine verdammte Seele in Tiergestalt durch die Wälder der Albaner Berge irrt; 10. April 1054: Leo IX. bittet auf dem Totenbett um Gottes Gnade für Benedikts Seele; Winter 1055/1056: letzte Lebenszeichen Benedikts IX.; Tod in Grottaferrata, vermutlich zwischen dem 18. September und 9. Januar.

DANKE

Dem Himmel sei Dank – es ist geschafft! Doch nicht nur der Himmel hat mir auf der langen Reise durchs 11. Jahrhundert auf die Sprünge geholfen, auch auf Erden fand ich wertvolle Unterstützung. Darum möchte ich mich nun, nachdem die Arbeit ein Ende hat, bei all denen bedanken, die zur Entstehung dieses Romans beigetragen haben. Dies sind insbesondere:

Wiebke Lorenz: Sie ist eine so begabte Autorin (www.wiebkelorenz.de), dass man vor Neid gelb werden kann. Trotzdem hat sie mein Manuskript gelesen. Zum Glück. Als bekennende Hasserin historischer Romane hat sie mich (hoffentlich) vor genretypischen Klischees bewahrt.

Alexandra Heneka: Von Haus aus Script-Doctor, hat sie die Dramaturgie und Beziehungsgeflechte meiner Geschichte auf den Prüfstand gestellt. Und mir so manches Mal die Augen geöffnet.

Johanna-Friederike Jebe: Sie hat mir bei der Erschließung der historischen Sachverhalte und theologischen Hintergründe geholfen. In so großartiger Weise, dass auch Prof. Dr. Volker Drecoll, der sie mir empfohlen hat, ein herzlicher Dank gebührt.

Bernadette Schoog: Obwohl sie als Moderatorin, TV-Redakteurin und Coach (www.bernadetteschoog.de) mehr als beschäftigt ist, hat sie nächtelang gelesen. Mit ihrer Sensibilität für emotionale Nuancen und sprachliche Feinheiten hat sie dem Roman buchstäblich gutgetan.

Urszula Pawlik: Als »polnische Elke Heidenreich« hat sie meine Bücher nicht nur für ihr Land entdeckt, sondern mich auch in besonderer Weise zu dem Roman ermutigt. Hoffentlich kann das Ergebnis vor ihrem polnisch-katholischen Auge bestehen!

Roman Hocke: Als Römer von Geburt und Neigung hat er mir ein Gespür für die Geschichte »seiner« Stadt vermittelt. Und als mein Agent und Freund mich immer wieder beraten, getröstet und gequält.

Walter Jens: Seine grandiose Erzählung »Der Fall Judas« hat bei der Entwicklung der Rahmenhandlung Pate gestanden.

Christel Prange: Den letzten Teil habe ich am Krankenbett meiner Mutter geschrieben. Seltsam, während sie zwischen Leben und Tod schwebte, hat sie mir Kraft gegeben. Und mir geholfen, beim Schreiben Wesentliches von Unwesentlichem besser zu unterscheiden.

Serpil Prange: Sie kann etwas, was kaum jemand kann: Kritisieren, ohne wehzutun. Mit dem Effekt, dass ich mich »freiwillig« immer noch ein bisschen mehr anstrenge, um sie nicht zu enttäuschen.

Schließlich danke ich dem Pendo Verlag, namentlich Katrin Andres, Julia Eisele und Marcel Hartges. Sie haben dafür gesorgt, dass aus meiner Geschichte ein Buch wurde. In einer Weise, wie es sich ein Autor nur wünschen kann.

Lust auf mehr Unterhaltung und große Gefühle?
Dann sollten Sie umblättern.
Hier erwartet Sie eine exklusive Leseprobe des Bestsellers
»WARTE *auf* MICH«.

© Eckhard Waasmann

Leseprobe aus dem Roman von
Philipp Andersen und Miriam Bach:
»*Warte auf mich*«, erschienen bei Pendo.

Kapitel 1

1.

Warten. Ihr schien es, als bestünde ihr Leben seit Monaten nur noch aus Warten. Warten auf das nächste Treffen mit ihm, die wenigen gestohlenen Stunden oder Tage, die sie miteinander hatten. Warten auf die Telefonate, immer spät in der Nacht, wenn er ungestört sprechen konnte. Und schließlich warten darauf, dass sich alles eines Tages änderte. Ohne auch nur die geringste Ahnung zu haben, ob das jemals passieren würde.
Doch sie wartete.
Ausgerechnet sie, die immer Rastlose, der nie etwas schnell genug gehen konnte. Immer zack, zack, höher, schneller, weiter, gehetzt und ohne jede Geduld, heute hier, morgen dort. Und jetzt also das Warten, stunden-, tage-, wochenlang, das gesamte Leben abgestellt auf ein paar Momente, diese wenigen Augenblicke, wenn sie in seinen Armen lag. Aber es machte ihr nicht einmal etwas aus. Denn in Wahrheit hatte sie schon eine kleine Ewigkeit auf ihn gewartet, viele Jahre auf den einen, der ihren grenzenlosen Durst, ihren quälenden Hunger nach dem stillte, was sie lange nicht hatte benennen können. Mehr. Sie hatte nach dem »Mehr« gesucht und es in ihm gefunden.
»Himmelfahrten« nannte er ihre gemeinsamen Fluchten, ihre heimlichen Treffen, bei denen nichts zählte außer ihren Gefühlen füreinander. Und es waren tatsächlich

Himmelfahrten, Momente, in denen sie den Rest der Welt vergaßen.
Aber kein Himmel ohne Hölle.

Sie kannte ihn schon einige Jahre, nur flüchtig zwar, aber sie wusste, wer er war. Zwei- oder dreimal hatte sie ihn auf der Buchmesse gesehen, als sie eine Zeit lang im selben Verlag veröffentlichten. Einmal hatte er ihr sogar einen seiner Romane signiert, den sie zu Hause ungelesen ins Regal gestellt und dann vergessen hatte. Er war ein arrivierter Autor, seine Bücher in den Bestsellerlisten, in zwei Dutzend Sprachen übersetzt. Sie selbst war auch nicht unerfolgreich, doch weit unterhalb seiner Wahrnehmungsschwelle und außerdem in einem vollkommen anderen Genre tätig; während er über die Vergangenheit schrieb, zog sie es vor, sich mit der Gegenwart, mit dem Hier und Jetzt, zu beschäftigen.
Sie mochte ihn nicht sonderlich. Arrogant und blasiert kam er ihr vor, ein selbstgerechter Schwätzer, der wie ein Pfau über die Messe stolzierte, immer umzingelt von Journalisten, Fans und Verehrerinnen. Es war wohl auch ein kleiner Stachel namens Neid, den sie in ihrer Brust verspürte, wenn dieselben Journalisten, die ihn zuvor in den Himmel gelobt hatten, ihr gegenüber eine gewisse Abfälligkeit an den Tag legten. Sie war noch ein halbes Kind gewesen, als sie ihren ersten Roman veröffentlicht hatte, und auch Jahre später musste sie darum kämpfen, dass sie als Schriftstellerin ernst genommen wurde. Und er war eben das Sinnbild dafür, der Sündenbock, auf den sie diese Ungerechtigkeit projizierte.

Dann der Abend, der alles veränderte: ein Verlagsjubiläum in München, dreihundert geladene Gäste. Darunter sie, Miriam Bach. Und natürlich auch er, Philipp Andersen, der Star des historischen Romans. Sie entdeckte ihn bereits zu Beginn der Feier, wie er im vorderen Teil des Festsaals saß, wichtig schwadronierend mit den Großen und Einflussreichen der Branche. Nicht ohne Genugtuung stellte sie fest, dass er anfing, in die Jahre zu kommen; seine dunklen Haare waren zwar voll, aber von weißen Strähnen durchzogen, und trotz seiner schlanken Statur zeichnete sich unter seinem Hemd ein deutlicher Bauchansatz ab, eine Lesebrille steckte in der Brusttasche seines Jacketts. Insgesamt war Philipp Andersen ein attraktiver Mann, keine Frage, aber eben einer, der seinen optischen Zenit vor gut und gern zehn Jahren überschritten hatte. Einer, dem Leben und Erfahrung unübersehbare Spuren ins Gesicht gezeichnet hatten, während sie selbst trotz ihrer neununddreißig Jahre immer noch mehr Mädchen als Frau zu sein schien. Nie hätte sie gedacht – niemals und nie! –, dass ausgerechnet dieser Abend eine schicksalhafte Wende in ihrem Leben bedeuten würde.

Und als sie zu späterer Stunde an der Bar stand, ein bisschen gelangweilt mit einer Kollegin plauderte und ihren Blick dabei beinahe abwesend durch den Raum schweifen ließ; als sie plötzlich bemerkte, dass Philipp Andersen sie von seinem Platz aus unverwandt ansah und ihr mit einer kleinen Geste bedeutete, dass sie zu ihm kommen sollte – da ging sie einfach zu ihm rüber.

Hätte sie um die Folgen dieser wenigen Schritte gewusst, sie hätte sich keinen Millimeter von der Bar weggerührt. Und wäre gleichzeitig, so schnell sie nur konnte, zu ihm gerannt.

2.
22. März

Plötzlich war sie da. Wie vom Himmel gefallen. Saß einfach neben mir, so nah, dass unsere Schenkel sich berührten, und hielt meine Hand, oder ich ihre, das ließ sich nicht unterscheiden. Wie war sie bloß auf diesen Stuhl geraten, auf dem doch eben noch mein alter Freund Christian gesessen und mir die Ohren vollgelabert hatte? Ich weiß es nicht mehr, so wenig, wie ich mich daran erinnern kann, wie wir uns begrüßt und über was wir als Erstes geredet haben. Ich weiß nur noch, dass wir uns von Anfang an duzten. Als würden wir uns seit einer Ewigkeit kennen. Und dass ich wahnsinnig gern mit ihr sprach, egal worüber, und wenn es der größte Blödsinn war.

Warum, zum Teufel, haben wir uns eigentlich geduzt? Herrgott, ich bin doch viel zu alt für so was! Das ist doch alles längst vorbei!

Wahrscheinlich waren es ihre Augen. Diese wasserhellen blauen Augen mit einem scharf konturierten, dunklen, fast schwarzen Ring um die Iris, mit denen sie mich von der Bar aus angeflirtet hatte. Huskyaugen. Noch nie hatte ich Augen gesehen, die so unglaublich traurig blicken konnten, um im nächsten Moment aufzuleuchten und zu strahlen, als hätte jemand ein Licht in ihr angeknipst. Und dann ihr Mund. Auch ihr Mund hatte diese Traurigkeit, wurde manchmal ganz klein und schmal, als wolle er sich selbst verschlucken, sogar wenn sie gerade einen Witz erzählte. Aber genauso wie die Augen konnte sich auch ihr Mund verändern, urplötzlich, von einem Moment zum anderen, wurde ganz weich und groß, blühte auf.

April, dachte ich. Eine Frau, in der Aprilwetter ist.

Bis Mittag hatte ich an meinem neuen Roman gearbeitet, und noch auf der Autobahn hatte ich mich gefragt, was ich eigentlich auf dieser Party sollte. Der Verlag, der sein hundertjähriges Jubiläum feierte, war ja gar nicht mehr mein Verlag, wir hatten uns nach meinem vorletzten Buch getrennt. Mein alter Verleger wollte immer dasselbe von mir, einen historischen Roman nach dem anderen. Aber ich bin nicht Autor geworden, um an einer Marketingstrategie entlangzuschreiben. Ich will Geschichten schreiben, die ich schreiben muss*! Doch wenn der Verlag mich trotz unserer Trennung zu diesem Festtag einlud, wäre es sehr unhöflich gewesen, die Einladung auszuschlagen. Außerdem war der Abend eine gute Gelegenheit, mal wieder ein paar Leute zu treffen. Präsenz zeigen, Backen aufblasen und wichtigtun. Schließlich brauchte ich bald neue Verträge.*

Und dann war sie plötzlich da, und all die wichtigen Leute, wegen derer ich gekommen war, interessierten mich nicht mehr. Ich schaute ihr in die Augen, schaute auf ihren Mund, ohne irgendetwas anderes von ihr wahrzunehmen, während unsere Hände miteinander sprachen, als würden sie uns vorauseilen, und ihr nackter Schenkel unter dem Saum ihres albernen goldenen Paillettenkleids, in dem sie zu Ehren des schwerhörigen Seniorverlegers und Sohn des Verlagsgründers »Happy birthday, Mr. Publisher« ins Mikrofon gehaucht hatte, immer höher an meinen Oberschenkel heraufrutschte und ich immer neugieriger wurde auf diese Frau, die ich nicht kannte und die mir doch so seltsam vertraut vorkam. Wie siehst du wohl aus, wenn nicht April in dir ist, sondern Mai oder August oder November?

3.

Alles, wirklich alles, was sie je über ihn gedacht hatte, war falsch. Er war witzig und charmant, ein brillanter Geist, ein Kindskopf, ein Spinner, ein vollkommen verrückter Mensch. Sie saßen da und redeten miteinander, die Minuten flogen wie Sekunden vorüber. Auf einmal – sie konnte nicht sagen, wie es dazu kam – hielt er ihre Hand, sie steckten tuschelnd ihre Köpfe zusammen und nahmen nichts mehr wahr von dem, was um sie herum geschah. Sie sah nur noch seine großen blauen Augen, die ihr wie ein Spiegel ihrer selbst erschienen, hörte sein tiefes Lachen, das wie ein Stromschlag durch ihren Körper zitterte, spürte und roch seine Nähe, genoss jedes einzelne seiner Worte. Wie er von seinen Büchern erzählte und sie nach ihren fragte, wirklich und aufrichtig interessiert wollte er alles von ihr und ihrer Arbeit wissen. Keine Spur von dem blasierten Wichtigtuer, für den sie ihn immer gehalten hatte, im Gegenteil, seine Neugier beschämte sie fast, weil sie ihm ganz offensichtlich Unrecht getan hatte. Denn jetzt saß er vor ihr und sagte ihr, dass er unbedingt mal etwas von ihr lesen wolle, er hätte Lust, in ihrer Seele herumzuspazieren, um zu sehen, was sich in ihrem Köpfchen verbarg. Genauso sagte er es, »in deiner Seele herumspazieren«, und es kam ihr nicht einmal kitschig oder überzogen vor.

Und dann waren da ihre Hände, die einander festhielten und sich gegenseitig streichelten als sei es das Natürlichste der Welt. Hier, auf diesem Fest, wo jeder es sehen konnte und es trotzdem vollkommen egal war.

»Was machen unsere Hände da?«, fragte sie irgendwann, ohne ihn auch nur eine Sekunde lang loszulassen.

»Lass sie doch«, erwiderte er lächelnd, »die spielen nur und vertragen sich schon.« Ihr Blick wanderte über seine schönen, schlanken Finger, die verästelten Adern, die leicht unter der Haut durchschimmerten, die vielen kleinen Sommersprossen, die sich vom Handgelenk aus Richtung Ellbogen ausbreiteten, und seine behaarten Unterarme, die aus den Ärmeln seines Hemds hervorlugten. Und den Ring, seinen Ehering am vierten Finger seiner linken Hand, natürlich bemerkte sie auch den.
»Bist du zum Spielen nicht viel zu verheiratet?«
Er lachte. »Viel zu verheiratet? Kann man denn weniger verheiratet sein?«
»Ich weiß nicht. Kann man?«
»Vielleicht. Dann bin ich jetzt gerade mal weniger verheiratet.«
»Und hast du eher mehr oder weniger Kinder?«, setzte sie das Spiel fort.
»Eher weniger. Eine Tochter. Aber die ist schon erwachsen.«
»Dann muss ich dich jetzt wohl fragen, wie alt du eigentlich bist.« Er zögerte, seine Hand zuckte kurz zurück, aber sie hielt sie fest. Würde er jetzt lügen? Sie schätzte ihn auf Mitte oder Ende vierzig.
»Fünfundfünfzig, fast sechsundfünfzig.«
»Oh.« Noch nie hatte sie mit einem Mann dieses Alters Händchen gehalten oder auch nur geflirtet, im Gegenteil, mit ihrem kindlichen Aussehen zog sie meist wesentlich jüngere an. Doch es war seltsam: Hatte sie zu Beginn der Feier noch mit leichter Häme gedacht, dass er langsam in die Jahre kam, schien er jetzt, während er ihr gegenübersaß, mit ihr sprach und seine Finger mit ihren verschränkt hatte, von Sekunde zu Sekunde jünger zu werden. Benjamin Button, er war ein Benjamin Button! Seine großen blauen Augen, mit denen er sie neugierig musterte, lachten,

in beiden Wangen bildeten sich jungenhafte Grübchen, ständig fiel ihm eine dicke Strähne seines vollen Haars in die Stirn, die er sich wieder und wieder aus dem Gesicht pustete, und selbst auf seiner Stupsnase entdeckte sie mehrere große Sommersprossen und dann noch eine direkt links über seinen vollen Lippen. »Dein Alter macht mir nichts aus«, sagte sie und kam sich im selben Moment unglaublich dämlich vor. Wie konnte sie so etwas sagen?
Aber wieder lachte er nur. »Das freut mich. Mir macht es auch nichts, dass du fast zwanzig Jahre jünger bist.«
Dann schwiegen sie beide, sahen sich einfach nur an, ließen ihre Hände weiter miteinander spielen und reden, sich alles erzählen, was ihnen auf dem Herzen lag, durch die Berührung Geheimnisse austauschen.
Irgendwann war es Mitternacht, und sie musste gehen, am nächsten Morgen wartete ein früher Termin auf sie. Doch sie konnte nicht. Sie wollte nicht, wollte seine Hand nicht loslassen und ihn dadurch verlieren. Nicht, ohne ihm zu sagen, in welchem Hotel sie wohnte, und ihn zu bitten, ihr später zu folgen.

4.
23. März

*K*aiserhof«, hatte sie mir beim Abschied ins Ohr geflüstert, »ich warte auf dich.« *Fünf Minuten nachdem sie fort war, verließ auch ich die Party. Das Hotel lag nur ein paar Minuten entfernt. Einigermaßen nervös huschte ich durch die Bar, aber ich sah in dem schummrigen Raum keine Frau, die ihr im Entferntesten glich, nur ein paar Geschäftsleute, die sich gegenseitig bei einem Absacker langweilten. Halb enttäuscht, halb erleichtert gab ich es auf. Alter Trottel, was hast du hier verloren? Du bist verheiratet, seit fast dreißig Jahren,* glücklich verheiratet, *und streunst mitten in der Nacht durch Hotelbars wie ein ralliger Kater? Sieh zu, dass du ins Bett kommst, und zwar in dein eigenes!*
»Suchen Sie jemanden?«, fragte der Portier, als ich wieder in die Halle kam. »Nein«, sagte ich, »das heißt – doch. Eine Frau, die angeblich hier wohnt. Sie muss gerade zurückgekommen sein.«
Der Portier zog ein sehr professionelles Gesicht. »Ihr Name?«
Verflucht, ich wusste nicht mal, wie sie hieß! Dabei war sie, so hatte mir der Verleger beim Abschied zugeraunt, in ihrem Genre eine kleine Zelebrität. Zum Glück fiel mir wenigstens ihr Vorname ein. »Miriam ...«, sagte ich und reichte dem Portier einen Geldschein. »Mitte dreißig. Blonde Locken, glaube ich ...«
Der Portier runzelte kurz irritiert die Brauen, dann schlug er im Gästebuch nach und griff zum Telefon: »Da ist ein Herr, der nach Ihnen fragt«, sprach er diskret in die Muschel. »Herr ...?« Ein fragender Blick in meine Richtung.
»Andersen.«
Ein paar Sekunden Hochspannung, während ich leise ihre Telefonstimme hörte, doch ohne etwas zu verstehen. Dann die Auskunft des Portiers: »Nr. 17.«
Das Zimmer lag im ersten Stock, doch da ich ziemlich eilig die

Treppe hinaufstieg, war ich ein bisschen außer Atem, als ich an ihre Tür klopfte.
»Sofort!«
Hinter der Tür Geraschel und Schritte. Als sie öffnete, holte ich tief Luft. Sie hatte sich schon ausgezogen, trug nur noch einen schwarzen BH und ein kleines bisschen schwarze Spitze unten herum.
»Komm rein«, sagte sie, als würde ich sie schon zum hundertstenmal mitten in der Nacht in einem Hotel besuchen, und tippelte auf ihren nackten Füßen zurück ins Zimmer. Vor dem Bett blieb sie stehen und drehte sich zu mir um.
»Du bist ja gar nicht blond«, sagte ich verwirrt.
»Wie bitte?«, lachte sie. »Warum sollte ich blond sein?«
»Ach nichts«, sagte ich, ging einen Schritt auf sie zu und strich über ihr glattes, braunes Haar. »Wahrscheinlich war es dein goldenes Kleid, weshalb ich ...« Statt den Satz zu Ende zu sprechen, nahm ich ihr Gesicht zwischen die Hände.
Sie sah mich an, ein bisschen prüfend, ein bisschen spöttisch.
»Was jetzt?«
»Was wohl?«
Ich hob ihr Kinn, und dann küssten wir uns. Doch seltsam, der Kuss fiel vollkommen leidenschaftslos aus. Wir küssten uns eher pflichtgemäß, weil es sich in dieser Situation eben gehörte, sich zu küssen, so wie es sich gehört, jemandem zur Begrüßung die Hand zu geben.
»Nur damit du es weißt«, sagte sie, als wir irgendwann aufs Bett sanken, »ich werde nicht mit dir schlafen.«
»Wie kommst du darauf, dass ich mit dir schlafen will?«, erwiderte ich. Statt einer Antwort warf sie einen kurzen Blick auf meine Hose. Ihr Mund lächelte, aber ohne ihre Augen.
»Oh Gott, bin ich müde.« Tatsächlich, jetzt gähnte sie auch noch.
»Willst du schon schlafen?«, fragte ich wie ein Idiot.
Sie gab keine Antwort, sondern kuschelte sich einfach unter ihre Decke, als wäre ich gar nicht da, und es dauerte keine Minute, bis

sie schlief. Was war das denn für eine Nummer? Lädt mich in ihr Zimmer ein und pennt hier einfach vor mir weg? Für einen Moment war ich beleidigt, ein Reflex meiner männlichen Eitelkeit, aber der Moment dauerte gerade einen Wimpernschlag. Tatsächlich war ich gar nicht beleidigt, nicht im Geringsten. Eher amüsiert. Eine Verrückte! Total durchgeknallt! Ihr Atem ging schon ganz gleichmäßig, und ihre Lider zuckten, als würde in ihr immer noch irgendwas kämpfen. Plötzlich, ohne jeden Grund, hatte ich das Gefühl, dass ich sie wahnsinnig gernhaben würde, wenn wir uns erst kannten ... Doch dazu würde es wohl nicht kommen. Schade. Sehr schade. Ich stand auf und suchte meine Schuhe.

»Wenn du willst, kannst du ruhig bleiben«, murmelte sie im Halbschlaf. »Du bist doch genauso müde wie ich.«

»Meinst du das im Ernst?«

»Natürlich.« Blinzelnd schlug sie die Bettdecke zurück und rückte ein Stück zur Seite. »Komm, stell dich nicht so an.«

Einen Moment zögerte ich. Meine Nacht bei Maude *fiel mir ein, ein uralter Film von Truffaut, mit Jean-Louis Trintignant und Jeanne Moreau. Nein, so blöd wie Trintignant, der die ganze Nacht im Mantel und mit hochgestelltem Kragen an Maudes Bett auf seinem Stuhl hockte, war ich nicht! Also zog ich mich aus und legte mich zu ihr.*

Ohne sich umzudrehen, tastete sie mit einer Hand nach mir. »Oh, du bist ja nackt«, sagte sie. »Ganz nackt.«

Melanie Metzenthin
Die Sündenheilerin
Historischer Roman. 464 Seiten.
Piper Taschenbuch

Nach einem schweren Schicksalsschlag lebt Lena zurückgezogen im Kloster. Als Dietmar von Birkenfeld die junge Frau auf seine Burg ruft, damit sie seiner kranken Gemahlin hilft, muss Lena ihre Zufluchtsstätte jedoch verlassen. Denn sie hat eine seltene Gabe: Sie erspürt die tiefen seelischen Leiden der Menschen und vermag sie auf wundersame Weise zu heilen. Während ihres Aufenthalts auf Burg Birkenfeld begegnet Lena noch anderen Gästen: Philip Aegypticus ist zusammen mit seinem arabischen Freund Said in den Harz gereist, um die Heimat seines Vaters kennenzulernen. Der ebenso attraktive wie kluge Philip bemerkt schon bald, dass auf der Burg manch düsteres Geheimnis gehütet wird. Und er entdeckt, dass die feinfühlige Lena sich in Gefahr befindet.

Martina Kempff
Die Kathedrale der Ketzerin
Historischer Roman. 400 Seiten.
Piper Taschenbuch

»Tötet sie alle, Gott wird die Seinen erkennen!« Doch Clara überlebt, als das Kreuzfahrerheer auf dem Feldzug gegen die ketzerischen Katharer alle Bewohner von Marmande niedermetzelt. Mit ihrem Retter Graf Theobald von Champagne fühlt sie sich in tiefer Liebe verbunden. Der berühmte Troubadour hat aber nur Augen für ihre Ziehmutter Blanka von Kastilien. Clara findet Trost im Glauben der Katharer – und begibt sich damit in große Gefahr, denn Blankas Gemahl, der französische König, hat geschworen, die Ketzer mit allen Mitteln zu bekämpfen...

Jennifer Donnelly
Die Wildrose
Roman. Aus dem Amerikanischen von Angelika Felenda. 752 Seiten. Piper Taschenbuch

Die Herzen von Willa Alden und Seamus Finnegan schlagen für die unbezwingbaren Gipfel der Welt – und füreinander. Doch nach einer schicksalhaften Bergtour am Kilimandscharo ist nichts mehr, wie es war: Willa erleidet einen tragischen Unfall und ist fortan für ihr Leben körperlich gezeichnet. Voller Vorwürfe gegenüber Seamus wendet sie sich von ihm ab. Doch auch Seamus trägt eine Wunde davon – die Trennung bricht ihm das Herz. Jahre später kreuzen sich Willas und Seamus' Wege ein zweites Mal – und ihre Liebe wird auf eine harte Probe gestellt ...

»Donnelly ist eine Meisterin – dieser Roman wird Ihren Puls rasen lassen!«
Washington Post

Kate Lord Brown
Das Haus der Tänzerin
Roman. Übersetzung aus dem Englischen von Elke Link. 528 Seiten. Piper Taschenbuch

Die alte Villa in den Hügeln von Valencia ist für Emma der perfekte Rückzugsort: Der verwilderte Garten duftet nach Orangenblüten, die Leute im Dorf sind hilfsbereit und schon bald eröffnet die gelernte Parfümeurin einen Blumenladen. Doch warum vermachte ihre verstorbene Mutter ihr dieses Anwesen? Immer mehr fühlt sich Emma von der geheimnisvollen Vergangenheit des Hauses angezogen. Und dann entdeckt sie ein zugemauertes Zimmer ...

Susanna Kearsley
Licht über den Klippen
Roman. Übersetzung aus dem amerikanischen Englisch von Sonja Hauser. 464 Seiten.
Piper Taschenbuch

Die unberührte Küste Cornwalls und ein altes Herrenhaus mit einem duftenden Rosengarten ... Hierhin kehrt Eva zurück, um die Asche ihrer Schwester zu verstreuen. Hier taucht sie ein in die Erinnerung unbeschwerter Kindheitstage, bevor ein mysteriöser Fremder ihr Leben in seinen Grundfesten erschüttert. Und von hier bricht sie auf zu einer ungewöhnlichen Reise in eine längst vergangene Zeit, einer Reise voller Licht und Schatten, voller Liebe und Trauer, von der es vielleicht keine Rückkehr mehr gibt.

»Susanna Kearsleys Romane, romantisch und ein bisschen märchenhaft, sind bestens geeignet für verregnete Sonntagnachmittage.«
Brigitte

Victoria Lundt
Der Kuss der Schmetterlinge
Roman. 480 Seiten.
Piper Taschenbuch

Berlin, 1908: Amelie Kindler reist mit ihrer Familie ins ferne Tsingtao, wo ihr Vater einen Neuanfang wagen will. Dass ihr der Kaufmannssohn Erich bald den Hof macht, sieht ihr Vater als Glücksfall. Aber Amelie verliert ihr Herz an einen anderen Mann, den Chinesen Liu Tian – ein Skandal in der deutschen Kolonie. Gegen alle Widerstände lässt sich Amelie auf diese Liebe ein – und muss ihr Leben lang um sie kämpfen ...